KB265440

도전과 갱신의 한국문학사

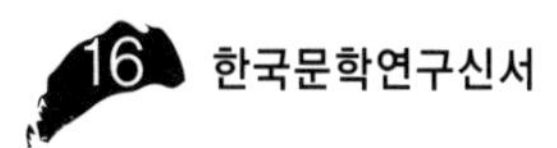

16 한국문학연구신서

도전과 갱신의 한국문학사

동국대학교 문화학술원 한국문학연구소 편

도서출판 역락

서문

우리 연구소는 한국문학연구의 오랜 전통을 충실히 계승하고 보존하기 위해 노력해왔다. 『미당연구』, 『시와 불교의 만남』(전 5권), 『양주동연구』, 『이광수연구』(상·하), 『한국문학지도』(상·하), 『한국문학총서』(전 5권), 『한국문헌설화전집』(전 10권), 『한국불교문학연구』(상·하), 『한국소설연구』(전 2권), 『한국시가연구』(전 4권), 『한국학연구총서』(전 10권), 『한국학자료총서』(총 15집), 『한국현대시연구』 등 60여 권의 단행본들은 한국문학연구의 발전에 적잖이 기여한 저작들에 해당한다.

하지만 지난 수년간 우리는 학문유산의 계승 못지않게 새로운 인문환경의 출현에 부응하는 연구방법론의 혁신에도 노력을 기울여왔다. 지구화시대는 국민국가를 중심단위로 하는 한국문학이 지식과 학문의 자폐적 민족주의를 극복하는 한편 통국가적, 통지역적 사고와 연구를 지향할 것을 요구한다. 그런 의미에서, 이번 『한국문학연구신서』 제16권은 한국문학사의 문제적 저작들이 보여준 도전과 갱신의 선례들에 주목한 논문들로 구성하였다. 한국문학이 그릇된 이념과 방법을 청산하고 탈중심적인 지역문화로 거듭나는 데 이들 논문들이 유의미한 해석과 통찰을 제공해주리라 기대한다.

제1부는 고전문학 관련 논문을 중심으로 구성하였다. 김승호 선생은 『삼국유사』가 역사서술 관행을 창발적으로 혁신했을 뿐만 아니라 역사와 서사의 조화로운 상생을 구현한 걸출한 문헌임을 주장하고, 여러 서사미학적 특성을 텍스트 내부에서 추출하여 흥미롭게 분석해냈다. 정우영 선생은 안축의 「관동별곡」이 지닌 국어사적 의의를 선진적으로

해명하는 데 기여했다. 즉, 이 시가에 나타난 借字 표기 7개 항목을 정밀하게 해독하고 그 국어사적 의의를 재평가했다. 정환국 교수는 그간 학계에서 주목하지 않은 차식의 「봉래록」을 발굴하고 그 문학사적 의의를 풍부하게 복원했다. 동방의 '三蘇'라 불린 차식의 생애와 문학활동을 비교적 소상히 검토하고 금강산 유람의 유구한 전통 속에서 「봉래록」이 지닌 위상과 의의를 해명했다. 조창록 선생은 서호수의 『열하기유』를 통해 18세기말 西學史의 진풍경을 흥미롭게 고증해냈다. 박성순 선생은 우화소설의 역사적 의의를 그것이 풍부하게 지닌 민중문화의 상상력과 생명력 속에서 재확인시켜 주었다. 특히, 「노섬상좌기」나 「녹처사연회」를 중심으로 우화소설의 생성과 민중문화의 성격을 분석했다.

　제2부는 한국 근대문학 형성 이후 일어난 주요 혁신들에 주목한 논문들로 구성하였다. 권보드래 선생은 신소설의 말류로 폄하되었던 가정소설이 실은 신소설 일반의 특징을 함축하고 있음을 설득력 있게 증명했다. 이를 통해, 신소설은 단순한 근대 지향이 아니라 근대와 전근대 혹은 반근대의 착종을 본질로 하는 특이한 장르임을 확인할 수 있다. 정종현 선생은 오자키 고요의 『금색야차』와 『장한몽』을 비교하여 분석하되, 『금색야차』의 기본 모형이 식민지 조선의 근대 소설로 변주되면서 텍스트 자체에 일어난 변모양상을 그것이 한국사회의 근대성과 맺고 있는 복잡한 내연관계 속에서 해명하고자 했다. 이철호 선생은 한국 근대문학 형성기에 나타난 근대적 개인의 형상이 근본적으로 서구 기독교의 자아 담론에서 연유한 것임을 주장했다. 황종연 선생은 유럽식 노블의 한국적 수용이 전통서사장르의 변형에는 물론 당시 조선사회의 청년 담론이나 제국주의 이데올로기의 형성에 작용한 영향력을 면밀하게 해명해냈다. 김춘식 선생은 1920년대 전통의 재발견이 어떻게 국민, 문학, 조선, 전통을 하나의 범주 안에서 상상하는 새로운 패러다임을 창안하면서 '국문학'이라는 문학적 정체성을 형성하게 했는지

추적했다.

제3부는 탈식민 이후 문학 텍스트와 제도에 대한 이해를 제고하고 혁신하는 데 기여한 논문들로 구성하였다. 한만수는 일제시기 한국문학이란 생성단계에 따라 다양한 변이형을 거느린 복수의 텍스트일 수밖에 없다는 대전제 아래 원본확정을 위한 기초적 작업의 선례를 보여주었다. 동일한 텍스트라도 특정 시기의 검열장 속에서 다양하게 변주될 가능성을 검토함으로써 검열과 문학작품의 영향관계에 대한 연구자들의 이해를 증진시키고자 했다. 남근우 선생은 김태곤의 민속학을 재검토하는 과정을 통해 민속학의 탈근대적 가능성을 모색하고 있으며, 이선미 선생은 만주문학을 대표하는 안수길의 『북간도』를 대상으로 작가의 만주체험이 특정한 만주서사로 구체화되는 과정을 꼼꼼히 재구하고 그러한 서사적 봉합이 지닌 문제성을 예각화했다. 박광현 선생은 '전후'의 문학과 제도가 타자와의 관계를 폭력적으로 기억 / 망각하는 방법을 흥미롭게 재구하고 그 분열과 모순에 착종된 민족주의의 허구성을 비판했다.

여기에 실린 논문들은 이미 학술지에 발표되었으나 이번 신서 기획을 위해 적잖은 수정과 보완을 거쳐 재수록한 것이다. 연구신서에 귀중한 논문을 기꺼이 수록하도록 허락해주신 여러 필자들께 감사의 말씀을 전한다. 또한 이번 연구신서의 간행을 흔쾌히 맡아 수고해준 역락출판사 이대현 사장과 편집진, 그리고 김일환·이철호 두 연구원의 노고에도 감사드린다.

2008년 2월
동국대학교 문화학술원 한국문학연구소
소장 한만수

차례

‖ 제1부 ‖

『三國遺事』 담론의 口述 歷史性과 서사미학*

김 승 호**

1. 서론

그 동안 『삼국유사』 담론1)의 성격에 대해서는 헤아릴 수 없이 많은 논의와 다양한 이론들이 제기되었다. 이는 『삼국유사』에서 다루고 있는 내용적 범위가 역사, 문예, 민속, 정치, 사회, 자연, 천체, 예술 등 광범위하게 걸쳐 있으며 전공에 따라 자기 영역을 강조하면서 나타난 현상이라고 할 수 있겠는데 광범위한 내용적 편폭, 그리고 연구자간의 상이한 시각과 자기중심적 입장으로 말미암아 『삼국유사』의 담론규명은 지체될 수밖에 없었다.

『삼국유사』의 담론적 성격에 대한 기왕의 논의 중 아무래도 우리의 이목을 집중시킨 것은 역사서,2) 불교문화사,3) 설화집4) 등으로 본 견해

---

* 이 논문은 『너머』 2호(2007년 가을)에 수록된 「삼국유사의 담론의 성격과 서사미학」을 수정·보완한 것임.

** 동국대학교 국어교육과 교수

1) 현대서사이론들은 담론을 두고 ① 사건의 연속성을 지닌 이야기, ② 서술자에 의해 생산된 이야기, ③ 독자에 의해 조직되고 의미가 부여된 이야기 등 3가지의 관념에서 접근한다(윌리스 마틴, 김문현 역, 『소설이론의 역사』, 현대소설, 1991, 117쪽). 본고에서는 이 중에서 ① 사건의 연속성을 지닌 이야기 ② 서술자에 의해 생산된 이야기라는 개념을 복합적으로 수용하는 쪽을 택하기로 한다.

2) 김철준, 「고려중기의 문화의식과 사학의 성격」, 『한국사연구』 9, 1973.

들인데 이런 주장이 담론적 성격에 대한 해명이 아니라 또 다른 이론을 부추기는 역할을 했다고 보는 게 옳을 것이다. 『삼국유사』가 역사를 표방한 서사물이라는 것과 상관없이 이후에도 다양한 논의와 견해가 끊임없이 제기될 것이다. 다른 역사서와 달리 『삼국유사』에 대해 왜 그토록 담론적 논의가 이어지는 것일까. 『삼국유사』가 지닌 담론으로서의 의의는 물론 그 이전에 이후에도 출현한 적이 없는 독특한 성격의 역사서라는 데서 찾을 수 있겠는데 특히 서사미학적 관점으로 볼 때 그것이 내면에 감추고 있는 서사적 설계도는 온전히 해독되지 않은 채 오늘도 연구자들의 호기심을 자극하고 있는 것이다. 이 글에서 필자는 논의의 초점을 『삼국유사』의 서사적 본질, 혹은 그 본질 찾기의 단초를 어떻게 마련해야 할지를 궁리하는 데 두고자 한다.

『삼국유사』를 삼국의 역사를 저장하고 있는 거대한 수조로만 본다면 이야기문학으로서의 또 다른 의미를 부정하는 것이 되어 버리고 만다. 일연이 애초 역사서를 의도했을지라도 이야기의 구성체로서 『삼국유사』는 담론내적 체계와 설계를 이면에 간직하고 있음을 간과해서는 안 된다. 이의 담론적 특성에 대한 설왕설래를 잠재우고 안전인수식의 진단을 피하기 위해서는 서사맥락이나 서사의 전략을 일단 꼼꼼하게 살펴보는 일에서부터 출발해야 한다고 본다.

일연이 사관으로서의 사명감을 가지고 역사쓰기의 새 지평을 열 수 있었던 것은 서술 대상과 이야기방식에 있어 진지한 숙고를 거듭했기에 가능한 일이었다. 사실 이야기는 어느 것이든 전하는 사람, 내용, 듣

김태영, 「일연의 역사의식」, 『경희사학』 5, 1974.
3) 김영태, 「삼국유사의 체재와 그 성격」, 『동국대학교논문집』 13, 1974.
　　김상현, 「삼국유사에 나타난 일연의 불교사학」, 『한국사연구』, 1978.
　　고익진, 「삼국유사찬술고」, 『한국불교사연구』 38, 1982.
4) 『삼국유사』를 역사가 아닌 문예적 대상으로 보고자한 시도는 일찍부터 일어났으며 이를 집적한 대표적인 연구서로는 김열규·신동욱 편, 『삼국유사의 문예적 연구』, 새문사, 1981을 들 수 있다.

는 사람간의 소통적 조건을 전제로 하는 행위이다. 그러나 그것이 이야기를 좌우하는 전부는 아니며 소통이 이루어지고 있는 그 시점도 퍽 중요한 변수로 떠오르게 된다. 따라서『삼국유사』담론의 본질에 접근하기 위해서는 소통적 조건에 해당하는 제 요소의 점검, 그리고『삼국유사』를 찬술 당시의 상황까지 아울러 면밀히 파악하는 것이 필요하다.

2. 기존 역사서에 대한 회의와 비판

현재 전하지 않으나 삼국 이래 적지 않은 역사서들이 편찬되었던 것으로 알려진다. 삼국시대 이미 각국에서 사서찬술이 이루어졌으며 통일신라시대에 들어와서는『花郎世紀』,『漢山記』,『高僧傳』 등이 金大問에 의해 찬술되는 등5) 왕 중심의 正史는 물론 역사인물, 지리, 특정 계층을 초점화한 개별적인 역사쓰기도 더불어 진행되었다. 또한 삼국 이래 고려시기까지 열렬히 신봉된 호불적 분위기에서 고승들을 입전하는 전통이 자리 잡고 있었으니 역사추동의 힘을 다양한 계층에서 찾고자 하는 시도라고도 볼 수 있다.

『삼국사기』출현 이전에 삼국역사서로 가장 널리 알려진 것이 고려 초 찬술된『舊三國史』였다. 그러나 민족에게 닥친 역경과 극복을 강조하고 있음에도 역사서로서 큰 권위를 인정받지는 못했다. 이 사서에 불만이 컸던 金富軾은 그를 극복할 사서를 갈망한 끝에『삼국사기』의 찬집에 나서게 된다. 안정된 고려 초의 상황에서 나온『三國史記』는 거란 격퇴이후 충만하기 시작한 민족의식을 반영하기 시작했다는 점에서 이후 출현하는 사서들에 적지 않은 영향을 끼쳤다. 고려 중후기로 내려오면서 역사 찬술에 대한 관심과 열기는 더욱 커져 李奎報, 閔漬, 金寬毅

---

5) 한국사연구회 편,『한국사학사의 연구』, 1988, 33~34쪽.

등 유자들은 다양한 형식으로 사서찬술에 참여한다. 그들은 내우외환 속에서 역사를 통해 민족의식을 고취하고자 했으며 그 같은 찬술의 목적성은 고려 후기 지성인들에 승계된다. 고려후기에는 실록뿐만 아니라 『東明王篇』, 『歷代歌』, 『古今錄』, 『帝王韻記』, 『千秋金鏡錄』, 『世代編年節要』 등의 사서가 간행되었으며 다른 한편에서는 불교지성들이 『海東高僧傳』, 『三國遺事』, 『釋迦如來行蹟頌』을 찬술함으로서 유자에 못지않게 사관적 책무를 선양하였다. 이들은 유자들의 역사찬술에 대한 회의와 함께 불교계의 역량을 간접적으로 증거해 주는 사례로 꼽아 부족함이 없었다.

조선이전까지의 역사서를 일별할 때 그간 『삼국유사』에 대해 과도하게 의미를 부여한 것이 아닐까 하는 의문이 드는 것도 사실이다. 그러나 많은 사서들이 출현했음에도 『삼국유사』가 도달한 찬술의 창발성과 예외성에 대해 이의를 제기하기는 어렵다고 본다. 『삼국유사』야말로 역사서술의 전통을 일거에 전복시킨 사서에 다름 아니라고 보기 때문이다. 일연이 새로운 역사서를 찬술하게 된 동인은 무엇보다 이전의 사서늘에 대한 불만에서 찾아야 할 것 같나. 새도운 역사시의 찬술에 임해 그는 이전의 역사서와 선명하게 구별되는 서술체계, 그리고 서술대상에 대한 전면적인 변화를 모색하기로 한다. 그의 지향점은 아직 출현한 적이 없는 온전히 새로운 역사서의 찬술에 놓여있었던 것이다.

역사서의 본분, 곧 적확한 기록으로 과거를 재현하는 데 이바지해야 한다는 기본적 명제에 대해 일연이라 해서 거부할 리는 없었다. 다만 유교적 합리주의사관을 앞세우다 보니 중국 혹은 위정자 중심으로 전개되는 것을 피할 수 없었고 역사적 사료를 지나치게 한정시킨 과거의 역사쓰기에 무조건 동조해줄 수는 없었다. 결국 일연으로서 『삼국사기』는 추종할 전범이 되지 못했다. 특히 문자중심의 사료만이 중시되고 구술 자료는 배척되었으며 민중적 자취는 권위적 인물들에 가려져 도무지 그 존재조차 드러나지 않고 있는 것이 『삼국사기』였다. 불교신앙과 관련한 문화사적 의미가 배제된 것은 더더욱 용납하기 어려웠다. 물론 『삼국사기』의 정보를 유용하게 활용하기도 했으나 『삼국사기』는 일연에게 모방의 대상이기보다는 극복의 대상으로 여겨졌다. 『삼국사기』가 사대주의에 기초하여 부실하게 전해지는 삼국사를 복원하는 데 초점을 맞추었다면 『삼국유사』는 紀異 편에서 강조하고 있듯, 우리역사가 중국역사와 대등하다는 자부심을 천명함으로써 이전의 역사와는 현격하게 다름을 먼저 강조했다.

한편 일연은 佛家 내 사서에 대해서도 날카롭게 비판을 가했다. 『삼국유사』보다 70년 앞서 출현한 『海東高僧傳』을 두고서는 진위에 대한 변증과 사료선별의 안목을 들어 거리낌 없이 공박하고 나선 것이 그런 예이다. 타 사서에 대한 거침없는 비판은 역사가로서 당당함을 보여주는 것이기도 한데 60세부터 80세에 이르는 그 긴 시간을 『삼국유사』의 찬술에 몰입했다는 전기적 사실은 이런 점에서 더욱 더 의미심장하게 느껴진다.

3. 역사찬술의 창안과 그 내적 서사전략

『삼국유사』가 삼국시대를 재현해주는 최고의 자료라 해도 고려후기의 시대적 산물에 해당하는 담론의 하나임이 분명하다. 『삼국유사』의 담론적 정체성에 대해 이론이 무성하지만 우리는 이 사서가 당대 상황, 현실에 대응하여 나온 생산물임을 먼저 상기해야 한다. 다시 말해 『삼국유사』의 담론적 본질에 접근하기 위해서는 이것이 배태된 고려후기 사회 현실과 이데올로기, 그리고 구성요소에 해당하는 수용대상, 서술 내용 등까지 아울러 살피지 않으면 안 된다는 것이다.

1) 口述歷史와 民衆史觀 간의 상관성

　고려 중후기 많은 역사서의 출현을 두고 당대 빈번히 발생했던 내우
외환을 지목하는 경우가 흔하다. 遼金 등 여러 이민족의 압력이 계속
되어오고 舊貴族은 타도되었으나 초기 문신들의 횡포한 정치가 암흑기
를 이루게 하고 국내외의 혼미 속에서 지식인들은 자기 거점을 민족에
서 발견하고 민족으로의 귀의를 어느 때보다 고창하게 되었으며[6] 고종
18년(1231) 이래 계속된 몽고의 야만적인 침략과 지배는 민족적 분노와
좌절을 체험케 했는데 이런 분위기가 일연에게 민족적 긍지와 정체성
을 확인해야겠다는 사명감을 부여한 것[7]이란 진단은 경청할 만하다.
어떻게 보든 당대의 역사 사회적 현실에 비추어 볼 때 민족의 자주의
식과 정체성을 밝히는 작업이 시급했는데 삼국시대의 역사규명은 시대
적 요구에 부응하는 작업으로 이목을 집중시켰다.

　그러나 민족적 주체성을 고취하기 위한 시도가 이전에 전혀 없었던
것은 아니었다. 김부식은 당대 지식인들이 중국역사에 대해서는 해박
하면서도 삼국역사에 대해서는 무지한 현실을 개탄하고 있으며 고자
중국역사의 방계적 역사로만 남을 수 없다며 國史의 부실함을 지적하
였다.[8] 하지만 그같은 지적에도 불구하고 삼국사기 역시 참조 사료는
풍족하지 못했으며 수용된 사료마저 중국 쪽의 것이 큰 비중을 차지하
는 한계를 드러냈다.[9] 따라서 그는 다음과 같은 비판에서 자유로울 수
없었다.

---

6) 이우성 · 강만길 편, 『한국의 역사인식』 상, 창작과비평사, 1976, 169쪽.
7) 김태영, 「삼국유사에 보이는 일연의 역사인식에 대하여」, 『삼국유사의 연구』, 동아세
　아 연구회 편, 1982, 16쪽.
8) 김부식, 『三國史記』, 「進三國史表」.
9) 고병익, 「삼국사기에 있어서의 역사서술」, 『한국의 역사인식』 상, 창작과비평사, 1988,
　53쪽.

　　"김부식의 삼국사기는 유교문화를 교조주의적으로 신봉하던 봉건왕조
의 도식적 제도의 산물이자 전통적 규범에 의거한 공식적 문헌으로 사대
와 존화의 도덕정치에 충실하고 있다. 따라서 이 사서는 유학자들의 독
무대가 될 뿐이었다."[10]

　　일연은 문자로 기록된 자료일수록 왕, 위정자 중심의 역사에 속한다
고 보고 일부러 이들과는 거리를 둔 것처럼 보일 정도이다. 하지만 김
부식이 怪力亂神的 요소를 피해 주로 검증된 역사 이야기만을 골라 사
료적 대상으로 활용한 데 비해 일연은 그런 성격의 이야기를 발굴하기
위해 여항을 전전하는 노고조차 마다하지 않았다.

　　구술역사에 대한 일연의 관심과 채집은 기실 역사적 주체로서 민중
을 부각시키는 방법의 하나가 된다는 생각과 맞물려 있었다고 보아야
한다. 민중의 삶과 자취를 역사에 편입시키고자 하는 일연에게 민중간
의 설화는 단순히 흥미있는 자료 이상의 가치를 지닌 것으로 다가왔던
것이다. 『삼국유사』에서 우리는 어느 역사서보다 민중들의 역동적 삶
을 발견할 수 있는데 이 역시 구술역사의 사료화가 가져온 부차적인
소득이라 해도 좋을 것이다.

　　『삼국유사』의 紀異篇은 『삼국유사』 찬술의 방향과 그 사료적 범주를
밝히는 전제와 다를 바 없다. 여기서 그는 신화로 채색된 중국의 상고
사를 무비판적으로 수용하면서도 우리의 상고신화는 불신하는 당대인
들의 이중성을 고발함으로써 자연스럽게 구술의 사료화라는 논리를 확
보하고 있다. 문면 속에 빈번히 나타나는 鄕傳, 古傳, 諺傳, 俗談 등 이
야기의 송신처는 구술의 사료화를 상징적으로 대변해주는 記標로 삼아
도 좋을 것이다.

　　그런데 口述談이란 기억에 의존하는 만큼 지성식인들일수록 그를 정
보적 대상으로 수용하기를 꺼리는 경향이 컸다. 고구려의 건국신화를

---

10) 이상호, 「삼국유사해제」, 『삼국유사』, 까치, 1999, 14쪽.

장편서사시로 탈바꿈시킨 李奎報도 한때는 건국신화에 아주 비판적 시
각을 보였던 것이다.[11] 일연도 구술에 대해 무조건적으로 선호하거나
신뢰감을 보인 것은 아니었다. 그는 빈번하게 협주를 안치하여 진실여
부에 대해 변증을 하거나 불가해한 사안을 두고서는 명민한 후인들이
등장해 올바르게 변증해 달라고 부탁하기를 잊지 않았다. 기본적으로
그는 문자든 구술이든 선입견을 갖지 않고 진실되게 역사를 전할 수만
있다면 사료로서 의미를 지닌다고 보았다.

사료적 대상으로 무엇을 취택하는가는 곧 사관과 직결한다. 민중간
의 구술담을 적극적으로 사료화하면서『삼국유사』는 자연스럽게 민중
사관을 구현하는 서술물의 성격을 갖추게 되었다고 해도 과언이 아니
다.『삼국유사』에서도 역사적으로 비중이 높은 인물들이 등장하는 것
이 사실이지만 正秀師, 郁面, 寶開, 漸開, 孫順 등 수많은 기층민들의
삶을 초점화하고 있으며 기성역사에서 입지를 굳힌 인물이나 正典을
맹목적적으로 추종하여 이기하는 일은 되도록 삼갔다. 일연이 기이편
을 전제하며 나름의 역사관을 피력했음에도 이런 글쓰기는 이전 역사
에 익숙한 독자들을 당황스럽게 만드는 일이 아닐 수 없었다.[12]

전통적으로 역사 서술법으로 흔히 권장되는 것이 春秋筆法[13]인데 사
실 문헌사료라고 해서 그런 목표치가 쉽게 달성되지는 않는다. 반대로

---

11) 「東明王篇」에 보이는 李奎報의 다음 언급은 고려 중후기 지식인들의 설화의식을 가
   늠해보기에 좋은 사례이다. 즉 "선사 승니께서는 괴력난신을 말하지 않았는데 동명
   왕의 사적은 실로 황당하고 기괴한 일이어서 우리들이 말할 바가 아니다(先師仲尼不
   語怪力亂神 此實荒唐奇詭之事 非吾曹所說)."라 한 것에서 보듯 민중간의 설화에 극
   히 부정적 태도를 보이고 있었다.
12) 대표적으로 김유신에 대한 일연의 기록을 주목해볼 수 있다. 일연은『삼국사기』속
   의 「김유신전」을 반복하는 대신 구술담에서 발원한 전생과 후생을 이야기를 통해
   지상적 삶의 단순함을 넘어 입체적 삶으로 부조시키고 있다. 지상의 삶과 달리 그는
   불세출의 인간상 대신 업의 굴레를 벗어나지 못하는 유한한 존재에 초점을 맞추고
   있다고 하겠다.
13) 유협, 최신호 역,『문심조룡』, 현암사, 1975, 69쪽. "세속에서는 기이한 것을 좋아한
   나머지 사실을 돌아보는 일도 없이 간접적으로 들은 일들을 훌륭하게 생각하여 쓰
   거나 먼 시대의 일을 기록하는데 그 흔적을 상세히 기록하려 든다."

구술물일지라도 온통 불확실한 정보일 뿐이라며 선입견을 가지고 대할 일도 아니다. 일연은 오히려 후자를 옹호하고 있던 것으로 보이거니와 황탄 무괴한 서사로 치부되던 구승담을 채집하기 위해 경상도권역을 속속들이 답사한 끝에 이를 史料化함으로써 색다른 역사이야기를 창안하기에 이르렀다. 『삼국유사』의 담론적 성격을 두고 다양한 설이 분분한 것은 일연이 그만큼 독특한 사료 선별안을 지닌 데에 있다고 보아야 한다.

『삼국유사』를 거대한 불교설화의 모음집로 보더라도 무리는 없으나 왜 그런 결과가 나타나게 되었는지 이면의 까닭을 우선 헤아리는 것이 중요하다. 『삼국유사』를 설화집으로 섣불리 규정하기 전에 왜 그런 결과가 나타나게 되었는지 이면의 동인을 찾아보는 것이야말로 『삼국유사』의 담론적 본질을 캐는 첫걸음이 될 터이다.

2) 서사미학을 바탕에 둔 역사이야기

『삼국유사』가 역사를 앞세운 글쓰기이면서도 서사 연구자들의 호기심을 증폭시키는 까닭은 그것이 전통적 역사이야기 방식과 전혀 다른 특성을 내재한다는 점에 기인한다. 앞에서 구술담을 과감하게 역사로 편입시키는 일연의 면모를 훑어보았으나 이제부터는 서사미학적 시각을 바탕으로 『삼국유사』의 담론적 특성에 주목하기로 한다.

역사와 서사가 이야기로 지탱되는 담론이라는 점에서 본다면 어떤 역사물도 서사문학 안에 포괄될 수 있다. 그러나 『삼국유사』의 경우는 그 이전, 이후에도 쉽사리 보기 어려운 담론이라 하겠는데 무엇보다 서술 대상과 사료를 새롭게 설정하고 이를 능숙하게 풀어나간 일연의 능력이 있었기에 가능했다.

과거시기로 거슬러 올라갈수록 인물, 사건, 상황에 걸쳐 있는 그대로 감가없이 기술하는 것을 역사의 본령으로 새겼다. 이런 시각 안에서는 지리멸렬한 이야기라 하더라도 비판이나 불평이 일어날 리가 없다. 무미건조한 이야기라 할지라도 사실에 즉한 것이라면 배척될 까닭이 없었다. 도리어 이야기로서의 흡입력을 위해 과장과 수식을 가하거나 없는 것을 꾸며내는 일이 벌어질까봐 전전긍긍했다. 객관적 기록을 맹신하는 사람들에게 찬자의 자의적 기술은 역사라는 대업을 수포로 만들어버리는 위험천만한 행위로 여겨졌다.

그렇다면 역사와 문학은 아주 동떨어진 것일까. 적어도 원래 한 가지에서 출발한 내력이 있듯이 역사와 문학 사이에는 이질적 요소보다는 동질적 요소를 더 많이 간직한 담론들이다.[14] 다시 설화를 결정적 사료로 채택하고자 하는 일연의 태도를 살펴보자. 『삼국유사』가 서사성이 강하다고 하지만 그것은 구술역사에 비중을 높이다 보니 원래 일연의 의도와 상관없이 서사 미학성을 두루 갖추게 된 것으로 볼 수도 있을 것이다. 하지만 이야기의 매개자로서 일연의 입김을 부정할 수가 없다. 사찰 연기설화 가운데서도 淨土寺創建談 같은 것이 대표적인 예이다. 외견상 이 이야기가 추구하고 있는 종착점은 정토사의 창건 내력이지만 창건 연대, 공사 기간, 공장이, 창건이후 調信의 신변 등 궁금증이 일만한 사안에 대해서는 아무 정보도 제공하지 않고 있다. 대신 일연은 소설과 구별하기 어려울 정도로 높은 서사성을 구비하는 데 치중하고 있는 듯한 인상을 주고 있다.

역사가 사실에 대한 기록을 강조한다면, 소설은 사실과 허구 사이의 변별을 두고 어떤 관심도 두지 않는 양식이다. 소설은 오히려 선택한 소재, 제재를 통해 인간의 본질을 추구해 나간다는 데 온힘을 다할 뿐이다. 虎願寺緣起說話는 역사적 사실에 대해서 함구하고 있는 대신 무상함과 덧없음에서 헤어나지 못하는 사바의 한 중생을 내세워 불교사상의 정수를 환기시키고 있다. 하지만 역사 기술로만 본다면 그것은 직

---

14) 차하순, 「역사의 문학성」, 『역사와 문학』, 서강대 인문과학연구소, 1981, 6쪽.

무유기에 다를 바가 없다고 해도 과언이 아닐 터인데 유사한 사례들로는 南白月二聖 努肹不得 怛怛朴朴이나 郁面婢念佛西昇, 金現感虎 이야기를 더 보탤 수 있을 것이다.

중세적 시각 안에서 역사는 인간을 감개시킨다는 점 때문에 무엇보다 높은 의의를 인정받았다. 일연도 역시 역사 담론이 사실의 재현이라는 명제 이외에 삶의 본질을 현시하는 담론적 기능에도 주의를 기울여야 한다고 여겼던 듯싶다. 그리하여 유자들과 달리 불승으로서 그는 불교 사상을 용매로 인간의 삶을 진지하게 성찰해 나가는 데 주력하였다. 金現感虎 이야기는 그런 사례의 하나로 이야기의 종결 부위에 가서야 본래 서사 목적이 호원사의 창건 내력에 있었다는 점을 뒤늦게 실토한다. 설사 사찰의 역사로서는 미미한 점이 많으나 독자들은 능숙한 이야기꾼 일연의 입담을 따라 흥미진진함을 잃지 않으면서 불교사상의 한 편린을 어렵잖게 잡아낼 수 있게 된 셈이다. 이처럼 독서물로서『삼국유사』는 역사와 문학의 거리감을 불식시키는 효험을 보여준다.

일연이 역사와 서사의 거리를 몰랐다고 보지는 않는다. 도리어 그는 역사와 서사가 갖는 각각의 특장에 주목하고 서사와 역사의 조화됨을 궁리하는 데 골몰했던 인물로 보아야 될 것이다. 그는 서사를 앞세워 역사에 부족한 역동성을 부여했으며 경우에 따라서는 발단, 전개, 절정, 종결 등 구성원리를 준용하는 등 역사가가 아닌 화자로서의 자의성마저 내세우는 것을 어렵잖게 목격한다. 이외 일연은 설화 가운데 일부를 골라 불교사상의 주제화란 또 다른 의도를 살리는데 남다른 솜씨를 보여주고 있다. 하지만 일연이 역사를 문학화하는 데 열성을 바쳤다 해도 역사적 사실을 훼손하는 선을 넘어서지는 않았다. 앞서 말했듯이 우리는 그를 문학과 역사, 그 둘의 조화로운 상생을 추구한 역사가로 보는 것이 오히려 합당하다고 생각한다.

『삼국유사』가 설화를 史料的 대상으로 삼고 있는 담론이므로 그것이 갖는 특성을 설화의 성격에서 찾고자 하는 일은 엉뚱한 것이 아닐 것이다. 구비 서사물의 모음집이라는 선입견에 사로잡혀 『삼국유사』를 설화적 성격 안에 고정시키는 일은 삼가야 한다. 흥미위주의 서사물인 설화가 지닌 한계를 넘어서 史家로서 사실적 정보를 최대한 벌충해야 하다는 일종의 전통적 역사의식을 온전히 부정한 것은 아니라고 보는데 이는 王曆篇을 맨 앞에 설정한 것이나 곧바로 기이하고 황탄한 이야기를 대입시키지 못하고 머리말격인 기이편을 굳이 설정한 것 등이 잘 말해준다. 다시 말해 이는 구술담을 문자로 정착시키는 자의 머뭇거림이면서 동시에 전통적으로 관념해오던 사관의 사명감을 잠시 떠올렸음을 상징적으로 보여주는 대목이다.

그렇다면 설화를 넘어서 그가 남긴 서사물은 미학적으로 어떤 특성을 지니고 있는가. 여기서는 『삼국유사』 서사적 특성으로서 인물설정, 시공적 배경, 장면화, 극적 전개의 가능성을 선별하고 이의 분석을 통해 그 의미를 캐내고자 한다.

(1) 경쟁담의 차용과 변개

『삼국유사』는 다양한 인물을 등장시키되 고승은 물론 민중마저도 도를 이루기 위해 몸부림치는 불교적 인간을 형상화하는 데 주력하는 바, 특히 成道談은 『삼국유사』에서 빈번히 등장하는 독특한 유형담으로 꼽아도 좋을 것이다. 成道가 단순히 발원만으로 이를 수 있는 일이 아님을 잘 아는 인간들은 속세에서의 태깔을 버리는 것은 물론 온갖 방편을 지어가며 성도를 이루고자 혼신의 힘을 다하게 된다. 하지만 의지가 충만해 있는데 비해 구체적으로 어떻게 처신해야 그 원을 이룰 수 있는지는 알지 못한다. 그런데 일연이 몇몇 道伴을 등장시키는 것은 그런 성도의 비법을 나름으로 전하기 위함이라고 생각해도 될 것 같다. 일연은 몇 道伴을 소개한 후 두 사람 중 한 사람을 선별하여 그에게 비교 우위를 부여하는 방법을 취한다.

努肹不得 / 怛怛朴朴,[15] 廣德 / 嚴莊 /[16] 觀機 / 道成,[17] 義湘 / 元曉[18] 등

은 일연이 대표적 사례로 택한 본보기들이다. 이들은 각각 의기가 투합하여 수도에 들었으나 결과적으로는 동시에 그 願을 성취할 수가 없게 된다. 마침내 최종의 목표에 도달한다 해도 어쩔 수 없이 선후의 차이가 발생할 수밖에 없다. 당연히 일연은 도를 앞서 성취한 자를 수도,수행의 표본으로 내세우게 된다. 성도담이 主動 / 反動, 善 / 惡, 美 / 醜,등의 대립상을 전제로 한 치열한 다툼과 경쟁을 담고 있는 이야기는 아니지만 달달박박, 엄장, 원효에게서 우리는 成道에서 기선을 놓치고 만 패배자라는 생각을 잠시나마 갖게 된다. 불교적 가르침을 현시할 요량을 안에 숨기고 있다는 데 이의를 달 수는 없으나 형식만 주목한다면 설화의 겨루기 모티브를 수용한 경쟁담과 방불한 면이 나타나는 것이다.

그러나 설화에서 상투적으로 등장하는 경쟁담의 하나로 규정하는 것은 성급하다. 무엇보다 등장인물들이 한결같이 성도를 지향하고 있기에 선 / 악의 어느 한편으로 구별하는 것은 부질없는 짓이다. 거기다 인물들이 세속적인 목적의식을 드러내지 않으며 승부에 관심을 표명하지 않는다는 점에서 설화 속 경쟁담과는 큰 차이가 있다. 일연의 서사적 지향점으로 말한다면 肯定 / 否定, 善 / 惡의 구분에 초점을 둔 것이 아니라 불교적 진리란 무엇이며 그것이 갖는 진정성이란 과연 무엇인가, 그 분별안을 체득시키기 위한 데 서사적 지향점을 두고 있는 것으로 파악하는 것이 옳다. 노힐부득, 광덕은 달달박박이나 엄장보다 앞서 서방정토에 이르렀으니 대결에서 승리를 거두었다고 볼 수도 있다. 그러나 그같은 이분법적 시선을 넘어서는 것이 『삼국유사』의 특징이다. 시

---

15) 일연, 앞의 책, 권제 3, 「南白月二聖努肹不得怛怛朴朴」.
16) 일연, 위의 책, 권제 5, 「廣德嚴莊」.
17) 일연, 위의 책, 권제 5, 「包山二聖」.
18) 일연, 위의 책, 권제 4, 「洛山二大聖 觀音正趣調信」.
　　원효와 의상간의 도반적 성격과 그것의 설화문학적 이식에 대해서는 김승호, 「원효전승에서 도반의 서사적 의미」(金月雲 편, 『대장경의 세계』, 동국역경원, 1999, 307~326쪽)를 참조할 수가 있다.

간적으로 뒤졌을 뿐이지 怛怛朴朴과 嚴莊도 그들이 발원한 대로 오래 잖아 서방정토에 무사히 안착하게 된다. 엄밀하게 말해『삼국유사』에 는 저주받는 악인은 없다. 악행의 전형으로 곧잘 등장하는 독룡조차도 과오를 참회하는 순간 죄는 탈색되고 신실한 불자로 재출발한 것으로 그릴 정도이다. 경쟁담처럼 보이는 이야기라 할지라도 기실 불교적 진 리를 제시하고 개유불성이란 불교의 종지를 내면화하는 데 초점을 두 고 있는 것이『삼국유사』의 서사적 특징이다.

『삼국유사』의 각편 가운데 이기고 지기, 혹은 겨루기 등의 설화 모 티브를 차용한 것이 적지 않게 보이지만 그것이 곧 설화적 서사문법에 온전히 의지한 것으로 보이지는 않는다. 일연이 설화의 경쟁담을 끌어 들인 것은 독자적 흡입력을 촉발시키는 데 효용성을 발휘할 것이라는 인식이 있었기 때문이라고 할 터인데 그의 궁극적 본의가 대립적인 존 재들 간의 적나라한 경쟁제시나 어느 한 쪽의 편들기는 그가 의도한 바가 아니다. 우회적인 방법으로나마 불교적 진리를 적시해주기 위해 경쟁담의 모티브를 차용했다는 말이 이치에 맞을 것이다.

(2) 서사시간의 확장

『삼국유사』는 타역사서에서 볼 수 없는 독특한 시간관이 지배적으로 나타난다. 이른바 서사시간19)에 대한 기존의 관념을 무너뜨리고 있다 는 것이다. 흔히 사실담이든 허구담이든 생이란 지상의 궤적이라 할 탄 생－성장－활약－죽음에서 벗어나지 않으며 이 가운데 특정 부위가 선 택, 강조되는 것이 어느 서사에서나 통하는 법칙이라고 해도 과언이 아 니다.

---

19) 여기서 말하는 서사시간은 discourse time, 곧 이야기되는 것의 재현에 요하는 시간 을 말하는 것이 아니라 story time, 곧 이야기 내용의 시간을 일컫는 것으로 테두리 를 지어 쓰고자 한다(제럴드 프린스 지음, 이기우・김용재 역, 『서사학사전』, 민지 사, 1992, 258쪽).

하지만 『삼국유사』는 그런 서사적 관행을 한순간에 무너뜨리고 있다. 가령 金庾信, 郁面, 金大成 등의 전기를 주목해 보자. 고구려의 첩자로서 김유신을 해코지하고자 남파되었던 白石이 체포된 후 취조과정에서 내뱉은 진술에 따르면 金庾信의 生은 아래와 같다.

"나는 본래 고구려 사람이요. 우리나라 여러 신하들이 말하기를 신라의 유신은 우리나라 점장이 楸南이었는데 국경지방에 逆流水가 있어서 그에게 점을 치게 하였고. 이에 추남이 말하길 '대왕의 부인이 陰陽의 道를 역행한 때문에 이러한 표징으로 나타난 것입니다.' 했소. 이에 대왕은 놀라고 괴상하게 여기고 왕비는 몹시 화를 냈습니다. '이는 요망한 여우의 말이라.' 하여 왕에게 알려 다른 일을 가지고 시험해서 물어보아 맞지 않으면 중형에 처하라 했소. 이리하여 쥐 한 마리를 함속에 감추어 두고 이것이 무슨 물건이야 물었더니 그 사람은 '이것은 반드시 쥐일 것인데 그 수가 여덟입니다.' 했소. 이에 그의 말이 맞지 않는다하여 죽이려 들자 그는 맹세하기를 '내가 죽은 뒤에는 꼭 대장이 되어 반드시 고구려를 멸망시킬 것이다.' 했소. 곧 그를 죽이고 쥐의 배를 갈라보니 새끼 7마리가 있었소. 그제야 그의 말이 맞는 것을 알았지요. 그날 밤 대왕의 꿈에 추남이 신라 서현공이 天人의 품속으로 들어가는 것을 보고 여러 신하에게 물었더니 '모두 楸南이 맹세하고 죽더니 과연 맞습니다.' 했소. 그런 때문에 고구려에서는 나를 보내서 그대를 유인하게 한 것이요."[20]

장황하게 白石의 전언을 기록한 것에서 다시금 설화의 사료화를 시도하는 일연의 지향점이 확인된다. 그렇지만 한편으로는 의아함을 누그러뜨리기 힘들다. 서사시간이 金庾信의 現生이 아니라 前生에 초점을

---

20) 일연, 『삼국유사』 권제 1, 「金庾信」.
　　"我本高麗人 我國群臣曰 新羅庾信 是我國卜筮之士楸南也 國界流逆流之水 使其卜之 奏曰 大王夫人逆行陰陽之道 其瑞如此 大王驚怪 而王妃大怒 謂是妖狐之語 告於王 更以他事驗問之 失言則加重刑 乃以一鼠藏於合中 問是何物 其人奏曰 是必鼠 其命有八 乃以謂失言 將加斬罪 其人誓曰 吾死之後 願爲大將 必滅高麗矣 卽斬之 剖鼠腹視之 其命有七 於是知前言有中 其日夜大王夢楸南入于新羅舒玄公夫人之懷 以告於群臣 皆曰 楸南誓心而死 是其果然 故遣我至此謀之爾."

맞추고 있다는 점 때문이다. 사실 역사적 인물로서 김유신은 지상에서 그 누구보다 숱한 활약상을 보여주었으며 그만큼 어떤 역사인물보다도 문헌, 구비설화의 주인공으로 깊게 각인되어왔다. 일연 이전에 그는 벌써 불세출의 영웅이었던 것이다. 하지만 일연은 그런 인물전승을 일방적으로 추종하려 들지 않았다. 오히려 白石의 입을 통해 김유신의 전생을 상세하게 제시함으로써 위대한 존재로 부각된 김유신의 생 전반을 숙고하도록 유도하고 있는 것을 보게 된다. 現生을 도외시하고 前生을 부각시키는 것은 생의 표피만을 중시하고 삼생유전의 진리를 외면하는 세간의 시각에 대한 반발이라고까지 말할 수 있겠는데 유전하는 삶에 비추어 전생, 후생까지도 의미있는 단위가 된다는 점을 강조하고자 한 것이다.

삶을 거시안적 안목으로 바라보고자 하는 일연의 시각은 역사인물이 아닌 민중 불자인 郁面을 통해서도 발현된다. 승전의 기록에 따르면 원래 욱면은 八珍의 무리 가운데 계를 받지 못하고 축생도에 떨어진 자였다. 그러나 다음 생에는 浮石寺의 일소로 환생하게 된다. 미물이지만 불사공덕에 전념한 것이 헛되지 않았던지 또 다른 환생을 거쳐 貴珍의 계집종으로 태어난다. 그런데 그는 극악한 노동 속에서도 주인의 뒤를 좇아 미타사에 올라 염불과 수행에 진력하던 끝에 어느 날 염불 중에 대들보를 뚫고 비등하여 서방정토에 이르게 된다. 그의 生은 '八珍의 무리-浮石寺의 일소-貴珍의 계집종-서방정토로의 왕생'의 단계를 보여줌으로써 이 이적을 견문한 사람들에게 불교에서 말하는 업과 윤회적 원리를 명징하게 터득시키는 데 이바지한다.[21] 4대에 걸친 윤회적 궤적을 찾아가는 것 자체가 흥미를 끌어당기지만 서사의 이면에 불교적 시간관에 대입해 생을 해석해내려는 일연의 서사전략이 숨어있음을 놓치지 말아야 한다.

---

21) 일연, 『삼국유사』 권제 7, 「郁面婢念佛西昇」.

『삼국유사』에서 빈번하게 시도되는 서사부위, 서사시간의 확장을 기발한 상상력이나 환상으로만 연계시키는 것은 일연의 서사적 본의의 일면만을 짚어내는 한계를 낳기도 한다. 역사를 기술하는 사관으로서 전통적 서사문법을 충실히 따르기보다 불교사상의 주입을 위해 기존 서사문법마저 여지없이 전복시키려 들었던 것이 일연의 또 다른 면모였음을 직시해야 한다. 그는 지상적 삶으로 고정된 한정된 서사시간을 매이지 않고 전생은 물론 후생, 그리고 경우에 따라서는 거듭 이어지는 윤회까지 거리낌 없이 사사시간대로 편입시켰다. 설화에서 그런 수법이 관행으로 자리 잡고 있었다하여 일연의 글쓰기가 갖는 의의를 폄하시킬 수는 없다. 일연의 경우 三生의 서사시간 내에 불교사상의 핵심을 용해시키고 있을 뿐더러 통일적이고 전체적 구조를 통해 이른바 불교적 주제를 최대한 표출해낸다는 점을 상기할 필요가 있는 것이다.

(3) 서사와 서정의 결합

역사물로서는 어울리지 않게『삼국유사』는 시를 포함해 다양한 한문 양식을 적극 수용하고 있어 주목을 끈다. 한시 文體名에 따라 분류해보면 論辯類 9, 雜記類 22, 奏疏類 2, 書牘類 4, 序跋類 3, 書狀類 12, 碑誌類 1, 雜記類 22, 箴銘類 1, 論贊類 47, 詩歌類 12편 등 모두 114편의 한문 작품이 수록되어 있다.[22] 이중에서 우리의 이목을 집중시키는 것은 鄕歌를 포함해서 찬시를 비롯한 箴銘, 頌讚類, 詩歌類 등을 비롯한 운문이 매우 높은 비중을 차지한다는 사실이다. 물론 사실기술과정에서 제 3자의 시가 불가피하게 소개해야만 하는 경우도 있겠으나 기실 찬자인 일연 자신이 직접 창작한 시가류를 빈번하게 삽입시키고 있어 일연의 서사적 지향점이 시문의 결합에 있었다는 심증을 굳히게 한다. 讚詩의 기능은 傳, 銘, 偈頌 등에서 보듯 앞에서 상세히 서술된 인물,

---

22) 박진태 외,『삼국유사의 종합적 연구』, 박이정, 2002, 178쪽.

사건, 상황에 대해 찬자의 개인적 의견, 주장을 개진하기 위한 데 우선적인 목적을 두었다 할 수 있겠는데 詠史, 感興, 詠歎 등 서사로는 감당하기 어려운 내면세계를 표출시키는 데 효과적이다. 객관성과 공정함을 유지해야만 하는 사관으로서의 압박감을 어느 정도 벗어날 수 있다는 장점 때문에 이에 주목했을 것이라는 풀이도 가능하다. 다른 한편으로 시문의 결합을 독자중심적 글쓰기의 일환에서 파악할 수 있을 터이다. 즉 전기문학에서 보듯 이야기와 시를 엇섞어 놓는 일은 독자에게 역사적 사실의 인지와 함께 문학적 흥취를 동시에 맛보게 하는 데 더없이 효과적인 방식임을 일연이 충분히 감지하고 있었다고 보는 것이다.

4. 결론

『삼국유사』는 보기 드물게 역사, 문학, 불교적 속성을 균형있게 간직한 담론이자 찬자의 천명과 상관없이 설화, 소설담론으로까지 연구가 확장되어나간 담론이다. 이같은 특성은 역사물이되 전통적 사기찬술의 방식과 전혀 다른 방식과 시각을 동원해 이야기를 전했다는 점과 깊은 관련을 맺는다. 『삼국유사』에서 神異史觀의 구현은 이전의 역사서를 반복하는 것이 아니라 이제까지 외면했거나 방기했던 민중의 체험적 증언을 폭넓게 수습하면서 비로소 가능하게 되었다할 만하다. 일연은 민중 증언적 담론에 사료적 의의를 부여하고 적극 수용했는데 문헌사료에 집착한 그 성향이 기존 역사서와 다른 독특한 史觀을 낳게 했다. 집권층, 기득권층, 유자층의 시각으로는 결코 포착되지 않는 민중의 삶, 불교의 신앙세계가 일연이 건져 올린 설화를 통해 속속 그 면모를 드러냈으며 이는 그의 손질을 거친 후 역사적 담론으로 유사에 갈무리되었다. 이런 점에서 일연을 중세 역사서술의 지평을 열어놓은 인물로 매김하는 것에 어떤 이의도 제기할 수 없는 것이다.

역사와 서사문학 간의 거리를 살핀 다음 본고는『삼국유사』의 서사미학적 특성을 살피고자 했다. 즉 이야기가 역사와 문학사이의 경계에 교묘히 얹혀 진행시키고 있는『삼국유사』의 서사설계를 가능하면 미세한 데까지 밝혀보고자 했다. 그 결과『삼국유사』가 서사미학을 상당히 감안한 역사담론이라는 점이 드러났다. 이를 세분화하면 아래와 같다.

첫째, 경쟁담을 변통하여 불교적 사유를 반영한 유형담으로 변환시킨다는 점이다.『삼국유사』는 역사의 증언, 그것의 재구에 초점에 온통 집중하는 이야기와는 판이하게 달랐는데 설화의 채집에 각별한 공을 들였던 만큼 이야기마다 구비서사와 방불한 서사문법이 발견되었다. 특히 인물형상에 있어 대비적 조응이나 이원적 시각을 동원해 주인공과 여타 인물을 구별 짓고자 하는 시각은 바로 그에 해당된다. 그러나 일연은 설화의 서사방식을 그대로 수용하기보다는 이를 변용하는 데 더욱 더 솜씨를 발휘한 작가였다. 무엇보다. 설화의 수용을 넘어선 변개의 기법을 주목해야 한다. 일연은 민담의 경쟁모티브를 차용할지라도 선과 악, 미와 추 등으로 어느 한편에 귀속시키는 식의 구별을 시도하지 않았다. 도반으로 등장하는 두 인물가운데 어느 한 사람이 앞서 성도라는 최종의 목표를 달성하지만 그 나머지 사람이 결코 패배자나 실패자로 폄하하는 시각은 찾아 볼 수 없다. 차순만 다를 뿐 나머지 한 사람도 조만간 득도, 성도의 목적을 달성하는 것으로 처리한다. 설화의 경쟁담처럼 서두를 열지만 후반부에 이르러서는 나머지 한사람도 성도하는 것으로 처리함으로써 불교의 중핵적 화두에서 벗어나지 않도록 배려한 것을 알 수 있다.

둘째, 서사시간의 확장을 들 수 있다. 곧 서사시간을 지상의 삶으로 한정짓지 않는다는 점이다. 역사를 이루는 개별 인간의 삶을 그리는 데 있어 유교적 시각을 적용시킨다면 당연히 지상의 삶만이 의미있는 부위로 지목된다. 적어도 과거 史家들은 그것을 당연시 했다. 그러나『삼국유사』는 서사대상이 되는 인물의 전생, 현생, 후생까지 서사시간에 편입시켰으며 자유자재로 과거와 미래로의 시간적 유영마저 대수롭지 않게 적용시켰다. 서사시간의 확장은 현생중심의 사고에 충격을 가하면서 인물과 역사에 대한 불교사상적 해석의 가능성을 열어놓는 계기를 만들게 된다. 셋째, 서사와 서정의 결합의지가 유별나게 높다는 점이다. 역사는 이야기를 전제로 한 과거재현의 글쓰기이므로 시적 담론은 기피의 대상이 될 수밖에 없었는데 시란 기껏 객관적이고 공정한 시각을 저해하며 자칫 오독이나 불투명성을 가중시킬 뿐이란 생각에서 나온 결과이다. 따라서 사관들은 한결같이 서정을 멀리하는 태도를 취했다. 하지만 서정이 과거기록에 해악만을 끼친다는 입장에 일연은 동의하지 않았던 것 같다. 무엇보다 그가 銘, 偈頌 등에 보이는 시문병렬 방식을 가감하게 글쓰기에 적용시킨 것이 이를 입증한다. 사실 『삼국유사』에 향가 14수도 서사와 서정의 결합에 남다른 관심을 보였던 일연의 지향점이 있었기에 수록이 가능했던 것은 아닐까 싶다. 일연이 시를 서사에 적극적으로 수용한 까닭은 서정은 앞서 제시된 서사내용을 요약·강조하거나 혹 채 기록하지 못한 것을 적기하는 담론으로서 몫을 수행하는데 상당한 힘을 발휘할 수 있다는 믿음이 있었기 때문이다.

　이상 文史복합물로서 『삼국유사』가 내재한 특성과 함께 그에 나타나는 변별적인 서사미학을 추출해 보았다. 전제한 것에 비해 논의가 영성할 뿐더러 예증이 충실히 뒷받침되지 못했음을 흠결로 실토하지 않을 수 없다. 졸고나마 『삼국유사』의 역사문학적 논의를 지피는 계기로 작용한다면 다행이겠다.

(『너머』 제2호, 해와달, 2007년 가을호)

景幾體歌 「關東別曲」의 借字表記에 대한 解讀*

정 우 영**

1. 序論

　‘關東別曲’을 韓國 古典文學史 목록에서 찾아보면 두 가지가 나타난
다. 하나는 조선 宣祖때 松江 鄭澈(1536~1593)이 지은 歌辭 작품이고,
또 다른 하나는 고려 忠肅王때 謹齋 安軸(1282~1348)이 지은 景幾體歌
작품이다. 이 글에서 다룰 대상은 후자로서 1934년 김태준의 『朝鮮歌
謠集成』에 全文이 소개되고, 양주동(1946)에서 자세한 註釋이 행해진 이
래 70여 년간 주로 古典文學의 연구대상으로 이용되었던 자료이다.
　「關東別曲」은 안축의 『謹齋集』에 실려 있는 景幾體歌인데, 高麗語를
漢字의 音과 訓을 빌려 우리말 語順으로 기록한 자료라는 점에서 1차적
으로 國語學의 연구대상에 속한다. 그럼에도 불구하고 그간 이 자료는
고려시대의 鄕札이나 吏讀・口訣 등 借字表記 연구에서 다루어지지 않
았을 뿐만 아니라 國語史資料로서의 價値도 제대로 검증받은 적이 없
다. 이 자료를 검토해보면 國語史的으로 중요한 언어 사실이 드러난다.
예컨대, 차자자료 및 中・近世語 문헌에서는 찾아보기 어려운 특이한

---

* 이 논문은 「景幾體歌 「關東別曲」의 國語史的 檢討」, 『구결연구』 18집(2007. 2. 28),
　구결학회, 251~288쪽을 수정・보완한 것임.
** 동국대학교 국어국문학과 교수

文法形態가 나타나고, 국어 音韻史的인 측면에서 脣輕音과 관련이 있는 차자표기 '古溫'도 나타난다. 특히 후자는 [麗·美·姸]을 뜻하는 형용사 어간 '곱—'에 어미 '—온'이 결합한 관형사형으로 오늘날 표준어의 'ㅂ'불규칙활용형 [고운]과 유사하다는 점에서, 또한 이 자료를 전후로 하여 나온 轉寫表記와 借字表記, 그리고 訓民正音의 초기문헌이 보여주는 脣輕音 관련 언어 사실과는 현격한 차이가 있다는 점에서 주목할 만하다.

이 「關東別曲」이 한국 고전문학사에서 부각된 것은 김태준(1934)에서인데, 일부를 해독하여 세상에 처음으로 소개한 공이 크다 하겠다. 그 후 양주동(1946)에서는 전체를 주해하였으며, 방종현(1949나)에서는 이 노래의 제3장까지를 자세히 주해하였다. 그 밖에 조지훈(1964)·박병채(1968)·김창규(1996, 2001)·박경주(1996)·임기중 외(1997) 등 선행연구에서 이루어진 것까지를 합치면 해독이 상당히 이루어져 있는 셈이다.

이 글에서는 1330년경에 安軸에 의해 창작된 경기체가 「關東別曲」을 중심으로1) 解讀에 논란이 있어온 7개 항목의 借字表記를 선정하여 國語史的 관점에서 객관적으로 分析·解讀하고, 아울러 國語史的 價値도 검토하고자 한다.

이 글에서 해독하려는 7개 항은 1330년경의 高麗語를 借字表記한 자료이다. 따라서 當代의 漢字音과 訓을 이용하여 解讀하는 것이 원칙일 것이다. 그러나 고려시대 고유어 및 한자음에 대한 정보가 극히 적으므로 완전하게 해독하기는 사실상 어려운 실정에 있다. 따라서 해독은 다음과 같은 자료를 근거로 삼아 진행하는 것이 불가피하다. ① 14세기 전반기 高麗時代 傳承漢字音과 고유어 자료 또는 그것과 가장 근접한 시기의 자료,2) ② 15세기 훈민정음 초기문헌에 반영된 고유어 및 한글

---

1) 이 「關東別曲」의 창작연대에 대하여는 방종현(1949가나)과 김창규(1996 및 2001) 참조.
2) 예컨대, 『三國遺事』에 실린 讚詩(50편), 『朝鮮館譯語』(1408), 『鄕藥救急方』(1236), 『鄕藥採取月令』(1431), 『鄕藥集成方』(1433), 『鷄林類事』(1103) 등이다. 歷史的 變化를 고

로 표기된 漢字音 자료, ③ 15세기 말~16세기 전반기 국어문헌에 반영
된 고유어 및 전승한자음 자료, ④ 高麗末 또는 朝鮮 前期에 창작된 경
기체가 중 漢字로 記錄된 자료, ⑤ 『樂學軌範』(1493) 및 『樂章歌詞』(16세
기) 등에 실린 景幾體歌 및 高麗歌謠 등의 순서로 한다.

　　이 借字表記의 해독에서 유의할 점은, 이 노래가 향유 대상인 사대부
이하 일반 대중과의 소통을 목표로 하고 있어 個人語 사용이 극히 제
한되었을 것이라는 점이다. 그러므로 詩的 直觀에 의한 해독보다는 오히
려 창작 당시의 차자표기 관례에 따라 해독하는 것이 실상에 근접하는
길이라 믿는다.

2. 「關東別曲」의 借字表記에 대한 解讀

　　안축의 『근재집』 권2에 실려 있는 경기체가 「關東別曲」은 전 9장으
로 구성되어 있다. 모든 장에 借字表記가 들어 있으나, 이 글에서 해독
하려는 대상은 그 중 7개 행으로서 5個 章에 걸쳐 나타나 있다. 異本間
對校를 통해 확정한 5개 章의 原文을 선별·제시하면 다음과 같다.[3)]
밑줄 친 ①~⑦은 이 글에서 解讀할 차자표기 자료이다.

(1) 景幾體歌 「關東別曲」

叢石亭 金幱窟 奇岩怪石
顚倒巖 四仙峯 蒼苔古碣
① 我也足 石巖回 殊形異狀
② 爲 四海天下 無豆舍叱多
玉簪珠履 三千徒客

　　려할 때 創作年代인 1330년에서 시대가 멀어질수록 자료의 신뢰도는 상대적으로 낮
아질 것이다.
3) 이 작품의 작자와 이본에 대한 검토는 정우영(2007 : 255~259)을 참조할 것.

③ 爲 又來悉 何奴日是古　　　　　<제3장>
三日浦 四仙亭 奇觀異迹
彌勒堂 安祥渚 三十六峯
夜深深 波激激 松梢片月
④ 爲 古溫貌 我隱伊西爲乎伊多
述郎徒矣 六字丹書
爲 萬古千秋 尙分明　　　　　　<제4장>

仙遊潭 永郎湖 神淸洞裏
綠荷洲 靑瑤嶂 風烟十里
香冉冉 翠斐斐 琉璃水面
爲 泛舟 景幾何如
蓴羹鱸膾 銀絲雪縷
⑤ 爲 羊酪 豈勿參爲里古　　　　<제5장>

雪嶽東 洛山西 襄陽風景
降仙亭 祥雲亭 南北相望
騎紫鳳 駕紅鸞 佳麗神仙
爲 爭弄朱絃 景幾何如
高陽酒徒 習家池館
⑥ 爲 四節 遊伊沙伊多　　　　　<제6장>

五十川 竹西樓 西村八景
翠雲樓 越松亭 十里靑松
吹玉簫 弄瑤琴 淸歌緩舞
爲 迎送佳賓 景何如
望槎亭上 滄波萬里
⑦ 爲 鷗伊鳥 藩甲豆斜羅　　　　<제8장>

　　전체 9장의 내용을 개관하면, 제1장은 序詞로서 存撫使인 安軸 일행
이 關東 지방을 순찰하는 위풍당당한 모습을 그렸으며, 王의 德化로 백

성들의 義理가 中興하기를 頌禱하는 내용이다. 제2장부터 제9장까지는 關東八景을 題材로 삼아 묘사하되 그와 관련된 名産物과 古事, 懷古와 感興 등을 노래하였다. 제2장에서는 鶴城, 제3장에서는 叢石亭, 제4장은 三日浦, 제5장은 永郎湖, 제6장은 襄陽, 제7장은 臨瀛, 제8장은 竹西樓, 제9장은 㫌善의 絶景에 대하여 각각 읊었다.

1) 我也足 石巖回 殊形異狀

1)에서 3)까지는 「關東別曲」의 제3장에 나오는 구절로서, 총석정과 그 주변에 펼쳐진 奇巖怪石의 아름다움을 직설적으로 노래한 부분이다. 그 중에서 1) "我也足 石巖回"는 연구자에 따라 조금씩 달리 解讀했으나, 이를 고유어의 借字表記로 보는 것이 일반적인 경향이다. 語節별로 나누어 살피되, 가능하면 聲調까지 고려하여 해독하기로 한다.

我也足 : 감탄사로 해독하거나, '감탄사＋명사' 구성으로 해독하는 두 견해가 있다.[4] 전자는 양주동(1946)에서 戱音借 '어야차'로 읽은 이래 音相만 조금씩 다르게 하였을 뿐 대개 감탄사 '어야차 · 아야차' 등으로 해독하였다. 감탄사나 의성어 등은 고금의 표현이 크게 다르지 않다. 예컨대, 世宗代의 작품인 「儒林歌」 제1장에 "我窮且樂아 窮且窮且樂아" (樂章歌詞)에서 '窮且樂(궁챠락) · 窮且窮且樂(궁챠궁챠락)' 같은 의성적 표현은 오늘날에도 계승되고 한자음도 크게 차이가 나지 않는다. 그러나 '我也足'은 15세기 국어 전승한자음[東音]으로 읽을 경우에 [:아·야·죡] 이 되는데,[5] 기존의 해독 '어야차 · 아야차' 등과는 한자음에서 큰 차이

---

4) ① 感歎詞로 보는 경우 : 어야차(양주동 1946 / 1954 : 412), (조지훈 1964 / 1996 : 322), (박경주 1996 : 264), 어야자(박병채 1968 : 385), 아야차(임기중 외 1997 : 80). ② '感歎詞＋名詞" 구성으로 보는 경우 : 아야발(방종현 1949나 : 50), (김창규 1996 : 146) 등. 박병채(1968)의 '어야자'는 설명은 없으나 '어야차'의 誤植이 아닐까 생각된다.

5) 我[:아] <한글판 오대진언 3ㄴ> <육조단경, 상113ㄱ>, 也 [:야] <진언권공 23ㄴ>, 足[·죡] <육조단경 상4ㄱ>.

가 난다. 특히 '足'은 초성[ㅈ]과 중성[ㅗ], 그리고 종성[ㄱ] 모두에서 공통된 요소를 찾을 수 없는 것이 문제다.

한편 후자로 파악할 경우에는 '我也足'을 [아야 발]로 읽을 수 있다(방종현 1949나 : 50, 김창규 1996 : 146). '我也'는 감탄사 [:아:야]로, '足'은 『鷄林類事』와 『朝鮮館譯語』, 그리고 15세기 한글문헌의 고유어 자료를 참고해 [·발]로 훈독한다.6) 이것은 동시대 인물인 李穀(1298~1351)의 『稼亭集』권5『東遊記』에 "굴의 동쪽에 바위가 있는데, 사람들이 말하길 관음보살이 목욕하던 곳이라고 한다. 뾰족뾰족한 암석이 있는데 사람들은 이를 '아픈 발 바위'[痛足巖]라고 이른다."는 기록을 염두에 두면 충분히 가능성이 있는 해독이다.7)

石巖回 : ① 漢文의 일부로 간주하여 "바윗돌로 돌려진 곳, 石池"(양주동 1946 / 1954 : 412, 박병채 1968 : 385, 박경주 1996 : 264), "바윗돌이"(임기중 외 1997 : 72) 등으로 보는 견해가 있고, ② "돌바회"로 보는 견해가 있다(방종현 1949나 : 50, 조지훈 1964 / 1996 : 322, 김창규 1996 : 146).

'石巖回'에서 '石'은 [:돌]로, '巖回'는 [바·회]의 借字表記로 파악하여 전체를 [:돌바·회]로 읽고자 한다.8) '巖回'는 향가 『獻花歌』의 "紫布岩乎辺希"에 나타난 '岩乎'와 유사한 訓主音從의 표기 방식으로 판단되기 때문이다.

따라서 "我也足 石巖回 殊形異狀"은 "[:아:야·발:돌바·회] 殊形異狀"으로 해독한다.

---

6) (178) 足曰潑 <계림유사>, (417) 脚 把二 <조선관역어, 신체>. 足·발·쪽 <자회, 상 15ㄱ>. 항목번호는 『鷄林類事』는 강신항(1991), 『朝鮮館譯語』는 권인한(1998)에 의거하였다.

7) 窟東有石 人言觀音浴處 又有巖石蔟蔟 (중략) 人謂痛足巖. <東遊記>.

8) :돌爲石 <정음해례 : 합자>. 德巖·덕바·회 <용가6 : 43ㄱ>, 巖·온바·회·라 <석보 6 : 44ㄱ>. 回[회] <진언권공 56ㄴ>.

2) 爲 四海天下 無豆舍叱多

爲 : 향가를 비롯한 차자표기 자료에서 '爲'는 [ᄒᆞ]로 訓讀하는 것이 일반적이다. 이 경우는 高麗歌謠에서 흔히 쓰이는 후렴 "위 덩더둥셩" 「時用鄕樂譜, 思母曲」처럼 二重母音 '위'에 대응되는 감탄 또는 歌唱 표지로 사용된 것이다. 「關東別曲」에서는 '爲'자를 사용했지만, 「翰林別曲」의 경우 『高麗史樂志』에서는 '偉'로 표기됐으나 『樂章歌詞』에서는 [위]로 반영되었다.9) '爲'의 전승한자음은 『釋譜詳節』(1447)에서 [위 / :위]가 확인되며, 이들 중에서 '爲'와 '偉'에 공통된 한자음을 택해 '爲'[:위]로 재구한다.10)

無豆舍叱多 : 선행연구에서는 거의 모두 '업두샷다'로 읽었다.11) 어간인 '無'[없-]에 '豆舍叱多'[-두샷다]가 통합된 것으로 파악한 것이다. '無'의 훈은 [:없-]이고, '豆舍叱多'의 전승한자음은 각각 豆[:두], 舍[:샤], 多[다] 등이므로 이를 [:업:두:샷다]로 해독한다.12) 어미구조체 '-두샷다'는 '두+시+옷+다' 정도의 분석이 가능하다. '-시+옷(感動法 선어말어미)-'의 경우는 15세기 문헌에 용례가 많으므로 문제가 없다.13) 그러나 그 앞에 온 '-豆(두)-'의 正體가 무엇인가 하는 문제는

---

9) ① 爲 釀作中興 景幾何如 「竹溪別曲」, 爲 積善流芳景 「九月山別曲」, ② 偉 都邑景其 何如 「華山別曲」, 偉 四海一家 景何如 「歌聖德」, ③ 偉 試場景何如, 偉 歷覽景何如 「高麗史樂志, 翰林別曲」, ④ 위 試場ㅅ景 긔 엇더ᄒᆞ니잇고, 위 歷覽ㅅ景 긔 엇더ᄒᆞ니 잇고 「樂章歌詞, 翰林別曲」.

10) ① '爲頭ᄒᆞ·니·라' <석보21 : 11ㄱ>와 '위두ᄒᆞ·니·라' <석보13 : 6ㄱ>에서 '爲'의 전승한자음 [위]를, ② '爲·ᄒᆞ·샤' <월곡173>와 ' :위·ᄒᆞ·샤' <석보21 : 42ㄱ>에서 '爲'[: 위]를 확인한다. 한편 '偉'는 [:위] <소학언해 6 : 23ㄱ>이며, 東國正韻 한자음도 '偉'[:윙] <정운 5 : 38ㄱ>이다.

11) 김태준(1934 : 58)에서는 '업드샷다'로, 임기중 외(1997 : 80)에서는 '無'의 기본형 '없-'을 살려 '없두샷다'로 읽었다.

12) 豆[:두] <번소6 : 9ㄴ>. 舍[: 샤] <육조단경, 상107ㄱ>. 多[다] <육조단경, 서3ㄴ/ 상4ㄴ>. '叱'은 音借하여 'ㅅ'으로 읽는다. 厚叱只 홋· 기 <용가7 : 25ㄴ>. '없두샷다'를 15세기 표기법으로 고치면 '업두샷다'이다.

13) ① 됴ᄒᆞ실쎠 摩耶ㅣ 如來를 나ᄊᆞᆼ실쎠 天人世間애 ᄀᆞᆯ붕리 업스샷다 <석보11 : 24ㄱ>. ② ᄯᅩ 이 道를 븓디 아니ᄒᆞ시니 업스샷다 <법화1 : 182ㄴ>.

이 같은 어미가 中·近世語 문헌에서 더 이상 보고되어 있지 않아 설명하기가 쉽지 않다. '－豆(두)－'를 中世語의 感動法 선어말어미 '－도－'의 異形態로 본다면,[14] '－시－'를 사이에 두고 앞뒤로 '－두/도－'와 '－옷－'이 중복해서 나타난 것으로 볼 수 있는데 용례가 유일하다는 점이 문제다.[15]

여기 '업두샷다'는 문맥적 의미로는 "없도다·없구나" 정도의 뜻을 나타낸 것으로 추정된다. 앞으로 文法史의 관점에서 더 논의가 필요할 것으로 생각된다. 이 구절은 총석정을 중심으로 하여 펼쳐진 아름다운 경관을 노래한 것으로서 『謹齋集』 叢石亭條에, "내가 작은 배를 타고 …(중략)… 실로 천하에 없는 것으로서 이 정자만이 가진 바이다"라고 말한 내용과 직접 관련돼 있다.[16]

이를 정리하면 "爲 四海天下 無豆舍叱多"는 "[:위] 四海天下 [:업:두:샷다]"로 해독하고, "아, 四海天下에 (이처럼 아름다운 곳이) 없도다." 정도로 풀이한다.

3) 爲 又來悉 何奴日是古

又來悉 : 이 구절은 ① '쏘 오다', ② '쏘 오실'의 두 가지 해독이 제

---

14) ① －도－ : ᄒᆞ나토 菩提心ᄋᆞᆯ 發ᄒᆞ니 업도다 <석보11 : 39ㄱ>. ② －두－ : ᄃᆞ리 창바ᄭᅴ 블가시니 ᄉᆞ랑ᄒᆞ야 조오롬미 업두다 <백련초해2ㄴ>. 我后ㅣ正之ᄒᆞ샤 期甫周ᄒᆞ니 倉稟이 克當코 民息休ᄒᆞ두다 <악학궤범5 : 18ㄱ,文德曲>. 高麗末에서 朝鮮初 音讀口訣 자료에서는 'ㄲ'(本字 '刀')와 '斗'(本字 '斗')로 나타나며, 모두 感動·添加 등의 의미로 사용되었다.

15) 2006년 8월 구결학회·국어사학회 공동 전국학술대회 토론에서, 황선엽 교수는 음독구결 자료의 'ソ入仐去'(ᄒᆞ드샤가), 'ソ亠仐七丨'(ᄒᆞ여샷다)와 15세기 국어의 "天下ㅣ 定ᄒᆞᆯ 느지르샷다, 寶位 ᄐᆞ실 느지르샷다 <용가100>" 등을 고려할 때 '－두샷다'가 '－드샷다'의 표기일 가능성, 즉 '－豆(두)－'를 回想法 선어말어미 '－더/드－'의 표기로 볼 수 있음을 제안하였다. 직관적으로 이 문맥은 과거 회상의 '四海天下에 없었구나!'가 아니라 現在的 詠嘆인 '四海天下에 없구나!'로 이해되는 것이 문제라 할 수 있다.

16) 余乘小舟 (중략) 實天下所無而亭之所獨有也 <근재집, 총석정조>.

시되었다.17) '又'는 '쏘'로, '來悉'은 '訓+音'의 구성으로 파악해 '오실'
로 읽는데, 이때 '오-'[來]의 주체는 바로 앞의 행 '三千徒客'으로 파
악된다. '來'는 용언 어간 [·오-]로 훈독하며, '悉'은 주체높임법 선어
말어미 '-시-'와 동명사어미 '-ㄹ'이 통합된 [·실]을 표기한 音假字
로 이해한다.18) '悉'을 '다'로 훈독하지 않은 데에는 몇 가지 이유가 있
다. ① 安軸은 이 작품과 「竹溪別曲」에서 어미 '-다' 표기에 모두 '多'
자를 사용하고 있다.19) ② 향가에서 어미 '-다'는 보통 訓借하여 '如'
를 쓰거나 간혹 '多'를 쓰기도 하였지만,20) 「關東別曲」 시기까지에서
어미 '-다'를 표기하기 위해 '悉'자를 쓴 예는 찾을 수 없기 때문이다.

　　何奴日是古 : 크게 보아 ① 'ㅎ(하)노니잇고'와, ② '어느 날잇(이)고'
의 2가지 해독으로 나뉜다.21) 이 구절은 '何奴 …… 古'가 서로 호응되
는 설명의문문 형식을 취한 수사의문문인데, '何'는 훈독하여 [어·느/
어·노/어·뉘] 등을, '奴'는 음독하여 [노/느]를, '日'은 훈독 [·날],
'是'도 훈독 [·이]를, '古'는 음독 [:고]를 표기한 것으로 판단된다.22)
김태준(1934)과 양주동(1946) 등에서는 '何奴日'을 音讀하여 각각 '하노
니'와 'ㅎ노니'로 읽었는데, 이것은 國語史의 관점에서 다음과 같은 문
제점이 있다. ① '何'의 전승한자음은 [하] <삼단시식문 22ㄱ>이지
[ㅎ]가 아니며, ② "…하다"[爲]는 뜻을 나타내려면 '爲'자를 쓰지 [多]

---

17) ① 오다 : 김태준(1934), 양주동(1946 / 1954), 박병채(1968), 박경주(1996), 임기중 외
　　(1997) 등. ② 오실 : 방종현(1949나), 조지훈(1964 / 1996), 김창규(1996) 등.
18) 悉[·실] <한글판 오대진언 2ㄱ / 3ㄴ>. cf. 悉遙 :다·아·ᄉ라·히 <진언권공 9ㄴ>.
　　'-ㄹ'을 관형사형어미로 보고, 뒤의 '日'[날]을 수식하는 것으로 볼 수도 있다.
19) 中興聖代 長樂太平 爲 四節 遊是沙伊多 <죽계별곡>.
20) ① 待是古如 <제망매가>, ② 倭理叱軍置來叱多 <혜성가>.
21) ① ㅎ노니잇고 : 양주동(1946 / 1954 : 412), 박경주(1996 : 264), 임기중 외(1997 : 80). 김
　　태준(1934)에서는 '하ᄂ니잇고'(58), 박병채(1968)에서는 '하노니잇고'(385). ② 어느
　　날잇고 : 방종현(1949나 : 51), 조지훈(1964 / 1996). 김창규(1996 : 147)에서는 '어느
　　날이고'로 해독함.
22) '何'의 訓은 訓民正音 초기문헌에 '어·느' <석보6 : 11ㄱ>, '어·누' <석보6 : 25ㄴ>
　　등으로 나타난다. '奴'의 전승한자음은 [노] <번소7 : 23ㄴ>, '古'는 [:고] <육조단
　　경, 상 27ㄱ>이다. cf. 日·온·나리·라 <훈언 3ㄱ>.

의 뜻을 나타내는 것으로 오해될 수 있는 ‘何’[하]로써 표기하지 않을 것이며, ③ 어미 ‘-니’를 표기하는 데 관례적으로 써오던 ‘尼’자를 버리고 굳이 훈독자로 쓰이는 ‘日’[·실]자를 썼겠는가 하는 점이다. 당시에 母音 ‘·’와 ‘ㅏ’, 子音 ‘ㅇ’와 ‘ㅿ’가 對立되었다는 國語史的 사실과 借字表記의 관례에서 동떨어져 있기 때문에 이 견해를 취하지 않는다.

‘何奴’는 [어·노／어·느]로 읽는다. 이것은 「祭亡妹歌」의 “於內秋察早隱風未”에 나오는 ‘於內’와 견줄 수 있는 표기로서,23) 제2음절 ‘奴’는 口訣 略體 ‘ㅈ’의 本體字로서 주로 [노]로, 또는 일부 환경에서는 [로]로 전용된 사실을 수용한 것이다. 다만 15세기 국어 일반형이 [어·느]인데 안축이 이것을 표기하고자 했더라도 ‘느’를 漢字로 나타내기는 불가능하였을 것이기 때문에 후자도 허용한다.

다음으로, ‘日是古’는 ‘訓＋訓＋音’으로 구성된 借字表記로 ‘날이고’로 읽는 것이 客觀的 독법일 것이다. 그러나 景幾體歌는 사대부들의 공식적·집단적 향유물이며, 그 형식적 특성이 대개 제4행과 제6행에서 “긔엇더 ᄒᆞ니잇고” 식으로 되어 있다(임기중 외 1997 : 32~34, 김창규 2001 : 57~90). 「翰林別曲」을 景幾體歌의 正格型으로 본다면 이 노래는 變格이라 할 수 있겠는데, 종결형식이 상대높임법으로 된 것은 크게 다르지 않아 보인다. 따라서 이 ‘日是古’를 [·날·잇:고／·나·릿:고] 정도로 재구하되 ‘ᄒᆞ야쎠’체 정도로 파악하여 ‘ᄒᆞ라’체의 ‘날이고’와 차이를 두고자 한다.24) 이를 바탕으로 “爲 又來悉 何奴日是古”를 해독하면 “[:위·쏘·오·실 어·노·날·잇:고]”가 된다.

이상의 해독을 토대로 제3장을 풀이하면 다음과 같다.

---

23) 「祭亡妹歌」의 ‘於內’보다 이 ‘何奴’가 오히려 ‘訓主音從’ 방식의 典型的 예라 할 수 있다.

24) ‘日是古’를 [·날·잇:고／·나·릿:고]로 읽으려면 ‘日是叱古’ 정도의 표기가 적절하지만, 安軸의 작품은 簡略表記가 많아 ‘叱’[ㅅ]이 생략된 예가 여러 개 있다. 예컨대, “爲 遊賞景幾何如 爲尼伊古” <관동별곡 제7장>에서 ‘爲尼伊古’가 柳穎의 「九月山別曲」에는 ‘爲尼是叱古’로 표기되었다.

(2) 「關東別曲」 제3장

叢石亭 金爛窟 奇巖怪石　　　　총석정 금란굴 기암괴석들
顚倒巖 四仙峯 蒼苔古碣　　　　전도암, 사선봉 푸른 이끼 옛 비석들
我也足 石巖回 殊形異狀　　　　(밟으면) "아야 발" (할 것 같은)
　　　　　　　　　　　　　　　돌바위, 모양도 이상하다.

爲 四海天下 無豆舍叱多　　　　아, 사해 천하에 (이처럼 아름다운
　　　　　　　　　　　　　　　곳이) 없도다.

玉簪珠履 三千徒客　　　　　　옥비녀 구슬신발의 수많은 유람객들
爲 又來悉 何奴日是古　　　　　아, 또 (그들이 놀러) 오시는 것이
　　　　　　　　　　　　　　　어느 날이겠습니까?

4) 爲 古溫貌 我隱伊西爲乎伊多

이 구절은 「關東別曲」 제4장의 4행으로, 작자 安軸이 三日浦, 四仙亭 등 수려한 자연 경관을 구경하는데, 밤은 깊어 물결이 잔잔할 때 소나무 가지 끝에 걸린 조각달의 "고운 모습이 나와 비슷하다"는 감상을 노래한 대목이다. 『樂學軌範』(1493)에 실려 전하는 三眞勺(鄭瓜亭)의 "내 님믈 그리ᅀᆞ와 우니다니 山 졉동새 난 이슷ᄒᆞ요이다"(5 : 14) 같은 대목을 연상케 한다. 선행연구에서 이 구절은 "위 고온 양지 난 이슷ᄒᆞ요이다"로 해독이 거의 일치되어 있다.[25]

古溫貌 : 이 구절을 漢文句로 본다면 "예스럽고 온화한 모습" 정도의 의미가 가능할까? 이 노래 연구자들 중에서 김태준(1934)만이 유일하게

---

[25] 고온 양지 난 이슷ᄒᆞ요이다 : 양주동(1946 / 1954 : 413), 박병채(1968 : 386), 박경주(1996 : 264) 외 거의 모두. '고온 양ᄌ'로 본 것은 임기중 외(1997 : 80). 1949년 12월 『한글』 제108호에 방종현 선생이 「關東別曲」의 제3장까지 註解한 내용이 실려 있다. 그러나 뒷부분은 어떻게 되었는지 알 길이 없고 유고논문집인 방종현(1963)에도 수록되지 않았다. 110호가 1955년 4월에 간행된 것으로 볼 때, 제4장부터 제9장의 주해가 제109호(1950년 6, 7월 발간)에 실렸을 것으로 추정된다. 그러나 현재 109호의 소재, 발간 여부, 수록된 내용은 전혀 알려져 있지 않다. 이 구절에 대한 해독과 그 國語史的 설명이 자못 궁금하다.

‘녯양지’로 읽었는데, ‘貌’에 대한 ‘양지’를 ‘양지’의 誤字로 이해하여 "옛 모습"의 의미로 해석한다 해도 凝集性(coherence)이 떨어지는 것은 극복하기 어렵다. 현재로서는 ‘古溫’을 전승한자음으로 읽어 [:고온]으로 음독하고, 高麗語 ‘고온’[麗·美]을 ‘古溫’으로 音借한 것이라고 이해하는 것이 가장 온당해 보인다. ‘貌’는 그 뒤에 이어지는 "我隱伊西爲乎伊多"와 함께 歌唱된 사실을 고려해 [양·ᄌᆞ]로 훈독한다.26)

‘古溫’을 ‘고온’으로 해독하는 것은 傳統的인 借字表記 방식으로 보면 異例的이라서 충분한 논의가 필요하다. 차자표기의 관례로 본다면 ‘麗隱·麗乎’ 정도의 표기가 一般的이라 할 수 있다.27) 더욱이 脣輕音을 1330년경의 高麗語에 존재하던 音素로 인정할 경우에는 基底形의 ‘곱’처럼 語幹의 末音에 순경음비읍(ㅸ[β])을 가졌다고 보아야 하기 때문에 [*고ᄫᆫ]을 ‘麗本·麗反·麗半·麗分·麗噴’ 정도로 표기할 수도 있기 때문이다.

‘古溫’을 ‘고온’으로 음독한 것은 양주동(1946) 이래 異論이 존재하지 않는다. 다만, 극히 일부에서 다른 견해도 있으므로 이를 분석한다. 먼저 김태준(1934 : 58)에서는 아무런 근거도 제시하지 않고 ‘古溫’을 ‘녯’으로 대응시켰다. ‘녯’은 ‘녜+ㅅ’으로 분석되는데, ‘古 : 녜 / 녯’은 가능하지만 ‘溫 : ㅅ’은 어떤 경우에도 성립될 수 없다. 혹 ‘古溫貌’를 ‘녯양지(지)’로 해독해 표기했지만, 사실은 오늘날처럼 [녠 양지] 정도로 발음되어 ‘溫:ㄴ’이 대응된다고 보았을지도 모른다. 그렇다 하더라도 ‘ㄴ’을 ‘隱’으로 借字하지 ‘溫’자를 사용하는 경우는 차자표기 관례에서 찾을 수 없다.

다음으로 ‘古溫’을 高麗語 자료로 수렴하여 國語史 기술에 반영코자

---

26) 古[:고] <육조단경, 상27ㄱ>, 溫[온] <번소 4 : 5ㄴ>. 貌 양·ᄌᆞ <석보 6 : 13ㄴ> <석보 21 : 20ㄱ>. 방증 자료이긴 하지만, 『龍飛御天歌』 註解文에서 外國語를 한글로 轉寫한 표기도 참고할 만하다. 古論孛里[고·론보·리] <용가7 : 23ㄴ>. 夾溫赤兀里[갸·온치우·리] <용가7 : 23ㄱ>, 夾溫不花[갸·온부·허] <용가7 : 23ㄱ>.

27) 齊隱[*갖온] <죽계별곡>. 是白乎所[이숣온바], 白乎矣[숣오되], 白良[숣아] 등.

한 北韓學者 류렬(1992)을 살펴보자. 류렬(1992 : 20~21)에 따르면 ‘古溫’
은 엄격한 의미에서 ‘고본’에 대한 표기로 볼 수 있다고 한다. <본>은
<븐>과 <온>의 중간적인 말소리로, 한자음으로는 <븐> 또는 <온>
으로 표기하는 두 방법밖에 없는데 ‘古溫’은 <고온>을 표기한 것이라
고 주장한다.28) 그런데 문제는 ① 훈민정음 초기문헌에서 ‘ㅸ’으로 표
기되던 것은 창제 以前의 借字 및 轉寫表記 자료에서 모두 脣重音(ㅂ)
으로만 표기되었지 ‘오/우’ 표기는 없다는 점, ② 正音 초기문헌부터
1460년까지의 관판 한글문헌에서는 모두 ‘고본’으로만 표기되었지 ‘고
온/고온’으로 표기된 용례는 전혀 없다는 점, ③ ‘古溫’에서 ‘溫’의 한
자음은 [온]이지 [오]이 아니라는 점에서 이 설명은 성립될 수 없고,
‘古溫’을 [*고본]으로 추정할 수도 없는 것이다.

　‘古溫’[*고온]은 [麗·美·姸]의 뜻을 가진 형용사 어간 ‘곱－’에 어
미 ‘－온’이 결합한 관형사형으로 체언 ‘貌’[양·ㅈ]를 수식하는데, 오늘
날 標準語에서 인정하는 ‘ㅂ’불규칙용언의 활용형 ‘고운’과 유사하다.
이 ‘古溫’이 1330년경의 차자표기가 분명하고 이것의 解讀에 異議가
없다면, 國語史에서 ‘脣輕音’ 특히 ‘순경음비읍’이 音素로 존재했다는
학계의 통설은 재검토될 필요가 있다. ‘곱－’[麗]처럼 ‘ㅂ’불규칙활용을
하는 ‘덥－’[熱]의 관형사형이 「關東別曲」보다 뒤에 나온 『朝鮮館譯語』
(1408)에서 “(512) 熱酒 得本數本”[*더븐수블]처럼 제2음절 初聲이 ‘脣重
音’으로만 표기되고, 訓民正音으로 표기된 『釋譜詳節』(1447)에서는 ‘:고
본’, ‘·더·본’처럼 脣輕音(ㅸ)으로만 나타나며, ‘:고온/:고·온’, ‘·더·운’
같은 ‘오/우’(w) 표기는 1461년 『楞嚴經諺解』에 가서야 비로소 출현하
기 때문이다. 1330년경에 지어진 「關東別曲」의 ‘古溫’이 [*고온]으로

---

28) 류렬(1992 : 20)에서, “[ㅸ]는 [ㅂ]의 변종으로 [b]에서 나온 청 있는 입술스침소리
　　[β]로서, 조선한자음과 당시 중국한자음에도 없어 많은 경우는 [ㅂ]로, 일부는 [ㅗ
　　/ㅜ]로 표기하기도 하였다.”고 기술하였다. 그런데 사실은 이 시대를 前後하여 나
　　온 借字 및 轉寫 資料에는 모두 [ㅂ]으로만 표기하였지 [ㅗ/ㅜ] 표기는 이 ‘古溫’밖
　　에 없다.

해독된다면 국어 표기법의 역사에서 130년이나 앞선 시대의 語形이라
는 점에서 國語史的으로 特記할 만한 자료임에 틀림없다.[29)]

　　我隱伊西爲乎伊多 : ‘我隱’은 ‘訓+音’ 구성으로서 [·난]으로, ‘伊西爲
乎伊多’는 ‘이셧ᄒᆞ오이다’ 또는 ‘이슷ᄒᆞ오이다’ 정도로 해독한다.[30)] 이
중에서 ‘伊西爲乎伊多’ 표기는 文面대로라면 ‘이셔ᄒᆞ오이다’가 客觀的
讀法이라 하겠다. 그러나 우리말을 漢字로 온전하게 표기하기에는 制約
이 많았으므로 그것까지를 감안해 허용치를 두는 것이 좋을 듯하다. 먼
저 ‘伊西’는 “방불(髣髴)· 비슷[似]”하다는 뜻을 가진 語根으로 이해되며
[이셧]으로 읽고 [이슷]을 허용한다. 이렇게 읽는 데에는 『南明集諺解』
(1482)의 ‘이셔지’(상65ㄱ)가 이 차자표기와 아주 近似한 자료인데, 『樂學
軌範』의 「鄭瓜亭」과 「處容歌」에 사용된 ‘이슷’이 이 노래와 같은 高麗
歌謠라는 점도 아울러 고려할 필요가 있기 때문이다.[31)] ‘伊西爲’를 [이
셧·ᄒᆞ / 이슷·ᄒᆞ]로 읽는 것은 정확히 대응되는 독법은 아니지만 ‘叱’[ㅅ]
의 缺落이 이 자료에서 흔히 나타나므로 그것을 보충하여 읽고, 어미구
조체 ‘乎伊多’는 상대높임법의 ‘－오이다’로 읽는다.

　　따라서 “爲 古溫貌 我隱伊西爲乎伊多”는 “[:위 :고온 양·ᄌᆞ ·난 이셧·
ᄒᆞ오이다]”로 해독하며, 이를 바탕으로 제4장을 풀이하면 다음과 같다.

---

29) ① 脣輕音(ㅸ): :고ᄫᆞ <석보(6 : 13ㄴ>, 더·ᄫᅩᆫ <석보 6 : 46ㄱ>. ② ‘오/ 우’(w) 표
　　기: :고·온 <능엄 1 : 63ㄴ> ·:고온 <법화 2 : 111ㄴ>, 더·운 <능엄 2 : 113ㄱ> 등.
　　‘ㅸ>오/ 우/ ㅇ’로의 변화 시기에 대하여는 정우영(2005가) 참조.
30) ‘我’는 “·나·는 어버·ᅀᅵ 여·희·오” <석보6 : 5ㄱ>를 참고하여 [·나]로 훈독, ‘爲’는
　　“·ᄒᆞ요이·다” <번소7 : 1ㄴ>를 참고하여 [·ᄒᆞ]로 훈독, 나머지는 음독한다. 隱[·
　　은]<육조단경, 상15ㄴ>. 伊[이] <번소8 : 2ㄴ>. 西[셔] <한글판 오대진언 23ㄴ>.
　　多[다] <육조단경 서3ㄴ>.
31) ① 南明集諺解 : 눈 이시·면 이셔지 :엱옴·도 能히 몯ᄒᆞ려니와 [有眼ᄒᆞ면 不能窺髣髴
　　이어니와] <상65ㄱ>. ② 樂學軌範 : 山 졉동새 난 이슷ᄒᆞ요이다 <정과정>. 山象
　　이슷 깅어신 눈썹에 <처용가>. ① ‘이셔지’는 ‘이셧[似]＋－이(부사화접사)’로 분석
　　된다. ① ‘이셧’과 ② ‘이슷’은 쌍형어라 할 만하다.

(3) 「關東別曲」 제4장 일부

三日浦 四仙亭 奇觀異迹　　삼일포 사선정 기이한 경치와 자취
彌勒堂 安祥渚 三十六峯　　미륵당 안상저 삼십육봉
夜深深 波瀲瀲 松梢片月　　밤은 깊고 물결 잔잔 솔가지 끝 조각달
爲 古溫貌 我隱伊西爲乎伊多　　아, (그) 고운 모습 나와 비슷합니다.

5) 爲 羊酪 豈勿參爲里古

　豈勿參爲里古 : 어떤 판본은 '豈勿參爲古里'로 된 것도 있으나, 異本對校를 통해 표제와 같이 정한다.32) '豈'는 訓 '엇디 / 엇더'와 音 '긔' 중에서 후자를 택해 [·긔]로 읽는다. '엇디 / 엇더'로 훈독하는 경우는 "爲 遊賞 景 何如爲尼伊古"(제7장)처럼 '何如'로 표기하는 것이 관례이고,33) 바로 뒤 '勿參'과의 의미 관계도 함께 고려해야 하기 때문이다.

　'勿參爲里古'의 문장 구성은 '勿參 …… 古'를 근간으로 하는, 15세기 국어 문헌에서 說明疑問文의 형식을 취한 修辭疑問文인데 '*믈슴ᄒ리고' 정도로 읽을 수 있다. 문 구성을 참고하면 '勿參'은 대명사로서 전승한자음 [·믈슴]으로 읽는 것이 원칙일 것이다.34) 그러나 후대 어형 '므슴 / 므슴'과의 연계성을 고려하면 원칙만 따르기가 어렵다. 13세기 전반의 『鄕藥救急方』에 "麥門冬 冬乙沙伊"가 『四聲通解』(1517)의 '겨ᅀ사리'(하17)와 관련이 있다면 '*겨슬사리>겨ᅀ사리'에서처럼 치음 'ㅅ' 앞에서 말음 'ㄹ'의 탈락규칙이 15세기보다 앞서 1330년대에도 적용되었을지 확신할 수 없기 때문이다. 그러나 둘의 환경은 같은 것이 아니

---

32) 김태준(1934 : 58)·양주동(1946 / 1954 : 408)·박병채(1968 : 386)에서 원문을 '豈勿參爲古里'로 제시했다. 이것은 김태준(1934)에서 잘못 인용한 것을 원전 확인 없이 그대로 옮긴 데 원인이 있다. 이와 가장 비슷한 것이 刊記 미상의 규장각본(3권2책, 필사본)인데 거기에는 "豈勿參爲古里"로 되어 있다.

33) 한문 :豈·긔有·유…耶야ㅣ리오 〈번소8 : 14ㄴ〉. 언해문 :엇·디… 이시리오 〈번소 8 : 15ㄱ〉.

34) 勿[·믈] 〈번소4 : 4ㄱ〉, 參[슴] 〈번소9 : 105ㄴ〉. '勿' 이외에 常用漢字로는 '物'이 있다. cf. 物[·믈] 〈육조단경, 상68ㄴ〉.

어서, '겨슬사리>겨스사리'는 形態素 境界에서 일어난 현상인 데 비해, '勿參'은 1433년 『鄕藥集成方』의 "馬勃 馬夫乙伐士叱"(*몰불버슷)과 같이 形態素 內部에 적용된 현상이다. 형태소 경계보다는 내부에서 음운 변화가 먼저 일어난다는 점을 감안하면, '勿參'을 후자와 같이 처리하여 [·므슴]으로 읽고 [·므슴]도 허용하는 것이 무난할 것으로 보인다.[35]

　[*·므슴 / ·므슴]을 '勿參'으로 표기하는 것이 오늘날의 觀點에서 보면 부적절한 것으로 보인다. 오히려 終聲 'ㄹ'이 있는 '勿'자 보다는 '無·武·毋' 같은 漢字를 선택해 쓰는 것이 더 적합할 것으로 생각된다. 15, 16세기 국어 문헌자료에서 '無·武·毋'의 傳承漢字音을 찾아보면 모두 [무]이며,[36] 오늘날 한자음이 '무'인 경우를 찾아봐도 전승음이 [므]인 漢字는 없다. 이로써 다음과 같은 사실을 추정할 수 있다. ① 高麗語 [므슴 / 므슴]에서 兩脣音 'ㅁ' 뒤에는 'ㅡ'이지 아직 '므>무'처럼 원순모음화하지 않았다. ② 音이 '므'인 漢字가 없고, 특히 當代의 借字表記法에서 '勿'자가 흔히 사용되므로, 표기자는 종성 'ㄹ'이 있기는 하지만 모음 'ㅡ'인 한자 '勿'을 택해 썼을 것이다. ③ 1330년경에는 先行語 末音 'ㄹ'이 'ㅅ' 앞에서 탈락하는 음운규칙이 일반적으로 존재했을 것이다. 高麗語 [므슴]에 대한 '勿參' 표기가 最善의 選擇이라고 말하기는 어렵지만 借字表記의 한계를 고려한 고육지책이었음을 충분히 이해할 수 있다. 한편, '爲里古'는 '爲里叱古'에서 '叱'의 省略表記로 보고 '흐야쎠'체의 '흐릿고'로 읽는다.[37]

---

35) 므·슴 慈悲:겨·시거·뇨 <석보6 : 6ㄱ>. 므슴 貨物 가져온다 <노걸대언해, 하2>. 김태준(1934)은 '勿蔘'을 '말삼'으로 읽었다. 麗末鮮初 音讀口訣 자료에 나타난 '勿'(本字 '勿')의 讀音은 /m/ 또는 /me/로 추정된다. 자세한 것은 남경란(2005 : 242~243) 참조.

36) 無[무] <한글판 오대진언 2ㄱ>, 武[:무] <육조단경, 상101ㄴ>, 毋[무] <소언 1 : 13ㄴ>·毋[모] <번소 3 : 27ㄱ>.

37) 「翰林別曲」처럼 '흐쇼셔'체로 파악하여 '흐리잇고'로 읽을 수도 있다. 그렇게 보려면 '爲里伊叱古' 또는 '爲里伊古' 정도의 표기가 나타나야 하지만, 原文 '爲里古'는 지나치게 간략 표기한 것이 문제다.

결국 "爲 羊酪 豈勿參爲里古"는 "[:위] 羊酪 [·긔 ·므슴·ᄒ릿:고]"로 읽으며, 이상의 해독을 바탕으로 제5장의 5·6행을 풀이하면 다음과 같다.

(4) 「關東別曲」 제5장 일부

蓴羹鱸膾 銀絲雪縷　　　　　순채국과 은실 같은 농어회 고기
爲 羊酪 豈勿參爲里古　　　　아, 羊酪 (이것과 저것을 비교해) 무엇
　　　　　　　　　　　　　　하겠습니까?

6) 爲 四節 遊伊沙伊多

안축의 또 다른 경기체가 「竹溪別曲」에는 "中興聖代 長樂太平 爲 四節 遊是沙伊多"라 하여 동일한 내용을 "爲 四節 遊是沙伊多"로 표기하였다. 둘의 차이는 '遊伊'와 '遊是'로서 '伊 : 是'에 있다. '伊'이든 '是'이든 곱 [이]와 訓 [·이]라는 차이만 있을 뿐 [i]가 공통이므로 解讀의 결과에는 큰 차이가 없다.

"爲 四節 遊伊沙伊多"에서 '四節'의 경우에, 양주동(1946 / 1954 : 415)에서만 '스철'로 읽었고, 나머지는 대개 '위 四節 노니사이다'로 읽었다. '四節'에서 '節'이 후대에 '철'로 변했을 가능성은 있으나, 그것이 1330년대까지로 소급할 수 있을지는 확신하기 어렵다. 『救急簡易方諺解』(1489)에 '四節'[:스·졀](1 : 100ㄴ)이 확인되므로 '四節'은 [:스·졀]로 재구한다.

다음으로, '遊伊沙伊多'에서 '遊伊'는 '遊'의 訓 [노니]와 '伊'의 곱 [i]로 구성된 표기인데 '노니'로 읽는다. 『釋譜詳節』(1447)에는 '遊'의 訓이 '노니-'로 대응되고 있으므로 이를 근거로 '遊伊'를 [:노·니]로 재구한다.[38) 그리고 '沙伊多'는 용언 어간 '遊伊'[*노니]에 결합한 상대높

임법의 請誘形 어미구조체로서 [사이다]로 재구한다.[39] 제6장의 문맥과 景幾體歌의 종결형식, 그리고 전승한자음 '伊'[이]로는 상대높임법 선어말어미 '-이-'를 표기하기가 어렵다는 점 등을 감안해 '사이다'로 읽고, 전승한자음대로 읽은 '사이다'도 허용한다.

이상의 검토를 토대로 "爲 四節 遊伊沙伊多"를 "[:위 :ᄉ·졀 :노·니사이다]"로 읽는다. 이 해독을 바탕으로 제6장의 5·6행을 풀이하면 다음과 같다.

(5) 「關東別曲」 제6장 일부

高陽酒徒 習家池館	풍류로운 술꾼들, 습욱(習郁)의 지관(池館) 같은 경치
爲 四節 遊伊沙伊多	아, (이같이 좋은 경치 속에서) 사계절 노니십시다.

7) 爲 鷗伊鳥 藩甲豆斜羅

이것은 「關東別曲」 제8장의 6행이다. 竹西樓를 중심으로 빼어난 자연 경관 속에서 기생들은 연주에 맞추어 노래하고 춤추며 한껏 흥취를 돋울 때, 정다운 손님을 배웅도 하고 마중도 하는 그 경치가 어떤가? 평해 남쪽 망사정(望槎亭)에 올라 만리창파를 내려다보고 있을 즈음, 오락가락 날아다니는 갈매기들을 만나니 반갑게 느껴진다는 내용이다.

---

38) 娑婆世界·예 :노·니ᄂ·니·라 <석보21 : 18ㄴ>. 어·루 :노·녀 노·릇ᄒ·리·니[可以遊戲니] <법화2 : 67ㄱ>. 遊노닐유 <천자문 33ㄴ> <유합, 하7ㄱ>. 「竹溪別曲」의 '遊是'도 '노니-'로 읽는다. 이때의 '遊是'는 「祭亡妹歌」의 "道修良待是古如"에서 '待是'와 같은 유형의 표기로서, '是'의 訓 [이]는 '遊'의 訓 [노니]의 末音添記이다. '待是'에 대한 표기는 양주동(1965 : 560) 참조.

39) 沙[사] <육조단경, 중44ㄴ>, 伊[이] <번소8 : 2ㄴ>, 多[다] <육조단경, 상4ㄴ>. 淨居天이 虛空애 와 太子ᄭ 술ᄫ오ᄃ 가사이다 <석보3 : 26ㄴ>.

鷗伊鳥 : '鷗伊'와 '鳥'의 합성어로 파악된다. '鷗伊'는 '굴며기[鷗]+이[伊]' 구성으로서, '伊'[i]는 '굴며기'의 末音添記로 이해된다. '鳥'의 訓은 '새'이므로 '鷗伊鳥'를 [굴·며·기:새]로 재구한다.[40]

藩甲豆斜羅 : 현재 전하는 판본에는 모두 '蘇甲豆斜羅'이며 모두 小字로 표기되어 있다. 문제는 '蘇'字가 전후 문맥과 어울리지 않는 데 있다. '蘇'자는 판본에 따라 '艹'部 하단의 발음부 '魚+禾'가 '禾+魚'로 위치가 바뀐 것도 있고 'ⅰ+魚'로 된 것도 있으나, 정작 '藩'자로 된 판본은 없다. 원전을 중시하여 音讀하면 '소갑두샤라' 정도가 되고, '蘇'자를 훈독한다면 '살갑두샤라' 정도가 될 것이다.[41] 어느 것을 취하든 의미를 파악할 수 없는 것은 마찬가지다. 이 같은 경우에는 詩的 直觀에 기대어 맥락을 고려할 필요가 있다. 제8장의 전체 내용에서 이 구절은 "반갑게 느껴진다"는 문맥 의미가 예측되므로 原典의 '蘇'자가 잘못일 가능성을 가정할 수 있다. 현재 전해지는 판본의 "蘇甲豆斜羅"에서 '蘇'자를 '藩'字로 처음 수정하여 제시한 것은 양주동(1946)에서이다. 이때부터 景幾體歌 관련 연구에서 원문을 '藩甲豆斜羅'로 통일하게 되는데, 그 이유나 典據는 어디에도 밝혀놓지 않았으나 시적 직관에 따라 수정했을 개연성이 높다. 제1, 2차 刊行本이 없는 현재의 상황에서 억측은 금물이지만, 원래 '藩'(또는 '潘')字였던 것을 후대에 刊行하면서 「關東別曲」의 特殊性, 즉 借字表記로 된 別種의 詩歌라는 점을 잊고, 이를 일반적 漢詩文으로 誤解함으로써 위와 같은 誤字 또는 異體字가 發生한 것이 아닐까 생각된다.[42]

---

40) ① 鷗 굴·며·기구 <자회, 상9ㄱ>. ② 블·근:새·그·를 므·러[赤爵銜書] <용가 7장>.
41) 蘇[쇼] <구간 1 : 2ㄴ> <육조단경, 서12ㄴ>, 甲[·갑] <육조단경, 상62ㄴ>. '蘇·甲'의 字釋은 다음과 같다. ① 蘇 : 츠소기, 들깨, 다시살다, 소복, 긔운 깨부러지다, 씨여나다 등. ② 甲 : 갑, 류갑, 겁질, 갑옷, 웃듬 등.
42) 漢字音과 字形의 類似性을 고려하면 '潘'이었을 가능성도 있다. ① 藩[번] <번소10 : 12ㄱ>, :울번 <자회, 중4ㄱ>, ② 潘[번] <자회, 하5ㄴ>, ·쓰·믈번 <자회, 하5ㄴ>. 潘[반] <번소7 : 15ㄱ>, 又姓也水名[반] <全韻玉篇, 상63ㄱ>. 字釋은 '蘇'자가 가장 다양하고, '潘'과 '藩'자가 상대적으로 적은 편이다.

이를 校勘하여 '藩甲豆斜羅'로 정하면 '*반갑두샤라'로 音讀이 가능하고, 高麗歌謠 및 15, 16세기 문헌자료에서 많은 용례가 있으며,[43] 무엇보다도 제8장의 歌意로 예측되는 [喜·悅]의 의미를 나타내므로 맥락이 아주 자연스럽게 이어진다. '藩甲豆斜羅'는 「翰林別曲」의 "위 嘲黃鸎 반갑두세라"와 「處容歌」의 "네히로새라" 등을 참고하면, 어간 '藩甲'과 어미 '豆斜羅'로 분석될 수 있다. '藩甲'은 16세기 전승자한음으로는 [번·갑]이지만, '藩'의 高麗時代 俗音이 [반]으로 추정되므로[44] [반·갑]으로 音讀할 수 있다.

다음으로 '豆斜羅'는 [:두샤라]로 音讀한다.[45] 다만 고려가요에서 '반갑두세라'(한림별곡), '네히로새라'(처용가) 등이 발견되므로 [:두새라]도 허용한다. 아마 이 자료가 精密表記를 행했다면 '豆斜伊羅' 정도로 표기되었겠지만 簡略表記 경향이 강한 자료이므로 후자도 허용한 것이다. 재구한 '두샤라'는 대체로 '두+시+아라'로 분석되며, 문맥상 感歎形 '—구나'에 대응되는 것으로 파악된다. 그러나 '두+시+아라'의 분석에서 形態素 '豆'(—두—)의 正體와 선어말어미의 서열상의 문제는 '無豆舍叱多'[업두샷다]와 마찬가지로 해결하기가 쉽지 않다. 잠정적으로 感動의 의미를 지닌 선어말어미 '—두—'(豆)와 종결어미 '—아라'가 '—시—'를 前後로 重複 통합된 것으로 이해하지만, 중세국어에서 그 같은 예가 발견되지 않으므로 文法史的인 관점에서 재검토가 필요하다.

이상을 종합하면 "爲 鷗伊烏 藩甲豆斜羅"는 [:위 굴·며·기:새 반·갑:

---

43) ① 翰林別曲 : 綠楊綠竹栽亭畔애 위 嘲黃鸎 <u>반갑두세라</u> <악장가사>, ② 月印千江之曲 : 아·돌:님 <u>:반가·빙</u>·보·샤 <128장>, ③ 청주간찰 : 유무 보고 그지 업시 <u>반갑고</u> <166 : 2> 등.

44) 一然(1206~1289)이 지은 『三國遺事』 소재 讚詩의 押韻을 분석한 권인한(1997 : 303~307)에 따르면, 讚詩(50편) 가운데 「遼東城育王塔讚」(유사3 : 31ㄴ)의 用韻에서 "寶·斑·眼·墦"과 같이 2, 4구에서 山元通押이 나타남으로 볼 때 '墦'자의 高麗時代 俗音이 [반]이었을 것으로 추정된다. 이를 근거로 16세기 전승한자음이 '墦'과 같은 '藩'자의 高麗 후반기 俗音도 [반]이었을 것이라 추정한 것이다.

45) 豆[:두] <번소 6 : 9ㄴ>, [·두] <소학·1 : 6ㄴ>, 斜[샤] <자회, 하 : 8ㄱ>, 羅[라] <한글판 오대진언 1ㄱ>.

두샤라]로 재구되며, 바로 앞 行과 아울러 풀이하면 다음과 같다.

(6) 「關東別曲」 제8장 일부

望槎亭上 滄波萬里　　　망사정 위에서 보는 창파 만리
爲 鷗伊鳥 藩甲豆斜羅　　아, 갈매기새 (너희를 만나니) 반갑기도
　　　　　　　　　　　　하구나.

3. 結論과 課題

이 글에서는 1330년경에 安軸(1282~1348)이 창작한 景幾體歌 「關東別曲」을 대상으로, 거기에 사용된 借字表記 중에서 7개 항목을 선정하여 國語史的 관점에서 分析하여 解讀하고 國語史的 의의를 검토하고자 하였다.

경기체가는 韓國語를 漢字의 音·訓을 빌려 우리말 語順으로 표기한 자료라는 점에서 일차적으로 國語學의 연구 대상이 된다. 그러나 소개된 지 70년간 주로 古典文學의 관점에서만 다루어졌고 國語學界의 연구 대상에서는 거의 제외되다시피 하였다.

고려시대 국어 자료의 부족으로 완벽한 해독은 어렵지만, 1330년경을 전후로 하여 나온 高麗時代 및 朝鮮前期 문헌자료를 근거로 삼아 「關東別曲」(전9장) 중에서 7개 항의 借字表記를 國語史的 관점에서 解讀하고 그 國語史的 意義를 검토하였다. 이 연구를 통해 문학연구자들의 解讀에 여러 군데 오류가 있음을 발견했으며, 새로운 근거로써 이를 수정하였다. 그 중에서 '無豆舍叱多'[*업두샷다]와 '藩甲豆斜羅'[*반갑두샤라] 등의 形態分析과 形態素의 序列의 문제는 文法史에서 재조명되어야 할 과제이다. 이 해독에서의 큰 수확은 4) "爲 古溫貌 我隱伊西爲乎伊多"에 나오는 '古溫'이 高麗語 [*고온]의 차자표기라는 점이다. 이

같은 어형은 1461년 『楞嚴經諺解』에서 脣輕音(ㅸ)이 「오/우/ㅇ」로 변화한 것보다 130년이나 앞선 시대의 것이고, 1330년경을 전후로 하여 나온 轉寫表記와 借字表記에서는 모두 脣重音(ㅂ) 계열로만 표기되었다는 점을 고려할 때 國語史에서는 상당히 異例的인 것이다.

이 「關東別曲」에서 '古溫'의 발견으로 國語音韻史 연구자에게는 새로운 과제가 부과된 셈이다. '古溫'이 [麗·美·姸]의 의미를 가진 '곱-'의 관형사형 [*고온]의 차자표기가 틀림없다면, 그간 國語史에서 존재했다고 주장해온 '脣輕音'에 대한 通說은 再檢討되거나, 「ㅂ>ㅸ>오/우/ㅇ(w)」라는 변화 공식은 어떤 형식으로든 새롭게 보완되지 않으면 안 된다. 脣輕音이 國語의 音素라는 주장과 國語 音素가 아니라는 주장이 모두 「關東別曲」에 나타난 이 '古溫' 표기를 자료로 삼아 脣輕音의 존재 여부를 깊이 있게 성찰한 연구는 아직 없기 때문이다.

이 글을 통해 그간 논의가 부족했던 '景幾體歌'도 國語史 硏究에 중요한 자료가 될 수 있음을 확인했다. 세상에 소개된 지 오래되었으나 국어학자들에게는 관심 밖에 있던 이 자료의 해독을 계기로, 새로운 자료의 積極的인 發掘 못지않게 이미 소개된 자료라 하더라도 精密한 分析과 再解釋이 아주 중요한 작업이라는 것도 실감할 수 있었다. 작은 자료 하나라도 소홀히 하지 않는 학문적 자세, 이 같은 작업의 축적을 통해 韓國語의 歷史가 올바르고 균형 있게 立體的으로 기술될 수 있으리라 믿는다.

(『구결연구』 제18집, 구결학회, 2007)

참고문헌

姜信沆(1991), 『鷄林類事 高麗方言 研究』, 成均館大出版部.

姜信沆(1995), 『朝鮮館譯語研究』, 成均館大出版部.

고영근(1997), 『개정판 표준 중세국어문법론』, 집문당.

權仁瀚(1997), 「고려시대 한국한자음에 대한 일고찰」, 『冠嶽語文研究』 22, 서울大
　　　　　　國語國文學科, 289~316.

權仁瀚(1998), 『朝鮮館譯語의 音韻論的 研究』, 太學社.

權仁瀚(2004), 『中世韓國漢字音訓集成』, 제이앤씨.

김동소(1998), 『한국어 변천사』, 형설출판사(수정4쇄).

金完鎭(1974), 「音韻變化와 音素의 分布」, 『震檀學報』 38, 震檀學會, 106~120.

金完鎭(1980), 『鄕歌解讀法研究』, 서울大出版部.

金倉圭(1996), 『韓國 翰林詩 評釋』 -景幾體歌-, 국학자료원.

金倉圭(2001), 『韓國翰林詩研究』, 亦樂.

金台俊(1934), 『朝鮮歌謠集成』, 朝鮮語文學會.

南京蘭(2005), 『麗末鮮初 音讀 입겿(口訣)의 綜合的 考察』, 景仁文化社.

南廣祐 編著(1995), 『古今漢韓字典』, 仁荷大出版部.

南豊鉉(1999), 「鄕藥集成方의 鄕名에 대하여」, 『震檀學報』 87, 震檀學會, 171~194.

류　렬(1992), 『조선말 력사②』, 사회과학출판사.

朴京珠(1996), 『景幾體歌 研究』, 以會文化社.

朴炳采(1967), 「韓國文字發達史」, 『韓國文化史大系(V)』(言語・文學史-上), 高
　　　　　　麗大民族文化研究所, 415~485.

朴炳采(1968), 『高麗歌謠의 語釋研究』, 宣明文化社.

박병채(1989), 『국어발달사』, 세영사.

박창원(1996), 『중세국어 자음 연구』, 한국문화사.

方鍾鉉(1949가), 「讀 謹齋集 後」, 『한글』 107호(14-1), 한글학회, 35~42.

方鍾鉉(1949나), 「關東別曲 註解」, 『한글』 108호(14-2), 한글학회, 42~51.

方鍾鉉(1963), 『一簑國語學論集』, 民衆書舘.

안병희(1987), 「한글판 <오대진언>에 대하여」, 『한글』 195, 한글학회[安秉禧

(1992 : 238~260) 재수록].

安秉禧(1992), 『國語史 資料 研究』, 文學과知性社.

安秉禧・李光鎬(1990), 『中世國語文法論』, 學研社.

梁柱東(1946 / 1954), 『麗謠箋注(訂正版)』, 乙酉文化社.

梁柱東(1965), 『增訂 古歌研究』, 一潮閣.

李基文(1961), 『國語史槪說』, 民衆書館.

李基文(1972가), 『國語史槪說』(改訂版), 民衆書館.

李基文(1972나), 『國語音韻史研究』, 韓國文化研究所(1977, 탑출판사).

李崇寧(1954), 「脣音攷」, 『서울大論文集』 1, 서울대[李崇寧(1955 : 231~236) 재수록].

李崇寧(1967), 「韓國方言史」, 『韓國文化史大系(V)』(言語・文學史-上), 高麗大民
    族文化研究所, 325~411.

李崇寧(1967), 「韓國語發達史 下」, 『韓國文化史大系(V)』(言語・文學史-上), 高
    麗大民族文化研究所, 265~321.

李恩揆(1993), 『鄕藥救急方의 國語學的 研究』, 曉星女子大學院 博士論文.

이은규(2006), 『고대 한국어 차자표기 용자 사전』, 제이앤씨.

이현희(1992), 「북한의 국어사 및 국어학사 연구」, 『어학연구』 28-3, 어학연구소,
    657~685.

임기중 외(1997), 『경기체가 연구』, 동악어문학회 학술총서1, 태학사.

정우영(2007), 「순경음비읍(ㅸ)의 研究史的 檢討」, 『국어사연구』 7, 국어사학회,
    133~163.

조지훈(1964), 「고전국문학 주해 문제-고어학, 한문학, 문예학적 기초에 대하여-」,
    『한국문화사서설』, 탐구당.

조지훈(1996), 『한국문화사서설』, 나남출판.

崔範勳(1985), 『韓國語發達史』, 通文館.

허 웅(1975), 『우리 옛말본』, 샘문화사.

車軾의 「蓬萊錄」에 대하여
-16세기 산수유기의 새로운 경향-

정 환 국*

1. 머리말

여기 소개하는 「蓬萊錄」은 紫洞 車軾(1517~1575)의 금강산 유람기이다. 이 작품은 아직 학계에 공식적으로 보고된 바 없으며, 작자 차식 또한 문인으로서 문학사에서 거론된 적이 없는 상태다. 「봉래록」은 단순히 새로운 자료의 발굴이라는 차원을 넘어, 16세기 '遊記'로 각별한 의미를 갖는 작품이다. 마침 유기에 대한 문학적 조명이 활발하게 진행되고 있는 지금, 「봉래록」이란 새로운 자료를 소개하면서 유기문학의 학적 지평을 넓혀보고자 한다.

여기서는 이 「봉래록」과 관련하여 크게 두 가지 면을 중점적으로 밝힐 것이다. 먼저 작자 車軾에 대한 조명이다. 한때 차식은 뛰어난 문장으로, 두 아들 車天輅·雲輅와 함께 동방의 '三蘇'로 일컬어졌던 인물이다. 그러나 그의 문집은커녕 남아 있는 작품이라고는 여기저기 흩어져 있는 시 몇 편뿐이어서 그에 대한 문학적 조명은 전무한 상황이다. 그래서 몇몇 주변 자료와 「봉래록」 속에 나타난 몇 가지 편린들을 통

---

* 동국대학교 국어국문학과 교수

해서 그의 생애와 문학 활동의 면모를 복원해 볼 것이다. 다음으로, 「봉래록」의 분석을 통해 그것의 유기로서의 제반 특징을 살펴보고, 아울러 금강산 유람의 전통 속에서 「봉래록」의 의미를 짚어본다. 그동안 묻혀 있던 이 작품에 대한 정당한 자리매김을 위한 작업의 일환인 셈이다.

「봉래록」은 현재 필자가 확인한 바로 단일 금강산 유기 중에는 가장 장편이며, 금강산 이외의 다른 유기에서도 이 분량을 필적할만한 작품은 따로 없다. 그런데도 이 작품의 존재를 알려주는 문헌은 전혀 보이지 않는다. 그야말로 세인에게 알려지지 않은 채 지금까지 묻혀왔던 것이다.1) 흥미로운 점은 이때의 유람이 蓬萊 楊士彦(1517~1584)과 함께 이루어졌다는 사실이다. 무엇보다 「봉래록」에는 한 조촐한 문인의 담박한 유람의 흥취가 물씬 배어 있다. 게다가 이 시기 유기로서는 형식미가 돋보이는 작품이기도 하다.

2. 松都文人 車軾의 생애, 그 편린

車軾은 중종 12년(1517)에 태어나 선조 8년(1575)에 생을 마쳤다. 자는 敬叔, 호는 頤齋·紫洞이며 본관은 연안이다. 그러나 그의 이력에 대해서 자세하게 알려진 자료는 없다. 다만 그의 생평을 이해하는 실마리로 그가 松都 출신이라는 점을 들 수 있다. 그의 선조인 車原頰는 麗末에

---

1) 지금 「봉래록」은 동국대학교 도서관 고문헌실에 귀중본으로 소장되어 있다. 외표제는 없고, 내표제에 '봉래록'이라 하고, 그 아래에 "紫洞車軾所製"라고 쓰여 있다. 뒤에는 「金剛問答」이라는 또 다른 작품이 합철되어 있고, 제일 끝에는 "風岳觀遊錄 卷之上(風은 楓의 오자)"라고 되어 있다. 즉 「봉래록」과 「금강문답」을 합쳐 『풍악관유록』이라 한 것이다. 그렇다면 최소한 하권도 묶여졌던 것으로 판단된다(이 하권은 금강산 유람을 하면서 읊은 시를 묶은 것일 텐데, 아쉽게도 남아있지 않다). 합철된 「금강문답」은 西峯子라는 자가 금강산을 유람하였다가 그곳에 피신하여 신선의 자취를 밟고 있는 네 사람을 만나 서로 대화를 나누는 내용이다. 대화 가운데 宣祖의 승하와 인조반정 등이 언급되어 있는 바, 「봉래록」의 필사연기는 최소한 1623년 이후라는 것을 알 수 있다.

이색·정몽주 등과 어깨를 나란히 했던 학자로 고려에 절의를 지키다
가 河崙·鄭道傳 등에 의해 역적으로 몰려 암살을 당했고, 그 불똥은
滅門의 화로 이어졌다. 이로 인해 집안은 麗朝에 지켜오던 가문의 영광
은 고사하고 씨족을 보존해야 하는 궁벽한 처지가 되었다. 때문에 차식
이 태어난 때만 하더라도 가문이 겨우 유지되는 형편이었다. 그의 아버
지 廣運만 하더라도 과거에 몇 번을 응시했으나 번번이 낙방하고 겨우
鄕選의 教授를 지냈을 뿐이다. 결국 차식의 집안은 조선이 개국되면서
'고려＝송도(인)'라는 정치구도 속에서 몰락의 길을 걸었고,2) 때문에
그 자신 또한 조선 전기 완고하게 유지되어 온 '송도인의 폄시' 속에
16세기를 살았던 것이다.

　그는 이런 형편을 담담하게 받아들였는지 안온하고 유유자적한 삶을
추구했던 것으로 보인다.

　　벼슬한 지 30여년에 관직은 겨우 4품직에 머물렀으나, 편안한 마음으
　로 막힌 신세를 염두에 두지 않았다. (……) 평생 생산의 유무를 따지지
　않았고, 다만 시렁의 책 수천 권을 대하여 밤을 낮으로 이어가면서 스스
　로 즐겼다. 후진을 가르치는데도 게을리 하지 않아 그 문하에 재주 있는
　이들이 많았다. 산수간으로 수령살이를 나와서는 조용하고 한가한 기쁨
　을 누렸다.3)

　차식은 1543년 문과에 급제했는데, 당대 문명을 날렸던 蘇齋 盧守愼
(1515~1590)·學音 尹春年(1514~1567)과 同榜이었다. 두 사람보다 어린
나이로 촉망을 받던 인물이었으나 30여 년을 한직으로 전전하다가 平
海郡守로 재직하던 중 寒疾에 걸려 조용한 생을 마감한다.4) 그렇지만

---

2) 柳夢寅, 「贈禮曹參判行平海郡守車公軾神道碑銘」(『於于集』 권6). "繼成子廣運, 習經籍,
　屢擧不勝, 因鄉選焉教授, 冷官也. 數千載三韓大姓, 至此而替極矣."
3) 유몽인, 위의 글. "立朝三十餘年, 官才四品, 處懷恬如, 不以淪滯芥意.(……)平生不問生産
　有無, 只對架書數千卷, 晷繼膏以自娛. 訓後進不懈, 所居多成才. 出宰山水, 蕭散怡愉."
4)『선조실록』 권9, 8년 2월 29일조 "江原監司馳啓曰 : '平海郡守車軾, 傷寒得發身死.'"

柳夢寅은 이런 한직에 전혀 개의치 않은 채 자연에서 소요한 인물로 차식을 그렸다. 한편, 차식은 독서와 후진 양성으로 하나의 돌파구를 마련했던 것으로 보인다. 차식이 많은 서적을 보유하고 있었다는 사실은 그의 벗이었던 田禹治가 항상 그에게서 책을 빌려 보았다는 정보로5) 확인할 수 있거니와, 서책에 잠심한 흔적은 역력하다. 다만 그의 문하에 출입한 인물에 대한 정보는 따로 없는데, 아마도 송도 문인이 대부분이었을 것이다. 그러나 그가 완전히 세태의 테두리에서 자유로워질 수 있었던 것은 늙으막에 고성과 평해의 군수로 나와 산수간에 노닐면서부터였다. 더구나 그곳에는 지기였던 楊蓬萊가 이미 터를 닦아 놓고 있었다. 뒤에 더 언급하겠지만, 이 「봉래록」의 저술에 양봉래의 역할은 대단히 컸던 것으로 보인다.

『松都記異』에는 차식의 인물됨을 살필 수 있는 일화가 하나 전한다. 그가 개풍군 소재 厚陵(定宗의 릉)의 寒食典禮官이란 한직으로 있을 때의 일이다.

> 차식이 厚陵에 이르러 丁字閣을 보니, 해마다 비가 새어 대들보와 서까래가 모두 썩고, 먼지가 벽에 가득하고 뜰에는 잡풀이 우거졌으며, 상·탁자·기물은 오래되어 더럽고 깨져 있었다. (……) 차식은 이 말을 듣고 안타까운 마음에 몸소 소제를 한 다음, 제물을 정결하게 준비하여 목욕하고 제를 올렸다. 제사가 끝나고 잠이 들어 꿈을 꾸었는데 (……) 차식은 꿈에서 깨어 두려움을 이기지 못하다가 날이 밝자 동구로 나왔다. 그런데 매 한 마리가 뒤에서 훌쩍 날아 지나가면서 큰 물고기 한 마리를 말 앞에 떨어뜨리는 것이었다. 그 물고기는 생기가 팔팔하여 땅에서 뛰는데, 바로 한 자 남짓 되는 뱀장어였다. 차식은 꿈속에 있었던 일을 생각하여 이것을 가지고 집으로 돌아와서 연일 국을 끓여 어머니께 드렸더니, 그 병이 드디어 나았다.6)

---

5) 김택영, 「文詞傳·田禹治」(『重鑒韓代崧陽耆舊傳』 권1). "有淸才, 善爲歌詩, 而家貧無書, 常從其友車軾, 假書以觀."(『숭양기구전』은 최근 김승룡에 의해 『松都人物志』와 함께 현대실학사에서 번역·소개되었다)

이 일화는 『어우야담』· 『松都誌』· 『東野類輯』(해외수일본 「靈異」편) 등에도 채록되어 있는, 차식에 관한 거의 유일한 이야기다. 定宗의 황폐된 능을 정비한 덕으로 죽은 정종의 음보를 받아 어머니의 帶下病을 고쳤다는 이 일화는 영험과 효성의 면모를 부각시키기 위한 화소이다. 이 이야기의 진위야 어찌 되었건 한직에 있으면서도 직분과 도리를 다하는 그의 인간적인 면모를 확인하기에 부족함이 없어 보인다.

유독 차식과 그의 아들 殷輅·天輅 사이에는 믿지 못할 이야기가 전해진다. 맏아들 은로는 그야말로 뛰어난 文才를 가진 인물이었는데, 그만 17세에 요절하고 말았다. 요절의 이유인 즉 上帝가 그의 문재를 아낀 나머지 天上의 白玉樓 記文을 짓도록 부른 것이란다. 그리고 그를 대신해 天輅가 태어났다고 한다. 차식 역시 임종 때에 세상에 못다 편 문장을 천로에게 전수해 주어 천로의 문장이 하루아침에 沛然히 용솟음치게 되었다고 한다.[7] 셋째 아들 雲輅도 당대 문재로 이름을 날린 인물이다. 기실 異界에서 글재주를 아껴 불러 올린 이야기는 唐代 傳奇뿐만 아니라, 「龍宮赴宴錄」의 韓生의 경우에서도 찾을 수 있듯이 한 사람의 문재를 드러내기 위한 허구적 화소이다. 뛰어난 문재를 가졌는데 이를 발휘하기도 전에 요절한 것에 대한 안타까움을 에둘러 표현한 것이다. 요컨대 이들 이야기는 이 집안의 文翰的 전통과 그 전통이 천로와 운로에게 전수되었다는 사실을 말해주는 동시에, 역사의 이면에 가려진 한 가문의 순탄치 못했던 행보를 더듬게 한다.

그러나 어쨌든 차식은 문인으로 자부하였으며, 그것이 자신의 존재를 부각시키는 가장 뚜렷한 수단이었다. 그리고 그 전통은 아들 천로,

---

6) 李德泂, 「松都記異」(『대동야승』 권71). "軾到陵, 見其丁字閣, 年年雨漏, 梁椽腐敗, 塵埃滿壁, 庭草蕪沒, 床卓器皿, 歲久朽破. (……) 軾聞言凄感, 親薰修掃, 精備祭物, 沐浴行事. 祭罷就寐, 夢有(……)軾覺來不勝瞿然. 天明出洞口, 有鵲自後悠然飛過, 墜一大魚於馬前. 生氣潑潑, 跳躑於地, 乃鰻鱺魚也, 其長盈尺. 軾大感夢中之事, 持歸於家, 連日作羹進於母氏, 其病遂愈."

7) 이에 대한 내용은 유몽인의 위의 글에서 확인할 수 있다.

운로 등에게 발전적으로 계승되어 급기야 동방의 '三蘇'로 불리워졌던 것이다.[8]

차식은 송도사람이었던 만큼 徐花潭의 문하에서 수학하였다.

> 서선생이 화담초당에서 계실 때, 하루는 못가를 거닐다가 노는 피라미가 문득 濠梁의 뜻이 있음을 보고 종이를 한 치쯤 잘라 글 몇 자를 써서 물 가운데 던졌다. 그러자 길이가 석 자쯤 되는 한 쌍의 고기가 물속에서 뛰어 올라 돌 위에 떨어졌다. 선생은 잡아서 보고는 웃으며 다시 물에 던져주고 말하기를, "옛 사람의 말이 거짓이 없구나"라고 하였다. 이 때 선생은 『장자』를 읽고 계셨다. 내 선군(차식—인용자)께서 어릴 때부터 선생 문하에서 글을 배우셨기에 그 일을 직접 보고 일찍이 말씀해 주신 것이다.[9]

서화담이 『장자』에 잠심해 있을 적의 한 일화를 소개한 내용이다. 물속에서 뛰노는 물고기와 그것을 보고 있는 심미주체가 동시에 합일되는 濠梁之趣가 실감나게 표현되어 있다. 그런 스승을 모시고 있는 차식도 마치 일체가 된 듯하다. 이 자료는 작은 소묘에 불과하지만 어릴 적부터 화담 문하를 출입하던 차식을 쉽게 연상해 볼 수 있게 한다.[10] 그리고 이같은 스승의 지취를 이어 받은 차식은 「봉래록」에서 이를 유감없이 발휘하고 있다.[11]

차식은 문보다는 詩에 더욱 뛰어났던 것으로 보인다. '매월당 추숭자'로 잘 알려져 있는 學音 尹春年은 일찍부터 詩鑑이 있었다. 차식은

---

8) 鄭昌順 補編, 『松都誌』(권7). "車軾字敬叔, 號頤齋. 與二子天輅·雲輅, 皆有文章, 世比三蘇."

9) 車天輅, 「五山說林」(『대동야승』 권5). "徐先生花潭草堂, 一日步遊潭上, 觀遊儵便有濠梁之意, 剪紙寸許, 書數字投水中. 一雙魚長三尺所, 從水躍出, 擲在石上. 先生手拾而觀之, 笑而投還曰 : '古人之言不誣.' 時先生讀莊子. 吾先君自童稚受業先生門下, 目覩其事, 嘗語之."

10) 「오산설림」에는 이외에도 화담이 차식에게 儒佛仙의 학문 중에 儒學이 가장 어렵다는 가르침을 내린 이야기가 실려 있기도 하다("花潭謂吾先君曰 : '今之學, 儒最難, 佛次之, 仙最其下也.'").

11) 이를테면 금강산을 仙界로 인식, 이와 합일되는 지취를 추구한 점을 들 수 있다. 이에 대해서는 뒤에서 더 논의한다.

그보다 세 살 연하로 동방급제를 하여, 그에게 시에 대해 자문하곤 했던 모양이다.

> 윤춘년은 선군과 계묘년(1543)에 같이 과거에 합격하였다. 그는 詩鑑이 있었는데, 선군께서 지은 율시 한 수를 보고, "그대는 마땅히 盛唐詩를 읽되, 꼭 老杜를 읽으시오"라고 하였다. 이에 선군은 "그렇습니다. 지금 杜詩에 힘을 쏟고 있습니다"라고 하였다.[12]

마침 두시에 관심을 갖고 있을 즈음 학음은 차식에게 위와 같은 훈수 한 수를 뒀다. 이는 물론 학음의 시감이 뛰어남을 말하고자 하는 의도가 강하다. 실제 학음의 시풍은 지금 남아 있는 자료로는 정확히 파악되지는 않으나,[13] 唐風을 지향했던 것만큼은 확실하다. 때문에 同及의 차식에게 성당의 두보를 배울 것을 권한 것이다. 여기서 두보에게 빠져 있었던 젊은 날의 차식의 면모가 어렵지 않게 읽어진다. 그의 시풍이 그 후 어떻게 변화되었는지는 확인할 길이 없으나, 「봉래록」에 인용된 시 중에 두보의 시가 가장 많다는 점에서 성당풍의 시를 애호하고 창작했던 것만큼은 분명해 보인다. 또 한 명의 동급인 노수신은 문단의 종장이 된 후에도 차식의 글을 입에서 중얼거렸고,[14] 한 세대 뒤인 유몽인도 그 유묵을 보면서 감탄해 마지않았다는 점[15]을 짐작해 볼 때, 그의 시문은 당대 최고 수준이었고 또 그만큼 애송되었던 것으로 판단된다. 그러나 불행하게도 그의 문집은 병란으로 소실되어 버렸고,[16] 지금 여기저기 흩어져 있는 시 몇 편만이 남아 있을 뿐이다.[17]

---

12) 차천로, 앞의 글. "尹相公春年, 先君癸卯年同榜也. 有詩鑑, 見先君一律曰 : '君應讀盛唐詩, 必老杜也.' 先君曰 : '然. 余方致力於杜.'"

13) 지금 그의 문집 『學音稿』에 얼마간의 시가 전하고 있다.

14) 유몽인, 앞의 글. "其登第, 與盧蘇齋守愼聯榜, 蘇齋文苑哲匠也, 推引公詞章, 喋喋不離口."

15) 유몽인, 「報滄洲道士車萬里雲輅書」(『於于集』 권5). "伏奉惠借家藏一卷並尊先稿, 敬讀再三, 信天上奎華, 專耀於尊一家, 奇哉奇哉!"

3. 「봉래록」 분석의 실제

1) 구성적 특징과 표현미

「봉래록」은 차식이 高城郡守로 부임한 지 4년 되던 해인 1566년 4월 16일부터 28일까지 약 2주일간의 금강산 유람 기록이다. 이때 그의 나이 49세였다. 「봉래록」이 장편인 만큼 본격적인 유람에 앞서 금강산의 기원과 그 지리적 위치에 대한 서술이 자세하다. 특히 중국과 한반도, 그리고 일본으로 연결된 지맥과 수맥의 흐름에서 금강산은 그 중심에 위치한다고 하여, 이른바 ‘海中蓬萊’의 면모를 잘 드러내고 있다. 이런 지리적 접근은 백두대간의 허리로서의 금강산의 이미지를 연상시키게 한다. 이어서 금강산을 구심점으로 하는 그 주변에 대한 탐색을 그물망처럼 직조시켜 놓았다. 본격적인 금강의 비경을 탐승하기에 앞서 그 주변부를 세심하게 탐색함으로써 그 중심에 대한 궁금증을 자아내는 효과를 거두고 있다. 동북아 전체 속에서 점점 금강으로 축소되어 오는 기술의 양상이 우선 흥미롭다.

실제로 차식은 고성에 부임한 후 줄곧 그 주변의 명승을 유람하였지만, 정작 금강의 내외산은 오르지 못하고 있었다.[18] 때문에 금강 주변에 대한 세세한 언급은 익히 들은 이야기를 의례적으로 기술한 것이 아니라, 직접 유람을 통한 확인의 결과였다. 그리고 그 결과를 “蓬萊山外, 仙遊八景”으로 간추려, 侍中臺는 ‘蕭灑’, 叢石亭은 ‘奇壯’, 九龍潭은

---

16) 유몽인, 「贈禮曹參判行平海郡守車公軾神道碑銘」, 앞의 책. “公所著文集五六卷, 失於兵火, 所收拾祇若干篇, 惜也.”

17) 필자가 확인한 그의 시는 모두 7편이다. 즉 「오산설림」의 「題淸澗亭」 등 5편, 『中京誌』의 「龍山修禊詩」 1편, 그리고 「鶴山樵談」·『崧陽耆舊詩集』의 「題鉢淵」 1편 등이다(「제청간정」은 여기저기서 전재되어 있는 그의 대표적인 작품이다).

18) 「봉래록」(동국대 소장본). “余赴豊巖, 四載于此. 其亭開海山, 風月襟懷, 其坐對蓬島, 偓佺伴侶. 其外山之外, 滄溟地角, 鳴沙海棠, 足迹遍歷, 而內山之內, 衆香城裏, 諸天世界, 未償宿願.”

‘奇險’, 三日浦는 ‘粧點’, 淸澗亭은 ‘浩瀚’, 洛山은 ‘精絕’, 鏡浦는 ‘濩落’, 寒松亭은 ‘淸爽’으로 각각 그 풍취를 열거하고 있다. 이 팔경은 지금의 關東八景과도 크게 다르지 않다. 이처럼 「봉래록」은 서두부터 금강산의 지리적 위치와 주변부 탐색에 상당한 지면과 공력을 들이고 있다.

작품은 이어서 13일간의 여정을 기술한다. 그 코스는 지금 新金剛이라 하는 고성쪽에서 시작하여 내금강으로 들어갔다가 다시 되돌아오는 길이다. 일반적인 코스가 내금강에서 출발하여 고성 방면으로 나와 海金剛과 東海를 거치는 일정이다. 그런데 이런 유람길은 뒤에서 이야기하겠지만, 한번 지나온 쪽의 미처 밟지 못했던 명승을 돌아오는 길에 재탐방함으로써 흥취를 배가시키는 효과가 있다.

그러면서 고성 쪽의 외산과 철원 쪽의 내산의 제일 승경을 꼽아 이를 중심으로 서술해 간다. 즉 외산의 佛頂臺와 내산의 開心臺를 제일 승경처로 비정, 이를 내외산의 表와 裏로 보고, 그 주변의 물상을 탐방하는 형태이다. 그리고 이 탐승과정에서 한껏 고조된 흥취는 마지막으로 十二瀑을 탐승하면서 절정을 이룬다. 이를 좀 더 살펴보기로 하자.

차식 일행은 유람을 시작하여 나흘째 되던 날 楡岾寺를 거쳐 佛頂菴에 도착한다. 듣던 대로 불정암은 동해 쪽으로 시야가 탁 트여 만리의 경관이 한 눈에 펼쳐진 곳이었다.[19] 그러다가 그 옆 불정대에 올라본다. 그 처음 느낌은 이런 정도의 것이었다.

점심을 먹고 나서 잠시 中臺에서 쉬었다가 나무를 더위잡고 날듯이 불정대에 올랐다. 동해는 술잔만하고 列邑은 옷자락처럼 겹쳐 있었다. 대에는 암혈이 하나 있는데, 산 아래 깊은 연못에서 바람이 일어나 그 구멍으로 불어오니 상쾌한 기운이 엄습하였다.[20]

---

19) 「봉래록」. “見佛頂菴, 高在絕壁間, 登眺一望, 眼界萬里.”
20) 「봉래록」. “午飯輟了, 暫留中臺, 攀緣樹木飛陟, 上佛頂臺, 則東溟如杯, 列邑襞積. 臺中有一巖穴, 山下深潭, 風生其中, 爽氣襲人.”

금방 시야에 들어온 것은 아스라하게 펼쳐진 동해와 이 골짜기 저 골짜기에 옷자락처럼 겹쳐있는 여러 고을이었다. 그리고 암혈 사이로 불어오는 바람이 퍽 상쾌했다. 정신없이 불정대에 올라와 보니 확 트인 동해 쪽이 먼저 눈에 들어왔고, 앉자마자 밑에서 불어오는 봄결의 시원한 바람을 피부가 먼저 느꼈을 뿐이다. 순간적인 인상인 셈이다. 그런 얼마 후 이윽고 시선을 서북쪽으로 돌려보았다.

> 이에 서쪽으로 눈길을 돌리자, 日出·月出·鴈門 등 여러 봉우리들이요, 북쪽을 쳐다보자 栢田·寂滅·上開心 등 여러 암자들이며, 또 그 서쪽으로는 바위 봉우리가 우뚝 솟아 있으니 九井峯이다. 위태롭게 불쑥 솟아 칼날이 공중에 번쩍이는 듯, 아스라이 우뚝 솟아 창끝이 구름을 뚫을 듯하였다. 날리는 폭포수는 아래로 떨어져 12층이 되는데, 玉龍(잔설 －인용자)은 깎아지른 돌다리에 걸려있고, 天紳(폭포－인용자)은 파르스름한 절벽에 매달려 있었다. (……) 굽어보자 골 물소리가 들리는데, 푸른 절벽은 철 길 높이 꽂혀 있고 吐故納新하는 바람과 안개는 흩날리며 짙게 깔리고 있었다.[21]

그랬더니 금강의 비경이 이처럼 한 눈에 펼쳐진 것이 아닌가. 칼날이 번쩍이는 듯 창끝이 서려 있는 듯한 뭇 봉우리들과 그 사이사이로 촘촘히 자리 잡고 있는 암자들이 시야 위쪽으로 잡혀왔고, 그 아래쪽으로 십이폭의 잔설과 폭포수의 흰 물결이 선명하게 경계를 지어 놓고 있었다. 봄의 산빛 속에 눈빛과 물빛이 절묘한 조화를 이루고 있는 광경이다. 그리고 시선은 다시 십이폭을 따라 더 아래로 내려가 아스라한 절벽과 맞닥뜨렸는데, 그곳에는 안개와 구름이 바람의 출입에 따라 쉼없이 雲舞를 추고 있었다. 작가의 시선의 이동을 따라 온갖 물태와 자

---

21) 「봉래록」. "於是也, 西望日出·月出·鴈門諸峰, 北瞻栢田·寂滅·上開心諸菴. 菴西有一石峰高出, 名曰九井峰. 突起岌嶪, 劒刃閃空, 屹立嶢嵼, 戟技慧雲. 飛瀑垂下, 作十二層, 玉龍掛於絶磴, 天紳懸於翠壁.(……)俯瞩聲聞洞, 蒼崖絶壁, 高揷千尋, 吐納風霧, 颭戾鬱蓊."

연 현상이 점층적으로 다가오면서 불정대에서 경관의 진면목이 비로소 생생하게 다가온 것이다. 이 장관을 목격한 차식은 "이곳이야말로 外山의 제일 명승지다!"[22)고 외칠 수밖에 없었다.

　이후 여정은 이 불정대에서 조망한 명승들을 하나하나 훑어가는 과정이었다. 遠景의 조망에서 近景의 탐방으로 이어지는 양태다. 다만 십이폭 만은 조망을 했을 뿐 직접 답방하지 않고 되돌아오는 길의 마지막 유람처로 미뤄 둔다. 그리고 발길은 내산 쪽으로 이어진다. 며칠 후 차식은 금강산 주봉인 毘盧峯이 직면한 內圓通菴에 도착한다. 특히 이곳의 開心臺는 일찍부터 내산의 절경을 조망하는 장소로 이름이 나 있었다.[23) 차식은 좀 색다르게 경관을 대하고 싶었던 모양이다. 그래서 처음 눈을 둔 곳은 멀리 펼쳐진 금강의 원경이 아니라 개심대 주변의 계절 풍경이었다. 마침 눈이 그치고 구름도 걷혀 원근의 봉우리와 그 사이 암자들 주변엔 꽃빛이 선명하였다.[24) 내산은 가장 늦게까지 잔설이 남아 있는 곳으로, 겨울과 봄이 교차되는 곳이다. 그러다가 불정대에서와 마찬가지로 서북쪽으로 눈을 돌렸다. 그러자 내외산의 온갖 봉우리들이 고개를 쳐들고 달려오는 것이 아닌가? 그 아래 펼쳐진 萬瀑洞과 香爐峯의 절묘한 조화는 이루 말로 형언할 수 없었다.

　만폭동과 향로봉을 내려다보니, 폭포 소리가 귓전을 간질이고 봉우리 그림자는 못에 떨어져 천태만상이 모두 눈에 들어왔다. 깎아놓은 옥과 은, 뽑아 놓은 비녀 줄지은 笏이 서리 칼날 철창처럼 서 있고, 白鳳이 날개를 편 듯 白鵬이 깃을 씻은 듯 위로 용솟음치며 동서로 열리고 좌우로 내달려, 다투어 서서 범이 움켜쥐고 용이 휘감은 듯하다. 단단한 뼈대에 해가 내리쬐는 듯 철바람이 몸을 연마한 듯 굳세어 금과 같았다. 올려다

---

22) 「봉래록」. "余謂滄海曰：'今日之遊, 生平冠絶, 若不踏此, 百年虛作百年身. 眞所謂外山第一勝地也.'"
23) 일반적으로 내산의 조망처로는 이곳과 正陽寺 옆 眞歇臺(또는 歇惺樓)가 꼽힌다.
24) 「봉래록」. "出坐開心臺, 適雪晴雲捲, 遠近峰巒, 高低蓮坊, 盡露花色, 歷歷可見."

보니 더욱 높고 뚫으려 하면 더욱 견고해져 봄에도 푸른 나무가 자라지 못하고 겨울에는 더 흰빛이라. 그 아래는 구슬을 내뿜고 향을 피어내는 짝 뻗은 나무들이고, 무지개를 만들고 옥구슬을 만들어 내는 암벽의 폭포와 못이었다.[25]

향로봉의 웅장한 형세와 만폭동의 절경을 제일 먼저 청각으로 만난 작자는 먼저 향로봉의 깎아지른 절벽의 역동적인 형세를 감각적으로 느끼게 되었다. 그 산세가 끝나는 지점은 다시 바위와 폭포로 어우러져 사시사철 변함없이 흰색의 물결인 만폭동의 비경이었다. 이 절묘한 조화를 목도한 차식은 결국 그 어떤 묘수의 서화가라도 결코 흉내 낼 수 없는 이 비경을 내산의 제일 仙境이라고 찬탄하게 되었다.[26] 그리고 이 지점에서 불정대와 개심대는 금강 내외산의 표리라는 사실을 실감한다.[27] 마지막으로 만폭동 곳곳을 밟아 보면서 황홀경에 젖어들고 이에 따라 흥취도 점점 고조된다. 급기야 火龍潭에 당도해서는 비경에 대한 묘사는 제쳐두고 중국 사신 鄭同이 이곳에서 빠져 죽은 일을 떠올리며 우쭐해 한다. 중국의 그 어떤 명산이라도 비견될 수 없는 금강의 비경임을 자부하게 되는 것이다.[28]

그런데 이런 감정의 고조는 자칫하면 유람의 올바른 취지를 저해할

---

25) 「봉래록」. "俯臨萬瀑洞·香爐峰, 瀑聲喧聒, 峯影落潭, 千態萬狀, 擧集眼內. 削玉剝銀, 抽簪列笏, 霜刀鐵槊, 白鳳張翔, 素鵰刷翰, 直聳橫開, 左向右馳, 爭抽競立, 虎攫龍拏. 日爍骨堅, 而如鐵風磨體, 剛而似金. 仰之彌高, 鑽之彌堅, 春不繞碧, 冬愈着素. 其下, 則有噴珠噀香者, 建木琪樹, 垂虹瀉琳者, 巖瀑石潭."

26) 「봉래록」. "塵塵之形, 刹刹之像, 雖淵雲之墨妙, 王吳之妙畫, 詎能寫其彷佛者哉? 眞所謂內山第一仙界也."

27) 「봉래록」. "余謂雲·鑑二師曰 : '此地可與外山佛頂臺, 相爲表裡, 未易甲乙. 望海觀旭, 佛頂勝於開心 ; 玉峰爭呈, 開心勝於佛頂.'"

28) 「봉래록」. "嗚呼! 生於我國, 長於我土, 耳聞之, 夢想之, 金剛之面目何如, 萬瀑之泉石何如? 影不落千峰之月, 杖不穿萬壑之雲, 役役紅塵虛度百年者, 不知幾千萬也. 吾輩以多生緣分, 蓬島夙契, 釋域中常戀暢, 超然高情, 萬二千峯巒, 一百八蘭若, 目擊之, 足踏之, 烟霞度內, 湖海胸襟, 松風醒余之耳, 潭月照余之懷, 則非鬼非人, 亦非仙者也. 惟彼崑崙之秘跡, 天台之絶境, 奇則奇矣 ; 會稽之山水, 武夷之九曲, 美則美矣, 豈與白雪奇峯, 千古一色, 玉洞飛瀑, 萬代長雷者, 爭誰其甲乙者哉?"

소지가 있는 만큼 홍분을 가라앉히며 자조할 필요가 있다. 바로 이런 과정이 십이폭의 탐승이었다. 그 속에서 직접 밟고 있는 대자연과의 동화를 경험하면서 절정의 홍취를 맛보게 된다. 곧 「봉래록」은 불정대→개심대→십이폭으로 이어지는 탐승 과정에서 감흥의 고조와 절제, 그리고 유람의 홍취, 산수와의 동화가 이루어지는 구도가 큰 특징 가운데 하나이다.

「봉래록」에는 이외에도 몇 가지 홍미 있는 표현법이 구사되었는데, 유기로서의 문학적 성취를 맛보게 한다. 첫째, 승경을 접하고 난 감회를 前人의 유명한 詩句를 적소에 제시하여 표현하였다. 이는 자신의 느낌을 이를 통해 드러낼 뿐만 아니라 독자로 하여금 보다 객관적인 감상을 하도록 해준다. 「봉래록」에는 모두 80여 회에 걸쳐 전인의 시구와 문구가 인용되어 있다. 杜甫·韓愈·駱賓王·王勃 등 晉·唐·宋代의 시인뿐만 아니라 李齊賢·權近·鄭士龍 등 우리나라 문인도 대거 인용하고 있다. 그 한 예이다.

> 옛길을 따라 獅子·妙峯 두 암자를 지나 摩訶衍을 넘었다. 돌다리를 건너는데, 시원한 바람이 옷소매에 불어왔고, 솔길을 가는데 이슬이 망건을 적셨다. 杜少陵이 이른바 "골짝을 걷자니 바람은 얼굴에 불고 소나무 보자니 이슬이 옷을 적셨네"를 지은 것이다.[29]

마하연을 지나가면서 돌다리와 솔길을 지나는데 시원한 바람과 이슬이 자신을 반겼는데, 이 때의 느낌은 바로 두보의 「東屯北崦」시의 구절과 딱 들어맞는 것이었다. 그래서 이때의 기분을 이 시로 대신 표현한 것이다. 또한 "이른바 東坡의 ○○라는 句가 바로 이를 두고 말함이다" 등의 표현을 써서 적절하게 감정을 중화시키고 있다.

---

29) 「봉래록」. "從古道過獅子·妙峯二菴, 逾摩訶衍, 渡石杠, 而風爽襟袖 ; 穿松逕, 而露沾幅巾, 杜少陵所謂, '步屧風吹面, 看松露滴衣'者, 題也."

둘째, 한낮의 탐승의 여운을 감각적 이미지를 끌어와 한밤중에까지 지속시키고 있다.

① 蓮坊에 밤이 깊어 호접몽이 끝날 즈음, 물결이 일어 부딪치는 소리가 牛犧의 귀를 간질였다. 學澄을 발로 건드려 물어보니, "소나무 소리입니다"라고 한다. (……) 앉아서 아침을 기다리니 동방은 이미 밝아져 있었다.[30]

② 滄海(양사언—인용자)는 노곤하여 깊이 잠이 들었는데, 나는 홀로 잠을 이루지 못하고 있었다. 폭포 소리가 베개마루에 올라오고 산의 달은 창을 비추었다. 두루 돌아다닌 곳을 생각해 보니, 황홀하기가 明皇(玄宗—인용자)이 月宮에서 노닌 듯 穆王이 瑤臺의 객이 된 듯하였다.[31]

①은 만폭동을 탐승하던 날 밤 암자에서의 일이며, ②는 십이폭을 구경하고 유숙할 때의 일이다. 松濤 소리가 귓전을 울려 잠을 이루지 못한 채 새벽을 맞이하였고, 폭포 소리가 베개마루를 들락거리는 가운데 황홀경에 빠져들기도 하였다. 그런데 정작 이 도취감에 그날 낮에 있었던 탐방의 여운이 이 소리를 통해 밤을 뚫고 들려왔기 때문이었다. 송도 소리와 폭포 소리는 한낮에 목도한 비경과 지금 누워 있는 작자를 매개하여 여흥을 불러일으키는 역할을 하고 있는 바, 지금 작자는 잠을 이루지 못하고 마치 신선이 된 듯한 도취감에 빠져 있다.

셋째, 4음보 연속의 리듬감 있는 언어 구사로 경쾌한 유람의 맛을 더하고 있다. 이는 「봉래록」 문체의 전체적 특징이라고 할 만한데, 특히 '장소의 이동'이나 '새로운 경승과의 조우'에서 두드러지게 나타난다.

---

30) 「봉래록」. "蓮坊夜闌, 蝴蝶夢罷, 波濤澎湃之響, 撼眠牛犧之耳. 蹴學澄訊之, 答曰 : '松濤之聲也.'(……)坐而待旦, 東方旣白矣."

31) 「봉래록」. "滄海路困沉睡, 余獨假寐, 瀑聲來枕, 山月上窓. 追想遍遊之地, 怳如明皇之遊月宮, 穆王之客瑤臺矣."

① 至寺北洞, 兩水合流, 穿此曲欄, 南下滔滔, 駭浪觸石, 驚波洒矼, 混瀚灦溟, 滃涬淢瀤.(유점사 북쪽 골짝에 이르자 두 갈래 물이 합류하는데, 이곳 굽은 난간을 뚫고 남쪽 아래로 콸콸 흘러내리는데, 급한 물결은 바위에 부딪쳐 돌다리까지 뿌리며, 뒤섞인 흙탕물이 우묵한 곳을 굽이쳐 흘러간다.)

② 中岾過盡, 內岾未及, 中有一洞, 小溪涓涓, 鬱林屯臨, 停行攤飯, 天日當午, 谷風吹面.(중점은 다 지났고 내점은 아직 지나지 않았는데, 그 사이에 한 골짝이 있어 작은 시내가 졸졸 흐르고 울창한 숲은 언덕이 져 있었다. 가던 길 멈추고 밥을 먹는데, 때는 정오라 골짜기 바람이 얼굴에 불어왔다.)

③ 至仙遊洞, 岡複嶺疊, 重巘層石, 溪磵縈絡, 水自圓寂峰來, 煩波奔突, 狂赴爭流, 觸巖觝隈, 瀄汩澎湃, 白波青嶂, 別一乾坤.(선유동에 이르자 산등성이와 고개가 겹쳤고 겹친 봉우리와 층층한 돌이라 산골 물은 빙 돌아 흐르고 있었다. 물은 원적봉으로부터 흘러오는데, 물결이 부딪치며 미친 듯이 내달려 바위에 부딪치고 굽이에 부딪쳐 더욱 빨라지고 세차 흰 물결 푸른 산을 두르니 따로 별세계를 이루었더라.)

①은 楡岾寺 북쪽 골짜기에 들어섰을 때, ②는 水岾을 지나가고 있을 때, ③은 仙遊洞 입구에 이르렀을 때 주위 풍광과 함께 굽이치는 물결을 형용한 것이다. 거리 이동에 따른 주위 경관이 작자의 시선을 스쳐 지나가는 동시에 새로운 풍광을 첫 대면했을 때의 인상이 경쾌하면서도 동적인 필치에 녹아들어 있다.

넷째, 주요 경관은 작자의 눈높이와 이동에 따라 점층적으로 묘사하여 그 장관을 극대화시키고 있다. 이에 대해서는 이미 불정대와 개심대에서의 경관 묘사를 통해 살펴보았으므로 더 이상의 췌언을 붙이지 않기로 한다.

2) '仙境'에의 도취와 동화

그렇다면 「봉래록」에 나타난 차식과 금강산의 만남은 어떤 것이었을까? 다시 말해 차식은 금강산을 탐승하면서 무엇을 느꼈던가? 이 점은 작품의 곳곳에 선명하게 제시되어 있다. 차식은 금강산 초입에서 이미 속세와의 단절을 경험한다. 바로 외산의 佛頂臺였다. 그곳에서 탁 트인 시야와 내산 쪽의 절경에 도취되어 해질녘까지 앉아 있자니, 봉우리 사이로 해가 기울면서 금강의 비경은 또다른 천변만화를 연출하였다. 순간 그곳은 閬苑이고 玄圃이며, 마시는 술은 霞液임을 느끼게 되었다. 어느 덧 仙界의 한 사람이 된 자신을 발견하게 된 것이다.[32]

이후 유람에서 차식은 비경에 도취될 때마다 그곳을 '仙界' '仙境' '仙區'임을 외치고 있다. 그런데 이 선경에 도취, 동화되는 과정이 흥미롭다. 앞에서 불정대와 개심대에서 이미 선경에 들어와 있는 자신을 깨닫게 되었음을 언급하였었다. 그런데 자연과 순간적으로 조우하여 느끼는 감정은 어쩌면 착각일 수 있다. 차식은 이 '착각'을 반복하면서 자연과의 완전한 합일을 체험했던 것이다. 「봉래록」은 바로 그런 여정의 기술인 셈이다.

① 거듭 妙吉祥의 반석을 밟게 되었다. 허리띠를 풀고 다리를 씻고 손으로 물을 떠 얼굴을 씻었다. 산보하며 소요하자니 초연히 물 밖의 몸으로 새와 짐승이 된 듯하였다. 이 어찌 구름 사이의 신선이 아니겠는가?[33]

② 이에 慶雲·懷鑑과 함께 앉아 산수의 승경과 物外의 풍류를 모두 이야기하느라 은하수가 돌아가고 견우성이 사라진지도 모르고 있었다. 霞液을 마시고, 刀圭로 먹으니 마치 우화등선의 지취가 있는 것 같았다.

---

32) 「봉래록」. "俄然, 遠海烟暝, 西峰日側, 氣像千萬, 變態無窮, 若與麻姑·偓佺·王母·安期生, 登閬苑遊玄圃, 而酌瓊液駕飆輪矣."

33) 「봉래록」. "重踏妙吉祥盤石, 解帶濯足, 掬水漱訶, 散步逍遙, 超然物外之身, 熊經鳥伸, 豈非雲間之仙?"

터럭 같은 세상일과 계륵 같은 고명이 천리 만리로 멀어졌다.[34]

①은 십이폭을 탐승하고 다시 묘길상에 이르러 하루의 일정을 마치면서 소요할 때, ②는 한밤중 僧房에 앉아 이야기를 나눌 때의 느낌을 표현한 것이다. 절경에 직면했을 때가 아니라 일정한 거리를 두었을 때, 오히려 그 감흥이 더 잘 일어나는 경우가 있다. 그것이 여정의 노곤함과 함께 느끼는 감정이라면 더욱 좋을 것이고. 이 지점에서 차식은 자신이 꼭 신선 세계의 한 사람인양 착각을 하게 된다. 그러나 졸지에 선계의 한 사람이 되고 보니, 속세에 대한 청산이 미처 이루어지지 못했던 모양이다. 그래서 승방의 승들과 이야기를 나누면서 비로소 세상일의 덧없음을 깨닫게 된 것이다. 차식에게 있어서 이제 이 선경은 다른 어떤 것이 아니고 자연 그 자체로 다가오고 있었다.

결과적으로 차식의 금강산 유람은 자연(산수)과 인간의 '거리두기'에서 '일체화'로 전이되는 과정이었다. 차식은 모든 인간 개체는 본래 생래적으로 거기, 즉 자연에 있었음을 체험하고 있었다. 그리하여 그는 유람이 끝날 무렵에는 이미 '忘我'·'忘物'의 경지에 들어와 있었다.

> 한바탕 이야기를 끝내고 나자, 천만 봉우리에서 구름이 피어올랐다. 맨발로 돌을 밟고 청려장으로 물결을 희롱하며 물길을 따라 거슬러 올라가다 보니 멍하니 나를 잊게 되었다. 산수가 우리를 잊은 것인가, 우리들이 산수를 잊은 것인가?[35]

온갖 봉우리에서 구름이 막 피어오르는 즈음 맨발로 시냇가 자갈을 밟으며 물길을 따라 올라가던 한 사람은 문득 자신을 잊어버리게 된다.

---

34) 「봉래록」. "仍與雲也鑑也, 同坐談盡山水之勝槪, 像外之風流, 不知河漢之廻, 星牛之減. 餐霞液, 食刀圭, 如有羽化登仙之趣焉, 則牛毛世事, 鷄筋功名, 千里萬里矣."

35) 「봉래록」. "一場詰罷, 千峯雲生, 赤足踏石, 靑藜弄波, 尋源而上, 嗒然喪我. 山水忘我輩耶? 我輩忘山水耶?"

대자연 속에 '인간'의 자취가 없어지고 홀연 '자연이 된 인간'이 남게 된 것을 회화적 색채로 그려낸 대목이다. 어느새 자기 자신은 물과 돌 나무처럼 자연의 한 개체일 뿐 더 이상 현실에 욕망하는 '인간'이 아닌 심미 경험을 한 것이다. 누군가가 이들 일행을 지켜보고 있었다면, 막 길을 나던 사람들이 얼마 후 바로 자연 속에 묻혀 그 흔적을 더 이상 찾을 수 없게 된 지경이랄까. '말하는 나는 분명이 있는데, 그것은 구름과 돌, 그리고 물처럼 자연의 한 부분일 뿐이요, 사람(인간)이 아닌 상태'인, 자연이 되어 버렸다.

당시 명산을 유람하며 娛遊를 즐겼던 또 한 사람 朴枝華(1513~1592)도 선계에서 物外의 志趣를 만끽하고 있던 이때의 차식을 마냥 선망해 하였거니와,36) 이것이 바로 「봉래록」에 그려져 있는 금강산과 차식의 만남인 것이다.

3) 楊士彦과의 '詠遊'

차식은 이 금강산 유람에 天輅·雲輅·金輅 세 아들과 사위 李汝春을 대동했는데, 바로 이 해에 楊士彦은 江陵府使로 부임해 있었다. 두 사람 모두 1517년 동년생으로 부임지가 지척인지라 이들은 자주 왕래하며 詩遊를 하곤 하였다.37) 그리고 평소 함께 금강산을 유람하기로 약속했던 터다.38) 淮陽郡守로 있을 시절 금강산을 자주 유람하였던 양사

---

36) 朴枝華, 「次車高城」, 『守庵遺稿』 권1. "禪悅誰能倣樂天, 丹爐吾欲謝王佺. 遙知物外幽人履, 只在眞源獨往邊. 治世可忘貧且賤, 放言應有道之權. 師賢每仰花潭老, 一段天和任自然."

37) 차천로, 앞의 글. "楊滄海爲江陵府使時, 吾先君爲高城郡守已四載, 先君以試官之江陵, 滄海先生爲吾先君, 題詩於襄陽降仙亭柱曰…."
한편 양사언의 『蓬萊詩集』에는 차식과 창화하거나 부친 시가 적지 않게 실려 있는데, 함께 금강산 유람에서 읊은 것 뿐만 아니라, 「降仙亭待車紫洞」·「高城東閣次車紫洞韻」(이 시는 차식이 고성에 부임하여 海山亭, 즉 동각을 짓고 「題海山亭」 시를 지었는데, 이에 차운한 것이다)·「別紫洞寧觀」·「寄平海倅紫洞先生」 등이 따로 있다.

언은 차식에게 있어서는 同遊者이자 안내자였다. 금강산 유람으로서 그 유례가 없는 걸출한 두 시인의 동유는 그야말로 '詠遊'(詩遊)라고 표현함직하다.

이들은 명승을 접하거나 흥취가 돋을 때면 여지없이 시를 창화하여 유람의 분위기를 만끽하였다. 「봉래록」에는 이들이 시를 창화했다는 기록만도 모두 여섯 곳이다. 차식의 경우 창화시가 남아 있지 않으나,39) 양사언의 경우 다행히 창화시 몇 편이 남아 있어 그때의 흥취를 대강 짐작하게 해준다.

산은 안주로 삼고	山岳爲肴核
바다는 술동이로 삼았네.	滄溟作酒池
미친 노래 만고에 시들어 버릴지니	狂歌凋萬古
취하지 말아 돌아가지 마세나.	不醉願無歸.40)

차식에게 화답한 양봉래의 「佛頂臺次車紫洞韻」라는 시의 한 수이다. 차식이 처음 불정대에 올라 동해를 굽어보았을 때 "동해는 술잔만 하고 열읍은 옷자락처럼 겹쳐 있다"고 탄성을 질렀던 모습이 첫 구에서 그대로 연상되는데, 이곳에 남아 세속으로 돌아가지 말자는 양봉래의 외침도 마냥 한담으로만 느껴지지 않는다. 또한 "깎아지른 폭포 바람에 흩뿌리고(懸瀑風前水)"라든가 "백운이 옷에 가득 스며드네(白雲生滿衣)"로 이어지는 양봉래의 시구는 차식이 도취되어 외쳤던 주위 풍광이기도 했다. 다음날 이들은 이곳에서 동해의 일출을 맞는다.

새벽에 일어나 일출을 보았다. 바다 구름이 흐릿하게 가렸고 해는 반

---

38) 「봉래록」. "與楊滄海子美, 結約白蓮, 理蠟屐治藍輿者, 素矣."
39) 차식이 이 유람에서 지은 시가 무려 107수였다고 한다. 이 시들은 별도로 기록했다고 하는데, 지금 「봉래록」에는 이것이 빠져 있다(「봉래록」, "內外山唱和詩, 凡百七首, 詳錄于後").
40) 楊士彦, 「佛頂臺次車紫洞韻」(『蓬萊詩集』 권1).

쯤 떠오르고 있었으니, 따로 한 장관이었다. 楊滄海가 나에게 말하기를 "시인 묵객이 이곳에 와서 묵는 것은 일출을 보기 위해서라오. 지금 반쯤 떠오른 해가 완상할 만하니, 天翁이 우리에게 기량을 펼치게 하는 것 같네 그려. 어찌 한 마디 짓는 것을 아끼겠소?"라고 하였다. 이에 내가 먼저 읊조리자 창해도 따라서 차운하였다.[41)]

바다 구름이 흐릿하게 가린 가운데 동해의 태양이 반 정도 그 붉음을 토해내며 장관을 연출하고 있었다. 이미 와 본 경험이 있는 양봉래였지만, 지금의 광경은 새로 목도한 장관이었다. 그는 차식에게 빨리 이 광경을 읊어 보라고 졸랐고, 그 자신도 곧장 화답하였다.

<table>
<tr><td>누각이 아침 海市에 날리고</td><td>樓閣飛朝蜃</td></tr>
<tr><td>구름 돛은 海僧을 건네 줄만.</td><td>雲帆渡海僧</td></tr>
<tr><td>햇무리 활처럼 솟아오르려 하니</td><td>暈生弦欲上</td></tr>
<tr><td>연이 잎을 토하듯 서서히 올라오네.</td><td>蓮吐葉微昇.[42)]</td></tr>
</table>

「佛頂臺觀日出」의 한 수이다. 이 작품이 꼭 이 때 지어진 것으로는 단정할 수 없으나, 시 내용으로 볼 때 그 정황이 그대로 맞아떨어진다. 막 해가 바다로부터 솟아 올라오는 모양이 연꽃이 붉은 빛을 토하듯 하였다. 힘차게 솟구치는 해가 아니지만 조용하게 사방을 물들이며 떠오르는 햇살인 것이다.

두 사람은 이 떠오르는 해를 등 뒤로 한 채 다시 내산 쪽으로 유람을 계속하게 된다. 그런데 이들은 잠시 길을 나누어 양봉래는 십이폭으로, 차식은 내산의 안쪽으로 탐승을 떠난다. 왜 그런가 싶었더니 그럴 만한 이유가 있었다. 양봉래의 경우 몇 번의 유람으로 이미 내산의 탐

---

41) 「봉래록」. "曉起觀日出. 海雲微遮, 露出半體, 別一奇勝. 滄海謂余曰 : '騷人墨客, 到宿于此, 爲觀日出. 今玩半體, 似是天翁呈伎倆於吾儕, 何惜一言均賦?' 余先應唱, 滄海繼和."

42) 양사언, 「佛頂臺觀日出」(『봉래시집』 권1).

승이 끝난 상태였고, 차식은 그야말로 초행이었다. 때문에 이 이후 차식은 양봉래가 지나왔던 내산의 자취를 찾아가는 것이었고, 양봉래의 십이폭행은 친구에게 잘 구경시켜주기 위한 일종의 사전답사길이었다.

예정대로 차식은 正陽寺 주변 天逸臺에 당도하였다가 친구의 자취를 발견하게 된다. 양봉래는 이곳을 일찍이 개척하고 시를 남겨두었었다. 때문에 차식은 이곳 경관에서 자신이 느낀 감흥과 양봉래의 시가 서로 일치함을 보고 탄상해 마지않는다. 그래서 거기에 화답한다.43) 그뿐인가? 그가 만폭동에 발길이 닿았을 때 그 절경과 동시에 눈에 들어온 게 새긴지 얼마 되지 않아 살아 꿈틀거리는 듯한 "蓬萊楓岳元化洞天"이라는 봉래의 글씨였다.44) 후대에 금강산 유람을 한 사람치고 이 여덟 글자를 언급하지 않은 이가 없었던 바, 차식은 이 글자를 가장 먼저 감상한 유람자였던 셈이다.

이들이 寂滅菴에서 다시 만났을 때, 양봉래는 기다렸다는 듯이 십이폭 탐승을 떠나자고 한다. 차식은 지금 내외산의 승경은 대부분 훑어본 상태였지만 아직 뭔가 미진한 구석이 있었던 참인데, 이를 알기라도 한 듯 안내를 자청한 것이다.45) 이렇게 해서 이루어진 십이폭 유람은 차식에게 절정의 감흥을 불러 일으켰으며, 이런 비경을 밟아 본 것에 대한 경외감을 숨길 수 없었다.46) 그러는 사이 이들은 어김없이 시를 주

---

43) 「봉래록」. "眞歇臺南有天逸臺, 楊滄海之所修, 滄海刻書于枯檜樹, 兼題一絶云, '山上有山天出地, 水邊流水水中天. 瑤臺獨在空虛裡, 不是烟霞不是仙.' 此眞所謂得意詩也, 豈易多見? 余亦續狗尾, 復與雲·鑑上人, 共述五律."
여기 인용된 시가 『봉래시집』(권1)에 「遊楓嶽和車紫洞」이라는 제목으로 실려 있다. 다만 셋째 구가 '滄茫身在空虛裏'로 약간 바뀌어 있을 뿐이다. 그런데 「봉래록」 기록의 정황으로 미루어 볼 때, 이 시의 제목은 잘못된 것이 아닌가 싶다.

44) 「봉래록」. "亭午入萬瀑洞.(……)盤石刻'蓬萊楓岳元化洞天'八大字, 乃滄海先往所書, 怳如龍蛇蜿蜒, 珊瑚屈曲, 山斗所歌, '鸞翔鳳翥衆仙下, 珊瑚碧樹交枝柯'耶?"

45) 「봉래록」. "滄海曰 : '余已探十二瀑布上流路矣. 明朝, 盍往觀乎?' 余曰 : '此夙願也. 携手同歸時乎時乎?'"

46) 「봉래록」. "余謂滄海曰 : '茫茫宇宙, 雲衲騷人, 登覽仙區者, 前後相望也, 而無一人見十二瀑布上流者, 則絶境路險而然耶? 山鬼椰楡而然耶? 古今騷人雲衲, 未尋之境, 吾輩來見, 作俑於今日, 都緣滄海之指南, 則庸詎知滄海前身, 曾爲衲子, 而手築是塔, 而吾

고받는다. 그러나 이들의 詩遊는 여기서 끝을 맺는다. 그런데 금강의 매력에 흠뻑 빠졌던 친구를 내려 보내면서 정작 봉래 자신은 산에 그대로 남는다.[47] 마치 산행의 초보자를 구경시켜 주고 나서 이제 홀가분하게 제대로 탐승을 하려는 전문가처럼 말이다.

이처럼 이들의 同遊의 흔적은 비록 단편적이어서 조각이 난 감이 없지 않지만, 이런 조각들로만 봐도 그 詩遊의 고아한 멋을 맛보기에 충분하다.

4. 금강산 遊記의 전통과 「蓬萊錄」―결어를 대신하여

「봉래록」은 지금까지 세상에 묻혀 있었던 한 인물의 元化세계의 逍遙를 생생하게 드러낸 작품이다. 그렇다면 이 작품의 이러한 특징을 유기문학의 전통 속에서 어떻게 구획해 볼 수 있을까?

우리나라에서 금강산 유람의 전통은 시대를 막론한 것이지만, 자료에 의하면 대체로 고려 중엽 이후부터 활발해진 것으로 보인다. 이른바 종교적 구원의 도장으로 인식되기 시작하면서 금강산은 인산인해를 이루게 되었다.[48] 그 문학적 결실의 하나가 李穀의 「東遊記」였다.[49] 조선시대로 들어오면서 '금강'이란 용어가 문제가 되어 논란이 일기도 했지만, 이같은 양상은 지속되어 遊山과 그에 대한 기록물의 축적은 그 속도를 더해

輩亦與之同參耶?'"

47) 「봉래록」. "已而, 日輪亭午, 吏人催發, 款段加鞍, 軍將負弩, 與滄海相揖而別. 滄海仍留, 余與兩子下三灘, 還本郡."

48) 崔瀣, 「送僧禪智遊金剛山序」, 『拙藁千百』 권1. "云一覩是山, 死不墮惡塗, 上自公卿, 下至士庶, 携妻挈子, 爭往禮之. 除氷雪沍寒夏潦涄溢路爲之阻, 遊山之徒, 絡繹於道. (……)傍山居民, 困於應接, 至有怒且罵曰 : '山胡不在他境者?'"

49) 「동유기」에 대해서는 송재소, 「嫁亭 李穀의 東遊記에 대하여」(『한국한문학연구』 24집, 한국한문학회, 1999)와 남현희, 「고려후기 산수유기 연구」(성균관대 석사논문, 1998) 참조

갔다. 현재 학계에 보고된 것 만해도 80여 편이 넘는데,[50] 필자가 새로
확인한 것만도 적지 않다. 때문에 이에 대한 각 작품의 다기한 내용과 성
격을 선명하게 파악하는 일 또한 그리 단순하지 않은 실정이다.[51]

　일반적으로 산수유기의 성격은 조선전기의 경우, 산수가 심성 도야
의 장으로 인식되어 이를 구현하는 공간으로 표현되었으며, 조선후기
로 접어들어서는 새로운 산수미의 발견과 이를 형상화하는데 주력하는
한편 그 속에서 국토 산하에 대한 재인식을 드러내고 있는 것으로 구
획되고 있다.[52] 이같은 윤곽은 시대적인 추이에 따른 정신사적 변모의
규명이라는 점에서 어느 정도 정당한 것으로 판단되며 금강산 관련 유
기도 여기에 귀속된다. 그런데 그 중간의 시기에 해당하는 16세기 후반
17세기 전반이라는 시기의 유기의 특성에 대한 규명이 제대로 이루어
지지 않은 결과, 조선 전기와 후기라는 너무 뚜렷한 선이 그어지고 말
았다. 그런 구분이 생겼다면 그 전이의 과정 또한 충분히 밝혀져야 하
는 것이다. 그런데 흥미롭게도 금강산 유기의 경우, 바로 이 시기에 창
작이 활발하게 이루어졌으며, 그 내용에 있어서도 일정한 변화가 일어
나고 있다는 사실이다.

　16세기에서 17세기 전반까지의 금강산 유기로는 成悌元(1506~1559)
의 「遊金剛錄」(1531년)・楊大樸(1544~1592)의 「金剛山紀行錄」(1557년)・柳雲
龍(1539~1601)의 「遊金剛錄」(1557년)・李廷龜(1564~1635)의 「遊金剛錄」(1603년)・
權曄(1574~1650)의 「龜沙金剛錄」(「丁未東遊記」, 1607)・鄭曄(1563~1625)의 「金剛

---

50) 최강현, 「금강산 문학에 관한 연구」(Ⅰ), 『성곡논총』 23집, 성곡학술문화재단, 1992.
51) 다만 최근 금강산 관련 漢詩와 遊記의 특징을 통시적으로 점검된 예가 있어서 도움이
　　된다(김혈조, 「漢文學을 통해 본 金剛山」, 『한문학보』 1집, 우리한문학회, 1999).
52) 조선 전기는 호승희, 「조선전기 유산록 연구」(『한국한문학연구』 18집, 한국한문학회,
　　1995) ; 심경호, 「퇴계의 산수유기」(『퇴계학연구』 10집, 단국대 퇴계학연구소, 199
　　6) ; 이혜순 외, 『조선중기의 유산기 문학』(집문당, 1997)이 참조되며, 조선 후기는 강
　　혜선, 「17・8세기 금강산의 문학적 형상화에 대한 연구」(『관악어문연구』, 서울대 국
　　문과, 1992) ; 김주미, 「조선후기 산수유기의 전개와 특징」(성균관대 석사논문, 199
　　4) ; 고연희, 「18세기 전반기 산수기행문학」(『우리 한문학사의 새로운 조명』, 1998) 등
　　이 참조된다.

錄」(1618년)・申翊聖(1588~1644)의 「遊金剛內外諸記」 등이 대표적인 작품이
며, 여기에 차식의 「봉래록」(1566년)이 이른 시기의 것으로 포함된다. 금
강산은 공교롭게도 이 시기 임병양란이라는 초유의 격변기를 지켜보고
있어야 했다. 때문에 자신을 완상하러 오는 인간 개체의 심리 상태의
변화를 경험했을 법하다. 실제로 이정귀의 경우, 유람 중에 변경의 다
급한 사정을 접하고 유람을 취소해야 할 상황을 겪기도 하였다.53) 이
런 제조건은 확실히 유기의 성격을 조금씩 변화시키는 기반이었다.54)
그러나 문학적 형상화와 그에 따른 山水觀의 변모는 이미 이보다 앞서
시작되고 있었다.

　먼저 눈에 띄는 작품이 성제원의 「유금강록」과 유운룡의 「유금강록」
이다. 성제원의 작품은 아직 학계에 제대로 소개된 적이 없는데,55) 금
강 내산의 탐승 과정과 경물 묘사, 그리고 이에 대한 흥취만을 전편에
그리고 있다. 거기에 어떤 비판적 시선이나 이치를 따지는 언급은 거의
찾아 볼 수 없다. 경물 묘사에 있어서도 遠景의 조망 없이 마냥 近景의
흥취를 더듬어 가고 있을 뿐이다. 그래서 꼭 나무 숲 속에서 모습은 드
러내지 않은 채 뭔가를 찾아 쉼 없이 움직이는 것 같아 답답함마저도
느끼게 한다. 작품 안에는 유람을 하고 있는 자신과 그의 눈에 맞닥뜨
린 경관만이 드러날 뿐 산수 이외의 어떤 인간의 문제도 개입되어 있
지 않다. 이는 확실히 南孝溫의 「遊金剛錄」(1485년)의 성격과는 다른 것
이다.

　또한 유운룡의 「유금강록」도 비록 그 편폭은 짧지만, 詩遊라고 할 만

---

53) 李廷龜, 「遊金剛山記」, 『月沙集』 권38. "十八日, 北兵使馳啓過去, 方伯公移亦到, 賊胡
　　數百騎圍鍾城, 府使鄭時敏在圍中, 不知生死. 驚憂不能爲懷.(……)遂留二日, 待北耗緩急."
54) 盧京姬는 17세기 전반 관료문인들의 유기에 성격 변화가 일어난 중요한 계기를 임
　　병양란이었음을 지적한 바 있다(「17세기 전반기 官僚文人의 산수유기 연구」, 서울
　　대 석사논문, 2001). 그런데 전후 시기 유기를 구분하면서 전 시기 유기를 단순히
　　'도학적 산수관'으로 획일화시킨 한계가 있다.
55) 「유금강록」은 『三賢珠玉』(규장각소장)과 그의 문집 『東洲集』에 실려 있는데, 『삼현
　　주옥』에 실린 것이 앞선 판본이다.

큼 별세계의 황홀경을 詩로 표현하고 있다. 유기도 이제 시를 통해 흥취를 표현하는 경향이 나타나고 있었던 것이다.56) 이 두 작품 모두 유람에서 타자의 개입이나 정치적 상황을 배제하면서 순수하게 금강산을 산수로 바라보려는 시각이 우세하다.57) 때문에 유기의 형상화 방식도 자연히 변화한 예이다.58) 이런 과정에서 차식의 「봉래록」이 등장한 것이다.

「봉래록」은 우선 다른 작품에 비해 그 양이 대폭 확대되어 있다. 아울러 이전의 유기에서는 볼 수 없었던 새로운 내용과 형식을 구비하고 있다. 「봉래록」에 보이는 기본적인 산수관은 전 시기 도학적 산수관과는 거리가 멀다. 대신 금강산을 그 자신이 합일되어야 할 대상, 즉 仙界로 인식하고 있다. 물론 금강산을 선계로 인식한 예는 그 역사성이 깊다. 그러나 「봉래록」만큼 금강산을 '仙界化'시킨 예는 없었다. 즉 이처럼 심미객체가 선경에 도취, 동화가 문학적으로 다루어진 예가 없다는 뜻이다. '불국토'였던 금강산이 완전히 '선계'로 탈바꿈한 인상이다.

「봉래록」은 또한 그곳의 설화와 전설 등을 거의 빠짐없이 채록하고 있다.59) 그런데 이 채록은 그 내용의 진위를 따지려는데 목적이 있었던 것이 아니라, 금강산이 이같은 숱한 이야기를 만들어 낸 장소로 이해시키기 위한 조처였다. 따라서 이 이야기들이 각 명승의 배경 묘사와 함께 자연스럽게 어우러져 있다.

그러나 무엇보다 큰 변화는 '遊記로서의 정제성'에서 찾아야 할 것 같다.60) 「봉래록」은 금강산의 지리적 위치와 기원, 그리고 금강 주변의

---

56) 유운룡의 시적 기행에 대해서는 이혜순 외, 앞의 책, 32~36쪽 참조.
57) 이런 전통은 李景奭의 「楓嶽錄」으로 이어진다.
58) 이같은 변화의 원인은 그리 단순한 것 같지 않다. 흥미로운 점은 우리 문학이 임병양란을 계기로 급변하지만, 그 변화의 징후는 16세기에 이미 뚜렷하게 나타나고 있다는 사실이다. 일련의 士禍에 따른 사회정치적 변화와 경제 체계의 전변 등에 따른 각 개인의 문예 취향의 다양화가 진행되었던 바, 이 시기 유기에서 드러나는 산수관의 변모 또한 이와 무관하지 않은 것으로 판단된다.
59) 대부분 閔漬의 『金剛山楡岾寺事蹟記』(고려대 소장)와 『동국여지승람』을 인용하였다.
60) 지금 여기서 새삼 유기의 성격과 특성을 밝힐 필요는 없는 것 같다. 이에 대해서는

경개에 대한 탐색, 유람의 계기와 탐승, 관련 설화의 소개, 경관에 대한 흥취와 감회 등 유기에서 찾을 수 있는 거의 모든 사항을 구비하고 있다. 또한 그 구성과 표현미에 있어서도 탁월하다. 내외산의 중심축을 불정대와 개심대로 설정하고, 이를 중심으로 遠景과 近景을 반복, 조화를 이루면서 그 흥취를 점점 극대화시켰는가 하면, 작자의 눈의 각도를 따라 비경의 진면목이 점층적으로 드러나도록 한 그 솜씨가 일품이다. 또 한낮의 풍광과 한밤중의 감각적 이미지를 연결하여 감흥의 상승을 돋우었으며, 타인의 시문을 끌어다가 자신의 흥취를 객관화시키기도 하였다. 4음보의 리듬감 있는 필치로 장소 이동과 새로운 경관과의 조우를 경쾌하게 표현한 것은 그 덤이다.

유기문학의 흐름에서 보았을 때 확실히 「봉래록」은 평지돌출적인 작품이다. 이같은 유기로서의 내외적 특성은 이 이후 유기에서도 잘 찾아볼 수 없을 만큼 정제미를 보여준다. 그렇다면 「봉래록」의 이러한 문학적 특징은 이후 금강산 유기에서 어떻게 계승 발현되고 있는가? 지금 이 문제는 상당한 자료 섭렵과 변화의 추이를 살펴야 되는 적잖은 작업이 진척되어야 해결될 수 있을 것이다. 다만 여기서는 이후 흐름에 대한 한두 가지 지점들을 지적해 보는 것으로 갈무리하고자 한다.

조선후기 유기문학의 걸작으로 평가받고 있는 金昌協(1651~1708)의 「東游記」를 보면 금강산 유람을 떠나면서 臥游錄, 즉 전대 문인들의 遊記를 챙겨가고 있다.61) 요즈음 같으면 일종의 여행 책자를 가지고 가는 셈인데, 이는 17세기 후반에 오면 산수 유람이 보다 전문화되고 있다는 사실을 말해준다. 더구나 서술 방식을 기존의 날짜별 기술에서 약간 탈피하여 명승지별로 묶어 기술함으로써, 각 명승에 대한 보다 집중적 묘사를 가능하게 하였다. 이는 유기 형식의 또 다른 진전임이 분명하다.

박희병, 「한국산수기 연구」(『고전문학연구』 8집, 한국고전문학회, 1993) ; 이종묵, 「遊山의 풍속과 遊記類의 전통」(『고전문학연구』 12집, 한국고전문학회, 1997) 참조.
61) 김창협, 「東游記」(『農巖集』 권23). "所齋無他物, 只選唐詩數卷臥游錄一卷而已."

이 「동유기」를 이어서 李夏坤의 「東遊記」・申光河의 「東遊紀行」・安錫儆의 「東遊記」 등이 이어졌으며, 19세기로 들어서서 李象秀(1820~1882)의 「東行山水記」는 뛰어난 문학적 성취를 보여주는 작품이다. 한편 그 동안 남성의 전유물이던 금강산 유기가 여성의 붓끝에서도 섬세하게 묘사되어 나왔으니, 錦園堂의 「湖東西洛記」가 그것이다. 그리고 이런 금강산 유기는 19세기 말 20세기 초로 접어들면서 총집화가 이루어졌던 바, 『金剛山錄』(규장각 소장), 李裕元의 『蓬萊秘書』, 최남선의 『金剛禮讚』, 그리고 『金剛勝覽』 등으로 엮어졌다. 이런 흐름에서 특히 「동유기」와 「동행산수기」는 조선후기 금강산 유람기로서 수작인 셈이다.

> 밤에 歇惺樓에 누웠다. 몹시 나른하여 잠을 자려고 하는데, 홀연 창문에서 흰빛이 생겨나고 있었다. 일어나 보니 달이 이미 동쪽에 떠올라 있었다. 급히 앞 난간으로 나가 술잔을 끌어다 자작하며 여러 중들을 돌아보니 모두 곤히 잠들어 있었다. 오직 뭇 봉우리들만 난간 밖에 우뚝 서서 장차 읍하며 수작하려는 것 같았다. 이 지경과 이 밤은 평생 있지 못한다.62)

農巖의 「동유기」의 한 장면이다. 正陽寺의 헐성루에서 내산의 장관을 목도한 후 달빛어린 한 밤의 정취를 이렇게 묘사하고 있다. 모두 잠든 산사에서 달빛에 이끌려 나온 작자는 밤의 정경에 탄복하고 있다. 실제 밤의 경치는 대낮보다 가까이 보인다고 한다. 지금 막 대작이라도 할 듯이 성큼 다가와 있는 뭇 봉우리를 마주한 작자는 평생 처음 갖는 황홀경을 경험하고 있는 것이다. 차식이 松濤소리, 폭포소리에 이끌려 밤을 지새우던 장면이 여기서 다시 연상되거니와, 농암의 경우 외물의 형상화에 보다 초점이 맞추어져 있다.

이같은 상황은 「동행산수기」에 오면 또 다른 감흥으로 탈바꿈한다.

---

62) 김창협, 앞의 글. "夜臥樓中, 倦甚欲睡, 忽見窓牖生白, 起視, 月已從東上矣. 亟出前楹, 引觴自酌. 顧視諸僧, 皆熟睡, 唯見羣峯, 儼立欄楯外, 如將拱揖酬酢者. 此境此夜, 殆平生所未有也."

晤堂 李象秀는 靈源洞 암자에서 묶고 있다가 한 밤 못 가의 바람소리에 이끌려 淸閑한 遺趣를 맛보게 된다. 그런데 이 속에서 어당은 개인의 심미 정조와 산수와의 조우 문제를 들고 나온다. 즉 天機가 얕은 사람은 그 性靈이 山水와 서로 합해질 수 없다는 것이다.63) 이 시기에 이른바 천기론·성령설이 문인들 사이에 시문 창작, 감상의 원리로 받아들여졌던 바, 자연과의 동화를 통해서 이 문제를 제기하고 있는 것이다. 이는 조선후기 산수유기가 실경 묘사에 따른 문학적 형상화의 변모 속에서 이해되는 국면이다.

조선후기 유기 흐름의 이러한 변화는 결국 산수자연을 '대사회적 심신수련의 도장'에서 '한 개인의 완상과 지취 추구의 대상'으로의 轉變했다는 것으로 수렴시킬 수 있을 것이다. 이런 측면에서 「봉래록」은 확실히 한 개인의 仙界에서의 周遊를 거부감 없이 투과시켜 놓고 있다. 게다가 양사언과의 詠遊를 통한 문학적 흥취도 만연하다. 때문에 단순히 조선 중기 유기의 흐름을 잇는 작품에 머물러 있는 것이 아니라, 이후 유기문학으로 연결시켰을 때도 중요한 기준이 될 만한 작품이다.

(『한국한문학연구』 27집, 한국한문학회, 2001)

---

63) 李象秀, 「東行山水記」, 『晤堂集』 권13. "入夜, 風泉滿聽, 衆籟歸空, 攬衣起行, 幽関淸曠, 不更類人世. 柳子厚所謂地過淸者, 是耶? 乃嘆曰 : '天機淺者, 性靈, 與山水不相入(……).'"

鶴山 徐浩修와 『熱河紀遊』*
-18세기 말 西學史의 한 풍경-

조 창 록**

1. 머리말

서호수(1736~1799)는 자가 養直 호가 鶴山으로, 보만재 서명응(1716~1787)의 장남이며, 풍석 서유구(1764~1845)의 생부이다. 그는 특히 曆象과 數學에 밝아 觀象監 提調로서 직무와 관련된 국가사업을 주도하였다. 필자는 서유구를 연구해 나가는 과정에서 이 분의 학문과 사상에 대해 관심을 갖게 되었는데, 詩文보다는 실용적인 학문에 힘썼던 서씨 집안의 학문적 전통을 단적으로 보여주는 인물이 아닌가 생각된다. 이 집안의 학문은 서명응이 영·정조대 학문 정책을 주도하게 되면서 뚜렷한 특징을 드러내게 되는데, 易學과 數理를 근본으로 曆象·樂律·農學과 같은 분야에 그 특장이 있었던 것으로 파악된다. 필자가 보기에 서호수는 이 집안의 학술을 가장 첨예하게 이끌었던 인물이라고 여겨진다. 그런데 그에 대해서는 과학사에서 언급이 되었을 뿐,1) 특히 문학사나

---

* 이 논문은 2005년 6월 29일 한국한문학회 하계 학술발표회에서 발표한 것을 개고한 것임.
** 성균관대학교 대동문화연구원 책임연구원
1) 유경로, 「書舍瑣錄 Ⅰ」, 『한국과학사학회지』 제19권 1호, 1997 ; 박성래, 「한국근세의 서구과학 수용」, 『동방학지』 20, 연세대학교 국학연구원, 1978, 262~263쪽 ; 문중양,

서학사의 영역에서는 크게 관심을 끌고 있지 못한 것으로 보인다. 그 이유는 그의 행적이 상당수 감추어져 전하는 저술과 관련 자료가 부족한데다, 남아있는 내용들 역시 매우 전문적인 분야의 것이어서가 아닐까 여겨진다.

이러한 상황에서 본고는 그의 몇 가지 저술과 학문 성향에 대해 살펴보고, 특히 1790년의 연행 기록인 『열하기유』를 검토해 보고자 한다. 『열하기유』는 서호수가 연행에서 돌아온 지 약 2년 반 뒤인 1793(癸丑)년 봄에 고향인 鶴山 아래에서 쓴 것이다.[2] 그런데 그것과 거의 동일한 내용으로 『연행기』라는 제목의 필사본이 존재하며, 이것이 먼저 국역되어 공간되었다.[3] 그 내용으로 짐작해보면 『연행기』는 『열하기유』의 내용을 개고한 것으로 보이는데, 이러한 사정으로 인해 『열하기유』에 대해서는 많이 알려지지 못하였다. 이 『열하기유』에는 국역본 『연행기』에서 누락된 서호수가 쓴 서문과 일부 西學과 관련된 내용이 있는데, 본고에서는 특히 여기에 유의하였다. 이런 점에서 본고는 일종의 자료 소개를 겸한 것이며, 18세기말 조선 서학사의 전환점에 서 있었던 한 인물에 대한 탐색이라고 할 수 있다.

2. 서호수의 저술과 학문 경향

앞서 언급하였듯이 서호수의 저술은 그 전모가 드러나지 않은 상태

「18세기 조선 실학자의 자연지식의 성격」,『한국과학사학회지』, 제21권 1호, 1999 ; 「18세기 후반 조선 과학기술의 추이와 성격」,『역사와현실』39, 2001 ;「18세기말 천문역산 전문가의 과학활동과 담론의 역사적 성격」,『동방학지』121, 연세대학교 국학연구원, 2003 ; 박성순,『조선유학과 서양과학의 만남』, 고즈윈, 2005, 120~122쪽.

2) 「열하기유서」, "樵牧之暇, 叙次塞山內外往來之日月, 以作臥遊之資, 到熱河初見天子, 故名曰熱河紀遊. 凡四編. 癸丑暮春旣望, 鶴山樵夫書."

3) 『연행기』에 대해서는 최근 아래와 같은 연구가 발표되었다. 임유경, 「서호수의 『연행기』 연구」,『고전문학연구』 제28집, 2005.

이며, 그의 삶 역시 미확인인 부분들이 많다.4) 따라서 현재로서는 그의 저술 전반에 대해 총괄해서 말하기에는 이른감이 없지 않다. 다만 서호수의 학문은 대구 서씨가의 가학과 맥을 같이 하고 있으며, 徐有本(1762~1822)과 서유구 그리고 며느리 憑虛閣 李氏(1759~1824) 등에게로 약간 은미하게 계승되어지고 있음을 볼 수 있다. 이들 집안의 저술들은 흔히 대를 이어 완성되어 가는 집체적인 성격을 띠고 있으며, 특히 易學과 數理를 기반으로 하고 있다.5) 이러한 가학의 전통위에서 서호수의 학문은 천문과 수학 분야로 전문화되는 양상을 보이는데, 그에 따라 학문적 견해 역시 한걸음 나아가고 있음을 볼 수 있다. 예를 들어 서명응은 이른바 서양 천문학의 원류를 중국에 두었는데 비해,6) 서호수는 '서양의 역법은 옛법과는 전혀 다른 것으로 易을 통해 曆을 설명하는 것은 사람들을 현혹시키는 일'이라고 비판하였고, 더 나아가 중국에서 더 배울 것이 없다는 입장을 취한 것이 그것이다.7)

현재 확인되는 서호수의 개인 저술로는 국내에『海東農書』(성균관대학교 소장)와『私稿』(이화여자대학교 소장), 그리고 1790년의 연행 기록인『燕行記』와『熱河紀遊』가 있으며, 이 밖에 몇 종의 저술이 김일성대학과 일본 大阪의 中之島 도서관, 미국의 남가주대학 등에 소장되어 있음을 알 수 있다.8) 이 밖에도 관찬서로『국조역상고』등이 있다. 이 중『해

---

4) 서호수의 관직 생활과 문헌 편찬 활동에 대한 개괄적인 논의로는 염정섭,「서호수— 천문학과 농학을 겸전한 전문가」,『63인의 역사학자가 쓴 한국사인물열전』, 돌베개, 2003 참조.

5) 易學과 數理에 대한 이들 집안의 학통에 대해서는 조창록,「조선조 개성의 학풍과 서명응가의 학문」,『대동문화연구』47집, 성균관대학교 대동문화연구원, 2004 참조.

6) 노대환,「조선후기 '서학중국원류설'의 전개와 그 성격」,『역사학보』178, 역사학회, 2003, 116쪽 ; 김문식,「서명응—영・정조대 학문 정책의 실무책임자」,『63인의 역사학자가 쓴 한국사인물열전』, 돌베개, 2003, 334~336쪽 등 참조.

7) 이에 대해서는 문중양, 앞의 책, 1999, 5쪽 ; 앞의 책, 2003, 54~61쪽 참조.

8)『한국고서종합목록』, 대한민국국회도서관, 1968 ; 유경로, 앞의 책, 51~55쪽 참조. 유경로 선생의 논고에 의하면,『율려통의』・『역상고성보해』・『혼개도설집전』이 김일성대학에 소장되어 있으며,『규장총목』과『연행기』가 남가주대학에 소장되어 있음을 알 수 있다.

동농서』는 서명응의 『本史』로부터 빙허각 이씨의 『규합총서』, 서유구가 찬술한 『임원경제지』로 이어지는 대구 서씨 집안의 농학에 대한 전통을 잇는 것이다. 『사고』는 모두 15편이 실린 아주 적은 분량의 문집이다. 이해를 돕기 위해 그 목록을 보이면 다음과 같다.

「先考文靖公行狀」·「先考文靖公墓表追記」·「比例約說序」·「數理精蘊補解序」·「新滾中星紀凡例」·「曆象考成補解引」·「曆象考成後編補解序」·「終制辭知敦寧疏(庚戌)」·「辭刑曹判書疏(庚戌)」·「乾隆八旬稱慶頌敎文(庚戌藝文提學時)」·「因蔡濟恭筵奏陳辨疏(辛亥)」·「因蔡濟恭箚語陳辨疏(辛亥)」·「請景慕宮樂成用九疏(辛亥掌樂提調時與僚堂李敏輔聯名)」·『諸道極高偏度說(辛亥觀象提調時筵稟施行)」·「辭兵曹判書疏(辛亥)」

이상 행장과 墓記, 그리고 敎文과 상소문 6편을 제외하면 모두 9편의 저술이 천문과 수리에 관한 것임을 알 수 있다. 또 그 대부분이 서문의 형태로만 실려 있는 상황이다. 위의 목록 중『諸道極高偏度說(辛亥觀象提調時筵稟施行)」은 팔도의 일출과 일몰, 節氣의 早晚을 산정한 것으로, 서호수는 이 결과를 가지고 1791년에 다음해 曆書에 반영시키고 싶다는 啓言을 올린 바 있다.9) 이 밖에 서유구가 쓴 제문을 보면『혼개통헌집전』·『수리정온보해』·『율려통의』등의 책을 찬술했음을 알 수 있는데,10) 이 중『혼개통헌집전』은 1790년의 연행에 휴대하여 중국 인사들에게 선보인 책이다.

『연행기』와 『열하기유』는 1790년 5월 건륭 황제의 팔순 진하사의 부사로 연행을 다녀온 기록이다. 두 종류 모두 서울대학교 규장각에 소장되어 있으며,『연행기』의 경우 일본의 大阪 中之島 도서관과 남가주대학에도 다른 한 부가 있는 것으로 전해진다.11) 이상『열하기유』1종

---

9) 강재언, 『조선의 서학사』, 민음사, 1990, 96~97쪽 참조.

10) 서유구, 『풍석전집』, 「本生先考文敏公墓表」, "素嫺曆象之學, 著有渾蓋通憲集箋·數理精蘊補解·律呂通義諸書, 論者推爲專門絶藝. 朝廷有星曆述作, 輒待公裁定."

과『연행기』 3종이 있음을 알 수 있는데, 규장각본『연행기』가 민족문
화추진회에서 국역된 바 있고,[12]『연행기』와『열하기유』가 함께 <연
행록전집>(동국대출판부)으로 출간된 바 있다.[13] 신유사옥(1801) 이후 북
경의 천주당에는 아예 들어갈 생각조차 하지 않았다는 상황들을 고려
해보면,[14] 아마도『연행기』는 후손들에 의해 산삭된 것이 아닌가 추측
된다.[15]

　　이상 서호수의 저술들을 살펴보면, 일반 사대부의 그것 이를테면 시
문이나 성리학적 논변이 거의 없는 이례적인 것이고 전문적인 영역의
것임을 알 수 있다. 또 이러한 학문 경향은 그의 두 아들 서유본과 서
유구에게도 보인다. 사실 본고의 서호수에 대한 관심 역시, 그가 왜 이
처럼 전문적인 학문 영역에 치중했을까 하는 것과 그것이 서유구의 학
문과 어떻게 연관되어 있느냐에 대한 의문에서 출발한 것이다. 특히 그
의 친자인 서유본과 서유구(出系)의 글에서도 이상하리만치 서호수에 대
한 기술은 간략하다. 또 자신의 학술 경향에 대한 서호수의 직접적인

---

11) 中之島도서관본의 경우 계명대학교 김영진교수의 호의에 힘입어 권1과 권3의 첫 장
　　을 대조해 볼 수 있었는데, 그 결과 규장각본과 字數와 내용이 일치하였다. 남가주
　　대학본에 대해서는 현재 미상이다.
12)『연행록선집 Ⅴ』, 민족문화추진회, 1982.
13)『연행록전집』제 50·51·52권, 동국대학교출판부, 2001. 본고에서는 여기에 실린
　　『연행기』와『열하기유』를 텍스트로 하였다.
14) 박성래, 앞의 책, 263쪽 참조.
15) 이와 관련된 정황의 하나로 서유구는 서호수의 동생 서형수의 사후 그의 시문집 30
　　권을 22권으로 산삭하였는데, 서형수의 사위인 性庵 金魯謙에게조차 鈔本만을 보여
　　준 채 그 全稿는 끝내 보여주지 않았다고 한다. 관련 기록은 다음과 같다. 서유구,『풍
　　석전집』,「仲父明皐先生自誌追記」, "且遵遺命取詩文集三十卷, 刪定爲二十二卷. 附以
　　學道關洪範直指詩故辭諸書, 繕寫成帙, 以待欹剞壽傳."(참고로 현재 남아있는 규장각
　　본『명고전집』은「學道關」과「洪範直指」를 포함한 전 20권으로 구성되어 있다) ;『性
　　庵集』권5,「書明皐遺稿後」, "盖本稿, 留在其侄楓石所, 而楓石秘之, 不以示人. 但出
　　鈔本, 余亦未見全稿, 誠可歎也已. 昔退之之婿李漢序退之文, 而余則見且不能得, 古今
　　人相去, 何如是不同也耶! 余於公祭文已言之, 而不能無深慨於楓石之畏葸自私揜蔽不
　　章也." 이러한 예들을 보면『열하기유』를 위시한 집안 인물들의 저술 상당 부분이
　　개작되거나 삭제되었을 가능성이 있는 것으로 보인다. 이상 김노겸과 관련된 사항들
　　에 대해서는 연철호 동학의 전언과 자료 제공에 힘입어 살펴볼 수 있었다.

언급을 현재로서는 찾아볼 수 없다. 다만 간접적인 기록으로 동생 徐瀅修(1749~1824)가 쓴 「幾何室記」에서 다음과 같은 언급을 볼 수 있다.

> 우리나라는 명나라를 섬겨, 시절마다 朝賀使를 보내고 방물을 바침에 성의를 다하였고, 명나라 천자는 그 정성을 가상히 여겨 예악에 관한 문헌을 가져오는 것을 금하지 않았다. 이에 '幾何'의 책이 우리나라에 들어오게 되었다. 그러나 글이 낯설고 뜻은 심오하여 그 묘리를 아는 자가 없었더니, 근래에 교수 文光道가 유독 그 宗旨를 얻어 伯氏 참판공과 講明 授受함이 마치 명나라의 서광계와 같았다. 나는 일찍이 공에게 여쭙기를, "道는 형이상이고, 藝는 형이하입니다. 군자는 上을 말하지 下를 말하지 않는 법인데, 공이 좋아하시는 것은 術을 가리지 않는 것은 아닌지요?"라고 하니, 공은, "그렇네, 나도 모르는 바 아니지만, 대개 道란 것은 형체가 없어 쉽게 현혹되는데, 技藝는 象이 있어 거짓되기 어렵다네. 나 역시 道를 싫어하는 것은 아니지만, 말로는 道를 좋아한다고 하면서 실제로는 不道하며, 이른바 技藝에 나아가서는 아무것도 얻음이 없음을 미워할 뿐이네"라고 말하셨다. 그 때 나는 비록 감히 다시 여쭙지 못했지만, 그 말을 믿지 않았다. 그런데 이제 나는 道에 종사한지 십여 년에 끝내 성인의 울타리도 엿보지 못하는데 비해 공의 학문은 저처럼 뛰어남에 미쳐, 비로소 공의 명철함과 이룬 성과에 탄복하지 않을 수 없었다.[16]

위의 '참판공'이란 바로 서호수인데, 이 글에서는 교수 文光道(1727~1775)와 그의 학문적 관계를 利瑪竇(Matteo Ricci, 1552~1610)와 徐光啓(1562~1633)의 그것에 비유하고 있음을 볼 수 있다.[17] 그 내용을 보면, 서호수

---

16) 『명고전집』 권8, 「기하실기」, "我國服事明, 時節朝賀遣使, 獻方物惟勤, 明天子嘉其誠, 凡禮樂文獻, 取之無禁. 於是, 幾何之書, 又東出我國. 然文澁而旨奧, 亦未有知其妙者, 近有文敎授光道, 獨得其宗, 我伯氏參判公, 講明授受, 如徐公之於明. 余嘗請於公曰, 道者, 形而上者也, 藝者, 形而下者也. 君子語上, 而不語下. 公之所好, 無乃不擇於術乎? 公曰, 然. 吾固無不知也, 夫道無形而易眩, 藝有象而難假. 吾非不好道也, 所惡名好道而實不道, 并與所謂藝者, 而無得焉爾. 余雖不敢更請, 猶未之信. 及余從事於道十有餘年, 卒未窺聖人之藩, 而乃公之所造, 如彼其卓犖, 則未始不歎公之明, 而服公之得一體也.

17) 서광계는 서양의 과학 기술을 중국에 도입·소개한 인물로 중요한 과학자이자 농학

는 儒者들의 道가 관념적이고 현실성이 떨어지는데 비해, 자신의 학문은 실용적이며 검증 가능하다는 점에서 그것을 추구한 것으로 이해할 수 있다. 이것은 후대의 이규경(1788~1860)이 중국은 理氣性命의 학문을 위주로 하는 형이상의 '道'를 중심으로 했던 데 반해 서양은 窮理測量의 가르침을 위주로 하는 형이하의 '器'에 주력하였기 때문에 물질문명을 발달시킬 수 있었다는 논리와도[18] 일맥상통하는 것이다. 특히 '技藝는 象이 있어 거짓되기 어렵다네. 나 역시 道를 싫어하는 것은 아니지만, 말로는 道를 좋아한다고 하면서 실제로는 不道하며, 이른바 技藝에 나아가서는 아무것도 얻음이 없음을 미워할 뿐이네'라는 언급은 오늘날에 있어서도 의미심장하게 들리는 대목이다. 한편 원문에서는 직접 '利瑪竇'의 이름을 거론하지 않고, 다만 '徐公之於明'이라고만 하여, 서광계가 이마두에게서 講明授受하였음을 은미한 형태로 표현하고 있음을 볼 수 있다. 이러한 표현 방식은 당시 西學과 관련한 忌諱의 정황을 보여주는 대목인데,[19] 이어지는 대목에서는 이마두를 '利氏'로 표현하고 있다.

유금 탄소 또한 백씨(서호수)를 따라 배운 사람인데, 자신의 방에 '幾何'라는 편액을 걸고 내게 記文을 부탁하였다. 나는 생각하노라! 조선과 泰西와는 그 거리가 얼마이며, 오늘날과 利氏와는 그 시대가 떨어짐이 또한 얼마인가? 그렇지만 그대가 '기하'라는 이름을 방에 붙였으니, 그 글은 멀리 있지 않도다. 글이란 마음의 자취이니, '천 리 떨어진 곳 천 년이 지난 시대에도 符節을 합친 듯 하다'고 한 것은 바로 그 마음 때문이

자로 평가받는 인물이다. 그는 『幾何原本』·『泰西水法』·『測量法義』 등을 번역하였고, 「甘藷疏」·『農政全書』 등을 찬술하였는데, 그 학문의 영역과 추이가 서호수가의 그것과 매우 유사한 양상을 보인다.

18) 노대환, 앞의 책, 124쪽 참조.

19) 예를 들어 『열하일기』의 초고본(충남대본으로 추정)에서 보이던 서학과 청나라에 대한 내용들이 삭제되거나 개고되었던 사실에서 이와 비슷한 양상을 볼 수 있다. 이러한 점에 대해서는 김명호, 『열하일기 연구』, 창작과비평사, 1990, 27~47쪽 '이본 대조' 참조.

라. 그대가 '기하'에 있어 이미 그 術을 얻었으니, 또한 종사하는 바를 잘 미루어 마음의 근본으로 삼는다면, 요·순·우·탕이 전함과 멀지 않을 것이다. 그렇게 된다면 우리의 도가 幾何에 있어 높이가 또한 얼마나 되겠는가? 내가 이 말로 '기하'의 설을 분변하여 그대의 뜻을 진작하노니, 그대는 힘쓰기를 바라오.[20]

위의 '기하실'의 주인인 탄소 柳琴(1741~1788) 역시 기하에 정통하였으며, 서호수가 1776년 11월 進賀兼謝恩使의 부사로 연행할 당시 함께 갔던 인물이다.[21] 여기서는 교수 문광도와 서호수의 학문적 관계에 이어 유금이 서호수와 학문적 수수관계에 있음을 말하고 있다. 서호수는 이처럼 주로 천문과 수학에 있어서 몇 몇 인물들과 학문적 수수관계를 맺고 있는데, 이 밖에도 金泳(1749~1817)이라는 인물과도 친밀한 관계를 맺고 있음을 알 수 있다.[22] 위의 내용을 보면 유금이 몰두했던 '기하'를 서양의 학문으로, 그 학문을 조선에 전한 인물을 이마두로 인지하고 있음을 알 수 있다. 또 이마두의 학문이 비록 먼 서양의 것이지만, 그 학문을 계승하는 것이 곧 요·순의 도를 고양시키는 일이 됨을 말하고 있다. 이러한 점을 염두에 두면서 『열하기유』의 내용을 살펴보기로 한다.

---

20) "柳琴彈素, 又從伯氏學者也, 扁其室曰幾何, 徵余爲記. 余謂朝鮮之去泰西, 其遠不知幾何也, 今世之後利氏, 其遠又不知幾何也. 然子得以名其室, 書之無遠也. 書者心之跡也, 故曰地相去千里, 世相後亦千載, 若合符節者, 心也. 子之於幾何, 夫旣得其術矣, 又能善推所爲, 使心之爲本者, 無遠於堯舜禹湯之傳, 則吾道之與幾何, 高下又幾何也. 吾以是卞幾何之說, 而進吾子之志, 子其勉之."

21) 서유본, 「雲龍山人小照記」, 『左蘇山人文集』, 488쪽.

22) 이 인물과의 관련에 대해서는 서유본, 「金引儀泳家傳」, 『左蘇山人文集』, 634쪽 ; 정민, 『미쳐야 미친다』, 푸른역사, 32~50쪽 참조.

3. 1790년의 연행과 『열하기유』

서호수의 가문은 박학을 지향하며 영·정조 연간의 문물 도입에 주도적인 역할을 한 집안이다. 증조부 徐文裕(1651~1707)가 1703년 사은사의 부사로 청나라에 다녀온 것을 시작으로, 1739년에는 조부 徐宗玉(1688~1745)이 부사로, 1755년과 1769년에는 부친 서명응이 서장관과 정사로, 1776년과 1790년에는 서호수가 부사로, 1799년에는 동생 서형수가 부사로 다녀오는 등 집안 인물들 대부분이 한두 차례씩 연행 경험을 갖고 있다. 또 비록 불발로 돌아갔지만 서명응은 1764년 일본 통신사의 정사로 임명되기도 하였으며, 박제가(1750~1805)의 『북학의』에 서문을 쓴 인물이다. 이러한 정황을 보면 오히려 서유구처럼 연행 경험이 없는 것이 특이한 경우라고 할 수 있다. 말하자면 이들 집안은 일찍부터 해외 문물의 도입에 익숙했으며, 서명응은 1769년의 연행에서 『수리정온』·『대수표』·『팔선표』·『역상고성후편』을 포함한 500여 권에 이르는 천문 역법 관련 서적을, 서호수는 1776년 사행에서 19종의 서양 천문역산서가 포함된 ≪고금도서집성≫을, 서형수는 『주자대전』·『주자어류』·『주자오경어류』·『백전잡저』 등을 구입해 오기도 하였다.23)

서호수의 1790년 연행에는 정사로 黃仁點(1740~1802), 서장관으로 李百亨, 그리고 서호수의 계청으로 유득공(1748~1807)·박제가 등이 막하로 함께 참여 하였으며,24) 이 연행의 기록으로 황인점은 한글로 된 『乘槎錄』을, 유득공은 『熱河紀行詩註』를 남기고 있다.25) 『열하기유』는 元·

---

23) 김문식, 「18세기 후반 서울 학인의 청학인식과 청 문물 도입론」, 『규장각』 17, 1994, 12쪽·<부록> 참조.

24) 『열하기유』 권1, “內閣檢書官朴齊家柳得恭, 皆以能詩名, 余啓請, 帶去於幕中. 盖遵李文忠廷龜爲儐使時, 帶去簡易崔岦五山車天輅之例也.”

25) 이에 대해서는 『국학고전 연행록 해제』, 한국문학연구소 연행록해제팀, 2003, 669쪽 ; 『국학고전 연행록 해제 2』, 동국대학교 국어국문학과, 2005, 363쪽 참조

亨・利・貞으로 편차되어 있으며, 권1에는 鎭江城에서 熱河까지, 권2에는 열하에서 圓明園까지, 권3에는 원명원에서 燕京까지, 권4에는 연경에서 진강성까지라는 題가 붙어 있다. 日誌는 6월 7일부터 시작되어 10월 22일 복명하는 것으로 끝이 나며, 각 날짜별로 날씨와 旅程, 里數가 기록되어 있다.

서호수는 이 연행을 통해 禮部滿侍郎 鐵保・雨邨 李調元・漢尙書 紀勻・翁方綱・衍聖公 孔憲培・西士 湯士選・西士 索得超 등과 직접 혹은 편지를 통해 교유하였다. 이 중 철시랑은 자신이 지은 '熱河詩'에 평을 청하면서 서호수의 저술을 청하였고 편액을 써 보내기도 하였다. 이에 대해 서호수는 「渾蓋圖說集箋」 2권을 보내 주고 시를 증정하였으며, 철시랑을 예로 들어 근래 만주의 문학이 오히려 중화보다 낫다고까지 하였다.[26] 기윤과는 <사고전서>의 편찬과 관련하여 대화를 나누었으며,[27] 衍聖公 孔憲培와는 시를 화답하고 '鶴山見一亭'이라는 편액을 받았음을 알 수 있다.[28] 이조원과의 교유에 대해서는 기왕의 연구가 있었는데,[29] 이 연구에서는 서호수가 이조원을 직접 만나지는 않은 것으로 단정하고 있으나, 관련 기록들을 보면, 1876년의 연행에서 이조원을 만났음을 알 수 있다.[30] 이 밖에 옹방강과 서호수와의 서신 교환에 대해서는 상당히 알려진 바 있다. 옹방강과 처음 서신을 교환한 것은 1790년 8월 25일인데, 이 때 서호수는 曆象에 대한 옹방강의 질의에 서양 역법의 우수성을 소개하고『西洋曆指』와『欽定曆象考』를 참조할 것을 조언하고 있다. 이후 9월 2일 옹방강이 보내온『혼개도설집전』의

---

26) 권2 7월 17일・18일, 권3 8월 20일・27일, 권4 9월 26일자.

27) 권3 7월 30일자.

28) 권3 8월 9일・21일자.

29) 박현규, 「조선 유금・서호수와 청조 이조원과의 교유 시문」, 『한국한시연구』 7, 한국한시학회, 1999.

30) 『풍석전집』, 「本生先考文敏公墓表」, "嘗以副使赴燕, 蜀人李調元遇於道, 今見, 贈以詩, 有望之殆若神仙人之語" ; 권1, 7월9일 조, "盖始遇於太和殿, 朝參後貞度門外也. 天涯十五年, 魚鴈落落, 其手題不覺眼開."

발문을 보고 서호수는 다음과 같이 이야기하고 있다.

기상서와 철시랑이 모두 옹각학은 역상에 조예가 깊다고 말하였다. 그
러나 나는 처음에 그가 춘추삭윤에 힘쓴다는 말을 듣고, 그가 새로운 역
법을 이해하지 못하는 것이 아닌가 의심하였는데, 이제 그의 발어를 보
니 더욱 그 공소함을 징험하겠다. 대체로 현재 중국의 사대부들은 다만
성률과 서화로써 명예와 승진의 수단을 삼을 뿐이요, 예악과 도수는 변
모처럼 보기 때문에, 조금 실학을 힘쓰고자 하는 자도 또한 고정림·주
죽타의 남긴 오라기를 주워 모으는데 지나지 않는다. 비로소 알겠구나,
용촌 이광지와 같은 순수독실함과 물암 매문정과 같은 정밀심수함은 세
상에 드물게 한번 나타날 뿐이요, 많이 있을 수 없다는 것을…. 흠천감정
喜常과 西士 安國寧(Andreas Rodriguez)이 모두 역상에 밝다는 명성이 있
다고 하나, 방문하지 못한 것이 한스럽다.[31]

위의 내용은 역상에 대한 서호수의 조예 수준을 보여주는 것으로 곧
잘 인용되는 대목이다. 여기서 서호수는 당대 청조 학술의 공소함을 비
판하고, 이러한 결과를 가져 온 원인으로 詩文과 書畵에 치우친 학술
풍조를 지적하고 있다. 중국 학술에 대한 이 같은 비판은 동시에 당대
조선 학술에 대한 반성이기도 한 것으로, 특히 성률에 치중하는 사대부
의 학문 경향에 대해서는 서유구 역시 강하게 비판하고 있음을 볼 수
있다.[32]

이 밖의 내용들을 보면, 현재 찾아볼 수 없는 서호수의 한시가 다수
실려 있다는 점,[33] 청의 善治에 대한 칭송 등이[34] 주의를 끈다. 이 중

---

31) 紀尙書鐵侍郞, 皆謂翁閣學邃於曆象, 而余始聞致力於春秋朔閏, 已疑其不解八線三角,
今見跋語益驗其空疎. 大抵目今中朝士大夫, 徒以聲律書畵, 爲釣譽媒進之階, 禮樂度
數, 視如弁髦, 稍欲務實者, 亦不過掇拾亭林竹垞之緖餘而已. 乃知榕邨之純篤, 勿菴之
精深, 間世一出, 而不可多得也. 欽天監正喜常西士安國寧, 俱有盛名於曆象云, 而未及
訪之可恨."
32) 조창록, 앞의 글, 51~55쪽 참조.
33) 권1 6월 7일·11일, 7월 7일, 권2 7월 19일·22일, 권3 8월 9일·20일, 권4 9월 10
일·13일·14일자.

에서 가장 특징적인 점은 무엇보다도 자신의 전공인 '曆象'과 '數理'에 대한 관심이라고 할 수 있다. '수리'와 관련된 한 대목을 들어보면 다음과 같다.

> 누 위에서 기계를 조작하면 탑 모퉁이와 일산 꼭대기에서 짐승의 입과 새의 부리를 통하여 물을 뿜어 비가 오는 듯하게 한다. 혹은 烏銅으로 12지의 신상을 만들어 못가에 둘러 세웠는데, 기계를 조종하면 그 시에 해당하는 신만이 물을 뿜고, 다른 신들은 뿜지 않는다. 각 루 안에는 檀香木으로 된 어탑을 만들고, 금옥 기완과 고동정이·유리병장 등이 착잡하게 벌려 있다. 혹은 종이를 붙여서 1자 남짓한 동자를 만든 것도 있는데, 어탑 좌우에 마주 보고 앉아 있다. 왼쪽 아이는 天琴을 끼고 있고, 오른쪽 아이는 玉笛을 불고 있는 것이다. 조작하는 기계를 책상 밑바닥에 감추어 두고서, 구경하는 사람이 책상 앞에 이르면 기계를 밟아 두 아이가 움직여서 서로 돌아보면 웃는 얼굴로 거문고를 끼고 악보를 살피며 줄을 조화하는데, 그 성률이 맑고 훌륭하다. 서양 사람의 數理가 아니면 누가 이런 것을 마련할 수 있겠는가?[35]

위는 원명원의 噦鸞殿 북쪽에 있던 분수대에 대한 기록이다. 자동으로 12지에 맞추어 각각의 신상이 물을 뿜고, 2명의 동자상이 천금과 옥적을 연주하게끔 장치되어 있었던 것으로 생각된다. 이에 대해 서호수는 이러한 장치들을 만든 서양의 기술력을 칭송하였는데, 그 기술력의 원천을 수리 즉 수학에서 찾고 있다는 특징이 있다.[36] 역상과 수리에

---

34) 권1 7월 4일·11일자.

35) 권3 8월 5일자, "自樓上挑機, 則由堛角傘頂, 獸吻鳥喙, 噴水如雨, 或以烏銅十二時神, 匝于沼邊. 挑機, 則惟値時之神噴水他神否. 各樓內, 皆設檀香御榻錯列金玉奇玩古銅鼎彝琉璃屛障. 或糊紙爲童子長尺餘, 對峙御榻左右几上. 左童挾天琴, 右童橫玉笛. 藏機于几底, 觀者到几前, 則踏機而動. 二童皆顧眄而笑, 挾琴之童, 按譜扣絃, 聲律淸越, 非西士之數理, 孰能辦此."

36) 이 밖에도 서호수는 수학을 경제학의 본질로 보고 서양의 수학서를 실용적인 서적으로 세상을 다스리는 도구로 적극 평가하고 있다. 이 점에 대해서는 노대환, 「정조대 서양 과학기술의 수용과 정조의 서학 정책」, 태동고전연구, 21집, 2005, 146~148쪽 참조.

대한 이와 같은 관심은 다른 '연행기'와 비교되는 『열하기유』의 특색이며, 이것은 곧 서양의 천문과 수학에 대한 관심으로 이어진다.

이상이 『연행기』와 『열하기유』에 공통으로 들어 있는 내용인데, 다음으로는 국역본 『연행기』에서 누락된 내용들을 살펴보기로 한다. <연행록전집> 50권에서 52권까지를 텍스트로 하여, 소략하게 교감한 내용을 도표화하면 다음과 같다.

	일자	면수	내　　용	비고
권1	序文	(51) 326~328면		
	6월 21일	(51) 337~338면	한 면 누락	(燕) 410~411면
권2	7월 25일	(51) 527~534면	중복	
	7월 26일	(51) 536~542면	利西泰墓~是爲時憲曆之原本也.	
권3	8월 5일	(52) 55면 5~6행	倣西洋天主堂規度	
	8월 19일	(52) 129~131면	西洋湯士選送~西洋湯士選書	
	8월 22일	(52) 141~142면	書問西士索得超~西洋布二疋	
	8월 26일	(52) 159~160면	按石鼓全詩~比升菴所錄少四十五字	
	8월 29일	(52) 175~181면	余癖于律呂~勿誤兎園學究可也	

이상 앞서 언급하였듯이, 책 첫머리의 '서문'을 포함하여 권1에서 권3까지에서 누락된 내용이 확인된다. 그 중 권1 6월 21일자 내용은 『연행기』에는 있으나 『열하기유』에 없는 것이며, 7월 25일자에는 같은 내

용이 중복되어 있다. 이러한 것들은 필사 혹은 편집 과정상의 단순한 실수인 것으로 보인다. 이하 권2 7월 26일자 기록에서는 이마두의 무덤에 대한 기록이 있으며, 권3 8월 5일자에는 '倣西洋天主堂規度'라는 8자, 8월 19일자에는 西士 湯士選(Alexxander de gouea)이 보낸 편지, 8월 22일자에는 西士 索得超(Almeida, Jose Bernardode)와 서신과 선물을 교환한 사실이 기록되어 있다.[37) 또 8월 26일자와 8월 29일자에는 각각 '石鼓文'과 '律呂'에 대한 견해가 피력되어 있는데, 그 누락 경위에 대해서는 미상이다. 이 밖에 전체적으로 『열하기유』가 精書되어 있어 오자가 적으며 따라서 『연행기』에서 마멸되고 없는 글자들을 확인할 수 있다. 또 서학과 관련된 몇 가지 표현들, 예를 들어 『열하기유』에서 '西士'라고 되어 있던 것이 『연행기』에서는 '西人'으로, 고쳐져 있음을 볼 수 있다. 이 중에서 이마두의 묘에 대한 7월 26일자의 기록과 湯士選과의 서신교환에 대한 8월 19일자 기록을 중점적으로 살펴보기로 한다.

4. 이마두(Matteo Ricci)의 묘지에서

국역본 『연행기』의 해제에서 언급하였듯이, 서호수의 '연행록'은 홍대용(1731~1783)의 『연기』나 박지원의 『열하일기』, 그리고 박제가의 『북학의』 등과 비교해 볼 때, 청의 문화를 적극적으로 소개하고 현실 개혁의 한 방법을 제시하기보다는 일견 단순한 기행문으로 평가되고 있

---

37) 삭득초는 1759년 북경에 들어와 흠천감 監正을 지냈으며, 1805년 78세로 별세한 포루투갈 신부이다(이상 서양 선교사들의 이름에 대해서는 Joseph Dehergne 著 / 耿昇 譯, 『在華耶蘇會士列傳及書目補編』, 중화서국, 1995 : 顧長聲著, 『傳敎士與近代中國』, 상해인민출판사, 1995 등을 참조하였다). 그 누락된 내용은 다음과 같다. 書問西士索得超, 兼贈紫紬二疋·白棉布二疋·彩花席五張·厚油紙十張·雪花紙二束索. 是丙申朝京時親熟者, 而向進天主堂未逢, 故以書替之. 答來, 伴惠西洋鏡二面·檳榔膏一盒·西洋香一盒·西洋布二疋.

다. 이러한 평가에 의문을 가지면서, 이 장에서는 특히 국역본『연행기』에서 누락된 이마두와 관련한 내용들에 주목하여 고찰해보기로 한다. 18세기 연행에서 북경의 천주당을 둘러보는 일은 의례적인 관광 코스였고, 그 곳의 선교사들 역시 사행 일원을 포교의 대상으로 따뜻하게 대했음을 알 수 있다.[38] 하지만 이마두의 묘에 대한 기록은 고의로 내용을 누락시켰을 가능성을 배제할 수는 없지만 일반 '연행록'에서는 흔치 않은 것이다. 연암 박지원(1737~1805)의『열하일기』를 보면 '利瑪竇塚'이라는 제목의 기록이 있는데,[39] 그것이 270자가 채 안 되는 짤막한 기록임에 비해『열하기유』7월 26일자의 그것은 1,070여 자로 된 상당히 상세한 기록이다. 그 서두는 무덤의 정경에 대한 기록에서 시작된다.

이마두(Matteo Ricci)의 묘지 사진

　　그대로 묘는 阜城門 밖 2리 되는 곳에 있으니, 곧 만력 연간에 하사된 葬地이다. 묘는 벽돌을 쌓아 5층으로 만들었는데, 각 층의 높이는 횡서척으로 8촌이요, 가로는 횡서척 5척이요, 세로는 횡서척 12척이다. 각 층이

---

38) 이에 대해서는 이원순,『조선서학사연구』, 일지사, 1986, 53쪽 참조.
39)『연암집』권15「盘葉記」.

포개어 접한 부분에는 석회와 기와 가루를 잘 섞어 돌아가면서 틈새를
띠처럼 메웠다. 위에는 벽돌 덮개를 얹어 사방으로 처마를 내었는데, 횡
서척 3촌이다. 덮개위에는 長圓半體로 눌렀는데, 또한 석회와 기와 가루
를 잘 섞어 메워 세로와 가로가 각 층의 반지름쯤 되고, 횡서척으로 1척
2촌이다. 무덤의 제도를 총괄해보면, 흡사 처마가 있는 태평거와 같으며,
子坐 午向이다.

　무덤 북쪽에는 육면의 대가 있으니 또한 벽돌로 쌓은 것이다. 속은 비
어있고 상부는 활처럼 둥글게 솟아 있으며, 앞의 3면에는 각각 홍예문이
있다. 무덤 남쪽에는 비석이 있으니 평평한 받침에 螭首를 올려놓았다.
높이는 횡서척 8척이요, 가로는 횡서척 3척인데, 전면에 큰 글씨로 '예수
회 선교사 이공의 묘(耶穌會士利公之墓)'라고 쓰여 있다. 큰 글씨 우측에
기록하기를, '이선생의 휘는 마두, 호는 서태. 대서양 이탈리아 사람이다.
어려서부터 예수회에 들어와 독실하게 교리를 닦았으며, 명나라 만력 신
사(1581)년 바다를 건너 제일 먼저 중국에 들어와 가르침을 펼쳤다. 만력
경자(1600)년 연경으로 왔고, 만력 경술(1610)년에 졸했다. 향년 59세요,
예수회에 몸담은 지 42년이다.'라고 하였다. 큰 글씨 좌측에는 서양의 문
자가 있는데, 내용은 우측의 것과 동일한 것이다.

　비석의 좌우에는 돌기둥이 있는데 구름과 용을 새겼고, 비석 앞에는
石臺가 있는데 상단에 꽃무늬를 새겼고, 석대 앞에는 5개 돌기둥이 가로
로 줄지어 섰는데 모두 구름과 용을 새겼다. 무덤 밖에는 돌담을 둘렀는
데, 높이는 1장 2척쯤 되고, 넓이는 千畝가량 된다. 돌담 안 정북쪽에 석
단이 있고, 위로 石浮屠를 설치하였는데, 옹정 13년(1735)에 세운 것이다.
석단 아래로는 벽돌을 깔아 正路를 만들었는데, 담장 남쪽 정문으로 이
어진다. 중심이 되는 이서태의 묘는 담장 안 동북쪽 모퉁이에 있고, 羅雅
谷(Giacomo Rho)·鄧玉函(Johann Terrenz)·湯若望(Johann Adam Schall von
Bell)이하 徐日昇(P. Thomas Pereyra)·劉松齡(Augustinus von Hallerstein)등
近古의 여러 선교사의 묘가 정로의 동서로 나뉘어 줄지어 있다. 정로 동
쪽에는 31기의 무덤이 있고, 정로 서쪽에는 43기의 무덤이 있는데, 모두
子坐 午向이다.

　담장 남쪽에는 석문이 3개 있다. 정문의 모양은 華表柱처럼 되어 있고
문짝은 순전히 돌을 사용했으며, 동문과 서문은 규모가 조금씩 작다. 동
문과 서문 안에는 각각 석단을 만들었는데, 동단에는 '常生之根', 서단에

는 '聖寵之源'이라고 쓰여 있다. 정문 밖 동서에는 각각 돌사자를 두었고, 동쪽과 서쪽으로 나가면서 각각 擎天石柱를 세웠는데, 높이가 2장쯤 된다. 다음으로 3간 享閣이 있다. 동쪽과 서쪽문 밖으로는 각각 석회주 24쌍을 만들고, 위에 포도 넝쿨을 얹었다. 포도알은 초록빛 혹은 자주빛으로, 막 무르익고 있었다. 한 송이를 따서 먹어보니, 달고 상큼한 것이 독특하였다. 묘지기의 말로는 서양 종자라고 한다.

향각의 남쪽에 또 돌사자 한 쌍을 두고 탕약망의 기념비를 세웠는데, 순치 갑오(1654)년에 장지를 하사하였고, 순치 경자(1660)년에 탕약망이 스스로 기를 지어 비를 세운 것이다. 기념비의 남쪽에는 또 3개의 돌문이 있다. 주이존(1629~1709)의 『일하구문』에서는 향각 앞에 놓인 晷石에 '아름다운 햇살 한 치 그림자도 헛되이 지나치지 말지니, 햇살에 드러났던 세상 만물들 시간과 함께 흐른다네' 라는 銘이 새겨져 있다고 하였는데, 지금은 없어졌다. 『明史』를 보면, '만력 9년 辛巳(1581)년에 이마두가 바다를 건너 香山澳에 이르렀고, 29년 辛丑(1601)년에 연경으로 들어와, 38년 庚戌(1610) 4월에 졸했다. 서쪽 성곽 밖에 장지를 하사받았다'고 되어 있으니 기념비의 기록과 동일하다.40)

---

40) "利西泰墓, 在阜城門外二里, 卽萬曆賜葬地也. 墓以甎築爲五層, 每層高橫黍尺八寸, 廣橫黍尺五尺, 長橫黍尺十二尺. 各層累接間, 和勻石灰瓦屑, 環爲切縫帶. 上覆甎盖四出簷, 橫黍尺三寸, 盖上鎭以長圓半體, 亦用石灰瓦屑和勻, 長廣如各層半徑, 橫黍尺一尺二寸. 總言墳制, 恰如有簷太平車, 坐子向午.
墓北有六面臺, 亦以甎築. 中空虛而上穹窿, 前三面各有虹蜺門. 墓南有碑, 平趺螭首. 高橫黍尺八尺, 廣橫黍尺三尺. 前面大書曰, 耶穌會士利公之墓. 大字東有紀曰, 利先生諱瑪竇號西泰, 大西洋意大里亞國人. 自幼入會眞修, 明萬曆辛巳, 航海, 首入中華, 衍敎. 萬曆庚子, 來都, 萬曆庚戌, 卒. 在世五十九年, 在會四十二年. 大字西有西洋字, 紀與東紀同.
碑左右有石柱, 刻雲龍, 碑前有石臺, 上刻花文, 臺前橫列五石柱, 皆刻雲龍. 墓外繞石墻, 高可一丈二尺, 長濶可容千畝. 墻內正北有石壇, 上設石浮屠, 雍正十三年所建. 壇下鋪甎爲正路, 連墻南之正門. 利西泰墓爲首, 在墻內東北維, 而自羅雅谷·鄧玉函·湯若望以下, 至近古徐日昇·劉松齡等諸西士墓, 分列于正路東西. 正路東爲三十一墳, 正路西爲四十三墳, 皆子坐午向.
墻南爲石門三. 正門制如華表, 而門扇用純石, 東西門規模稍殺, 而東西門內, 各爲石壇. 東壇書曰, 常生之根, 西壇書曰, 聖寵之源. 正門外東西, 各安石獅. 次東次西, 各竪擎天石柱, 高可二丈. 次有享閣三間. 東西門外, 各爲石灰柱二十四雙, 上架蒲萄蔓. 珠顆或綠或紫. 方爛熟, 摘嚼一叢, 甛爽異常. 守墓者云, 是西洋種.
享閣南, 又安石獅一雙, 竪湯若望紀恩碑, 順治甲午, 賜湯若望葬地, 順治庚子, 湯自撰紀立碑. 碑南又有三石門. 朱彝尊日下舊聞, 謂享閣前設晷石, 有銘曰, 美日寸影, 勿爾

현재 이마두를 포함한 선교사들의 무덤은 베이징 시 공산당위원회 학교 안에 있으며, ‘샨란(柵欄)’ 묘지라고 불린다고 한다.[41] 『열하일기』의 기록에서는 ‘묘지기에게 물어보고서야 그 곳이 이마두의 무덤임을 알았다(問守者, 乃知爲利瑪竇塚)’고 하여 일견 무심히 들른 듯 기록해 놓은 데 비해서, 위의 기록은 하나하나 살피면서 최대한 상세히 설명해 놓은 내용임을 알 수 있다. 특히 주이존의 기록을 인용한 ‘아름다운 햇살 한 치 그림자도 헛되이 지나치지 말지니, 햇살에 드러났던 세상 만물들 시간과 함께 흐른다네’라는 구절들을 보면, 단순히 이국의 풍물을 기록하는 차원의 것이 아닌 묘를 방문한 감회가 깊게 배여 있음을 알 수 있다. 서호수는 이러한 감회를 이어지는 글에서 아래와 같은 告文으로까지 표현하고 있다.

> 이서태의 묘에 고하기를,
> 지역이 서로 떨어진 것이 9만리요, 시대가 서로 다른 것이 2백년이라.
> 어찌하여 巨流河 넘어 碣石山 지나 冀州 땅 연경의 무덤을 찾았나![42]
> 서태의 도는 상제를 밝게 섬기는 것이고, 서태의 기예는 하늘을 공경히 따르는 것이라.
> 그가 전한 儀器는 기자의 나라에 전해지고, 書冊은 鶴山의 저술로 흘러왔네.
> 저으기 『기하원본』의 增題에 덧붙이나니, 감히 양웅이 『태현경』을 지은 일에 견주노라.
> 서책과 의기를 안고 제단에 올라 아득한 九重 하늘을 우르러네.[43]

空過, 所見萬品, 與時倂流, 今亡. 按明史萬曆九年辛巳, 利瑪竇汎海抵香山澳, 二十九年辛丑入京師, 三十八年庚戌四月卒. 賜葬西郭外, 與碑紀同.”

41) 이 곳은 부성문 북쪽의 큰 길, 지하철역으로는 車公壓 역에서 서쪽으로 대로를 따라 1km가 채 안되는 곳에 있다고 한다. 平川祐弘(히라카와스게히로) 지음, 노영희 역, 『마테오리치』, 동아시아, 2002, 678쪽 참조.

42) 巨流河는 ‘潦河’의 다른 이름으로 지금의 遼寧省 新民縣 인근의 강이름이며(서호수는 7월 1일 밤 ‘거류하’를 건넜다), 碣石山은 산해관 아래 河北省 昌黎縣 북쪽, 발해만 연안의 산이름이다. 冀州는 지금의 河北省 지역이며, 북경이 이 지역에 속하므로 원문에서 ‘冀燕’이라고 한 것으로 보인다.

'先'字韻을 썼으며 年, 燕, 天, 編, 玄, 圜이 운자인 告文이다. 인용문 4번째 연 말미에 서호수가 쓴 원주—器卽渾蓋通憲, 書卽渾蓋圖說集箋—를 참조해보면 위에서 말한 의기란 '혼개통헌'이고 서책이란『혼개도설집전』임을 알 수 있다. 그 중 '혼개통헌'은 이마두가 전한 천체관측 기구로 추정되며, 관련 기록을 보면 부친 서명응이 1769년 사행길에서 이 기구를 구입해 왔음을 알 수 있다. 이 기구에 대한 일종의 소개서가 이지조가 찬술한『혼개통헌도설』인데, 여기에 다시 서호수가 다시 집전을 붙인 것이 바로『혼개도설집전』이다.44) '학산'은 서호수의 고향인 장단, 지금의 행정 구역으로는 파주군 군내면 정자리와 금릉리의 경계에 있는 '白鶴山'으로, 본고에서 쓰고 있는 '학산'이라는 호와 서유본의 '좌소산인'이라는 호 역시 여기서 유래한 것이다.

위의 글에서 '그가 전한 儀器는 기자의 나라에 전해지고, 書冊은 鶴山의 저술로 흘러왔네.'라는 표현을 보면 이마두를 통해 전해진 서양의 曆書와 儀器를 바로 자신이 이어받아 계승하고 있음을 말하고 있다. 그리고 이어지는 구절에서는 이러한 사명감을 감히 양웅이『역』을 본 따서『태현경』을 지은 사실에 견주고 있다. 또 마지막 구절의 '서책과 의기를 안고 제단에 올라 아득한 九重 하늘을 우르러네'라는 표현을 보면 이마두의 학문을 자신이 계승하겠다는 단호한 신념이 표출되어 있음을 볼 수 있다. 즉 자신이 이마두의 무덤을 찾게 된 것은 시대와 지역을 넘어서는 운명적인 것이며, 자신이 이마두의 학문을 계승하겠다는 의지를 강하게 표현한 내용이라고 할 수 있다. 아마도 서학에의 의지를

---

43) "告利西泰墓文曰, 地之相去九萬里. 世之相後二百年. 胡爲乎逾巨流過碣石, 訪衣履于冀燕. 西泰之道昭事上帝, 西泰之藝欽若昊天. 器傳于箕子之邦, 書衍于鶴山之編(器卽渾蓋通憲, 書卽渾蓋圖說集箋). 竊附幾何之增題, 敢曰子雲之譚玄. 抱書器而升中, 仰寥廓于九重之圜."

44) 이 책은 상권 2책이 이지조의 원서이고 하권 2책이 서호수의 집전으로 되어 있으며, 현재 김일성대학에 소장되어 있다고 한다. 이상 '혼개통헌'과『혼개통헌도설』에 대한 설명은 주로 한영호, 「조선의 新法日晷와 視學의 자취」,『대동문화연구』제47집, 성균관대학교 대동문화연구원, 2004, 376~380쪽의 설명을 참조하였다.

이처럼 강렬하게 표명한 예는 거의 찾아보기 힘들지 않을까 여겨진다. 이어지는 대목에서는 이마두가 전한 곤여만국전도와 천주교에 대해 기술하고 있다.

> 만력 초에 이마두는 9만리 바다를 건너 광주의 香山澳에 이르렀다. 「만국전도」를 만들어 천하에 오대주가 있음을 말하였다. 그 첫째는 아세아주로 속한 나라가 백 여국인데 중국이 그 중 제일이다. 둘은 구라파주로 속한 나라가 70여국인데 이탈리아가 그 중 제일이다. 셋은 이미아주(아프리카)로 또한 백여국이다. 넷은 아묵리가주(아메리카)로 땅이 더욱 크고 경계가 서로 이어져서 남북 2주로 나누어진다. 마지막으로 득묵와랍니가주(메갈라니카)가[45] 다섯 번째이니, 세상의 큰 땅덩이를 다 언급한 것이다. 그 설이 황당하고 모호하여 상고할 수 없다.
>
> 구라파의 여러 나라들은 모두 천주 예수교를 신봉하는데, 예수는 아세아주의 여덕아국에서 태어나 서쪽으로 구라파에 가르침을 행하였다. 王豊肅(Alfonso Vagnoni : 高一志로 개명)·陽瑪諾(Emmanuel Diaz) 등에 이르러 남경과 북경을 오가면서 어리석은 백성들을 선동하여 홀려 천주교가 마침내 중국에서 성행하게 되었다. 대개 욕망을 막고 윤리를 멸하는 점에 있어서는, 佛氏가 精氣를 아끼고 聰明에 집착하는 것과 도가에서 밤새 머리를 조아리는 것과 유사하다. 찬란히 온 세상을 비춘다고 하여 사람들로 하여금 세상을 경시하고 천당을 중시하게 하는 것은, 또한 백련교에서 일 없이 향을 피우고 도를 닦는 것과 한가지이다. 이 때문에 예부상서 徐如珂가 깊이 미워하고 통절히 배척하여 앞장서서 천주교를 몰아내었던 것이다. 그러나 이마두의 象數와 라아곡·탕약망의 曆法, 南懷仁(Ferdinand Verbiest)의 儀器는 모두 천고의 절예이니, 중국의 선비들이 미치지 못하는 것이다. 그래서 閣學 徐光啓(1562~1633)나 水部 李之藻(1565~1630)같은 이들이 그들을 추대하고 윤색하지 않음이 없었던 것이다. 이것이 시헌력의 원본이 된다.[46]

---

45) 메갈라니카(Magallanica) : 마젤란이 세계일주 때 남아메리카대륙 남방에서 발견한 미상의 대륙. '메갈라니카'는 마젤란(Ferdinand Magallanica)의 이름에서 따 온 것임.

46) "萬曆初, 利瑪竇汎海九萬里, 抵廣州之香山澳. 爲萬國全圖言天下有五大洲, 第一曰亞細亞洲, 中凡百餘國, 而中國居其一. 第二曰歐羅巴洲, 中凡七十餘國而意大里亞居其一, 第三曰利未亞洲, 亦百餘國, 第四曰亞墨利加洲, 地更大以境土相連, 分爲南北二洲,

　　위의 내용을 요약해 보면, 만국전도의 내용이 황당모호한 면이 있고 천주교의 윤리적 측면은 배척할 만한 것이지만, 그들이 전한 象數·曆法·儀器은 중국을 뛰어넘는 최고의 절예라고 평하고 있다. 따라서 '상수·역법·의기'의 학에 있어서는 서광계나 이지조의 경우처럼 적극적으로 배우고 기술해야하며, 그렇지 못한 결과 현재 청나라의 역상학이 도로 뒷걸음친 것으로 이해하고 있음을 볼 수 있다. 이러한 인식은 단순히 청조 학술에 대한 비판에 그치는 것이 아니라, 위의 告文에서 보았듯이 '조선의 서호수'가 그들이 전한 상수·역법·의기의 학문을 계승·발전시키겠다는 의지의 한 표현이라는 점에서 한층 의미있게 들린다. 또 이러한 태도가 단순한 주장으로 그치지 않고, 서호수의 천문학과 서유구의 농학을 비롯한 대구 서씨 집안의 학문적 추이를 반영하고 있다는 점을 주의 깊게 살펴야 할 것으로 보인다. 이상이 7월 26일자에 누락된 내용의 전문인데, 다음은 탕사선과의 편지 교환에 대한 8월 19일자 기록을 살펴보기로 한다.

　　西士 湯士選이 「혼개도설집전」에 서문을 지어 보내고, 아울러 소원경·규비비례척·만국전도를 선물해 왔다. 그 서문에 이르기를,
　　동국의 대종백이신 학산 서공이 사절로 연경에 이르러 나에게『혼개도설집전』2권을 보여주셨습니다. 저는 서양의 보잘것 없는 학자로 역상에 대해 자세히 알지 못하지만, 중국에 귀화하여 외람된 관직을 맡게 되어 본래 학식과는 어긋나게 되었습니다. 공의 불치하문하시는 겸손한 태도에 취한 듯한 마음으로 마침내 이 글을 완성하게 되었습니다. 이마두와 같은 영혼과 지혜가 아니라면 누가 능히 渾으로 盖를 설명하고 盖로 渾

最後得墨瓦臘泥加洲爲第五, 而域中大地盡矣. 其說荒渺莫考. 歐羅巴諸國, 悉奉天主耶穌教. 耶穌生於亞細亞洲之如德亞國, 西行教於歐羅巴, 至王豊肅·陽瑪諾等, 往來南北京, 煽惑愚民, 而天主教遂盛於中國. 蓋其屛嗜慾滅倫理, 似佛氏嗇精氣住聰明, 似道家曉夜拜稽. 謂有赫然照臨, 使人輕世界而重天堂, 則又一白蓮無爲之焚修, 此徐禮部如珂, 所以深惡痛斥, 倡議驅逐也. 然利瑪竇之象數, 羅雅谷湯若望之曆法, 南懷仁之儀器, 皆千古絶藝, 而中國士所未能及. 故如徐閣學光啓李水部之藻, 莫不推詡而潤色之. 是爲時憲曆之原本也."

을 증명하겠으며, 이지조와 같은 박식함이 아니라면 누가 능히 미루어 법을 만들고 용법을 밝히겠으며, 근원을 쫓아 하늘의 象을 깨닫는 공의 심지가 아니라면 또한 누가 능히 8線 3角의 理數를 근거하여 홀로 斜直의 비례를 밝히겠습니까? 그려놓은 도표를 보니, 또한 이마두에게 있어 양웅이라고 할 만한 것입니다.

그러나 六儀가 나오면서 측량술이 더욱 세밀해졌고 타원이 만들어지면서 천체를 관측하는 일이 더욱 정밀해졌습니다. 天度는 때에 따라 변하고 바뀌니 옛 것에 빠져있는 것은 실용의 재주가 아닙니다. 예를 들어 편내의 황적도절기도를 보면, 황도와 적도가 크게 거리가 있어 매년 넣어야 하는 秒가 있으며, 일식과 월식을 만나도 약간의 차이가 생깁니다. 또 편내의 항성표를 보면 항성이 매년 황도가 東行하는 수치에 따라 적도상의 남북 고도에 더하고 덜하는 차이가 있습니다. 전체적으로 마땅히 『흠정수리정온』과 『역상고성』을 따라서 推步한 뒤에라야 당장 점성할 수 있는 기준이 될 것입니다. 또 절기에 맞추어 천문대에 올라 일월성신을 측량한 뒤에야 距度의 멀고 가까움과 行度의 늦고 빠름을 알 수 있을 것입니다. 혹시라도 측량하지 않고서는 비록 정밀하게 추보한 들 또한 공언일 뿐입니다.

직접 쓰신 서문에서, '정유(1777)년 천주당을 내방하였을 때, 이 기기의 작용을 상세히 연구하였으나, 西士 중에 그 이치를 말해주는 자가 없었다'고 하였는데, 이는 비밀스럽게 감추고자 한 것이 아니라 동서양의 문자가 너무 달라서 그 뜻을 다 전하기 못하기 때문입니다. 삼가 원편을 돌려보내오니, 서공께서 저의 어리석은 생각이 이러할 뿐임을 참작하여 고쳐 주십시오. 건륭 55년 8월 18일 흠천감우감부 서양 탕사선은 쓰다.[47]

---

47) "西士湯士選, 製送渾盖圖說集箋序, 兼惠小遠鏡・規髀比例尺・萬國全圖. 序曰, 東國大宗伯鶴山徐公奉使到京, 示余渾盖圖說集箋二卷. 士選西土末學, 粗識歷象, 歸化中華, 猥隨柱史重違. 公不恥下問之謙光, 遂醉心卒業于斯編. 非利西泰之靈心慧智, 孰能以渾詮盖, 以盖證渾, 非李水部之博識宏文, 孰能推衍作法, 闡明用法, 非公之心接蒼垠 玅悟玄象, 又孰能根據八線三角之理數, 獨達明暗斜直之比例. 覽其繪圖立表, 亦可謂西泰之子雲也. 然六儀出而測量尤密, 橢圓成而推步尤精. 天度隋時變改, 泥古者非實用之才. 試如編內黃赤道節氣圖, 因黃赤大距, 每歲有應入之秒, 遇交食而微差, 又編內恒星表, 因每歲有循黃道東行之數, 而赤道南北加減微差. 總宜遵欽定數理精蘊歷象考成, 推步然後, 時下點星乃準也. 又須隨節登臺, 測量日月星辰然後, 可以知距度之遠近, 行度之遲疾. 倘無測量, 縱使推步精密, 亦空言也. 自序云, 丁酉來堂, 詳究是器之作用, 而西士未有言其故者, 非敢秘而私之. 東西文字迥殊, 不能畢陳意致也. 謹以原編歸之. 徐公

　서호수는 자신이 집전한「혼개도설집전」에 탕사선의 서문을 부탁했
고, 탕사선이 이에 대한 답신을 보낸 내용이다. 탕사선은 남당에 있던
북경 교구장 '구베아' 주교로, 한국 천주교사와 관계가 깊은 인물이
다.48) 그 내용을 보면, 탕사선은 앞에서 서호수가 이마두의 묘에서 고한
것처럼, 그를 이마두에게 있어 양웅에 비유하여 격려하고 있다. 그리고
는「황적도절기도」와「항성표」를 예로 들면서 천문은 계산(推步)보다는
실측이 필수이며, 무엇보다도 실측을 통해 실용성을 확보해야함을 조
심스럽게 조언하고 있다. 이러한 조언에 힘입어서인지, 서호수는 연행
에서 돌아온 이후 전국팔도의 북극 고도를 算定하면서 전국 각지에서
북극고도를 實測해야 함을 역설하였고, 역법 계산에 있어서 청나라의
것과 차이가 날 경우, 그것이 틀렸음을 자신감 있게 지적하고 있다.49)
또 인용문 말미를 보면, 서호수가 1776년의 연행에서 이미 천주당을 방
문하였으며, 그 곳에 놓인 기기의 원리에 대해 질문을 던졌음을 알 수
있다.

　이상 1790년의 연행은 서호수에게 있어 중국 역법의 수준을 확인하
고, 서양의 과학과 기술을 전해 준 이마두의 학문에 대한 자신의 신념
을 다짐하는 자리였다고 할 수 있다. 그의 이러한 학술 성향은 조선 학
계의 학풍에 대한 학문적 반성임과 동시에, 서양의 과학 기술과 가장
밀접하게 연관된 천문·수리 영역에서의 학문적 탐구 결과라고 할 수
있을 것이다.50) 이 여행 이후 서호수는 국왕 정조의 曆象 정책에 따라
관상감의 운영에 대한 대대적인 정비를 주도하였으며, 1796년에는『국

　附余愚見如此云爾. 乾隆五十五年八月十八日, 欽天監右監副西洋湯士選書."
48) '구베아' 주교는 한국 천주교회의 첫 밀사였던 윤유일이 1790년 성직자 파견을 약속
　　받은 인물이며, 그가 쓴 '구베아書翰'은 한국 천주교사 연구에 중요한 자료가 되고
　　있다. 이에 대해서는 조광,『조선후기 천주교사 연구』, 고려대학교 민족문화연구소,
　　1988 참조.
49)『국역 서운관지』, 세종대왕기념사업회, 1999 : 문중양, 앞의 책, 2001, 218·225~
　　227쪽 참조.
50) 이 점에 대해서는 中山茂,『日本の天文學－西洋認識の尖兵』, 岩波新書, 1972 참조.

조역상고』를 간행하기에 이른다.[51] 그러던 그가 1799년에 갑작스러운 죽음을 맞이하고 있는데, 현재로서는 이에 대한 상세한 기록이 남아있지 않은 형편이다. 그의 사후 정조는 이가환에게 천문역산 분야를 맡겨 국가적인 사업을 완수하려고 하였으나, 이가환은 서학에 대한 비방의 소리가 聖德에 누를 끼칠 것을 우려하여 반대의사를 밝혔다고 한다. 이듬해 국왕 정조 또한 갑작스런 죽음을 맞게 되고, 1801년에는 신유박해가 있게 된다.

5. 맺음말

본고는 서호수가 쓴 『열하기유』 중에서 특히 서학 관련 내용에 초점을 맞추어 글을 소개하고 학문 경향에 대해 고찰해 본 것이다. 그 중에서 이마두의 묘를 방문하여 기록한 내용들을 보면, 서호수는 이마두가 전해준 서양의 기술을 조선에서 계승·발전시킨다는 사명감을 강하게 지니고 있음을 알 수 있다. 여기서 보여준 서학 인식의 수준과 신념은 조선 서학사의 정점에 서 있었다고 하기에도 별 무리가 없어 보인다. 이러한 점에서 『열하기유』는 앞서 국역된 『연행기』에 대한 인상처럼 단순한 기행문에 그치는 것이 아니라, 오히려 여느 연행록보다 훨씬 목적의식이 뚜렷하면서도 당대 학술사의 수준과 지향을 보여주는 의미있는 기록이라고 생각된다. 다만 필자는 이 분의 과학사 및 서학사적 위상을 논하기에 전문 지식이 없고, 또 현재로서는 서호수에 대한 보다 심도있는 고찰을 위한 관련 자료가 미비한 것으로 판단된다. 이러한 점을 고려하더라도 본고에서 살펴본 바와 같이 조선 학술사에서 차지하는 서호수의 위상은 제대로 부각되지 못하였거나 다소 낮게 평가된 감이 없지 않다. 이 점과 관련하여 대구 서씨 집안의 인물들을 공부하고 있는 입장

---

51) 이은희·문중양 역주, 『국조역상고』, 소명출판, 2004 참조.

에서 서호수의 위상에 대해 몇 가지 문제제기를 하면서 맺음말을 대신하고자 한다.

여기서 문제제기란 대구 서씨 가의 학문적 전통과 그 속에서 차지하는 서호수의 위치에 관한 것이다. 대체로 학계에서는 서호수를 비롯한 서유본, 서유구와 같은 인물들의 학문 경향을 연암 박지원을 위시한 북학파의 일원으로 간주하곤 한다. 그런데 필자는 이 점에 대해 다소 회의적이다. 위에서 살펴본 자료들에서도 알 수 있듯이 서호수는 역상과 수리와 같은 度數學에 뿌리를 두고 서학에 현저한 경향성을 보이고 있음을 알 수 있다. 이에 비해 연암 박지원의 경우 서양의 도수학을 第二義的인 것으로 파악하고 있다.(『열하일기』, 「혹정필담」) 어떤 영향 관계라는 것이 일방적일 수는 없지만, 그 학문적 연원에 있어서 대구 서씨 집안의 북학 내지 서학적 경향은 한 시대의 사조로 설명하기에는 충분하지 않는 그 뿌리가 깊은 것으로 보인다. 필자는 이 점과 관련하여 그 학문적 연원을 화담 서경덕으로부터 내려오는 易學과 數理의 학풍에서 찾아본 적이 있다. 이 문제를 좀 더 소상히 고찰해 보는 일은 조선 실학사의 맥락을 보다 다양하게 파악한다는 점에서 의의가 있으리라 생각된다. 또 한 가지는 대구 서씨 집안의 학문적 계보를 학계의 일각에서 서명응→서형수→서유구로 이어지는 것으로 파악하고 있다는 점이다. 그 이유는 서호수에 대해서는 학문적 유대를 설명할 만한 관련 자료가 부족하고, 따라서 서형수와 서유구의 친밀성이 먼저 부각되었기 때문인 것으로 생각된다. 그런데 앞서 서형수의 「기하실기」에서 살펴본 서호수와 서형수 두 형제의 학문적 지향, 그리고 각자가 중국 북경에서 구입한 서책들의 종류들을 보면 그 관심사에 있어 내부적으로 차이가 있었음을 알 수 있다. 이 점을 염두에 두면서 이 집안의 학문적 계승 발전 과정을 잘 살펴보면 도수학의 전통이 서명응에서 서호수로, 좌소산인 서유본과 빙허각 이씨, 풍석 서유구에로 이어지면서 점차 목전의 실용학으로 발전하고 있음을 알 수 있다. 이러한 점에서 그 우열을 논하기보다는 학문적 맥락을 보다 선명하게 파악한다는 차원에서 서호수가 이 집안의 학문적 경향을 주도한 것으로 부각되는 것이 타당하지 않은가 여겨진다.

(『동방학지』 제135집, 연세대 국학연구원, 2006)

우화소설의 생성과 민중문화*
　　　　　－「老蟾上座記」와 「鹿處士宴會」를 중심으로－

박 성 순**

1. 문제 제기 : 근대소설의 형성과 우화소설의 행방

　일반적으로 우화소설은 조선후기에 집중적으로 지어진 고소설의 한 하위양식으로서 동물에 가탁하여 인간세계를 그리는 일군의 작품을 가리킨다. 우화소설에 관한 연구는 여타의 고소설 연구에 비추어 볼 때 일찍부터 주목받아 왔다. 이미 金台俊에 의해 '동화·전설의 소설화'라고 하여 그 형성과정이 거론된 이후, 설화에서 우화소설이 형성되었다는 것은 한국소설사의 지배적인 견해였다.1) 이것은 비단 우화소설에 국한된 것이 아니라, 고소설의 보편적인 형성원리이기도 했다. 고소설 작품론에 의례적으로 적용되는 근원설화에 대한 탐색은 '설화의 소설화'라는 고소설 형성 구도의 자명성을 전제로 이루어진 것이다. 우화소설은 설화와 소설의 그 소재적 혹은 구조적 상동성으로 말미암아 '설화의 소설화'라는 발전적 서사문학사관의 입론을 확인시켜 주는 유력

---

　* 이 글은 『고소설연구』 제21집(한국고소설학회, 2006. 6)에 실린 동일 제목의 논문을 각주 등 일부 수정한 것임.

　** 동국대학교 교양교육원 전임연구원

1) 金台俊은 『增補 朝鮮小說史』(學藝社, 1939)에서 「장끼전」, 「서동지전」, 「두껍전」, 「토끼전」 등의 우화소설을 '동화·전설의 소설화' 항목에 포함하여 언급하였다. 金台俊 著·朴熙秉 校注, 『增補 朝鮮小說史』, 한길사, 1990, 125~134쪽.

한 증거로 조명되었다.[2]

고소설사의 계보학적 관심과 더불어 진행된 우화소설 연구는 조선후기 향촌사회의 변동에 관한 역사학계의 연구성과를 수용하면서 새로운 전기를 마련한다.[3] 이 시기 우화소설 연구는 조선후기 신분변동과 함께 경제력을 바탕으로 새롭게 등장한 饒戶富民層에 초점을 맞추면서, 향촌사회의 새로운 질서 모색 과정 및 여기서 빚어지는 제반 현상을 반영한 것으로 우화소설을 이해하였다.[4] 이처럼 향촌민의 갈등을 반영하거나 하층민이 고난을 극복해 나아가는 과정으로 우화소설을 이해한 것은 근대 이행기 현실에 대한 우화소설의 대응력을 보여준다는 점에서 주목할 만한 것이다. 근대 이행기 향촌사회의 변동을 보여주는 주요한 징표로서의 우화소설은 중세 봉건해체기의 본질적 계기들을 작품의 중심으로 포착하여, 이를 구체적인 생활의 논리에 따라 시종일관 진행시키는 것으로 파악된다.[5] 또한 우화소설에서 다루고 있는 문제의 심각성은 일정한 정도의 사실주의적 성과를 드러낸다는 점에서 긍정적인 평가를 받기에 부족함이 없다.

하지만 우화소설의 한계는 연구자들간의 큰 이견 없이 비교적 분명하게 제시되었다. 우화소설에는 시대의 모순을 총체적으로 체현하고 있는 전형적인 인물의 창조가 보이지 않고, 우화소설이 보여주는 세계가 중세 봉건 사회로부터 근대 사회로 넘어가기 위한 필연적 과정이며

---

2) 민간에서 전승되던 우화를 소설적 편폭으로 확장·발전시킨 것으로 우화소설을 해석한다든지, 조선후기의 사회적 모순과 부조리 또는 인간의 보편적 심성 혹은 그와 결부된 성격적 결함을 일깨우기 위한 풍자나 교훈을 그 내적 자질로 이해하는 시각은 우화소설 연구의 주된 흐름이었다.

3) 정홍모, 「송사형 우화소설의 인물형상과 조선후기 향촌사회의 변모」, 『고전문학연구』 제5집, 한국고전문학연구회, 1990 ; 소인호, 「두껍전 이본군의 양상과 사회적 의미」, 고려대 석사논문, 1992 ; 신경숙, 「송사형 우화소설—'서대주전' '서동지전'을 중심으로」, 『어문논집』 30, 고려대, 1991 ; 정출헌, 「조선후기 우화소설의 사회적 성격」, 고려대 박사논문, 1992 ; 민찬, 「조선후기 우화소설의 다층적 의미구현 양상」, 서울대 박사논문, 1994. 이러한 연구들은 주로 1990년대 초반에 집중되어 눈길을 끈다.

4) 이와 관련된 우화소설의 연구 경향에 대해서는 윤승준, 『動物寓言의 傳統과 寓話小說』, 月印, 1999, 29~34쪽 참조.

5) 정출헌, 『조선후기 우화소설 연구』, 고려대학교 민족문화연구원, 1999, 360쪽.

결국 그 같은 추이가 어떤 사회로 구체화될 것인가에 대한 인식의 진전이나 전망을 찾아보기 어렵다는 것이 그 내용이다.[6] 물론 이러한 지적은 우화소설이 우화라는 양식 자체를 손쉽게 빌린다는 데서 기인한다. 즉, 작자층 자신이 체험한 조선후기 향촌사회의 모순을 역사 공간 속에서 살아 숨 쉬는 전형적인 인물을 통해 제시하기보다는, 현실의 심각한 문제를 일정한 관습으로 굳어진 동물의 세계 속에서 발견해 내고, 거기에 공동체의 문제의식을 투영하는 우화의 양식에 본질적인 한계가 노정된다는 것이다.[7]

이렇게 보면, 조선후기 우화소설에 관한 연구는 고전문학에서 현실주의의 발전을 통한 민족문학사의 서술, 곧 내재적인 발전론에 근거한 문학사의 구축과 긴밀하게 연관된다. 또한 이것은 서구 근대 사실주의적 소설의 면모를 부분적으로나마 읽어내고자 하는 시도이기도 하다. 그런데 우화소설에 대한 긍정적인 평가는 물론이거니와 비판과 한계의 근거인 '우화의 양식상의 결함'[8]이란 실상 역사성을 지니고 있다. 우화소설

---

6) 정출헌, 앞의 책, 358~361쪽 참조.

7) 정출헌, 위의 책, 350~351쪽 참조.

8) 우화소설에 대한 이러한 문학사적 평가를 시정하기 위한 한 방법으로 寓話와 寓言이 동일한 문학 양식인지에 대한 질문이 요구된다. 왜냐하면, 소설의 서사 방식에 우화의 속성을 결합시키는 것이 한계라는 지적은 寓話와 寓言을 동일한 양식으로 보는 시각에 다름 아니기 때문이다. 근대학문의 체계가 세워지는 과정에서 유입된 '우의적인 이야기'의 번역어로서의 寓話가 서사양식의 한 갈래라면, 寓言은 한문문화권의 전통적인 담론 방식이라고 할 수 있다. 그러니까 서사의 한 갈래로서의 우화는 양식 개념인 데 비하여, 우언은 서사·서정이라는 양식을 망라한 글쓰기의 방식인 셈이다. 양식 개념으로서의 우화는 당연히 양식적인 한계를 가질 수밖에 없는데, 그것은 소설에 비하여 관습적이며 전형적이지 못하다는 것으로 요약될 수 있다. 그러나 글쓰기의 방식으로서의 우언은 굳이 소설과 비교하여 논할 수 있는 성질의 것이 아니다. 우언의 방식이 소설에서 얼마만큼 드러나는가 하는 것이나, 우언의 어떤 방식이 사용되었는가 하는 것, 그리고 그것이 소설의 문제를 형상화하는 데 효과적인가 하는 점이 문제될 뿐이다. 그러므로 우화소설은 소설의 입장에 서서 이야기의 측면으로서의 우화를 받아들일 것인가 하는 것이 문제적 국면이라면, 우언은 소설 속에 우언의 방식을 차용할 것인가 하는 것이 문제적 국면이 되는 것이다. 우언에 대한 새로운 시각은 윤주필과 윤승준, 양승민 등에 의해 꾸준히 제기되었다. 윤주필, 「한문문화권의 우언글쓰기의 방법과 의의」, 나손 선생 서거 10주년 기념 학술대회 발표문, 2000. 4 ; 「우언글쓰기의 원리와 적용 자료의 범위 연구」, 한국한문학회 하계학술대회발표문, 2001.

에 그려진 민중적 삶의 모습을 구체적으로 복원하면서, 그 이면에 자리 잡은 풍자적 성격을 소설사적 의의로 꼽은 정출헌의 다음 진술은 우화소설이 지닌 역사성에 대한 검토가 필요한 까닭을 역설적으로 보여준다.

> 이같은 한계점에 대한 지적에도 불구하고 우화소설에 대하여 소설 일반에서 구비해야 할 요건, 예컨대 전형적인 인물의 창출이나 서사적인 작품으로서의 총체성까지 요구하는 것은 무리라는 지적도 가능하다. 우화소설은 인간세계의 단면을 예리하게 포착하고 그것을 극적으로 제시함으로써, 교훈의 전달이나 풍자의 효과를 극대화하는 것을 일차적인 목표로 삼는 풍자소설이기 때문이다.[9]

우화소설이 "인간세계의 단면을 예리하게 포착하고 그것을 극적으로 제시함으로써, 교훈의 전달이나 풍자의 효과를 극대화하는 것을 일차적인 목표로 삼는 풍자소설"이라는 지적은 다분히 서구적 개념에 의존한 언술이다. 곧, 서구의 우화(fable)에 해당하는 개념을 통해 우리의 우화소설을 파악하고 있는 것이다.[10] 寓話라고 하는 개념의 역사성을 깊이 의식하지 않을 경우, "우화소설에 대하여 소설 일반에서 구비해야 할 요건"을 요구하는 것은 무리일 수도 있다. 정출헌의 지적대로, 우화소설이 假傳이나 夢遊錄과 마찬가지로 과도기의 문학 양식이라면, 근대소설로서의 면모를 갖추지 못하고 자신의 임무를 후대로 넘[11]겨야만 하는 운명을 순순히 받아들였을지도 모르기 때문이다. 그런데 문제는

---

6 ; 「동아시아 우언론과 한국 우언문학의 실상」, 한국한문학회 춘계학술대회발표문, 2003, 4 ; 윤승준, 앞의 책 ; 「敦煌 俗賦 <鷰子賦>와 朝鮮後期 訟事型 寓話小說－韓中 寓言의 比較的 觀點에서」, 한국고소설학회 49차 학술발표회 발표논문, 2000. 6 ; 양승민, 「우언의 서술방식과 소통적 의미」, 고려대 석사논문, 1996 등 참고.

9) 정출헌, 앞의 책, 361쪽 각주 31.

10) 우리가 사용하고 우화는 물론 번역어이다. 일본은 寓言 대신 서양의 fable의 역어인 寓話라는 명칭을 사용하는데, 우리 역시 이를 받아들여 寓話를 사용하였다. 우언의 개념에 대해서는 양승민, 위의 글 참조.

11) 정출헌, 앞의 책, 358~361쪽 참조.

우화소설과 근대소설과의 관계가 그리 간단치 않아 보인다는 데 있다.

근대소설의 형성과정에서 우화소설의 행방을 지시하는 논의 가운데 '小說改良論'은 특히 주목할 만하다. 1900년대 '소설'의 표제를 단 국가 영웅의 사적을 기록한 歷史傳記物을 통해, 국민의 애국정신을 고양하고 풍속을 진작시키고자 한 소설개량론은 고소설에 대해 단호한 입장을 취하였다. "춘향전은 음탕 교과서오 심쳥전은 쳐량 교과서오 홍길동전은 허황 교과서라 홀 것이니 국민을 음탕 교과로 가르치면 엇지 풍속이 아름다오며 쳐량 교과로 가르치면 엇지 장진지망이 잇스며 허황 교과로 가르치면 엇지 졍디훈 긔상이 잇으릿가"12)라는 『자유종』의 일성은 고소설에 弔鐘을 울리고 근대소설의 탄생을 알렸다. 한문소설과 국문소설을 막론하고 고소설은 "荒誕無稽ㅎ고 淫靡不經ㅎ야 適足히 人心을 蕩了ㅎ고 風俗을 壞了ㅎ야 政敎와 世道에 關ㅎ야 爲害不淺"13)할 뿐이었다. 따라서 1900년대에 새롭게 개량된 소설과 전대 소설은 '연속'이 아니라 '대체'의 관계에 놓였으며, 고소설이 떠맡은 소설적 자질 모두가 부인되었다. 사실과 對他的인 거리에 놓였던 허구로서의 고소설은 근대소설의 등장과 함께 문학사의 전면에서 물러나야만 했던 것이다.14) 이처럼 근대소설의 장에 놓이는 위치가 다르다는 점을 감안하더라도, '虛誕無據'니 '構虛鑿空'이니 하는 종래의 소설배척의 비판적 어조와 함께 고소설은 대체로 동일한 운명을 걸었다고 여겨진다. 그렇다면 소설 일반에서 구비해야 할 요건이 부족하다는 우화소설에 대한 인식은 고소설 일반에 대한 근대소설의 시각이 투영된 것으로 이해할 수 있다.

---

12) 이해조, 『자유종』, 광학서포, 1910, 10~11쪽.

13) 박은식, 『瑞士建國誌』, 대한매일신보사, 1997, 민족문학사연구소 편역, 『근대계몽기의 학술·문예사상』, 소명출판, 2000, 98쪽 재인용.

14) 권보드래, 『한국근대소설의 기원』, 소명출판, 2000, 제3장 참조. 고소설이 문학사의 전면에서 물러나야 했던 이유는 근대적 언론 매체의 등장과도 관련이 깊은데, 이에 대해서는 정선태의 논의(『개화기 신문 논설의 서사 수용 양상』, 소명출판, 1999)를 참조할 수 있다.

여기서 우리는 허구로서의 고소설이 전면적으로 부정된 것과 아울러 근대 민족어가 서구의 번역체에 기원을 두고 있다는 지적15)에도 충분한 주의를 기울여야 한다. 정도의 차이는 있겠지만, 이는 국한문체를 택한 역사전기물이나 국문체를 택한 新小說 모두 고소설의 주요한 연행 기반이었던 '구술성'과는 동떨어진 새로운 글쓰기 양식에 골몰하였음을 보여준다. 근대적인 문체에 바탕을 둔 문자문학으로서의 근대소설은 구술성이 안겨주었던 고소설의 풍요로운 민중문화가 증발한 자리 위에 건축되었다. 중세의 질곡 속에서 '허탄무거'와 '구허착공'의 오명을 감내하면서 지켜왔던 민중문화의 상상력과 생명력은 아이러니하게도 민중의 언어가 공식어의 지위를 얻게 되는 과정 즉, 근대 민족어의 성립과 함께 사라진 것이다.

그러므로 우화소설의 새로운 면모는 근대소설의 형성과 함께 스스로를 보존하지 못한 채 사라져버린 민중문화의 상상력과 생명력을 되짚어 보는 작업을 통해 드러나리라 여겨진다. 이는 조선후기 우화소설의 생성16)에 깊숙이 작용했던 민중문화의 그 '거대한 의미'17)를 근대의 지층 속에서 발굴하여 새롭게 인식하고자 하는 시도이다.18) 이 글에서는 「老蟾上座記」와 「鹿處士宴會」를 기본 텍스트로 삼아 우화소설의 생성과 민중문화의 성격을 분석하고자 한다.

---

15) 김윤식은 『한국근대문학양식논고』(아세아문화사, 1980)에서 『독립신문』의 국문체와 띄어쓰기가 영어 문장의 번역에 크게 힘입은 것임을 논한 바 있다.

16) 여기서 '生成'이라는 개념은 '발전'이나 '형성'이라는 개념에 은연 중 잠복하고 있는 도식적인 발전론적 문학사관에 대한 경계와 구분을 짓기 위한 것이다. 생성은 설화에서 소설 혹은 우화에서 소설이라고 하는 '발전의 신화' 내부의 미세한 틈과 차이 그리고 다면성을 발견하고자 하는 개념으로 사용될 것이다.

17) '거대한 의미'란 미하일 바흐찐이 중세 및 르네상스 유럽의 민중문화에 담긴 창조적인 힘을 지칭하는 의미로 사용한 것이다. 미하일 바흐찐, 이덕형·최건영 역, 『프랑수와 라블레의 작품과 중세 및 르네상스의 민중문화』, 아카넷, 2001.

18) 우화소설과 민중문화의 관계를 이해하는 논의의 대표적인 접근은 우화소설이 당대 민중들의 삶의 양식과 모순을 사실적으로 반영했는가에 있다고 하겠다. 이러한 접근은 앞서 논의한 대로 이미 상당한 성과를 이루었다고 판단되기에, 본고에서는 제한적으로 다루도록 할 것이다.

2. ‘잔치’의 성격과 축제의 이미지

일반적으로 「노섬상좌기」와 「녹처사연회」는 ‘爭年’과 ‘爭訟’ 바꿔 말하자면, ‘나이다툼’과 ‘송사다툼’으로 구조화되는 것으로 이해된다. 그리고 구조분석을 통해 長幼有序의 규범이 무너져가던 조선 후기 사회상의 희화화라든가, 당대 지배계급의 비리와 부조리에 대한 풍자 등으로 해석되어 왔다.[19] 물론 나이다툼과 송사다툼이 두 작품을 지배하고 있는 중심 구조임은 분명하다. 따라서 우리의 시선은 당연히 여러 지점에서 벌어지는 다툼의 형상과 본질을 추적하는 데 맞추어져야 할 것이다. 하지만 다투는 목소리의 정체와 그 실질을 살펴보는 것과 함께 눈여겨보아야 하는 대목은 그들이 왜 모였는가 하는 점이다. 모임이 이루어진 까닭은 잔치의 성격을 규정하는 중요한 전제이기 때문이다.

> 일일은 일긔 심히 훈열ᄒ여 견듸기 실노 어려오민 모든 즘싱을 모화 흐르는 폭포 밋히셔 목욕홀시 션싱 왈 우리들이 이 곳에 모히여 놀민 비록 모양은 다르나 정의는 간격이 업는지라 이졔 놀기는 조흐나 다만 ᄌ는 쳐쇼롤 졍치 못ᄒ여스니 오늘 우연히 만히 모힌 쎠의 혼 곳을 졍ᄒ민 엇더ᄒ뇨 …… 모든 짐싱드리 일시에 조히 넉여 압서거니 뒤서거니 셔로 ᄭᅩ리를 니어 일가권속을 다 거ᄂᆞ리고 겨오 긔여 올나가니 평싱의 소원이라 즐거오믈 이긔지 못ᄒ여 셔로 치하ᄒ니 장션싱이 니르되 우리 졀의 쳐소를 졍치 못ᄒ여 풍우를 피치 못ᄒ더니 이제 조흔 구혈을 어더 안둔ᄒ게 되니 즐거오미 니를 것 업거니와 혼번 경하ᄒᄂᆞ는 잔치를 ᄒ여 놀민 엇더ᄒ뇨(「노섬상좌기」, 672~674)[20]

모든 짐승들이 한자리에 모이는 직접적인 까닭은 평생의 소원이던

---

19) 윤해옥, 『조선시대 우언 우화소설 연구』, 박이정, 1997 ; 이상구, 「우화소설의 서술 구조와 사회의식」, 고려대 석사논문, 1984.

20) 「노섬상좌기」와 「녹처사연회」는 金東旭 校注本 『三說記』(『한국고전문학전집 4』, 普成文化社, 1978)를 대본으로 삼아 띄어쓰기를 한 것이다. 두 작품을 인용할 경우에는 본문에 그 쪽수만 명기하기로 한다.

자는 처소를 얻어 安屯하게 된 즐거움에서 비롯된다. 그 즐거움이 잔치를 베풀어 놀게 되는 이유이다. 「녹처사연회」 역시 모임의 근거를 즐거움의 배설에 두고 있다. 단지 「노섬상좌기」의 잔치가 처소를 정하지 못하다가 마침내 풍우를 피해 안둔할 수 있는 처소를 구했다는 즐거움에서 배설된 데 비해, 「녹처사연회」의 그것은 녹처사의 생일을 기념하기 위한 것이라는 데 차이가 있을 뿐이다. 어찌 되었던 간에 잔치의 배설 현장은 두 작품의 유일한 공간적인 배경으로 기능한다.

잔치는 참예하는 자와 그렇지 못한 자를 구분 짓는 구실을 한다. 「노섬상좌기」에서는 백호산군인 호랑이를 잔치에 청하지 않음으로써 그 구분 짓는 방식을 보여준다. "각쳐의 잇는 각식 즘싱을 쳥홀시 그 즁의 빅호산군을 쳥ᄒᆞ쟈 ᄒᆞ거놀 장션싱이 말유"(674)하는 것이다. 그 이유란 "우리 둘지 ᄋᆞ들이 일젼의 산군을 만나 하마 죽을 번 ᄒᆞ미 제 쒸기를 잘 ᄒᆞᄂᆞᆫ 고로 살기ᄂᆞᆫ ᄒᆞ여시나 닉집 ᄒᆞ고ᄂᆞᆫ 혐의되기로 쳥치 아니ᄒᆞ거니와 졔 오면 필연 용밍을 밋고 졔쥭을 훌쑐릴 듯" 하기 때문이다. 이렇게 배설하는 자에 의해 선별적으로 초청되는 잔치는 초청받지 못한 부류들의 반발과 도전으로 이어진다. 이러한 잔치의 배타성은 「녹처사연회」에서 더욱 노골적으로 드러난다.

> 이졔 잔치롤 베퍼 손을 쳥ᄒᆞᆫ 즐기오믈 취ᄒᆞ미어놀 만일 빅호산군을 쳥홀진디 우리는 굿ᄒᆞ여 두려홀비 업스되 다른 좌긱은 반다시 그 위엄을 황겁ᄒᆞ여 좌불안석ᄒᆞ리니 이는 도로혀 좌긱으로 ᄒᆞ여곰 위방의 너ᄒᆞ미라 엇지ᄒᆞ면 편당ᄒᆞ리잇가 쳐시 눈을 감고 침음 반향의 왈 산군은 산즁 웃듬이라 소당 몬져 쳥홀 거시로디 졔 본디 장터ᄒᆞ고 용밍ᄒᆞᄆᆞᆯ ᄌᆞ부ᄒᆞ여 작폐 ᄌᆞ심ᄒᆞᆫ 고로 도쳐의 실인심ᄒᆞ여 상종ᄒᆞ는 친귀 업ᄂᆞ니 져 한나흘 위ᄒᆞ여 여러 좌긱을 불편케 ᄒᆞ미 네 아니고 일후의 졔 함혐홀지라도 쳥치 말미 맛당ᄒᆞ도다(「녹처사연회」 650)

「노섬상좌기」에서 장선생이 백호산군을 초청하지 않은 이유가 사변적인 데 비하여, 「녹처사연회」에서 鹿處士와 그의 長子 鹿山은 보다 공공의 안녕과 禮의 차원에 기울어져 있음을 볼 수 있다. "우리는 굿흐여 두려홀비 업스되" 하는 녹산과 "좌긱을 불편케 흐미 禮 아니고 일후의 제 함혐홀지라도 청치 말미 맛당흐도다" 라고 하는 녹처사의 당당함은 이후 백호산군의 도전을 물리치는 장면에서도 「노섬상좌기」와는 다른 태도를 보여주는 요건이 된다. 이것은 또한 조선후기 경제적인 부를 바탕으로 등장한 饒戶富民이 향촌의 목민관과 지위 면에서 결코 뒤지지 않음을 반영하는 것이기도 하다.[21] 여하튼 「녹처사연회」에서 보이는 잔치의 배타성은 보다 분명한 잣대를 통해 노골화되는 양상을 띄는데, 이것은 두꺼비 등에 의해 송사로 이어질 만큼 문제적인 형국으로 발전된다. 이러한 배타성의 기저에는 조선후기 사회의 계층 분화와 신분 분화라고 하는 사회상이 자리하고 있음은 물론이다. 따라서 잔치라고 하는 화합의 공간이 배타성을 바탕으로 다툼과 갈등을 노출할 수 있었던 것은 이러한 사회상이 투영된 결과라고 할 수 있다.

우리가 잔치에서 갈등과 다툼의 그림자를 보았다고 하더라도, 잔치가 흥겨움과 생명력을 고양하는 축제의 공간임에는 변함이 없다. 어찌 보면 다툼과 흥겨움, 갈등과 생명력은 잔치가 갖는 '이중적인 어조'이기도 하다. 우리 문학 전통 가운데 잔치를 중심적인 서사공간으로 사용하는 양식으로 夢遊錄을 꼽을 수 있다. 몽유록은 일련의 역사적인 지평을 꿈의 상자나 의인화된 사물을 거친 詩宴의 공간에 펼쳐 보인다는 점에서나, 거기에 제기된 문제의식이 강한 사회비판력을 담지한다는 점에서 우화소설과 유사하다. 하지만 우리 문학의 전개에서 시연과 잔치가 결코 동질적인 것은 아니다. 「노섬상좌기」와 「녹처사연회」에서 베풀어지는 잔치의 본질적인 의미는 詩宴과의 다름, 바로 거기서부터

---

21) 우화소설에 형상화된 조선후기 향촌사회의 변동은 민찬, 정출헌 등에 의해 충분히 다루어졌다고 여겨지므로 여기서는 별도의 언급을 피하도록 한다. 민찬, 앞의 책 ; 정출헌, 앞의 책 참조.

생성되는 것이다.

「노섬상좌기」에서 잔치의 배설은 '즛는 쳐쇼'를 정하지 못한 상태에서 안둔할 수 있는 처소를 구한 즐거움을 표면적인 동인으로 삼는다고 한 바 있다. 「녹처사연회」 역시 "잔치롤 베퍼 손을 쳥ᄒᆞ믄 즐기오믈 취"하기 위한 것이라고 하면서, 산군은 "산중 읏듬"으로 당연히 먼저 청해야 하지만, 잔치에 방해가 될 따름이므로 청하지 않는다. 따라서 두 편의 우화소설은 즐거움을 표면적인 매개로 하여 초청대상을 구분하고 있기 때문에, 이후 다툼의 과정 속에서도 잔치의 본질을 훼손치 않으려는 태도를 지향한다. 그러므로 앞서 제기한 잔치의 배타성은 즐거움, 유쾌함으로 상정되는 잔치의 본질 혹은 동질성을 유지하려는 것과 긴밀하게 맞물려 있다.

이에 반해 夢遊錄에서 보이는 시연은 대체로 비극적인 상황제시와 몰입을 통해 심리적인 정화에 이르는 공간으로 기여한다. 꿈속에서 낯선 곳으로 인도된 元子虛가 억울하고 원통한 일을 되새기며 시를 읊는 단종과 사육신의 시연에 참여한다는 「元生夢遊錄」에서, 詩宴은 비극적인 상황을 조성하여 독자로 하여금 울분을 느끼게끔 하는 장치로 소용된다. 또한 병자호란 당시 江都의 함락이라는 역사적 사건을 몽유록의 형식을 빌려 형상화한 「江都夢遊錄」에서 詩宴은 강도에서 수난 받은 여성들의 비통한 심회를 토로하는 통로 구실을 한다.22) 이렇게 보면, 夢遊錄은 詩宴을 통해 내적 화해를 꾀하는 양식으로, 시연에 참여하는 이들을 '이념적 공동체'로 엮어낸다.23) 假傳과 夢遊錄이 "급격한 변화를 경험하고 있던 사회상에 민감하게 반응하고 있으면서도, 그 같은 변화가 어디에서 비롯된 것인가 또한 그 같은 사태가 어디로 향해 있는가에 대한 인식이 부재"한 "과도기적 문학형식"24)이라는 지적은 여기서 일면적인 진실을 드러낸다. 하지만 이

---

22) 박성순, 「병자호란 관련 서사문학에 나타난 전쟁과 그 의미」, 동국대 석사논문, 1997 참조
23) 정학성, 「몽유록의 역사인식과 유형적 특질」, 『관악어문연구』 2, 서울대, 1977, 295쪽.
24) 정출헌, 앞의 책, 359~360쪽.

것이 우화소설에까지 전면적으로 적용되는 것은 아니다. 夢遊錄의 詩宴에서 배출되는 언어가 이념적 공동체를 지향하는 동일성의 언어인데 비하여, 우화소설에 보이는 잔치의 언어란 민중문화에 근거한 '다성적인 언어'이기 때문이다.25) 몽유록의 시연이 보여주는 언어지향은 우화소설 속의 잔치가 보여주는 즐거움, 생명력이라고 하는 언어지향과는 본질적으로 다르다.

　몽유록과의 비교에서 뚜렷하게 드러났듯이, 우화소설은 민중 축제적인 잔치를 서사구조의 전면에 내세운다. 이는 잔치를 거의 유일한 서사공간으로 삼는 「노섬상좌기」와 「녹처사연회」는 물론이고, 까치가 집을 짓고 落成宴을 시작하는 데서부터 사건이 발생하는 「까치전」 계열이나, 산중 짐승들의 모족회의 과정에서 벌어진 나이다툼의 과정을 담은 「토끼전」 계열도 역시 마찬가지이다.26) 「장끼전」 계열 역시 장끼가 죽은 후에 까투리의 개가 여부를 둘러싸고 벌어지는 날짐승들의 다툼이 우화소설의 잔치의 형상과 유사하다는 측면에서 이 범주에 들어간다고 보인다. 민중문화적 측면에서 보면, 죽음은 결코 부정의 대상이 아니라 새로운 생명력을 잉태한다는 의미를 지닌다. 따라서 장끼의 죽음은 까투리의 새로운 삶을 둘러싼 잔치와 겹쳐지는 이미지를 구축한다. 이들 작품에서 형상화된 잔치는 민중적 웃음과 언어지향을 보인다는 점에서 미약하게나마 축제의 이미지를 간직하고 있다. "축제는 민중적인 웃음의 문화의 가장 완벽하고 가장 순수한 표현"이라는 바흐찐의 통찰27)은 우화소설에 그려진 잔치가 민중적인 순수한 웃음의 문화를 지니고 있음을 의식하게끔 한다. 진정한 의미에서의 웃음은 양면가치적이고 보편적이며, 엄숙함을 부정하지 않으며, 그 안에 있는 불순물을 정화하여 그 자리를 메워준다.28) 여기서 양면가치성

---

25) 민중 언어의 다성성과 대화적 형식에 관해서는 『장편소설과 민중언어』(미하일 바흐찐 지음, 전승희·서경희·박유미 역, 창작과비평사, 1988, 111~148쪽)를 참고하였다.

26) 金英漢 所藏 筆寫本 「까치전」과 권영철본 「토끼전」 참조.

27) 미하일 바흐찐, 이덕형·최건영 역, 『프랑수와 라블레의 작품과 중세 및 르네상스의 민중문화』, 아카넷, 2001, 136쪽 참조.

28) 이것은 독단주의, 일면성, 경직성, 광신과 무조건성, 공포와 위협적 요소, 교훈적 성

이란 세속적인 것과 신성한 것, 고귀한 것과 비천한 것, 정신적인 것과 물
질적인 것의 뒤섞임을 이르는 것이다. 이렇게 보면, 우화소설에서 잔치는
민중문화의 뒤섞임의 방식으로 소설의 생성에 관여하는 것이다.

이처럼 잔치의 현장은 단지 부정의 대상으로서의 웃음이 아닌 숭고
한 것에 대한 지향성을 보이는데, 이와 관련하여 「심청전」의 맹인잔치
는 주목을 요한다. 이는 현실의 갈등을 낭만적으로 해결하는 고소설의
특징으로 지적받아 온 대목이다. 우화소설과 판소리계소설의 낭만적
결구가 현실주의적 창작방법의 한계로 지적되는 까닭은 민중문화의 숭
고에 대한 지향성을 읽어내지 못한 데 있다. 맹인잔치에 보이는 우주적
차원의 구원은 현실성이 결여된 부분이 아니라, 민중문화가 지닌 숭고
함이 적극적으로 고양된 상태를 나타낸다.[29] 우화소설의 낭만적 결구
역시 양면가치적인 민중문화의 성격과 맥을 같이 하는 것이다.

3. 다툼의 구조화와 反모방의 원리

앞에서 「노섬상좌기」와 「녹처사연회」는 배제를 통해 자기동질성을
구성한다고 하였다. 그것이 향촌사회 내부의 신분적·계층적인 것이든,
새롭게 긍정되는 인간 본성에 관한 것이든 간에 그 구성의 방식은 다
르지 않다. 그러나 이 자기동질성의 구조는 안정된 것이 아니다. 구조

격, 소박성과 환상, 조악한 일차원성과 일의성, 우둔한 목청 돋구기를 정화시키는 것
이다. 웃음은 엄숙함이 경화되는 것과 미완료적 존재의 통일성으로부터 일탈하는 것
을 허용하지 않는다. 웃음은 이러한 양면가치적 통일성을 회복시키고 있는 것이다.
바흐찐, 앞의 책, 195~196쪽 참조. 이러한 웃음의 치유력은 골계집의 편찬과 관련
한 한문학에서도 인정되는 바였다. 이와 관련해서는 최혜진, 「판소리계 소설의 골계
적 기반과 서사적 전개양상」, 숙명여대 박사논문, 1999 참조.

29) 정출헌은 일련의 연구를 통해 판소리계 소설의 낭만성을 긍정적으로 평가한 바 있다.
「심청전의 민중정서와 그 형상화 방식」, 『민족문학사연구』 9, 민족문학사연구소,
1996, 158~168쪽 ; 「춘향전의 인물형상과 작중역할의 현실주의적 성격」, 『판소리연
구』 4, 판소리학회, 1993.

의 불안전성은 배제됨으로써 예견된 산군의 출현 가능성에 이미 내재
되어 있다. 뿐만 아니라 사회·경제적인 변화가 몰고 온 향촌 사회의
새로운 질서나, 이전에 비해 현저하게 부각된 육체성이라고 하는 새롭
게 마련된 준거틀이 깊이 뿌리내리지 못한 현실에서도 엿볼 수 있다.
그런데 이 구조의 불안정성은 무질서로 대체되기도 한다.

> 제긱이 사사ᄒ고 좌를 정치 못ᄒ여 셔로 지져괴며 혹 킈 ᄌ근 즘싱은
> 듸듸여 죽게 되ᄂᆞᆫ지라 졍히 민망ᄒ더니 ᄒᆞᆫ 놈이 출반 쥬 왈 우리 이러툿
> 거룩ᄒᆫ 잔치의 조용이 즐기지 못ᄒ고 훤화무례ᄒ니 실노 조치 아니ᄒᆞᆫ
> 지라 반다시 동셔로 졍좌ᄒ여 슐이나 먹고 놀으미 조흘가 ᄒᆞᄂᆞ니다 쳐다
> 보니 이ᄂᆞᆫ 즁산 후예 톳기라 (……) 쟝션싱이 이 말을 듣고 가장 올히 너
> 여 잠간 우어 왈 토션싱의 말이 녜법으로 니르미니 그 유식ᄒᆞᆷ믈 알거니
> 와 니 드르니 조졍의ᄂᆞᆫ 막여작이오 향당의ᄂᆞᆫ 막여치라 ᄒ여시니 부졀업
> 시 닷토지 말고 년치로 좌를 졍ᄒ미 엇더ᄒᆞ뇨(「노섬상좌기」, 676)

「노섬상좌기」에서 새롭게 구축된 준거틀은 너무도 어이없이 훼손된
다. "좌를 정치 못하여 서로 지저귀며 혹 키 작은 짐승은 디디어 죽게
되는" 것이다. 내부 성원들의 죽음이라고 하는 비극적 상황에 이르는
것은 역설적이게도, 情義의 간격이 없던 온갖 짐승들이 그들의 자리를
정하지 못한 까닭이다. 신분과 계급에 기반한 자리, 즉 위계는 이전의
가치질서에 다름 아니다. 물론 이를 문명의 형성과정을 보여주는 은유
로 이해한다면 상황은 달라질 수도 있다. 「노섬상좌기」에서는 자는 '처
소'를 찾게 되는 원인을 "온갖 짐승이 둔취하여 밤이면 정처 없이 엎드
려 자며 세월을 보내"기 때문이라고 하였다. 이렇게 보면, 거처 없이
모여 사는 야만적인 형태로부터 거처를 정하고 다시 질서와 위계를 세
우는 과정을 '문명화'라고도 부를 수 있다. 그러나 비유적인 언어체를
통해 현실을 보여준다는 측면에서 그 변주 가능성을 내재하더라도, 현
실에 대한 알레고리로서의 우화소설은 현실적인 사회구조의 맥락을 떠

날 수는 없다. 그렇다면 이 역설이 암시하는 바는 무엇일까? 보다 역사적이고 과학적인 사회분석의 삼투막을 거칠 때 그것은 사회변화와 맞물린 새로운 계층분화라고 할 수 있을 것이다. 또한 범박하게 말한다면 이전의 가치체계 위에 놓인 새로운 가치체계의 흔들거림이라고도 할 수 있다. 그리고 이것은 새로운 가치체계에 보이는 긍정적인 의미의 불안전성을 호도하고, 체계 없음 즉 무질서로 대체하려는 기존체제의 방어기제가 작동한 것이기도 하다.

이미 同類들의 죽음으로 현실화된 새로운 가치체계의 불안정성이 무질서로 대체되는 방식은 '禮'가 '있고 없음'으로 나타난다. 즉 '禮/無禮'라고 하는 중세 봉건적 가치체계의 이항대립을 통해 다툼이 전화되는 것이다. "우리 이렇듯 거룩한 잔치에 조용히 즐기지 못하고 훤화무례하니 실로 좋지 아니하온지라 반드시 동서로 정좌하여 술이나 먹고 놂이 좋을까 하나이다"라는 토끼의 말에서 자리를 정하지 못하는 것은 無禮로 상정된다. 더 나아가 노루는 "토선생의 말이 예법으로 이름이니 그 유식함을 알거니와 내 들으니 조정에는 막여작이오 향당에는 막여치라 하였으니 부질없이 다투지 말고 연치로 좌를 정"하자고 한다.[30] 여기에서 비로소 '예/무례'는 '長/幼' 혹은 '老/少'의 나이다툼으로 구체화되는 것이다. 일반적으로 이해되는 '爭年' 구조는 이런 중층적 의미화 과정을 담고 있다고 보아야 할 것이다.

이제 본격적인 나이다툼의 상황이 전개된다. 그러나 여기에서 우리는 누가 이기는가 즉 누가 상좌에 앉는가 만을 주목해서는 곤란하다.

---

30) 정출헌·민찬을 비롯한 많은 논자들에 의해 "조정에는 막여작이오, 향당에는 막여치"라는 대목은 우화소설이 조선후기 향촌사회의 변동과 깊이 관련되어 있음을 보여주는 중요한 정보로 받아들여져 왔다. 京城書籍業組合本 「장끼전」에도 까투리에게 청혼하러 온 까마귀가 부엉이와 다투는 과정에서 '通文'을 놓아 부엉이를 벌주겠다고 하는 대목이 나온다. '통문'이 조선시대 향촌의 토의 문화와 관련된 것임을 생각하면, 우화소설이 향촌사회의 삶의 문제에 대응된다는 것은 분명하다. 하지만 우화소설에서 표면과 이면이 전면적으로 겹쳐진다고는 볼 수 없다. 거기에는 다양한 해석의 가능성을 열어놓는 소설의 원리가 작동하기 때문이다.

그보다는 누가 지는가, 어떻게 지는가에 초점을 맞추어야만 한다. 나이다툼의 기원은 새로운 가치체계의 도래를 은폐하는 데 있기 때문이다. 바꿔 말하자면, 나이다툼에서 이기는 자의 반대편에는 새로운 가치가 '무질서, 무가치, 무례, 나이어림'이라는 이름으로 배제되는 상황이 벌어지고 있는 것이다. '예'로 형상화되는 것들의 '무례', 그 전도된 지점을 보여주는 것이 이 두 편의 우화소설이 담고 있는 또 다른 의미이다. 나이다툼의 우화에 나타난 유쾌한 풍자는 이 역설에 눈길을 줄 때 비로소 분명하게 인화된다. 줄곧 예법을 앞세웠던 노루가 나이 많음을 내세워 상좌를 욕심내는 순간 무례한 인물로 전락하는 모습이나, 그 무례를 꾸짖고자 거짓말을 꾸며대었다가 역시 무례한 인물로 떨어지는 여우·사슴·잔나비 등의 형상이 모두 그 전도된 지점을 시사한다. 그리고 이것은 다툼 끝에 상좌에 앉은 두꺼비의 모습에서 뚜렷하게 정체를 드러낸다.

> 여회 하직ᄒ고 나려오니 모든 즘싱드리 다 숨고 ᄒ나토 업는지라 두루 ᄎᄌ보니 혹 바회 틈의로 숨고 혹 남긔도 오르며 혹 쥐궁게 머리만 감초기도 ᄒ여시니 여우는 찾기의 골몰ᄒ여 단닐제 둣겁이 상좌의 안즈치 가마니 업듸여 숨도 크게 쉬지 아니ᄒ고 모릭로 등을 가리와시니 알니 업더라 여회 그 둣겁존장을 몰나보고 등을 디터고 단니니 둣겁이 소리를 크게 지르고 팔작 쒸여 니다르며 대즐 왈 네 아모리 영니치 못ᄒ 즘싱인들 늙우니를 몰라보고 듸듸고 단니니 너갓치 무식ᄒ 놈이 어딕 이시리오 여호는 무안ᄒ여 아모 말도 못ᄒ고 장션싱이 만유 왈 져놈이 총망중 무례ᄒ나 제 오늘 공이 이시니 그 공은 공으로 그 죄를 속ᄒ미 조흘가 ᄒ노라(「노섬상좌기」, 684)

모두가 백호산군을 피해 달아난 상황에서, 홀로 산군을 물리친 여우가 "상좌에 앉은 채 가만히 엎드려 숨도 크게 쉬지 아니하고 모래로 등을 가리"운 "두껍 존장을 몰라보고 등을 딛고 다니"는 것은 나이 많음으로 표상된 禮의 허위를 폭로하는 것이다. 여기서 '등'은 말 그대로 두꺼비의 이면이다. 이는 곧 두꺼비의 뒤집어진 얼굴이며 탈관되고 격하됨을 상징한다. 그럼에도 두꺼비는 새롭게 전개되는 세계의 실상을 보지 못하고, "늙은이를 몰라보고 딛고 다니니 너같이 무식한 놈"이 어디 있겠는가 라며 여우를 윽박지른다. 「노섬상좌기」는 이처럼 '예/무례'라는 이항대립을 통해 현실 변화의 도저한 역사적 흐름을 거스르고 은폐하고자 하는 의식을 통렬히 풍자하고 있다.

잔치의 현장에서 이루어지는 위계질서의 전환 혹은 뒤집힘은 가치체계의 새로운 생성을 담고 있다. 여우/두꺼비, 두꺼비/호랑이, 여우/호랑이로의 끊임없는 자리바꿈은 부동성과 초시간적 역사를 '생성'과 '상대성'의 역사로 바꾸어 놓는다. 권위를 깎아 내리고 높은 자리에서 끌어내리며 기존의 질서를 뒤집는 유희는 윤리와 규범이란 상대적이며 끊임없이 생성되는 것이라는 보편적 진리를 드러낸다. 「노섬상좌기」는 핵심적인 중세 윤리 규범인 長幼有序의 체계를 흔들면서, 변화와 혁신의 유쾌한 흐름을 보여준다. 이러한 가치체계의 생성은 「녹처사연회」에서 보다 복잡한 양상을 띠고 전개된다.

> 녹처시 쥬벽호 후 츠제로 좌정홀시 년치 고하 보려 호니 허실상몽 분분호다 녹쳐스의 닐은 말이 쳔지일시 오놀놀의 동셔남북 다 모히여 상심 낙스 무흠이라 좌츠닷톰 어인 일고 쥬인마음 불안호다 내 본디 슉믹불변이나 옛말를 드러셰라 조졍의 막여작이오 향당의 막여치라 호느 망년교도 이셧느니 장유유셔 무엇호리 니력 몬져 볼 거시오 지츠 지죄 되리로다 이 두 가지 본 연후의 년치 보미 맛당호다 장션싱 호는 말이 쳐스 말솜 합당호되 팀상군의 니력인들 문지유무 뉘 알손가 협팀산 지죄라도 모슈즈쳔 아니라 일언이폐지호고 판단호기 여반장이라 각셜 일탑호온 후의 뉴뉴상종 졔일일셰 진담누셜 쓸더업네 일즁불결호지 말소 …(중략)… 풍악 소리 진동호며 올니느니 비반이라(「녹처사연회」 652)

「녹처사연회」는 「노섬상좌기」와 달리 나이다툼이 중점적인 문제로 떠오르지는 않는다. "연치 고하 보려 하니 허실상몽 분분하다"거나, "옛 말을 들었어라 조정에 막여작이요 향당에 막여치라 하나 망년교도 있었나니 장유유서 무엇하리"라고 하여, 애초에 나이다툼이 문제되지 않는 상황으로부터 출발하는 것이다. 그리고 이것은 "내력 먼저 볼 것이요 지차 재주가 되리로다 이 두 가지 본 연후에 연치 봄이 마땅하다"고 하는 녹처사의 말에서 보듯이 '내력'과 '재주'로 대체된다. 그러나 나이와 내력이나 재주가 결코 이질의 것은 아니다. '내력'이란 가문의 혈통을 말하는 것이니 곧 선천적인 신분을 의미하며, '재주'는 '古今事蹟'에 대한 정통한 이해의 정도를 이르는 것으로 이 역시 신분과 관련이 깊다. 결국 이들은 모두 봉건적 가치체계의 중심적인 내용이라는 점에서 균질하다.

「녹처사연회」에서 주목할 만한 대목은 "태상군의 내력인들 문지유무 뉘 알쏜가 협태산 재조라도 모수자천 아니라 일언이폐지하고 판단하기 여반장이라 각설 일탑하온 후에 유유상종 제일일세 진담누설 쓸데없네 일중불결 하지 마소"라고 하는 녹처사의 발언이다. 그가 질서를 지키기 위해서 새롭게 제출한 '類類相從'의 함의를 둘러싸고 「녹처사연회」의 다툼은 재구조화되는 것이다. '유유상종'은 타자에 대한 배타성을 전제로 하는 개념으로 앞서 언급했던 잔치의 의미가 여기에 적극적으로 포섭되어 있다. 곧 유유상종은 조선후기 사회의 계층분화에 따른 모습과 아울러, 나이나 내력과 재주와는 대립되는 인간의 자연스러운 性情에 대한 긍정의 의미를 담고 있다. 토끼와 여우 사이에 벌어지는 내력과 재주 다툼이 녹처사에 의해 "고린 소리"나 "광언방설"로 치부되면서 그 허위가 폭로되는 것은 이러한 이해를 구체적으로 입증하는 대목이다.

우화소설은 다층적인 의미를 생산한다. 그리고 다층성을 생성시키는 원리는 기존의 민간우화의 의미를 전복시키는 데서 비롯된다. 다시 말하자면, 기존의 민간우화가 우화소설의 구조 속에 편입될 때는 서사의

근간으로서의 소재가 아니라, 패러디의 대상이 되는 것이다.31) 나이다
툼의 승자가 누구인가 하는 것이 민간우화의 문제였다면, 나이다툼의
이야기 자체를 문제 삼는 것은 우화소설의 문제의식인 셈이다. 우화소
설에서 보이는 다층성의 생성원리는 이렇듯 단지 서사의 확충에 의지
하는 것이 아니라, 우화와의 비평적 거리를 전제하는 모방을 통한 전복
에서 연유한다.32) 이렇게 하여 우화소설은 이미 익숙한 이야기를 뒤집
어 기존의 의미망으로부터 탈주하거나 새로운 의미망을 형성하는 셈이
다. 익숙한 이야기에 내재되어 있는 기성의 가치관을 비웃고 뒤틀고 해
체하기 위해, 우화소설은 기존의 이야기를 反모방 혹은 패러디의 대상
으로 삼아 새로운 서사세계를 구현한 것이라고 할 수 있다.

---

31) 우화소설이 단지 민간우화의 패러디만으로 생성되는 것은 물론 아니다. 그렇다고 하
여서 '설화⇔동물우언⇔우화소설'이라고 하는 도식(윤승준, 앞의 책, 186쪽)을 받
아들이는 것도 그리 마땅치는 않다. 우화소설의 형성이 설화에서 바로 이어진 것이
아니라는 점이나, 動物寓言이 설화와 우화소설 사이에서 상호 교섭하면서 새롭게 창
작되기도 하였을 뿐 아니라 설화 내지는 우화소설의 전승과 형성에 중요한 역할을
수행하였다는 것은 우화소설의 본질과 생성원리를 해명하는 중요한 시사점이다. 하
지만 동물우언의 전통을 전제로 할 때 우화소설의 형성을 비롯한 문학사 전개를 실
상에 가깝게 설명할 수 있다는 언급은 쉽게 받아들이기 어려운 대목이다. 野談·
傳·說 등에 포획된 동물우언이라는 것은 실상 설화의 기록적 측면에 무게가 실려
있다는 점에서, 설화에서 그리 멀리 벗어난 것이 아니다. 조선후기 우화소설의 형성
과정에 대한 논의는 민중문화의 측면에서 다루어질 성향의 것이다.
32) 윤주필은 모방대상과의 비평적 거리를 전제하는 모방원리는 궁극적으로 反모방의
특성이라고 하였다. 윤주필, 「한문문화권의 우언 글쓰기의 방법과 의의」, 나손 선생
서거 10주년 기념 학술대회 발표문, 2000. 4, 28~30쪽 참조. 이처럼 우화소설의 생
성원리를 끄집어내는 또 다른 방식은 寓言의 본령에 대한 천착에서부터 시작된다.
이는 우언의 일반적인 특성, 곧 비일상적 또는 모순적 상황을 이야기의 출발점으로
삼고, 이야기의 내적 구성과는 별도로 반어적 의미망을 설정한다는 것과 관계된다.
우언의 문체적 특성에 관해서는 『한문산문의 미학』(심경호, 고려대출판부, 1998) 중
「풍유체 산문」(283~294쪽) 참조.

4. 우화소설의 이중어조와 민중언어적 지향

「노섬상좌기」에서 '온갖 짐승'들은 처소를 구하기에 앞서 그들의 동류성을 "비록 模樣은 다르나 情義는 간격이 없"다는 것으로 표방한다. 그리고 그 잔치에 초청된 '각색 짐승'들이란 "뿔긴 사슴 요망한 토끼 열없은 승냥이 날랜 잔나비 꾀 많은 여우 누런 두꺼비 꺼칠한 고슴도치 …… 평계 좋은 편복이며 술 잘 먹는 성성이와 말 잘하는 남생이며 영리한 고양이와 날랜 청설모며 힘 많은 약대와 거량한 산돝 등"(「노섬상좌기」, 675)이다. 여기서 각색 짐승들을 형용하는 어구는 매우 의미심장하다. 이는 민간에 구전되는 동물의 의인화된 특성을 말해준다는 차원에서도 민중문화의 모습을 일정하게 반영하지만, 보다 본질적인 것은 그 형용구에서 조선후기 민중의 생동하는 모습을 어렵지 않게 읽을 수 있다는 점이다. '날랜, 꾀 많은, 누런, 꺼칠한, 미련한, 악착한, 모양 없는, 무식한, 독한, 평계 좋은, 술 잘 먹는, 말 잘하는, 영리한, 날랜, 힘 많은, 거량한' 등 짐승들에 대한 수사는 중세 후기의 음울한 역사를 생동하는 민중언어로 넘어서고자 하는 민중의식에서 빚어진 것이다.

공식문화의 일반적인 어조이기도 한 과도한 진지성을 표출하는 문학양식과는 달리, 우화소설은 감각적이며, 육체성을 띤 언어지향을 통해 공식문화의 진지함으로부터 벗어나고 있었다. 이들은 '각색'이지만, 감각적이고 육체적으로 형상화되었다는 점에서는 '한결' 같다. 그러므로 함께 모일 수 있는 이들의 동질성이란 '모양'으로 표상되는 '신분'과 '계층'이 아니라, 간격이 없는 '情義'로 표상되는 자연스러운 '性情'이라고도 할 수 있다. '몸'에 대한 상상력에 기초한 자연스러운 성정의 분출은 잔치의 또 다른 이면인 것이다.[33] 잔치는 조선후기 향촌사회의 분화를 보여주는 공간이자, 거짓된 진지함과 열정을 무너뜨리면서 새

---

[33] 육체와 성정을 긍정한다는 점에서 우화소설과 판소리는 미학적으로 유사하다. 「변강쇠전」에 보이는 바, 강쇠와 옹녀의 건강한 '몸'은 자유로운 육체이며, 소통하는 몸을 의미한다.

로운 진지함과 역사적 열정이 분출되는 공간이다.

> 만좌제객의 취흥이 몽롱하여 즐길새 춤 잘 추는 학두루미 백설 같은
> 옷을 입고 짧은 목을 길게 빼어 고개를 기울기울 까마귀를 볼작시면 아
> 청같은 옷을 입고 두 날개를 너펄너펄 유막의 꾀꼬리는 황금 갑옷 떨쳐
> 입고 노래를 화창하며 …… 호반새 거동보소 홍전 팔지 치고 주루룩 날
> 아들어 춤을 추고 동네첨지 두꺼비도 넙적넙적 즐기더라[34]

「까치전」에서 보이는 바, 낙성연에 참예한 각색 짐승들이 즐기는 모
양이 독자에게 흥겨움을 주는 이유는 동물들의 육체성을 긍정하고 있
기 때문이다. 동물들에 대한 육체성의 긍정은 곧 민중의 육체성에 대한
고양으로 이어진다. 그리고 이것은 우화소설이 물질적인 차원을 긍정
한다는 의미와 상통한다. 먹고 마시고 배설하고 출산하는 육체는 민중
문화의 토대로서의 잔치와 어울린다. 이러한 물질 혹은 하부에 대한 적
극적인 관심은 몽유록이나 근대우화소설이라고 하는 「금수회의록」과도
큰 차이를 보인다.[35] 이들 작품의 주요 배경으로서의 모임은 정치적
이데올로기의 토론장으로서 기능하기 때문에 잔치의 웃음과 생동력을
전혀 발휘하지 못하는 것이다. 잔치의 언어지향은 「두껍전」과 「까치전」
에 보이는 것처럼, 민중의 형상을 희화화하여 부정하면서도 새로운 긍
정의 가능성을 마련한다. 독자들은 그들의 형상에서 유쾌함을 느끼지
만, 그들은 결코 노골적인 부정의 대상은 아니다.[36] 우화소설의 언어지
향이 끊임없는 생성하는 민중문화에 기반 하듯이, 우화소설 속의 민중

---

34) 金英漢 所藏 筆寫本 「까치전」(유영대·신해진 역주, 『조선후기 우화소설선』, 태학
   사, 1998).
35) 김동욱은 「금수회의록」에 보이는 문명비판이 「녹처사연회」 등의 계통을 이은 것이
   라 한 바 이다. 김동욱, 「두껍傳 研究 序說」, 『국어국문학』 55~57집, 국어국문학회,
   1972, 71~72쪽 참조.
36) 악처의 전형으로 여겨지는 「심청전」의 뺑덕어미 조차 심봉사에게는 삶의 절망 속에
   서도 목숨을 부지할 수 있는 이유였다. 정출헌, 「심청전의 민중정서와 그 형상화 방
   식」, 『민족문학사연구』 9, 민족문학사연구소, 1996, 156~158쪽 참조.

형상은 영구히 성장하고 새로워지는 것이다.

육체적인 것의 과장과 정도를 넘어선 풍요와 성장은 민중문화의 본질적인 측면이다. 눈과 입을 특히 과장한 '까치호랑이'는 물론이거니와 '双雉圖', '花鳥圖', '魚蟹圖', '蓮花圖' 할 것 없이 '민화'에 그려진 동식물의 세계는 풍요로움과 생명력으로 넘친다.[37]「황새결송」과「梅柳爭春」류 작품들은 각각 날짐승들이 목소리를 뽐내거나, 봄을 맞아 나이, 키, 미모를 자랑하는 것에 다툼의 초점이 모아져 있어, 풍요로운 육체를 긍정하고 있음을 볼 수 있다. 더욱이 구변 대결이란 언어를 뱉어내는 입에 긍정적인 의미를 부여하기 마련인데, 입은 언어와 담론을 生産한다는 측면에서 생명력과 창조성이 깃든 몸이다. 이에 비해 내적 독백의 양식으로서의 근대적인 소설은 불임의 육체에 다름 아니다. 이렇게 보면, 우화소설은 창조적인 육체와 구술적인 세계로 상징되는 민중문화와 깊이 관련되는 것이다.[38]

여기에 이르러 우화소설이 동물을 의인화하는 이유가 비로소 분명해진다. 우화소설에서 각색의 짐승들은 민중문화에 기원을 둔 민중의 몸의 변신이며, 이는 인간과 동물, 인간과 세계 사이의 소통을 의미한다. 이와 달리 假傳에서의 사물과 夢遊錄에서의 몽중인물, 그리고 근대우화소설의 의인화된 동물은 인간 이념의 구현체라는 측면에서 조선후기 우화소설의 그것과 확연하게 갈라선다. 이들 양식에서의 갈등이란 양면가치적인 생성활동에 참여하는 것이 아니라, 동일한 이념을 복제하고 재생산하는 과정이다. 그러므로 거기서 들리는 목소리는 단성적일 수밖에 없다. 또한 우화소설의 몸이 개방된 몸이며 변화하고 생성하는 육체인데 비하여, 근대소설의 몸은 평면이 중심이 되는 닫혀있는 몸이

---

37) 한국의 美 편집위원회, 『한국민화』, 중앙일보사, 1978 참조.
38) 우화소설 혹은 판소리계 소설에서의 리얼리즘에 관한 고찰은 이러한 민중문화의 이해 위에서 접근될 여지가 있다. 한편, 내적 독백의 양식으로서의 근대 소설이 불임의 육체를 지닌다는 것은 근대 소설이 소통 불가능한 세계, 혹은 불가해한 삶의 양태를 표현하는 근대적인 의미의 리얼리즘을 지향하고 있음을 보여주는 것이기도 하다.

며, 다른 몸이나 세계와 소통할 수 없는 경계선을 지시할 뿐이다.[39] 우
화소설에서의 몸은 세계와의 경계를 지우면서 상호관심과 교환을 통해
미래를 향해 진보하는 몸인 것이다.

「노섬상좌기」에 보이는 내력자랑이나 구경자랑은 당대적인 앎의 양
적인 범위를 극명하게 보여준다. 그리고 서사성의 확충과 함께 삶의 문
제가 주요한 인문학적 쟁점으로 떠오른 당대 환경 속에서, 앎의 문제에
대한 긴장을 늦추지 않게 한다. 상층의 문제와 하층의 문제가 겹쳐진다
는 점에서, 앎의 문제와 삶의 문제가 뒤섞여진다는 점에서, 이를 '우화
소설의 이중어조'라고도 부를 수 있다. 우화소설은 주로 한문학의 영역
에서 다루어졌던 앎의 문제를 대중적 차원으로 끌어내리면서 당대적
통념으로 받아들이게 하는 데 상당한 기여를 한 셈이다. 물론 우화소설
에서 다루어지는 앎의 영역은 민중문화를 내용으로 한다. 天文地理·六
韜三略·醫藥卜術과 관련된 내용은 딱히 한문학적 소양과 관계되는 것
이 아니다. 이는 다분히 民間의 지식이어서, 민중문화에 뿌리를 둔다.
"말에 채인 돌을 불에 구어 물에 담갔다가 그 물을 입에 물면 시원하"
(癸巳年本「蟾說錄」)다거나 "인분을 청홍잎에 싸서 기름에 끓여서 그 이에
물면 낫"(소재영본「두껍전」)는다는 치통 치료법이 憑虛閣 李氏가 1809년
에 편찬한 『閨閤叢書』의 내용[40]과 민간요법이라는 측면에서 유사함은
구변 내용이 민중문화에 기반하고 있음을 뚜렷하게 드러낸다. 이런 자
료들은 우화소설의 구변 내용이 조선후기 백과전서의 간행과 깊이 연
관됨을 보여준다.

이에 대해 조선후기 우화소설에 보이는 언변대결이 너무나도 상투적
이며, 필요 이상으로 장황하게 전개된다는 지적[41]은 어느 정도 타당하

---

39) 미하일 바흐찐, 앞의 책, 497쪽.

40) 憑虛閣 李氏 원저, 鄭良婉 역주, 「병 다스리기」『閨閤叢書』, 보진재, 1999(6판).

41) 윤승준은 우화소설에 보이는 "세상구경이나 천상구경, 천문지리와 육도삼략·의약
    복술에 대한 언변 대결은 너무나도 장황하게 나열되어 있기 때문에, 세심한 독자가
    아니라면 도리어 사건의 진행을 망각한 채 언변 내용 자체에 매몰되거나 자칫 지루

지만, 실상과 반드시 부합하는 것만은 아니라고 생각된다. 언변 대결이
지루함을 느낄 수 있다는 지적은 근대적인 소설 독자를 상정할 때 가
능할 뿐이다. 당대의 문학적 관습이 언변 대결을 통한 앎의 문제에 깊
은 관심을 보일 수도 있기 때문이다. ‘수다쟁이들’의 언변대결은 근대
이행기의 박물학적인 지식체계를 만화경처럼 보여주는 방식을 통해,
그 계몽적 역할을 담당함과 동시에 민중문화의 축적된 경험을 즐겁고
유쾌한 방식으로 독자들에게 전달하는 구실을 한다.

　우화소설의 생성 기반을 살피는 과정에서 그 민중언어적 지향과 함
께 주목할 만한 대목은 구변의 형상화 방식이다. 우화소설에 보이는 사
물의 내력이나 세상구경·천상구경·천문지리 등에 대한 인식은 가히
박물학적이다. 세창서관본 「둑껍전」은 이 부분이 전체의 ⅔ 이상을 차
지하면서 구변의 규모가 점차 확장된다. 이는 ‘세부 혹은 개체 지향의
리얼리즘’이라 부를 만한 것인데, 대상의 외연을 객관적으로 그려내기
보다는 대상의 내포적 디테일들을 세밀히 드러내되 그것들을 독립된
개체로서 정립하면서 대상의 전체상을 형상화하는 방식이라고 할 수
있다.42) 「서대주전」이나 「서동지전」에 보이는 기물이나 세간에 대한
자세한 묘사도 이와 같은 방식으로 구성되는 것이다. 조선후기 우회소
설의 구변을 구성하는 이러한 담론 방식은 총체성을 인식하는 민중적
사유체계의 한 표명이다.

5. 결론을 대신하여

　조선후기 우화소설의 운명은 비공식적인 언어가 공식적인 민족어의
지위를 확보하는 가운데 결정되었다. 우화소설은 잔치의 공간 속에 머

　함을 느낄 수도 있는 것이 사실”이라고 하였다(윤승준, 앞의 책, 176쪽 참조).
42) 김종철, 「판소리 리얼리즘과 그 특징」, 『국어교육』 104호, 한국국어교육연구회, 2001.
　　김종철은 상차림 사설, 노정기, 사벽도 사설 등을 분석하였는데, 여기서 얻어진 결과
　　는 우화소설의 구변을 분석하는 데도 유용하다고 판단된다.

물면서 낭만적인 역사의식을 선취해 냈지만, 역사적인 인간의 구체적인 모습을 세밀하게 담아내기에는 부족하였다. 역사적 개인의 내면이 발견되고 그 기술법이 보편화되는 근대의 들머리에서, 우화소설이 그 민중적 상상력을 휘발시킨 채 문학의 무대에서 사라져 버린 것은 어쩌면 당연한 일인지도 모른다. 근대의 단형서사물이 우화소설의 세태 풍자적 면모를 계승했다는 시각도 이런 점에서 일면적이다.43) 街談巷說의 풍부함을 양식 내부로 끌어 들였다고 하는 두 양식 사이의 유사점은 조선후기 우화소설이 간직한 민중문화의 거대한 의미를 감지하지 못한 결과이다. 근대 시민사회의 태동을 소박한 기록주의로 구현한 근대의 풍자문학은 오랜 민중적 경험의 축적 과정에서 형성된 민중문화에 미치지 못하는 전혀 다른 '축소된 웃음의 형식'44)일 뿐이다.

조선후기 우화소설은 자국어로 된 중세문학과 민중 구전 문학의 전통에서 커다란 역할을 담당하였다. 한편, 우화소설의 이중어조는 세계의 미완결성을 전제로 한다. 그러므로 진보하는 역사적 시간에 대한 통찰과 변혁에 대한 감각은 민중문화를 바탕으로 창작된 조선후기 우화소설에도 미약한 형태로나마 존재했다고 여겨진다. 사고와 문체의 단일한 어조를 바탕으로 하는 공식적인 문화와는 달리, 조선후기 우화소설은 이중어조를 중심으로 하는 민중언어적 지향과 반모방의 구조를 통해 변화하는 세계를 총체적으로 포착할 수 있었으며, 개별적 사물을 집합함으로써 대상의 전체상을 구현하는 리얼리즘의 방식을 시험할 수 있었고, 그전까지 주목받지 못한 풍요로운 몸의 생명력을 고양할 수 있었다. 조선후기 우화소설은 여러 한계를 지니면서 근대문학으로의 성공적인 변모를 이루지 못했지만, 근대문학이 다다를 수 없는 민중문화의 거대한 기억을 간직하고 있었던 것이다.

(『고소설연구』 제21집, 한국고소설학회, 2006)

---

43) 한기형, 「신소설 형성의 양식적 기반」, 『한국근대소설사의 시각』, 소명출판, 1999 참조
44) 미하일 바흐쩐, 앞의 책, 192쪽.

‖ 제 2 부 ‖

신소설의 근대와 전근대
―『鬼의 聲』을 중심으로―

권 보 드 래*

1. 신소설, 미개(未開)와 반개(半開) 사이

　일찍이 임화는 「개설 신문학사」를 쓰면서 『血의 淚』 대신 『치악산』을 "신소설의 효시"라 단언한 바 있다. 이러한 주장은 『치악산』이 『만세보』 연재 소설이었다고 오인한 데서 비롯되었지만, 정작 1906년 7월부터 10월까지 『만세보』에 연재되었던 『혈의 누』를 제치고 『치악산』을 '효시'로 꼽은 데 다른 이유가 없었던 것은 아니다. 이인직 소설의 계보를 『치악산』에서 『鬼의 聲』, 『혈의 누』, 『백로주강상촌』으로 이어지는 것으로 두고 "다음 작품에 올수록(…) 전대 소설의 영향을 더 많이 탈각하여 현대 소설에로 접근"[1]했다고 평가한 대목을 보면 그렇다. 여기서 임화는 서지(書誌)에서 확인할 수 있는 선후를 논하는 정도를 넘어서서 『치악산』의 미성숙과 『혈의 누』의 성숙을 논하며, 나아가 이인직 소설의 두 경향을 뚜렷이 분간할 수 있다고 평가하고 있다. 이후의 연구사에서 『치악산』, 『은세계』, 『혈의 누』, 『귀의 성』, 『백로주강상촌』 순으로 작품을 조금 달리 배열[2]하게 된 후에도 임화가 제기한 논점 자체는 큰

---

* 동국대학교 교양교육원 교수
1) 임화, 「개설 신문학사」, 『조선일보』, 1940. 2. 2.

수정없이 계승된다. "『치악산』은 가정 소설형에 속하는 작품이요, 『은세계』는 현대말로 하면 일종의 사회 소설"3)이라는 것이 임화의 관점인데, "이 두 작품이 결코 동일한 경향의 소설이 아"닌바 『치악산』 류에는 『귀의 성』, 『백로주강상촌』이 속하고 『은세계』의 부류로는 『혈의 누』가 있다고 한다. 이 두 가지 경향은 각각 "새로운 정신을 낡은 양식 가운데 담은" 절충과 "낡은 전통으로부터의 완전한 분리이며 새로운 기원의 분립"을 표현한다. 『귀의 성』, 『치악산』이 전대 소설의 관습을 흡수·계승했던 반면 『혈의 누』, 『은세계』는 현대 소설로서의 운명을 새롭게 개척해야 했다는 것이다.

신소설의 경향을 이렇듯 크게 둘로 구분하는 시각에는 많은 논자들이 동의하는 듯 보인다. 이 둘 중 신소설의 특징을 잘 보여주는 것이 어느 쪽인지에 대해서도 평가는 별로 갈리지 않는다. "가정 중심과 권선징악적 의미"4)가 신소설의 요체요 "본처와 첩 사이에 일어나는 싸움과 이로 인하여 생기는 가정 비극이 말하자면 신소설의 주제"5)라는 견해가 일반적이니, 신소설을 대표하는 작품은 『귀의 성』, 『치악산』 계열이라는 뜻이 된다. 민족 의식과 현실 의식을 보여주는 계열이야말로 고평해야 한다거나6) 정치소설이 신소설의 본령이어야 했으리라는7) 이견이 없는 것은 아니나, 이는 결여를 인정한 위에서 펼치는 규범적 판단에 가깝다. 신소설은 전근대와 근대 사이의 과도기를 보여주는 양식이요, 그 양식을 대표하는 것은 전근대에 보다 가까운 이른바 '가정 소설' 류라는 것이 일반적인 평가의 내용이라 할 수 있겠다. 그 중에서도 『귀

---

2) 전광용, 『신소설 연구』, 새문사, 1986에서 『혈의 누』, 『귀의 성』, 『치악산』, 『은세계』, 『백로주강상촌』의 순서가 옳음을 고증하였다.
3) 임화, 앞의 글, 『조선일보』, 1940. 2. 15.
4) 조윤제, 「조선소설사 개요」, 『문장』 2권 7호, 159쪽.
5) 박영희, 「현대 한국문학사 (2)」, 『한국문학사연구총서』 제2권, 삼문사, 1982, 28쪽.
6) 최원식, 『한국근대소설사론』, 창작사, 1986.
7) 김윤식·정호웅, 『한국소설사』, 예하, 1994.

의 성』은 특히 중요한 작품이었다. 가정 소설이라는 틀 내에서도 개화 사상을 보여주고 있는『치악산』등과는 달리『귀의 성』에는 "개화된 인물도 등장하지 않고 개화의 세계에 대한 이상도 나오지 않"기 때문이다. 임화가 보기에『귀의 성』은 앞대목에서 제법 날카로운 비판적 안목을 발휘하고 있으나 후반부의 복수담은 일본 신파극이나 탐정 소설의 영향을 드러내고 있고, 전체적으로는 "구소설적 양식에 구소설적 주제"를 벗어났다고 하기 어렵다. "후진하고 비속한 독자층의 애독물"에 그쳤을 따름이다.8) 이러한 '가정 소설'의 이미지 때문에 신소설의 의의는 반개(半開)에서 미개(未開)로 결정적으로 추락한다. 미흡한 대로 근대 문학의 영역을 개척했던『혈의 누』등에 비해『귀의 성』류는 철저하게 전근대 글쓰기의 복제에 그침으로써 신소설의 가능성을 봉쇄했다는 것이다. 이른바 가정 소설은 신소설의 말류요 왜곡으로서 정치·사회적 의식을 내비친 다른 갈래와 구분된다는 것—이 글에서는 이런 시각을 문제삼으면서, 여기서도 근대와 전근대는 날카롭게 대립하고 있으며, 그 대립과 갈등 속에서 신소설 일반의 특징이 가장 잘 드러나고 있음을 살펴보고자 한다.

2. 당대성의 원칙과 근대 문물

전대 소설과 비교할 때 신소설에서 가장 두드러진 특징은 당대를 취재(取材) 대상으로 삼았다는 사실이다. 1910년대 이후로는 "조선 중고시대"9)를 배경으로 한 소설도 적잖이 간행되었지만 당대성은 여전히 중요한 특징이었고, 1900년대의 신소설은 예외가 없으리만큼 철저하게

---

8) 임화, 앞의 글,『조선일보』, 1940. 2. 23.
9) 이해조,『소양정』, 신구서림, 1912, 1쪽. 그밖에 비슷한 시기를 배경으로 한『부용헌』 이나 1894년 이전에서 서사를 시작한『원앙도』등을 꼽을 수 있다.

자기 시대에 몰두하였다. 더욱이 이때 당대성의 의미는 대단히 엄격하여, '소설을 쓰고 있는 바로 지금'과 서사 종결의 시점이 완전히 일치할 것을 요청하는 경우가 많았다. 후분(後分)을 끝까지 밝히지 못한 까닭을 두고 " 년 월 일 이 저작자의 정필할 당시에는 이상 사실만 있었소"[10]라고 쓰는 감각이 공공연하던 때였다. 1906년 7월부터 10월까지 연재되었던 『혈의 누』 상편은 1902년 7월의 시점에서 일단락을 지으면서 "여학생이 고국에 돌아온 후"를 이어 쓸 수 있는 시간을 기약했으며[11] 1908년 발행된 『은세계』는 고종의 양위 직후인 1907년 말의 시간대에서 미완인 채 끝났고[12] 1907년 『제국신문』에 연재된 『고목화』는 1900년 무렵에서 시작, 경부선 · 경의선이 모두 완공된 이후 1906년 어름에서 마무리되고 있다. "실사(實事)가 유(有)"한 일, "현금의 있는 사람의 실지 사적"에 바탕하여 소설을 써야 한다는 주장이 당당하던 무렵이었으니 당연한 일이었다 할 수 있겠다.[13]

1906년 10월부터 1907년 5월까지 『만세보』에 연재되었던 『귀의 성』 역시 연재 무렵을 배경으로 한다. 춘천 군수를 지내던 김승지가 서울에 올라와 취임한 직위가 비서승이니 비서감(秘書監) 혹은 비서원(秘書院)이 있던 대한제국 시기가 배경임은 첫머리에서부터 밝혀진 일이요, 춘천집이 두 번째 자살 기도를 한 곳이 경성창고회사 앞 전차 철로에서였다고 하니 적어도 1899년 이후가 배경이며, 고영근이 12년 징역을 언도받았다는 사실이 언급되는 대목에서는 1904년 이후라는 것까지 확인할 수 있다. 잠시 문제되는 대목을 보자. 살해 음모에 가담하기로 약조

---

10) 남궁준, 『금의 쟁성』, 유일서관, 1913, 87쪽.
11) 이인직, 『혈의 누』, 광학서포, 1906, 94쪽.
12) 옥순과 옥남 남매가 귀국길에 오른 것은 1907년 7월 있었던 순종의 즉위를 보도한 신문 기사를 본 직후요, 고향에 도착한 것이 "서리 맞은 호박잎은 울타리에 달려 있"는 가을이며 절에 가 불공을 올리다 의병 무리와 만난 것이 이튿날의 일이다.
13) 신소설이 지닌 '사실의 기록'으로서의 특징에 대해서는 권보드래, 『한국 근대소설의 기원』, 소명출판, 2000, 122~130쪽 참조.

한 침모가 "낙동장신 이경하는 어진 도 닦으려는 예수교인을 십이만명
이나 죽였다는데(…) 그런 악독한 사람에게 벌역이 없었으니 웬일이
요"(117)라며 점순이 유혹하던 말을 되풀이하자, 침모의 어머니는 "제가
잘될 경륜으로 사람 죽이고 당장에 벌역을 입어서 만리타국 감옥서에서
열두 해 징역하고 있는 고영근의 말은 못 듣고, 사십년 전에 지나간 일
을 말하는 것이 이상하구나"라고 대꾸한다. 대원군의 두터운 신임을 얻
어 포도대장을 거푸 지냈고 천주교도 박해를 주도한 이경하, 그는 1891
년에 세상을 뜬 후 시호까지 추증받는 명예를 누렸고, 독립협회에 간여
했던 고영근은 1903년 11월에 우범선을 암살한 후 실형을 선고받았다.
민영익 집안의 겸인(傔人)이었다가 황국협회 부회장과 만민공동회 회장
을 차례로 지냈으며 이후 일본으로 망명한 고영근이 우범선을 암살한
까닭은 개인적으로는 복권(復權)을 위해서였다고 알려져 있다. 우범선은
1895년 을미사변 당시 별기군 참령관이었음에도 민비 참살을 방조한
죄로 일본에 망명해 있었던 터라, 한국 정부에서는 현상금을 내걸고 자
객을 파견하면서 우범선을 쫓고 있었다. 고영근은 국모 살해 죄인 우범
선을 처단함으로써 대역(大逆)의 죄를 씻을 수 있을 것으로 보았고, 과
연 예상대로 한국 정부에서는 고영근을 사면한 후 일본 정부에 송환
요구를 계속했다. 요구에 따라 고영근이 송환된 것이 1909년 무렵이라
고 하니 『귀의 성』에서 거론하고 있는 것은 그 이전, 고영근이 아직 감
옥에 있을 때이다. 1903년 12월 26일 1차 재판에서 고영근은 사형을,
종범 노윤명은 무기징역을 선고받았지만, 이듬해 2월 4일 항소심에서
각각 무기징역과 12년형으로 감형된 바 있었다.14) 『귀의 성』에서 고영
근이 "열두 해 징역"에 처해졌다 한 것은 아마 노윤명의 형기와 혼동
한 탓이었을 것이다.
　만민공동회에 참여했던 고영근이 국모 살해 죄인 우범선을 암살한

---

14) 정정영, 「고영근 연구」, 연세대 석사논문, 1986, 42~47쪽.

사건을 두고 "제가 잘될 경륜으로 사람 죽이고 당장에 벌역을 입"었다고 요약하고 있는 『귀의 성』의 시각은 그 자체로 문제적이다. 하급 군인의 미망인에 불과한 평범한 부인이 첨예한 정치적 사건을 논평하고 있다는 사실 또한 충분히 흥미롭다.[15] 하기야 시비(侍婢)에 불과한 점순이 먼저 전 포도대장 이경하의 이름을 들먹이고 있는 형편이니 말이다. 상선벌악(賞善罰惡)의 이치를 논란하고 있는 이 대목은, 그러나 또한 『귀의 성』의 시간적 배경을 짐작할 수 있게 해 주는 유력한 근거이기도 하다. 침모가 춘천집 살해 계획을 전해들은 것은 춘천집이 아들 거복을 낳은 지 1년 남짓 지나 "돌 잡힌 지 한 달"(105)이 되었을 즈음이다. 춘천집이 서울 올라온 것이 입동머리요(42) 동짓달 초하루에 몸을 풀었다니(52) 이듬해 섣달 무렵일 것이다. 침모를 공범자로 끌어들이려던 시도가 수포로 돌아간 뒤 점순이 "내년 봄에 날 따뜻할 때까지만"(146) 기다리자고 기약하는 장면이 이같은 추측을 확인해 준다. 보다 구체적으로는 양력으로 따져 1905년이나 1906년 초가 후반부의 배경이라고 할 수 있으니, 1904년 2월 있었던 고영근의 재판 소식이 전해진 다음이요 『만세보』에 이 대목이 연재된 1907년 1월보다는 앞선 때여야 할 것이기 때문이다. 이로써 『귀의 성』의 서사는 1904년이나 1905년 초에서 시작, 1년여 후의 시점에서 마무리된 것임을 확인할 수 있다.

　보다 구체적인 자료가 될 만한 것은 점순이와 최가가 경부선 철도를 이용해 도망을 하는 장면이다. 춘천집 모자의 시신이 발견되었다는 소식을 들은 점순이와 최가는 "남대문 정거장에서 오후에 떠나는 기차를 타고 대전"(하 73)까지 간다. 그리고 바로 그 날 밤 지전 뭉치가 든 가방을 도둑맞는다. "기차표는 아니 잃은 고로" 이튿날 부산까지 가는 데는 문제가 없었지만, 뭉칫돈을 잃어버린 것은 큰 타격이다. 둘은 김씨 부인에게 거듭 편지를 써 돈을 요청하고, 춘천집의 아버지 강동지는 이

---

15) 침모의 아버지는 "배부장"으로 3년 전 사망했다고 한다(32).

과정에서 둘의 거처를 탐지해 내 복수할 계획을 세운다. 처음부터 "부산으로 도망할" 예정이었던 점순과 최가가 대전에서 하룻밤을 묵은 까닭에 서사의 세부적인 진행이 굴절된 것이다. 그렇지만 대전에서 기차를 내린 것이 둘의 선택은 아니었던 듯 싶다. 경부선이 운행을 시작한 것은 1905년 1월 1일이었지만, 같은 해 4월까지는 명실상부한 직행 운행이 없었다. 러일 전쟁 때문에 속성으로 진행된 공사였던지라 야간 운전 시의 위험이 높아 도중에 대전에서 1박을 했기 때문이다. 직통 운전이 시작된 것은 5월 1일부터였다.16) 점순과 최가는 바로 이 시기에, 즉 1905년 1월 1일에서 4월 30일 사이에 경부 철도를 이용했던 셈이다. 이렇게 보면 『귀의 성』의 서사가 펼쳐지는 시간대는 대략 1904년 초에서 1905년 중반까지라고 특기(特記)할 수 있다. 작가 이인직이 정확히 이 시기를 염두에 두었다고 말하기는 어려울지 몰라도, 『귀의 성』 연재의 시점과 별 상거(相距) 없는 동시대를 그려내고 있었다고 보는 데는 무리가 없을 터이다.

그러고 보면 『귀의 성』만큼 근대 문물의 존재를 자주 내보이고 있는 소설도 드물다. 김승지가 첩을 얻었다는 소문을 들은 부인은 시동생을 시켜 "급히 통신국에 가서 춘천으로 전보"(17)를 보내게 하고, 춘천집은 서울 올라온 첫날 "종로에서 밤 열두 시 종 치는 소리"(36)를 들을 때까지 잠을 이루지 못하며, 같은 날 밤 우물에 뛰어들려다 낙상(落傷)하여 "시꺼먼 옷 입은" 순검에게 구조된다. "사면으로 뗏장을 놓아 짚신 신은 발로 디디기 좋게 만든" 재래의 우물이 아니라 "판자쪽 같은 돌"로 마무리한 개량 우물이어서 발에 익지 않은 까닭에 "촌놈이 장판방에서 미끄러지듯" 했던 것이다(42).17) 자살 기도 직후 춘천집은 한성 병원에

---

16) 『朝鮮鐵道史』 卷 1, 朝鮮總督府 鐵道局, 1929, 534쪽. 경부철도 속성 공사에 대해서는 정재정, 『일제침략과 한국 철도』, 서울대학교 출판부, 1999, 215~221쪽 참조.
17) 춘천집 자살 기도 장면에 함축되어 있는 우물 개량사업 및 그 관리에 대해서는 이승원, 「근대 계몽기 서사물에 나타난 '신체' 인식과 그 형상화에 관한 연구」, 인천대 석사논문, 2001, 80~81쪽 참조.

입원해 치료를 받는데, 간호부는 "머리끝에서 발끝까지 백로같이 흰 복색한"(46) 일인(日人)이다. 춘천집이 다시 자살을 기도한 것은 두 달쯤 후, 남문(南門) 근처 전차 철로를 베고 누워서이며, 이후 근심 가실 날 없는 생활 속에서도 안부 편지는 근대적 우편망을 통해 꼬박꼬박 고향으로 날아간다. 춘천집 모자를 살해한 점순과 최가가 도피 후 쓴 편지는 "나는 듯한 경부철도 직행차를 타고(…) 우편국을 잠깐 지나서"(하 75) 김승지 부인 손에 전달되고, 부인은 남몰래 "진고개 우편국에 가서" 답장 부쳐줄 사람을 찾느라 애를 태운다(하 76). 강동지와 결탁한 판수가 점순과 최가를 겁주며 하는 말도 재판소니 전보니 하는 따위이다. 김승지 부인까지 죽여 복수를 끝낸 후 강동지는 심지어 "경부철로 첫 기차 떠나는 것을 기다려 타고 부산으로 내려가서 부산서 원산 가는 배를 타고 함경도에 내려가"는 우회로를 거쳐 블라디보스톡으로 향하고 있다(하 124). 지리상으로야 서울에서 바로 함경도를 거쳐 러시아 땅으로 들어가는 길을 택하는 쪽이 나았겠지만, 기차와 윤선의 위력은 우회를 불사케 할 정도로 대단하다. 이처럼 윤선·기차·전차는 물론이고 편지·전보·환전과 경찰·재판소, 그리고 병원에 이르기까지, 『귀의 성』은 중요한 신문물을 두루 섭렵하고 있다.

3. 근대적 시간과 설화적 시간

근대적 시간 체계의 도입은 특히 중요하다. 『귀의 성』에는 몇 차례에 걸쳐 "밤 열두 시 종 치는 소리"(36), "종각에서 오정 열두 시 치는 소리"(61), "밤 열두 시 종"(하 52) 등이 등장하는데, 24시간이라는 새로운 분할을 알려주는 지표는 이뿐만이 아니다. 김승지의 집에는 값비싼 "자명종"(61)이 있고, 점순은 침모에게 살인을 사주하면서 "내일 밤 열한 시"(115)를 약조하며, 시간의 흐름은 "해가 열시 반이나 되도록"(43)이라는 감각으로 측정된다. 해가 점점 치솟다 기울어 가는 이치야 그대로이지만, "열시 반"이라는 관측은 낯설다. "오늘 식전 일곱 시 사십 분에 떠나는 기차에 임공사가 일본 간다고"(62) 할 때의 정교한 시계는 더욱 그렇다. 하야시 곤스케[林權助]라는 일본 공사의 이름보다 더욱 낯설었던 것은 하루를 스물 넷으로, 다시 60으로 나누는 분할의 체계였을지도 모른다. 그럼에도 24시간제는 『귀의 성』에 자연스럽게 삼투해 있다. 24시간제가 도입된 지 겨우 10년 남짓이지만, 새로운 시간 체계는 일상적 감각으로 굳건하게 자리잡고 있는 것으로 보인다. 몇 달 전 발표된 『혈의 누』에서는 찾아볼 수 없었던 특징이다.

24시간제 외에 시간을 재는 다른 지표는 어떤가? 1896년 1월 1일 도입된 서양식 시간 체제는 서력 기원, 태양력, 7요일제 및 24시간제였다. 24시간제는 이 중 가장 미시적인 구분에 속한다. 『귀의 성』은 이 미시적인 구분을 체화한 정도에서는 철저한 듯 보이지만, 날짜나 연도의 체계에서라면 사정이 다르다. "입동머리"(42), "동짓달 초하루"(52), "음력 삼월 보름"(하 21), "음력 사월 보름날"(하 99) 등 『귀의 성』의 중요 사건은 모두 음력의 감각에 따라 기술된다. 특히 춘천집 모자의 죽음을 음력 3월 보름에 배치하고 점순·최가의 죽음을 꼭 한 달 후인 4월 보름에 배치한 설정은 달이 차고 이지러짐에 따라 날짜를 헤아리는 음력을 불가결한 기반으로 하고 있다. 공식적으로 양력이 채택된 다음이지만 누구도 아랑곳하지 않는다. 일찍이 존재하지 않았던 미시적 시간은 일상 속에 깊이 스며들었지만, 예전부터 있었던 음력의 체계와 경쟁해야 했던 월(月)이나 계절의 시간 단위는 사정이 다르다. 『귀의 성』에서뿐 아니라 다른 신소설에서도 그러하였다.

(박) 그것이 두견화가 아니냐. 세월이 덧없이 쉽게도 간다. 옳지, 금년에 이월 한식이지. 삼월 한식 같으면 아직 못 피었을 터이지.
(갑) 제가 진사님께 말씀을 들으니까 그렇지 않다고 하셔요. 절기가 음

력은 들락날락해도 양력은 해마다 그 날이지 변하지 않는데, 양지 바른
데는 꽃이 먼저 피고 응달은 나중 핀다 하셔요.[18]

이해조의 『고목화』에는 절기와 역법을 절충시키는 종래의 체계보다
양력이 훨씬 일관성 있음을 논하는 대목이 나온다. 그렇지만 등장 인물
의 입을 빌어 양력의 합리성을 논하면서도 이해조 역시 음력의 오래된
감각을 버리지는 못한다. 권진사가 도적떼에게 납치당한 것은 "팔월 그
믐께"(4), 도적들이 납치를 불사하리 만치 절박하게 두목감을 찾고 있었
던 까닭은 전 두령 마중군이 "칠월 백중날 안성장을 치러 갔다가"(9) 체
포되어 죽음을 당했기 때문이다. 기차가 도착하면서 내는 굉음을 "오륙
월 소낙비에 천둥"(89) 같다고 비유할 때의 5~6월도 물론 음력을 기준
으로 한 것이다. 하기는, 근 10년 일본과 미국에서 생활하면서 음력이
라곤 접할 수 없었을 『혈의 누』의 옥련마저 "광무 6년 (음력) 7월 11
일"[19]로 날짜를 적는 비상한 기억력을 발휘하고 있는 형편이다.[20]
"그 편지 부치던 날은 광무 6년 (음력) 7월 11일인데 부인이 그 편지
받아보던 날은 임인년 음력 8월 15일이러라"고 했으니, 서력 1902년이
옥련의 편에서는 "광무 6년"으로, 조선에 머무르고 있던 김씨 부인의
입장에서는 "임인년"으로 변주되고 있기도 하다.

광무(光武) 연호와 간지(干支)에 따른 명명 사이의 괴리가 보여주듯, 기
년(紀年) 역시 골칫거리다. 대한제국 설립 이후 한국에서는 한꺼번에 여
러 개의 기년을 쓰는 일이 일반화되었다 : 고조선 건국 기년, 기자(箕子)
조선 기년, 조선 건국 기년, 황제 즉위 기년, 대한제국 건립 기년, 일본
천황 및 중국 황제 기년 등. 1909년 한일 강제병합 직전의 『대한매일신
보』를 보면 다음과 같이 여러 가지 연호가 나란히 인쇄되어 있다 : 단

---

18) 이해조, 『고목화』, 박문서관, 1908, 43쪽.
19) 이인직, 『혈의 누』, 김상만 책사, 1907, 93쪽.
20) '광무'와 '음력'을 摘示하고 있는 주체는 형식상 서술자이지만, 소설 속에서 실제 대
    리자를 찾는다면 옥련을 들 수밖에 없겠다.

군 개국 4242년, 기자 원년 3031년, 대한 개국 518년, 일본 명치 42년, 청국 광서 34년, 음력 무신 12월 초 10일 신유. 서력 1909년 1월 1일과 융희 3년 1월 1일이 상단에 인쇄되어 있는 것은 물론이다.[21] 바야흐로 여러 개의 시간대를 동시에 살아야 하는 삶이 펼쳐진 셈이다. 시·공간의 규정이 정체성 형성에서 핵심적인 계기임을 생각하면 이 문제는 그리 간단하지 않다. 1894년 청국 연호를 폐지하고 1897년 대한제국으로의 독립을 선포하면서 크게 논란거리가 되었던 것도 이 문제였다.

> 학부대신 신기선씨의 상소를 들으니 조선 국문을 쓰고 청국 정삭을 폐하는 것은 도리가 아니라고 하였은즉 병자호란을 생각지 못함이요 시즉 학부대신이 이런 무례한 말을 하니 소위 의병인지 동학과 상종이 많아 아마 그 사람들 의견과 같아진 것이라 하며(…) 국체를 손상하고 간신히 된 독립국을 도로 청국 속국을 만들자는 경영이요(…)[22]

> 춘천부 관찰사 이재곤씨가 백성들에게 말하기를 소지 종이를 인찰지와 국문과 건양을 못 쓰게 하고 백지와 병신을 쓰라 하며 경무관보와 총순과 순검들 검은 복색을 못 입게 하며 군대가 비도를 잡으면 혹 죽이지 못하게 한다니 이는 새로 한 학부대신 신기선의 제자요 의병의 친구라(…)[23]

논란의 여지가 많지만, 청일전쟁 이후의 변화를 "청국 속국"에서 "분명한 독립국"으로의 자립으로 받아들인 것은 주류적인 인식이었던 듯하다. 이러한 인식은 공식적인 천명의 수준에서는 계속 지지되고 강화되었다. 독자적인 연호 채택 및 국문의 공식화는 국가의 권위를 새로이 정립하는 과정과 나란히 가는 것이라 했다. 독자적인 연호와 국문을 부정하는 것은 "인찰지", 즉 국가의 권위와 "경무관보와 총순과 순검들 검은 복색", 즉 새로운 문명의 질서를 부정하는 것일 수밖에 없었다.

---

21) 1910년 편집 체재의 변화 이후 음력 및 중국·일본의 紀年은 사라진다.
22) 『독립신문』, 1896. 6. 9.
23) 『독립신문』, 1896. 6. 18.

검은 색은 북성(北星)을 표상하므로 불길한 색이라는 식의 해묵은 인식
을 고집한다면 박래(舶來)의 제도는 자리잡을 수 없었던 것이다. 연호의
선택은 이같은 충돌의 와중에서 특히 핵심적이었다. 중국 대륙을 청 왕
조가 차지하고 난 후에도 오래도록 명나라 연호를 고집했던 역사가 있
었던 만큼24) 극히 민감한 문제이기도 했다. 시·공간의 좌표를 어떻게
정하느냐는 자기 정체성을 구성하는 데 중요한 시금석이다. 어느 나라
이건 자국을 중심으로 세계 지도를 그리는 것이 이 때문이고, 1900년
대 당시 일본이 한국 시간을 동경시(東京時) 기준으로 30분 앞당겼던 것
도 이 때문이었다. 1900년대는 혼란 속에서 다양한 시간 의식을 동시
에 실험하고 있었다. 중국의 경우, 지금은 서력 기원을 채택하고 있지
만, 20세기 초에는 기년 선정을 위한 제안이 다양하게 펼쳐져 그 중 류
슈페이[劉師培]의 황제기년설(黃帝紀年說)이 각별한 호응을 얻은 바 있
다.25)   이렇게 따져 보면 『귀의 성』에서 보이는 다양한 시간성의 교차
가 특별한 것은 아니다. 24시간제의 잦은 적용과 음력의 채택, 그리고
소설 말미에서 풍기는 일종의 무시간성 사이의 괴리가 크다는 점이 유
다를 뿐이다.

> 그 뫼 쓴 후에 삼학산 깊은 곳에 춘삼월 꽃 필 때가 되면 이상한 새소
> 리가 들리는데, 그 새는 밤에 우는 새라. 무심히 듣는 사람은 무슨 소린
> 지 모르지마는, 유심히 들으면 너무 영절스럽게 우니 말재기가 그 새소
> 리를 듣고 춘천집의 원혼이 새가 되었다 하는데, 대체 이상스럽게 우는
> 소리라.

---

24) 『열하일기』 첫머리에 이 사실이 인상적으로 기술되어 있다 : "무엇 때문에 後三庚子
라고 할까?(…) 숭정 기원 후 세 번째 경자년이란 말이다. 무엇 때문에 숭정 연호를 쓰
지 않았을까?(…) 강을 건너면 곧 청인들이 산다. 세상이 다 청나라의 연호를 쓰고 있
는데 구태여 숭정이라고 부를 수는 없었던 것이다. 어째서 드러내 놓지는 못하면서도
숭정이라고 부를까? 명나라는 중국이다. 우리 나라가 처음으로 승인을 얻은 형제 국
가인 때문이다"(박지원, 리상호 역, 『열하일기』, 평양 : 국립출판사, 1955, 23쪽).
25) 김월회, 「20세기 초 중국의 문화민족주의 연구」, 서울대 박사논문, 2001, 78쪽.

시앗 되지 마라
시앗 시앗
시앗 되지 마라
시앗 시앗
시앗새는 슬프게 우는데, 춘천 근처에 시앗 된 사람들은 분을 됫박같
이 바르고 꽃 떨어지는 봄바람에 시앗새 구경을 하러 삼학산으로 올라가
니, 새는 죽었는지 다시 우는 소리 없고 적적한 푸른 산에 풀이 우거진
둥그런 무덤 하나 있고 그 옆에는 조그마한 애총 하나뿐이더라. (125)

1905년 음력 3월에서 4월 사이로 특기할 수 있는『귀의 성』하편의
시간대는 실상『만세보』연재 시기와 대강 일치한다. 그렇지만 마지막
부분, 복수를 끝낸 강동지가 딸과 손자의 시신을 수습해 춘천 삼학산에
안치했다는 경과가 서술되고 난 후에는 사정이 전혀 다르다. 이 순간
『귀의 성』은 갑자기 설화의 세계로 퇴행한다. 배경 시간을 따지면 불과
한두 해 전에 벌어진 일을 두고 "춘삼월 꽃 필 때가 되면 이상한 새소
리가 들리는데"라 하여 여러 해를 두고 거듭된 반복을 전하는 듯한 태
도를 취할뿐더러, "춘천집의 원혼이 새가 되었다"는 설명을 곁들이기
까지 한다.『만세보』에 강동지의 복수담이 한창 연재될 무렵이 1907년
3월에서 5월 사이이고 단행본『귀의 성』출판 광고가 처음 난 것이 5월
31일이니26) 춘천집 모자가 삼학산에 묻힌 지 채 2년도 지나지 않았는
데, 춘천집의 사연은 벌써 설화로 전승되고 있는 것이다. 직전까지 명
료했던『귀의 성』의 당대성은 이 지점에서 완전히 무너져 내리고 만다.
전차·기차·윤선이나 시계·우편국 등 근대 문물의 잦은 등장에도 불
구하고『귀의 성』이 "구소설적 양식에 구소설적 주제"27)를 표현한 것

---

26)『만세보』에 연재되던『귀의 성』은 1907년 3월 이후 여러 차례 연재가 중단되다가
   5월 31일, 단행본 첫 광고가 실린 날을 마지막으로 강동지의 복수가 일단 마감된 시
   점에서 중단되고 만다. 연재가 자주 중단된 사유에 대해『만세보』측에서는 "소설
   기자가 세전에 서술한 옥련전을 개간하는 데(…) 분요"하기 때문이라고 했다(『만세
   보』, 1907. 3. 8).

으로 평가될 수밖에 없었던 것은 이 때문이다. 『귀의 성』은 마지막 대목에서 시앗새 설화를 들려줌으로써 현재와 멀리 떨어진 과거, 시간의 흐름이 의미가 없는 세계 속으로 이동한다. 설화적인 무시간성의 세계에서 울리는 '귀(鬼)의 성(聲)'—최종적으로 『귀의 성』을 지배하는 것이 바로 이 인상이라는 사실은 분명하다. 그러나 교통·우편제도와 경찰·사법·의료기관에 이르기까지, 『귀의 성』이 묘사하고 있는 근대적 세계가 '설화'라는 결론에 의해 완전히 취소되어 버릴 수는 없다. 그 서사적 기능에 대한 회의를 최종화할 수 있을 따름이다.

4. 새로운 세계, 오래된 수사학

삽화의 수준에서는 신문명의 면면을 다채롭게 보여주고 있지만, 실상 『귀의 성』에서 그 인상이 깊이 새겨지는 경우는 드물다. 미시적 시간에서는 24시간제를 자주 보여주면서도 날짜와 연도를 헤아릴 때는 옛 감각에 의지하듯, 전차·기차·윤선을 보여주고 경찰·병원·우편제도를 소개하면서도 『귀의 성』의 묘사는 철저히 부수적인 데 그친다. 예컨대 『귀의 성』에 가장 자주 등장하는 교통수단은 기차이지만, 결말에서 보이는 설화적 세계의 압도 속에서 이 사실은 거의 잊혀질 지경이다. 기차 자체에 대한 묘사가 거의 없었기에 더욱 그렇다. 점순과 최가가 도망칠 때, 강동지가 복수를 위해 서울과 부산을 오갈 때, 그리고 마지막으로 블라디보스톡으로 떠날 때 등 기차는 여러 차례 언급되지만, 이 새로운 교통수단에 대한 묘사라고는 "풍우같이 빨리 가는 기차"(하 114)라는 구절이 고작이다. 사건을 매개하지도 못한다. 옥련과 구완서의 만남을 중개했던 『혈의 누』의 기차, 조박사라는 새로운 인물을

___

27) 임화, 앞의 글, 『조선일보』, 1940. 2. 22.

등장시키고 대단원의 해후를 준비했던 『고목화』의 기차와는 달리 『귀의 성』의 기차는 그저 공간의 확산에 기여할 따름이다.

『귀의 성』에서 사건 전환의 계기가 되는 것은 오히려 가마나 인력거 등 다분히 전근대적인 교통 수단이다. 근대 이후 도입되었지만 근대의 표지로서의 상징성은 훨씬 낮은 인력거는, 먼저 춘천집의 두 번째 자살 기도 장면에서 등장한다. 춘천집이 전차에 치어 죽을 작정으로 선로에 납작 엎드려 있는데, 갑자기 웬 사람이 걸려 넘어진다. 어둠 때문에 춘천집을 미처 보지 못했던 인력거꾼이다. 놀라 일어나 보니 인력거꾼은 오히려 멀쩡한데, 인력거에 타고 있던 부인이 호되게 넘어져 정신을 차리지 못한다. 이 부인이 바로 얼마 전 김승지 집에서 쫓겨나다시피 한 침모로서, 춘천집과 침모는 이 사고를 계기로 "두 설움이 같이 만나"(57) 의지하며 살게 된다. 또 한 차례 인력거가 등장할 때도 사고와 우연한 만남이라는 틀은 그대로 유지되고 있다. 점순의 꾀임에 넘어가 춘천집 살해를 약조했던 침모가 어머니의 충고를 듣고 마음을 바꾼 다음, 김승지 본가에 들렀다 춘천집 거처로 향하는 길에 인력거는 춘천집이 자살을 기도했던 바로 그 장소를 지난다. 침모가 막 춘천집 처음 만나던 순간을 떠올리고 있을 때, 맞은편에서 오던 인력거가 요란한 소리를 내며 부딪혀 온다. 놀라서 살펴보니 맞은편 인력거에 탄 승객은 서른 남짓한 남자인데, 이 사람이 바로 점순이의 공모자 최가이다. 자칫하면 침모가 그 음모에 넘어갈 뻔했던 인물, 그러나 둘은 서로를 알아보지 못한 채 스쳐 지나간다. 첫 번째 인력거 사고가 새로운 관계의 계기였다면 두 번째 사고는 관계의 해소 또는 무산과 연결되어 있다. 인력거라는 교통수단을 통해 관계가 펼쳐지고 또한 접히거나 어긋나는 것이다. 춘천집이 서울에 올라올 때, 그리고 살해당하는 날 탔던 가마라는 교통수단 역시 선명한 인상을 남긴다. "비록 상사람이나 사족 부녀가 따르지 못할 행실이 있던"(22) 춘천집이 집을 멀리 벗어나는 것이 늘 가마를 이용해서이고, 춘천집의 처지가 바뀌는 것이야말로 『귀의 성』의 서사를 추동하는 원동력이기 때문이다. 기차가 텅 빈 기호에 그치는 반면 가마나 인력거는 우연한 만남이나 결정적인 사건을 이끌어내면서 서사의 풍성한 토양이 된다. 범람하는 근대는 뜻밖에 무능력하고, 만만찮아 보이는 쪽은 전근대의 위력이다. 이렇게 보면 『귀의 성』에 등장하는 신문물의 의미란 다분히 의심스럽다. 수사적 비유에서까지 새로운 문물이나 지식을 동원할 만큼 근대의 기호를 적극 활용하고 있기 때문에 더욱 그렇다.

> 그때는 달그림자가 지구를 안고 깊이 들어간 후이라 강동지 집 안방이 굴속같이 어두웠는데(3)
> 철환보다 빨리 가는 속력으로 도루래미 돌아가듯 빙빙 도는 지구는 백여도 자전[sic]하는 동안에 적설이 길길이 쌓였던 산과 들에 비단을 깔아놓은 듯이 푸른 풀이 우거지고 남산 밑 도동 근처는 복사꽃 천지러라(하 1)
> 오고 가는 공기가 마주쳐서 빙빙 도는 회오리바람(하 3)
> 말하는 동안에 지구가 참 돌아가는지 태양이 달아나는지 길마재 위에 석양이 빗겼더라(하 5)
> 강동지 코 고는 소리가 춘천집 살던 도동 앞에서 밤 열두 시 전차 지나가는 소리같이 웅장하고(하 25)

"굴속같이 어두"운 밤이 오는 것은 달이 태양을 가리는 궤도에 들어섰기 때문이다. 계절이 바뀌어 다시 봄이 찾아오는 것은 지구가 태양 주위를 타원형으로 공전하기 때문이다. 회오리바람은 국지적인 기압 차이에서 비롯된 현상이고, 날마다 저녁이 찾아오는 것은 지구가 자전하는 까닭이다. 코 고는 소리가 요란한 것은 늦은 밤 요란한 전차 소리에 비기면 꼭 적당하리라. 『귀의 성』의 작가는 몇 번이고 평범한 현상에 새로운 지식을 들이댄다. 낮과 밤이 흐르고 그믐과 보름이 교차하며 계절이 바뀌는 것은 예로부터 익숙한 현상이지만, 이를 지구의 자전과 공전 같은 자연과학적 사실에 바탕해서 설명하는 수사학은 낯설다. 근대적 지식의 지평 속에서라면 익숙한 현상마저 이질적인 것이 된다.『귀의 성』곳곳에서 확인할 수 있는 이러한 수사학은, 이인직과 더불어 최고의 신소설 작가였던 이해조가『고목화』,『빈상설』등 초기 작품에서 보여준 수사학과 정확히 대립되는 것이라는 점에서 더욱 문제적이다.『고목화』,『빈상설』에 자주 등장하는 비유는 매표구를 "비둘기장 문"에, 빨간 색 차표를 "성냥갑 한편 조각"에, 시커먼 기관차를 "뒤주"에 비기는 것 같은 표현이다. 그밖에 기차 소리를 "오류월 소낙비에 천둥"에 비유하고 새로 닦인 길을 "타작마당"에 견주면서, 이해조는 익숙한 것을 앞세워 근대 문물의 이질감을 완화시키려 시도한다.28) 반면『귀의 성』은 근대 문물을 설명해야 할 대상이 아니라 설명의 매개로 삼음으로써 더 이상 근대가 낯선 것일 수 없음을 웅변한다. 새로운 문물은 친숙한 대상이 되어야 하고 옛 것과의 갈등을 넘어서야 한다.『고목화』,『빈상설』에서 나타나는 것 같은, 근대 문물의 자기화를 위한 팽팽한 긴장은 사라져도 좋다는 뜻이다.

긴장의 해소는 신문명을 일종의 장식으로 다룰 수 있게 해 준다. 춘천집이나 강동지, 점순 등에 있어 근대 문물은 낯선 경이여야 하겠지만, 실상 이들은 기차・전차나 경찰・우편・병원 제도 앞에서 스스럼이 없다. 너무도 익숙한 태도라 근대 문물이라는 기호가 제 존재를 주장하기 힘들 정도이다. 곳곳에 등장하는 근대적 기호는 서사적 핵심을 구성하지 못한 채 눈에 띄지 않는 위성으로 시종한다.29) "부산으로 내려갈 때 머리 깎고 양복을 입"어(하 98) 점순과 최가의 눈을 속였던 강동지처럼,『귀의 성』또한 새로운 의장(衣裝)을 걸쳤음에도 결국 설화의 세계로 수렴된다. 설화적 세계의 무시간성을 째각거리는 시계 바늘이

---

28)『고목화』,『빈상설』에 나타난 수사의 좀더 자세한 의미에 대해서는 권보드래,「양가성의 수사학 : 이해조의『고목화』,『빈상설』을 중심으로」, 이용남 외,『한국 개화기 소설 연구』, 태학사, 2000 참조.

29) 서사물에서의 사건을 중핵과 위성으로 구분하는 데 대해서는 S. Chatman, 김경수 역,『영화와 소설의 서사구조』, 민음사, 1995, 60~63쪽 참조.

장식하고 익숙한 현상에 새로운 비유를 끌어들일지라도, 무시간성은 압도적이고 근대적 문물의 인상은 파편적이다. 신문명을 친숙하게 다루는 것은 미시적이거나 삽화적인 수준에서의 일일 뿐『귀의 성』의 인물들은 여전히 낡은 세계 속에 살고 있다. 수사학의 층위에서도, 신문명을 매개로 한 비유보다 점점 광범해지는 것이 중국 역사의 일화를 빈 표현이다. 예컨대 다음과 같은 예들이다 : "의사는 방통이 같은"(9), "지혜 많은 제갈공명을 얻고 물을 얻은 고기같이 좋아하던 한소열"(80), "박랑사 철퇴 소리에 놀란 진시황같이"(133), "춘향의 옥중에 점 치러 들어가는 장님의 마음같이 춘심이 탕양하여"(134), "증자 같은 성인 아들을 둔 증자 어머니도 그 아들이 살인하였다 하는 말을 곧이 듣고 베틀 짜던 북을 던지고 나간 일도 있었거든"(하 32). 그리고 "운우무산에 초양왕의 꿈을 꾸고 수록산청에 당명황의 근심하듯"(하 50), 또는 "손빈이가 마릉에 복병하고 방연이를 기다리듯"(하 101).

 『귀의 성』에는 새로운 세계 해석을 끌어낼 만한 단편이 풍성하게 예비되어 있지만, 가능성이 충분히 현실화되는 일은 드물다. 침모가 한때 살인 음모에 동조했다가 마음을 고쳐먹는 대목은 선·악 구분의 절대성에 대한 회의를 낳을 수 있는 계기이고, 남편과 자식을 버리면서까지 부의 축적과 신분 상승에 골몰하는 점순은 "김승지댁 안방에 화약을 터뜨리고 싶소"(하 78)라는 불평을 서슴지 않을 정도로 신분의 관습적 굴레를 가볍게 넘어서고 있지만, 그럼에도 침모는 선인(善人)이요 점순은 충실한 악비(惡婢)로 시종하고 만다. 김승지 부인의 경우는 특히 흥미롭다. 남편에게 넋두리하듯 늘어놓는 말에 의하면, 김승지 부인은 "영감은 열세 살, 나는 열네 살에 결발부부 되어"(93)서 벌써 나이 마흔이라고 한다(93). 27년째 결혼 생활을 하고 있는 셈이니, 꽃다운 열아홉인 춘천집에 견줄 수 없을 것은 정한 이치이다. 더욱이 서른 넘어 겨우 하나 본 자식마저 세 살 때 죽고 만 터라 남편밖에 의지할 데가 없는 절박한 처지이다.30) "쪽박을 차더라도 시앗만 없이 살았으면 좋겠다"

고 한숨짓고 "재물도 성가시다. 영감께서 돈만 없어 보아라. 어떤 빌어먹을 년이 영감께 오겠느냐"(78)고 탄식하는 안타까운 집착이 생길 수밖에 없다. 살뜰하게 남편 건강을 챙기면서 그 남편 왈 "마누라 없이는 참 못 견디겠다"(44)고 하는 단란한 광경을 연출하기도 하고 "죽어 후생에는 나도 남자가 되었으면"(93) 하는 원억(冤抑)을 토로하기도 하는 김승지 부인의 형상이란 자못 착잡하다. 그러나 이 복잡한 사연의 부인에게 낙착되는 역할은 결국 다른 가능성 없는 악역이다. 강동지는 김승지 부인을 죽이기 전 "너같이 곱게 자라난 계집에 탐이"(하 118) 난다면서 자기 정체를 숨기는데, 이런 위장이 굳이 필요했던 이유는 부인을 "잡년", "망한 년"으로 매도하기 위해서이다. "세상에 다시없는 깨끗한 양반의 여편네인 체하던 년이 그렇게 쉽게 몸을 허락한단 말이냐"(하 119~120)—김승지 부인에 대한 최종적인 단죄가 되는 것은 바로 이 말이다. 칼을 든 흉한 앞에 "누가 아니 듣는다고 무엇이라 합더니까"라고 한 한마디가 음탕의 증거가 되고 죄악의 상징이 된다. 간간이 토로하던 복잡한 심경이 한순간에 무화되어 버리는 것은 물론이다. "물같이 깊은 정이 서로 깊이 들어서, 이 몸이 죽어 썩더라도 정은 천만년이 되도록 썩지도 않고 변치도 아니할 듯한 마음이 있다"(53)는 김승지와 춘천집 사이의 인연 역시 모호한 무정형이기는 마찬가지이다. 『귀의 성』의 인물들은 단순한 선·악 구도를 떠나 복잡한 내면을 열어 보이기 시작한 듯하지만, 결국 소설을 지배하는 것은 선과 악의 이분법이다. 이 이분법에서 가장 애매한 위치에 있던 김승지와 침모가 결합, 여생을 함께 누리게 된다는 결말마저 선·악 구분의 단순성을 지워 버리지는 못한다.

새로운 가능성에도 불구하고 세계의 근본적인 질서는 바뀌지 않는다. 신문명을 묘사하는 데 있어서도 그렇고 인간을 이해하는 데 있어서

---

30) 춘천집의 아들 거복 역시 세 살의 나이로 죽음을 맞는다. 이 묘한 일치는 첩과 그 자식 때문에 자기 자리를 빼앗길까 두려워하는 본처의 심리적 한계선을 표하는 것이기도 하다.

도 그렇다. 사정이 여기서 끝난다면, "요새같이 법률 밝은 세상에 내가 잘못한 일만 없으면 아무 것도 겁나는 것 없네"(34)라거나 "요새 같은 개화 세상에는 사족 부녀라도 과부 되면 간다더라"(35), "사람은 다 마찬가지지(…) 요새 개화 세상인 줄 몰랐느냐"(69) 같은 입찬 소리는 한낱 공염불에 불과할 터이다. 그러나 한편 "머리 깎고 양복을 입"은 강동지의 변화는 단순한 위장에 그치지 않고 존재의 변화에 개입할 수밖에 없다. 본질의 변화가 따로 있는 것이 아니라, 세부의 사소한 기형 자체가 변화를 만들어내는 동력인 까닭이다. 삽화는 삽화에 불과한 채로 서사의 방향을 조율하고, 중단된 가능성은 바로 그 자리에서 새로운 존재를 예비한다. 신소설의 이중적 성격은 이 지점에서 탄생하게 된다.

5. 미혹(迷惑)의 표면과 이면

옛 것과 새 것이 뒤섞인 이중적 상황은 갖가지 결과를 야기한다. 일부는 옛 것을 지키고 일부는 새 것을 좇는 공존이 전형적인 결과라면, 상호 교착과 변형은 그 필연적인 부산물이다. 신(新)이나 구(舊)나, 달라진 상황 속에서 원형 그대로 작용할 리는 없다. 태음력과 태양력이 공존하고, 엽전 5만냥을 지폐 1천원으로 계산하며, 한쪽에서는 천부(天父)를 찾고 다른 쪽에서는 공자를 고집하는 상황 속에서 모든 존재는 탈각(脫殼)을 시작한다. 변화하지 않는 존재는 있을 수 없다. 존재 자체는 변치 않는 듯 보일지라도 정황과 맥락이 바뀜에 따라 그 의미는 어쩔 수 없이 달라진다. 오래 묵은 설화에서부터 이용되어 온 꿈이라는 장치 역시 마찬가지이다. 오랫동안 꿈은 신뢰할 만한 예지(豫知)의 영역이었고, 드물게 삶의 다른 가능성을 시험하는 장이기도 했다. 조신 설화나 『구운몽』이 보여주듯 결론은 번번이 아무리 빛나고 다채로운 가능성이라도 무상(無常)하기 그지없다는 것이었지만 말이다.

『귀의 성』에도 꿈 이야기는 여러 차례 나온다. 첫 장면부터 춘천집이 악몽을 꾸면서 가위눌리는 장면이고, 강동지 부인은 춘천집이 살해당한 직후 흉몽을 꾸고 놀라 깨어난다. 두 경우 모두 꿈은 현실에서는 포착하기 힘든 진상을 알려주는 계시이다. "꿈에는 내가 아들을 낳아서 두 살이 되었는데, 함박꽃같이 탐스럽게 생긴 것이 나를 보고 엄마 엄마 하면서 내 앞에서 허덕허덕 노는데(…) 우리 큰마누라라 하는 사람이(…) 와락 달려들어서 어린아이의 두 어깨를 담삭 움켜쥐고 반짝 들더니 어린아이 대강이에서부터 몽창몽창 깨물어 먹으니(…)"(13). 춘천집이 꾼 꿈은 1년여 후, 아들이 걸음을 떼고 한창 말을 배울 무렵 실제로 현실화된다. 그 어머니의 꿈 역시 마찬가지이다. "김승지의 마누라인가 무엇인가 그 몹쓸 년이 우리 길순이를 쭉쭉 찢어서 고추장 항아리에 툭 집어뜨리는"(하 25) 흉몽을 꾼 바로 그 시각, 딸과 손자는 최가의 손에 목숨을 잃는다. 이들 경우에 꿈은 훌륭하게 예지로서의 기능을 수행한다. 오감(五感)으로 엿볼 수 없는 미래를 꿈은 보여줄 수 있다. 춘천집 모녀의 꿈과는 다소 유(類)가 다른 침모의 꿈도 이 범주에서 크게 벗어나지는 않는다. 침모는 춘천집을 죽일 것을 약조한 날 밤 관왕(關王)이 나타나 자기 죄를 꾸짖는 꿈을 꾸는데, 이는 미래의 예시라기보다 심리의 반향이라고 보아야 할 꿈이지만, 적어도 사실과 위배되는 것은 아니다. 예지의 비급과 심리의 반향, 이 두 축 사이에서의 갈등은 몇 달 앞서 발표된 『혈의 누』에 훨씬 극적으로 표현되어 있다.

꿈에는 팔월 추석인데 평양성중에서 일년 제일 가는 명절이라고 와글와글하는 중이라(…) 성중이 그렇게 흥취로운데 옥련이는 꿈에도 흥취가 없고 비창한 마음으로 부모 산소에 다니러 간다.
북문 밖에 나서서 모란봉에 올라가니 고려장같이 큰 쌍분이 있는데 옥련이가 뫼 앞으로 가서 앉으며 허리춤에서 능금 두 개를 집어내며 하는 말이
여보 어머니 이렇게 큰 능금 구경하셨소 내가 미국서 나올 때에 사 가

지고 왔소. 한 개는 아버지 드리고 한 개는 어머니 잡수시오.

　하면서 뫼 앞에 하나씩 놓으니

　홀연히 쌍분은 간 데 없고 송장 둘이 일어 앉아서 그 능금을 먹는데 본래 살은 다 썩고 뼈만 앙상한 송장이라 능금을 먹다가 위 아래 이가 못작 빠져서 앞에 떨어지는데 박씨 말려 늘어놓은 것 같은지라. 옥련이가 무서운 생각이 더럭 나서 소리를 지르다가 가위를 눌렸더라(…) 무서운 꿈을 깨일 때는 시원한 생각이 있더니 다시 생각하니 비창한 마음을 이기지 못하여 탄식하는 소리가 무심중에 나온다.

　꿈이란 것은 무엇인고

　꿈을 믿어야 옳은가. 믿을 지경이면 어젯밤 꿈은 우리 부모가 다 이 세상에 아니 계신 꿈이로구나.

　꿈을 아니 믿어야 옳은가. 아니 믿을진댄 대판서 꿈을 꾸고 부모가 생존하신 줄로 알고 있던 일이 허사로구나.

　꿈이 맞아도 내게는 불행한 일이요

　꿈이 맞히지 아니하여도 내게는 불행한 일이라.(66)

『혈의 누』에서 옥련은 두 차례에 걸쳐 중요한 꿈을 꾼다. 한번은 오사카에서 자살을 결심하고 부두를 찾아 헤맬 때이고, 한번은 미국에서 공부를 마친 다음이다. 첫 번째 꿈에서 옥련은 자살 결심을 만류하는 생모의 음성을 듣는다. "이애 죽지 말아라. 너의 아버지께서 너 보고 싶다는 편지를 하셨더라."(53)는 목소리다. 옥련은 이 꿈을 꾼 후 "우리 어머니가 날더러 죽지 말라 하였으니 우리 어머니가 살아 있는가"(57) 생각하고 마음을 바꿔 먹는다. 감춰진 진실을 보여주는 꿈의 능력을 믿은 것이다. 그러나 구완서의 도움으로 도미(渡美), 학업을 마친 후 꾼 꿈은 전혀 다르다. 묘소에서 송장이 일어나 음식 받아먹는 것을 본 꿈은 옥련의 부모가 오래 전부터 이 세상 사람이 아님을 암시한다. 첫 번째 꿈과 두 번째 꿈이 모순 관계에 놓이는 셈이다. 꿈이 그저 심리적 현실의 표백(表白)에 그친다면 이 모순에 신경을 써야 할 이유는 없다. 엇갈리는 심리가 엇갈리는 꿈을 낳는 것이야 당연한 일에 가깝다. 문제는 꿈의 기능 자체에 있다기보다 "꿈을 믿어야 옳은가(…) 아니 믿어야 옳은가"라는 질문의 형식에 있다. 진리 현현으로서의 꿈을 온전히 긍정하든가 아니면 부정해야 한다는 발상, 이같은 이분법은 꿈의 예시 능력이 얼마나 논쟁적인 주제였는지를 예시해 준다. 상황에 따라 다르다는 시각은 있을 수 없는 것, 꿈의 능력이란 분명한 입장을 가져야 할 만큼 중요한 문제이다. 갈등과 모순이 생길 수밖에 없는 것은 이 때문이다.

다른 신소설에서도 상황은 별반 다르지 않다. 1910년대의 인기작 『눈물』을 보자. 부유한 실업가의 외동딸이 아버지가 신임하던 청년과 결혼, 변심한 남편 때문에 갖은 고난을 겪다가 행복을 되찾는다는 줄거리의 이 소설에도 꿈은 중요한 고비마다 등장한다. 주인공 서씨 부인의 어머니는 딸이 곤경을 겪을 때마다 번번이 흉몽을 얻어 구원자를 파견하고, 서씨 부인 역시 꿈을 통해 남편의 곤경을 인지한다. 나쁜 꿈을 꾸고 의주에서 서울로 서둘러 하인을 보냈더니 막 집에서 쫓겨나온 서씨 부인을 만나고, 남편이 사경에 처해 있는 꿈을 꾼 후 곤란을 알리는 편지를 받는 식이다. 그러나 예표로서의 꿈을 십분 활용하면서도 작가는 꿈의 예지 능력에 분명한 유보를 단다.

> 꿈이라는 것은 허한 일이라. 다만 마음에 감동되었던 일이 꿈으로 그 형상을 나타내는 것은 정신의 작용에 지나지 못하나, 그와 같은 꿈을 꾸고는 아무리 자기를 아내로 여기지 않는 남편이라도 자기 마음은 그 안부가 비상히 염려되어 확실히 한번 탐지치 못하면 잠시라도 견디지 못하겠는 고로(…)[31]

꿈과 사실의 일치를 몇 번이고 보여준 후 "꿈이라는 것은 허한 일이라"고 진술하는 것은 일면 억지스럽다. 그러나 신소설은 예표로서의 꿈을 긍정할 수도 부정할 수도 없었다. 긍정하기에는 새로운 합리성에 대

---

31) 이상협, 「눈물」, 『매일신보』, 1913. 12. 16.

한 강박이 너무 컸고, 부정하기에는 꿈의 관습적인 역할이 그 이상으로 중요했다. 긍정 혹은 부정 중 하나를 택해야 한다는 발상이 지배적이었기에 긍정도 부정도 할 수 없는 곤란은 더욱 난감한 것이었다. 이 때문에 신소설 작가들은 긍정과 부정을 차례로 교차시키는 독특한 태도를 선보이게 된다. 먼저 예표로서의 꿈을 활용한 후, 곧 그것을 부정하는 사례나 진술로써 경험의 무화(無化)를 기도하는 것이다. 『혈의 누』에서 옥련은 부모 묘에 성묘하는 꿈을 꾼 직후 아버지를 만나게 되고, 『눈물』에서 서씨 부인은 자라난 집에 큰 화재가 일어난 꿈이 단순히 상징적인 것이었음을 알게 된다. 꿈은 사실과 어긋날 수 있고, 심지어 사실을 반대로 증언할 수도 있다. 꿈의 예지적 기능은 긍정되었다가 다시 부정된다.

다른 징조의 경우는 부정의 색채가 한결 뚜렷하다. 『혈의 누』에서 옥련 어머니가 8년만에 옥련의 소식을 들은 날, 이 날은 아침부터 흉조(凶鳥)인 까마귀가 지붕 위에서 우짖는다. 부인은 "또 무삼 흉한 일이 생기려나배"(88)라고 걱정을 하지만, 얼마 지나지 않아 그리운 딸의 편지를 받는다. 더욱이 이 편지는 "검정 홀태바지 저고리"를 입어 마치 까마귀 같은 형상의 우체 사령이 전해준 것이니, 관습적인 징조의 해석은 실제 사실과는 정면으로 배치된다. 『귀의 성』에서는 어떠한가? 바람에 떨어지는 복사꽃을 보고 춘천집이 "오늘은 우리 집에 무슨 경사가 있으려나 보다. 꽃비가 오는구나"라고 찬탄하자 흉계를 감추고 1년여 유모 역할을 해 온 점순은 "아직 아니 떨어질 꽃도 몹쓸 바람을 만나더니 떨어집니다 그려"(하 3)라고 말을 받는다. 여기서 징조는 고정된 의미가 아니라 다양하게 해석될 수 있는 다층적 질이다. 암수 한 마리씩 있는 닭장에 햇암닭 한 마리가 들어와 작은 소동이 벌어지는 대목에서도, "고 못된 묵은 닭이 웁니다"라는 의견과 "고 못된 햇암닭 한 마리가 들어오더니 묵은 암닭이 설어서 우나 보다"(101)라는 단정 사이에 가로놓여 있는 것은 사건을 해석하는 서로 다른 시각이다. 해석의 올바른

방향이 있는 것이 아니라 다양한 시각 사이의 충돌이 있을 뿐, 미래를
엿볼 수는 없다.

　미래를 점칠 수 있다고 생각한다면 함정에 빠지기 마련이다. 복수를
행하는 과정에서 강동지가 이용한 것도 상대의 이같은 약점이었다. 개
인적인 만큼 더욱 통쾌한 『귀의 성』의 복수는 맹인 판수와 강동지의
합작에 의해 이루어진다. 강동지의 사주를 받은 판수가 양복 신사로 변
장한 강동지와 거짓 싸우는 체하면서 점순 및 최가의 주의를 끌고, 이
어 신통한 점괘를 뽑아내 마음을 온통 현혹시킨 다음 함정에 빠뜨려
살해하는 순서다. "새파랗게 젊은 여귀인(女鬼人)이 해골 깨진 어린아이
를 안고"(하 87) 뒤에 붙어 있다고 했으니 점순과 최가로서는 판수의 신
통력에 놀랄 수밖에 없다. 그런 다음 김승지 부인이 보낸 돈을 가로챈
자가 아까 양복장이라 하여 최가를 떼어 보내고, 다시 점순을 외딴 길
로 유인하는 식으로 복수는 착착 진행되어 나간다. 점순과 최가가 점복
(占卜)의 권능을 의심 없이 믿는 반면 강동지는 이를 복수를 위한 수단
으로 다룰 줄 아는 까닭이다. 미신에 빠져드느냐 아니면 거리를 유지한
채 이용 수단으로 삼느냐에 따라 세력의 우위가 결정되는 셈이다.

　1908년 작인 『치악산』에서는 미신을 이용한 복수극이 일층 계획적
으로 펼쳐진다. 누명을 뒤집어쓰고 쫓겨난 이씨 부인을 대신하여 충비
(忠婢) 검홍이 한바탕 도깨비 장난을 마련하는 것이다. 장사패를 고용해
서 밤마다 파란 색 유리등에 불을 켜 춤추듯 움직이면서 도깨비불을
흉내 내기도 하고, 지붕의 기왓장을 '망(亡)'자 모양으로 늘어놓는다거
나 귀신 소리를 가장해 겁을 주기도 한다. 이씨 부인의 간통 혐의를 지
어냈던 계시모(繼媤母) 김씨 부인과 딸 남순이는 제물에 기진할 지경이
다. 영악한 무당이나 판수까지 달려들어 영험한 체하고 재물 빼앗기에
골몰한 형편인데, 검홍이는 판수 행세할 사람까지 내세워 원수 갚기에
박차를 가한다. 한쪽에서 맹신하는 귀신의 존재를 이용할 줄 안다는 것
은 이렇듯 현실적인 능력이다. 『구마검』의 무당 금방울 같은 이는 이

능력을 부정적으로 쓰는 존재이고, 『귀의 성』의 강동지나 『치악산』의 검홍, 또 최찬식의 『금강문』에 나오는 신교장 부인 등은 악을 응징하기 위해 이를 활용할 줄 아는 이들이다. 몇 가지 사적인 정보를 갖고 제 3의 인물을 사주할 수만 있다면 미신을 활용하는 것은 실패의 염려 없는 효율적인 전략으로, 그 효율성은 악인들이 지어내는 거짓 소문과 맞먹을 정도이다.

원론의 수준에서라면, 비합리적인 세계는 당연히 부정되어야 한다. "귀신을 믿고 요사한 말을 미혹하는 것"은 이미 부정된 지 오래이다. 인간적이고 합리적인 질서에 대한 신뢰에 바탕해 있는 새로운 세계는 그저 궁극적인 합리성을 위해 비합리한 외양까지도 활용할 수 있을 따름이다. 『화의 혈』에서 억울하게 죽은 언니의 넋이 씌운 듯 위장해 악인을 응징한 모란이 택한 방략도 이것이었다. 그러나 초월적인 힘의 개입을 합리적으로 해석해 내려 하면서도 『화의 혈』의 시각은 깜박깜박 위태롭다. 계략과 강제로 선초의 정절을 빼앗았던 이시찰이 후일 희생자들의 원혼을 자꾸 목격하고 또한 원혼의 저주대로 가족의 몰살을 겪는 것을 두고 작가는 "이시찰이 자기 생각에도 지은 죄가 있으니까 공연히 겁이 나며 중정이 허해져서 선초로도 보이고 임씨 모자로도 보이는 중 선악간 사람의 뇌라 하는 것은 극히 영통하여 아직 오지 아니한 앞일을 미리 깨닫는 일이 이따금 있"다는 말로 설명을 삼으려 한다.[32] 그러나 "앞일을 미리 깨닫는" 영묘한 두뇌가 개입한다면, 꼬박꼬박 들어맞는 귀신의 저주란 그 허울을 바꾼 것일 따름이다. 모란이 선초의 귀신이 씌운 양 가장하여 이시찰을 토죄(討罪)한다는 대목도 그렇다. 모란은 "무슨 정이 그리 따뜻해서 내 무덤에 와서 술을 부어놓고 글을 지었습더니까"(91)라고 따지지만, 이 일은 아무도 목격하지 못하는 중에 있었던 일이다. 어린아이에 불과했던 모란이 이 사건을 어떻게 알 수

---

32) 이해조, 『화의 혈』, 오거서창, 1912, 85쪽.

있었는지 적절한 설명이 주어지지 않는다면, 선초의 넋이 씌었다는 것은 가장이 아니라 사실로 비치기 쉽다. 선초가 죽은 직후 모란이 그 넋을 받은 듯 행동하였고, 작가 역시 "생전에 아버지 어머니 두분께 효성을 다하여 봉양하려던 마음과 문필 가무 등 각종 재질을 모두 모란이를 전하여 주었으니"(67)라는 사후(死後)의 대사를 막지 않았다는 사정까지 생각한다면 더욱 그렇다.

신소설은 미혹(迷惑)을 비판하면서도 활용하는 이중성 위에 자리잡는다. 이 이중성이 정연한 방식으로 나타나는 경우 목격할 수 있는 것이 『귀의 성』이나 『치악산』의 복수담 같은 구조, 즉 미혹을 이용할 수 있는 능력을 보여주는 방식이지만, 이중성을 이중성 그대로 보여주는 경우도 적지 않다. 꿈의 예지적 기능을 긍정하고는 곧 비판하는 발언을 곁들인다든지, 징조의 관습적 기능을 긍정하고는 바로 부정의 가능성을 보여준다든지 하는 식이다. 예지의 능력은 아직 완전히 긍정될 수도 부정될 수도 없다. 긍정이나 부정, 둘 중 한 쪽을 택해야 한다는 초조가 생겨나기 시작했을 뿐이다. 꿈과 징조의 긍정이나 부정—이 둘은 무질서한 공존이 아니라 상호 부정을 통한 보완의 관계, 어느 한쪽으로 완전히 기울어질 수 없는 이중성의 관계를 맺는다. 이 이중성은 임화가 구분했던 '낡은 양식'류와 '새로운 기원'류를 함께 아우르는, 신소설이라는 양식 자체의 근간이요 전제이기도 하다.

6. 모순적 구조로서의 신소설

『귀의 성』에서 강동지는 "김승지 집 재물은 재물대로 빼앗고 원수는 원수대로 갚으려는 경영"이라는 미심쩍은 이유를 내세워 법에 호소하는 대신 개인적 복수의 길을 택한다. 그러나 비록 강동지가 "돈은 보면 어미 아비보다 반갑고 계집 자식보다 귀애하는 마음이 있어서 속으로 따르"(17)는 인물이기는 하지만, 딸의 참척을 본 후에도 재물 욕심을 떠올리리만큼 『귀의 성』의 선악 구도가 문란해져 있지는 않다. 법에 의한 처결 대신 개인적 복수에 의존한다는 설정은 사실 신소설에 별로 보이지 않는다. 『귀의 성』 외에 마찬가지로 살인까지 불사하는 개인적 복수가 구체화된 작품으로는 『봉선화』 정도를 들 수 있을 뿐이다. 그러나 『봉선화』의 조선각은 사건과 직접 관계없는 제3의 인물로서 의협심을 발휘해 복수를 대행한 것이었으니 왜곡된 형태로나마 처결의 공공성을 갖추고 있었고, "그 때는 경장하기 전이라"는 변명을 앞세우고 있었다. 1900년대 중반을 배경으로 한 『귀의 성』과는 여러 모로 달랐던 것이다. 『귀의 성』의 경우 형사·재판 제도의 기피는 작품 전반의 특징 속에서 설명되어야 할 것으로 보인다. 삽화의 수준에서는 신문명의 면면을 다양하게 보여주면서도 정면에서 문제삼는 것은 피하는 특징 말이다. 점순이와 최가, 그리고 강동지는 아마 처음 기차를 이용하는 셈일 터인데도 기차가 그 자체로 주목을 받는 법이라고는 없고, 경찰·우편·병원 제도나 새로운 시간 측정법 역시 마찬가지이다.

『귀의 성』은 어떤 신소설보다 1900년대 한국의 근대 문물을 풍성하게 보여주고 있지만, 다른 한편 전대(前代) 소설과 가장 닮은 작품이기도 하다. 처첩 갈등이라는 틀은 전대의 가정 소설 그대로이고, 개인적 복수라는 결론 또한 낯설지 않다. 처가 악인으로, 첩이 선인으로 설정되었다는 변화가 획기적이기는 하나 처첩 갈등의 압도적인 인상을 지울 정도는 아니고, 적극적으로 복수에 나서 폭력까지 불사하는 인물의 형상이 이채롭기는 하나 근대 사법제도의 도입만큼 변화를 뚜렷하게 보여주지는 못한다. 『귀의 성』은 선악의 갈등의 아니라 애정의 갈등으로 비약할 수 있는 문제를 처첩 문제라는 보수적인 선에서 닫아 두고, 신분의 제약을 파괴하면서 이루어지는 복수라는 해법을 개인적 차원에서 봉쇄해 버린다. 시계에 의해 측정되는 근대적 시간을 민감하게 의식하면서도 설화적 시간의 무시간성에 기대 대단원을 마련하고, 기차·우편·환전 등 근대적 문물을 다양하게 내비치면서도 그 새로움에 따로 시선을 주지는 않는다. 세부의 근대성과 골격의 반근대성, 『귀의 성』의 구조는 이 안에서 결정된다.

새로운 것과 낡은 것 사이에서 요동하는 것은 다른 신소설도 마찬가지이다. 새로운 근대적 인식과 문물이 신체와 정신을 에워싸기 시작했지만, 아직 그 지배가 전면화된 것은 아니었다. 신소설의 주인공들은 점점 근대적 문물에 노출되는 상황 속에서 전근대적인, 혹은 근대에 저항하는 관습을 고집하기도 했고, 근대를 전근대의 지평 속에서 받아들이고자 안간힘쓰기도 했으며, 또한 근대를 적극 받아들이는 바로 그 자리에서 회귀를 꾀하기도 했다. 신소설을 특징짓고 있는 것은 이러한 모순 자체이다. 신소설은 단순한 근대 지향이 아니라 근대와 전근대 혹은 반근대의 착종으로서, 새로운 문물에의 경사뿐 아니라 옛 문물에의 집착 또한 보여주는 양식으로서 평가될 수 있을 것이다.

(『한국문화』 제28호, 서울대 한국문화연구소, 2001)

번역과 전승*
―『金色夜叉』와 식민지 조선의 근대소설의 관련 양상 연구―

정 종 현**

1. ‘번역’과 한국의 근대문학

근대 문학 연구자들을 곤혹스럽게 만드는 것은, 한국의 근대 문학이 일본 근대 문학의 이식으로 보일 정도로 그것에 크게 빚지고 있다는 사실이다. 이러한 사실에 대하여 연구자들이 지양해야만 할 두 가지 태도가 있다. 사실 자체를 외면하고, 민족주의적인 정서를 도덕적 잣대로 삼아 논의하는 태도가 그 하나이며, 모든 문제를 일본 문학을 원본으로 하는 종속적인 ‘영향과 원천’의 관계로만 파악하려는 태도가 다른 하나이다. 전자는 ‘민족’이라는 범주를 성스러운 가치로 제시하며 이와 배치되는 사실은 의식적으로 봉인하려는 태도를 취한다. 문학사를 ‘독립 저항사’로 이해하는 듯한 몇몇 시사(詩史)의 시해석의 논리, 1940년대를 ‘암흑기’라는 표제로 봉인하는 기존의 문학사 서술 역시 이러한 태도의 일단이다. 한국의 근대적인 내셔널리즘이 일본 내셔널리즘의 자궁에서 배태되고, 이후 일본 내셔널리즘을 타자로 설정하며 성장했다는 사실

을 감안한다면, 문학과 문화에 있어서 일본 제국의 근대적인 '知(앎)'의 판도 안에서 이루어진 교호 작용을 외면한 논의가 '민족'이라는 성스러운 범주를 구제하기 위해 외면하고 있는 '사실'이 무엇인지를 알 수 있을 것이다. '전통'의 정신을 내세웠던 『문장』지의 반근대(反近代)적 심미주의나 '조선적인 것'에 대한 관심을 주창했던 고전 부흥론의 여러 맥락이 사실은 '동양'을 에피스테메로 하는 당대 일본 제국의 담론을 전유한 것이라는 곤혹스러운 사실을 직시할 때, 한국 근대 문학이 지니는 '번역'성에 대해서 올바른 접근을 수행할 수 있으리라 본다.[1]

이와는 반대로, 한국 근대 문학이 일본 근대 문학의 영향 하에 있었다는 사실을 과잉 해석하다보면 모든 것은 일방적인 '영향과 원천'이라는 종속의 관계로 귀결될 수밖에 없다. 물론, 당대의 문화적인 소통이 대등한 근대 국민국가(nation state)간의 것이 아니라, 식민모국과 피식민지간의 소통이라는 점을 감안하더라도, 문화 현상과 작품, 작가 간의 일방향적인 소통 관계만을 강조하는 것은 사태를 단순화하는 것이다. 식민지와 피식민지의 관계가 단순히 지배와 저항으로만 규정할 수 없는 '모방과 역류'의 관계가 뒤얽혀 있음을 강조하는 탈식민주의의 연구 성과들은 일본 제국 안에서의 식민지 조선에도 적용될 수 있다. 일본과 식민지 조선의 사이에는 역사적으로 상이한 문화정체성을 형성·유지해온 두 공동체 간의 길항이 존재하고 있다. 따라서, 일본과 식민지 조선의 근대 문학간의 소통은 상이한 역사 전통을 배경으로 이질적인 윤리 의식과 문화 전통을 지니고 살아온 다른 두 문화 집단 사이의 '번역'이라는 점을 인식하는 것이 중요하다. 이때의 번역은 단순히 두 언어 공동체 간의 언어 소통만을 의미하는 것이 아니다.

---

1) 1930년대의 일본 제국의 '동양론'과 식민지 조선의 담론과 작품과의 관련양상에 대한 논의는 정종현, 「식민지 후반기(1937~1945) 한국문학에 나타난 동양론 연구」, 동국대학교 박사논문, 2005 ; 차승기, 「1930년대 후반 전통론 연구」, 연세대학교 박사논문, 2002 ; 김예림, 「1930년대 후반 몰락 / 재생의 서사와 미의식 연구」, 연세대학교 박사논문, 2002을 참조할 것.

근대 국민 국가의 동일화 문제를 번역의 맥락에서 접근한 사카이 나오키(酒井直樹)의 논의는 한・일 근대 문학 사이의 '번역' 문제에도 의미 있는 시사점을 제공한다.[2] 그는 번역을 경계들 간의 '같은 척도로 비교할 수 없는 것들(incommensurability)' 사이의 틈을 메우고 재연하는 동질언어적인 발신(homolinguial address)과, 경계와 경계 사이에 위치한 번역자의 유동적인 위치와 동요 및 이 두 경계 사이의 메울 수 없는 간극을 설정한 이질언어적 발신(heterolinguial address)으로 구분지어 설명한다. 물론, '번역'의 작업은 일차적으로 '발신자와 수신자의 최초의 불연속을 연속시키고 인지하게 하는 실천'이다. 이런 측면에서의 번역은 사회적 형식에서 불연속의 지점들을 연속시키는 여타의 사회적 실천들과 같은 것이다. 우리는 단지 번역한 이후에야 소급적으로 처음의 틈(gap, crevice), 또는 완전하게 구성된 영역들 사이의 경계라는 처음의 '같은 척도로 비교할 수 없는 것들(incommensurability)'을 인지할 수 있다. 하나의 언어 통합체와 또 다른 언어 통합체 사이에 이미 결정된 '처음의 차이'를 재연 가능하게 만드는 것은 번역이라는 작업 그 자체이다. 그러나, 번역될 수 없는 것을 낳는 것이 또한 번역이다. 번역될 수 없는 것의 본질적인 사회성은 동질언어적 발신에서는 무시되며, 이런 시각의 억압과 함께, 동질언어적 발신은 번역을 의사소통과 동일시하는 결과로 이어지게 된다.

사카이 나오키의 '번역'에 대한 이해는 오자키 고요(尾崎紅葉)의 『金色夜叉』와 조중환의 『長恨夢』 및 일군의 한국 근대 소설과의 비교 연구라는 당면한 주제는 물론이거니와, 한국 근대 문학과 일본 문학과의 관계를 설정하는 데 있어서도 유용한 개념이라 판단된다. 원본과 번역 사이에 언어적인 변화만을 가정하고 일방적인 영향 관계를 설정하는 태도는 모두 이 두 경계 집단 사이의 간극을 연속적으로 파악하는 '동질

---

2) Sakai Naoki, *Translation and Subjectivity-On "Japan" and Cultural Nationalism*, University of Minnesota Press, 1997.

언어적 발신'의 사고이다. 사카이 나오키의 견해를 빌려서 말하자면, 번역(혹은 번안)이라는 과정을 통해『金色夜叉』와『長恨夢』사이의 이 번역불가능성의 영역이 비교 가능한 연속의 영역으로 나오게 된다. 또한 비교 가능한 연속의 영역으로 등장한『金色夜叉』와『長恨夢』의 텍스트 간에는 번역될 수 없는 것이 생겨난다.『長恨夢』은 분명『金色夜叉』의 번역·번안이지만『金色夜叉』의 배경과 어휘를 조선적인 배경과 어휘로 옮기는 기능적인 작업에 그친 것만은 아니다.3)『長恨夢』에는 당대 조선 사회가 직면한 새로운 문제에 대한 작가의 답변이 실려있고, 근대 소설의 형성 과정에서 일본과 조선의 영향 관계 및 차이점을 구명할 수 있는 단서들이 내장되어 있다. 이 글에서는『金色夜叉』와『長恨夢』을 비교 분석한 연구사를 중심으로『金色夜叉』의 기본 모형이 어떻게 식민지 조선의 근대 소설의 모델로 변주되고 있는지를 검토하면서, 일본 근대문학의 강력한 영향 하에서도 한국 근대소설의 발전 경로가 달라지게 된 이유에 대해서도 함께 살펴보고자 한다.

2.『金色夜叉』와『長恨夢』의 비교 연구사 검토

『金色夜叉』와『長恨夢』의 개별 텍스트에 대한 연구, 혹은 두 텍스트 사이의 비교 연구 성과는 그다지 풍부한 편은 아니다. 1910년대를 전후해 폭넓게 번역·번안되어 전유된『金色夜叉』와 그 번역·번안물인『長恨夢』은 "눈물을 흘리는 것 자체가 목적이며 위안이 되는 감상"4)의

---

3) 마루야마 마사오·가토 슈이치(임성모 역,『번역과 일본의 근대』, 이산, 2000)가 지적한 것처럼, '서양'의 근대성을 따라잡아야 했던 동아시아에서의 번역은 그 자체가 '문명화 과정'이었듯이, '일본'을 근대성의 표상으로 위치시켰던 식민지 조선에서의 번역 행위 역시 마찬가지의 과정에 해당할 것이다. 문제는 이러한 번역의 '문명화 과정'에 부수된 내부 식민화 과정 중에도, 이 번역이 자기 사회의 문제에 대한 답변의 기능을 하고 있었다는 점에 있다.

문학으로 국한되어 다루어질 수만은 없는 텍스트이다. 두 작품이 토대
한 멜로드라마적 구조와 신파적 감상성에 대한 선행 연구들의 지적은
타당한 것이다. 그러나 두 작품의 관련 양상은 텍스트로서의 부정적인
결함을 넘어서는 문제적인 국면을 담고 있다. 두 작품의 차이에서 드러
나는 문화적인 맥락과 단지 통속성의 증거로만 지적되었던 다양한 이
본과 대중의 열광적인 관심은 식민지 조선에서 근대성이 형성되는 과
정의 특징들을 보여주는 사례로 접근되어야 한다. 기존 연구사가 『長恨
夢』을 조선 나름의 근대성 형성 과정을 보여주는 문학 텍스트로 다루
지 않았던 이유는 신파성과 멜로 드라마적 구도 등 본격 문학에 미달
하는 '통속물'이라는 텍스트 해석 때문이기도 하지만, 또한 『金色夜叉』
와 『長恨夢』의 관계를 원천과 종속의 관계로 보는 시각에 사로잡힌 탓
이기도 하다. 『長恨夢』을 원작의 표절로서 "그야말로 어쩔 수 없이 취
해진 暫定的이요, 過渡期적인 外來文學의 受容方便"이며 "값싼 눈물을
자아내는 작품"5)으로 평가한 초기 연구자의 관점은 이후 이 작품에 대
한 확정적인 평가로 자리잡았다. 『長恨夢』을 번역과 표절의 중간단계
인 '전이(transposition)'의 텍스트로 규정하며, 후반부에 두드러지는 조일
제의 창의성을 강조하는 이재선의 논의,6) 내용 변개에도 불구하고 "타
인이 제공한 제재와 플롯 자체에 의거한다는 점에서 표절 행위와 마찬
가지"라고 지적하는 권영민의 평가,7) 근대 초기의 장편 형성에 일정한
계기를 부여했음에도 결국 식민지 시대의 본질적인 현실을 은폐하는데
기여했다는 최원식의 평가8) 역시 초기에 확립된 관점에서 크게 벗어나

---

4) 김윤식, 『개정·증보 이광수와 그의 시대』 2, 솔, 1999, 145쪽.
5) 전광용, 「한국소설발달사」, 하, 고려대학교 민족문화연구소편, 『한국문화사대계─언어·
　문학편』 下, 고려대학교 민족문화연구소출판부, 1967, 1214쪽.
6) 이재선, 「翻案小說考─「金色夜叉」의 受容과 變容의 경우」, 『韓國開化期小說研究』, 일
　조각, 1972.
7) 권영민, 「一齊 趙重桓의 翻案小說들」, 김열규·신동욱 편, 『신문학과 시대의식』, 새문
　사, 1981.
8) 최원식, 「長恨夢과 위안으로서의 문학」, 김치수·백낙청·염무웅 편, 『한국문학의 현

지 않는다. 두 텍스트의 비교 연구사는『金色夜叉』를 원본으로 두고『長恨夢』의 장, 절 및 인물, 스토리 전개, 배경, 문체 등에서 보이는 차이를 일일이 대조한 후,『長恨夢』이『金色夜叉』에서 얼마만큼 변화되었는가를 가려내고, 이 변화에도 불구하고 원본의 표절 혹은 열등한 텍스트의 한계를 벗어날 수 없는 것으로 파악하거나, 번안자 일제 조중환의 창의가 일정 부분 드러나는 것으로 보아야 한다는 결론을 형성해 왔다. 표절·번안·번역이라는 세 가지 범주가 혼동되어 사용되는 것은 과연『長恨夢』을 당대 조선 사회가 처한 문제 의식과 그에 대한 해답을 기본항으로 삼는 문학 텍스트로 평가할 수 있는가의 문제와 관련되어 있다. 이러한 관점에서는 당연히『長恨夢』에 드러난 자본주의적 사회 현실이 당대 식민지 조선의 현실에 부합하는가,『長恨夢』이 취하고 있는 해결 방식이 근대적인 노블에 부합하는가 하는 질문이 중요시 된다.

  이와 관련하여 기존 연구사가『長恨夢』을 일반적인 문학론의 입장에서만 검토하여 미달의 문학으로 재단한 것을 비판하면서, 이 작품에 등장하는 '고리대금업자, 무역원, 기생, 일본유학생' 등의 사회·문화적 코드가 가지는 의미를 역사적인 맥락에서 검토한 신근재의 논의9)는 자못 흥미롭다. 그에 따르면『長恨夢』은 1910년대를 전후한 조선 사회의 맥락을 담고 있는 텍스트로,『長恨夢』에 등장하는 인물들은 모두 당대 현실과 사회 의식을 반영하는 인물이다. 그는 결과적으로『長恨夢』을 구성하고 있는 사회 의식이 원작인『金色夜叉』의 그것과는 별개라고 주장하고 있는 셈이다. 이것은 이전까지의 연구물들과는 상당히 다른 관점이다. 가령, 구니키다 돗포(國本田獨步)의 평을 빌려『金色夜叉』를 "洋裝한 게사쿠 文學"으로 정의하고,『長恨夢』을 구소설의 통속성으로 회귀한 작품이라 규정하면서 두 텍스트를 동일화하는 최원식의 논의는

단계』, 창작과 비평사, 1982.

9) 신근재, 「『金色夜叉』와 「長恨夢」에 반영된 사회의식」, 『한일근대문학의 비교연구』, 일조각, 1995.

텍스트가 생성된 대상 사회와 텍스트에 구현된 사회 의식에 대해 구분하지 않고 동질화하고 있는 기존 연구사의 시각을 대변한다고 볼 수 있다. 그는 이 두 소설의 사회 문화적 맥락을 사실상 동일한 것으로 설정하고 있다. 돈과 대립되는 가치인 '사랑'이라는 것이, 사실은 『金色夜叉』에서는 '의리'의 다른 이름이고, 『長恨夢』에서는 '열(烈)'이라는 봉건적인 이념의 다른 이름이며, 이 둘은 모두 봉건적인 세계로의 복고를 매개로 한 통속의 코드라는 지적이다. 두 작품의 문제점에 대한 지적으로서는 탁발한 견해이지만, 질문이 여기에만 그친다면 식민지 조선에서의 근대적인 노블 형성 과정의 구체적인 양상을 보여주는 베스트셀러 『長恨夢』에 대한 폭넓은 접근은 어려워 진다. 과연 『金色夜叉』의 '미야'라는 인물은 봉건적인 가치인 '의리'로만 회수될 수 있는 인물형인가, 또한 심순애의 '열(烈)'은 『金色夜叉』의 '의리'와 어떤 공통점과 차이점을 지니며 그 차이가 생긴 원인은 어디에 있는 것인가. 이후 근대 소설의 핵심적인 테마로 반복 재현될 '진정한 사랑'이라는 모형 도입과 관련해서, '의리'와 '열(烈)'이라는 문화적·도덕적 규범을 둘러싼 당대 인식의 변화 양상의 검토는 중요한 의미를 지닌다고 할 수 있다.

이 문제를 검토하기 위해서는 이제까지 간과되어 왔던 『金色夜叉』를 둘러싼 논란에서부터 시작을 해야 한다. 전광용, 이재선, 최원식, 권영민 및 기타 대다수의 연구자들은 상반부는 오자키 고요 원작의 축자역이지만 중반부부터 약간씩 개작되고, 후반부의 마지막 장 직전까지는 원작에 다시 충실하다가, 종결장에서 원작과 다른 엉뚱한 결말을 이룬다는 거의 동일한 해석을 하고 있다. 종결장에 대한 해석을 두고 번안자의 창의가 새롭게 가미되어 개작·창안된 것이라고 지적하든, 아니면 구소설의 통속성을 답습한 것으로 비판하든 간에, 그 종결장이 새로운(추가된) 것이라는 인식에는 별반 차이가 없어 보인다. 기존 연구가 간과한 오자키 고요의 『金色夜叉』와 조중환의 『長恨夢』 사이의 번역에서 빠진 부분 즉 고요의 문하생인 오구리 후요(小栗風葉)가 오자키 고요의 복안(腹案)을 토대로 완성한『金色夜叉終篇』까지 고려한 번역 과정을 밝히고 있는 논의들이 최근에 제기되었다. 한광수[10]는 오자키 고요의『金色夜叉』와 오구리 후요의『金色夜叉終篇』의 스토리를 종합한 것을 완결된 작품으로 인식한 상태를 경유해서 조중환의『長恨夢』번안 작업이 수행되었음을 설명하고 있다. 나카가와 아키오(中川明夫)[11] 역시도『金色夜叉』와의 영향관계만을 주목한 연구에 의문을 표하며, 조중환이 오자키 고요의『金色夜叉』와 오구리 후요의『金色夜叉終篇』을 종합한 것을 저본으로 하고 있음을 지적하고 있다. 오자키 고요가『金色夜叉』의 연재와 중단을 거듭하다가 정사(情死)하려던 '사야마', '아이꼬' 부부를 구해온 후, '미야'의 편지를 읽고 '아이꼬'와 대화하는 장면을 연재하던 중 요절한 사실은 잘 알려져 있다. 이후 고요의 문하생인 오구리 후요가 1909년에『終篇金色夜叉』를 썼는데 그 내용이『長恨夢』의 결말부와 유사하다. 오쿠리 후요는 또한 1905년에 신파극 대본인『脚本 金色夜叉』를 쓰기도 했는데, 나카가와 아키오와 한광수에 따르면 각본과 종편 모두 평소 오자키 고요가 말로 자신의 문인들에게 남겼던 '腹案(聞書)'과 스스로 작성했던 '복안(覺書)'의 내용을 참조하여 작성하였다 한다. 나카가와와 한광수가 동시에 인용하고 있는, 카츠모토 세이이치로(勝本清一郎)에 의해 정리된『金色夜叉腹案覺書』(1941)에서『金色夜叉』의 결말 부분과 관련된 覺書 六을 정리하면 아래와 같다.

(十四)
富山의 가정 — 宮는 憂悶 精神錯亂 症勢를 보이며 남편에게 이혼 신청
　　　　　 — 唯繼의 냉담

---

10) 한광수,「尾崎紅葉의『金色夜叉』, 그리고 小栗風葉의『金色夜叉終篇』과 趙重桓의『長恨夢』—原作에서 離脫한 文學的 想像力」,『日語日文學研究』42집, 2002. 8.

11) 나카가와 아키오,「長恨夢의 번안형태에 대한 재검토」, 한국비교문학회 2002년 가을 국제학술 발표회.

(十五)

間의 家庭－狹山夫婦의 동거
　　　　　－兩人의 정성어린 시중

(十六)

荒尾과 直道에게 改悛 告白

(十七)

鳴氵尺一家의 비탄(宮의 발광)

○ 富山는 愛子에게 버림 받고 나서, 赤襷를 데리고 방탕한 생활을 하
며, 2주일이나 집에 돌아오지 않는 타락상이 신문에 난다.

▲ 母親이 와서 병중의 宮을 책망한다(그녀의 오늘날 위치를 말하며,
그 은혜를 느끼지 못하는 사람은 인간이 아니라고 책망한다)

○ 富山가 하루는 훌쩍 돌아와서 집을 비운 사이에 있었던 일을 이야
기한다. 그가 말하길, 집에 있는 것이 불쾌하기 때문에 그런 일도
한다. 시중을 잘 들면 앞으론 자신도 改悛하겠다. 당신 생각은 어떠
냐고 추궁한다. 宮은 병 때문에 할 수 없다고 대답한다.

○ 그렇다면 입원하라고 권한다. 이는 그런 다음에 첩(十七살 먹은 半
玉)을 집에 들이기 위함이었다.
宮는 분해하지도 않고, 지금은 貫一가 滿枝와 즐거워 함을 의심하
고서, 완전히 절망의 밑바닥으로 가라앉으면서, 또 貫一의 변한 모
습을 보고서 연민의 정을 견디지 못한다. 어떻게 처신해야 할지 몰
라 번민을 하느라 잠시 쉴 틈도 없다.

○ 宮는 우울 증세를 이유로 병원에 수용된다.
貫一을 만나려고 항상 병원을 탈출하려고 한다.

(十八)

貫一는 사람들에게 설득되어 비로소 宮를 용서할 마음이 생긴다.

(十九)

貫一는 宮를 차에 싣고 돌아오는 길에 화장터에서 赤樫의 뼈를 안고
돌아오는 滿枝의 일행과 만난다.[12]

　　요컨대 나카가와와 한광수의 논의는 '腹案(覺書) → (『金色夜叉』・『終

---

12) 한광수, 앞의 글, 131쪽에서 재인용. 나카가와의 인용도 동일함.

篇金色夜叉』)→『長恨夢』'의 번안 과정을 지적하고 있는 셈이다. 기존의 연구가 『長恨夢』과 『金色夜叉』와의 관련만을 염두에 두고 결말부를 조중환의 창의라고 설정한 데 반해 이들의 논의는 『長恨夢』의 저본이 『金色夜叉』와 『終篇金色夜叉』를 합한 것이라는 점을 지적하고 있다.13) 고요와 오구리 후요를 종합한 상태의 저본을 염두에 두고 『長恨夢』의 변개 내용에 대해 접근할 때, 문제적인 범주로 떠오르는 변경된 내용의 핵심은 상편 이후, 대동강에서의 이별 이후의 심순애의 자각과 그녀의 열녀적인 정조관에 입각한 사고방식을 두드러지게 하는 스토리상의 변개이다. 이 장면은 고요의 원작과 비교해서 장면 분량 자체가 확장되고, 스토리상 유사한 오구리 후요의 '終篇'에 비해서도 상당한 내용 변개가 이루어진 부분이다. 그 변개된 내용의 개요를 간략히 정리하면, 심순애는 자신의 잘못을 자각한 후에 이수일에 대한 '정조'를 지키기 위해서 4년간에 걸쳐서 남편 김중배와의 잠자리를 거부하던 중, 술을 미끼로 한 김중배의 야비한 술책 때문에 겁탈당한 후 대동강변에 투신하였다가 백낙관에게 구제받고, 결국 두 주인공 이수일과 심순애가 행복하게 잘 살게 된다는 고소설적 결말로의 변이이다.

최원식은 심순애의 '억지스런 수절', 김중배의 파산과 이수일과 심순애의 재결합을 역겨운 결말이라 지적하며, 민족의 비참한 현실을 외면

---

13) 「長恨夢」 이전에 이미 「金色夜叉」와 「終篇金色夜叉」가 번안 소개된 흔적이 남아있다. 革新團이 1912년 연흥사에서 공연한 <수전노>라는 작품은 이미 1905년에 각색된 「終篇金色夜叉」가 어떤 경로로든 소설 「長恨夢」 이전에 신파극으로 소개되었음을 암시하고 있다. 신문에 소개된 그 연극의 줄거리는 아래와 같다.
'중학교 생도 임성구와 고등여학교 생도가 결혼한 지 7, 8년이 되었는데 여학생의 부모가 당초에 임성구와 결혼할 때는 임성구의 재산이 유여함을 탐하였다가 지금은 빈한함을 혐의하여 그 딸을 다른 곳으로 개가한지라 임성구가 그 광경을 당함에 분한 생각이 나서 금전을 저축하기로 결심하고 상업에 종사하여 부자가 되었으며 그 여학생은 자기 부모의 명령을 어기지 못하여 타처로 출가는 하였으나 홀연 회개하여 여자가 한번 결혼한 후에 타처로 개가함은 여자의 도리가 아니라 하고 인해 미쳤다함'(『매일신보』, 1912. 5. 22). (유민영, 「「金色夜叉」와 「長恨夢」」, 『金色夜叉』, 범우사, 1992, 406쪽).

하고 허탈감을 달콤하게 위안해주는 마취제의 역할을 한 것으로 비판하고 있다. 이 비판의 시시비비 이전에 이러한 평가가 위치하고 있는 원본과 counterpart간의 서열화의 시각을 지적해야만 하겠다. 최원식의 지적에는 『長恨夢』과 『金色夜叉』를 비교할 때 중시해야 할 관점 하나가 빠져있다. 모두(冒頭)에서 사카이 나오키를 언급하면서, '같은 척도로 비교할 수 없는 것들(incommensurability)', 비교 불가능한 것들이 연속되게 하는 것이 번역한 후 소급하여 형성된다는 점을 지적한 바 있다. 『金色夜叉』에서 『長恨夢』으로의 변개 과정에서 주목할 대목은 이 두 작품의 우열의 관계가 아니라, 비교될 수 없는 것들이 어떻게 동질언어적인 발화로 재연되는가이며, 거기서 생기는 번역할 수 없는 것들에 대한 차이에 대한 이해이다. 최원식 스스로가 지적했듯이, 그 가장 중심에 있는 것은 '의리'와 '정조'의 차이이다. 『長恨夢』이 심순애에게 '정조'의 관념을 부가하면서 고소설의 우연성을 통해 결말부의 해피엔딩으로의 인과관계를 설정하는 것을 어떻게 해석할 것인가. 『長恨夢』이라는 싸구려 신파가 남겨둔 왜곡된 감수성과 대중문화를 질책하는 것은 중요하지만, 이 감수성과 취향이 가능했던 이유를 밝히는 것이 병행되어야만 한다. 이 문제는 바로 '도덕적 자연'에 대한 믿음과 훼손된 세계가 원환적인 완결성의 세계로 회복되리라는 낙천성이 강하게 영향을 미쳐온 조선의 서사적 관습과 그의 지반인 낙천적 세계관의 맥락 속에서 설명되어야 할 것으로 판단된다. 중요한 것은 원작의 능력있는 런던 유학생 도미야마를 돈많은 은행 지점장이지만 도덕적인 파락호인 김중배로 바뀌게 하고, 또 김중배를 파산시키고, 심순애를 도덕적으로 자각시켜 자살을 시도하도록 이끌며, 이수일과 심순애를 끝끝내 재결합 시키고야 마는 집요한 힘이 어디에서 기인하는가에 있다. 그것은 조중환이라는 번역자 개인의 문제처럼 보이지만, 또한 그 개인을 매개로 한 집단적 세계 인식 및 취향과 관계된다. 이것은 분명 통속적 코드이지만, 그것을 대중과의 영합이라고만 비판하는 순간에 우리는 『長恨夢』을 통해 읽어

낼 수 있는 많은 것들을 놓치게 된다. 심순애를 조선 사회의 재래의 도덕적 규범인 '열(烈)'로 속박시키는 결말을 선택한 이유는 무엇인가? 우리는 '미야'형 인물에서 '순애'로 변개된 번역 의식 속에서 『長恨夢』을 둘러싼 새로운 질문을 던질 수 있을 것이다. 조중환은 왜 『長恨夢』이라는 소설을 썼는가? 번역이 아니라 썼다고 표현하는 것은 조중환이 『長恨夢』이라는 텍스트를 생성해 낸 것이 당대 조선 사회에 도래한 새로운 문제적 사태에 대한 문학적인 해결책의 제시를 위해서라는 판단 때문이다.

3. 사랑의 삼각관계 모형 도입과 계몽 서사의 결합

『金色夜叉』와 『長恨夢』의 중심 모델이 두 남자와 한 여자의 사랑의 삼각 관계라는 사실은 너무도 자명하여서 새삼스럽게 지적할 사항이 아닌 것처럼 보인다. 그러나 이 사랑의 삼각관계의 형식과 내용에 대한 이해는 근대 소설 형성의 비밀을 푸는 하나의 열쇠에 해당한다. 번역이기는 하지만 『長恨夢』은 한국 근대 소설사에서 두 남자로 대표되는 근대적 가치에 대해서 양가적인 태도를 취하는 여인을 중심에 둔 사랑의 삼각 관계 모델이 등장하는 최초의 작품이라는 각별한 의미를 지닌다. 이때 이 양가적인 태도와 연결되어 있는 카테고리는 이후 한국 근대 소설의 핵심적인 명제로 등장하는 '진정한 사랑'과 '돈'의 대립이다. 그러나 이러한 모형이 최초라는 의미에도 불구하고, 『長恨夢』의 '순애'는 자본주의 근대에 기반한 '욕망'에 충실한 인물로 묘사되지는 않는다. 순애가 '김중배'를 선택하는 것이 '부(富)'가 제공하는 환타지 안에서 자신의 삶의 정체성을 가상하는 자본주의적 '욕망'에 충실한 모습으로서가 아니라, 아직 미숙한 정신을 지닌 철없는 여인의 '허영'이라고 전제되고 작품이 출발하는 이상, 이 소설의 결말은 그 허영을 깨닫고 도덕적인 자연의 질서를 회복하는 방식, 즉 문제를 상상적으로 처리하는 이데올로기적 해결로 귀결되는 것이 예비되어 있다.

　오자키 고요의 『金色夜叉』의 '미야'의 경우는 이와는 사뭇 다르게 자신의 욕망에 충실하다가 자기파멸적인 상황으로 치다르는 과정의 편린이 보인다. 그러한 이유로 두 소설에 대한 평가에 있어서 계서화된 접근이 반복되어 왔다. 『金色夜叉』가 중단과 연재를 반복한 이유가 오자키 고요의 건강상의 문제와 결부되어 있다는 통설은 널리 알려져 있는 사실이다. 그러나 『金色夜叉』의 연재 중단의 이유가 단순히 건강상의 문제가 아니라 『金色夜叉』의 구상 단계부터 존재하던 고요의 구상의 모순성에서 비롯되었다는 문제제기14)는 주목할 만하다. 그 지적의 내용은 고요가 내재적 통일성을 갖기 어려운 복수의 구상을 하였기 때문에 작품의 스토리를 일정한 방향으로 종결할 수 없었다고 요약할 수 있다. 이러한 복수의 구상의 구체적인 예는 고요의 집필동기15)에 드러

---

14) 한광수, 「尾崎紅葉의 『金色夜叉』, 그리고 小栗風葉의 『金色夜叉終篇』과 趙重桓의 『長恨夢』－原作에서 離脫한 文學的 想像力－, 『日語日文學硏究』 42집, 2002. 8, 125~128쪽 참조.

15) 「金色夜叉上中下篇合評」(明治三十五年六月二十九日於日本橋俱樂部)(『藝文』, 1902. 8 收錄), 한광수, 앞의 논문, 126~127쪽 재인용.
　"세상에는 대체로 두 가지의 커다란 힘이 사회의 결합을 유지시킨다. 그것은 사랑과 황금이다. 그러나 황금의 세력은 단지 순간적에 지나지 않아, 설사 그 힘이 아무리 강렬하다고 할 지라도, 그 세력을 영구히 보존해 갈 수 없다고 생각한다. 그에 비해, 사랑은 영구불변하게 인생을 점유한다고 보여진다. 인생을 극히 밀착되게 결합시키는 것은 사랑이다. 나는 그것을 써보고 싶어, 이 편을 기초했다. 하자마 강이치 一身 자체는 사랑과 황금의 싸움을 구상화시켜 드러낸 것이다. 그리고 金色夜叉를 쓰는 데는 또 하나의 동기가 있다. 그것은 내가 明治式의 여인을 써보고 싶었다는 점이다. 미야는 바로 이 명치식 여인의 화신인 것이다. 그래서 주인공이 강이치일지라도, 미야를 묘사하게 되는 부분에서는 강이치보다 일정 정도 구상화시키기가 훨씬 쉬웠다.
　미야는 명치식의 여인이라고 하더라도, 그녀가 보통의 명치식 여인이라면 부자인 토미야마 부류의 사람에게 시집을 갔을 때, 그 순간부터 옛날 관계를 버리고 완전히 토미야마 부인이 되어 강이치를 잊어버려야 했을 것이다. 그러나 나는 미야로 하여금 超明治式 여인 답게 그려낼 작정으로 미야가 후회하는 마음을 가득하게 했던 것이다. 이것이 내가 이 작품을 쓰려고 했던 동기이다."

나 있는데, 이를 요약하자면 간이치를 통해서는 초시간적인 '사랑'의 가치를 미야를 통해서는 '명치식' 여인과 자기중심적인 욕망의 소유자, 즉 '초(超)명치식' 여인의 조형이라고 하는 이중의 목표를 제시하고 있는 데 있다. 즉, 남성에게는 '사랑'이라는 초시간적인 삶의 가치를 얻어내려고 하면서 그것을 현재와 초현재라는 이질적인 시대적 가치를 지닌 여성상을 통해 실현하려고 하여, 필연적으로 작품의도와 인물 설정의 측면에서 파행적인 성격을 내재시켰다는 지적이다.『金色夜叉終篇』은 오자키 고요가 구상했던 복수의 구상 속에서 이중적이었던 '미야'의 한 측면을 포기한 것이며,『長恨夢』은 이러한『終篇』을 바탕으로 김중배에게 가기 전의 심순애의 모습으로 회복시킴으로써 자아실현욕이 강한 고요판『金色夜叉』의 '미야'를 남성중심의 조선사회에서 이상적인 여인상으로 상상되었던 열녀 '심순애'로 바꾸어 놓았다고 말할 수 있다.16) 미야가 도미야마를 선택하면서 형상화되는 내면의 동요, 요컨대 물질적인 욕망과 '부'가 보장하는 새로운 가치에 대한 열망이 '순애'로 변경되면서 사라지는 것이다. 여기서 포기된 '미야'라는 여성상의 한 측면은 오자키 고요의 활동 시대에 활발해 지기 시작한 자연주의 경향의 소설에서 즐겨 다루는 테마이다. 미야의 한 측면은 프랑스 자연주의의 영향과 연관된 '길들여지지 않는 여자' 혹은 악녀형, 독부형의 여성 이미지와도 관련된다. 자신을 옭죄는 의리에 얽매이지 않고 자신의 욕망에 충실한 '미야'와 의리에 옭죄이는 '미야'의 갈등이 끝끝내 해소되지 못한 채, 오자키 고요의 요절과 함께 작품은 미완으로 남게 되었다.

근대적인 욕망에 충실한 인물인 '미야'와 '열(烈)'이라는 전통적인 윤리의식에 속박된 심순애. 근대소설의 독자가 두 작품을 서열화하는 심

---

16) 이러한 변개는 최근의 문화번역에서도 확인할 수 있다. 아사다 지로의 「러브레터」라는 단편소설을 원작으로 한 송해성 감독의 영화『파이란』에서 원작소설의 매춘부 '파이란'을 세탁부 '파이란'이라는 순수한 영혼의 표상으로 변개시킨 것도 한국의 강고한 서사적 관습과 관련된다고 할 수 있지 않을까?

리는 당연해 보인다. 그러나 이 두 작품에 제기되는 '미야'와 '순애'라는 여성은 그 둘을 단순 비교하여 어느 인물형이 '노블'적 성격에 근사(近似)한가를 잣대로 위계화하는 데 의미가 있는 것이 아니라, '미야'가 '심순애'로 변모하는 양상에 더 중요한 의미가 있다. 그 변모 양상이야말로 조중환이 이 소설을 통해서 당대 조선 사회의 문제적인 사태에 대해 답변하고자 하는 바가 무엇인지, 이러한 이데올로기적 결말로 해결하고자 하는 사태가 무엇인지를 잘 알려주고, 변모에 작용한 힘이 무엇인지를 알려주는 것이기 때문이다. 화폐경제와 자본주의 근대의 대두가 현실화된 식민지 근대 사회에서, 신흥하는 물질주의적 가치의 대두와 갈등은 더 이상 이전의 '도덕적 자연'에 토대한 규범으로는 해결할 수 없는 성질의 것이었다. 『長恨夢』의 경우를 보자면 '심순애'의 내적·외적 갈등은 분명히 새롭게 생성된 자본주의 근대가 빚어낸 욕망과 관련된 문제이고 이것은 더 이상 '열(烈)' 등 전통적인 도덕 체계만으로는 해결할 수 없는 성질의 것이다. 그럼에도 그 해결을 이전의 '도덕적 자연'에 의지하는 것은 새롭게 밀려오는 충격에 대응하기 위해서 익숙한 도덕적인 관습에 의지하는 것이며, 그것이 대중적인 성공을 거두고 있는 것은 대중(독자)들에게 자리한 이 도덕적 관습의 강력한 힘을 반증하는 것이다.17) 그러나 재래의 도덕적 관습에 의지하는 것만으로는 이 갈등의 사태를 수습할 수 없다는 사실을 텍스트는 스스로 증거하고 있다. 자본주의적 화폐경제가 제기한 사태와 윤리적 갈등을 해결할 확고한 권위가 더 이상 존재하지 않는다는 사실을 무의식적으로 증

---

17) 물론 이러한 견해에 대해 과연 『長恨夢』에 그려진 대상 사회가 당대 식민지 조선 사회에 부합하는가에 대한 의문을 제기할 법하다. 당대의 화폐경제의 발달상과 사회상황에 대한 통계치를 통해 조선 사회의 현실상이 『長恨夢』에 상당히 부합하고 있음을 지적하고 있는 연구(신근재, 앞의 논문)도 있거니와, 『長恨夢』이 번역된 시기가 이미 일본의 '내지'와 식민지 조선이 인국(隣國)이 아니라 제도상 제국이라는 국민국가 시스템으로 통합되는 시점이라는 점을 인식하는 것이 중요하다. 식민지 지식인들의 교육의 순례가 동경과 이어지고, 일본 내지의 문제적 사태와 문학 텍스트는 이제 동시대의 문제로 받아들여졌다는 인식이 가능한 것이다.

거하는 것이 『長恨夢』에 등장하는 기독교의 역할이다. 이 텍스트에서
긍정적인 인물군으로 설정된 인물들이 모두 기독교도라는 점은 주목해
야만 할 특징이다. 고리대금업자로 비참한 최후를 맞이하는 김정연의
아들 '김도식'은 기독교 전도사이며 순결한 영혼의 소유자로 설정되어
있다. 또한, 순애의 부친 '심택'의 청을 받아 이수일을 설득하여 그와
순애의 비련의 끝을 순리의 세계로 이끄는 중요한 역할을 하고 있는
애국계몽기의 지사인 백낙관도 기독교도이다. 백낙관이 펴는 기독교적
'회개'의 논리는 재래의 도덕적 규범인 '열(烈)'과 '정조'의 윤리 규범과
함께 이 텍스트의 결말을 지탱하는 도덕적 권위로 호명된다. 이수일은
백낙관의 설득에 의해 고리대금업을 청산하고 새로운 사람으로 갱생할
것을 결심한다. 회한으로 울고 있는 수일에게 백낙관은 "자네는 오늘날
이렇게 회개를 하였네그려. 회개한 이상에는 여섯 해 동안에 자네가 타
락하였던 죄는 모두 없어진 줄은 자네도 알지. 한 번 죄를 회개하고 자
복한 이후에는 이수일이는 정말 완전한 사람이 되었다 할 터인데, 그렇
게 완전한 사람이 된 이수일을 만일 이후에도 어젯날까지 고리대금하던
수일이로 세상 사람이 대접을 하면 그때는 자네가 어찌할 터인가?"[18]고
묻는다. 이러한 질문은 절대적인 권위를 지닌 신에 의해 용서받은 회개
한 자를 범인들이 용서하지 못하는 것은 온당하지 않다는 논리를 거쳐
'돈'으로 표상되는 가치에 의해 깨어졌던 도덕적 자연 질서의 상징인
이수일과 심순애의 비련을 해결하는 논법으로 이어진다.

> 그저 예수 그리스도가 말씀하시기를, 「너희들이 만일 사람의 죄를 용
> 서하면 너희들의 천부도 또한 너희들의 죄를 용서할 것이요, 만일 사람
> 의 죄를 용서치 아니하면 너희들의 천부는 또한 너희들의 죄를 용서치
> 아니하리라……」 하였으니, 여보게 수일이, 자네도 자네를 스스로 용서
> 하는 동시에 그 여자 한 사람도 그만 용서하여 주면 어떠하겠는가?[19]

---

18) 전광용 · 송민호 · 백순재 편, 「長恨夢」, 『한국신소설전집』 9권, 을유문화사, 1968, 289쪽.

이수일과 심순애는 '돈'이라는 근대의 괴물에 의해서 '진정한 사랑'을 이루지 못하고 타락의 행로를 밟았다. 고리대금업자로, 사랑을 배신한 '허영녀'로 변해간 이들의 타락을 그려가는 중에 많은 악인들이 등장하기도 하고, 그들이 쫓는 화폐경제의 물신적 가치가 그려지기도 한다. 이 생성하는 근대의 가치와 군상들은 새롭게 대두한 문제였으며 조중환은 이 문제를 '도덕적 자연'의 회복으로 해결하는 이데올로기적 방법을 사용한다. 조중환이 그려보인 『長恨夢』의 세계는 제목 그대로 '길고도 긴 원한맺힌 꿈' 이야기이다. 그 꿈에 가득차 있는 '화폐경제'와 자본주의적 사회구조가 확립되어 가면서 '돈'이라는 물신에 의해 빚어지는 차별과 원망은 외면할 수 없는 사회 현실로 대두했다. 작품 도처에서 출몰하는 이수일의 울분과 원망은 그만의 것이 아니라, 새로운 시대의 핵심적인 갈등으로 등장하고 있는 것이었다. 『長恨夢』은 이러한 해소 불가능한 문제를 '도덕적 자연'에 기대어 상상적으로 해결하는 이데올로기적 결말로 막을 내렸다. 그러나 전통적인 '도덕적 자연'의 범주들만으로는 이러한 이데올로기적 해결이 가능치 않았고, 갈등을 해소할 수 있는 새로운 권위로 기독교가 소환된다. 파괴된 '도덕적 자연'이 궁극적으로는 복원되리라는 믿음은 한국의 고전 서사의 얼개를 구성하는 핵심적인 전제이다. 『長恨夢』은 '열' 등의 재래의 규범과 '기독교' 등의 새로운 윤리 규범을 질서 회복의 도덕적 권위로 차용함으로써, 오히려 더 이상 이러한 도덕적 권위로 수습할 수 없을 만큼 갈등이 심화되었음을 반증하는 셈이다.

더욱 흥미로운 대목은 상상적으로 회복된 '도덕적 자연' 위에 덧붙여지는 "『우리가 이제는 일장 춘몽을 늦게 깨달았으니, 이후로는 세상에서 공익사업에 힘을 쓰도록 합시다.』, 『나는 무엇이든지 하시는 대로 시키시는대로 따라갈 뿐이지요. 분골쇄신이 되기로 어찌 거역하오리까?』"[20]

---

19) 전광용 · 송민호 · 백순재 편, 위의 책, 290쪽.
20) 전광용 · 송민호 · 백순재 편, 앞의 책, 299쪽.

라는 『長恨夢』의 결말이다. 이것은 이후 이광수에게로 이어지는 한국 근대 계몽의 서사 모형을 예형하고 있는 것이다. 재래의 도덕 관념에 기반한 거짓 결말과 '공익성'의 강조가 결합하는 일견 유치한 이 서사 모형은 최원식의 지적처럼 '역겨운' 것임에 틀림없지만, 중요한 것은 '도덕적 자연'의 회복과 계몽성이 결합하는 한국 근대 장편의 양식적 모형이 이미 이 『長恨夢』에서 예비되고 있었다는 사실이다.

4. '도덕적 자연'의 원환과 세계의 낭만화

『金色夜叉』의 '돈과 사랑'을 축으로 한 애정의 삼각 구도는 『長恨夢』 이후에도 식민지 조선의 소설에 반복적으로 나타난다. 최원식은 이미 이러한 영향 관계를 10년대의 『무정』과 『환희』, 2~30년대의 『재생』과 『적도』의 사례를 통해서 고찰한 바 있다.21) "『무정』과 『환희』에 담겨진 모든 것이 작가의 것이고, 갈등 구조의 유사성에도 불구하고 그 직접적 영향관계를 인정할 수 없으므로 이 두 작품이 우리 소설사의 전개과정 속에서 발전의 내재적 논리에 부응한 것"이라는 지적에는 우리 소설사에 대한 각별한 애정이 깃들어 있다. 그러나, '발전의 내재적 논리'에 직접적으로 개입한 것이 『金色夜叉』와 이를 토대로 식민지 조선에서 새롭게 제기된 근대적인 갈등을 이데올로기적으로 해결하려 했던 작품인 『長恨夢』의 모형이라는 사실은 인정해야만 할 듯하다. 이와 관련해서 노드롭·프라이는 우리에게 흥미로운 이야기를 들려준 바 있다. 프라이는 『비평의 해부』에서 '문학과 수학의 아날로지(analogy)'를 암시하면서, 문학이 수학처럼 다른 문학으로부터 창조되는 것이지 '물질적 현실, 심리적 현실 등 어떤 현실에서 만들어지는 것이 아니'라는 것을

---

21) 최원식, 앞의 논문, 176~187쪽.

강조한 바 있다.22) 현실의 의미있는 '재현'을 강조하는 리얼리즘적 관점에 익숙한 평자는 이러한 견해에 거부감을 느끼기도 하겠지만, 프라이의 이 견해는 문학에서의 현실의 재현을 부정하는 논법이 아니라, 자율적인 언어구조체로서의 문학에 대한 강조이자, 문학에서 영향을 미치는 기본 모형(수학공식)에 대한 강조이다. 이때의 모형의 문제는 국경을 경계로 나뉘어지는 것이 아니다.

최원식이 통찰한 바 있듯이, 『무정』의 형식과 영채와 선형의 삼각관계는 『長恨夢』의 삼각관계가 '남자 심순애인 이형식'을 매개로 한 삼각구도로 변개된 것이다. 도향의 『환희』에서는 '혜숙(정월)·김선용·백우영', '설화·영철·백우영'의 삼각관계가 『長恨夢』의 '순애·이수일·김중배', '옥향·최원보·김중배'의 삼각관계, 나아가 『金色夜叉』의 '미야·간이치·도미야마', '아이꼬·사야마·도미야마'의 삼각관계라는 갈등 구조와 겹쳐진다. 이러한 모형의 공유라는 사실 앞에서 우리가 던져야 하는 질문은 『金色夜叉』나 『長恨夢』 등의 통속적인 소설로부터 이들 작품을 구제하려는 구획짓기이어서는 안 된다. 오히려, 이들 작품이 공유하고 있는 그 모델들이 어떻게 변주되어 전개되고 있는가, 또 그 변주의 내용은 어떤 의미를 지니는 것인가 하는 것이 이들 작품을 비교연구할 때 던져야 하는 질문이다. 앞서, 『金色夜叉』의 '미야'와 『長恨夢』의 '순애'를 통해서 그 변화의 양상에 대해서 살펴보았거니와, 『金色夜叉』의 공통 모형을 근간으로 한 일 근대 소설 발달의 차이성의 일단을 살필 수 있는 매개작품으로 우리는 이광수의 『재생』을 주목하고자 한다.

이광수의 『재생』은 3·1 운동 3년 이후의 조선 사회의 세태와 청년들의 풍속을 그리고 있는 작품이다. 김윤식은 『무정』을 원본으로 하여 『무정』의 청년들이 타락한 '훼손된 가치의 세계'를 그린 것이 『재생』

---

22) 노드롭 프라이, 임철규 역, 『批評의 解剖』, 한길사, 1982, 491~493쪽 참조.

이며, 이들 타락한 조선 사회의 묘사를 통해 자신을 변절자로 비판하는 족속들을 비꼬아 주려는 것이 이 작품의 의도라고 지적한 바 있다.[23) 김윤식의 지적처럼,『재생』은『金色夜叉』와 톨스토이의 단편「신은 안다, 그러나 기다린다」라는 두 작품을 모델로 하여 당대 조선 지식인 사회의 세태를 고발하면서 춘원 자신을 합리화 하고 있는 작품이다.[24) 중요한 것은 이『재생』이 근거하고 있는 모형의 '재생' 구조이다.『金色夜叉』의 기본 구도가 '미야'라는 여인이 '도미야마'와 '긴이치'라는 두 남자로 표상되는 두가지 가치 사이에서 양가적인 감정을 지니는 애정의 삼각형이라면,『長恨夢』과『재생』은 이 모델의 재생 변형에 해당한다. 앞서,『長恨夢』의 경우, '허영'을 쫓는 여인으로 순애를 설정하여 자본주의적 욕망에 의해 생성된 갈등을 재래의 도덕 규범에 근거한 도덕적 자연으로 해결하려는 특색을 검토하였다. 그렇다면『재생』의 경우는 어떠한가.

  '순영'이라는 재자가인형 인물이 '백윤희'라는 장안 갑부와 '신봉구'라는 순결한 영혼을 지닌 인물 사이에서 양가적인 태도를 보이다가 결국 회개하고 금강산의 '구룡연'에서 자결한다는『재생』의 서사 구조는『金色夜叉』모델의 재생이다.『金色夜叉』의 '미야'가 '열(烈)'이라는 재래의 도덕적 자연을 기축으로 한 이야기 속에서 '순애'로 변형되었다면,『재생』을 논하기 위해서 중요하게 접근해야 할 인물은 '순영'이다. 김윤식은『재생』과『무정』과의 거리를 드러내기 위해서 주인공이 서양

---

23) 김윤식, 개정·증보『이광수와 그의 시대』2, 솔, 1999, 137~143쪽.

24)『재생』의 본문에서 이광수는『재생』에『金色夜叉』의 모델과 인물 성격이 그대로 관여하고 있음을 다음과 같이 드러내고 있다. "이러한 말을 어디서 들었던 것이 생각이 나고 또 그 말이 옳은 듯하여 봉구는 결코 남의 신세를 아니 지기로, 또 따뜻한 인정이라는 것을 베어 버리기로 결심한 것이다.『金色夜叉』라는 일본 소설에 나오는 주인공「하자마 강이찌」를 생각한 것이다. 그는 가끔 자기를「강이찌」에게 비겨 본다. 비겨 보면 어떻게도 그렇게도 같은가 하고 감탄하게 된다. 그러나「강이찌」가 왜 그렇게만「오미야」에게 원수를 갚았나, 왜 더욱더욱 철저하게 통쾌하게 시원하게 갚지를 아니했나 하였다."(이광수,「재생」,『이광수 전집』2, 삼중당, 1963, 138쪽)

화 앞에서 느끼는 감흥의 대목을 비교한 바 있다. 유명한『무정』의 예수의 화상을 보는 장면은 논외로 하고, 우리의 논의와 관련된『재생』의 한 구절을 보도록 하자.

> 순영은 전등을 바라보았다. 그리고 벽에 걸린 나체의 미인화를 바라보았다. 그는 목욕을 하고 나오다가 불의에 사람을 만난 모양으로 하얀 헝겊으로 배 아래를 가리고 몸을 비꼬고 앉았으나, 자기 육체의 아름다움을 자랑하는 듯이 빙그레 웃음을 띠었다. 순영은 그것이 자기인 것 같았다. 그리고 자기도 "가야 해, 가야 해" 하면서도 선주에게 붙들려 가지를 못하고 그 자리에 갇히어서 오는 운명을 기다리는 듯하였다.
> 순영을 붙드는 것이 과연 선주일까. 그런 것 같지는 아니하다. 무슨 알 수 없는 힘이 선주의 손을 빌어서 순영을 붙드는 듯하였다. 그 힘이 순영의 안에 있는 것인지, 밖에서 오는 것인지, 순영은 알 수 없었다. 다만 그 힘이, 순영의 목덜미를 내려누르는 힘이 갈수록 더욱 굳셈을 깨달을 뿐이었다.[25]

인용은 속물인 둘째 오빠 '순기'에게 끌려 백윤희의 집에 간 순영이 자신을 윤희와 약혼시키려는 여러사람의 음모를 알게 된 후에도 뿌리치고 돌아가지 못하고 머뭇거리고 있는 장면이다. '선주의 손을 빌어서 순영을 붙드는' 그 힘의 정체는 무엇인가. 그 힘은 순영을 '백윤희'의 첩으로 만드는 힘이며, 그녀를 타락하게 만드는 힘이다. 달리 말하면 '훼손된 가치의 세계'를 만들어내고 움직이는 힘이다. 그 힘은 외부의 환경이기도 하고, 그것을 추구하는 주체의 욕망이기도 하다. 순영을 잡는 것은 백윤희 집을 치장한 온갖 사치스러운 부의 이미지이며, 이후 순영은 '돈과 사랑'에 대해서 양가적인 태도를 보이다가 결국 이 '힘'에 이끌려 '도덕적'으로 타락한다. 이광수는 순영을 눈먼 딸과 함께 금강산 '구룡연'에서 투신 자살하게 하고 그 주검 앞에서 신봉구가 눈물

---

25) 이광수,『이광수 대표작 선집』3, 삼중당, 1968, 184쪽.

을 흘리며 순영을 용서하는 장면으로『재생』의 결말을 완성한다.

순영의 참혹한 죽음이라는 측면에서 보면, 이 작품이 비극적인 결말인 것처럼 보이지만, 사실은 훼손된 '도덕적 자연'이 원상태로 복원되는 이데올로기적인 결말에 해당한다. 여기에 덧붙여 "불쌍한 조선백성에게 가자!"고 외치는 봉구의 교훈주의는 이후 '허숭, 정선, 갑진'의 삼각구도로 변용될『흙』의 세계를 예비하는 것이기도 하다. 중요한 것은, '도덕적 자연'에 의지하여 대중의 문화적 관습에 기대면서 동시에 '계몽'의 교훈을 결합시키는『長恨夢』의 모델이 이광수의『재생』에서 '재생'되면서 다시 한번 대중에게 커다란 반향을 일으키고 있다는 사실이다. 이 모형의 다양한 변주가 이광수의 대중적 성공의 한 비결이었다.

5. 결론

『金色夜叉』의 모형을 원본으로 하고『長恨夢』을 매개로 하는 사랑의 삼각형의 모델은 이후 식민지 조선의 장편 소설에서 반복된 대단히 익숙한 소설 구도의 하나이다. 이 글은 이들 소설의 비교 연구가 단순히 원천과 영향의 관계로 취급되고, 문학론의 차원에서 미달의 문학으로 재단되거나, 혹은 신파의 수입과 통속성의 원류로 간주하는 태도가 한일 근대 소설의 교섭 양상을 밝히는 데에 제약 요인으로 작용했다는 판단에서 시작되었다. 이를 살펴보기 위해서『金色夜叉』의 '미야'가 지닌 이질적인 성격이『長恨夢』에서 '정조'와 '烈'에 기반한 열녀형 인물 '순애'로 변하게 된 사정을 밝히고 이것이 당대 조선 사회의 문제에 대한 해답을 재래의 문화적 관습으로 해결하려 한 시도였음을 지적하였다. 이것은 당대 조선이 당면한 사회 문제를 재래의 도덕 규범으로 해결하려는 이데올로기적 거짓 결말이며, 그것 자체가 식민지 조선의 근대성 형성의 한 맥락임을 지적하고자 했다. 또한, 이러한 훼손된 '도덕적 자연'의 회복과 '계몽적 교훈'의 결합이라는 이후 이광수류의 계몽 서사의 모형이 이미『長恨夢』을 통해 준비되고 있음을 살펴보았다.

『長恨夢』과 이광수의『재생』에서 반복되는 이러한 통속의 코드는 분명 비판 받아야 한다. 그러나, 이러한 현상에 대한 피상적 접근은 일본 근대 문학이라는 전범에 미달한 한국 근대 문학이라는 '영향과 원천'의 단순 비교 인식을 낳을 위험을 안고 있다.『金色夜叉』에서『長恨夢』,『재생』으로 변형되는 과정에는 두 나라의 문화적 층위의 차이를 해명할 수 있는 단서가 내장되어 있다고 판단된다.『長恨夢』과『재생』은 단순히 대중 소설과 통속적인 계몽의 서사에만 국한되지 않고 한국 근대 소설사 전반과 관련된 질문을 제기하고 있는 셈이다. 왜, 한국 독자들은 행복한 결말을 원하는가? 왜, 한국 독자들은 서정적이고 도덕적으로 비자연주의적인 결말을 원하는가? 한국의 서사적 전통에서 비극적인 세계인식이 생소한 까닭은 무엇인가? '도덕적 자연'을 축으로 이 세계가 비록 훼손되었을지라도 결국은 회복되리라는 낙천적인 믿음이 강하게 자리한 세계 인식이 결국은『長恨夢』의 '순애'를 열녀로 만들어내고,『재생』의 순애를 처참하게 죽게 만든 힘이 아니었을까. 최근의 소설에까지 이어지는 이러한 낙관적인 세계인식과 도덕적 자연을 심층의 토대로 하는 서사적 관습과『金色夜叉』의 모형이 결부되면서 신파적 감수성을 양산하는 통속의 전형을 만들어냈다. 본격문학에 미달한 기형적인 작품으로 평가되고, 본격문학을 좀먹는 통속의 코드로 치부되었던 이들 모형에 대해 접근의 각도를 달리한다면 한국 근대 소설의 형성과 독자의 관계, 제도적인 문학 유통 시스템의 형성과정 등, 다양한 측면들에 대한 해명이 가능할 것이다. 남는 의문들을 앞으로의 과제로 삼으면서 글을 맺고자 한다.

(『한국문학연구』제26집, 동국대 한국문학연구소, 2003)

근대적 자아의 비의
─1910년대 후반기 근대문학에 나타난 '靈'의 문제─

이 철 호*

1. 서론

黃錫禹가 「詩話」와 「朝鮮詩壇의 發足點」을 『每日申報』에 발표한 것은 1919년 후반의 일이다. 널리 알려진 대로, 이 두 편의 글에서 황석우는 상징주의 시와 시론의 수용을 통해 한국 자유시 형성의 지반을 조성하고자 했다. 그는 대표적인 상징파 시인 보들레르의 상응(Correspondances)의 시학을 신문학 담론 내부로 도입하여 재배치함으로써 한국 근대시론의 탄생을 이끌어내고 있는 것이다.[1] 그런데 이 혁신적인 시론에서, 저자는 "詩에는 '靈律'한 맛이 있을 뿐이다. 技巧라 함은 結局 '靈律'의 整頓에 不外하다"[2]면서 근대시의 에센스로서 그 무엇보다 '영률'을 강조하고 있다. 이미 여러 논자들이 적절히 지적했듯이, '영률'이란 시인의 개성적인 호흡에 의해 통어된 리듬을 의미한다.[3] 황석우는 이 내면의

---

* 동국대학교 한국문학연구소 전임연구원

1) 韓啓傳, 「自由詩論의 受容과 그 形成」, 『韓國現代詩論研究』, 일지사, 1983, 18쪽.
2) 黃錫禹, 「詩話」, 『每日申報』, 1919. 10. 13.
3) 이에 관해서는 金永喆, 『韓國近代詩論考』, 螢雪出版社, 1988, 264~265쪽 및 유성호, 「黃錫禹의 詩와 詩論」, 『연세어문학』 제26집, 1994(『韓國現代詩의 形象과 論理』, 國學資料院, 1997에 재수록), 255~256쪽 참조. 유성호는 황석우의 「시화」가 보들레르의 상응의 시학을 원용하여, 신과 인간을 매개하는 시인의 샤면적 역할을 부각시켰다고 강조한

율격을 '音響'이라 재정의한 뒤에, 다시 "'音響'은 시란 참 인격의 호흡 그 맥의 고동일다. 이것이 보통 시의 음악성 등이라고 하는 者일다"[4]라고 역설했다. 이 대목에서 '음향'은 시인이 지닌 인격의 '호흡' 또는 '맥의 고동'과 동일시되어 있다. 결국 '음향' 혹은 '영률'이란 시의 근대성을 가늠하는 음악적 요소의 총칭에 해당하는 표현인 셈이다. 요컨대, 근대 시인의 자질은 자기 내부의 고유한 '리듬 = 호흡 = 맥박'을 자각하고 그 찰나적 경험에서 자율적 삶의 가능성을 예감하는 데 있다. 황석우의 말처럼 시인이 '시인' 되고, 시에 '맛'이 생기게 되는 정신적 고양감은 바로 그러한 예외적 순간에 섬광처럼 일어나는 것이다.

왜 황석우는 근대시의 형성에 있어서 그 핵심을 '영률'이라는 어휘로 표현하고 있는 것인가. 그런데 흥미롭게도 '영'이라는 말은 근대 자유시론은 물론이고 이 시기의 중요한 시편들과 소설, 문학론에 두루 편재해 있었다. 이러한 사실에 관해서는 그간의 문학사에서 별다른 주의를 기울이지 않았으나, 근대문학 형성 초기에 신문학의 선구자들은 바로 이 '영'이라는 단어를 통해 비로소 근대적 자아를 이해하고 형상화하는 방식에 적응할 수 있었다. 그 같은 문제의식 아래, 본고는 근대문학 형성기에 해당하는 1910년대 후반기를 중심으로 근대적 자아 담론의 형성과정을 구명하고자 한다.

2. 詩論들 사이에서 부유하는 文化的 他者

한국 근대시론사의 전개 속에서 '영률'이 '心律'이나 '個性律'로 변주되거나 '內在律'과 동일시되는 저간의 사정을 고려한다면, 황석우의 '영률'이 지닌 의미는 그리 단순한 것일 리 없다. 이론의 여지가 없는

바 있다.
4) 황석우, 「시화」, 『매일신보』, 1919. 10. 13.

것은 물론 아니지만, 그 자신의 주장에 의하면, '영률'은 '內容律', '內在律', '內律', '心律', '自由律' 등 자유시의 주요 관용구와 거의 동일한 의미를 지녔을 뿐만 아니라, 그 모두를 포괄하는 상위개념어이다.5) 사실 황석우는 앞서 언급한 「시화」에서 '영률' 외에도 '靈感'이나 '靈語' 같은 단어들을 자주 쓰고 있다. 더욱이 "自我最高의 美를 훔키며 그 美에 觸할 때의 '느낌'을 普通 '靈感'"이라고 말할 때, 또는 "'靈語'는 한 液이다. 그러므로 詩는 한 液體이다"라고 말할 때에 황석우가 그 단어들 각각을 매우 의미심장하게 다루고 있음을 알 수 있다.6) 그런데 '영'이라는 단어의 이와 같은 용례는 아마도 전통적인 시가론, 문학론에 익숙한 이들에게는 매우 낯설고 이질적인 것으로 받아들여졌을 것이다. '영'이라는 단어는 그 당시 무수한 어휘들의 전생이 대개 그러하듯이, 서구 유럽의 지식과 학문 체계를 수용하는 가운데 도입된 신조어에 해당하기 때문이다. 이를테면, '영률'은 '스피릿(spirit)'과 '리듬(rhythm)'이 결합한 형태의 합성어이다. 즉, 이 말은 황석우가 서구 상징주의 시론을 널리 소개하기 위해 선구적으로 창안해낸 일종의 신조어인 것이다.

전통 한학과 근대 유럽 학문 사이의 격차를 실감했던 梁柱東은 전혀 새로운 어휘들에 눈 뜨기 시작했던 일본유학 시절을 훗날 회고하면서 그 지적, 정신적 충격을 "새 문자, 새 말들의 경이로움"7)이라는 말로 압축하여 표현한 바 있다. 그는 자신이 '漢文學'의 세계로부터 돌연히 '西歐文學'으로 이적한 결정적인 계기로 두 권의 책을 거론하고 있다. 그리고 보면, 이쿠다 쵸코(生田長江)의 『近代思想十六講』과 쿠리야가와 하쿠손(廚川白村)의 『近代文學十講』을 통해 이질적인 유럽문학과 난생 처음 접하고, 그로부터 "奇想天外의 新奇한 '새 문자', '새 사상'"을 터득해 나갔던 지난한 사정은 유독 양주동의 경우만은 아니었을 것이다.

---

5) 황석우, 「조선시단의 발족점과 자유시」, 『매일신보』, 1919. 11. 10.
6) 황석우, 「시화」, 『매일신보』, 1919. 9. 22.
7) 梁柱東, 『文酒半生記』, 新太陽社, 1960, 38쪽.

1921년에 와세다대 예과에 진학한 양주동은 황석우에 비해 다소 늦은 감은 있지만, 그들은 모두 개성, 인격, 교양을 강조했던 다이쇼(大正)기 문화주의의 자장 속에서 신학문을 배우고 익힌 세대에 속한다고 할 수 있다. 그런데 양주동으로 대표된다고 해도 무방한, 당시 일본에 유학한 조선 문학청년들의 지적, 정신적 충격의 중심에 다름아닌 '영'이라는 단어가 자리잡고 있었다는 사실은 자못 흥미롭다. 이 글에서 양주동은 '영'이라는 용어가 "신 중심의 헤브라이즘 문화"의 전통 속에서 등장한 것임을 지적하고, 더 나아가 자신이 속한 신문학 세대의 중요한 관심사가 이 '영'과 '육'의 조화, 즉 '靈肉一致'에 있었다는 사실을 시사해 주고 있다.

동시대의 유학세대 중 이 '영'이라는 역어에 가장 열광한 집단은 아무래도 유럽의 상징주의(Symbolisme)를 받아들인 청년문사들일 것이다. 상징주의의 토착화에 누구보다 정력적이었던 金億은 「쯔란스 詩壇」에서 데카당스(Decadance)의 시문학을 옹호하는 가운데 다음과 같이 말하고 있다.

> 亂醉, 淫樂, 虛僞, 그들은 夢遊病者가 恍惚狀態에서 모든 것을 하는 것과 갓치 熱情에 뜰아 行動ㅎ엿다. 그러나 亂醉, 淫樂, 虛僞의 心情을 肯定홀 슈 있으리 만큼 그들의 맘은 偉强하지 못ㅎ엿다. 뉘웃츤 그때의 心情은 닥가노흔 거울과 갓치 맑앗다. 惡德의 띠끌(塵조)차 업섯다. 그들의 靈은 泥醉에 빗나는 것이 아니고, 覺醒의 때에 하나님을 보앗다. 깨는 맘! 그들의 산靈이다. 그들의 心海에는 善과 惡, 美와 醜, 하나님과 惡魔, 셜음과 즐거움, 現實과 理想, 無限과 有限, 否定과 肯定-이것들이 가득하엿다. 音響, 色彩, 芳香, 形象-이들은 그들의 靈을 無限界로 잇끌어가는 象徵이 안이고, 그들 자신의 靈이며, 따라서 無限이엿다.8)

김억의 글에서 프랑스 상징주의 시인들은 세속사의 온갖 갈등과 대

---

8) 金億, 「쯔란스 詩壇」, 『泰西文藝新報』, 1918. 12. 14.

립을 극복할 '무한'의 힘을 보유한, 예사롭지 않은 존재로 형상화되고 있다. 그들은 범속하다 못해 타락한 사물세계에서 한때는 초라한 예술가에 불과했을지 모르나, 어느 순간 그러한 비속한 일상으로부터 경이로운 것을 포착해내고 이를 시의 언어로 형상화함으로써 일종의 '황홀경(ecstacy)'을 경험하게 된다. 그런데, 병든 영혼이 각성하여 '하나님'을 대면하는 순간과 같은 황홀경을 언표할 때 김억은 '영'이라는 단어를 사용하고 있다. '난취, 음락, 허위'의 상태로부터 '거울과 갓치 맑'고 '악덕의 티끌조차 업'는 숭고한 상태로 이끌려지는 순간이나, 일체의 상극을 초월하여 무한계로 진입하는 순간의 고양된 존재를 가리킬 때 어김없이 '영'이라고 명명하고 있는 것이다. 이를 시의 층위에서 언급하자면, 그 초월적 순간은 '音響, 色彩, 芳香, 形象'이 시인의 '靈을 無限界로 이끌어가는 象徵이 안이고, 그들 자신의 靈이며, 따라서 無限'이 되는 때이다. 그렇다면 음향, 색채, 방향, 형상이 그 자체로 '무한'이며 '영'이라는 김억의 주장을 우리는 어떻게 이해해야 할 것인가. 선과 악, 미와 추, 신과 악마, 설움과 즐거움, 현실과 이상, 무한과 유한, 부정과 긍정으로 가득 찬 시인의 심령이 그러한 일체의 대립과 모순의 상태를 초탈하여 도달한 경이로운 순간은 왜 굳이 '영'이라는 역어를 빌리지 않고서는 제대로 표현될 수 없는 것인가.

  황석우의 글은 이 물음의 실마리를 제공해 주는지도 모른다. 왜냐하면, 그 역시 시의 회화성을 강조하는 가운데 '色彩', '香', '形'의 표현 문제를 제기하고 있기 때문이다. 그는 시의 회화성을 성취하기 위해서는 "그 色彩, 그 香, 그 形이 곧 詩의 血液의 色香 또는 그것에 卽한 自然形이 되지 않아서는 高貴한 價値를 接하기 不能"⁹⁾하다고 역설했다. 다시 말해, 황석우는 시에 표현된 '색채', '향', '형'이 서로 조화를 이루고 다시금 영률 속에 녹아들었을 때에 비로소 자유시가 완성된다고

---

9) 황석우, 「조선시단의 발족점과 자유시」, 앞과 동일함.

말하고 있다. "詩의 象徵派라며 民衆派라며 寫象派 等이람은 그 內容으로보담도 色彩, 香, 音響의 配列形式 如何에 區別되는 者이다."[10] 상징주의자들이 시어의 음률과 이미지를 각별하게 생각한 것은 그것이 자아와 세계의 닫혀진 이원성을 개방하고 개인의 영혼을 원초적 통일의 상태로 되돌려 주리라는 기대 때문이었다. 그러한 종류의 시어는 외적 사물을 단순히 묘사하는 데 그치지 않고, 자아의 '내면적 움직임'을 포착할 수 있기에 특별하다. 마르셀 레몽(Marcel Raymond)은 그런 의미에서 보들레르의 시가 '영혼' 혹은 '심층적 자아'에 호소할 뿐 아니라 인간 감성의 한계를 넘어 현전하는 우주의 감정에까지 촉수를 뻗친다고 말했다. 진실한 영혼 안에는 우주를 포괄한 자아가 깃들어 있는 셈이다. 한때 신비주의 철학에 심취했던 보들레르에게 '지각'은 예외적인 순간에 인간으로 하여금 우주적 비의에 접하도록 해주는 신성한 매개에 해당한다. 따라서 향기, 색채, 음향 등의 감각에서 비롯된 시적 상징과 메타포는 경직된 관습을 거슬러 "심리적 반향과 범우주적 아날로지의 신비스러운 법칙에 따라 결합"[11]되지 않으면 안 된다. 그것이 바로 보들레르가 말하는 '상응'이다. 진실한 시어는 영혼을 감화시키고 그럼으로써 그 영혼이 삼라만상에 둘러싸여 신비로운 통일감(상응)을 느낄 수 있도록 해 준다. 이와 같이 시의 개별 요소들이 완벽한 조화를 성취하고 있는 상태란, 바로 시인이 자기 존재의 개체성을 뛰어넘어 초자연적인 존재와의 신비적 접합을 경험하는 순간이면서 시인의 탁월한 직관이 삶의 전체성을 획득하는 순간이 된다. 이를 두고, 김억은 '무한'의 경지 혹은 '영'의 자각한 상태라고 달리 표현하고 있는 것이다. 그러므로, '영'은 특수자와 절대자가 하나로 융합되는 초이분법적 상태나 또는 그 상태에 도달한 개인의 정신적 경지를 지칭한다고 봐도 무방하다.

---

10) 황석우, 「시화」, 『매일신보』, 1919. 10. 13.
11) Marcel Raymond, 金華榮 역, 『프랑스 現代詩史 – 보들레르에서 超現實主義까지』, 文學과知性社, 1983, 29쪽.

따라서, 김억이 말하는 '영'은 우리가 일상적으로 사용하는 '영혼'과도 엄밀히 구별될 필요가 있다. 이성이 깃들어 있는 '영혼'을 물질적인 '육체'와 엄격히 구별하여 이해하는 그리스문화의 인간관과는 달리, 헤브라이즘의 맥락에서는 '영혼'과 '육체'에 대해 일원론적 관점을 취한다. 본디 '영' 또는 '영혼'은 영어 '소울(soul)'이나 '스피릿(spirit)'의 역어에 해당하며, 다시 그 어원에 해당하는 히브리어 '네페쉬(nephesh)'나 '루아(ruah)'는 "생명의 모체가 되는 '힘'의 분위기"12)를 뜻했다. 물론 이 영묘한 '생명력'은 히브리민족의 유일신 하나님과 무관하지 않다. 이로써, 인간은 "일시적으로 존재하는 피조물임과 동시에 하나님의 영으로 만들어지고 힘을 얻는 존재",13) 즉 유한과 무한, 물질과 비물질, 개체와 절대자의 경계를 초월한 존재로서의 권능을 보유할 길이 열리게 된다. 김억은 상징주의 시인들을 소개하고 그 시편들을 번역하면서, 이러한 '영'의 고유한 뉘앙스를 어느 정도 분별하고 있었다고 생각된다. 그렇지 않고서는 '覺醒의 때에 하나님을 보앗다. 깨는 맘! 그들의 산靈이다'라고 강조하기 힘든 일이다. 영육의 결합체이자 조화로운 생명을 부여하는 초월자로서의 '신'의 형상에 주목하고 그것을 예술 영역에서 집중적으로 탐구하는 일은, 이렇듯 상징주의 시인들이 스스로에게 부과한 더없이 막중한 소임이었다. 보들레르(Baudelaire), 말라르메(Mallarmé), 랭보(Rimbaud)가 꿈꾸었던 범우주적이며 무한한 실재란 우리가 종교의 영역에서 '신'이라 부르는 절대적 존재이다.

황석우와 김억이 시론을 전개하는 가운데 암암리에 공유했던 문제의식은 여기에서 그치지 않는다. 김억은 황석우보다 일 년 앞서 발표한 앞의 글에서, 조선의 근대시는 마땅히 "시인의 호흡과 고동에 根底를 잡은 音律이 시인의 정신과 심령의 산물인 절대 가치를 가진 시"14)가

---

12) C. A. Van Peursen, 강영안·손봉호 공역, 「성경에 나타난 몸, 영혼, 정신」, 『몸, 영혼, 정신』, 서광사, 1985, 105쪽.
13) C. A. Van Peursen, 위의 글, 106쪽.

되어야 한다고 말한 바 있다. 그에 의하면, 내면적 음률의 자유로운 형성은 "모든 制約, 有形的 律格"15)을 버리고 그 대신에 시인의 내부에 깃들어 있는 "하나하나의 호흡"16)을 되살려냄으로써 비로소 가능해지는 시의 기적이다. 김억이 그 자유로운 음률을 형성케 하는 육체적 힘을 시인의 '호흡'에서 찾는 것은 주목해도 좋은 대목이다. 전통적인 시의 규범을 황석우가 '영률'로 대치했다면, 김억은 시인의 내적 생명으로서의 '호흡'을 강조하고 있다. 김억의 '호흡률' 역시 근대 자유시의 형성에 있어서 가장 핵심적인 요소에 해당하기 때문이다. 그런데 '영'의 어원을 살펴보면 '영'과 '호흡'은 거의 동일한 의미를 지녔다는 사실을 알 수 있다. 이 '영(영혼)'은 앞서 언급한 '생명' 이외에도 '숨, 호흡, 목구멍'이라는 의미를 지닌 고대어부터 파생된 말이기 때문이다. 히브리어 '네페쉬'나 헬라어 '푸쉬케(psyche)' 모두 그 말의 뿌리에서는 의미가 일치하는 것이다. 이와 같이 서구의 어원을 기준으로 하여 이해할 때, '영'이란 곧 '호흡'이라고 할 수 있다. 따라서, 우리는 시인의 '영혼'에서 나온 하나하나의 '호흡'이 바로 근대시의 내재율을 이루는 원천이라는 점, 바로 그 지점에서 황석우와 김억의 자유시론이 서로 중첩되어 있었다는 점을 확인한 셈이다. 김억이 베를렌느에 매료되고 황석우가 보들레르에 경사되었다 하더라도, 이들은 근대 자유시의 요체로 시인의 개성적인 리듬을 공히 강조하고 있었다.17)

　알다시피, 근대 자유시의 형성기인 1910년대 후반기(1915~1919)에 이르러 김억이나 황석우 등은 근대적 시론들을 연이어 발표했고, 그 시론들에는 한국 근대시의 형식에 관한 중요한 아이디어들이 개진되어 있

---

14) 김억, 「詩形의 音律과 呼吸」, 『태서문예신보』, 1919. 1. 13.
15) 김억, 「쯔란스 시단」, 『태서문예신보』, 1918. 12. 14.
16) 김억, 「시형의 음율과 호흡」, 위와 동일함.
17) 한계전은 일본의 자유시론에서 그다지 주목받지 못했던 '호흡률'이 김억과 황석우로 이어지면서 한국 근대시론 형성에 결정적인 영향을 끼쳤다고 지적했다. 한계전, 앞의 글, 30~31쪽.

었다. 그들이 추구한 '심미적 자아'가 전대의 '계몽적 자아'와 얼마나 뚜렷한 차이를 지니는지에 관해서는 아마도 이론의 여지가 없어 보인다. 국권 상실 이후 일본 유학이 급증하는 가운데 도일한 이들 청년지식인들은 '국가'라는 공공영역을 박탈당한 상태에서 자신을 근대적 주체로 확립해 나가야만 했다. 1910년대에 들어 '개성', '자아', '자각', '각성' 등의 단어가 각종 문화매체를 점유한 사정은 이 시기의 문화적 패러다임이 애국계몽기와는 몰라볼 만큼 달라지게 되었음을 알려준다.[18]

그런데 문학이 정치나 미술과 같은 다른 활동영역과 분리됨으로써 얻어낸 자율성의 이념은, 다른 한편 인간의 정신작용 중 유독 '情'의 요소만을 강조함으로써 비로소 획득된 것이었다.[19] 인간을 정, 즉 感性과 心靈의 차원에서 이해하기 시작한 것은 물론 문학 내적인 필요에 의해서였겠지만, 동시에 공공영역의 붕괴라는 사회적 조건과도 긴밀하게 맞물려 일어난 사건이었다. 그것은 개체적 존재를 둘러싼 여러 활동영역이 급격하게 축소되는 대신에, 거의 문화의 층위에서만 근대적 개인의 자아실현이 가능할 수 있었기 때문이다. 하지만, 계몽적 자아에서 심미적 자아로의 변화는 이러한 역사적 상황이 주는 제약의 산물이면서 또한 그에 못지않게, 바로 그 같은 시대변화에 힘입어서 일어난 변혁이기도 했다. 이를테면, 애국계몽기의 메마른 합리주의에 대항하여 인간 심성의 정서적 면을 강조하게 된 것이다. 반봉건적인 사회에서 '情育論'의 테제는 그것대로 의미 있는 것이어서, 이로 인해 여전히 잔재하는 유교적 구습에 대해 지속적인 반감과 비판이 제기될 수 있었다.

이처럼 1910년대 이후, 인간과 사회에 대한 문학적 이해는 무엇보다 心情的 차원에서 모색되기 시작했으며, 그 가운데 시론과 문학평론에서 '영'이라는 단어가 급부상하게 되었다. 이제부터 살펴보겠지만, '영'

---

18) 정우택, 「근대 자유시 형성과 1910년대 시문학」, 『한국 근대 자유시의 이념과 형성』, 소명, 2004, 126쪽.
19) 권보드래, 「'문학' 범주 형성의 배경」, 『한국 근대소설의 기원』, 소명, 2000 참조.

이라는 어휘야말로 근대문학, 즉 '자유시'와 '근대소설'의 형성을 위한 이론적 토대가 되었을 뿐만 아니라, 그로 인해 개인의 자아 각성이나 자아 확장의 실천적 가능성이 증대될 수 있었다.

3. 에머슨 수용의 매개로서의 기타무라 도코쿠(北村透谷)
―「에머슨(エマルソン)」(1894)을 중심으로

'영' 혹은 '영혼'의 문제와 관련하여, 우선 조선의 문학청년들이 일본 다이쇼기의 문화적 조건 속에서 서양 문학과 사상을 체득해 나갔던 사정을 지적하지 않을 수 없다. 일례로, 『學之光』에 실린 玄相允의 글은 그 당시 이들이 보여준 일본 사상계 섭취의 한 단면을 실감 있게 증언해 준다. 그는 에머슨(Emerson), 투르게네프(Turgenev), 오이켄(Euckon), 베르그송(Bergson) 등의 저명한 작가들을 열거하면서, 이들이 공통적으로 제기하고 있는 삶의 문제나 지적 분위기에 한껏 도취될 수밖에 없었던 당시의 유학생활을 보고하고 있다.[20] 그 중 조선의 문학청년들이 가장 열광적으로 탐독하고 인용했던 작가가 바로 에머슨이었다.

일본 근대문학사의 경우, 에머슨의 사상과 문학으로부터 영향 받은 대표적인 작가로는 기타무라 도코쿠(北村透谷)가 있다. 그는 기독교 색채가 농후한 잡지 『文學界』를 중심으로 메이지 시기 일본문학의 근대화에 지대한 공헌을 남겼다. 시마자키 도송(島崎藤村), 도가와 슈코츠(戶川秋骨), 바바 고초(馬場孤蝶), 우에다 빙(上田敏) 등 이 잡지의 동인으로 참여한 인물의 면면을 보더라도 그 문학사적 의의를 가늠해 볼 수 있다. 기

---

20) "워쓰워드의 시집이며 에머쏜의 논문이며 투르게네쁘의 소설이며 오이켄, 베륵손의 철학 등을 쩨어들고 인생의 내적 생활이 엇저니 외적 생활이 엇저니 하는 논란과 生의 요구가 업스면 자아의 창조가 업고 철저한 生의 각오가 업스면 철저한 예술이 업다든가 새 生命은 새 주의에 잇다든가 하는 문제에 고개를 쯔덕쯔덕 하면서", 玄相允, 「東京留學生活」, 『靑春』 제2호, 1914. 11, 113쪽.

타무라 도코쿠는 1894년 26세의 나이로 요절하기까지 이 『문학계』를 선도했던 인물이었으며, 당대에 이미 문학평론가로서 그 역량을 인정받고 있었다. 특히, 낭만적 연애의 열렬한 신봉자로서도 동시대에 뚜렷한 자취를 남기기도 해서, 당시로는 매우 드물게 이시자카 미나코(石坂美那子)와 연애결혼을 하기도 했다. 사실 기타무라 도코쿠가 자유민권 운동가의 포부를 그만 단념하고 문학가로 전향한 데에는 다른 무엇보다 이시자카 미나코와의 만남이 결정적인 계기가 되었다. 이 청교도적인 여성과의 만남과 사랑으로 인해 그는 기꺼이 기독교를 선택하게 되기 때문이다. 기타무라 도코쿠가 정치적 동지였던 오야 마사오(大失正夫)와 결별하고 마침내 東京專門大學의 專修英學科에 재입학한 것은 1885년의 일이고, 바로 그 해에 그는 이시자카 미나코와 운명적인 만남을 가졌다. 1888년 3월 기타무라 도코쿠는 스키야바시(數寄屋橋) 교회에서 세례를 받고 그로부터 8개월 뒤에는 목사의 입회하에 그녀와 정식으로 결혼하게 된다. 정치적 야망이 무산된 한 메이지 청년이 기독교에 입신한 사건은 그 자신에게나 일본 근대문학사에 있어서나 매우 중요한 이정표가 된다. 기독교 체험 덕택에 기타무라 도코쿠는 사회사상가와 문학가로서 자신의 입지를 확보해 나갈 수 있었다. 어떤 면에서 보면, 그에게 기독교란 정치 투쟁에서 물러날 수밖에 없었던 자기 자신을 스스로 납득하고 정당화하는 데 중요한 토대가 되었다. 이를테면, 사회변혁의 해법은 물리적인 폭력이 아니라 동정적 사랑과 인격의 교화에 있다는 인식,[21] 루소가 예시한 천부인권의 자유는 역사적인 투쟁에 의해 성취된다기보다 각자가 인간 마음의 무한한 가치를 발견함으로써 온전히 실현되리라는 기대,[22] 따라서 인간의 진정한 위업은 정치가 아닌 문학, 정치가가 아닌 시인에 의해 구현될 수밖에 없다는 신념[23] 등은

---

21) 北村透谷, 「最後の勝利者は誰ぞ」, 『透谷全集』 第一卷, 岩波書店, 1950, 318~320쪽.
22) 北村透谷, 「心の死活を論ず」, 『透谷全集』 第二卷, 岩波書店, 1955, 97쪽.
23) 北村透谷, 「內部生命論」, 『透谷全集』 第二卷, 岩波書店, 1955, 248쪽.

기타무라 도코쿠가 기독교에 접촉하지 않고서는 가능할 수 없는 주장들이었다. 다시 말해, 기독교에 기반한 유심론적 세계관은 보편적인 진리가 신으로부터 유래할 뿐만 아니라 개인의 자아에 선험적으로 내재해 있는 어떤 것임을 강력한 방식으로 일깨워 주었다. 일본 낭만주의 문학의 탄생이 기타무라 도코쿠로부터 시작되는 것은 정당하다. 그런 기타무라 도코쿠가 작고한 해에 남긴 평론이 「에머슨(エマルソン)」이었다.

기타무라 도코쿠는 에머슨의 범신론적 초월주의 사상에 매료되어 있었다. 그는 에머슨의 종교사상을 메이지 일본사회가 안고 있던 문제점들을 비판하고 극복하는 데 유력한 동력으로 삼고자 애썼다. 그런 면에서 에머슨식 '神' 관념에 대한 기타무라 도코쿠의 해석은 중요한 실마리가 된다. 그의 에머슨 수용의 심층을 분석하기 위해서는 선결적으로 살펴보아야 할 문제에 해당하기 때문이다. 기타무라 도코쿠에 따르자면, 우선 에머슨은 '신'이라는 말을 일신교적 인격신의 개념과는 배치되는 의미로 사용했다. 그 대신에, "純理"로서의 신, "大素"로서의 신, 가장 중요하게는 "나는 神의 一部分"[24]이라는 식의 유심론적 신 개념을 줄곧 견지했다. 에머슨은 기독교적 유일신이 아닌, 삼라만상에 내재하는 보편적, 절대적 존재로서의 신 관념을 강조했던 것이다. 그렇다고 해서, 흔히 토테미즘 사상에서 말하는 다신교 신앙과 구별되지 않는 것은 아니다. 에머슨은 기독교적 유일신 사상을 부정하면서도, 여전히 신을 가리켜 "一"이면서 동시에 "全"적인 존재라고 표현하고 있다.

> 그는 生命의 中心을 心靈이라 하고, 萬物의 中心을 마찬가지로 萬物의 心靈이라 하며, 그리고 이들 一切의 것의 元素, 一切의 것의 原因으로서, 모든 關係를 떠난 것, 모든 상대성을 떠난 것, 즉 '全'이 되는 것, 이로써 '神'이라고 하였다. 이 '全'은 즉 그의 '一'이로서, 이 '一'은 모든 것의 原因이며 또한 結果이며, 部分으로서 全體가 되며, 이 '一'에서 모든 法의

---

24) 北村透谷, 「エマルソン」, 『透谷全集』 第二卷, 岩波書店, 1955, 106쪽.

根源이며, '心'과 '物'을 서로 結託하여 즉 이 '一'이 되며, 이 '一'에서 그
것은 '自然'과 '心靈'의 區別을 잃어버리고, 이 '一'에 의해서 모든 精神的
法은 흘러나오게 되는 것임을 인식할 것이다. 이 '一'은 즉 그 神이다.[25]

에머슨의 '신', 좀더 정확히 말하자면, 기타무라 도코쿠가 이해하는
에머슨의 '신'은 동양과 서양의 '신' 사상을 조화롭게 결합하고, 주관객
관의 철학적 대립을 초극한 신비적 존재이다. 이 '보편적 유일자'가 흔
히 알려진 대로 '大靈'[26]이라는 존재에 해당한다. 이 '대령'은 모든 부
분과 분자가 균일하게 관계 맺고 있는 "통유적인 아름다움, 즉 영원의
'一'"[27]이라는 점에서, "絕對的 眞善美"[28]의 구현자이다. 이 '대령'은
삼라만상에 편재할 뿐만 아니라 동시에 사람의 내부에도 현존하는 존
재이다. 그래서 기타무라 도코쿠는 에머슨이 "全宇宙를 나누어 自然과
心靈"[29]으로 구분한다고 여러 차례 강조하고 있다. 요컨대, '대령'은
나의 안[心]에도 나의 밖[自然]에도, 시공간에 구애되지 않고 상존하는
절대적 존재이다. 이처럼, 기타무라 도코쿠는 개개인에게 내재하는, 대
령으로부터 分有된 인간의 마음을 다름아닌 "心靈"이라 칭하고 있다.

그런 의미에서, 절대적 존재의 계시로 충만한 '유기적 자연'과 대면
하여 전 우주를 관조하는 어떤 개인에게 있어서는 안과 밖, 부분과 전
체, 우주와 나의 모든 인위적 구별 자체가 무의미해진다. 나의 안에도
우주가 있고, 반대로 나의 바깥에도 내가 존재한다는 에머슨적 역설이
성립하게 되는 것이다. "나는 모든 것을 본다. 宇宙的 存在者는 나를

---

25) 北村透谷, 「エマルソン」, 앞의 책, 106~107쪽.
26) 에머슨의 여러 저작들에서 '대령'은 최고의 존재, 본원적인 명분, 우주적인 권능, 최
    고의 법률, 최고의 정신, 영원한 이성, 우주적인 의식, 우주적 정령, 그리고 신에 상
    응하는 개념이다. 즉, 삼라만상의 근원이자 창조주이며, 본질이자 형성자를 지칭한
    다. 이로부터 모든 眞善美가 유래한다. Paul. F. Boller. Jr., 鄭泰鎭 역, 「초월주의자들
    의 선험적 관념론」, 『美國超越主義의 理解』, 翰信文化社, 1989, 65~66쪽.
27) 北村透谷, 「エマルソン」, 위의 책, 60쪽.
28) 北村透谷, 「エマルソン」, 위의 책, 119쪽.
29) 北村透谷, 「エマルソン」, 위의 책, 95쪽.

통해서 유동하고, 나는 신의 一部分, 一分子임을 인정한다."[30] 그리하
여, 자연의 계시자로서의 '신'을 숭앙한다는 것은 곧, 자아의 존재에 예
배하는 일과 크게 다르지 않으며, 더 나아가 기타무라 도코쿠와 같이
'자아의 절대성'을 주장하는 데까지 육박할 수 있게 된다.

　이제 우리는 저 황석우나 김억이 말하는 '영'의 당대적 의미를 실감
하기 위한 하나의 실마리를 얻은 셈이다. 우주론적 정당성에 입각한 기
타무라 도코쿠의 '영혼'은 개인의 자유로운 자기 주장을 가능케 하는
중요한 문화적 토대였다. 독일 관념론의 어법을 빌려 말하면, 이 같은
영적 체험의 이면에는 스스로를 자기규정적인 주체로 정립함과 동시에
자연으로서의 자기 자신과 우주를 일치시키려는 표현적 통일에의 욕구,
곧 낭만적 자아의 열망이 자리하고 있는 것이다.[31] 따라서 무엇보다
중요한 것은 정신의 자유와 독립을 지켜내는 일이며, 이를 위해서라면
개인은 어떠한 외부의 압력에도 함부로 굴복해서는 안 된다. 기독교도
로서 기타무라 도코쿠가 보여준 선택과 행보는 결과적으로 그에 부합
하는 것이었다. 그는 스키야바시 교회를 떠나 1889년경에 브랜드(普連
士) 교회로, 다시 1892년 무렵에는 아자부(麻布) 크리스찬 교회로 이적하
게 된다. 이는 기타무라 도코쿠가 복음주의적 신앙으로부터 점차 신비
주의적, 자유주의적 신앙으로 변모하게 되었음을 의미한다. 그의 사상
은 다양한 원천 속에서 형성된 것이 틀림없지만, 그 핵심은 유니테리언
(Unitarian)이나 퀘이커교(Quakers)와 같은 자유주의 신학에 있었다.[32] 즉,

---

30) 北村透谷, 「エマルソン」, 앞의 책, 43쪽.
31) '낭만적 자아'에 대해서는 찰스 테일러, 『헤겔철학과 현대의 위기』, 박찬국 역, 서광
　　사, 1992 ; 김우창, 「감각, 이성, 정신」, 권영민 외 공편, 『한국문학이란 무엇인가』,
　　민음사, 1995 참조.
32) 笹淵友一, 「北村透谷」, 『'文學界'とその 時代』(上), 明治書院, 1955, 185~195쪽. 이
　　를테면, 기타무라 도코쿠가 주장한 기독교적 용어 '生命'은 칼라일부터 에머슨까지
　　다양한 원천 속에서 계발된 말이다. 즉, '생명'이라는 말 안에는, 죄로부터 구원됨으
　　로써 얻는 신의 은총이라는 의미 외에도, 우주의 신성한 관념을 표현한다는 칼라일
　　사상과 신과 인간의 직접적인 교감을 중시하는 에머슨식 자유주의 신학이 혼재되어
　　있다. 신비적 종교관에 근거한 기타무라 도코쿠의 생명관은 '天賦人權'에 상응하는

기타무라 도코쿠는 기독교를 통해 참된 진리가 자아의 내부에 있다는 신념을 강화시킬 수 있었지만, "정신의 자유와 독립"을 추구하기 위해 다시 기독교의 정통 신앙과 교리로부터 멀어질 수밖에 없었다.[33] 그런 면에서 기타무라 도코쿠의 자아관은, 진리의 조건을 자기 내부에 두고 그에 근거하여 자유를 추구하는 근대적 개인을 탄생시켰다고 말할 수 있다.

　학지광 세대의 에머슨 수용도 기타무라 도코쿠를 매개로 하지 않고서는 불가능한 것이었다. 개인, 자아, 문화를 중시하는 다이쇼기의 저 고양된 분위기 속에서 '영'에 내재된 자율성의 이념은 급속도로 확산되었고, 조선의 일본유학생들 역시 그 지적 매력에 경사되지 않을 수 없었다.[34]

4. '學之光' 세대의 에머슨 수용 : 張德秀의 경우

　장덕수는 에머슨 수용의 계보에서 가장 먼저 거론할 만한 인물이다. 『학지광』의 편집위원이기도 했던 그는 1914년 12월 학지광 제3호 발간을 기념하는 머릿글 「學之光三號發刊에 臨하여」에서 에머슨의 말을 수차례 인용하고 있어 인상적이다. 장덕수는 이 글에서 먼저 성경의 한 구절을 빌려, 조선 청년들이 더 이상 침묵하고 있을 수만은 없음을 강조하고 있다. 그 대신 자기 확신, 웅대한 사상과 활화산 같은 열정을 가지고 자기 세대에 부여된 역사적 사명을 감당하자고 주장했다. 그런

　자율성의 이념을 문학 내부에 정착시키는 데 공헌했다. 그의 '내부생명'은 "人間 天賦의 靈性"(114쪽)을 뜻하기 때문이다.

33) 鈴木登美, 한일문학연구회 역, 『이야기된 자기─일본 근대성의 형성과 사소설 담론』, 생각의나무, 2004, 77쪽.

34) 예컨대, 1916년 9월 발간된 『학지광』 제10호 「卒業生祝賀號」에서는 표지에 에머슨의 名句를 원문과 함께 인용하고 있기도 하다.

데, 이 역사적 사명을 완수하기 위해서는 각자가 무엇보다 "自己 實現
과 自己 表現"의 능력을 함양할 필요가 있다는 점, 그러한 자기 표현
능력은 一月星辰에서 자그마한 미물에 이르기까지 모든 천지사물이 두
루 갖추고 있을 만큼 "宇宙의 根本事實"이라는 점을 상술하는 대목에
이르면,35) 우리는 장덕수 사상의 입각점 중 하나가 에머슨이라는 사실
을 짐작케 된다. 자연만물로부터 영적 자각의 주된 계기를 발견하게 된
다는 식의 사유법은 앞 절에서 살펴본 것처럼, 에머슨을 적극 수용한
기타무라 도코쿠의 평론에서 어렵잖게 찾아볼 수 있는 사항이기 때문
이다. 장덕수 역시 에머슨의 말을 인용하면서 자신의 주장을 뒷받침하
고 있다.

> 萬物이 各各 性質을 有 ᄒ다 홈은 同時에 自己表現을 意味ᄒ 것이 아
> 닌가? 에머―손이 갈오디 "萬物은 自己 歷史를 쓰기에 從事ᄒᄂ니 地球
> 와 細石은 自己의 影을 지고 가며 轉落ᄒᄂ 岩은 山우에 自己의 痕跡을
> 遺ᄒ고 河川은 쌍에 運河을 作ᄒ며 動物은 自己의 骸骨을 地層에 埋ᄒ고
> 木葉은 石炭 中에 自己의 碑銘을 記ᄒ며 滴水ᄂ 모리와 돌을 彫刻ᄒ고
> 눈과 쌍을 밟ᄂ 足跡은 進行의 地圖를 그리ᄂ도다."36)

만물도 그러하거늘 하물며 "心靈"과 더불어 풍부한 상상력, 위대한
지력, 청고한 감정, 강렬한 의지를 지닌 조선 청년이 능치 못할 일이
무엇이겠느냐―라는 것이 이 글의 핵심적인 주장이라 할 만하다. 장덕
수는 인간을 둘러싼 자연만물을 윤리적 각성의 원천으로 이해하고 있
다. 그의 태도는 자연을 생명이 없는 정태적인 대상으로 간주하는 기존
의 기계론적 관점과는 차별된다. 에머슨에 따르면, 자연계를 물질적 풍
요성의 근거로서, 심미적 쾌락의 원천으로서, 과학적 진리의 기반으로
서 바라볼 뿐만 아니라, 그 자연현상 속에 내재한 도덕적, 영적 의미를

---

35) 장덕수, 「學之光三號發刊에 臨하여」, 『학지광』 제3호, 1914, 1쪽.
36) 장덕수, 위와 동일함.

관조해내는 데 초월주의의 중요한 미덕이 있다.37) 다시 장덕수는 공자,
석가, 예수와 같은 고금의 현자들 역시 이러한 "心靈의 自己表現이 無
ᄒᆞ얏스면"38) 존재할 리 만무하다고 역설하고 있다. 여기서 말하는 인
간 내부의 '심령'이란 물론 기타무라 도코쿠가 말한 '內部의 生命'이며,
또한 우주만물에 편재하는 보편적 존재 '大靈'의 개체적 현존과 동일한
것이다. 장덕수가 적실하게 인용하고 있는 것처럼, "(에머-손 갈오디)
上帝는 神聖ᄒᆞᆫ 全一이니 眞善美는 그 全一의 各方面을 표시ᄒᆞᆫ 것"39)이
다. 그런데도 조선 사회가 미개하고 곤궁한 상태에 머물러 있는 것은
그처럼 중요한 의미를 갖는, 개체적 존재의 "生命과 心靈의 破壞"40)의
정도가 극심한 연유이다. 사실 이 글은 지나치게 개인주의화되어 가는
조선유학생 사회의 문제를 염두에 두고 작성된 글이다. 결국 장덕수는,
냉혹한 사회 현실에서 가장 긴급한 것은 '同情'과 '사랑'이며 이러한
연대감을 형성하기 위해『학지광』에 거는 기대가 적지 않다는 것으로
글을 마무리하고 있다.

　이와 같이 성경 구절과 병행하는 방식으로 에머슨을 인용하거나, 마
치 '예수 가라사대'를 연상시키는 '에머-손 갈오디' 같은 구절을 이례
적으로 반복하여 사용하는 데에서도 헤아려볼 수 있듯이, 장덕수의 에
머슨 언급은 범상한 수위를 이미 넘어서 있다. 그는 자기 자신과 자신
이 속한 공동체의 갱신을 도모하는 가운데, 다른 무엇보다 에머슨의 범
신론적 신비주의의 수사에 의거하고 있기 때문이다. 이는 다음 해에 발

---

37) Paul. F. Boller. Jr., 정태진 역, 앞의 책, 66쪽. 칸트의 계보 속에서 에머슨은, 인간의
　　정신을 오성과 이성으로 나누고, 전자는 단단한 물체와 물질계만을 바라보지만, 후
　　자는 그 속에 존재하는 영적인 실체를 헤아릴 줄 안다고 말했다. 이 때의 '이성'을
　　초월주의의 최초의 저작인「自然論」에서는 '靈魂(spirit)'이라 재명명하고 있다. "지
　　성적으로 고찰하여 '이성'이라고 부르는 것을 우리는 영혼(spirit)이라 부른다. 영혼
　　은 창조자이다. 영혼은 그 자체 속에 생명을 가지고 있다."(R. W. Emerson, 신문수
　　역,『자연』, 문학과지성사, 1998, 40쪽).
38) 장덕수, 앞의 글, 2쪽.
39) 장덕수, 위와 동일함.
40) 장덕수, 위의 글, 3쪽.

표된 「意志의 躍動」(1915)에서 좀더 직접적이고 강렬한 방식으로 나타나기에 이른다.

「의지의 약동」의 서두는, 이 글이 무한한 자연과 대면하여 얻은 깨달음의 기록임을 암시해 준다. "大氣눈 白露를 밎고 世上은 잠을 드러 四方이 寂寞혼 맑은 바음에 홀노히 어린 눈을 누히드러 限업시 놉기도 호고 深淵갓치 깁기도 혼 저 하날에 黃金沙와 갓치 燦爛히도 羅列혼 모든 별을 바라보며 생각을 雲上天外에 멀리 달려 永遠과 無限을 感悟"[41]한 뒤에 얻은 자연의 계시를 적은 것이 「의지의 약동」이라 해도 무리가 아니다. 그것은 거듭 지적한 대로, 개아의 자각에 드리워진 自然과 그 자연의 理法(純理)로서의 '大靈'을 연쇄적으로 떠올리게 하는 대목이다. 인간과 자연 사이에 발생하는 신비한 관계에 주목하고 이 관계에 의해 인간이 "직관과 도덕적 성장"을 획득할 수 있다고 주장한 것은 에머슨의 독특한 자연이해에서 연유한다.[42]

그런데, 저자는 이 같은 '영원과 무한'에 대한 궁극적 사유가 대다수의 凡人들에게서는 좀체로 찾아볼 수 없는 현실을 개탄하고 있다. 이 글은 청년들이 영웅호걸이나 정치, 실업, 법률 등 현실 문제에 관심을 기울일 뿐, 그보다 궁극적인 정신 문제에 대해서는 상대적으로 소홀한 세태에 대한 비판으로 충만해 있다. 그는 세계정복자 알렉산더나 나폴레옹 등을 숭배하는 이는 많아도 겟세마네 동산의 예수나 루소에 대해 제대로 궁구하지 않는 유학생 사회를 향해 신랄한 비판을 가하고 있는 것이다. 장덕수의 비판은 다분히 문화주의적 관점을 취하고 있는 것으로, 이를 통해 변화하는 유학생 사회의 분위기를 짐작해 볼 만하다. 이는 현상윤이 이광수의 글에 대해 쓴 반론 형식의 에세이와는 미묘한 차이를 보여준다. 현상윤 역시 개인주의를 현대문명의 핵심으로 옹호

---

41) 장덕수, 「意志의 躍動」, 『학지광』 제5호, 1915, 39쪽.
42) 아놀드 스미드라인, 정태진 역, 「렐프 월도 에머슨」, 『美國文學에 表現된 自然宗敎』, 翰信文化社, 1989, 104쪽.

했지만, 그 실천적 활력을 굳이 '문화'에 한정하지 않고 사회 전반에 걸친 계몽적 기획의 일부로 간주했다. 현상윤이 일련의 문화주의적 경향에 대해 품었던 의구심과는 달리, 장덕수는 그러한 신경향이 지닌 활력의 가치를 일찌감치 인정하고 있었던 셈이다. "그러나 청년이여 다시 한번 생각ᄒ여 볼지로다 우리가 혹은 실업 혹은 정치 기타 허다ᄒ 방면으로 각히 달은 길을 취ᄒ야 나아가기 전에 한번 생각ᄒ며 한번되지 아니ᄒ면 아니될 것이 인지 아니ᄒ가? 진실로 직업은 천층만급의 차별상이라 이 모든 차별을 관일ᄒ야 천만인의게 공통되는 바 한 점이 잇지 아닐 수 업스니 그는 무엇인고?"43) 그것은 바로 "全的 사람"이 되는 길이다.

장덕수가 자신감에 차서 말하는 '전적 사람'이란 편벽되거나 자신이 속한 사회의 전체적 기율을 훼손하지도 않는 이상적 인격체를 지칭한다. 또한, 이 全人的 인간은 "자기의 존엄과 명예를 천지에 대ᄒ야 자랑하는 자각잇는 사람"44)이기도 하다. 장덕수가 전인적 인간의 善例로 염두에 두고 있는 이는 물론 앞서 언급한 예수이다. "예수 갈오더 '너희들은 천제의 완전함과 갓치 완전히 되라.'"45) 그렇다고 해서, 그가 말하는 전인적 인격체가 예수나 루소, 존 후쓰와 같이 항상 비범한 거물들에게만 한정된 것은 아니다. 장덕수가 전인적 인간의 필수불가결한 조건으로 가장 중요하게 내세우는 바는 "眞實로 內的人(inner man)의 自覺"46)에 있기 때문이다. 이는 고독한 몰입의 상태에서 자아의 목소리에 귀 기울이는 것, 다시 말해 외부의 어떤 것에도 영향 받지 않은 독립적인 자아의 각성을 뜻한다. 이 대목에 이르러 우선 흥미로운 것은 '內的人'이 되는 과정에서 개체가 경험하게 되는 정신적 경지와 관련되

---

43) 장덕수, 앞의 글, 40쪽.
44) 장덕수, 위와 동일함.
45) 장덕수, 위와 동일함.
46) 장덕수, 위의 글, 41쪽.

어 있다. 장덕수는 내향적 인간의 경지에 도달한 "사람은 靈眼을 말게
써서 萬物의 眞相을 通觀ᄒ고 自己의 선 곳을 씨달으며 自己의 갈 길
을 알고 自己의 價値를 認識ᄒ야 自己의 使命을 다함으로써 天地의 化
育을 贊ᄒ고 與天地로 參ᄒ는 자"라고 상술하고 있다. 여기서 주목할
표현은 물론 '영안'이라는 수사에 있다. 장덕수는 하나의 인격체가 어
떤 깨달음의 경지에 달하는 순간을 그의 '영안'이 개안되는 순간으로
표현하고 있으며, 이는 "쌍만 바라보다가"는 깨우쳐질 바가 아니라 "풀
은 하날을 치여다보고 永遠과 無限을 感悟ᄒ는 질거움의 微笑를 薔薇
갓흔 우리 입살에 올니는"[47] 때에 실현된다고 반복하여 말하는 데에서
도 알 수 있듯이, 이 글의 저자는 결국 에머슨의 신비주의 담론 안에서
발화하고 있다 해도 무방하다. 특히 장덕수는 에머슨의 글을 영어 원문
그대로 인용하여 진술하고 있다. "뜰에 턱 나시민 너의 머리는 爽快한
空氣에 싯쳐 無限空間에 突入ᄒ니 모든 自尊心은 업서지고 一個 透明
한 눈알이 되야 나는 아무것도 아니나 모든 것을 보는도다 宇宙的 實在
가 我를 貫通ᄒ니 나는 眞實로 神의 一部로다."[48] 이 글 전체를 통해
우리는 학지광 세대가 에머슨의 사상을 수용하고 그 개념, 어휘, 범주
를 전유하는 방식을 파악해 볼 수 있다. 그런 면에서 장덕수의 「의지의
약동」은 한국 근대문학의 에머슨 수용사에 있어 중요한 시금석이 되는
글이라 평가된다.

장덕수가 제기하고 있는 물음은 '우리의 目的 우리의 精神! 이것이
宇宙根本者와 아모 關係가 업슬소냐?'라는 구절에 집중되어 있다. 이를
입증하기 위해, 저자 장덕수는 에머슨의 유명한 말을 직접 인용하고 있
는 것이다. 이 구절은 기타무라 도코쿠 역시 의미심장하게 인용하고 있
는 구절이기도 하다.[49] 즉, 우주적 실재가 개아를 관통하고 개아가 우

---

47) 장덕수, 앞과 동일함.
48) 장덕수, 위의 글, 43~44쪽.
49) 北村透谷, 「エマルソン」, 앞의 책, 43쪽.

주적 실재인 '신'의 일부라는 사실을 자각하는 그 순간이 바로 장덕수가 말하는 전인적 인간, 혹은 내향적 인간이 출현하는 때이다. 그런데 더욱 중요하게는 바로 그 영적 체험의 순간이야말로, 개체적 존재 스스로 자신이 삶의 주체임을 통렬히 자각하는 때이기도 하다. 장덕수는 '우리는 決코 써의 종이 아니오 이의 主人이라'고 천명한 바 있기 때문이다. 이 말에는 시간과 공간에 얽매이지 않고 오히려 그것을 내 삶의 목적을 위해 재조립하고 재구성해내는 근대적 감각이 충일해 있다. 즉, '현재도 우리의 이 목적으로써 관일ᄒ고 과거를 정복ᄒ며 장래를 규정'할 수 있게 된다. 이러한 인식은 근대적 시공간에 대한 세련된 감각과 자기 주체성(subjectivity)의 확신을 전제로 하지 않고서는 획득되기 어려운 것이다. 요컨대, 장덕수의 이 글은 에머슨의 인식론과 수사학에 밀착하여 조선 청년의 정신적 자각을 촉구하고 있다.

　말하자면, 내향적 인간의 영적 자각은 근대적 자아의 탄생과 동일한 사건이다. 자기 내부에서 창조적인 발전과 자아 완성을 위한 엄청난 잠재력을 발견한 개인이야말로 근대적인 요건에 부합하는 인간형이다. 장덕수는 조선 청년 개개인을 향해, 우주의 근본자와 접촉하는 영적 체험을 통해서 궁극적으로 "세계가 소멸ᄒ고 이 온 세계가 전복ᄒ다 홀지라도 영원히 불멸ᄒ고 영원히 불변홀" 진실된 "靈的 生命力"을 소유하라고 역설한다.[50] 이 '영적 생명력'을 획득한 개아에게는 이제 우주와 세계가 전과 판이하게 다른 것으로 나타나기 마련이다. 왜냐하면, 세계와 우주는 더 이상 "輪廻"가 아니라 "創造"의 대상으로 변화하기 때문이다.

　　우리 靑年이여 찌달으라 우리는 永遠히 새럽고 永遠히 새럽고 永遠히
　創造ᄒ는 者이니 우리의 선 곳은 無限한 우리 神의 宮殿이오 우리의 지
　위는 永遠한 우리 神의 地位로다 우리는 無限한 靈的 生命力을 共有ᄒ는

---

50) 장덕수, 앞의 글, 44쪽.

者이니 이 宇宙는 맛당히 우리의 宇宙요 이 宇宙의 經營은 맛당히 우리
의 經營으로 滅하는 것이 하나도 업고 모든 것이 永遠히 繼續ᄒ는 것이
로다.(默示錄 二十章 十二節~十五節 參照)[51]

　성경을 구체적으로 인용하는 데에서 알 수 있는 것처럼, 위에 인용
된 구절에는 기독교와 에머슨적 범신론의 수사가 적절히 혼용되어 있
다.[52] 장덕수는 인간이 이 땅에서 신의 대리자라는 사실을 부각시키고,
그에 따라 세상의 주권자로서 자신의 창조력을 마음껏 발휘할 것을 천
명하고 있는 셈이다. 유한이 무한이라는 자각, 장래가 결코 허무할 리
없다는 자각, 우리의 生은 저주하거나 거부할 것이 결코 아니라 오히려
찬미하고 실현할 대상이라는 자각 등이 여기에 이어진다. 그리하여, 조
선 청년 모두가 "精神上 宇宙根本者와 하나됨(Oneness)을 自覺"[53]하고 지
상의 "천국"[54]을 건설하기 위해 제각각 분발하는 길만이 남은 것이다.
　이 시기에 있어서 근대적인 자아 각성은 에머슨을 매개로 하지 않고
서는 쉽사리 성취될 수 없었다. 인간 정신과 자연과의 상호작용을 통해
자신의 단독성을 자각하는 방식은 에머슨이 제시한 신비주의적 경험
속에서 가장 강력한 표현을 얻었기 때문이다. 게다가 피식민지의 청년
문사인 경우, 유교적 악습이라는 제도적 呪術에서 풀려나와 스스로를
단독자로 재구성하는 길은 애초부터 그 선택의 폭이 협소한 것이었을
지 모른다. 만일 국외망명자의 고행을 선택하거나 식민지 권력의 마력
에 자기를 내던지는 것이 아니라면, 아마도 범신론적 신비주의 체험 속
에서 자기 갱생의 길을 찾을 도리밖에는 없었을 것이다. 다른 한편, 그
초월적 신비는 기독교 내부에서 주어지든 그렇지 않든 마찬가지의 은

---

51) 장덕수, 앞의 글, 167쪽.
52) 이 글의 말미에 장덕수 스스로 부기하고 있는 것처럼, 「의지의 약동」은 그의 기독교
　　신앙과의 깊은 연관 속에서 제출된 에세이이다.
53) 장덕수, 위의 글, 45쪽.
54) 장덕수, 위의 글, 46쪽.

총을 가져다주는 것이어서, 기독교 신앙을 고수한 전영택은 물론 기독교 신앙을 받아들였으나 곧 그로부터 이반한 이광수에게서도, 그리고 기독교와 무관한 다른 이들에게서도 공통적으로 확인되는 근대적 경험의 일부였다.

5. 결론을 대신하여―近代的 自我의 秘義

1918년 발표된 「復活의 曙光」은 조선민족의 갱생을 강력하게 촉구하기 위해 작성된 에세이로, 이광수의 정치적 에너지가 유감없이 발휘되어 있다. 이 글은 조선 문화가 지난 3백 년간 황폐한 불모지와 다를 바 없었다는 긴박한 문제의식에서 시작한다. 문학의 경우만 하더라도, 조선인의 사상과 감정을 표현해낸 문학 전통이 부재하다고 지적하면서, "民族의 精神, 眞生命, 眞生活에 接觸"[55]하는 조선 문학의 실현을 요청하고 있다. 그런데 조선 문학의 현황을 진단하면서, 이광수는 일본의 문학평론가 시마무라 호게츠(島村抱月)의 말을 주요한 논거로 수차례 인용하고 있다. 1917년 조선을 방문한 직후 『와세다분가쿠(早稻田文學)』에 발표한 글에서 시마무라 호게츠는 "조선의 과거에는 문예라 부를 문예가 없다"[56]라고 단언한 바 있으며, 그 단평이 이광수의 남다른 관심을 자아냈다.[57] 시마무라 호게츠에 의하면, 조선 고유의 생활양식이 존재함에도 불구하고 그 정신문명의 발전이 온전히 이루어지지 않은 데에는 무엇보다 그것을 저해하는 기형적인 문화조건이 잔존해 있기 때문이다. 시마무라 호게츠는 조선 정신에 뿌리박힌 "그 偏畸, 그 疾病을 脫"할

---

55) 이광수, 「復活의 曙光」, 『李光洙全集』 17, 三中堂, 1962, 28쪽.
56) 島村抱月, 「朝鮮だより」, 『早稻田文學』, 早稻田文學社, 1917. 10, 226쪽.
57) 조선을 방문한 시마무라 호게츠와 한국인 문인들 간의 만남에 관해, 이광수가 훗날 회고한 기록(「島村抱月과 須磨子의 印象」, 『三千里』, 1933. 4)이 있다.

때에 비로소 "맑은 精神의 샘을 소생시킬" 시대가 도래하리라 전망한다.58) 이광수는 그 조선정신의 '기형적' 장애란 조선 사회에 잔재하는 성리학적 율법이라면서, 일체의 "舊習을 脫却하여 新思想의 洗禮를 받은 靑年들의 精神 속에 新思想이 점차 釀酵"59)하게 될 때에 진정한 의미에서의 조선 문학이 시작될 것이라고 했다.

「부활의 서광」에서 이광수의 논조는 어느 때 못지않게 박력 있다. 그 자신감은 시마무라 호게츠의 단평에서 조선 문학의 부활 가능성을 발견했기 때문인지도 모른다. 그는 "島村氏의 이 評語는 現代靑年에게 對한 극히 중대한 경고"이면서 동시에 "십세기간 정지되었던 정신생활을 다시 시작"할 원천이라고 강조한다.60) 이광수가 조선 사회의 갱신이라는 시대적 과업을 부각시키면서 유달리 시마무라 호게츠의 시평에 무게를 두는 이유는 무엇인가. 과거의 문화전통이 보잘것없고, 그런 이유로 신문학의 세례를 받은 지금 새롭게 조선의 문학과 문화를 창출해야 한다는 주장은 이광수의 문학평론에서 그리 새로운 것이 못 된다. 그러나 「부활의 서광」에서 이광수는 이전의 평론들에 비해 두드러지게 새로운 개념, 수사, 범주를 사용하여 자신의 주장을 뒷받침하고 있다. 시마무라 호게츠의 짧은 시평에서 그가 적극적으로 의지하고 있는 것은 어떤 면에서 그의 사상이 아니라 어법이라고 말할 수 있을 정도이다.

그런 의미에서 이광수가 반복적으로 사용하고 있는 표현 중 "靈的自覺", "靈魂의 核心에 붙여 놓은 불", "復活한 靈의 첫소리"라는 일련의 수사에 주목해야 한다.61) 이러한 어법이 본문의 전체 맥락에서 차지하고 있는 비중은 결코 적지 않다. 예컨대, "各方面에 靈的自覺의 曙

---

58) 島村抱月, 앞과 동일함.
59) 이광수, 앞의 글, 34쪽.
60) 이광수, 위와 동일함.
61) 이광수, 위의 글, 34~35쪽. '靈魂의 核心에 붙여 놓은 불'이라는 표현은 시마무라 호게츠의 글에서 그대로 차용한 데 비하여, '靈的 自覺'이나 '復活한 靈의 첫소리'라는 수사는 이광수 개인의 독창적 표현이었다.

光이 보이니"[62]라는 구절은 표제인 '復活의 曙光'을 재언술하고 있는 핵심 어구에 해당할 정도로, 이광수가 제기하고 있는 조선 사회의 '부활'에 있어서 관건은 바로 '영'이었던 셈이다. 이광수가 '영'이라는 어휘를 다루는 태도가 매우 각별하다는 것은, 그 이전에 씌어진 평론 어디에서도 「부활의 서광」만큼 그 단어를 중요하게 다룬 선례가 없기 때문이다. 1910년 이후 발표된 이광수의 초기 논설들을 면밀히 살펴보면, 인간 주체 내부의 비물질적 영역을 뜻하는 여러 용어들 중 '精神', '魂', '心' 등은 즐겨 사용했어도 '영'이라는 단어에 관해서는 유난히 인색했다. 그런 이광수가 1920년을 전후에 발표한 평론들에서 '영'이라는 어휘를 유달리 진지하게 활용하고, 더 나아가 그 개념을 사회 전체의 문화적 발전과 결부시켜 논의하고 있는 것이다.

그렇다고 「부활의 서광」이 민족이라는 집단 주체에 관해서만 의미 있는 발언은 아닐 것이다. 이광수는 민족을 구성하는 각각의 개체적 존재들을 향해서도 동일한 방식으로 말하고 있다. '영'과 관련지어 개인의 각성을 바라는 화법은 평론의 형식을 취하기 이전에 씌어진 사변적 성격의 에세이에서도 확인 가능하기 때문이다. 말하자면, 이광수의 경우 '영'의 수사는 민족 전체를 향해 발화되기 이전에 이미 자기 자신과 신적 존재 사이의 내밀한 교통 속에서 연마되었던 화법이었다.

이광수는 1917년『학지광』 제12호에 「二十五年을 回顧하며 愛妹에게」라는 제목 그대로 자신의 지난 생애를 반추하는 성격의 에세이를 발표한 바 있다. 孤舟라는 필명으로 발표된 이 사변적인 에세이가『학지광』에 게재될 수 있었던 데에는 이광수의 필력이나『학지광』편집위원들과의 친분이 작용했을 가능성도 없지 않겠지만, 그 이유를 에세이의 내용면에서 추정해 볼 필요가 있다. 이 글에서 이광수는 박복한 운명과 주위의 온정이 비극적으로 교차했던 자신의 25년 생애를 회고하고 있

---

62) 이광수, 앞의 글, 37쪽.

다. 그 기간은 19세기 말에서 20세기 초에 이르는 세계사적 대격변기이기도 해서, 지난 밤 그는 과연 나 자신과 동족의 장래를 위해 무엇을 수양하고 축적해 왔는가를 진지하게 자문해 보았다고 했다. 아마도 이광수는 자신의 내부에서 한껏 끓어오르는 생명력의 약동으로 인해 밤 새워 고심했던 것이며, "제 使命을 찾지 못ᄒ야 눈물을 흘"[63]리다가 그 해답을 구하기 위해 간절히 하나님께 기도했다고 적고 있기까지 하다. 한때 자살을 결심하기도 했다는 화자는, 고통스러울 때마다 자신을 어루만지는 여러 은인들의 보살핌을 차마 저버리지 못할 뿐만 아니라, 바로 그러한 이유로 해서 "나는 드시 살기로 決心ᄒ엿다. 너를 爲ᄒ야, 져恩人들을 爲하야. 그리ᄒ고 貴重ᄒ 너와 恩人을 안아주는져 ᄯᅡᆼ을 爲ᄒ야 나는 드시 살고 드시 힘쓰기로 作定"[64]하였노라고 말한다. 그러한 영적 회생을 거쳐 이 글의 화자 이광수는 다음과 같이 신을 향해 기도하고 있다.

> 하ᄂᆞ님! 제 靈에다 불을 부쳐줍시오!
> 활활 불ᄭᅵᆯ이 닐게ᄒ여줍시오!
> ᄲᅡᆯ가케, 하야케, 灼熱ᄒ게ᄒ여줍시오!
> 내 손톱ᄭᅩᆺᄭᆞ지 털ᄭᅩᆺᄭᆞ지 왼통 불이되게ᄒ여줍시오!
> 저ᄂᆞᆫ 이러케 울며 合掌ᄒᆸ니다. 이러케![65]

이 자전적 에세이는 25년의 생애를 반추하는 방식으로 그것과의 단절을 꾀하고 있다. 미래의 자아상을 온전히 하기 위해서라도 과거의 누추한 삶의 기억은 이제 사라져야 마땅한 것이다. "生活다온 새 生活에 들어가기爲하야"[66] 기독교적 神과 대면하는 장면은 이 글에서 거듭 반

---

63) 이광수, 「二十五年을 回顧하며 愛妹에게」, 『학지광』 제12호, 1917, 51쪽.
64) 이광수, 위의 글, 52쪽.
65) 이광수, 위와 동일함.
66) 이광수, 위의 글, 52쪽.

복되는 레퍼토리다. 신과의 대면을 통해 결국 시인으로서의 사명을 자각하고 "쓰겁게, 쓰겁게, 쓰겁게" 고양되는 이광수의 모습은 그의 비유처럼 구약시대의 선지자를 연상케 한다. "大祭司長모양으로 沐浴齋戒ᄒ고"서 밤낮으로 "天命"을 기다리는 자의 이미지는, 당시 조선이 놓인 역사적 상황과 이스라엘의 처지를 견주어 생각해 볼 때, 어렵지 않게 민족의 선각자상으로 대체된다. 요컨대, 이 글은 이광수가 민족을 위해 '희생'하기로 작정하면서 남기는 지난 半生에 대한 참회의 기록이라 할 법하다. 그런데, 상기한 인용문 중에서 '하느님! 제 靈에다 불을 부쳐줍시오!'라는 어구는 흥미롭게도 이광수가 다음 해에 발표한 「부활의 서광」에서 각별하게 활용한 바로 그 표현에 해당한다. 지난 25년의 비극적 생애에도 불구하고 새로운 삶의 가능성을 잃지 않았던 고아 출신의 이광수는, 결국 자신의 부활에 있어서 신과의 영적 체험이 결정적이었음을 암시하는 것으로 보인다. 개인의 更生을 두고 적극 활용된 '영'의 수사는 이듬해에 민족적 갱생의 수사―'靈魂의 불', '靈魂의 核心에 붙여 놓은 불', '復活한 靈의 첫소리' 등―로서 거듭나게 되는 것이다. 다시 말해, '집단 주체(민족)'의 근대적 각성을 촉구한 위의 글이나, '개인 주체(예술가)'의 초월적 접신의 경험을 기록한 글 모두에서 이처럼 '영'이라는 표현은 중요한 위상을 차지하고 있다. 어떤 면에서 '영'은 근대 주체의 자아 각성에 있어 그 결정적 표지라고 할 수 있다.

그런 의미에서, 황석우의 등단작 「新我의 序曲」은 주목할 만하다. 이 시에서 화자는 근대적 시간을 재구조화해 내는 가운데 새로운 자아의 탄생을 흥미롭게 표현하고 있다. 이 시 전체는 신생의 환희로 충만해 있다. 그것은 애수, 공포, 고뇌 같은 일체의 낡은 감정이 홀연히 사라지고, 무한과 유한, 생과 멸의 경계 바깥에서 지점에서 얻어지는 비범한 삶의 경험이다. 그 중 3연은 이 글의 논의와 관련하여 매우 흥미롭다. "新我는불으짓다. 오오 大我의 引力에 / 感電된 肉의 柵木――我, 一我야, / 新我의 血은, 世의 始와 終과에 흘너가고, 흘너오다."[67] 여기서 '대아'란 에머슨이 말하는 보편적 존재로서의 신, 곧 '大靈'에 해당한다. 그러므로 위의 시가 단적으로 증언하고 있는 것처럼, 근대적 주체의 탄생은 초자연적 존재와의 신비적 접합의 찰나를 통과의례처럼 거치지 않고서는 결코 성취될 수 없는 삶의 감격이다. 그 전율의 체험을 동반할 때, 비로소 시의 화자에게는 새로운 '자아' 혹은 '생명'의 탄생을 예감하는 일이 가능해지는지도 모른다. 대아의 인력에 감전되었다는 식으로 우주적 존재와의 황홀한 접촉을 표현하고 있는 황석우의 어법은 근대적 주체의 탄생을 포착하기 위해 어렵지 않게 사용하는 수사 체계의 일부이면서, 동시에 상징주의 계열의 시편들에서는 매우 낯익은 모티브라고 말할 수 있다.68) "도취의 순간 속에서 (……) 현재와 과거 사이에는 더 이상 모순 대립이 일어나지 않으며, 자연의 모든 것들 사이에 어떤 동일성이 성립하듯이, 자연과 우리 자신 사이에도 '동일성'이 성립된다."69) 시공간의 비일상적인 역류와 혼재의 경험은 상징주의 시에만 특유한 것이 아니라 개인의 '영혼'이 위대한 삶의 흐름에 접촉하게 될 때 거의 예외 없이 발생하는 현상이다. 보들레르는 어떤 절대적 존재와의 접촉을 가리켜 '상응'이라 명명했지만, 기타무라 도코쿠는 '瞬間의 冥契'(inspiration)라고 표현했다. 여기서 '명계'는 몽롱한 상태에서 순간적으로 일어나는 정신의 고양, 즉 우주의 정신(신)과 인간의 정신(내부생명) 간의 신비로운 교감을 지칭한다.70)

---

67) 황석우, 「신아의 서곡」, 『태서문예신보』, 1919. 1. 13.

68) 일례로 "世界는 그 一切를 '나'를 通하여 再表現을 要求한다. 또, 나는 宇宙에 表現을 줄 것이다. 나는 宇宙 속에 表現을 要求하고 宇宙는 내 속에 表現을 要求한다. 오! 表現! 알 수 없는 表現. 거룩한 表現! (……) 偉大한 表現의 意識, 表現의 自覺. 表現의 使命. 나는 世界를 다시 한번 創造하련다."(吳相淳, 「虛無魂의 獨語」, 『廢墟 以後』 1, 1924, 116~117쪽) 등의 구절 역시 신비로운 '영적 체험'을 포착하고 있는 좋은 예이다.

69) Georges Poulet, 김기봉 역, 「보들레르」, 『인간의 시간』, 서강대출판부, 1998, 350쪽.

70) 그런데 기타무라 도코쿠는 그것을 달리 '電氣의 感應'이라고도 표현하고 있다. 「신아의 서곡」과 「내부생명론」의 수사는 흥미롭게도 동일하다. 北村透谷, 「內部生命論」, 앞의 책, 248~249쪽. 이는 훗날 기타무라 도코쿠의 정신적 계보 속에서 '생명'에

한국 근대문학 형성 초기에 '영'이라는 단어는 근대적 자아의 형성에 크게 기여했다. 이 근대적 어휘는 개인에게 심오한 내면을 부과했을 뿐만 아니라, 그에 대응하는 새로운 문학적 이념과 형식을 창출해 냈다. 그것은 한편으로 근대 자유시의 핵심인 내재율을, 다른 한편으로는 에세이와 소설 장르에서 근대적 자아 각성의 원형적 이미지를 만들어 냈다. 근대어로서의 '영'은 무엇보다 신비적 종교 체험을 전제로 하여 성립된 개념이다. 앞서 살펴본 대로, 1910년대의 청년 세대는 기타무라 도코쿠를 매개로 에머슨의 초월주의 사상을 받아들였고, 특히 '영'이라는 말에 내포된 그 신비주의적 함의에 깊게 경사되었다. 신비적 종교 체험은 에머슨 사상을 위시하여 이 시기에 유통된 다양한 서구 사상과 문학작품 속에 함유되어 있었다는 점에서 매우 주목된다. 그렇다면 이 같은 종교적 자아 담론이 근대문학 형성 초기에 뚜렷하게 나타난 이유는 과연 무엇인가. 사회 전반에 걸쳐 진행된 합리화의 움직임 속에서 이처럼 비합리적인 신비주의 담론은 어떤 의미와 기능을 지녔던 것인가.

이 시기의 청년 문학가들은 유럽 문학을 전범으로 삼아 그것을 모방하고 학습하는 과정을 통해 한국문학의 근대화를 추구했고, 이는 한국 사회에 고유한 문화적 관습, 이념, 제도의 혁신을 불가피하게 요구했다. 따라서 중요한 것은 유럽 문학의 구성 요소를 한국 문학 내부에 정착시키는 일이 될 것이다. 그런 의미에서, 1910년대 후반 이후 두드러지게 나타난 에피파니(epiphany)의 형상화는 한국의 문학 담론에 내재된 근본적인 결핍을 반증해 준다. 그것은 저 유럽의 낭만주의자들과 괴테가 말한, 어떤 최고의 미적인 원초적 상(Urbilder)이다. 근대 미학은 19세기

천착했던 니시다 기타로가, 그의 역저 『선의 연구(善の研究)』에서 말한 순수경험으로서의 '統一的 直覺'과 상통하는 것이다. 무한자에 접신하거나 미적인 영역에 몰입할 때 일어나는 황홀경을 가리켜 '직각' 또는 '감응'이라 표현하는 어법은 조선의 청년지식인들에게도 고스란히 전수된다. 예컨대, 「개성과 예술」의 염상섭이나 「종교와 예술」의 오상순은 상기한 신비적 경험을 각각 '創造的 直觀' '靈的 直覺'이라 언표했다.

후반 쇠퇴하는 종교적 신앙의 여명기에 출현했고, "삶 자체에 예술적 형식을 부여함으로써 삶을 존재의 더 높은 단계로 고양시키려는"[71] 개인의 욕망을 지지했다. 그것은 종교와 결별함으로써 포기하게 되는 어떤 특별한 경험을 예술이 보상해 주리라는 모종의 기대와 깊은 관련을 맺고 있다. 즉, 종교와의 유대는 자아가 더 광대한 존재와 긴밀하게 연관되어 있다는 충만감을 항시적으로 느끼게 해 주었지만, 근대 이후 그러한 통일성의 감각은 더 이상 자명할 수 없게 되었다. 오직 근대 예술만이 개인에게 원초적 통일성을 복원시켜 주는 마지막 보루가 되었다. 그 '원초적 통일성'의 감각은 오랫동안 유교문화를 형성해 왔던 동아시아에서는 그 유례를 찾기 힘든 경험이지만, 이를 전제로 하지 않고서는 근대문학의 성립 자체가 불가능하는 문제의식 속에서 그것은 새롭게 재발견되었다.[72] 기타무라 도코쿠만 하더라도, "이 一致를 본 후에 많은 不一致를 보는 것이 詩人이다. 이 大平等 大無差別을 보고 나서 그 후에 많은 不平等과 差別을 보는 것이 詩人의 역할이다"[73]라고 선언한 바 있다. 그가 근대적 삶에 내재해 있는 분열과 파편화의 계기를 얼마나 냉철하게 의식하고 있었는지는 의문이지만, 그 파열된 삶을 조화롭게 만드는 것이 시인의 숙명이라는 것은 잘 알고 있었다. 한국 근대문학 형성기에 청년 문학가들이 보여준 자아 각성의 장면들은, 기타무라

---

71) Leon Chai, *Aestheticism : The Religion of Art in Post—Romantic Literature*(New York : Columbia University Press, 1990), 4쪽.

72) 괴테는 그리스문화의 '원초적 상'은 완전히 폐쇄된 것이어서 그것에 근접할 수는 있어도 다시금 창조해낼 수는 없다고 말했다. 초기 낭만주의자들은 이러한 괴테의 견해에 반발하여 자연 이념의 형식화가 가능하다고 주장했다. 예컨대, 노발리스는 "예술적 자연이 형식의 원초적 상으로 만들어져야" 할 필요성을 강조한 바 있다. 이들의 관점에 비추어 보면, '원초적 상'의 동아시적 판본도 수긍할 만하며, 이는 곧 한국 근대문학의 형성과 그 낭만주의적 '시작'을 의미한다. W. Benjamin, 박설호 편역, 「독일 낭만주의에서의 예술 비평의 개념」, 『베를린의 유년 시절』, 솔, 1992, 278쪽.

73) "この一致を觀て後に多くの不一致を觀ず、之れ詩人なり。この大平等、大無差別を觀じて、而して後に多くの不平等と差別とを觀ず、之れ詩人なり。" 北村透谷, 「萬物の聲と詩人」, 『透谷全集』第二卷, 岩波書店, 1955, 315쪽.

도코쿠의 선례를 따라, 삶의 일체성이 복원되는 예외적 순간들에 집중
되어 있다. 그것은 근대적 자아의 신생이면서 동시에 한국 문학의 신생
이기도 하다. 이제 근대적 개인은 자아의 절대성을 주장하고 그 입법적
지위를 정당화하기 위해 자기의 세속적 삶의 일부를 신성화하게 되었
다. 그 에피파니의 순간은 자기가 속한 세계의 근본적인 결핍과 폭력에
맞서 자신을 새롭게 재창조하려는 내적 욕구와 필요에 의해 창안된 근
대적 모티프이다.

(『상허학보』 제19집, 상허학회, 2007)

노블, 청년, 제국
-한국 근대소설의 통국가간(通國家間) 시작-

황 종 연*

1. 노블의 전지구적 현존

영어의 노블이나 불어의 로망은 한국어로 보통, 소설 또는 장편소설이라고 번역하지만 노블이나 로망의 개념과 소설의 개념은 유사성 못지 않게 많은 차이점이 있다. 알다시피 소설은 노블이나 로망의 역어(譯語)이기 이전에 한자문화 속에서 일정한 의미와 관용적 용법을 가진 단어였다. 한국의 경우 그 용어는 『한서(漢書)』「예문지(藝文志)」의 소설가에 관한 기록 등을 전거로 오랜 세월에 걸쳐 사용되었으며, 패설(稗說), 전기(傳奇), 연의(演義), 잡기(雜記) 같은 용어들과 종종 혼용되었다. 소설이라는 용어는 항상 명확한 문학 장르 개념으로 쓰인 것은 아니었다 할지라도 19세기의 어느 시점에서는 국문과 한문 양쪽의 허구적 서사물을 일반적으로 가리키게 되었다고 추정된다. 더욱이 조선시대를 통틀어 허구의 가치를 인정하는 데에 인색한 유교적 관행이 워낙 우세했기 때문에 소설이라는 용어는 '황당무계(荒唐無稽)'니 '가허착공(架虛鑿空)'이니 하는 소설론의 숙어들이 예시하는 바와 같은 경멸적인 연상에

서 좀처럼 자유롭지 못했다. 그러므로 노블이라는 문화적 이방(異邦)의 문학을 소설이라고 말하는 것은 소설 개념 자체의 수정을 동반하지 않는다면 노블의 이해를 방해하기 쉬웠을 어법이다. 물론, 역사의 우연에 의해 노블은 소설로 번역되었고, 노블 개념은 소설 개념으로 번안되었지만 노블과 소설의 차이는 적어도 노블을 경험한 한국 최초의 세대에게는 서양화와 동양화의 차이, 양의학와 한의학의 차이만큼이나 명백한 것이었다. 그래서 노블을 기준으로 삼아 소설의 신흥을 꾀하려던 작가들은 우선 소설에 대한 항간의 통념이 잘못되었다는 주장부터 해야 했다. 「문학이란 하오」에서 서양의 근대적 문학 개념의 번안을 시도한 이광수는 '문학의 종류' 항목에서 "조선에서 '재담'이나 '이야기'를 소설이라 하고 此를 善히 하는 자를 소설가라 칭하는 자가 有하나니 此는 무식한 소치다. 소설은 이렇게 簡易한, 輕한, 무가치한 것이 아니니라"라는 말로 소설에 관한 설명을 시작했다. 그런가 하면 김동인은 소설이 얼마나 귀중하고 유익한 것인가를 이야기하기에 앞서서 "조선 사람의 소설관? (그것)은 몇 백 년 전 서부 유럽 그대로요, 즉 대단한 시대지(時代遲)의 소설관이요"라고 극히 모멸적인 어투로 소설에 대한 통념을 비난했다.[1]

따지고 보면 노블은 소설 같은 친근한 용어로 옮긴다고 해서 한국인들의 생활 속으로 들여놓고 길들이기가 수월치 않은 이질적인 문화의 소산이다. 그것은 음악에서 소나타 형식, 회화에서 원근법과 마찬가지로 근대 유럽문화의 가장 생기 있고 복합적인 표현 중 하나이다. 이언 와트의 표준적인 설명에 따르면 노블의 발흥은 중세 유럽의 통일된 세계상을 그와는 아주 다른 또 하나의 세계상으로 대체시켜간 르네상스 이후 유럽문화의 대전환의 맥락 속에 위치한다. 이 또 하나의 세계상이란 "특수한 시간과 특수한 장소에서 특수한 경험을 하는 특수한 개인

---

1) 이광수, 「문학이란 하오」, 『이광수 전집』 1, 삼중당, 1966(중판), 513쪽. 김동인, 「소설에 대한 조선 사람의 사상을」, 『김동인 전집』 16, 조선일보사, 1988, 138쪽.

들이 모여서 이루는, 전개되고 있으나 계획되진 않은 집합"으로서의 세계상이다.2) 이 근대적 세계상의 기초가 되는 믿음, 즉 '개인적 경험의 제일의성(第一義性)'에 대한 믿음은 노블형 서술에서 기존의 공인된 문학 모델이 권위를 가지지 못하는 반면 자서전적 비망록과 같은 패턴이 우세하게 나타나는 이유가 된다. 유럽 노블의 발흥은 또한 그 복합적인 역사적 연관 중에서도 출판 자본주의의 발전과 특히 중요한 관계가 있다. 노블은 우선 영국과 프랑스의 부르주아 식자층의 독서를 위해 출판되기 시작하여 종래에 가정용 서적의 주종이었던 신앙서를 대체했으며, 이어 유럽 문학 시장 전체를 누비는 국제적 상품이 되었다. 영국 및 프랑스 노블의 범유럽적 유행과 함께 19세기 유럽에는 런던과 파리를 확고부동한 중심으로 하는 공통의 문학 시장이 형성되었고, 그 결과 노블은 역사상으로 유례없는 유럽문학의 통일화를 가져왔다. 프랑코 모레티는 노블 지리(地理)의 특이성을 이렇게 정리한다. "노블은 유럽문학을 밖으로부터 어떤 영향도 받지 못하게 닫아버린다. 유럽문학의 유럽성을 강화하고 게다가 확립하기까지 하는지도 모르는 것이다. 하지만 그렇게 하고 나서 이 가장 유럽적인 형식은 대부분의 유럽에서 모든 창조적 자율성을 빼앗게 된다. 두 도시, 런던과 파리가 모든 유럽소설의 절반을 (절반 이상은 아니라고 치더라도) 출판하면서 한 세기에 걸쳐 유럽 대륙 전역에 군림하는 것이다. 이것은 무자비한, 전례 없는 유럽문학의 중앙집중화이다."3)

노블, 런던산 및 파리산 독과점 상품, 가장 유럽적인 형식. 하지만 노블을 위한 문학 시장은 유럽의 지리적 경계 내에 한정되지 않았다. 노블은 유럽 제국주의의 팽창에 따라 다른 유럽산 상품들과 함께 유럽

---

2) Ian Watt, *The Rise of the Novel : Studies in Defoe, Richardson, and Fielding,* University of California Press : Berkeley, 1957, p.31.

3) Franco Moretti, *Atlas of the Modern European Novel, 1800~1900,* Verso : London, 1998, p.186.

대륙의 바깥으로 퍼져나갔다. 유럽 또는 서양의 헤게모니 아래 있는 라틴 아메리카, 아프리카, 이슬람, 아시아 지역에서 노블은 대체로 부르주아 계급의 후원과 출판 자본의 지원을 받아 출현했으며, 노블의 실험은 그 지역의 정치에서 민족국가 건설에 상응하는 의의를 문화에서 가지고 있었다. 19세기 후반 그리스인들에게 이국적인 것이었던 노블은 오스만제국의 몰락 이후 유럽으로부터 귀환한 이산 부르주아들에 의해 도입되기 시작했으며 그리스 노블의 발흥과 유럽식 민족국가 건설운동은 밀접한 관계가 있었다. 아랍어권에서 노블은 프랑스에 의한 점령에 이어 영국에 의한 점령을 당한 이집트에 처음으로 도입되었고, 그 영향으로 발생한 이집트 노블은 아랍 세계에서 '재생'이라고 불린 정치, 문화 개혁의 정신에 관여했다.4) 유럽 노블을 모델로 하는 소설 창작은 비유럽지역 국가들의 근대소설의 역사에서, 적어도 그 초창기에는, 혁신적인 문학 활동으로 간주되었다. 브라질처럼 자국의 노블이 출현하기 이전에 유럽 노블이 유통된 라틴 아메리카 국가들에서는 작가들이 대중 독자 사이에 이미 형성된 노블 취향들에 부응하는 방식으로 창작에 착수했으며5) 20세기 초에 유럽 노블을 발견한 중국의 작가와 비평가들은 그 형식에 대한 긴장된 의식 속에서 중국소설의 개량을 추구했다.6) 물론, 노블은 그것을 융성하게 만든 유럽사회의 제반 조건을 결여한 국가들에서 흡수하기가 쉽지 않았다. 인도의 작가들을 괴롭힌 난제 중 하나는 노블이라는 이국의 문학을 읽음으로써 획득한 가치와 자국의 생활에 존재하는 가치들을 화해시키는 문제였으며,7) 유럽 소설의

---

4) Mary N. Layoun, *Travels of a Genre : The Modern Novel and Ideology*, Princeton University Press : Princeton, 1990, pp.21~32 ; 56~62.

5) Roberto Schwarz, "The Importing of the Novel to Brazil", *Misplaced Ideas*, Verso : London, 1992 참조.

6) 이보경, 『문과 노벨의 결혼』, 문학과지성사, 2002, 303~345쪽 참조.

7) Meenakshi Mukerjee, *Realism and Reality : The Novel and Society in India*, Oxford University Press : Dehli, 1985, p.7.

형식에 미달했다는 비판은 일본의 비평가들이 자국의 소설에 대해 내린, 때로는 가장 준엄하고 때로는 가장 의미심장한 판결에 해당했다.8) 19세기와 20세기 비유럽세계의 문학에서 그 유럽적 형식의 모방은 문학적으로 뜻깊은 활동의 전부는 아니었다 할지라도 문학의 근대적 재건에 가장 중요한 작업이었다. 과감하게 말해서 그것은 비유럽세계의 문학이 전지구적 근대화의 과정에 적응하며 추진한 자기변형을 대표하는 것이다.

한국 근대소설은 다양한 역사적 원천을 가지고 있다. 그 중에는 한문학의 사전(史傳)과 야담(野談), 가정소설을 비롯한 국문소설의 여러 장르, 판소리 사설과 기타 민간 구비 전승 등이 있다. 한국근대소설의 형성기에는 그 재래의 장르들과 스타일들이 동시대의 국민 계몽을 위한 저술에 활용되어 소설에 있어서의 근대를 향한 복잡다기한 움직임에 관여하고 있었음을 보여준다. 그것들의 흔적은 논설담화, 역사인물전기, 신소설 같은, 일반적으로 전근대소설과 근대소설 사이의 과도기적 단계의 소설로 간주되는 서사 장르의 작품들 속에서 널리 발견된다. 지난 30년간 한국 근대소설사 연구에서 가장 주목할 만한 진전의 하나는 바로 한국 근대소설의 원천을 그것에 선행한 한국의 산문 서사의 주제상, 형식상의 관례 내에서 찾아내 한국소설의 역사적 연속성을 입증하는 방향에서 이루어졌다. 그러나 소설에 있어서의 근대는 문화에 있어서의 근대와 마찬가지로 한 국가의 경계 내에서 독자적으로 성립하지 않는다. 그것은 오히려 국가들 사이의 경계를 넘어서는 문학 및 문화 교환의 과정에서 형성된다. 영국과 프랑스의 노블만 해도 그것은, 노블의 국제적 발명이라는 가설을 제출한 비평가들의 주장에 따르면, 그 국

---

8) 이러한 판결의 대표적 사례는 고바야시 히데오의 사소설 비판(「私小說論」(1935), 『小林秀雄全集』 3, 新潮社, 1968)과 나카무라 미츠오의 풍속소설 비판(中村光夫, 「風俗小說論」(1950), 『日本の近代』, 文藝春秋, 1968) 같은 근대 일본 비평의 유명한 문장들에서 찾을 수 있다.

가 각각의 변별적인 민족적 전통에서 생겨난 것이 아니라 그 양국의
국경을 넘어선 문학적, 문화적 접점들에서 출현한 것이다.9) 그러므로
한국 근대소설을 올바로 이해하려면, 그것의 진정 근대적인 성격을 올
바로 이해하려면 그것의 형성에 개입한 통국가간(transnational) 장르, 관
념, 실천, 제도에 유념해야 한다. 한국 근대소설 연구가 한국문학에 내
재하는 형식적 원천을 탐색하는 작업에 치중해왔음을 감안하면 노블이
라는 이방의 장르가 한국소설의 근대화를 위한 작업에 유입되어 담당
한 역할에 보다 많은 주의를 기울일 필요가 있다. 노블이라는 장르를
경이롭게 느꼈을 법한 연배의 문학가들은 한국소설에 수용된 노블의
존재를 명확하게 감지하고 있었고 그것이 중대한 변화의 증표임도 알
아보고 있었다. 김태준은 범박하게나마 노블을 기준으로 소설을 정의
하는 데서 시작한 『조선소설사』에서 동시대 소설의 추세를 말하는 가
운데 "춘원일파(春園一派)가 순서양식(純西洋式)으로 소설을 짓기 시작하
였"다고 쓰고 있다.10) 이것은 한국 근대소설의 새로운 역사적 이해를
위해 회복할 가치가 있는 분별이다.

2. 소설의 예술, 리얼리즘, 개인주의

　식민지 한국의 작가들은 서양문화의 모든 주제에 대해서 그렇듯이
서양 노블에 대해서도 일본인들의 번역과 저술에 주로 의존하여 지식
을 얻었다. 식민지 작가들의 노블 인식과 창작에 가장 먼저 영향을 미
쳤으리라 생각되는 일본어 서적 중에서 우치다 로앙(內田魯庵)에 의한
톨스토이 장편소설 번역과 함께 중요한 것은 쓰보우치 쇼오요오(坪內逍

---

9) Margaret Cohen and Carolyn Dever, ed. *The Literary Channel : The International Invention of the Novel*, Princeton University Press : Princeton, 2002, pp.1~34 참조.
10) 김태준, 『조선소설사』, 청진서관, 1931, 206쪽.

遙)의 『소설신수(小說神髓)』(1885. 9~1886. 4)이다. 적어도 이광수와 김동인 만큼은 그 본문을 읽었거나 아니면 그 대강을 알았을 것으로 추정되는 이 일본 최초의 본격적인 소설론은 무엇보다도 소설을, 그 자체를 목적으로 하는 예술(쇼오요오가 사용한 용어로는 '미술')로 정의하고 있는 데서 근대적 성격을 뚜렷하게 드러낸다.11) 쇼오요오는 서양 근대미학의 개요를 소개한 페놀로사의 강연록 「미술진설(美術眞說)」을 참조하여 "미술은 사람의 마음과 눈(心目)을 기쁘게 하고 또한 그 기와 격(氣格)을 고상하게 하는 것"이라는 정의를 내리고 마음에 호소하는 '무형(無形)의 미술' 중에 음악, 시가, 희곡과 함께 소설을 포함시키고 있다.12) 예술로서의 소설이라는 이러한 정의는 소설을 '권선징악'의 규범에 고착된 전통적인 소설관으로부터 분리시키고, 나아가 로맨스에서 진화된 노블로 그 개념을 재구성하는 데에 기초가 된다. 쇼오요오는 "노블(ノベル) 즉 참된 소설(眞成の小說)"이라는 관점에서 노블의 일반적 특징에 의거하여 "소설이 취지로 삼는 바는 오로지 인정세태(人情世態)에 있다"고 선언하고 있다.13) 이광수가 단지 '재담'이나 '이야기'가 아니라고 주장한 소설은 쇼오요오적 개념에서의 소설에 가깝다. 그의 「문학이란 하오」의 주제는 물론 문학 일반이고 소설 장르가 아니지만 그 문학론은 '권선징악'의 규범을 폐기하고 '인정세태' 묘사의 원칙을 제정한 쇼오요오의

---

11) 소설은 예술이라는 쇼오요오의 발언은 동시대 서양의 소설 이론의 추이를 감안하더라도 상당히 선진적인 것이다. 소설은 음악, 시, 회화, 건축과 함께 예술의 하나라는, 소설에 관한 영어권의 통론으로 보면 상당히 혁신적인 주장을 담고 있는 헨리 제임스의 유명한 에세이("The Art of Fiction", 1884)와 일 년 가량의 시차밖에 없는 주장이다. 쇼오요오의 미술이라는 단어는 어니스트 페놀로사의 강연록 『美術眞說』(1882)이 나온 이후 외젠 베롱의 『維氏美學』(1883~1884) 등에 쓰인 예술과 경합하며 아트 또는 파인 아트의 역어로 한동안 일본에서 통용되었다. 미술이 일본어에서와 같은 방식으로 한국어에서 사용된 용례가 1910년대 신문과 잡지에서 희소하게나마 발견된다. 미술, 예술이라는 용어에 관해서는 佐藤道信, 『＜日本美術＞の誕生』, 講談社, 1996, 32~66쪽 ; 권보드래, 『한국 근대소설의 기원』, 소명출판, 2000, 53~75쪽 참조
12) 坪內逍遙, 「小說神髓」, 『日本近代文學大系 3 : 坪內逍遙集』, 角川書店, 1974, 45 ; 48쪽.
13) 坪內逍遙, 위의 책, 61 ; 48쪽.

소설예술론과 부분적으로 통한다. 이광수는 문학을 예술의 일종으로 정의하여 도덕과 분리시키는 가운데 "모종 특정한 도덕을 고취하기 위하여, 又는 권선징악의 효과를 위하여 문학을 作하지 말고, 일체의 도덕 規矩準繩을 不用하고 실재한 사상과 감정과 생활을 여실하게 만인의 眼前에 再現케 함이라"고 쓰고 있다. 게다가 문학은 "인생을 묘사한 자이므로 문학을 讀하는 자는 소위 世態人情의 기미를 窺할지라"고 주장함으로써 그는 '인정세태'를 묘사하는 소설의 예술을 사실상 문학 일반의 예술로까지 확대하고 있다.14)

『소설신수』에 제출된 진정한, 노블적인, 근대적인 소설의 핵심은 거칠게 말해서 리얼리즘이다. 그것은 살아 있는 현실의 세계('活世界')에 존재하는 다종다양한 인정세태를 사실적으로 그려내고, 그럼으로써 '인생의 인과(因果)의 비밀'을 드러내는 것이다.15) 리얼리즘의 달성을 위해서 쇼오요오는 특히 인정세태 자체에 대한 공정한 관찰과 충실한 묘사를 지지하고 반대로 작가가 자기 의지대로 이야기를 조작하고 통제하는 행위를 배격하고 있다. 작가의 전지전능성 혹은 군주적(君主的) 주체성에 대한 이러한 경계는 권선징악의 규범이 재래의 일본소설에 가져온 폐해에 대한 온당한 비판과 맞물려 있다. 하지만 서양 노블의 기준에 비추어보면 작가적 주체성의 축소를 위한 주장은 그의 소설론의 약점이다.16) 리얼리즘은 노블의 주요 양상임에 틀림없지만 그것은 단지 재

---

14) 이광수, 「문학이란 하오」, 앞의 책, 511~512쪽. 「무정」의 『매일신보』 연재에 때를 맞추어 나온 글(菊如, 「춘원의 소설을 환영하노라」, 『매일신보』, 1916. 12. 28)에서 양건식은 흥미롭게도 "소설은 즉 미술의 일부"라고 발언하며 그 이광수의 신작에 대한 기대를 표시하고 있다. 1910년대 한국의 문인들이 마련하기 시작한 근대소설론의 어휘와 개념이 『소설신수』의 영향 아래 있었음을 알려주는 예의 하나이다.

15) 坪內逍遙, 「小說神髓」, 앞의 책, 75쪽.

16) 『소설신수』론의 지평을 넓힌 새로운 연구에서 가메이 히데오는 이 작가적 주체성에 대한 저항에 주목하여 쇼오요오의 이론은 "작자의 자기표현을 중시하는 '근대적 문학관'과 근본적으로 다른 것"이며, 또한 "작자의 독어(獨語)"에 대한 경계를 동반한다는 점에서 근대소설론 가운데 "독특한 위치를 점한다"고 평하고 있다. (龜井秀雄, 『「小說」論 : 「小說神髓」と近代』, 岩波書店, 1999, 137~138쪽) 하지만 허구 창작 주

현하고자 하는 대상에 작가 자신을 방치한 결과는 아니기 때문이다. 노블 형식의 핵심은 오히려 주어진 세계에 대한 즉물적인 충실을 넘어서 그것과는 다른, 혹은 그것보다 우월한 세계를 허구상으로 구축하려는 작가 개인의 주체적 의지이다. 노블의 근저에 깔린 저 '개인 경험의 제일의성'에 대한 믿음은, 넓게 보면, 인간이 어떤 선험적으로 결정된 부동의 질서 속에 살고 있는 것이 아니라 인간 스스로 만들어낸, 그런 만큼 변경이 가능한 질서 속에 살고 있는 것이라는 인식과 연관되어 있다. 주어진 사물의 질서에 대한 회의, 인간 세계의 인위성에 대한 이해, 그에 따른 개인의 작위적, 또는 창조적 주체성에 대한 존중은 유럽에서 노블 형식을 융성하게 만든 중요한 문화적 조건이다. 실제의 세계와 방불한, 그 나름의 세력, 법칙, 패턴을 가지고 움직이는 허구적 세계를 제시하기에 주력하는 노블 형식은, 에드워드 사이드가 말했듯이, 시작을 향한 욕망, 즉 주어진 세계의 실재성을 변경시키고 어떤 새로운 세계를 창조하고자 하는 욕망을 표현한다. 노블의 저자는 그 저자(author)와 권위(authority)라는 말이 함축하고 있는 의미들, 그 중에서도 시작하는 능력이라는 의미를 모범적으로 구현하고 있는 창조적 주체이다.17)

체의 전능함을 비판한 쇼오요오의 발언은 주체성에 대한 탈근대적 불신이라는 맥락보다는 노블형 허구의 이해를 제약한 일본 자체의 서사적, 문화적 전통의 맥락에서 검토하는 편이 옳지 않나 한다. 일찍이 마루야마 마사오는 서양 근대의 근본을 이루는, 인간 현실의 매개된, 지어진, 작위적인 성질에 대한 관념, 한마디로 "픽션"의 관념이 근대 일본인들의 정치적, 사회적, 문학적 관행 속에 자리잡지 못했다는 시사적인 발언을 했다. (「육체정치에서 육체문학까지」, 『현대정치의 사상과 행동』, 김석근 역, 한길사, 1997, 427~447쪽) 허구 주체의 개념이 허약한 리얼리즘은 서양 노블과 같은 형식의 달성을 아무래도 어렵게 만든다. 미국의 한 일본소설 연구자는 마루야마가 말한 픽션 의식의 결핍과 연관하여 근대 일본 소설의 주류가 사소설로 흐른 주된 이유 중의 하나를 설명하고 있다. (Edward Fowler, *The Rhetoric of Confession : Shishosetsu in Early Twentieth-Century Japanese Fiction*, University of California Press : Berkeley, 1988, pp.3~27.) 이 허구 주체의 취약성 문제는 한국 근대소설 형식론에도 시사하는 바가 적지 않다고 생각한다.

17) Edward W. Said, *Beginnings : Intention and Method*, Basic Books : New York, 1975, pp.81~83. 권위는 사이드가 논의하고 있는 노블 원리의 전부는 아니다. 그는 여기에 그가 '침해(molestation)'라고 부른, 권위의 허약성, 허위성, 환상성을 드러내는 작

  허구 창작의 주체성 주장이라는 점에서 보면 이광수가 쇼오요오를 능가한다. 쇼오요오보다 한 세대 늦게 태어나 서양 노블과 그 이론에 접할 기회가 훨씬 많았던 덕택이겠지만 이광수는 작가의 상상적, 허구적 행위에 중점을 두어 소설을 인식하고 있다. "소설이라 함은 인생의 一方面을 正하게, 精하게 묘사하여 독자의 眼前에 작자의 想像內에 在한 世界를 여실하게, 역력하게 開展하여 독자로 하여금 其世界內에 재하여 實見하는 듯하는 감을 起케 하는 자를 謂함"이다. "인생의 一方面"과 "작자의 想像內에 在한 세계"[18] 양쪽 모두 소설의 대상으로 나타나 있지만, 강세는 후자 쪽에 있음이 분명하다. 이광수에게는 실제의 세계 그 자체보다 그것에 대응되는 작가의 상상적 세계가 더욱 중요한 문제이다. 따라서, 박진감 있는 허구이어야 한다는 전제 하에서, 허구 창조의 능력, 즉 허구상의 인물, 사건, 상황을 만들고 부리는 작가의 권위를 인정할 여지가 많아진다. 작가를 창조의 권위자로 이해하는 발상의 일면은 "사람들이 조물의 생각을 흉내 내어, 또는 조물의 생각을 도적질하여 만들어놓은 문학이라든지 예술이라든지"라는 『무정』의 한 구절에도 보인다.[19] 이 조물(造物) 또는 신은 알다시피 창조적 주체성에 대한 고전적인 비유의 하나이다. 김동인은 소설가의 권능과 사명을 이야기한 글에서 이 신의 비유를 표나게 사용하여 "소설가 즉 예술가요 (…) 神人合一을 수행할 자"이며, "참 문학적 작품은 신의 囁이오"라고 선언한 예가 있다. 그는 소설가에게 주저 없이 신적(神的) 권위를 부여했을 뿐만 아니라 천지 창조와 소설 창작의 유비(類比)에 매혹을 느끼고 있었다. 그에게 소설가는 "하느님이 지어 놓은 세계에 만족치 아니하고" 자기 나름으로 세계를 지어내는 "인생의 위대한 창조성"의 화신

용을 추가한다. 아이러니를 비롯한 노블 형식의 심오한 문제들은 이 권위와 그 침해의 변증법에서 비롯된다. 하지만 이것은 본고의 논의와 관련이 없기에 생략한다.
18) 이광수, 「문학이란 하오」, 앞의 책, 513쪽.
19) 이광수, 『무정』, 김철 교주, 문학동네, 2003, 668쪽. 현대표기법에 따라 원문을 고쳐 인용한다.

이다.[20) 소설가의 창조적 권위에 대한 김동인의 믿음은 소설가를 인형 조종사에 견준 발언에서도 확인된다. 쇼오요오는『소설신수』에서 '기관인형(機關人形)' 즉 인형놀이를 예로 들어 소설가가 자기 작품 속의 세계를 임의대로 조종하는 데서 오는 예술상의 실패를 지적한 반면, 김동인은 똑같은 비유를 들어 소설가가 행하는 '위대한 예술'의 진수를 설명하고 있다.[21)

소설가는 신이라는 김동인의 비유는 한국 작가들 사이에 노블의 경험과 이해를 통해 형성되기 시작한 소설 창작의 지극한 의의에 대한 새로운 각성을 나타낸다. 소설은 실제적, 경험적 세계가 소설가 자신의 요구―인식적인, 도덕적인 또는 심미적인 요구를 충족시키지 못한다는 인식에서 발원하며, 세계의 이치를 설명하는 재래의 모든 종교적, 철학적, 과학적 모델이 아무래도 불완전하다는 지각을 함축한다. 그래서 소설을 창작한다는 것은 소설가 개인의 합리적 이해와 의지에 합치되는 어떤 상상의 세계를 건설하려는 시도이다. 김동인이 신격화한 소설가는 많은 비평가들이 루카치의 계보를 이어 노블 형식의 철학적 기반으로 주목한 데카르트적 자아와 상통하는 면이 있다. 소설가의 자아는 진실을 추구하는 가운데 전통적인 권위에 승복하지 않으며 그 자신을 다른 모든 진실의 모델에 선행하는 것으로, 그 모델보다 우월한 것으로 간주한다. 이광수와 김동인이 말한 소설은 유럽 노블과 마찬가지로 그 형식 속에 개인주의 이데올로기를 가지고 있다. 이렇다는 것은 소설이란 결국 소설가 개인의 자서전에 불과하다는 말은 아니다. 유럽 노블과 한국의 노블의 일반적인 사례들에서 소설가의 자아는 특정 인물의 형태로 출현하기보다 오히려 다수의 인물을 고안하고 배치하고 관계시키는 행위 속에 암시된다. 소설가의 자아는 다수의 인물의 다수의 의식을

---

20) 김동인, 「소설에 대한 조선 사람의 사상을」, 앞의 책, 139쪽.
21) 김동인, 「자기의 창조한 세계」, 위의 책, 150~153쪽 ; 坪內逍遙, 「小說神髓」, 앞의 책, 70쪽.

서사적으로 통합하여 사회적으로 공유가 가능한 세계의 표상을 만들어 넘으로써 그 선험적 권위를 실현한다. 소설에서 개인주의의 아이러니는 레이먼드 윌리엄즈가 "인식할 만한 공동체"라고 부른 것을 개인적 경험에 제일의성을 부여함으로써 창출한다는 것이다.[22] 소설 창작과 원근법 회화를 두고 가끔 행해지곤 하는 유추는 여기서도 도움이 된다. 파노프스키는 회화에서의 원근법이 예술 현상을 수학적으로 엄밀한 규칙들에 종속시키는 측면과 함께 예술 현상을 개인에게 달려 있게 만드는 측면이 있음을 지적한 적이 있다. 그 규칙들은 시각적 인상의 심리적, 물리적 조건들을 지시하고 있으며 그 규칙들이 효과를 내는 방식은 한 주체적인 시점의 자유롭게 선택된 위치에 의해 결정되기 때문이다. 따라서 원근법은 "외부 세계의 공고화와 체계화인 만큼은 자아의 영역 확장이기도 하다."[23] 이러한 의미에서 자아의 영역 확장은 김동인이 신격화한 그 소설의 선험적 주체와 관련해서도 마찬가지로 가능한 생각이다.

노블은 실제 세계를 정의함에 있어서 자아의 권위에 의지하는 만큼 기존의 문학적 모델에 대해 비판적이고 심지어는 적대적이다. 노블의 출현은 일반적으로 기존 장르의 정복 또는 합병을 수반한다. 이집트에서는 오랫동안 문학 전통을 지배한 운문이나 민담 형식들이 노블의 재료로 전락했으며[24] 일본에서는 근대적 의미의 소설 장르의 성립과 함께 기존 장르들의 소멸이 일어났다.[25] 기존 장르를 합병하거나 소멸시키는 노블의 '식민주의'는 한국에서 노블형 소설이 발흥하는 장면에서도 엄연한 역사적 사실이다. 예컨대 『무정』의 영채 이야기를 보자. 이

---

22) Raymond Williams, *The English Novel from Dickens to Lawrence*, Oxford University Press : Oxford, 1974, p.73.

23) Erwin Panofsky, *Perspective as Symbolic Form*, trans. Christopher. S. Wood, Zone Books : New York, 1997, pp.67~68.

24) Mary N. Layoun, 앞의 책, pp.60~62.

25) 柄谷行人, 「漱石とジヤンル」, 『漱石論集成』, 第三文明社, 1992, 215 ; 230쪽.

이야기는 조선후기 이래 유행한, 기생이 주역을 맡는 염정소설(艶情小說)과 연관이 있다. 기방문화의 고장인 평양 기생이라는 인물 설정, 규수에서 기생으로 전락한 동기가 효심에 있다는 플롯, 기생임에도 정혼한 남자에게 정절을 바치는 행동 등에서 영채의 이야기는 『채봉감별곡』과 특히 비슷하다. 그러나 『무정』이 『채봉감별곡』의 염정소설 관례를 '계승'했다고 여기는 것은 소박한 생각이다. 그 『채봉감별곡』과의 연관은 인유(引喩)라고 불리는 기존 텍스트 참조에 해당하며, 『무정』에서 그 참조의 목적은 단지 문화적 핍진성을 확보하는 것이 아니라 그 참조된 이야기가 구현한 인간 세계의 모델을 의심하는 것이다. 채봉의 이야기가 궁극적으로 '효열지심(孝烈之心)'[26]이 승리하는 부동의 도덕적 질서를 확인하고 있다면 영채의 이야기는 바로 그러한 질서의 불가능성을 의미한다. 『무정』은 효심과 절개가 있는 기생의 이야기를 흡수하여 그것이 구현하고 있는, 자연적 도덕('天心')의 이치가 지배하는 세계라는 유교적 모델이 한낱 환상에 불과함을 드러낸다. 『무정』에서 효열지심은 패러디의 재료일 뿐이다. 『무정』은 염정소설의 관례를 계승했다기보다 오히려 그 종언을 선고했다. 『무정』이후 도덕적인 기생의 계보는 한국소설에서 자취를 감추고 만다. 기생은 영채 이후에도 가끔 소설에 등장하지만 그들은 더 이상 윤리의 화신이 아니다. 김동인의 금패는 향락을 구가하는 인생에 도사린 무상함의 비극을 증언하며, 나도향의 설화는 사랑의 광란과 병든 미인이라는 데카당스의 테마에 관여한다.

　『무정』이 『채봉감별곡』을 가지고 연출한 바와 같은 패러디는 노블의 역사에서 전혀 희한한 사건이 아니다. 인간 현실을 인식하는 방식을 결정한 종래의 유력한 이야기를 전유하여 그 이야기에 의해 정의되는 현실이 환상에 불과함을 폭로하는 서사 행위는 『돈키호테』이래 인간 현실의 재현에 활용된 노블의 고전적 방법 중의 하나이다. 고전적 노블의

---

26) 「채봉감별곡」, 동국대학교 한국학연구소 편, 『활자본 고전소설전집』 10, 아세아문화사, 1977, 523쪽.

특징을 이루는 리얼리즘은 바로 그 환상을 교정하려는 합리적, 세속적 노력에서 생겨난다. 보르헤스는 『돈키호테』의 리얼리즘에 대해 말하는 가운데 "세르반테스는 『아마디스』의 광대하고 희미한 세계에 카스티유의 먼지 풀풀 나는 길과 더러운 골목 여인숙을 대립시킨다. 패러디를 목적으로 주유소에 주의를 집중하는 우리 시대의 소설가를 상상해보라"고 말한 적이 있다.27) 쇼오요오의 어휘로 말하자면 '인정세태'는 그것의 객체성에 충실한 묘사 덕택에 소설에 재생된다기보다 그것을 인식하는 방식에 변경을 가함으로써 출현한다. 많은 경우 리얼리즘은 기존 문학에 우세한 서사 플롯, 상징 체계, 인물 형상 등의 환상적 성격을 저절로 드러나게 만드는 새로운 세속의 현실을 지시함으로써 달성된다. 『무정』을 보면, 효열지심이 승리하는 유교적 도덕의 세계는 그것이 이미 복구가 불가능한 과거임을 알려주는 새로운 세계와 대립되어 있다. 그 새로운 세계는 『채봉감별곡』에 그려진 양반 가정 중심의 사회보다 훨씬 광역화한 사회이다. 그것은 위로는 김장로, 김현수 같은 상층계급에 이르며 아래로는 형식의 경성 하숙집의 노파, 평양 기방의 퇴기와 삼랑진 마을 사람들 같은 하층계급에 미친다. 『무정』의 사회는 또

---

27) Jorge Luis Borges, *Labyrinths : Selected Stories and Other Writings*, New Directions : New York, 1964, p.193. 환상의 교정이라는 측면에서 리얼리즘을 설명하는 가장 유력한 방법은 물론 러시아 형식주의자들이 제출했다. Roman Jacobson "On Realism in Art" Ladislav Matejka and Krystyna Pomorska, ed., *Readings in Russian Poetics*, Michigan Slavic Publications : Ann Arbor, Michigan, 1978, pp.38~46 참조. 프레드릭 제임슨은 들뢰즈와 가타리의 기호학적 용어를 빌려 리얼리즘을 "탈코드 decoding"로 정의하면서 야콥슨의 설명과 근본적으로 다르지 않은 설명을 하고 있다. "우선 탈코드화한 흐름(decoded flux)은 바로 그 형식주의자들의―예컨대, 리얼리즘에 관한 야콥슨―트니야노프의 테제에 나오는―암시, 즉 리얼리즘 각각은 그에 앞서 존재하는 어떤 이상이나 환상의 탈신비화에 해당한다는 암시를 내실 있게 만들어주는 것으로 보인다. 그러한 패러다임의 원형이 세르반테스의 『돈키호테』임은 명백하지만, 리얼리즘은 탈코드하기라는 생각은 그렇게 취소된 코드들의 성질 바로 그것에 좀더 집중해서 주목하게 하는 경향이 있는 것으로 보인다." Fredric Jameson, "Beyond the Cave : Demystifying the Ideology of Modernism" *The Ideologies of Theories : Essays 1971~1986*, vol. 2, University of Minnesota Press : Minneapolis, 1988, p.128.

한 실업과 교육의 도시 경성, 전통과 유흥의 도시 평양, 가족의 전원시가 있는 시골 황주, 낙동강변의 궁벽한 포구 삼랑진 같은 서로 다른 지리 공간을 포괄하고 있다. 그러나 그곳에 거주하는 인물들은 그 계급적, 지리적 경계를 넘어 접촉한다. 서북 변방 출신의 고아인 형식이 경성의 거부 김장로의 사위가 되듯이, 평양 기생 영채가 경성 기방에 취직하고 황주의 농촌에서 예술가로 재생하듯이, 그들은 활발한 이동의 에너지에 의해 지배되어 삶을 살고 있다. 더욱이 그들의 이력과 기획 속에 출현하는 일본과 미국이라는 존재가 말해주듯이 그들의 이동하는 삶은 한국의 문화적, 영토적 경계 역시 넘어선다. 『무정』의 인물들의 주요 행로마다 기차가 등장하는 것은 실로 암시적이다. 근대 교통과 문명의 상징인 그 기차는 한국인들이 유교 사회로부터 탈각되어 나와 지구적 근대의 파장 속에서 새로운 공동체를 형성중임을 알려준다. 민족이라는 근대적, 세속적 현실이 노블의 발명이라는 것은 한국소설과 관련해서도 진실이다.[28]

3. 청년 또는 근대소설의 주체

한국에서 노블의 학습은 19세기 말과 20세기 초 한국의 지식인들 사이에 일어난 서양 추수의 일환으로 시작되었다. 서양문명이 인류의 보편적 발전을 대표한다는 생각이 한국 사회에 널리 확산되는 동시에 서양을 모델로 하는, 일본의 선례에 따른, 한국의 '신문명' 건설을 위한

---

28) Benedict Anderson, Imagined Communities : *Reflections on the Origin and Spread of Nationalism*, Verso : London, 1983, pp.28~40. 앤더슨의 주장에 화답하여 프랑코 모레티는 노블이야말로 민족이라는 근대적 현실을 재현할 수 있었던 유일한 상징적 형식이라고 말하고 있다. Franco Moretti, "Modern European Literature : a Geographical Sketch", *New Left Review*, 1994, August / September, p.97 ; *Atlas of the European Novel*, 1800~1900, pp.12~29.

캠페인이 출현함에 따라 서양적 형식들의 승인과 모방은 정치, 경제의 영역만이 아니라 문화의 영역에서도 나타났다. 1910년 이광수는 서양의 문학 개념을 기준으로 문학의 보편을 새롭게 정립하고 문학의 가치를 설명하는 가운데 서양인들의 문명을 진보시킨 동력은 문학에서 나왔다고 주장하고 있다.29) 서양에서 문학이 문명의 근원을 이루었다고 한다면 노블과 같은 서양문학 형식의 탐구는 당연히 한국의 신문명을 위한 학습의 한 과정이 된다. 그런 점에서 노블에 접한 최초의 한국인이 근대 서양을 배우기 위해 중국이나 일본에 유학한 젊은이들이었다는 사실은 조금 강조될 필요가 있다. 필자가 아는 한, 서양 노블을 접한 한국인 최초의 기록은 윤치호의 일기에 나온다. 한 미국인 감리교 선교사가 중국 상해에 설립한 미션스쿨 중서서원(中西書院)에 1885년 1월부터 3년 6개월간 유학하던 시절, 윤치호는『걸리버여행기』,『아라비안나이트』,『천로역정』 등과 함께 대니얼 디포우의『로빈슨 크루소』, 월터 스코트의 소설 등을 읽었다고 적고 있다.30) 하지만 윤치호의 영국소설 읽기는 영어 학습을 위한 독서라는 성격이 짙다. 한국 근대소설 형성과 좀더 관련이 있는 한국인의 서양 노블 체험은 이보다 훨씬 뒤에 도오쿄오 유학생 사이에서 나타난다. 1907년부터 3년 간 도오쿄오의 다이세이중학에 재학하고 있던 시기에 문학서적에 심취했던 홍명희는 나츠메 소오세키와 일본 자연주의 작가들의 작품 외에도 번역본 서양소설, 특히 도스토예프스키와 톨스토이의 소설을 탐독했다.31) 톨스토이의 소설에 대한 깊은 관심은 홍명희와 같은 시기에 도오쿄오 소재

---

29) 이광수,「문학의 가치」,『대한흥학보』 11, 1910. 3.

30) "朝往英書肆, 購꿀니벌스遊歷, 로빈손구루소, 亞羅比安御宴[十錢]而歸, 看書"(1886. 9. 14.), "今年夏暇, 間讀스고투之小說五卷[內 Kenilworth, The Heart of Midlothian 極好], 디곤小說一卷, 天路歷程"(1997. 9. 7.) 국사편찬위원회 편,『윤치호일기』 1, 탐구당, 1973, 223 ; 277쪽. 인용문중 "디곤"은 찰스 디킨즈를 가리키는 듯하나 확실치 않다.

31) 홍명희,「대(大)톨스토이의 인물과 작품」,『벽초 홍명희와「임꺽정」의 연구자료』, 임형택 · 강영주 편, 사계절, 1996, 83~85쪽.

메이지학원에 재학하는 동안 홍명희와 친분을 쌓은 이광수 역시 가지고 있었다. 한국인의 서양 소설 수용에서 1900년대 후반 및 1910년대의 일본유학생들이 담당한 역할은 가히 획기적이다. 홍명희, 최남선, 이광수 등은 주로 일본어 번역으로 한정된 범위의 서양 소설을 읽었을지라도 노블 형식의 위대함을 이해하고 있었으며, 나아가 번역, 번안, 창작 등을 통해 노블 형식의 한국화를 위한 새로운 기반을 만들기 시작했다. 일본에서 수학한 젊은이들의 활동 덕택에 한국에 '신문명'의 서광이 비치기 시작했다는 이광수의 주장은 적어도 소설에 있어서는 일본유학 엘리트의 자화자찬만은 아니다.[32]

   일본유학생이 한국의 신문명의 선구자라는 생각은 비단 이광수만 하고 있었던 것이 아니라 그와 비슷한 시기에 일본에 유학한 한국의 젊은이들이 일반적으로 하고 있었던 것이다. 1900년대 후반 이후 한국에서는 재래의 정치적, 도덕적 권위가 몰락하고 유교식 교육이 낡아빠진 구습으로 취급되고 있었던 반면, 서양 학문이 개인의 입신과 국가의 보전 양쪽 모두에 긴요하다는 믿음이 시세를 얻고 있었다. 그런 만큼, 일본의 근대적 교육기관에서 서양식 교과를 이수하는 중이던 한국인 유학생들은 자신들의 특권적인 위치를 기민하게 의식하고 있었다. 그들은 자신들의 수학(修學)이 조국이 필요로 하는 지식과 기술 개발의 선봉을 이룬다고 생각했으며 조국을 혁신시키고 부강하게 만들 책임을 그들 자신에게 기꺼이 부여했다. 그들이 학회를 조직하여 발행한 학보들은 지식과 발견을 교환하는 자리일 뿐만 아니라 그들이 짊어진 막중한 사명을 확인하고 그 사명에 걸맞은 자기 기율을 권고하는 자리이기도 했다. 예컨대, 대한흥학회의 한 회원은 문명의 역사상 활약한 서양 및 일본 청년들을 예로 들어 문명의 담당자가 바로 '청년'임을 주장하면서 "청년제군아 청년제군이여! 제군의 금일 한국에 在한 위치와 한국의 금

---

32) 이광수, 「부활의 서광」, 『청춘』 12, 1918. 3.

일 세계에 處한 위치를 심사숙고할지어다. 금일 한국은 타인의 한국이 아니라 즉 청년 우리의 한국이니 한국 청년의 名價를 세계역사상에 襃揚케 할 자도 우리오, 汚瀡케 할 자도 우리"라고 선언하고 있다.[33] 또한, 조선유학생학우회의 한 회원은 한국 "사회의 지위는 이십세기에 처하였으나 이십세기의 문명을 이루지 못하고 遂히 사회의 조직이 동요되어 암흑시대에 추락하였"다고 진단한 다음, "우리 반도청년은 도도히 흘러가는 암흑의 사회를 구제하고 신문명을 개발하여 此를 유지하며 此를 전진케 하여야 할지니 우리 청년의 책임은 진실로 산하보다도 일층 중대하"다고 경고하고 있으며,[34] 같은 학우회의 또 다른 회원은 "반도강산을 黑暗洞天이라 할진대 이 강산의 新光明이 제군청년이 아니고 其人이 誰며, 조선 全사회를 荊棘의 叢中이라 할진대 이 사회의 新開拓을 제군청년이 아니고 其人이 何有하리오. 아아 제군은 조선무대의 독점자요 반도사회는 제군의 전유물이로다. 분발하고 면려하라"고 촉구하고 있다.[35]

1900년대 후반 및 1910년대 일본유학생들의 담론에서 청년이라는 단어는 젊은 세대(특히 젊은 남자) 이상의 의미를 가지고 있다. 그것은 위의 단락에 인용한 구절에서 보듯이 인종과 국가의 차이를 넘어서 통하는 문명이라는 관념, 한국이 '암흑'의 상태에 처해 있다는 진단, 한국의 신문명 개발에서의 리더십 주장 등과 얽혀 있는 어떤 진보적이고 창조적인 인간 행위자에 대한 명칭이다. 청년 관념은 유럽의 계몽사상 속에서 태어난 문명 관념과 불가분의 관계에 있으며, 문명 관념은 다시 근대 서양 및 유럽을 풍미한 진보 관념과 긴밀하게 결합되어 있다. 청년을 정의하는 실천이자 사명인 문명화는 야만, 반개(半開), 문명 삼단계를 상정한 후쿠자와 유키치나 그것을 모방하여 미개, 반개, 개화 삼등급을

---

33) 이승근, 「열국청년과밎 한국청년담」, 『대한흥학보』, 1909. 10.
34) 김이준, 「반도청년의 각오」, 『학지광』 4, 1915. 2.
35) 신석우, 「귀로에 임하야」, 『학지광』 6, 1915. 7.

상정한 유길준의 예가 말해주듯이 하나의 보편적인 진보의 역사를 이룬다. 세계의 모든 민족이 다투어 참여하고 있는 문명화의 단선적 과정에서 자기 동족이 낙후한 상태에 있음을 인식하고 서양사회가 도달했다고 믿어지는 가장 '선미(善美)'한 문명의 단계로 자기 동족의 물질적, 정신적 삶을 향상시킬 사업을 주도함으로써 청년은 성립한다. 20세기 초반 한국의 청년들이 문명화의 서사를 통해 이해한 자기 민족은 '암흑'의 현재를 살고 있지만 동시에, 그 청년들이 출현했기에, '광명'의 미래를 가지고 있다. 그들이 처한 현재('금일')은 자기 민족의 문명에서 어떤 획기적인 진보 또는 혁신의 가능성이 살아 있는 순간이며 따라서 그들의 행위는 그 현재에 대한 고양된 의식이라는 특징을 띤다. 청년의 현재 의식, 과거와의 결별과 미래에의 투신을 수반하는 그 독특한 역사 경험 방식, 한마디로 현대주의(modernism)는, 예컨대, "우리는 선조도 없는 사람, 부모도 없는 사람(어떤 의미로는)으로 今日今時에 天上으로부터 쯈土에 강림한 新種族으로 자처하여야 한다"는 같은 이광수의 발언에 웅변적으로 표현되어 있다.36) 청년은 문명의 진보를 향한 현재의 움직임과 일치된 삶을 살고 있는 존재라고 스스로를 인식하고 있는 만큼 "금일 한국은 타인의 한국이 아니라 즉 청년 우리의 한국이"라거나 "제군은 조선무대의 독점자요 반도사회는 제군의 전유물이로다"라는 구절에서처럼 한국의 청년이 바로 한국의 주인이라는 주장이 나오는 것은 어쩌면 당연한 일이다.

이처럼 문명의 진보사관을 기반으로 청년에게 정치적, 문화적 리더십을 인정하고 있는 청년론은 서양이나 일본에서 공식적으로 수학하며 쌓은 이력과 연줄이 개인의 계층 이동에 유용한 자원이 되기 시작한 20세기 초반 한국의 사정을 상기시킨다. 1905년 한국이 일본의 '보호국'이 되자 국내에 결성된 대한자강회, 대한협회로부터 일본에서 발족

---

36) 이광수, 「자녀중심론」, 『청춘』 15, 1918. 9.

된 태극학회, 대한흥학회에 이르는 수많은 단체들은 민족주의적 결사
라는 성격과 함께 입신출세를 꿈꾸는 젊은 엘리트들의 연합이라는 성
격을 지니고 있었다. 그 단체의 회원들 중에는 전통적으로 정치적 특권
에서 소외된 신분(예컨대 중인 계층)과 지역(예컨대 서북지방) 출신으로 주
로 일본 유학 경력을 자산으로 삼아 권력의 상층부로 나아가는 이력을
쌓아온 젊은이들이 종종 발견된다.37) 그 단체들의 회보를 통해 널리
알려진 책 중의 하나가 일본에서 『서국입지편(西國立志篇)』으로 번역되
어 입신출세주의의 바이블이 되었던 스마일즈의 『자조론(自助論)』이라
는 사실은 그 단체들의 성격에 대하여 시사하는 바가 많다. 『자조론』의
일부를 『소년』에 번역하여 소개한 중인 출신의 일본유학생이자 청년학
우회의 총무였던 최남선은 신분적, 도덕적 제약에서 벗어나 스스로를
새롭게 창조하고자 하는 젊은이를 위한 비전을 특히 열성적으로 전파
했다. 그는 신분 차별이 사라진 지금 사회에서는 귀천과 영욕이 모두
개인 자신의 '실력'에 달려 있다고 하면서 실력을 양성하여 부귀와 영
화에 대한 '인생의 본망(本望)'을 달성하라고 권유했다.38) 당시 한국의
청년들에게 열려 있는 계층 이동은 특히 근대적 국민성(nationhood)을 위
한 새로운 문화 자본의 축적이 "실력"으로 공인되기 시작한 사태를 조
건으로 한다. 청년의 과업으로 여겨진 분과 학문에 대한 지식 연마, 토
론, 연설, 출판 등과 같은 문화 활동, 국민적 도덕을 내면화하는 자아
수양 등은 개인이 스스로를 국가 엘리트로 형성하는 행위와 다를 바가

---

37) 박찬승, 『한국근대정치사상사연구』, 역사비평사, 1992, 42~43 ; 47~56쪽 참조.

38) "我l 自來로 貴치 못하든 자에게 고하노니 希榮圖貴는 인간의 通情이오 또한 열렬한
    향상심의 필연한 표현이라 今에 숙명적 계급이 제군을 枷囚하여 천분과 양능도 소
    용이 固無하든 冰天雪地는 이미 평등적 慈日에 융화되고 萬姓一體, 裸身赤手로 성
    패를 爭하고 웅자를 決하니 取榮取辱이 都是 自己오 爲己爲賤이 都是 實力이라 금
    일의 패는 실력의 열패이니 그 賤이 眞辱이오 금일의 승은 실력의 우승이니 그 貴가
    眞榮임을 思하여 마땅히 體를 練하고 智를 磨하고 지조를 훈련하고 수완을 양성하
    여 有爲有功으로서 시대의 승자가 되고 新意의 귀족이 되고 그리함으로써 허구한
    抑鬱을 暢叙하고 인생의 本望을 충족하기에 전력을 集注하여 新機會의 총아가 될
    것이라 하노라." (「귀천론」, 『청춘』 12, 1918. 3.)

없다. 근대 일본의 청년론에 관한 유익한 역사적 연구에서 키무라 나오에는 청년이 자유민권운동의 존재 양식인 '장사(壯士)'와 대립하면서 그 특유의 실천 체계를 발전시켰고, 청년적 실천이 결국 장사적 실천에 승리를 거두어 메이지 20년대(1887~1896) 젊은이들 사이에 "비정치적인 국민"의 생성을 가져왔다는 것을 상세하게 밝혀주고 있다. 한국 청년은 일본 청년보다 정치적 주체성의 성격이 강했다고 할지라도 국민적 정체성의 획득을 향한 개인의 자기형성이라는 면에서 일본 청년과 뚜렷한 유사성을 가지고 있다.39)

사실, 20세기 초반 한국인 유학생들의 학보에 나타난 청년론은 1880년대 후반 이후 일본에서 유행한 청년론의 여운을 암암리에 느끼게 한다. 청년이라는 단어 자체가 메이지시대 일본인들에 의해 만들어진 한자어이다. 그것은 1880년 젊은 목사들이 중심이 되어 동경기독교청년회가 결성되면서 그 단체명(Young Men's Christian Association) 중 영멘의 역어로 처음 등장했으며40) 1885년에 출간된 도쿠토미 소호오의 『신일본의 청년』이 대성공을 거둠에 따라 상용어가 되었다. 소호오의 청년론은 소호오 그 자신과 마찬가지로 메이지유신 이후 서양식 교육을 받으며 성장하여 자신을 새롭고도 우월한 세대라고 느끼고 있었던 일본의 젊은이들에게 그들의 처지와 역할을 설명하고 그들 자신을 정의하는 새로운 방법을 제공했다. 소호오의 청년론의 바탕에는 일본 사회의 변화를 보편적 발전의 관점에서 이해하고 추진하는 역사관이 깔려 있다. 허버트 스펜서의 사회진화론으로부터 깊은 영향을 받고 있었던 그는 당시의 일본이 군사적, 귀족적 단계의 사회에서 산업적, 민주적 단계의 사회로 나아가는 중이라고 생각하고 그러한 이행을 성공적으로 완수할

---

39) 木村直惠, 『靑年の誕生』, 新曜社, 1998 참조. 기무라 나오에의 저작에 의거하여 20
   세기 초반 한국의 청년론을 검토한 예로 이경훈, 「오빠의 탄생―식민지시대 청년의
   궤적」(『오빠의 탄생』, 문학과지성사, 2004)이 있다.
40) 木村直惠, 위의 책, 330쪽.

일본 국민의 각성과 실천을 촉구했다. 소호오가 말하는 청년은 바로 그러한 각성과 실천의 주역이다. 소호오는 보편적 사회 발전의 관념에 입각하여 '동양'과 '서양', '구일본'과 '신일본', '노인'과 '청년'의 이분법을 일관되게 구사했으며, 서양을 모델로 하는 신일본 건설의 과업을 담당한 청년의 막중한 사명을 역설했다. "명치청년의 운명은 명치세계의 운명이다"고 그는 쓰고 있다.[41] 특히 그는 명치청년이 출현할 새로운 조건을 자유의 이상을 추구하는 학문 제도의 확립에서 찾고 있다. 『신일본의 청년』의 상당 부분을 차지하는 교육론에는 노인과 청년의 대립에 상관된 대립 중 하나로 '전제명령적(專制命令的)' 학문과 '자유심문적(自由審問的)' 학문의 대립이 등장한다. 동양의 유교주의로 대표되는 전자는 순종하는 신민을 만드는 것을 목적으로 하며 서양의 자유주의로 대표되는 후자는 불기독립(不羈獨立)한 자유인을 만드는 것을 목적으로 한다. 소호오는 학문과 교육의 혁신을 위한 방안으로 이성('道理')의 세계라는 진보의 목적을 위한 지식인들의 노력, 새로운 사상으로 조직한 사립학교 설립과 함께 개인의 선천적인 인식적, 도덕적 능력의 자유로운 개발을 제안하고 있다.[42]

소호오의 청년론이 일본에 유학한 한국인들 사이에 얼마나 읽혔는지는 불분명하지만 그들의 청년론에서 그 반향을 감지하기란 그리 어렵지 않은 일이다. 이광수의 청년론에서 특히 그러하다. 『蘇峰文選』을 신

---

41) 德富蘇峰, 「新日本之青年」(1867), 『明治文學全集 34 : 德富蘇峰集』, 筑摩書房, 1974, 122쪽. 소호오의 사회진화론과 청년론의 관계에 대한 보다 자세한 설명을 보려면 Kenneth B. Pyle, *The New Generation in Meiji Japan : Problems of Cultural Identity, 1885~1895*, Stanford University Press : Stanford, 1969, pp.36~52 참조. 청년을 국가적 갱생의 역군으로 간주하는 것은 실은 일본에 앞서 유럽에서 유행한 발상이다. 1830년대와 40년대 유럽에서는 '청년 유럽', '청년 이탈리아', '청년 독일', '청년 아일랜드' 등으로 불린 운동이 잇따라 일어났다. 프랑스혁명 이후 유럽 전역에 걸쳐 일종의 묵시록적 감각이 고조되어 있었던 당시에 청년 세대는 세상에 신생(新生)을 가져올 영웅처럼 여겨졌다. J. W. Burrow, *The Crisis of Reason : European Thought, 1848~1914*, Yale University Press : New Haven, 2000, pp.8~9 참조.

42) 德富蘇峰, 「新日本之青年」, 위의 책, 138~139 ; 146~151쪽.

문명의 필독서 중 하나로 꼽을 만큼 그의 문장과 사상을 숭배하고 있었던[43] 이광수는 소호오의 청년론과 유사한 논법으로 청년론을 썼다. 예를 하나 들면, 소호오가 설정한 노인과 청년의 대립은, 비록 텐보의 노인('天保の老人')과 메이지의 청년('明治の青年')을 대립시킨 소호오의 발언에서처럼 역사적으로 특정한 세대간 대립의 의미를 가지고 있지 못하지만, 이광수의 논설에서 '신대한(新大韓)' 건설의 책임을 청년이 자임하는 근거가 되어 있다. 이광수에게 노인과 청년의 대립은 민족의 신문명을 위한 사업에서 무위(無爲)와 유위(有爲)의 대립이다. 동시대 한국 청년의 특수성을 강조하는 이광수는 "타국이나 타시대의 청년으로 말하면 그들은 그들의 선조가 이미 하여 놓은 것을 계승하여 이를 보지하고 발전하면 그만이언마는 금일의 대한청년 우리들은 不然하여 아무 것도 없는 空空漠漠한 곳에 온갖 것을 건설하여야 하겠도다. 창조하여야 하겠도다"고 선언하고 있다.[44] 이광수의 청년론은 또한 자주적으로 인식하고 행동하는 청년이라는 소호오의 주제에 대한 변주를 들려준다. 자유의 관념은 국민 각자의 "자주독행"이 국가의 흥망을 좌우한다고 천명한 논설에서부터 "자유의사의 자각"을 시작으로 삶의 법칙을 발견해야 한다고 주장한 논설에 이르기까지 한국인 유학생들의 학보에서 종종 눈에 띄지만[45] 이광수는 그것을 더욱 극단화하여 한국의 청년들은 그들을 교도할 부로(父老)를 가지지 못했으며 따라서 각자 "자수자양(自修自養)"해야 한다고 주장하고 있다.[46] 이 자수자양의 주장은 전통적

---

43) 「동경잡신」, 『이광수전집』 10, 324쪽. 『蘇峰文選』은 소호오의 『國民新報』 창간 25주년 기념으로 1915년 12월에 출간된 책. 한일병합 직후 초대 통감 데라우치 마사타케(寺內正毅)의 의뢰로 『京城日報』 감독을 맡은 까닭에 한국을 자주 드나들던 소호오는 1916년 3월 한국을 여행하다 부산 방문중 이광수를 만났다. 「동경잡신」은 1916년 9월 27일부터 11월 9일까지 『매일신보』에 연재되었다.

44) 孤舟(이광수), 「조선ㅅ사람인 청년들에게」, 『소년』 제3년 제8권, 1910. 8.

45) 牧丹山人, 「自主獨行의 정신」, 『태극학보』 제21호, 1908. 5 ; 최승구, 「너를 혁명하라」, 『학지광』 5, 1915. 5.

46) 孤舟(이광수), 「조선ㅅ사람인 청년들에게」, 위의 책 참조.

인 권위에 대한 심각한 의심과 함께 개인의 자유라는 가치에 대한 고조된 의식을 나타낸다. 이광수가 청년에게 위임한 '신대한' 창조의 원천은 청년 각자의 천부적인 능력 속에 들어 있으며, '신대한' 창조의 작업은 그러한 능력을 육성하려는 개인 각자의 노력과 함께 시작된다. 이광수가 청년에게 요구한 자각은 그 청년 각자에게 잠재된 창조적인, 자유로운 주체성에 대한 각성과 동일하다. 이렇게 보면, 일본에 유학한 한국의 청년들이 노블이라는 근대적 주체성의 문학 형식을 이해한 최초의 세대인 것, 그들 중 이광수가 노블 형식의 한국 소설을 창작한 최초의 작가인 것은 전혀 이상한 일이 아니다.

1910년대의 청년론은 사실 한국 최초의 노블형 소설의 결정적으로 중요한 재료를 이루고 있다. 『무정』에 제시된 청춘 남녀의 이야기는 그 자주독행적, 애국애족적 청년이라는 이데올로기에 대한 예술적 추인이자 가공이라는 성격이 뚜렷하다. 청년의 영웅화는 예컨대 작중에서 이례적인 경의(敬意)의 어조로 그려진 인물인 기생 월화의 일화를 통해 명백하게 나타난다. 자신에게 몰려드는 평양의 일류명사 중에 "사람 같은 사람"이 없음에 실망한 나머지 중국 성당시인(盛唐詩人)의 세계를 동경하며 정절을 지키고 있는 월화는 영채와 함께 청류벽 아래를 산보하다 우연히 패성중학 학생들이 부르는 노래를 엿듣는 장면에서 진정한 인간을 만난 감격을 이야기한다. "청류벽에 걸어 앉어 / 가는 물아 말을 들어 / 청춘의 더운 피를 / 네게 부쳐 보내고저"라는 노래를 듣고 월화는 그 학생들 속에 "참 시인"이 있다고 말한다. 또한 패성학교 연설회에서 평양을 세운 조상으로부터 웅장한 정신을 이어받아 새로운 평양을 건설하자는 함교장의 웅변을 듣고 깊은 감명을 받은 월화는 그 청년의 수장(首長)이 평양의 신사 중 유일하게 "깨어 일어난" 사람이라고 여긴다.47) 함교장은 『무정』의 주변 인물에 불과하지만 그의 존재는 그 소

---

47) 이광수, 『무정』, 앞의 책, 204~227쪽.

설이 그려진 청춘남녀의 자기형성의 행로에 짙은 그늘을 드리우고 있다. 이형식이 자아 각성의 과정을 거쳐 특출한 선각자의 풍모를 구비하는 대목에서 그는 명시적으로 함교장의 분신처럼 취급되고 있을 정도이다. 『무정』이 그 교양소설의 형식 속에서 보여주는 것은 청년이라는 이름으로 출현한 새로운 자아의 구체적 가능성에 대한 탐구이다. 그것은 특히 청년의 이데올로기에 내재하는 모순, 즉 자유로운 개인의 관념과 국민적 정체성에 대한 충성 사이에 존재하는 모순을 서툴게나마 해소하는 한 방식을 개척하고 있다. 주인공 형식의 자아 각성은 재래의 도덕적 속박에서 벗어나 자기 내부의 욕망을 긍정하는 계기와 함께 자기 동족의 구원을 위한 수양이라는 요구에 따라 욕망을 자율적으로 통제하는 계기를 포함한다.[48] 형식의 행위를 근원적으로 결정하고 있는 '정'의 만족을 향한 충동은 감각적으로 유쾌하고 안락한 삶을 향한 그것이면서 사랑이라고 불리는, 개인들 사이의 정신적 융합을 향한 그것이다. 형식은 은인의 딸에 대한 도덕적 의무를 저버리고 서울 대부호의 딸과 혼인한다는 점에서는 '무정한' 인간이지만 사랑에 대한 자신의 본래적인 욕망의 충족을 추구하는 동시에 동족을 무지와 가난으로부터 구제할 사명에 따라 새로운 인생을 시작한다는 점에서는 '유정한' 인간이다. 청년론의 입신출세주의는 형식의 이야기를 통해 전례 없는 합리화에 도달한 셈이다.

---

48) 형식에게 나타나는 자아 해방과 통제의 이중적인 움직임과 그 의미에 관해서는 이철호, 「『무정』과 낭만적 자아」(동국대 석사논문, 1999) 참조. 형식의 그 자신과의 관계, 특히 그 자신의 욕망과의 관계를 강박신경증적 주체성의 측면에서 설명한 차미령, 「『무정』에 나타난 '사랑'과 '주체'의 문제」(『한국학보』 110, 2002)도 참조.

4. 서양식 소설과 제국주의

한국에서 노블형 소설의 발흥은 서양 및 일본 제국주의의 충격이 한국에 일으킨 문화 변동의 한 결과에 해당한다. 『무정』은 한국이 일본의 식민지화로부터 칠 년 가량 지난 시점에 『매일신보』에 연재되기 시작했다. 당시 그 총독부 기관지는 일본의 식민 지배를 공고히 하기 위한 선무공작을 지속적으로 벌이는 한편 한국 내에 일본의 문화적 헤게모니를 정착시키고 있었다. 한국의 문학계에서 재래의 서사 장르들이 일본으로부터 유입된 새로운 서사 형식에 밀려나기 시작한 주요 계기는 바로 『매일신보』의 지면에서 이루어졌다. 그 신문에 연재된 번안소설들, 「쌍옥루(雙玉淚)」(1912~1913, 기쿠치 유우호오(菊池幽芳)의 「己之罪」의 번안), 「장한몽(長恨夢)」(1913, 1915, 오자키 고오요오(尾岐紅葉)의 「金色夜叉」의 번안) 등은 홍루(紅淚) 취향이라고 부를 만한 것을 한국 독자층에 성립시키며 소설에 대한 대중의 기대를 크게 바꾸어 놓았다. 『매일신보』 지상의 번안소설들이 한국소설의 근대적 변형에 상당한 영향을 미쳤다는 것은 진작부터 인지되어서 임화는 "이광수의 무정이 연재될 때까지 조선사람이 서양 소설 맛을 보고 현대소설 형태에 접해본 것은 이 번안소설에서였다"고 말한 적도 있다.[49] 따라서 『무정』은 서양소설에 심취한 한국 최초의 세대 중 한 사람이 특출한 문학적 재능으로 그 형식을 모방한 결과라고 말할 수만은 없다. 그것은 일본 식민 당국이 『매일신보』를 수단으로 도모하고 있었던 한국문화에 대한 지배력 확장과 관련하여 이해해야 한다. 이광수의 술회에 따르면 『무정』이 현재와 같은 모양으로 출현하는 데는 『매일신보』의 편집자들의 역할이 컸다. 편집국장 나카무라 겐타로오(中村健太郎)와 그 밖의 한국인 근무자들은 한국인 작

---

49) 임화, 「조선소설에 관한 보고」, 『건설기의 조선문학』, 홍구 편, 백양당, 1947, 57쪽. 1910년대 번안소설에 대한 개괄적 논의는 유문선, 『한국근대소설사연구』(국학자료원, 1994), 105~122쪽에 실려 있다.

가에 의한 창작 소설 연재를 계획하고, 전에 「동경잡신」과 「농촌계발」 두 편의 논설을 그 신문에 기고하여 일본의 식민 지배와 부합되는 한국사회 개량론을 펼친 적이 있는 이광수에게 연재를 의뢰했으며, 당시 일본유학중이었던 이광수는 마침 쓰고 있던 작품을 고쳐 약 70회분의 연재 원고를 미리 보내 편집자들의 허락을 얻음으로써 비로소 『무정』 연재가 성사되었다.50)

사실, 『무정』을 읽으면서 일본 식민주의에 동조하는 목소리를 듣지 못하기란 불가능한 일이다. 형식을 비롯한 청춘남녀들이 모두 유학을 떠나는 것으로 이야기를 마친 다음 한국사회의 모든 영역에 '장족의 진보'가 이루어지고 있음을 찬송하는 서술자의 발언은 동시대 한국인들이 일본의 지배 아래 겪고 있었던 수탈과 탄압을 몰각한 것일 뿐만 아니라 식민 통치를 영구화하려는 목적에서 펼쳐지고 있었던 선무공작 캠페인에 화답한 것이라고 해석할 소지가 많다. 『무정』에 서술된 모든 행동에 설명과 판단의 기준이 되어 있는 문명의 관념은 빈번하게 지적되었듯이 근대 제국의 질서를 자연스러운 것으로 인정하게 하는 역할을 한다. 근대 제국주의의 역사는 문명의 혜택을 인류 사회에 보편화한다는 구실로 제국주의의 팽창주의적 정책이 합리화되었음을 알려주고 있다. 문명의 사명이라는 관념은 특히 일본의 한국 지배를 정당화하는 데에 기초가 되었다. 일본인과 한국인 사이에는 인종적, 문화적 차이가 존재하지 않는다는 것이 통설이었기 때문에 일본인들은 한국인들을 그 낙후한 습관과 풍속에서 해방시켜 문명의 도정에 올려놓는다는 신념에 의지하여 한국인들을 지배하는 이유를 설명할 수밖에 없었다.51) 『무정』은 한국의 피식민 상태를 불가피한 사태로 인정하도록 만드는

---

50) 이광수, 「다난한 반생의 도정」, 『이광수전집』 14, 삼중당, 1966, 399~400쪽. 『무정』 연재를 놓고 『매일신보』 편집국과 이광수 사이에 이루어진 타협은 전에도 주목된 적이 있다. 김영민, 『한국근대소설사』, 솔, 1997, 442~445쪽 참조.

51) Peter Duus, *The Abacus and the Sword : The Japanese Penetration of Korea, 1895~1910*, University of California Press : Berkeley, 1995, pp.412~413.

효과가 충분하다. 낡은 도덕의 구속에서 벗어나 새로운 문명의 세계로 진입하는 청년들의 서사는 식민주의를 뒷받침하는 문명화의 논리, 바로 그것의 승리를 선언하고 경축한다. 『무정』은 신구도덕의 갈등을 테마화하는 가운데 한국사회를, 근대화의 범세계적 동질화 과정에 편입되어 근본적으로 변화를 겪고 있는 상태에 두고 묘사하고 있으며 그런 점에서 근대 전지구 소설이라고 불릴 만한 세계문학의 한 유형에 근접한다. 하지만 그 유형의 범례적 작품들, 예컨대 토머스 하디의 『캐스터브릿지 시장』이나 치누아 아체베의 『모든 것이 조각나서 흩어진다』와 달리 근대화에 내재한 비극에 별로 주의를 기울이지 않고 있다.[52] 양립이 불가능한 두 가치 또는 두 문화 사이의 충돌에서 발생하는 헤겔적 의미에서의 비극은 『무정』에 존재하지 않는다. 전통 윤리의 화신인 까닭에 근대화의 비극을 체현하기에 알맞았을 인물인 영채는 그 역사의 냉혹한 진전과 대결하여 그 장려한 죽음을 죽지 못하고 오히려 근대의 축복을 예시(豫示)하며 제2의 인생을 시작한다. 이 비극을 모르는 근대화의 서사는 『무정』이 식민주의와 타협하고 있음을 그 작품 내부의 다른 어떤 요소보다도 뚜렷하게 입증하는 것으로 보인다.[53]

앞에서 『무정』의 리얼리즘을 논하는 중에 그것이 민족이라는 근대적, 세속적 세계를 발명한 공적을 지적했지만 이제 조금 고쳐 말할 필요가 있다. 그 민족의 상상 지리는 어디까지나 일본 제국주의가 궁극적으로 한국인의 삶을 규정하고 있음을 승인하는 관점에서 만들어진 것이다. 『무정』의 작중인물들은 모두 한국인이며 그들의 행위는 한국사회를 배경으로 하고 있지만 그들의 존재가 일본 제국의 판도 속에 있

---

52) 근대 전지구적 소설(the modern global novel)에 대한 보다 자세한 논의를 보려면 Michael Valdez Moses, *The Novel and the Globalization of Culture*, Oxford University Press : Oxford, 1995 참조.
53) 『무정』에 나타난 근대화에 대한 반응을 필자와 다르게 이해하고 있지만 『무정』의 역사철학적 해석을 시도한 매력적인 논문으로 서영채, 「『무정』 연구」(서울대 석사 논문, 1992)가 있다.

음을 알려주는 지시는 적지 않다. 형식이나 우선 같은 청년 지식인 사이에서 특권적 방언처럼 사용되고 있는 일본어, 경성학교 교주의 아들 김현수가 가지고 있는 남작이라는 작위, 한국에 대해서는 일본이 문명국의 모델이라는 형식의 생각, 한국인들이 가난과 무지의 상태에 머물러 있으면 북해도의 아이누와 같은 운명을 살게 될지 모른다는 서술자의 발언 등이 그것에 해당한다. 특히 흥미로운 지시는 형식 일행이 부산행 열차를 타고 가던 중 삼랑진역에 이르러 낙동강의 범람으로 인해 재해를 입은 한국인들의 참상을 목격하게 되자 그들을 구제하기 위해 자선음악회를 여는 장면에 들어 있다. 거기서 일본인 경찰서장이 형식 일행에게 베푸는 친절하고 신속한 행정적 협조, 그리고 작품상으로 명시되어 있지 않으나 모집된 자선금의 대부분을 냈을 것임에 틀림없는 경부선 이등간의 일본인 승객은 일본의 강력하고 자비로운 존재를 암암리에 가리키고 있다.54) 게다가 『무정』에서 한국사회가 진보하기 시작했다는 증거로 강조되고 있는 신문명은 한국인들 자신의 생활상의 요구와 어떤 연관이 있는지 모호한 채로 한국인들의 풍속에 출현하고 있다. 그것은 형식이 어린 시절 평양 시내에 처음 들어갔을 때 '이상히' 여기며 구경한 대동문 거리의 '일본 상점'이나 대동강의 '화륜선'과 마찬가지로55) 한국인의 생활에 대하여 명백하게 외래적인 것, 한국이 일본 제국에 복속된 결과로 생겨난 것이다. 『무정』은 자기 민족을 계몽하고 부강하게 만들려는 청춘남녀의 의지를 전달하고 있지만 그러한 사업에 필요한 새로운 지식과 기술은 자기 민족의 집합적 기억 및 경험과 유기적 연관을 가지고 있지 않으며 오히려 그들이 유학을 떠나는 일본, 미국, 독일처럼 자기 민족 외부에 그 근원을 두고 있다. 『무정』에

---

54) 삼랑진 자선음악회 장면에 은폐된 일본인의 존재에 대한 추론이 波田野節子,「ヨンチエ・ソニヨン・三浪津ー『無情』の研究(下)ー」(『朝鮮學報』 57, 1995. 10), 122~124쪽에 나온다.

55) 이광수, 앞의 책, 348쪽.

제시된 한국 민족의 근대적 표상은 작중인물들이 일본인을 '내지인(內地人)'이라고 부르는 데에 시사된 바와 같이 한국이 일본 제국의 변방이라는 현실을 수락함으로써, 제국을 둘러싼 열강들의 경쟁 하에 일어나는 문화상의 전지구화에 승복함으로써 성립한 것이다.

에드워드 사이드는 영국 노블의 대작들이 제국주의 기획과 공모하는 미묘하고 복합적인 방식을 밝혀낸 그의 연구에서 19세기 영국 노블에서 전지구적, 제국적 비전의 지속을 가능하게 만든 '태도와 지시의 구조들'을 상술하는 가운데 노블이 수행하는 '권위의 공고화'에 대해 언급하고 있다. 저자의 권위, 서술자의 권위, 공동체, 특정한 향토, 구체적인 역사적 순간의 권위 등으로 중층적인 층위를 이루는 그 권위는 서사의 과정에서 규범적이고 절대적인 것, 저절로 타당한 것으로 나타나게 된다.56) 앞에서 우리는 노블에 매혹된 한국작가들이 저자의 권위에 대한 믿음을 습득했음을 살펴보았지만 그것은 엄정하게 말하면 저자 개인의 범위를 넘어서는 권위와도 은밀하게 결합되어 있다. 『무정』의 경우 저자의 권위는 명백하게 제국의 권위와 유착되어 있다. 한국의 민족주의적 비평가들이 『무정』이 달성한 문학적 혁신을 인정하는 데에 대개 인색한 것도 따라서 일리가 있는 일이다. 그러나 제국의 질서 속에 동시대 한국사회를 위치시켜 재현하는 것은 한국인들이 정치적 주권을 잃어버리고 문화상 탈구(脫臼)를 겪고 있던 당시에는 비록 한정된 계급과 지역의 경험에 시야를 제한한 약점이 있을지라도 삶의 현재성에 대해 예민한 리얼리즘의 경지를 열어놓은 것이다. 한국 근대문학에서 리얼리즘의 발전은 『무정』의 노블형 서사를 폐기하는 방식이 아니라 그 저자적, 제국적 권위가 의심을 사도록 노블형 서사를 세련시키는 방식으로 이루어졌다. 이광수 이후 한국 리얼리즘 소설의 대가인 염상섭의 작품만 보더라도 그렇다. 『무정』에서 한국을 문명화시킬 새로운

---

56) Edward W. Said, *Culture and Imperialism*, Norton : New York, 1993, p.77.

지식과 기술의 통로로 출현하는 기차 이등간은 『만세전』에서 식민지 한국에 대해 비통한 환멸을 느끼게 하는 기차 삼등간으로 대체되며, 『무정』에서 신문명의 발흥을 알리는 활력 있는 거래의 장소로 묘사된 도시 경성은 『사랑과 죄』에서 모든 사람이 속절없이 돈의 주술에 걸려 있는 탐욕과 허영의 소굴로 그려진다. 이 패러디적 대체는 식민지 한국을 재현하는 문학 스타일 가운데 노블적인 것이 깊이 착근되기 시작했음을 말해준다. 20세기 초반 서양식 한국소설의 발생은 일본 제국주의 하에서 한국인들이 겪은 문화적 자율성의 상실을 반영하는 것임에 틀림없다. 그러나 다른 한편으로 그것은 한국인들이 제국적, 전지구적 근대성의 문화에 적응하여 그들 자신을 정의하고 그들의 운명을 결정하는 허구 창작의 기술을 그들의 문학 내에 보유하기 시작했다는 신호이기도 하다.

(『상허학보』 제14집, 상허학회, 2005)

조선시, 전통, 시조
−조선시 구상과 국민문학, 국문학 개념의 탄생−

김 춘 식*

1. 서론

1920년대는 민족적인 공동체에 대한 자각과 개인의 자기 정체성에 대한 모색이 문학, 예술에 대한 원론을 중심으로 치열하게 모색되었던 시기다. 본고에서 주목하는 이 시기의 특징은, 이러한 원론적인 관심이 전통과 '조선적인 것' 등에 집중됨으로써 내부적인 자기성찰과 근대성을 하나의 연속선상에 놓고자 하는 새로운 기획의 출현이다.

20년대 초 동인지의 발간을 기초로 형성된 문단의 틀에서 벗어나 『조선문단』과 『동아일보』 등의 매체를 통하여 '공동체적인 보편성'과 '전통'의 공유를 핵심으로 하는 문학적 기획이 출현하기 시작한 것은 국민, 문학, 조선, 전통을 하나의 범주 안에서 상상하는 새로운 패러다임의 형성을 가능하게 만들었다. 이러한 패러다임의 형성은 문학과 민족, 국민을 결합시킴으로써 공동체적인 문화의 창조라는 '근대문학'의 목표를 구체화 시켰고, 그와 더불어 서양문학으로서의 '문학'이 아닌 '국문학'이라는 문학적 자기 정체성을 정립시키는 계기가 되었다.

* 동국대학교 국어국문학과 교수

특히, 이러한 '국문학'과 '전통'에 대한 자각이 시작된 출발점이 '조선시'라는 '시적 형식'의 문제에 대한 인식으로부터 출발되었다는 점은 주목할 만한 사실이다. 김억, 주요한 등의 문화적 공동체주의가 '조선시'의 전통을 상상하는 방식으로 근대적인 '전통'을 창조하며 낡은 것과 새로운 것의 결합을 기획한 것은 '근대성'을 주체적으로 수용하고자 노력한 첫걸음이라는 점에서 또한 의미 깊은 일이다.

이 점에서 본고에서는 '국민문학', '국문학'이라는 개념과 범주 설정의 기원을 김억, 주요한의 조선시 구상과 최남선의 '시조론'에서 발견하고 있다. 문학과 민족적인 것을 의식적으로 결합시키는 과정에서 '근대성'은 과거를 포용하는 새로운 '전통론'으로 그 모습을 달리하게 되었을 뿐만 아니라 공동체에 대한 '정체성'을 모색하는 작업이 문학의 우선적 과제로 부각된 것이다.

2. 김억과 조선시의 구상

1919년 『태서문예신보』에 안서 김억이 발표한 「시형의 음률과 호흡」이라는 글이 자유시와 내재율(호흡률)에 대한 최초의 정의를 담고 있는 이론적 논설이라는 것은 지금까지의 일반적인 정설이다. 그러나, 이 글이 실제로는 그가 이후에 전개해 나갈 민요시론이나 조선시 개념의 이론적 원천이자 출발점에 해당된다는 점은 지금까지 줄곧 간과되어 온 사실이다.

이 점은 김억이 초기에 상징주의 시와 시론을 소개하면서 데카당적 취향에 경도되어 있다가 1920년대 중반 이후에는 민요시론을 주창하고 조선시 개념을 내세우는 등 문화적 민족주의자로 전향한 것으로 규정해온 문학사 연구의 일반적인 평가에서 단적으로 나타난다. 그러나 실제로 김억이 초기에 상징주의 시를 번역한 점이나 자유시의 형식과 운율을 탐구한 것이 극단적인 개인주의로 지탄받던 데카당적 경향의 발로였다는 주장은 여러 가지 점에서 다소 근거가 빈약한 추측의 결과로 여겨진다.[1] 이런 사실은 그가 발표한 「시형의 음률과 호흡」이라는 글을 좀 더 세밀하게 살펴본다면 비교적 쉽게 파악된다.

> 모든藝術은 精神, 또는心靈의産物이지요. 하고요, 精神이라든가, 心靈이라든가 그自身을包容하는 肉體란그것의 調和라 할슈잇스면 아마藝術이라는그것은 作者그사람自身의肉體의 調和의 表現이라고 하여도 올흘 줄 알아요. 그러기째문에 얼골과눈과코가사람마다 다른것과갓치肉體의 調和도 달름으로 말미야서 個人의藝術性도 다 다를 줄 압니다. ─天理애요. 달으지요. 사람의藝術作品으로 그러하지요. 또한西洋과東洋과의文學이 서로 달은것도 이点에셔겟지요. (…중략…) 民族과民族의사이에 셔로 다른 藝術을 가지게된것도民族의 共通的 調和─內部와 外部生活로 말미야셔 되는 調和가 셔로 달으기때문이라 할슈잇지요. (…중략…) 詩라는 것은 刹那의生命을 刹那에 늣기게하는藝術이라하겟습니다. 아기 때문에 그刹那에 늣기는 衝動이셔로사람마다달를줄은짐작합니다만은廣義로의 한民族의共通的되는衝動은 갓틀것이여요[2]

인용한 글을 통해서 알 수 있듯이 「시형의 음률과 호흡」에서 김억의 예술관은 크게 세 가지로 구성된다. 첫째는 정신 또는 심령(心靈)의 산

---

1) "김억은 초기부터 꾸준히 자유시의 호흡률과 민족적 정서를 담을 수 있는 율격의 문제를 이론과 창작 양면에서 동시에 실험한 시인이다. 물론 김억은 경향(傾向)상 주요한의 문화적 민족주의, 교양주의에 찬성하는 시인이지만 또한 상징주의 시를 번역하면서 언어의 상징과 운율의 관계에도 주목했다는 점에서, 그의 공동체 지향성을 배제한 상태에서 평가한다면, 그 역시 상징주의의 영향을 받은 시인이라고 할 수 있다. / 그러나, 김억의 경우에는 상징주의를 언어와 리듬, 즉 음악성(운율)을 통한 정서의 표현이라는 쪽에서만 바라보고 있기 때문에 '호흡'의 문제를 제외하면 상징주의나 데카당주의와는 심정적인 차원이나 정서면에서는 그다지 관련성이 없다고 하겠다. 이론적 소개에서는 데카당주의, 탐미주의 등을 소개하기도 하지만 그의 주된 관심사는 '율격'의 문제였으며, 특히 공통된 민족정서를 담을 수 있는 호흡률의 개발에 있었다."(김춘식, 『미적 근대성과 동인지 문단』, 소명출판, 2003, 231∼232쪽)
2) 岸曙 生, 「시형(詩形)의 음률(音律)과 호흡(呼吸)」, 『태서문예신보』 14호, 1919. 1. 13, 5쪽.

물을 예술로 본다는 점(모든藝術은 精神, 쏘는心靈의産物이지요), 둘째는 그 정신, 심령의 최종적인 구현은 육체의 조화를 통해서 표현된다는 점, 따라서 예술성은 육체의 조화를 나타내는 징표이고 척도라는 것(精神이 라든가, 心靈이라든가 그自身을包容하는 肉體란그것의 調和라 할슈잇스면 아마藝 術이라는그것은 作者그사람自身의肉體의 調和의 表現이라고 하여도 올흘줄 알아 요), 셋째는 민족과 인종에 따라서 육체적 특성, 조화가 다르게 나타나 듯이, 각 민족에게는 민족의 공통된 정서와 충동을 담은 고유 예술이 존재한다는 점(民族과民族의사이에 셔로다른 藝術을 가지게된것도民族의 共通的 調和－內部와 外部生活로 말미야셔 되는 調和가 셔로 달으기때문이라 할슈잇지요) 이다.

이 세 가지 관점에서 보이는 가장 중요한 사실은 김억이 개인의 충 동이나 정서를 초월하는 '민족적인 것'을 예술의 최종 목표로 삼고 있 다는 점이다. 개인의 충동이나 정서, 즉 심령의 표현을 예술의 출발로 규정하고 있지만 예술의 궁극적인 경지는 이러한 개인적 심령을 초월 한 공동체의 공통적 조화를 드러내는 데 있다는 것은 그가 '예술의 최 종적 가치와 지표'를 어디에 두고 있는가를 잘 나타내 주는 것이다. 결 국, 한국 근대시의 출발점에서 최초의 자유시론이자 내재율에 대한 글 이라는 김억의 「시형의 음률과 호흡」은 정신, 심령, 호흡, 육체의 조화 등 낭만주의적인 유기체 시론과 예술의 개성에 대한 주장을 드러냄과 동시에 민족, 공동체, 전통을 미학적 논리로 수용한 첫 번째 글이라고 할 수 있다.

개인의 정신과 심령은 이미 광의로서의 "한民族의共通的되는衝動"을 함축하고 있다는 그의 전제는 '자유시' 혹은 '호흡률'의 중요성이 궁극 적으로는 '민족시(조선시)'의 발견을 위한 과정으로서 부여된다는 사실 을 의미한다. 특히, 시의 경우 정신, 심령 등 형체가 없는 것이 육체의 조화의 표현인 '호흡'으로 나타난 결과가 '시형의 음률'이라는 결론은 그의 '조선시' 구상의 핵심이 정신의 차원(혼과 심)과 표현의 차원(호흡,

율격, 형식)이라는 두 가지 사실에 초점이 맞추어져 있음을 알게 한다.

정신, 심령 등 형체가 없는 것이 육체의 조화라는 외적인 '형(形)'으로 나타난다는 그의 주장은 낭만주의적인 유기체설, '내적 감정의 자연스러운 분출'을 시로 규정하는 낭만주의 시론과 상당히 유사한 관점을 취하고 있는 것이다. 즉, 모든 외형적인 것은 내적 정신의 조화를 드러내는 '징표'로서 예술은 궁극적으로는 '정신의 아름다움과 조화'의 표현이라는 것이 그의 주장이다. 이 점은 정신과 표현에서 그가 사실은 '정신'의 차원에 일차적인 중요성을 두고 있음을 의미한다. 심령과 정신의 조화가 아름다운 육체와 예술적 표현을 낳는 원천이라는 것이 그의 생각이다.

그러나, 이런 점에도 불구하고 김억의 시론은 역설적이지만 '정신'의 측면보다는 '시형과 음률과 호흡'이라는 표현의 차원에서 오히려 더 많은 관심을 기울이고 있는 것이 사실이다. 어째서 그런가?

김억의 시론에 따르면, 시인에게 '시'란 '자신의 심령 혹은 정신'의 '자연스러운 표현'이다. 그러나, 이 경우 연구자 혹은 평론가에게 시란 '형식'을 통해서만 추론과 분석이 가능한 '시인의 정신'이다. 이 점에서 김억이 시의 형식적 차원에 주목하는 것은 '정신의 부재', '혼의 부재'에 대한 결핍감을 드러내는 평론가적인 행위라고 할 수 있다. 김억은 시인으로서 '정신'의 조화를 표현하는 개인적 차원의 문제와 공동체의 율격과 형식을 통해서 '조선심과 조선혼'을 재구성하고 발견하는 문제 중에서 처음부터 후자에 더 중요성을 두고 있는 것이다.

김억에게 조선시의 구상은 '조선혼' 혹은 '조선심'이라는 '민족문화'의 원천에 대한 결핍감의 표현이면서 동시에 시인 개개인에게 결여된 '정신'이 민족적 '혼'의 부재에서 연유하는 것이라고 보고 있는 결과이다. 민족적 시형과 음률이 발견될 때까지는 자유시와 시인의 호흡률이 인정되어야 한다는 그의 견해는 이 점에서 '조선심'의 재구성 혹은 발견이 이루어질 때까지 개별적인 시인은 불완전하나마 자신의 심령을

표현할 수밖에 없다는 '현실론'이라고 할 수 있다. 따라서, 궁극적으로
는 시인의 자유시 창작의 목표는 민족적 시형의 발견을 위한 것이고,
'조선시'의 구상 역시 과거의 전통과 시형에 대한 탐구를 통해서 '현대
적인 조선정신'을 담지한 새로운 '민족적 시형'을 발견하는 문제로 귀
결된다.

결국, '정형시—자유시'가 아니라 '자유시—정형시'로 귀착되는 그의
시론은 '민족 정신'의 발견만이 개별적인 조선 시인의 정신과 시의 가
치를 높은 경지로 끌어올리는 방법이라는 인식에서 비롯된 것이다.

앞에서 말한 것처럼, 김억에게 육체적 조화는 예술혼을 담아내는 '형
식'의 개념과 동일한 것이다. 결국, 예술에서의 '개성'의 문제는 좁게는
한 개인의 육체적 조화의 산물이며 그 표현은 예술의 형식을 통해서만
구현된다. 그리고, 이러한 개인의 개성은 광의로 보면, 내외적 생활환
경의 공통점에 의해 구성되는 민족정서로 통합된다.

시적 개성에 대한 이러한 이해는 개인과 공동체에 대한 그의 인식에
서 비롯되는 것으로 다이쇼기 일본의 문화주의와 교양주의의 영향에서
비롯된 것이라 할 수 있다. 쿠와키 겐요쿠의 인격주의와 소오다 키이치
로의 문화가치철학에서 비롯된 문화주의[3]에서 개인은 인격의 완성과
정신문화적 가치창조의 중심으로 규정된다. 그러나 문화주의에서 앞세
우는 '인격과 정신문화'의 최종적인 구현 역시 공동체, 즉 '국민정신'의
높은 구현으로 귀결된다는 점에서 최종적으로 문화적 인격주의란 '공
동체와의 합일'을 지향하는 '민족주의'라고 할 수 있다. 즉, 개인 혹은
개성은 공동체적인 가치의 구현과 완성을 위해서 끊임없이 인격을 수
련하고 자기 실현의 의지를 발휘하는 공동체의 '분자(分子)'인 것이다.
자유시 창작이 최종적으로 민족적 시형의 발견에 이바지한다는 발상은
이처럼 개인의 '교양'과 '개성의 완성'이 궁극적으로는 공동체의 문화

---

3) 최수일, 「1920년대 문학과 『개벽』의 위상」, 성균관대 박사논문, 2001, 93쪽.

적 고양으로 통합된다는 '낙관적인 발상'에 근거하고 있는 것이다.

예술의 원리를 형식의 문제와 민족적인 공통체험에서 사유하는 그의 이런 구상은, 그가 이후 민요시론과 정형화된 율격의 문제에 집중하게 되는 근본적인 원인이다. 이처럼 그의 초창기 시론은 상징주의를 비롯한 서구의 자유시론을 소개하고 연구함으로써 개인주의에 기초하는 '자유시론'을 표방하고 있는 듯하지만, 실상은 오히려 그 반대로 시의 정형화와 공통적 율격, 즉 민족시의 가능성에 대한 탐구로 일관하고 있는 것이다. 이 점은 그의 자유시론의 핵심으로 알려진 호흡률에 대한 다음과 같은 생각에서 좀 더 구체적으로 나타난다.

> 朝鮮사람으로는 엇더한音律이가장 잘表現된것이겟나요. 朝鮮말로의엇더한詩形이 適當한 것을몬저 살례야합니다. 一般으로 共通되는 呼吸과 鼓動은 어더한詩形을잡게할가요. 아직까지 엇더한詩形이 適合한 것을 發見치못한朝鮮詩文에는 作家個人의 主觀에 맛기수밧게 업습니다. 眞正한 意味로 作者個人이表現하는音律은 不可侵의境域이지요. 얼마동안은 새로운吸般的音律이 생기기까지는. (…중략…) 또한 現在 朝鮮詩壇에잇셔는 詩를理解하는讀者가 얼마나되며, 또는詩답은詩을 짓는이가얼마나 되는가를 생각할 필요도잇겟스나 새詩風을樹立하기爲하야作者그사람의音律을 尊重히녁기지 안을슈업습니다.4)

인용한 글의 "아직까지 엇더한詩形이 適合한 것을 發見치못한朝鮮詩文에는 作家個人의 主觀에 맛기수밧게 업습니다. 眞正한 意味로 作者個人이表現하는音律은 不可侵의境域이지요. 얼마동안은 새로운吸般的音律이 생기기까지는."과 같은 구절을 통해서 알 수 있듯이, 그가 "작자 개인의 음율은 불가침의 영역"이라고 말할 때 이 표현에는 반드시 단서가 붙는다. '새로운 조선말에 적합한 일반적 음률이 생기기 전까지'라는 것이 그 전제조건이다. 결국, 주관적 호흡과 내면적 율격을 존중

---

4) 岸曙 生, 앞의 글.

하는 자유시론은 새로운 현대적 조선의 시풍을 확립하기까지는 존중되어야 한다는 것이 그의 주장이다. 이런 유보적인 자유시론은 앞에서 논증한 바처럼 이제까지 알려진 것과는 달리, 그가 이미 『태서문예신보』 시절부터 '조선시'와 '공통율격'의 구현을 현대시 최상의 목표로 설정하고 있었음을 보여준다.

"조선말로의 엇더한詩形이 適當"한가를 실험하고 살려내는 실험적인 시창작의 측면에서 '자유시'의 가치는 김억에게 높이 평가되고 있는데 이 점은 그가 자유시의 창작을 공통된 율격과 시형의 발견을 위한 실험의 과정으로 보고 있기 때문이다. 따라서, 김억의 초기 자유시는 어떤 면에서는 모두 민족적인 율격과 시형의 개발을 위한 실험적 노력의 산물이다. 이처럼, 김억은 자신의 시 창작을 시의 형식적 완성태를 구현하기 위한 지속적인 실험의 과정으로 생각했고 따라서 그의 번역시 역시 일종의 실험의 성격을 띠는 것이었다.

이 점에서 김억이 구상한 근대시의 형식적 완성태, 즉 공통된 율격과 시형이 무엇이었는가 하는 점은 상당히 중요한 의미를 지닌다. 실제로 1925년 4월부터 1925년 10월까지 6회에 걸쳐서 그가 『조선문단』에 연재한 「작시법」[5]에서 논의되고 있는 '조선시' 개념은 '형식적 완성태로서의 민족시'의 율격과 형식에 관한 고민을 고스란히 노출하고 있다. 조선의 과거 전통 속에 "적어도 朝鮮사람의 손으로되야 朝鮮사람의思想과感情을 朝鮮式으로發表한"[6] 시가 없다는 곤혹스러움의 토로나 시조에서 "自己의固有한思想과感情을 담"[7]은 조선 시형을 간신히 발견할 수 있으나 그 또한 고려 이후 조선조에 이르러서는 중국적인 영향에 의해 "이름만은詩調이며 詩形만은 朝鮮것이나, 하나도 朝鮮의魂이 담

---

5) 『조선문단』 1925년 4월에서 10월까지 발간호 중에서 그 해 8월호가 결호여서, 「작시법」은 4, 5, 6, 7, 9월호에 총 7개월간에 걸쳐 6회로 분재되었다.
6) 김안서, 「작시법」(4), 『조선문단』 10, 1925. 7, 76쪽.
7) 김안서, 위의 글, 78쪽.

기어지지"[8] 않아 진정한 조선시의 풍모를 잃고 있다는 평가는 그의 '조선시' 구상이 궁극적으로는 '근대시 = 민족시 = 조선시 = 국민문학'의 논리적 연속선상에 위치하고 있음을 알게 한다.

또한, 그의 「작시법」에서 그 가능성이 강조되고 있는 시형과 율격은 '시조'가 아니라 '민요'이지만, 역설적으로 그가 '조선시' 구상에서 강조한 '조선의 사상과 감정, 조선어, 조선의 고유한 형식'이라는 조건은 이후 '시조'가 '조선시'의 대표적 장르로 부상하는 중요한 이론적 발판을 제공하고 있다. 1924년 1월 『동아일보』에 발표된 김억의 「조선심을 배경 삼아」[9]라는 글이 조선인의 사상과 감정을 '조선심'으로 지칭하는 용법을 개척해 낸 것처럼, 그가 민요시론으로 나아가기 위해서 제시한 '조선시'의 개념은 '민요' 뿐만 아니라 시조를 비롯한 여타의 전통적 문화에 대한 재인식을 촉발하는 중요한 계기로 작용한 것이다.

이에 앞서, 1924년 10월 『조선문단』 창간호부터 동년 12월까지 3회에 걸쳐 연재된 주요한의 「노래를 지으시려는 이에게」는 국민문학을 정의하기를 "국민덕사상을 담은 문학", "국민덕 언어의 미를 가진 문학"[10]이라고 하여 '언어와 사상'이라는 두 가지 조건을 제시한다. 김억의 조선시 개념은 이런 전후의 맥락에 비추어 보면, '국민문학'에 대한 당대적 모색의 한 축을 분명히 담당하고 있는 것이다.

실제로 김억과 주요한은 1920년대 초기 문단에서 이광수와 함께 '문화적 민족주의', '문화적 교양주의'를 앞세워, 당시 개인주의적 예술론을 펼치던 『폐허』, 『장미촌』, 『백조』 출신의 속칭 데카당파와 대립적인 노선을 설정하고 '민족의 이념'을 '문학적·문화적 원칙'으로 정립한 대표적인 문인이다.[11] 주요한과 김억이 문화적 교양주의를 앞세운 국

---

8) 김안서, 앞의 글, 79쪽.
9) 김억, 「朝鮮心을 背景 삼아」, 『동아일보』, 1924. 1. 1.
10) 주요한, 「노래를 지으시려는 이에게」 (3), 『조선문단』 3, 1924. 12, 43쪽.
11) 김춘식, 앞의 책, 소명출판, 2003, 145~158쪽, 231~242쪽 참조.

민문학론자로 자리 잡기까지는 근대적 예술주의자에서 조선주의로 회귀하는 나름의 논리적 전환점이 존재한다.

실제로 '국민'의 개념과 '교양인'의 개념을 아무런 차이 없이 인식하고 있는 이들 두 시인에게 '문화'란 곧 '국민문화' 즉 '전통의 근대적 복원'이라는 '미학적 원칙'을 충실히 구현해 낸 결정체라고 할 수 있다. 이런 이론적 신념은 두 개의 이념을 표면에 내세울 수밖에 없는데 첫째가 '민족 혹은 국민'이라는 가상의 공동체이고 둘째가 문화 혹은 교양의 수준을 가늠하는 척도로서의 '미학적 원칙'이다. 이 점에서 김억과 주요한은 '문화와 교양'을 담지한 이념형의 실체로서 '조선어와 조선심의 아름다움을 보여주는 형식', 즉 조선시와 국민문학을 공통적으로 앞세운 시인들이다.

이런 공동체적 문화주의의 구현체인 '조선시의 구상' 과정에서 한시, 민요, 시조가 재발견되었고 그 중에서 민요시론과 시조부흥론은 20년대 후반에 가장 중점적인 논의의 대상이 된 것이다. 이 점에서 민요시와 동요, 현대시조의 탄생에는 두 개의 뿌리가 존재하는데, 그 하나가 '민족이라는 공동체의 구상'이고, 둘째는 문화적 교양주의, 즉 딜레탕티즘이다. 이 두 뿌리는 실제로 1920년대 이후부터 1930년대 후반에 이르는 조선시 구상, 즉, 민요시, 자연서정시와 현대시조 정립의 전과정에서 그 특징을 형성하는 데 중요한 영향을 미치고 있다.

3. 국민문학적 전통과 국문학의 발견

1919년 『창조』 창간호에 주요한은 일본 시단의 로만티시즘과 심볼리즘을 소개하는데[12] 이 소개는 그가 낭만주의와 심볼리즘의 영향을 받

---

12) 주요한, 「일본근대시초」 (1), 『창조』 1호, 1919. 2, 76~80쪽.

았음을 간접적으로나마 확인해 볼 수 있는 자료이다. <불노리>, <눈> 등 초기 산문시에서 발견되는 이미지 중심의 시어와 서정적인 색채는 이 점에서 낭만주의와 상징주의로부터 받은 영향의 결과로 추측된다. 그러나, 주요한의 이후 시적 지향점에 나타나는 변화는 지속적으로 '낭만주의'와 '상징주의'로부터 벗어나고자 하는 노력의 과정으로 점철된다. 예를 들면 약 1년 반 후인 『창조』 7호에는 다음과 같은 그의 발언이 눈에 띈다.

> 安價인 로만틕시즘에서 버셔나기前에 眞正으로 生命에 逼하는 文藝가 生하리라고 저는 믿지안습니다.13)

낭만주의와 같은 외래적인 것의 영향과 한계를 극복하는 것이 진정한 참예술에 이르는 길이라는 것이 그의 비판의 요지라고 할 수 있다. 이런 그의 생각은 1924년 『조선문단』에 연재한 「노래를 지으시려는 이에게」에서 그가 『창조』 창간호에 발표한 <불노리>와 『학우』에 발표한 <에튜-드>라는 실험적 작품에 대하여, 그 내용이 "전혀 불란서 밋 일본 현대 작가의 영향을 바다 외래덕 긔분이 만핫고" "아무 본 쓸데도 업는당시에 어린 필자의 경우로는 그 이상을 요구할수 업섯"14)다고 고백하는 대목에서 다시 한 번 명확하게 나타난다. 이 점에서 그가 말하는 "眞正으로 生命에 逼하는 文藝"란, 다시 말하면 외래적 기분을 담거나 그 형식을 본뜨는 것이 아니라 자신의 사상과 자신의 언어의 아름다움을 보여주는 문학을 의미한다. 개성 혹은 주체적인 문학에 대한 그의 이러한 동경과 갈증은 종국에 신문학의 중요한 결점을 '조선적인 것'의 결여라고 단정하는 태도로 귀착된다.

예를 들면, "신시운동의 전도의목표는 무엇인가 적어도 나의 생각으

---

13) 벌꿏(주요한), 「장강어구에서」, 『창조』 7, 1920. 7, 54쪽.
14) 주요한, 「노래를 지으시려는 이에게」, 『조선문단』 창간호, 1924. 10, 49쪽.

로는 두가지의 목표가 있다고합니다 첫재는 민족뎍 정조와 사상을 바로 해석하고 표현하는 것 둘재는 조선말의 미와 힘을 새로 차저내고 지어내려는것입니다."[15]라고 하여, '민족적 정조와 사상', '조선말의 미와 힘'이라는 두 가지 원칙이 '진정으로 생명에 핍하는 문학'의 전제조건으로 규정되는 것이다. 이런 그의 '신시운동의 목표'는 "국민문학이란 말이 무슨 의미가 잇다하면 국민뎍사상을 담은 문학이란 외에 국민뎍 언어의 미를 가진 문학이라하겟습니다"[16]와 같이 최종적으로는 '국민문학의 정의'를 탄생시키는 지점에 이르게 된다. 진정한 생명, 개성, 민족이 동일한 미적 원칙에 위해서 통합되는 지점에서 구상된 것이 바로 '국민문학'의 개념인 것이다.

따라서, 주요한의 '국민문학론'에는 내부 생명, 개성, 민족을 포괄하는 미적 원리가 가장 중요한 원칙으로 제시되는데, 그 원칙이 바로 '조선어의 미와 힘', 그리고 '조선심 혹은 민족적 정조와 사상'이다. 이런 두 가지 원칙은 문학을 '내용과 형식'의 결합체로 파악하는 근대적인 '문학원론'을 그대로 수용한 것으로 같은 지면에 「문학강화」[17]라는 개론적 성격의 글을 연재하고 있던 이광수에게서도 동일하게 받아들여진 '문학일반론'이라고 할 수 있다.

결국, 1920년 초반의 '문학원론'의 지식을 '국민문학'의 정의에 그대로 적용한 결과가 주요한을 비롯한 김억, 이광수 등의 국민문학론으로 정착된 것이다. 이 점에서 '국민문학'의 개념은 "한국인이 한국인의 정서와 사상을 한국어로 표현한 것"이라는 '국문학(한국문학)'에 관한 보편적인 정의의 출발점이라고 할 수 있다. 실제로 김억이 구상한 조선시가 "朝鮮사람의 손으로되야 朝鮮사람의思想과感情을 朝鮮式으로發表한"[18]

---

15) 주요한, 앞의 글, 50쪽.
16) 주요한, 「노래를 지으시려는 이에게」(3), 앞의 책, 43쪽.
17) 이광수, 「문학강화」(1)~(5), 『조선문단』 1~5, 1924. 10~1925. 2.
18) 김안서, 「작시법」(4), 『조선문단』 10, 1925. 7, 76쪽.

것이었다는 점에서, 조선시와 국민문학은 동일한 미적 원칙의 산물이라고 할 수 있다. 조선시와 국민문학이 '내용 / 형식'의 이분법에 근거하여 '조선인의 사상과 정서', '조선어와 조선의 형식'이라는 원칙을 세움과 동시에 이 원칙은 동일하게 '한국문학의 범주'를 가름하는 원칙으로 적용될 수 있게 된 것이다.

이 점에서 김억, 주요한 등의 국민문학 혹은 조선시의 구상은 보다 근원적으로는 '국문학'이라는 실체에 대한 결핍을 보완하려는 충동의 산물이라고 할 수 있다. 개성 혹은 생명의 결핍을 '민족적인 것', '조선적인 정조와 사상'의 부재로 파악한 이들에게 '조선심 혹은 조선 정신'이라는 무형의 것을 구체화시킨 '형(形)'에 대한 갈망은 내부의 억누를 수 없는 욕구와 이미 같은 것이라 할 수 있다. 즉, 억누를 수 없는 충동, "刹那에 늣기는 衝動"과 "한民族의共通的되는衝動"19)이 같은 차원에서 받아들여지고 있는 것이다.

특히, 주요한에게 문학에서의 '조선적인 것'에 대한 결핍감과 시대 상황에 대한 자각, '민족'이라는 절대 명제에 대한 책임감은 낭만주의를 '안가(安價)'의 문학으로 규정하는 핵심적인 요인이었다. 한 때 상해 임시정부에서 이광수와 함께 『독립신문』을 발행했던 그에게, 개인주의에 바탕을 둔 낭만주의의 현실도피적인 경향은 심각한 단점으로 보였던 것이다. 시의 정서와 정조의 개인성, 즉흥성을 일찌감치 자각하고 있던 주요한이지만, 민족과 현실의 거부할 수 없는 명령은 그를 계몽적인 의지와 공동체성에 대한 자각을 시적으로 구현하는 일에 몰입하도록 자연스럽게 유도한다.

國民的 文學의 産出! 生命잇는 작품의 出現! 이것이 第一 먼저 要求되는 것인가 함니다. 今日 우리의社會가 文藝를 排斥하는 것은 道德的으로 썩어진 엇던 社會가 眞正한 眞理의 殉敎者를 排斥함과 가튼 排斥이 아니

---

19) 岸曙 生, 「詩形의 音律과 呼吸」, 『태서문예신보』 14호, 1919. 1. 13, 5쪽.

고 文藝 그물건에 對한不信用 임을 볼째에 가슴이 아프오이다. 우리는
먼저 社會가 이를 바다 드리지 아느면 사회에게 큰 損害가 될만한 그런
값잇는 文藝를 創造치 아느면 아니될줄 암니다.[20]

이처럼 앞에서 거론한 국민적 문학, 생명 있는 작품의 우선적 요구
라는 그의 미학적인 제일원칙은 일찍이 상해에 있을 때부터 그 단초를
찾을 수 있는 것이다. "文藝 그물건에 對한不信用"이 "今日 우리의社會
가 文藝를 排斥하는" 원인이라는 그의 진단은 현재의 문학이 '가치'의
측면에서 효용성을 지니고 있지 못하다는 결론을 포함한다. '국민적 문
학의 산출'이라는 구호와 '생명있는 작품의 출현'이라는 그의 요구는
이 점에서 어떤 '가치와 효용'에 관련된 것이라고 할 수 있다. 앞에서
주요한의 신시론이 개성, 내부생명, 민족을 동격으로 묶고 있음을 보았
듯이, '생명있는 문학'은 이미 '민족적인 개성'을 내재한 문예로서 '국
민문학'의 지위를 획득한 것으로 간주된다. 즉, 국민문학의 가치는 '민
족적인 개성'의 표현을 통해서 '사회적 이익'을 산출함으로써 인정받을
수 있는 것이다.

그러나, 주요한이 지향하는 문학은 추상화된 '국민'이라는 개념을 앞
세우는 것이라는 점에서, 단순한 민족정서의 발현이나 구현뿐만 아니
라 계몽적, 교양적 미적 주체의 생산을 지향한다. 즉, 그의 시는 '사회'
라는 제도의 재생산 시스템에 기여할 수 있는 문학주의를 표방하고 있
는 것이다. 하지만, 실질적으로 국가와 그 국가를 유지 존속케 하는 여
타의 제도적 장치를 가질 수 없는 식민지 조선에서 이러한 '국민문학'
의 이념은 소박한 민중문학이나 민속문학의 수준을 넘어서기 어렵다.
식민지적인 정치성과 상황인식이 배제된 국민문학이란 애초에 존재하
기 어려운 것이다.

식민지 현실 속에서 '건강한 시', '밝은 시'를 쓰려고 노력하는 주요한

---

20) 벌꼿(주요한), 「長江 어구에서」, 앞의 책, 55쪽.

의 시적 지향은 이 점에서 '교양주의'의 한계를 뛰어 넘기 어렵다. 『개벽』을 중심으로 전개된 문화주의가 "인격의 완성과 문화가치를 실현하기 위한" 인격주의나 교양주의의 성격을 띠고 있었던 것21)처럼 당대의 문화주의가 지니고 있었던 일반적 성격에서 그의 시적 경향도 크게 벗어나 있지 않았던 것이다.

주요한의 '국민문학'은 이 점에서 의식의 측면에서는 '민중'과 '민족'을 지향하고 있지만, 식민지 현실에 대한 구체적 자각과 저항의 의미가 탈색된 미적 교양주의로 변질될 가능성이 높은 것이었다. 이 점은 『개벽』의 문화주의에도 동일하게 해당되는 것으로 1920년대 유행담론이었던 '문화주의'가 정신문화, 산업, 경제, 물질적 발달을 동시에 지향하는 계몽주의의 변형으로 전개된 것도 이런 까닭 때문이다. 3·1 운동 이후 일본의 '문화정치' 선전과 맞물리는 이런 형태의 저항적 색채가 탈색된 '교양주의'는 '민중'을 '문화교육'의 대상으로 설정하는 계몽적 민중문학으로 나타난다. 주요한의 민중시 개념은 이 점에서 전형적인 계몽주의적 '민중시'에 토대를 둔 것이다.22)

주요한의 교양주의는 그가 발견하고자 하는 문화적 전통의 개념과 분리될 수 없는 것으로서 그의 '민중시', '민족시'의 개념은 실체로서의 '민중'이나 '민족'의 발견을 통해서 구성된 개념이 아니라 창조적으로 재구성된 문화적 전통 혹은 가치와 동일한 것이다. 다시 말하면 그에게 민중이나 민족의 개념은 새롭게 발견되어야 할 과거의 전통을 함축하고 있는 대상으로서 재발견된다. 이 점에서 그의 민중시나 민족시는 '문화가치'를 지니고 있는 새로운 전통이며 동시에 창조력의 결과로 규정된다.

그러면 우리 신시의 내용은 과연 엇더하여야만 생명잇는 내용이 될가.

---

21) 최수일, 앞의 논문, 93쪽.
22) 김춘식, 앞의 책, 164쪽.

이것은 짧은 시간에 단뎡을 내리지 못할 문뎨입니다. 오랜시간을 지나는 동안에 (잘못하면 우리 후대 여러대를 지나는 동안에야) 해결할 문뎨입니다. 그러나 가쟝 안젼한 「크라이틔리아」를 두가지만 말하자면 첫재는 개성에 충실하라함이오 둘재는 조선사람된 개성에 충실하라함이외다. 첫재로 개성의 표현이 업는 예술품으로 생명을 유지한례가 업습니다. (…중략…) 그러나 둘재 표준 즉 조선사람된 개성의 표현에 니르러셔는 반대할이가 잇슬듯도 합니다. 한가지 분명히 말할 것은 나의 의미하는 조선사람된 개성 (간단히 말하면 조선혼)이라함은 결코 인간의 공통성을 무시하는 쏘는 인류애를 무시하는 배타뎍 국수주의가 아니라 함이외다. 이런 배타주의는 외국문화 침입의 영향으로 생긴 두가지 큰 극단주의의 하나로 별로 가치업는 운동이라 봅니다. (…중략…) 현대의 우리는 조흔 의미에 잇서서 민족을 국가를 초월할 필요가 잇다고 생각합니다. 쏘 외국문화의 수입도 할수잇는데까지 만히 하는 것이 조타고 합니다. (…중략…) 그러나 외국문화 수입이 우에말한 바와는 졍 반대의 영향을 낫는 수도 잇스니 이는곳 극단의 외국숭배주의 모방주의 외다. (…중략…) 그러면 이제부터 나아갈 우리의 길은 다름이 아니라 이 외국문화 젼졔에서버서나셔 국민뎍 동창문학(독창문학 : 인용자주)을 건설함에 잇습니다. 그러케 하기 위하야서 우리는 우리 민족이 가진 모든 조흔것 사상으로나 졍서로나 뎐통으로나 창조력으로나를 발견하고 해석하고노래 하여야겟습니다.[23]

인용문에서 보듯이, 신시의 내용에 대한 주요한의 생각은 "우리 민족이 가진 모든 조흔 것 사상으로나 졍서로나 뎐통으로나 창조력으로나를 발견하고 해석하"여 "외국문화 젼졔에서버서나셔 국민뎍 동창문학(독창문학 : 인용자주)을 건설"하는 것으로 귀결된다. 즉, 주요한이 구상하는 신시의 내용은, 궁극적으로는 개인의 개성을 초월하여 조선사람의 개성, 즉 조선혼의 구현에 충실한 문학으로 정의할 수 있다. 외국문화의 전제와 국수주의를 지양한 전통의 새로운 발견, 독창적 문학의 건설이라는 목표를 제시하고 있는 주요한의 '신시론'은 개인의 개성과 민

---

23) 주요한, 「노래를 지으시려는 이에게」 (2), 『조선문단』 2, 1924. 11, 48~49쪽.

족의 개성을 무엇보다도 중요시한다는 점에서 '문화적 교양주의'의 영향을 간접적으로 드러내고 있는 것이다.

주요한에게 개성은 자연스럽게 주어진 천성이 아니라 '개인의 인격적 완성'을 나타내는 수양의 결과로 인식된다. 끊임없는 '자아의 발견과 성찰'의 결과, 즉 "나를 발견하고 해석"하는 수양의 과정을 통해서 개인의 개성은 '사회' 혹은 '공동체'의 문화로 통합된다는 것이다. 이 점에서 조선혼, 혹은 조선 사람된 개성, 조선의 문화와 전통은 개개인의 지속적인 자기발견과 해석, 성찰의 결과가 통합된 '개성의 통일체'로서 미적·문화적 가치의 구체적인 현현에 해당된다. 이 지점에서 조선혼과 전통, 조선적인 것(민족적 개성)은 서로 동일한 가치를 내포한 '문화'로서 재발견되기에 이른다.

조선혼과 전통, 독창성 등이 새롭게 건설될 '신시의 내용'이라는 말에 아무런 여과없이 함께 녹아 들어감으로써, '조선시', '국민문학'의 개념은 '낡은 것의 재발견(전통)'과 '민족정신 혹은 공동체 의식(조선혼)', '새로운 것의 창조(독창성)'이라는 세 가지 특성을 지니게 된다. 낡은 것의 재발견과 새로운 독창성의 부여가 '조선혼'이라는 것으로 통합되어 나타나야 한다는 정도의 원칙이 설정된 것이다.

결국, 민요, 시조의 재발견은 과거의 전통에 대한 현대적인 해석 혹은 가치부여를 통해서 '새로운 민족시(근대시)'를 만들려는 의지의 소산이었으며, 그러한 생각은 김억과 주요한의 '조선시' 혹은 '국민문학' 구상의 과정에서 '국문학' 혹은 '근대시'의 성격, 개념, 범주를 제시할 정도로 구체화되어서 나타난다. 조선시 구상으로 촉발된 '국민문학론'은 원론적인 성찰의 과정 속에서 '국문학의 개념과 범주'에 대한 기초적인 원칙을 설정하거나 그때까지 막연하게 서양적인 것을 모방한 문학으로 인식되었던 '근대문학'의 개념에, '민족적인 것', '조선혼' 등의 원칙을 적용함으로써 '근대문학 = 민족문학'이라는 새로운 방향을 설정했다는 점에서 한국근대문학사에 획기적인 전환의 축을 마련하기에 이른 것이다.

그러나, 공동체적 감성과 '국민'의 개념을 염두에 둔 주요한의 시적 기획은, 기본적으로 민중의 수준을 교양 있는 사상·문화 생활의 주체로 끌어올리는 데 목표를 둔다. 이러한 그의 민중 지향성은 민중의 현실적 상황에 대한 각성과 발견을 전제로 한 것이 아니라, 민중과 소통할 수 있는 시, 쉬운 민중의 언어를 사용하는 시, 건강하고 진취적이면서 소박한 시의 개념으로 요약된다는 점에서 형식주의적이고 교양주의적이다. 문화를 '자아의 표현'이라는 절대명제로부터 미적, 정신적 수준이라는 가치의 개념으로 변질시킴으로써 '민중'은 식민지적인 박탈과 궁핍을 보여주는 상징적인 대상이 아니라 문화적으로 고양되고 개발되어야 할 계몽의 대상으로 규정된다.

김억과 주요한의 민요시 지향이 내포한 한계는 이런 점에서 발견된다. 김억의 민요시론이 '민족시'를 지향하기 위한 방법이었듯이, 김억과 주요한은 '공동체적인 소통이 가능한 정서와 시형, 호흡 등의 문제를 자신들의 시적 과제로 삼은 것이다.

공동체로서 발견된 '민족', '민중'을 포괄하는 근대적 개념은 주요한, 김억, 이광수에 의해 '국민'이라는 개념으로 새롭게 발견된다. 즉, 봉건적인 과거의 문화적 잔재에 대한 비판과 중국의 영향에 대한 거부감을 동일선상에 놓음으로써 이들이 발견한 '국민문학'은 '조선심', '조선어'라는 단어를 중심으로 재구성되기에 이른다. 이렇게 재구성된 '조선'이라는 단어는 이미 그 내부에 '새로운'이라는 의미의 '신흥'이나 '신(新)'의 개념을 함축하고 있다고 할 수 있다. 즉, 이때의 '새롭다'는 의미는 '부정적인 중세'를 넘어서 고대국가인 신라나 고구려, 백제와 맥이 닿아 있으며 '근대적인 것', 다시 말하면 '서구적인 것'과 견줄 수 있는 '문화적 고유성'을 암시하는 기호인 셈이다. 토착적인 것과 근대적인 것이라는 양면성을 하나로 합친 개념이 곧 '국민문학'이고 문화적 목표로서의 '조선심', '조선어'인 것이다.

4. 최남선의 전통, 국토, 시조의 발견

1926년 5월에 발표된 「조선국민문학으로서의 시조」[24]와 6월에 발표된 「시조 태반으로서의 조선 민성과 민속」[25]은 김억과 주요한이 재구성한 조선심, 조선혼, 국민문학 등의 개념을 시조와 구체적으로 연결시킨 후속작업이라고 할 수 있다. 최남선에 의해서 쓰인 이 두 편의 글은 결국 1925년에 발표된 「불함문화론」과 같은 고대사 연구와 맥을 같이 하는 것으로서 고대적인 정신의 '근대적인 부활'을 기획한 낭만주의적인 역사관의 구체적인 발현이라고 할 수 있다.

> 朝鮮은 世界에서朝鮮이라는部面을마튼사람이오, 朝鮮이라는鑛穴을 패어내라고 配置된사람이오. 「朝鮮」이라는 것에顯現되는의 閃光을注意하야 붓잡을義務를질머진사람임은 文學에서도詩세서도 쏙가틀짜름이다. 朝鮮人에서태운世界란 것은 要하건대朝鮮이라는世界와 朝鮮을通해서의世界 −니 世界를쌍긔어다가朝鮮으로接入함이나, 朝鮮을잡아늘여서世界로 還沒식임이나 外形은如何間에實質로말하면 朝鮮人에게는同一事의 兩面일 짜름이다. 시방朝鮮人의廢墟修整運動, 新天地開闢運動의 基調又支點될 것은 實로이에對한明確한意識일지니 文學(쏘詩)으로말할지라도 「조선으로世界에」라는 思想과方法과實行實現이 그알맹이가아니면아니될 것이다. 朝鮮의特色을쏘렷하게刻出하고, 朝鮮의本性을고스란히盛出하고, 朝鮮의實情을날카롭게描出하되, 조선쎅다귀, 朝鮮고갱이로써한詩만이우리가世界에 내노흘쏫잇는가장큰世界가우리에게기다리는갑잇는詩일것이다. 그런데여긔對한省察과感悟와準備와努力의보잘것업슴은 실로 新興詩壇에잇는가장큰섭섭과걱정이든것이니 우리가아직까지 朝鮮新文壇은 正當한길을잡지못하얏다고봄은 要하건대朝鮮的으로는한걸음도내어노치못하얏슴을意味함이오. 그리하야世界에對한 自己應得의地位를 아직바라다보지도못한편으로서걱정하는것이다. 어쩌한建設運動에든지압서는것은基臺요, 어쩌한基臺工事에서든지압서는것은地盤의省察이다. 그런데朝鮮文學(쏘詩)의地

---

24) 최남선, 「조선국민문학으로서의 시조」, 『조선문단』, 1926. 5.
25) 최남선, 「시조 태반으로서의 조선 민성과 민속」, 『조선문단』, 1926. 6.

盤을省察하자면理論은어찌갓든지 實物的考察의唯一最高의對象일것이그
래詩調밧게쏘무엇이라하랴.[26]

최남선이 민속학 연구에 몰두하는 시점에서 발견된 시조는 바로 민
성과 민속을 태반으로 하는 '조선문학'의 개념에 가장 적절히 부합되는
'실물'로서 그의 주목에 값하는 대상이었던 것이다. 결국, 시조는 조선
과 고려의 시간대를 넘어서 고대사와 접목된 민성과 민속, 즉 조선적
풍토의 차원에서 새롭게 발견되었고 이 점에서 시조는 "詩의本體가朝
鮮國土, 朝鮮人, 朝鮮心, 朝鮮語, 朝鮮音律을通하야" 표현된 "필연적一
樣式"[27]으로 정의된다. 달리 말하면, 시조는 보편성으로서의 시의 본체
를 조선적인 고유성 혹은 특수성을 통하여 드러낸 진정한 '조선시' 혹
은 '국민문학'으로서의 가능성을 지닌 대상으로 인식된 것이다.

여기서 '국민문학'의 개념은 세계사적인 보편성을 지닌 문화 예술이
흘러 들어와서 "조선이란체"[28]로 걸러져 나온 정수에 해당된다. 결국,
최남선의 시조론(조선시론), 혹은 국민문학론은 단순히 복고적인 성향을
지닌 것이 아니라 오히려 세계사와 근대성을 그 내부로 흡입하여 체로
걸러낸 '조선적 근대문학'을 의미한다. 이 점에서 김억과 주요한에 의해
서 제기된 근대문학으로서의 '조선시'의 개념은 최남선에 이르러 비로소
'시조'라는 실체를 통해서 하나의 구체적 '실물'로 제기되기에 이른다.

조선의 신문단이 "朝鮮的으로는한걸음도내어노치못하얏슴"을 지적
한 위의 밑줄 부분처럼, 조선 신문단의 '새로움'에서 누락된 것은 역설
적이게도 본체로서의 '조선적'이라는 것이다. 이 점에서 '조선적'이란
수식어는 단순한 의미가 아니라 '조선국토, 조선인, 조선어, 조선심, 조
선의 음률'을 두루 포함하는 '민족적인 정수'를 의미한다.

---

26) 최남선, 「조선국민문학으로의 시조」, 『조선문단』, 1926. 5, 6~7쪽.
27) 최남선, 위의 글, 4쪽.
28) 최남선, 위의 글, 4쪽.

이때의 '조선'이란 단어는 다른 모든 제 가치를 초월하는 '절대적 지위'를 획득한 것으로서 하나의 '이념'으로 굳어질 수밖에 없게 된다. 이념형으로서의 '조선', '조선적인 것'이라는 단어가 그렇듯이 '조선시', '조선심', '조선어', '조선의 국토와 풍속'은 이미 그 자체가 미적인 가치를 획득한 목표지향적 대상으로서 끊임없이 새롭게 발견되고 의미가 부여될 수밖에 없게 된다. 신성한 국토와 혈통을 중심으로 새롭게 발명된 근대적 '민족'과 '국가'를 그대로 답습하는 이러한 문화적 창안은 결과적으로 '전통'에 대한 새로운 창조를 궁극적인 의무로 자각하는 계기를 낳는다.

시조의 복권은 다시 말하면, 전통의 문화적 창안과 '조선적인 것'의 영속적인 가치를 인정받기 위한 투쟁의 과정에서 나타난 한 현상이라고 할 수 있다. 그러나, 문제는 조선적인 것, 조선심, 조선어를 초역사적인 실체로 규정하려는 경향이 강해짐으로써 이러한 '시조부흥의 취지'가 '국민문학'이라는 한 집단의 우월함을 드러내는 지표를 설정하기 위한 투쟁으로 변질된다는 점이다.

실제로 한국문학사에서 '시조'가 진정한 보편적 예술로 발전하지 못한 점은 역설적으로 이러한 지나친 국수주의, 혹은 '국민문학'이라는 제한된 이념형에 의해서 시조의 개성적인 창작이 이루어지지 못했기 때문이기도 하다.

그렇다면, 현대시조의 진정한 문제는 무엇인가.

최남선, 이은상 등의 시조가 보여준 관념적 추상적 성향의 민족주의나 이후 가람 이병기의 상고주의 혹은 옛것에 대한 딜레탕티즘적인 미적 취향을 표현하는 시조는 이점에서 '시조'가 하나의 예술로 승화되는 과정에 놓인 한계점을 고스란히 보여준다. 개인의 감각과 개성이 현저하게 약화된 '문화주의', 혹은 '전통주의'가 역으로 '보수적 전통주의'나 '퇴영적 복고주의'로 변질되기 쉽다는 사실을 우리는 '시조'의 지나온 발자취를 통해서 쉽게 확인해 볼 수 있는 것이다. '조선적인 것'이

하나의 이념이기 이전에 '리얼리티'와 '현실'을 가리키는 용도로 적절하게 쓰였다면 '시조' 역시 '지금, 여기'에서 '조선적인 것' 혹은 '자신의 존재 근거인 조선심'을 발견했을 것이다. 이 점에서 조운의 시조가 오히려 '현대성'을 좀더 많이 갖추고 있다고 여겨지는 것은 이념 이전에 내면과 정서, 리얼리티, 동시대성에 충실하기 때문이다.

무엇보다도 자신의 내면 안에 이미 조선적인 것과 조선심이 들어 있다는 자각이야말로 '시조'를 '민족'이나 '공동체'의 차원에서 벗어나 '개인'의 소산으로 만드는 힘이기 때문이다. 민족이라는 추상화된 거대 담론에 얽매인 시조가 '서정시'의 절대조건인 '개인'과 '개성'이 결핍된 죽은 장르가 될 수밖에 없다면, 자신의 내면과 생활의 각성을 노래하는 것이야말로 진정한 근대성을 선취한 행위이기 때문이다. 단편적이지만 예를 들면, "잠고대 하는 설레에 보던 글줄 / 놓치고서 // 책을 방바닥에 / 편 채로 엎어 놓고 // 이불을 따둑거렸다 / 빨간 볼이 예쁘다"(<잠든 아기>)29)처럼 생활의 한 단편을 시로 적거나, "두부 장수 외는 소리 / 골목으로 잦아지자 // 뻘건 窓볕이 / 어슴듯그므러져 // 쪼이든 화로를 뒤지니 불은 벌써 / 꺼지고."(<한창(寒窓)>)30)와 같이 차가운 겨울 새벽이 밝는 한 장면을 사실적으로 그린 작품에서 보듯이, 조운의 시조에는 조선심과 옛것에 대한 강박관념이 존재하지 않는다. 그것은 그의 시조가 그만큼 개인의 정서와 사상에 밀착되어 있다는 의미이기도 하고 상투적인 이념에 함몰되어 있지 않다는 뜻이기도 하다.

오직 내면의 취향과 정서로서만 시조에 몰입한다는 점에서 그는 이은상, 이병기와는 달리 시조의 탄생과 더불어 그 근거로 인식되어온 조선심, 국민문학 등의 추상적 이념과 복고적 딜레탕티즘을 모두 벗어나 독자적인 시세계를 보여 줄 수 있었던 것이다.

이런 사실은 국민문학과 조선시의 구상이 '근대시'의 이론적 정립에

---

29) 조운, 『조운 시조집』, 작가, 2000, 60쪽.
30) 조운, 위의 책, 61쪽.

중요한 공헌을 했음에도 불구하고 최종적으로는 '조선혼', '조선심', '전통' 등을 추상화된 이념이나 회고적인 향수, 또는 현학적 취향과 품격을 드러내는 방식으로 고착화함으로써 '현대성'과 '동시대성'을 상실했음을 의미한다.

5. 결론

　김억, 주요한 등의 조선시 구상은 최남선에 이르러 '시조'라는 구체적인 과거의 전통장르를 복권시키는 시조부흥론으로 발전되면서 국민문학론은 하나의 이념적 성향을 띠게 되고 동시에 그 동안의 과정에서 체계화된 이론적 성과의 뒷받침을 받아서 근대문학은 '민족' 혹은 '조선'의 개념을 내부에 포함한 '국문학'의 개념으로 고정되기에 이른다.

　전통, 국토, 혈통에 대한 인식을 바탕으로 한 고대사의 재발견과 단일민족의 신화는 이 점에서 '근대문학'의 태생적인 열등감이었던 '서양문학의 모방'이라는 결함을 일시에 초월하는 새로운 가치 개념으로 받아들여진 것이다. 그러나, 이러한 고대사와 국토의 발견은 그 자체가 '이념'으로서의 성격이 강했던 만큼 '공동체적 통합'을 이끌어 내는 힘이 될 수는 있을지라도, 미적인 가치로 재발견되기 위해서는 구체적인 생활세계와의 연관성을 맺어야만 가능한 것이다. 생활 감각, 혹은 리얼리티의 결여는 실제로 '민족'에 대한 이념과 상상이 결핍을 드러내는 향수나 복고취향으로 쉽게 변질되는 과정에서 가장 치명적으로 드러나게 마련이다. 민요시, 시조 등 국민문하그이 근간이자 출발점을 형성하고 있던 '조선시' 구상이 별다른 실험적인 성과 외에 진척이 없었던 것 또한 이러한 점에서 주된 원인을 찾을 수 있을 것이다.

　1920년대 이후 조선시 구상이 김영랑, 정지용, 장만영, 신석정, 박용철 등의 '순수시'를 주장하는 그룹과 1930년대 후반 문장파를 중심으로 새롭게 계승된 점은 이 점에서 주목할 만한 현상이라고 할 수 있다. 이념이 아닌 '조선적인 정서와 사상' 그리고 조선어의 힘과 아름다움, '새로운 시형' 등 조선시 구상의 중요한 원칙이 현실로서 나타난 것은, '근대인'으로서 '자아의 성찰과 발견'을 '언어로 표현'하는 '미적 근대성'에 충실한 '순수문학론자'들에 의해서이다. '백석', '이용악', '서정주', '유치환', '이육사', '박두진', '박목월', '조지훈' 등에게서 다소의 편차를 발견할 수 있지만 공통적인 것은, 이들이 '민족적인 것(조선)'을 발견하는 방식이다. 어떤 공동체적 이념을 제시하기보다는 자신의 내면에 깃들은 '전통'에 귀를 기울임으로서 이들의 작품은 '조선어의 힘과 아름다움'을 드러냈고 '조선적인 것'을 근대인의 '미적 자의식'으로 새롭게 복권시킨 것이다.

미적인 차원과 이념적인 차원의 분리를 통해서 '조선시'는 비로소 '근대시'로 정립하기 시작한다는 점에서 '민족문학', '국문학'의 개념적 차원이 정치적, 사회적인 범주에 속한 것으로 인식되고 상상되는 동안에도, '조선시', '조선문학'의 실질적인 생산은 '미적인 것'의 차별성을 통해서 자신을 증명하는 일에 몰두할 뿐이다. 민족적인 것, 즉, 조선혼의 발견은 이 점에서 하나의 이념이자 당위로서 식민지 근대문학의 '근대성'을 판가름하는 척도라고 할 수 있다.

따라서, 민요시와 시조의 쇠퇴는 '조선혼 혹은 조선심'을 추상화시키고 고정시킨 결과 '근대성'을 역설적으로 상실한 결과이다. 근대문학의 과제는 '조선혼'에 대한 맹신이아니라 그것을 구체적으로 발견하고 드러내는 일, 다시 말해서 '조선어의 미와 힘'으로 '보여주는 것'이었기 때문이다. 이 점에서 이식된 근대가 아닌 '전통'을 내부에 함축한 '근대문학(민족문학)'의 구상은 실천적인 차원에서는 '미학적 원칙'을 충실히 따를 수밖에 없는 것이다.

(『국어국문학』 제135호, 국어국문학회, 2003)

‖ 제 3 부 ‖

식민지시기 문학의 판본 문제와 문학검열*

한 만 수**

1. 들어가며

　식민시기 일제는 조선의 사상통제를 위해 다양한 수단을 동원했다. 그 중에서도 문학연구와 관련하여 가장 중요한 것은 검열이었다. 총독부의 검열을 통과하지 않고서는 어떤 출판물도 공식적으로 출간될 수 없었다. 따라서 작가들은 검열을 의식하여 작품을 미리 조정하지 않을 수 없었으며, 또한 검열의 결과에 의해 이리저리 변형된 것이 매우 많다. '내 작품의 3분의 1쯤은 검열 때문에 잃어버렸다'는 김동인의 술회1)는 다소 과장의 기미가 있긴 한대로 그 단적인 표현이다. 채만식은 "(내 작품의) 가장 정확한 독자의 수는 나 자신과 문선 직공 한 사람과 교정보는 이 한 사람과 검열관 한 사람 총합 네 사람"에 불과하다고 야유하고 있으며,2) 이태준은 방정환의 죽음을 애도하면서 "이젠 그대에겐 검열난의 고통도 없을 것"이

---

　* 이 글은 「일제 식민지시기 문학검열과 원본 확정」(『대동문화연구』 51집, 성균관대학교 대동문화연구원, 2005. 9)을 수정·보완한 것이다. 자료 검색 및 정리를 도와준 이종호 군(미 버지니아대 대학원)에게 감사한다.
　** 동국대학교 국어국문학과 교수
1) 김동인, 「지난 시절의 출판물 검열」, 『해동공론』, 1946년 12월호 : 김치홍 편, 『김동인 평론선집』, 삼영사, 1984, 554쪽.
2) 설문 「다시 젊어지고 싶은가, 문사 심경」, 『삼천리』(제8권 제12호), 1936. 12, 214쪽.

라고 말한다.3) 굳이 유명짜한 문인들의 말을 빌려올 것도 없이, 검열의 흔적을 "벽돌신문", "마마자국" 등으로 비유하는 은유가 폭넓게 쓰였음만 보더라도 저간의 사정은 짐작할 수 있다. 게다가, 구비문학이 문자로 정착되는 과정에서도 일제의 검열체제가 작동한 측면이 적지 않다고 보아야 할 것이며,4) 또한 신문지법과 출판법의 구분에 의해 '정치 및 시사' 부문을 억압한 결과로 문예나 학술이 상대적으로 융성하게 되기도 했다.

이렇게 검열이 한국문학에 미친 영향이란 매우 근본적인 것이라고 할 수 있다. 그러나 그 영향은 일방적인 것이 아니어서 한국문학의 민간주체(작가, 독자, 인쇄 및 유통자본 등) 쪽에서 검열제도에 충격을 주고 바꿔나간 측면도 있다. 인쇄자본은 식민지권력과 혹은 대립하고 혹은 타협하고 혹은 협력하면서 검열제도를 성립/변화시켜나갔다. 대한제국 법률1호로 반포된 광무신문지법, 기미만세운동 직후 활발했던 지하출판물, 『개벽』의 사전(검열전) 배포 등이 그 대립의 산물이라면, 예약출판법이라든가 (사전검열과 사후검열의 절충적 성격인)교정쇄검열제도 등은 그 타협의 산물이다.5) 물론 1920년대 후반부터 점차 인쇄자본이 민간 자기검열의 소주체로 전락하고 검열지침이 금압 위주보다는 권장사항 위주로 변화해 갔음은 그 협조의 산물이겠다. 또한 작가들은 검열제도를 우회하면서 독자와의 소통공간을 확보하기 위해 다양한 노력을 기울였는데, 이같은 노력은 독자들의 적극적이고 참여적인 독서, 그리고

---

3) 이태준, 「평안할지어다」, 『별건곤』(43호), 1931. 9, 3쪽.

4) 검열이란 문자화되어야 사전검열이 가능해져서 효율적으로 작동할 수 있으므로 총독부는 문자화되지 아니한 연행예술들을 억압하였다. 예컨대 희곡 대본이 문자화되는 직접적 계기는 대본 2부를 사전에 제출하도록 요구하던 검열제도에 의해 추동된 것이었다. 또한 조동일에 따르면 총독부는 1911년 범죄즉결령을 통해 "허가 없이 밤에 함부로 춤을 추거나 노래를 하는 행위"를 금지하는데, 이에 따라 탈춤 꼭두각시놀음 두레놀이 무당굿놀이 등 문자화되지 아니한 민속극은 직접적인 타격을 입게 된다(『한국문학통사』 4권, 지식산업사(제2판), 1989, 379쪽 참조).

5) 인쇄자본과 검열제도의 관계에 대해서는 한만수, 「식민시대 문학의 검열 대응방식에 대하여」, 『현대문학이론연구』 15호, 현대문학이론학회, 2001 및 「식민지시대 출판자본을 통한 문학검열에 대하여」, 『국어국문학』 131호, 국어국문학회, 2002 참조.

유통자본의 판금서적 비밀판매 등에 힘입어 적지 않은 성과를 거두었다. 물론 검열당국은 이러한 반검열활동에 대응하여 지속적으로 검열표준과 지침, 강제방안들을 정교화해 갔다. 다시 말해 검열제도가 도입되고, 검열지침과 그것을 관철하기 위한 실제적 방안들이 점차 세밀해진 것은, 사상통제의 필요에 따른 것이기도 하지만, 조선 민간주체들의 저항 및 검열우회 시도에 대응하기 위한 노력의 결과이기도 한 것이다.6)

결국 우리가 오늘날 읽고 있는 식민시기 작품들은, 검열을 통한 식민지 권력의 담론통제와 이에 대한 한국 문학 주체(작가, 독자, 인쇄자본)들의 대응이 서로 영향을 주고받는 일련의 과정에서 생성되었으며, 그 상호관계는 식민시기를 통틀어 계속 변화되어 갔다. 따라서 검열의 존재를 늘 염두에 두지 않는다면, 식민시기 한국문학(문화, 사상)에 대한 논의는 큰 한계를 지닐 수밖에 없다.

이러한 판단 아래 필자는 문학검열 문제에 대해 집중적인 관심을 가져왔던 바, 이 글에서는 그 하위주제 중 하나로, 식민시기 문학연구는 어떤 판본을 대상으로 삼아야 할 것인가에 대해 집중적으로 살피고자

---

6) 이렇게 일제의 검열이 적어도 식민말기 이전까지는 일방적인 억압이 아니라 한국문학의 민간주체들과 혹은 타협하고 혹은 대립하는 관계를 유지하였던 것은 물론 식민지정책 전반과 긴밀하게 관련될 것이다. 이 글의 주제도 아니고 아직 준비도 미흡한 대로 잠깐 살펴보자. 예컨대 조선을 근대화시켜야 할 필요성과 식민지로 계속 묶어두어야 할 필요성 사이의 모순적 공존은 검열제도의 기본적 전제일 터이다. 근대화의 필요성(식민화 이전에는 청의 속국적 관계에서 벗어나도록 하기 위해, 식민화 이후에는 식민지적 수탈과 총동원의 이데올로기를 전파하기 위하여) 때문에 조선의 근대적 인쇄자본을 적절히 육성 활용할 필요가 있었던 식민권력은, 독점적 판권 보장, 민간신문 허용, 교정쇄 검열 허용, 예약출판법 인용 등을 통해 조선의 인쇄자본을 적절히 활용하였다. 하지만 이와 동시에 조선의 근대화가 민족국가수립의 요구로까지 진행되는 것은 억제해야 했으므로 적절한 통제 제도들도 다양하게 만들어냈다. 강점 초기의 광범위한 억압정책, 소위 문화통치기 이후에도 정치 및 시사를 억압하고 사전검열을 원칙으로 하는 등 일본과는 차별적인 검열체계를 운용했던 것, 시기에 따라 다양한 검열지침들을 마련해나가는 것, 20년대 후반부터 다시 억제정책으로 돌아서고 말기에는 민간신문들을 폐간했던 것 등은 그 보기이다. 결국 근대의 표상 및 확산체계로서 언론자본을 일정정도로 육성하면서 동시에 식민지성을 유지하기 위한 통제를 병행하는 절충이 검열제도의 기본방향이라고 보겠다.

한다. 즉 이 시기 문학에는 검열 때문에 생기는 다양한 판본이 존재한다는 점에 주의를 환기하면서, 어떤 판본을 연구대상으로 삼는 것이 타당할 것인가를 검토하고자 한다.

2. 복자와 원본 추정

일제 식민시기 문학작품들을 읽다 보면 복자(覆字)[7]를 자주 만나게 된다. 뒤집힌 활자, ××표시, ○○표시가 길게는 한두 페이지에 걸쳐 이어지기도 하고, 아예 "이하 ○면(또는 ○행, 또는 ○자) 삭제(또는 생략, 또는 략)"이라는 표시로도 나타난다.[8] 물론 일제의 검열 때문에 생긴 현

---

7) 복자의 사전적 의미는 다음과 같은 두 가지이다. 1) 식자(植字)에서 필요한 활자가 없는 곳에 임시로 활자를 뒤집어서 넣어 둔 것. 2) 인쇄물에서, 밝히기를 꺼려 '○'이나 'x' 등으로 대신 나타낸 것. 첫 번째 뜻은 활판인쇄 공정의 필요 때문에 생긴 것이지만 두 번째 뜻에서는 검열과 연관된다. 하지만 이 사전적 의미는 식민지시기 검열문제를 다루기에는 적절치 않다. 앞서 살폈듯이 이런 경우 말고도 다양한 것들이 존재하며, 첫 번째 의미는 이 연구를 위해서는 불필요하기 때문이다. 따라서 복자의 개념을 좀 조정할 필요가 있다. 이 글에서 복자란 '문학작품의 집필 인쇄 유통과정에서 검열 때문에 발생하는, 수신자가 알아보기 어렵게 만드는 여러 시각적 장애요인들'이라고 정의한다.
물론 '시각적 장애'로만 한정했을 경우 문제가 발생할 수 있다. 예컨대 필자가 검열에서 금지하는 특정 단어 대신에 다른 단어를 사용했을 경우를 포함할 수 없는 것이다. 예컨대 당시에 검열지침이 일본연호를 강제하자 육갑연호를 사용하는 것은 매우 일반적인 현상이었다. 이밖에도 이기영은 '일본' 대신에 '내지'라는 단어를 쓰라는 검열지침에 맞서서 '일본내지인'이라는 단어를 만들어 사용했다고 회고하며(김홍균, 「최초공개 민촌 이기영의 자전적 수기『태양을 따라』」, 『월간중앙』, 2000. 10, 87쪽), 임화가 「언어와 문학」에서 인용하는 '이리잇치'라는 인명은 아마도 '브라디미르 이일리치 레닌'을 가리키는 말일 가능성이 높다고 하는 등(와타나베 나오키, 「임화의 언어론」, 동국대 대학원 월례발표회 발표논문, 2003. 12. 19, 6~7쪽 참조) 당대 필자들은 많은 단어들을 검열에 통과할 수 있는 단어로 대치하고 있다. 이 역시 '시각적'으로는 복자가 아닐지라도 실질적으로는 복자의 성격이 강하다. 그러나 연구범위가 지나치게 넓어지는 것을 회피하기 위해서는 일단 이런 정도로 복자의 의미를 한정지어야 할 것으로 판단한다.
8) 식민지 후기로 가면서 '삭제'라는 표현은 점차 줄고 '생략' '략' 등의 간접적인 표현

상이다. 이 복자 문제를 해결하지 못한다면, 우리는 원본확정조차 하지 못한 상태로 문학을 연구하는 셈이 된다. 그러나 국문학계에서 이 문제에 대한 본격적인 연구는 찾아볼 수 없다.

이렇게 복자 연구가 부진한 까닭은 현실적으로 쉽지 않기 때문일 터이다. 이미 작가들은 거의 작고했고, 검열 전후의 육필원고도 거의 찾아볼 길이 없다. 더군다나 당시 작가들은 검열을 의식하여 아예 집필단계에서부터 구성과 표현을 조절하기도 했던 바, 이런 경우를 실증적으로 연구하기란 거의 불가능할 터이다.

하지만 이런 현실적 제한 속에서도 복자 연구는 가능하다. 첫째, 복자 중에는 복원할 수 있는 것이 적지 않다. 그렇게 객관적으로 복원 가능한 것들을 실마리로 삼아서, 복자의 문법을 추출하고 이를 통해 다른 복자의 복원을 시도해야 할 것이다. 둘째, 당대 문인과 출판인은 다양한 방식의 복자를 활용하여 제한된 상황 속에서나마 독자와의 의사소통을 시도하기도 했다. 당연히 그 의사소통 시도의 메커니즘을 파악해야 할 것이며, 또한 이런 시도에 대응하여 검열제도는 어떻게 바뀌어가는가를 살펴야 한다. 셋째, 검열 때문에 다양한 방식으로 변형된 작품 판본 중에서 어느 단계의 것을 원본으로 인정해야 하는가(또는 원본을 하나로 확정짓는 일이란 과연 가능하며 바람직한가) 등을 검토하여야 한다.

필자는 이미 복자의 유형을 분류하면서 가능한 복원방식을 모색하여 몇몇 사례를 중심으로 복자복원을 시도하였으며, 또한 복자의 의사소통의 가능성과 한계에 대해서도 살펴본 바 있다.[9] 이제 이 글을 통해

이 늘어난다. 이는 검열삭제의 흔적까지 지우라는 검열지침에 의한 것이다. 이 문제에 대해서는 한만수, 「식민지시기 검열의 드러냄과 숨김」, 『배달말』 41호, 배달말학회, 2007. 12, 203~232쪽 참조.

9) 한만수, 「식민시대 문학검열로 나타난 복자의 유형에 대하여」, 『국어국문학』 136호, 국어국문학회, 2004. 5.

한만수, 「식민시대 문학검열에 의한 복자(覆字)의 복원에 대하여」, 『상허학보』 14집, 상허학회, 2005. 2.

세 번째 문제, 즉 원본 확정의 문제에 대해 살피고자 한다.

상식적으로는 검열 때문에 발생한 것이 복자이니 그것을 제거한 상태를 원본으로 보면 된다고 생각할 수 있겠지만, 복자 복원이 완료된다고 하더라도(물론 복자의 완벽한 복원이란 불가능하기도 하지만) 원본확정에 이를 수 있는 것은 아니라는 점에 유의해야 한다. 복자는 매우 다양한 방식으로 발생하기 때문이다. 작가가 처음부터 복자를 넣은 경우, 검열 통과가 어려울 단어들을 미리 다른 단어로 대치한 경우, 편집자가 복자를 넣거나 다른 단어로 대치한 경우, 인쇄 이후 삭제지시를 받아 삭제한 경우, 처음엔 그냥 검열에 넣었다가 삭제지시를 받고 복자 처리한 경우 등이 있다. 게다가 잡지의 기획단계에서 목차와 저자를 미리 제출하여 사전점검을 받는 경우까지 상정할 수 있고,10) 복자가 많을수록 저항적 의지가 강렬한 것으로 인식되는 시대적 풍조까지 있었던 듯 하니11) 불가피한 복자가 아닌 '과시적 복자'까지도 상정할 수 있다. 이렇게 복자라는 측면에서만 보더라도 다양한 경우가 있으므로, 이 중에서 어떤 것을 원본으로 삼아야 하는가는 간단한 문제가 아니다. 예컨대 검열이 없었을 경우에 제출되었을 작품, 즉 작가가 검열을 의식하여 미리 조정한 것들까지를 제거한 상태를 상정하여야 하는가. 아니면 삭제지시 이전의 것만을 원본으로 상정해야 하는가. 또 편집자가 넣었을 가능

---

10) 일본의 경우 이런 형식의 '사전지도'가 상당히 광범위하게 진행되었다고 한다(야마무로 신이치山室信一 2005. 2. 8. 사신). 아직 한국의 경우에는 실물을 확인하지 못했지만 블랙리스트 제도는 있었던 듯하니, 이런 사전지도 또한 있었으리라고 추정할 수 있다.

11) 원로 극작가 차범석은 필자와의 인터뷰(2003년 2월 14일 오후 3시~4시, 서울 서초동 예술원 회장실)에서 그럴 가능성이 충분하다고 말했다. 또한 김두용은 「정치적 시각에서 본 예술투쟁」에서 다음과 같이 말하고 있어 이런 추정의 방증이 된다. "시험삼아서 신문, 잡지를 보아라. 거기에 얼마나 훌륭한 이론이 전개되었는가? 무어라 말할 수 없는 격렬한 이론이란 말이다! 그리고 '내야말로 프롤레타리아예술가다'는 절규만 하면―그리고 그 절규성이 미친놈의 것처럼 함부로 마음대로 크고 격렬만 하면―가장 훌륭한 프롤레타리아의 동지인 듯할 만큼―이렇게까지 보인다!"(「무산자」, 1929. 5 ; 김재용, 『카프비평의 이해』, 풀빛, 1989, 211쪽에서 재인용).

성이 높지만 확증할 수 없을 경우는 어떻게 해야 하는가. 붓이나 다른 도구로 삭제하여서 어느 정도 알아볼 수는 있지만 분명치는 않은 경우는 또 어떻게 판단해야 할 것인가.

이 모든 문제들이 각각 매우 복잡한 논의와 실증적 작업을 요구한다. 게다가 이 중에서 한가지만을 원본으로 볼 것이 아니라, 그런 과정에서 나온 몇 가지를 복수의 원본으로 인정해야만 식민시기 문학의 특성을 제대로 파악할 수 있다는 주장도 제기되고 있다.[12] 일제시기 작품의 원본확정을 위해서는 이렇게 많은 물음들에 대답하여야 하는 것이다.

이런 문제들은 식민지시기 한국문학을 연구하기 위해 던져야 할 가장 기본적인 물음들 중 하나라고 할 수 있다. 하지만 현재의 연구 관행을 염두에 두고 말한다면, 이런 문제제기는 아직 사치스러운 고민이라고까지 말해도 좋을 지도 모른다. 연구자들은 거의 대부분 영인본을 통하여 연구하고 있는 바, 뒤에 보겠지만 이 영인본들은 검열의 흔적을 말끔히 지워버린 것이기 때문이다. 그 결과 영인본을 읽는 연구자들은 그 판본이 어떤 성격의 것인지조차 알지 못한 채로 연구하는 결과를 불러올 가능성이 매우 크다.

3. 교정쇄검열과 원본 추정

일제하 검열에 대해서는 원고검열과 납본검열의 두 가지가 있었다고 흔히 이야기한다. 원고검열은 사전검열로서 출판법에 의한 간행물(주로 잡지)에 적용되었으며, 납본검열은 사후검열로서 신문지법에 의한 간행물(주로 신문)에 적용되었다는 통설이다. 그러나 이 통설은 정확하지 못

---

12) 이 문제에 대해서는 최경희, 「출판물로서의 근대문학과 텍스트의 불확정성」, 성균관대 동아시아학술원 ‘식민지 검열체제의 역사적 성격’ 학술대회 자료집, 2004. 12, 별지 참조.

하다.

몇 가지만 보기를 들어보자. 신문지법에 의한 간행물을 온전한 의미에서의 사후검열이라고 보기 어려운 부분이 많다. 즉 발행과 동시에 납본하여 검열을 받고 당국의 지시를 반영해야 한다고 규정하고 있는 바, 이는 대체로 독자에게 전달되기 이전에 검열된다는 점에서 사전검열의 성격이 강하다. 사후검열이란 독자에 대한 접근권이 보장된 이후, 사법적 판단에 의해 제재하는 방식을 일컫는 것이기 때문이다. 또한 신문은 초기에는 사전검열이었다가 문화통치기에 '사후검열'로 이행해갔다는 것이 언론학계의 통설이지만, 필자의 판단으로는 이 통설에도 이의가 있다. 먼저 1904년부터 신문은 원고가 아니라 조판대장으로 검열을 받았다는 점이다. 이는 물론 사전검열이지만 원고검열과는 구분되는 것으로서 세분하자면 교정쇄검열[13]로 보아야 할 것이다. 또한 1920년부터는 인쇄된 즉시 신문을 납본한 뒤에 인쇄를 계속하다가 당국의 지시를 반영하는 것으로 바뀌었던 바, 이 또한 단순하게 사후검열이라고만 잘라 말하기 어렵다. 두 시기 모두에서 교정쇄검열의 성격이 강했던 것이다.

교정쇄검열은 1933년부터 '온건한' 잡지들에 대해 허용하던 것이며, 주로 사전검열을 적용받던 잡지들이 애용하던 것이지만, 사후검열을 적용받던 신문지법잡지들 또한 이를 활용하였던 것으로 보인다. 이런 맥락에서 교정쇄검열은 주목해야 할 가치가 충분하거니와, 여기서는 원본확정의 문제와 직결되는 부분에 대해서만 살피기로 하자.

검열제도 속에서 문학작품들은 대체로 다음과 같은 경로를 거쳐서 출판 유통되게 된다. 즉 원고작성, 편집, 원고검열(또는 교정쇄검열), 납본검열, 유통 이후 재검열이다.[14] 따라서 우리가 현재 읽을 수 있는 작품

---

13) 당시에는 '교본(矯本)검열'이라고 불렀지만, 이해하기 쉽도록 '교정쇄검열'로 바꿔 쓰기로 한다. 교정쇄검열에 대해서는 한만수, 「식민지시기 교정쇄검열에 대하여」, 『한국문학연구』 28집, 동국대학교 한국문학연구소, 2005. 6, 125~161쪽 참조.

역시 이 각각의 단계 중에서 어떤 경우인가에 따라서 조금씩 다른 모습으로 남아 있다. 즉 육필 원고, 편집자의 내부적 손질을 거친 경우, 원고 검열본, 교정쇄 검열본, 납본 검열본, 재검열본 등이다. 이 각각의 경우에서 각각 복자들이 발생할 수 있지만, 복자 말고도 다른 차이들이 각각의 판본들에 발생하게 마련이다. 따라서 자신이 읽고 있는 판본이 어느 경우에 속하는 것인지를 인식하지 않은 채 작품을 읽는다면 심각한 오류를 범할 우려가 크다. 특히 교정쇄 검열본의 경우는 인쇄된 형태로 남아있어 납본검열본이나 출판유통본과의 구분이 어려우므로 더욱 문제가 된다. 당대에는 매우 한정된 인원만 읽을 수 있던 판본이라는 점을 인식하기 어렵게 되는 것이다. 게다가 교정쇄검열은 신문지법잡지에서도 활용하였으므로 그 대상은 잡지 전반에 걸치는 것이었다.

1930년대 이후 잡지들은 신문지법잡지이건 출판법잡지이건 교정쇄검열본인지 여부를 점검해본 뒤에 자료를 읽는 일이 긴요하다. 만일 지금 읽고 있는 잡지가 교정쇄검열본이라면, 채만식의 말대로 '작자, 문선공, 교정자, 검열관, 이렇게 네 사람' 밖에는 읽을 수 없었던 판본임을 연구자는 염두에 두어야 할 것이다.

4. 삭제된 검열흔적 — 영인본을 통한 연구의 문제

식민지시기 문학연구의 자료적 측면에서 볼 때 가장 심각한 문제 중의 하나는, 우리가 지금 읽고 있는 작품들을 얼마나 많은 당대독자들이 읽을 수 있었던 것인지, 심지어는 과연 이 작품은 순전히 그 작가 혼자서 쓴 것인지조차 확정하기 어렵다는 점이다. 즉 원본확정이 되지 않은 상태에 있는 것이다. 특히 많은 연구자들이 자료로서 활용하고 있는 영

---

14) 재판 발행 등 출판적 계기가 있을 경우, 정세의 변화에 따른 경우, 지방검열기구나 일반 독자의 이의제기에 의한 경우에는 사후적으로 재검열을 거치게 된다.

인본의 경우 믿을 수 없는 점이 많다. 그 까닭은 크게 보아 다음의 네 가지이다.

첫째, 영인본들은 대부분 어떤 판본을 영인한 것인지를 밝히지 않고 있다. 따라서 영인본은, 자신이 읽고 있는 판본이 믿을만한 것인지, 어떤 성격의 것인지 인식할 수 없도록 강제한다. 특히 식민지시기의 경우 검열과 관련지어 서로 다른 여러 판본이 있었다는 점을 감안하면 문제는 더욱 심각해진다. 납본인지 교정쇄 검열본인지 시중 유통본인지에 따라서 편차가 있으며, 같은 시중유통본이라 하더라도 『개벽』의 경우처럼 검열을 무시하고 사전(事前) 발송되어 유통된 것과15) 공식적으로 검열을 통과한 판본은 그 의미가 매우 다르다. 결국 이 시기 문학을 연구하기 위해서는 검열 삭제 이전의 작품과 삭제 이후의 작품, 그리고 실제로 당대 독자들이 읽었던 작품들이 어떤 것이었는지를 확인하고 대조하는 일이 필요하다. 물론 현재 자료들이 많이 남아있지 않으므로 이 세 경우를 모두 확정할 수 있는 작품들은 많지 않다. 하지만 현존 판본의 성격이 어떤 단계의 것인가를 알고 읽는 일만은 필수적이다. 그런데 영인본에만 의존한다면 이런 일은 물론 불가능하다.

둘째, 영인본만을 읽어서는 복자인지 아닌지를 알아볼 수 없는 경우가 많다. 유감스럽게도 그 영인본들은 검열흔적들을 말끔히 지운 채로 영인해냈기 때문이다. 한 보기로 『신생활』의 영인본(현대사 영인)과 그 저본인 국립중앙도서관본을 비교해보자.

---

15) 이상화의 「빼앗긴 들에도 봄은 오는가」 같은 작품이 오늘날까지 남아있는 것은 「개벽」의 사전발송 덕분이었다. 즉 이 작품은 『개벽』 70호에 발표되었으나 전문 압수를 당했다. 하지만 검열결과가 나오기 전에 독자들에게 우송한 덕분에 상당수 독자들에게 읽혔으며, 오늘날까지도 아무 손상 없이 살아남아서 널리 읽히고 있다 (이에 대해서는 한만수, 「식민시대 문학의 검열 대응방식에 대하여」, 앞의 글 참조). 검열을 회피하기 위해 당시 문인이나 출판인들이 시도했던 다양한 대응에 대한 이해 없이는, "일제의 엄혹한 검열"이라는 상식과 이런 작품의 현존이라는 모순을 설명할 수 없다. 검열연구가 의미 있는 또 하나의 이유이다.

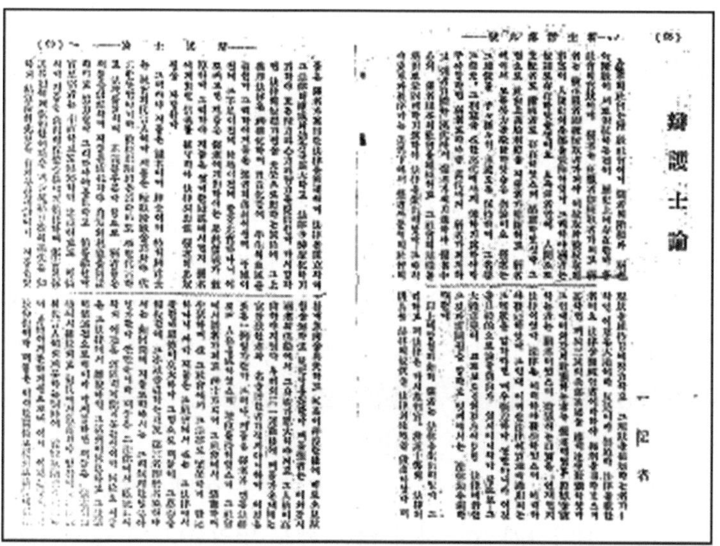

사진1 : 『신생활』 영인본(9호, 68∼69쪽)

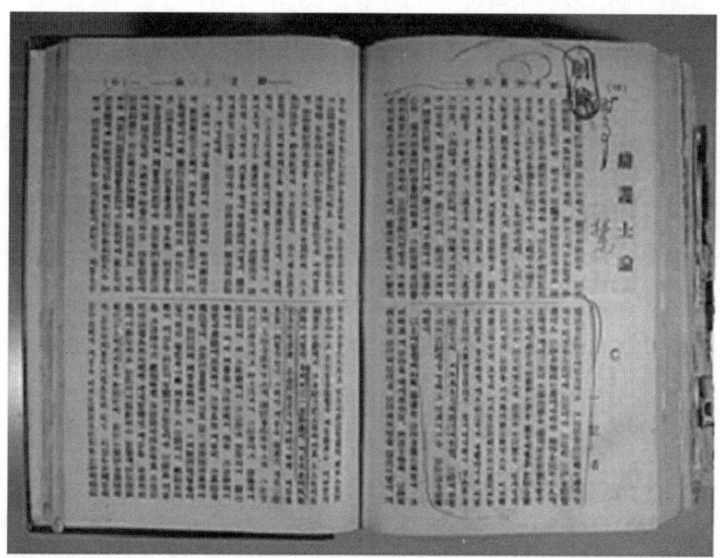

사진2 : 『신생활』 국립중앙도서관본(같은 호, 같은 쪽)

  '삭제' 도장도, 검열관이 써넣은 '금(禁)'자도, 심지어는 69쪽의 붉은
색 밑줄까지도 없어졌다. 다른 부분도 마찬가지이다. 활자와 겹쳐서 지
울 수 없는 경우를 제외하고는 거의 완벽하게, 마치 검열지시를 이행하
듯이 지워버렸다.16) 따라서 이 대목이 검열에서 삭제지시를 받았음을
독자들은 알 길이 없다. 그 시기 독자들은 읽을 수 없는 부분이었음에
도, 연구자들은 그같은 사정을 모르는 채 연구하게 되는 것이다.

  셋째, 같은 호의 잡지에 정상호와 호외, 임시호 등 여러 판본이 있을
경우에 어느 하나만 영인하는 경우가 대부분이다. 내용에 별 차이가 없
으니 한쪽만 영인하여 단가를 낮추자는 판단 때문일 것이다. 그 과정에
서도 물론 검열의 흔적은 증발된다.

  영인본 업자들은 복본들 중에서 어떤 판본을 어떻게 영인해야 할 것
인가에 대해 심각하게 고민하지 않은 채로 영인한다. 손쉽게 구할 수
있는가, 어느 정도로 단가를 책정해야 잘 팔릴 것인가 만을 염두에 두
며, 또한 깨끗하게 정리하여 가독성을 높임으로써 상품가치를 높이고
자 하는 것이다. 결국 위의 세 가지 결함은 이런 자본의 논리 때문에
발생한다. 일제치하 식민권력에 의해 삭제된 한국 문학작품은, 해방이
후 국문학연구의 흥성에 힘입어 활발하게 영인되지만 이번에는 자본
논리에 의한 삭제를 겪은 셈이다. 한편 연구자들은 여러 판본을 수집,
대조하는 작업을 게을리 하면서 손쉽게 구할 수 있는 영인본을 텍스트

---

16) 이 잡지는 국립중앙도서관본에 집중적으로 소장되어 있으므로 영인작업에서 이 판
  본을 저본으로 삼았으리라 추정할 수 있으며, 그렇다면 일부러 원본의 비활자적 메
  시지들을 지웠으리라고 본다. 이렇게 철저하게 원본의 흔적을 지워버리는 까닭, 그
  리고 저본의 소장처를 밝히지 않는 까닭에 대해 한 영인본업자는 이렇게 말한다. 즉
  대부분의 소장처들은 자신들이 소유한 귀중본을 영인하는 일을 막고 있다는 것이다.
  그래서 음성적 방식에 의해 자료를 영인하게 되므로 소장처를 밝힐 수 없고, 또한
  판본의 출처가 드러날 우려가 있는 특수한 지표(삭제 지시 등 비활자적 메시지)들도
  말끔히 지울 수밖에 없다는 것이다. 또한 '상품'은 보기 좋고 깨끗해야 한다는 고정
  관념과도 관련 있을 것이다. 자료를 소장만할 뿐 공개하지 않는 소장자들의 인식이
  바뀌어야 할 것이며, 또한 공공 기관에서 영인작업을 맡아 공신력 있는 영인본을 만
  들어내야 할 것이다.

로 삼아 연구한다. 만일 연구자들의 판본에 대한 의식이 높았다면 이런 엉터리 영인본으로는 수지타산이 맞지 않게 될 것이니 좀더 치밀한 영인작업에 나섰을 터이다. 검열흔적을 깨끗하게 정리한 영인본이 더 이상 상업성이 없도록 만들 수 있는 힘을 연구자들은 지니고 있음에도 불구하고 그렇게 하지 못했으므로, 연구자들 역시 책임에서 벗어날 수 없다. 결국 엉터리 영인본을 우리가 읽고 있는 것은 결국 영인업자와 연구자의 공동책임이라 할 수 있다.

물론 영인본은 여기저기 흩어져있던 작품들을 한데모아 펴냄으로써 자료접근성을 높여 연구의 활성화에 기여했음은 부인할 수 없다. 그러나 유감스럽게도 이런 문제를 안고 있다. 그렇다면 이런 상황에서 우리는 식민시기 작품들을 어떻게 읽어야 할 것인가. 현재 우리가 접할 수 있는 식민시기 잡지의 판본을 유형화하고, 각각에 대해 살펴보자.

1) 검열본 잡지 : 국립중앙도서관에 집중적으로 소장되어 있으며 교정쇄검열 또는 납본검열을 거친 흔적들이 그대로 남아있으므로 가장 기본적인 자료가 된다.17) 그러나 실제로 당시 독자들이 읽었던 잡지인

---

17) 국립중앙도서관 소장 잡지에는 검열보조관들이 붓으로 그은 붉은 선들, 또는 상세한 검열의견들과 함께 검열관들이 이를 토대로 삭제 지시를 내린 "삭제" 도장이 선명하게 남아있다. 아다시피 중앙도서관은 총독부 도서관의 장서를 그대로 이어받아 출범하였던 것이며, 이들 잡지들 역시 "총독부도서관 장서" 도장과 "국립중앙도서관 장서" 도장이 함께 찍혀 있어 총독부도서관에서 나온 자료임을 입증한다. 이 자료들은 검열의 흔적이 역력하므로, 원출처는 물론 총독부 경무국 도서과이다. 결국 총독부 도서과—총독부 도서관—국립중앙도서관으로 이첩되었을 것이다. 아마도 도서과에서 검열을 마친 뒤에 검열신청 자료들 중에서 육필원고는 소정의 기간이 지나면 폐기하고, 책의 형태를 갖춘 납본(또는 교정쇄)의 경우는 총독부 도서관으로 넘겼을 것으로 추정한다.
중앙도서관에 소장된 식민지 잡지 자료는 매우 소중한 것이지만 마이크로 필름의 경우는 영인상태가 불량한 경우도 있고 흑백이어서 검열흔적을 제대로 실감하기 어려운 데다가 따붙이기 복자는 확인할 수 없다. 따라서 원본 잡지를 직접 읽는 일이 필요한데 최근 중앙도서관본은 관리를 강화하여, 마이크로필름 열람을 원칙으로 하면서 원본 열람은 제한적으로만 허용하고 있다. 원본 보존은 물론 중요한 일이지만 연구에 지장을 초래해서도 곤란할 것이니, 대표성을 갖는 연구기관에서 집중적인 원본 검토작업을 벌여 마이크로필름의 한계를 보강할 필요가 있다. 이렇게 철저하게

지는 불분명하다.[18)

  2) 시중 유통본 : 검열을 거쳐 실제로 시중에 유통되었다가 개인소장으로 남아있는 잡지이다. 검열을 거친 것이 대부분이므로(사전발송의 『개벽』 등 일부 예외는 있다) 당대 독자들이 읽었을 것이지만, 검열 이전의 상태를 알 수 없다.

  3) 영인본 : 저본[19)의 한계를 그대로 떠안을 수밖에 없다. 게다가 저본이 무엇인지를 알 수 없는 것이 대부분이고 검열흔적을 삭제한 경우가 많으며, 다양한 판본 중에서 하나만을 영인하였으므로, 판본의 차이를 대조할 수 없다. 또한 따 붙이기 복자의 흔적 또한 알 수 없다. 연구 대상으로는 매우 문제가 많다.

  4) 해외본 : 일본과 조선, 만주 등은 법역(法域)이 다르고 검열기준도 달랐으므로, 해외 잡지를 들여오는 경우 유이입물 검열을 거쳐야 했다.[20) 따라서 해외본을 국내본과 대조하면 유이입물 검열에서 삭제된

　　고증된 자료를 마이크로 필름화하고 인터넷을 통해 관외에서도 확인할 수 있도록 해야만 영인본을 통한 연구의 한계를 극복할 수 있다. 이런 작업은 자본의 논리에 구속될 수밖에 없는 민간영인업자들에게만 맡겨둘 수 없는 국립도서관의 공적 책무라고 하겠다.

18) 『개벽』(2주년 기념호)에는 별도의 종이에 인쇄해서 따붙인 부분이 있다. 또한 『신생활』 5호에도 역시 4개 부분에 걸쳐서 따붙이기의 흔적이 발견된다. 이 부분이 일제의 검열에 의한 것인지, 아니면 단순한 제작상의 실수를 교정한 것인지는 아직 확증하기 어렵지만 전후 문맥으로 미루어 검열에 의한 것이리라 추정한다. 좀더 많은 보기를 찾아내고 원래의 글자를 해독한다면 확증할 수 있을 것이다. 굳이 붓질을 하지 않고 따붙이기를 선택한 것은, 삭제가 아닌 수정지시를 받았을 경우, 또는 표현의 수위를 다소 조정하더라도 그 부분을 꼭 활자화하기 위해 재검열을 받아서(또는 검열당국과 비공식적 통로를 통해 상의해서) 바꾼 경우, 그리고 검열 삭제된 글들 때문에 원래의 페이지가 바뀌었을 경우 등을 상정할 수 있을 것이다. 물론 영인본만을 보아서는 따붙이기 복자는 확인할 수 없으며 원본을 읽더라도 매우 세심한 주의를 기울이지 않으면 그냥 넘어가기 쉽다. 이 따붙이기 복자에 대해서는 이종호, 「『개벽』의 원본 분석을 통한 1920년대 검열 제도 연구」, 동국대학교 석사논문, 2005 참조.

19) 영인본들은 어떤 판본을 저본으로 삼았는지조차 밝히지 않는 것들이 대부분이다. 아마 가장 손쉽게 구할 수 있는 국립중앙도서관 소장본을 저본으로 삼은 것이 많을 것이며, 여기에 소장되지 않은 것들을 부분적으로 다른 곳에서 보충하였을 것이다.

20) 예컨대 「만세전」에서 이인화는 일본에서 귀국하면서 네 차례에 걸쳐 형사들에게 검

부분을 확인해볼 수 있다. 일본, 만주 등의 검열수위가 비교적 느슨한 편이었으므로 그쪽의 자료에 살아남은 것이 많겠지만, 『조선의 언론과 세상』처럼 반대의 경우도 있다.

위에서 보듯이 가장 믿을 수 없는 판본은, 가장 많은 연구자들이 활용하고 있는, 영인본이다. 반면 국립중앙도서관본의 가치는 더욱 두드러져 보인다. 중앙도서관본을 중시해야 할 이유는 더 있다. 이 검열본에는 군데군데 삭제 이유를 밝힌 것들도 적지 않으므로 삭제 이유까지도 명확해진다.[21] 게다가 검열 보조관들이 붉은 색으로 표시해둔 것과, 검열관이 실제로 삭제하기로 결정하여 삭제 도장을 찍은 것들을 한눈에 살필 수 있으므로, 이 또한 일제 검열의 실제 작동에 대해 좋은 시사가 될 터이다. 즉 '주의' 수위(검열보조관의 주기(朱記)부분)와 '삭제' 수위(실제 삭제부분임을 알 수 있는 검열관의 '삭제' 도장)를 구분하여 살펴볼 수 있다는 점이다.[22] 이밖에도 집필자의 이름에 붉은 글씨를 해놓은 것도 있어서[23] 검열의 실제 작업에서 집필자가 누구인지도 유심히 살폈음을 알려준다. 집필자의 사상적 성향에 따라서 검열 수위를 조정한 흔적일 터이다. 이렇게 풍부한 내용들을 담고 있으므로 중앙도서관본은 검열 연구에서 무엇보다도 중요한 자료이다.

그렇다면 중앙도서관본만을 충실하게 살피면 될 것인가. 그렇지는 않다. 시중 유통본이 오히려 검열 이전의 상황을 더 잘 알 수 있게 해

　　문 검색을 받는데, 그 중 두 번(시모노세키와 부산)은 유이입물 검열이었다. 유이입물 검열은 도서 중 일부를 삭제하거나 아예 압수하는 식으로 이뤄졌다. 유이입물 검열에 대해서는 한만수, 「근대적 문학검열제도에 대하여」, 앞의 글 참조.

21) 지금까지 널리 알려진 자료 중에서 삭제이유를 알 수 있는 것으로는 『조선총독부 금지단행본 목록』(총독부 경무국, 소화 16년) 등을 들 수 있지만, 이 책은 단행본 목록만을 싣고 있는데다가, '치안방해', '풍속괴란' 등 2가지로 분류한 피상적이고 공식적인 검열사유만을 밝히고 있을 뿐이다.

22) 삭제지시를 받지 않고 그저 보조관들의 붉은 색 표시만을 받은 대목들도 실제로는 삭제된 경우들이 적지 않다. 이에 대해서는 이종호, 앞의 논문 참조.

23) 중앙도서관 소장 『신생활』 9호 21쪽에는 '신일용'의 이름에 붉은 글씨로 표시해두었다.

주는 경우도 있고(사전발송한 『개벽』지의 경우), 해외 소장본이 더 유리한 경우도(『조선의 언론과 세상』24)의 경우) 있기 때문이다. 게다가 삭제지시를 받은 대목들이 실제로 삭제되었는가(『일제시대 민족지 압수기사모음 1, 2』25)의 경우), 또는 삭제 및 수정지시에 대해 저자들은 어떻게 대응하는가(심훈 시집 『그날이 오면』의 경우26)) 등의 문제는 중앙도서관본만을 검토해서는 알 수 없다.

결국 이 시기 문학작품의 원전확정을 위해서는 영인본을 제외한 세 유형의 판본들을 모두 수집해서 꼼꼼하게 대조하는 작업이 필수적이다. 물론 세 유형의 판본이 모두 남아 있는 행복한 경우를 기대하기는 거의 불가능하다. 하지만 가능한 것들을 모두 수집해보려는 노력은 필수적이다. 그 중에서도 핵심적인 것은 중앙도서관본과 시중유통본의 대조작업이다. 시중유통본 만을 본다면 그 복자들이 원래 무슨 글자였는지, 또는 실제로는 삭제된 것인지 여부를 알 수 없으며, 한편 중앙도서관에 있는 자료만을 읽은 사람이라면 그것이 실제로 복자로 처리되었는지, 얼마나 많은 당대 독자들이 읽었는지를 확인할 길 없기 때문이다. 중앙도서관 자료와 시중 유통본을 대조해서 읽을 때에만 어떤 글자들이 삭제되어 복자로 된 것인지를 확인할 수 있는 것이다. 품만 많이 들고 성과는 쉽게 나지 않는 원본확정 작업이란 한국 현대문학 연구를 통틀어 두루 빈곤했지만, 특히 식민시기 작품에 대해서는 더 절실하게 요구되는 작업이라고 보겠다.

---

24) 이 책은 조선총독부가 1927년 발간한 것으로, 국내본은 붓질을 3~4군데 하였고 압수된 기사임을 표시하는 푸른 색 '압(押)'자 도장이 40여 곳에 찍혀 있다. 그러나 일본에는 붓질이 없는 판본이 남아 있다. 한만수, 「식민시대 문학검열로 나타난 복자의 유형에 대하여」, 앞의 글 참조.

25) 정진석, 『일제시대 민족지 압수기사모음 1, 2』, LG상남언론재단, 1998.

26) 한만수, 「식민시대 문학검열로 나타난 복자의 유형에 대하여」, 앞의 글 참조.

5. 나오며

일제시기 한국문학이란 검열당국, 인쇄자본, 작가, 독자 등 다양한 주체들의 다양한 의도와 노력의 상호 영향관계 속에서 형성된 것이었으며 그 다양한 의도는 텍스트들에 명백하게 또는 숨어있는 채로 나타나있다. 생성단계에 따라서 다양하게 남아있는 복수의 텍스트들은 모두 그 과정에서 생성된 것들이다. 따라서 어떤 판본을 어떻게 연구해야 할 것인가 하는 문제는 복잡하지만 귀중한 연구과제이다.

이 논문에서 먼저 원본확정을 위한 기초적 작업을 수행하였다. 당대적 요인으로서 복자와 교정쇄검열의 존재를 상정하여야 할 필요성을 검토하였으며, 현재적 요인으로서 영인본에 대한 비판적 인식이 없이 연구하는 경향에 대해서 문제를 제기했다. 잡지의 경우로 한정지어 말한다면, 결국 국립중앙도서관의 검열본과 시중 유통본을 꼼꼼히 대조하는 일이 가장 기본적인 작업이라고 할 수 있다. 특히 다양한 판본들을 상호 대조하면서 읽는 노력을 기울인다면, 같은 작품이라 하더라도 특정 시기의 검열장 속에서 변주되고 있음을 확인할 수 있는 바, 이런 과정에서 검열과 문학작품의 영향관계에 대한 우리의 이해는 훨씬 증진될 것으로 믿는다.27)

교정쇄검열의 경우, 검열제도 역시 검열당국과 피검열자 사이의 상호 영향관계에 의해 형성되었음을 시사하는 대목이라고 볼 수 있다.28) 처음에는 모든 매체에 대한 엄격한 사전검열제를 시행하였지만, 신문

----

27) 필자는 검열 때문에 판본이 미세하게 변화되는 과정에 대한 사례연구로서 이태준의 「패강냉」을 집중적으로 살핀 바 있다. 한만수, 「이태준의 「패강냉」에 나타난 검열우회에 대하여」, 『상허학보』 19집, 상허학회, 2007. 2, 311~340쪽 참조.
28) 이 글에서는 상세하게 다루지 못했지만 복자는 검열당국과 문인들의 서로 모순되는 의도들이 충돌하고 있는 현장으로서, 필자가 상정하는 상호작용의 대표적인 보기이다. 이에 대해서는 한만수, 「식민시대 문학검열로 나타난 복자의 유형에 대하여」, 앞의 글 참조.

이 먼저 사후검열(엄밀하게는 교정쇄검열)로 완화되고 잡지 또한 점차 교정쇄검열이라는 절충적 형태로 이행해갔다는 점, 특히 교정쇄검열제는 '온건한 잡지'에 한해 허가한 것으로서 자본을 통한 민간검열을 유도하는 방식이었다는 점에서 그러하다. 즉 저작자에 대한 직접적 통제에만 의존하는 것보다는 자본을 통한 검열을 병행하는 것이 효율적이라고 판단한 결과가 교정쇄검열로 나타났으리라는 점이다.[29] 한편 인쇄자본으로서는 이를 통하여 이윤손실을 최소화하고 정시발행에도 가까워질 수 있었다.

정리하자면 식민시기의 검열제도는 검열당국과 인쇄자본의 상호 영향관계에 의해 형성되어 갔으며, 다시 그 검열제도는 문인(독자)들과 상호 영향을 주고받으면서 식민지시기 작품을 형성하였다는 것이 필자의 생각이다. 식민시기 검열이란 하나의 고정된 실체라기보다는 끝없이 변화해간 유동체였으며, 그 과정은 일방적이 아니라 양방향적이었다.

일제의 검열이 매우 혹독하고 철저한 것이었다는 회고와 절차적 합리성조차 결여되어 있었다는 회고가 같은 글 안에서 맞서 있는 김동인의 모순적 상황인식도[30] 이렇게 본다면 설명할 수 있겠다. 실제로 당시의 검열제도는 철저하면서도 동시에 허점도 많았던 것이다. 초기에는 매우 거칠면서도 정교성이 미흡한 탓에 허술한 부분도 많았고 또한 그 허술한 틈을 타서 이런저런 이야기들을 전할 수 있었지만, 검열당국은 그 빈틈을 점점 메워 가면서 철저성을 기하여 갔다. 기미만세운동, 만주침공, 경무국 도서과의 설립, 인쇄자본의 성격 변화, 총력전체제 돌입 등 크고 작은 계기에 따라 점차 제도가 정비되어 갔지만, 그 이후

---

29) 공식적 허용 이전에도 교정쇄검열은 상당기간 묵인되어 왔다는 점(검열실무의 효율성), 개벽 등에서 보이는 바 검열 이전에 사전발송한 경우가 있었다는 점(제도적 허점 또는 묵인), 붓질이나 따 붙이기 등을 통하여 검열을 반영하는 불완전한 검열지시 이행을 묵인했던 점(인쇄자본의 최소한 요구를 수용해야 할 필요성) 등도 인쇄자본과 검열권력의 타협이라는 판단의 방증이 될 것이다.

30) 김동인, 앞의 글 참조.

라 하더라도 역시 사람이 하는 일이라 늘 빈틈이란 있을 수밖에 없었
으며, 그 빈틈을 작가, 독자 등 출판유통의 주체들이 적극적으로 활용
하려는 노력은 상당부분 성과를 거둘 수 있었다. 따라서 철저하다는 진
술도 합리적이지 못하다는 진술도 잘못된 표현은 아니다. 시기에 따라
서 다르고 어떤 사람의 어떤 글이 어떤 검열관에게 검열 받았는가에
따라서도 달라질 수 있는 문제인 것이다.

그러나 제도란 늘 안정성과 재생산성을 강제하여 제도 내부에 머물
도록 만든다. 제도의 내부에 존재하는 사람들은 그 외부를 상상하는 능
력을 점차 상실한다. 식민시기 검열제도에 대한 항의의 대부분이 검열
제도를 일본의 기준에 맞춰 완화하라는 식의 주장에 주력할 뿐 그 외
부를 상정하는데 제한 받는다(즉 검열 '철폐'보다는 '개선'에 무게를 두게 된
다거나,31) 또는 좀더 넓은 의미에서의 검열에 대해서는 문제 삼지 못한다)는 점
은 이와 관련하여 시사적이다. 검열제도란 그 실질적 작동 내용 못지않
게 제도의 존재 자체가 의미 있는 것이다.

이렇게 보았을 때 검열문제를 문화정책 및 문화제도 전반(즉 넓은 의
미에서의 검열), 예컨대 정치에서 문화로의 이행, 구술에서 문자로의 이
행, 한국어장려32)에서 한국어 금지 및 일본어 상용으로의 이행 등과,
그리고 식민정책 전반과 연결지어 생각해야 할 필요성은 더욱 강력해
진다. 세밀한 규정과 강제력으로 작동되는 제도 내부에 살았던 식민지
시기 문화인들은 그 구체적인 제도들과 씨름할 수밖에 없었지만, 이제

---

31) '신문지법과 출판법의 개정 기성회'의 건의문(1923)은 그 대표적인 보기이다. 개정
   기성회에 대해서는 최준, 앞의 책, 231~233쪽 참조. 조선잡지협회(1931) 조선기자
   대회(1924) 무명회(1921) 등 언론단체의 검열관련 결의들은 이보다 대체로 강력한
   편으로 근본적인 검열철폐를 주장하고는 있지만, 실제적 건의사항(또는 요구사항)의
   대부분은 세부적인 제도개선들이다. 다시 말해 선언적 의미와 실제적 요구가 결합
   되어 있는 바, 뒤의 것에 좀더 무게 중심이 실려 있다고 보겠다.
32) 「한성순보」를 통한 국한문혼용체 보급, 조선어 맞춤법 및 표준어의 제정에 미친 총
   독부 학무국의 영향, 일본인 관리에 대한 조선어 보급노력(능력시험, 수당지급), 민
   간신문의 문자보급운동에 대한 초기의 묵인 정책 등을 들 수 있다.

시간적 거리를 유지할 수 있게 되었다. 학문영역을 끝없이 축소하는 현재의 분업적 학문제도에서 벗어나려는 노력을 기울인다면, 이런 일은 가능해지리라고 믿는다.

(『대동문화연구』 제51집, 성균관대 대동문화연구원, 2005)

'민속'의 근대, 탈근대의 민속학

남 근 우*

1. 근대의 민속과 '민속'의 근대

'20세기와 한국민속학'의 관계를 반성적으로 되돌아보려는 이번 학술회의[1]에서, 우리는 다음과 같은 두 가지 과제를 주제화해도 좋을 것이다. 하나는 '근대의 민속'을 문제 삼는 것이고, 다른 하나는 거꾸로 '민속의 근대'를 문제 삼는 것이다. 물론 그 밖에도 우리가 다루어야 할 중요한 과제가 많겠지만, 이 양자를 도외시하고 21세기의 탈근대적 상황[2]에 대처하기 위한 민속학의 재구상은 아마 불가능할 것이다.

우선 전자의 '근대의 민속'은 가령 한국 고대의 민속과 중세의 민속, 18세기 민속, 19세기 민속과 같은 '역사민속학'적 인식의 연장선상에서 주제화될 수 있는 문제다. 이 경우 민속이란, 연구자의 주관적 인식에

---

* 동국대학교 교양교육원 교수

1) '20세기와 한국민속학(1)'을 주제로 2003년 8월 30일 국립민속박물관에서 열린 한국민속학회 제162차 학술발표대회.

2) 근대의 지배적인 의미체계와 거대담론이 해체되고 잡다한 문화요소가 월경·이동함으로써 발생하는 多聲的·多義的인 사회상황을 말한다. 이러한 리오타르(Lyotard, J−F.)의 정의와 함께 탈근대적 사회상황을 포착하기 위한 키워드로 탈중심화(decenteredness), 脫屬領化(deterritorialization), 단편화(fragmentation) 등이 거론되고 있다. 이에 대한 자세한 내용은 太田好信의 「トランスポジションの思想：文化人類學の再想像」, 世界思想社, 1998, 34쪽과 176~177쪽 참조

의해 구축된 개념이 아닌, 필드에 산재하는 객관적인 실체로 파악된다. 그러한 소여(所與)의 존재로서 민속이 근대 이전의 마을공동체에서는 비교적 안정적으로 전승되고 있었던 바, 그것이 20세기에 이르러 한국사회의 급격한 변동과 함께 많은 변화를 일으키게 되었다. 이와 같은 암묵적인 이해를 전제로 그 변화의 배경과 과정 및 결과를 추적하고 그 의미를 고찰함으로써 20세기 민속의 존재양상을 물으려는 게 전자의 일반적인 접근법이다.

이러한 '근대의 민속'론에서는 근대 자체의 존재방식을 민속학적으로 묻기보다는 이른바 '요소로서의 민속 변용' 문제에 관심이 쏠리기 십상이다. 즉, 20세기 전반 일제의 식민지화로 말미암은 한국 고유문화 요소의 훼손과 말살, 그리고 해방 이후의 공업화·도시화에 따른 개별 민속 사상(事象)의 변용과 쇠퇴, 소멸 등에 관심이 집중된다. 결과적으로 20세기의 민중들이 경험한 새로운 생활의 장의 편제(編制)나 관계성의 변화, 그들의 심성과 세계관의 질적인 변화와 같은 근대 생활의 존재방식 그 자체를 민속학적으로 주제화할 수 없게 된다.

이와 관련하여 최근 일본의 시마무라(島村恭則)가 민속학의 특장을 살린 '근대' 연구의 중요성을 환기한 점이 주목된다. 그에 따르면3) 실은 '근대'야말로 민속학이 다루어야 할 본질적인 과제였다. 민속학은 필드워크를 기초로 하는 학문이기 때문이다. 민속학자가 필드의 현장에서 대면하는 것은 자신과 동시대를 살아가고 있는 인간이다. 바로 그 현장에서 지금을 살고 있는 생활자의 경험과 민속학자의 문제의식, 이 양자의 상호작용의 과정이 필드 워크에 다름 아니다.4)

여기서 '생활자의 경험'이란 적어도 다음과 같은 세 가지 요소로 구

---

3) 島村恭則, 「近代」, 『新らしい民俗學へ : 野の學問のためのレッスン26』, せりか書房, 2002, 113~121쪽.
4) 자세한 내용은 남근우의 「일본 구승문예 연구의 동향과 과제 : '세켄바나시'론을 중심으로」, 『구비문학연구』 15, 한국구비문학회, 2002, 196~199쪽 참조.

성된다. 즉, 필드에서 마주하는 그가 살고 있는 현재와 그때까지 그가 살아온 과거, 그리고 앞서 살다 간 전세대로부터 그에게 흘러 들어온 과거의 기억이다. 물론 이 전세대의 기억에는 그보다 앞선 세대의 기억, 그 전전세대의 기억에는 또 전전전세대의 기억 등과 같이, 무한대로 거슬러 올라갈 수 있는 앞 세대들의 기억이 중층적으로 축적되어 있다고 볼 수 있다.

하지만 그 과거의 기억은 세대를 거슬러 올라가면 올라간 것일수록, 현재를 살고 있는 생활자의 경험 전체에서 차지하는 비율과 비중이 현저하게 떨어질 것이며, 따라서 전전세대의 기억이나 전전전세대의 기억 등이 현재와 동떨어진 근세나 중세와 바로 연결될 수 있는 것은 아니다. 이 너무나도 당연한 사실을 고려한다면 현재를 살고 있는 인간의 과거란 근세도 아니고 중세도 아닌, 현재와 직결된 가까운 전대(前代)가 된다. 민속학이 아주 가까운 과거로서의 '근대'를 주제화하는 게 극히 자연스러운 까닭은 여기에 있다. 아니, 그것은 우리 모두가 자신의 필드에서 마땅히 붙들고 씨름해야 할 핵심적인 과제였다. 그런 '민속학적 근대'를 도외시한 채, 가령 필드 워크의 현장에서 근세나 중세의 모습을 찾으려 드는 것은 현실이 아닌 환상을 좇아가는 것에 불과하다고 시마무라는 비판한다.5)

시마무라가 환기한 이러한 '민속학적 근대'는 물론 시대구분의 개념이 아니며, 따라서 그 기점과 종점을 엄밀히 규정하는 것은 곤란하다. 오히려 개개의 생활자가 일상에서 경험하거나 기억하고 있는 등신대의 과거라고 '느슨하게' 규정해놓고, 그것이 연대기적인 시간상에서 어느 정도의 폭으로 인식되고 있는지는, 필드의 현실에서 대면하는 생활자

---

5) 자기가 '채집'하여 스스로 자료화한 이른바 민속자료를 이렇다 할 궁리나 변통도 없이, 근세나 중세의 단편적인 민속 관련 문헌사료와 직결시키는 연구자가 한국에도 많다. 아니, 중세를 넘고 고대를 넘어 신화시대로까지 시공을 자유롭게 비상하는, 손오공 같은 '재주'를 가진 이가 아직도 적지 않다.

와 그가 속한 집단의 시간인식과 관련지어 실증적으로 검토하면 될 문제다.6)

다만 여기서 한 가지 주의할 것은, 개개의 생활자는 당연한 사실이지만 자신을 둘러싼 커다란 사회상황 속에서 살아 왔다는 점이다. 여기서 말하는 '커다란 사회상황'이란 이른바 근대 시스템을 구성하는 제도와 지식, 기술 따위를 둘러싼 거대상황을 말하며, 이 시스템 자체는 '민속학적 근대'의 방법만으로는 도저히 포착할 수가 없다. 역사학의 근대 연구와 사회학적 근대론과 같은 거대담론과의 조합(照合)이 필요한 까닭은 여기에 있다. 이를 게을리 할 경우, '민속학적 근대'론은 역사학적 근대나 사회학적 시스템과는 무관한, 그저 소박한 과거 복원의 기술로 전락하고 말 것이라고 시마무라는 경고하고 있다.

20세기의 일본민속학을 향한 이러한 시마무라의 경고를 우리는 타산지석으로 삼아야 할 것이다. 그리고 필드 워크의 현재학이라는 민속학의 초심으로 돌아가, '지금 여기'를 살고 있는 생활자의 현재와 그가 환기한 '민속학적 근대'의 관계성을 금후 적극적으로 추구함으로써, '나' 자신을 비롯한 현실의 인간과 사회를 내성적으로 탐구하는 민속학으로 거듭나야 할 것이다.

다음, 이 글에서 주로 거론하고 싶은 후자의 문제 즉 '민속의 근대'는, 민속학이란 학문이 국민국가로 상징되는 근대라는 새로운 사회 편제를 배경으로 창출된 지식체계라는 인식에서 주제화될 수 있다. 이 경우, '민속'이란 결코 자율적인 개념이 아니다. 그것은 '미개사회'나 '전통', '동양' 따위와 같이 특정한 시선을 통해 정치·사회적으로 구성된 개념이다. 가령, 미개사회는 '미개사회'라는 자율적인 존재로 존재하는

---

6) 가령, 77학번인 내가 살아온 시대를 민속학을 무기로 성찰하기 위한 '민속학적 근대'란 1970~1980년대의 군사독재 시절로부터 거슬러 내려가 1960년대의 보릿고개 시절, 그리고 기억의 축적으로서의 1950년대와 일제 식민지기 및 그 직전의 대한제국기 정도까지를 최대한으로 상정해 볼 수 있다. 즉 우리가 지금 문제 삼고 있는 20세기가 대략 거기에 해당할 것이다.

것이 아니다. 그것은 어떤 사회를 '미개'라고 정의하는 다른 사회의 시선, 즉 서구 근대의 도시적 시선 속에 존재하는 것이다.[7] 익히 알려진 전통발명론이나 선택적 전통론을 원용할 필요도 없이, '전통' 역시 근대 이전에 존재하는 것이 아니고, 근대적인 시선을 거쳐 비로소 의식되고 창출, 선택되는 것이다. '동양'이라는 심상지리 역시 사이드가 말하는 오리엔탈리즘에 의해 구성되었음은 새삼스레 지적할 필요도 없다.

이와 마찬가지로 '민속' 또한 근대 이전의 마을 공동체에 실제로 존재하고 있었던 객관적인 실체가 아니다. 그것은 근대라는 역사적 경험을 통해 구축된 특정한 시선 속에 존재하는 구성물이다. 고마쓰(小松和彦)의 표현을 빌리면, '민속'이란 "민속학적 고찰의 대상이 된 문화 사상(事象)", 즉 "민속학자의 '머리 속에' 그 '시선 속에' 존재하고 있는 것"[8]이다. 요컨대 민속학자의 주관적인 인식의 산물이 다름 아닌 '민속'이다.

이 '민속'을 구성하는 주관적 인식을 비유적으로 부연하면, 김춘수의 '꽃'이란 시에 등장하는 '이름 부르기'[9]와 같은 것이다. 시인의 '꽃'처럼 '다만 하나의 몸짓에 지나지 않았'던 지게나 푸닥거리가 민속학적 시선과 명명의 과정을 거쳐 비로소 '유의미한' 민구(民具)와 무속 전통이 되는 것이다.

여기서 문제의 핵심은 이와타케(岩竹美加子)의 지적[10]처럼, 무엇이 민속이고 무엇이 민속이 아닌지를 가리거나, 그 모호한 개념 정의에 기초한 민속의 목록 만들기에 있는 게 아니다. 도대체 어떠한 정치·사회적

---

7) 岩竹美加子, 「民俗學の政治性 : アメリカ民俗學100年目の省察から」, 『民俗學の政治性』, 未來社, 1996, 9~61쪽.
8) 小松和彦, 「新しい'民俗'を求めて」, 『神なき時代の民俗學』, せりか書房, 2002, 79쪽.
9) "내가 그의 이름을 불러 주기 전에는 / 그는 다만 / 하나의 몸짓에 지나지 않았다. // 내가 그의 이름을 불러 주었을 때, / 그는 나에게로 와서 / 꽃이 되었다."(김춘수의 「꽃」에서)
10) 岩竹美加子, 위의 글, 10쪽.

인 관계와 맥락이 본디 그러한 민속학적 시선과 사고를 창출하는가를 추구하는 게 중요하다. 우리의 문제로 환원하면 한국민속학의 '역사화', 즉 한국의 민속학이라는 특수한 시선과 사고가 가지고 있는 역사적인 맥락과 정치·사회적인 의미를 철저하게 파헤치는 것이 필요하다. 한국의 민속학이 나아가야 할 21세기의 방향과 과제는 이 자기 성찰을 위한 해체 작업의 기초 위에서 비로소 재구축될 수 있을 것이기 때문이다.

이와 같은 이해를 바탕으로, 이 글에서는 한국민속학의 탈구축을 위한 기초 작업으로서 다음의 두 가지 소재를 고찰의 대상으로 삼아보겠다. 하나는 '조선민속학'의 정치성이고, 또 하나는 1970년대 초반에 등장한 한국민속학의 원론적 과제들이다. 전자의 '조선민속학'이란 물론 일제 식민지 상황에서 전개된 '조선민속'의 조사와 연구활동을 이르며, 후자의 원론적 과제들이란 김태곤이 '과거학'에서 '현재학'으로 한국민속학의 새로운 방향 전환을 모색하는 과정에서 되풀이 제기한 문제점들을 말한다. 이하, 이 두 가지 소재를 고찰하면서 21세기 한국민속학의 방향과 과제에 대한 약간의 전망을 덧붙여보겠다.

2. '조선민속학'과 소멸의 내러티브

지난 20세기의 자본주의 세계체제 아래서 우리의 생활세계는 급격하게 변모되어 왔다. 민속학이란 근대 지식은 실은 이 일상의 급변이라는 '위기' 상황을 배경으로 성립, 전개될 수 있었다 해도 과언이 아니다. 종래의 한국민속학은 식민지화와 근대화의 과정에서 사라져 가는 생활세계의 편린들을 '민속'이란 개념으로 대상화하여, 한편으론 과거의 향수를 불러일으키는 낭만적 만가(挽歌)로서, 다른 한편으론 근대에 대항하는 내셔널리즘의 교두보로서 그 연구실천의 의미와 성격을 구성해

왔기 때문이다. 가령, 일제 식민지에 '조선민속학'을 주도한 손진태와 송석하는 '조선민속'에 대한 소멸의 이야기(narrative)를 다음과 같이 말하고 있다.

⑦ 그리하여 조선의 민담은 나날이 衰滅의 길을 걷고 있다. 民風土俗에 대해서도 똑같은 상황이라 말할 수 있다. 한탄스럽긴 하지만 역시 어쩔 수 없는 일이기도 하다. 우리들은 한시라도 빨리 이것을 집대성해야만 할 의무와 책임을 충분히 느끼고 있지만, 아무튼 세상일이란 뜻대로 되지 않고, 부질없이 사라져 가는 그 모습을 응시할 뿐이다.11)

⑭ 고유민속자료는, 하나둘식湮滅하여간다. 시네물소리와낫닭의소리를 伴奏로부르든純樸한民謠는自動車바람에사라지고말앗고, 草童의'산영화'는治道'다이나마이드'소리와함께, 俗謠'아리랑'으로變하였다. 이는차라리다시探採할方法이나잇겟지마는, 承繼者의生命에는限이잇서, 한번他界로가면, 貴重한資料는永劫히차자볼쇠가업는것이다. 處容舞를傳하든唯一의老妓죽은지오래고, 阿峴의本山臺업서진지가쏘한몇十年이다.
楊州別山臺와栗旨대광대도이길를밟앗스며, 安城女社堂이分散한것이例요, 果川'육흘넝이'도史的人物노도라갓다. 이와갓치느즛다할지라도, 이제부터는쏙쏙, 資料採集은해둘생각이다.12)

우선 ⑦는 1930년 일본에서 출간된 손진태의 『조선민담집』 서문에서 따왔다. 손진태에 따르면, 구한말 이래 "새로운 문명의 침입에 따라" 조선인의 "생활에는 심적으로도 물적으로도 급격한 변동이 생기게" 되었다. 그로 말미암아 사람들이 이제 민담과 같은 "예전의 유치한 이야기엔 만족할 수 없게 되었을 뿐 아니라", 그런 이야기를 하면서 생활을 즐길 수 있는 시간적인 여유도 가질 수 없게 되었다. 게다가 젊은 이들이 민담을 "황당무계한 이야기나 미신적인 이야기로 업신여기게

---

11) 손진태, 『朝鮮民譚集』, 鄕土硏究社, 1930, 2쪽.
12) 조선민속학회 편, 『조선민속』 창간호, 조선민속학회, 1933, 1쪽.

되어 부녀자들도 그것을 자식이나 손자들에게 이야기하려고 하지 않게
되었다."13) 조선의 민담이 '쇠멸의 길'을 걷게 된 까닭은 여기에 있으
며, '민풍 토속' 역시 민담과 '똑같은 상황'을 맞이하고 있다. 이처럼
'새로운 문명의 침입' 앞에서 소멸의 위기를 맞이한 조선의 민담과 '민
풍 토속'을 '한시라고 빨리', 그것들이 완전히 사라지기 전에 '집대성해
야할 의무와 책임'감에서 손진태의 민속학은 출발하고 있다.

이러한 조난선 구조활동과 같은 샐비지(salvage) 민속학의 발상은 1932
년에 창립된 조선민속학회의 기관지 『조선민속』의 창간사에서도 확인
할 수 있다. 송석하가 썼을 위의 ㉯가 그것이다. 지금까지 비교적 안정
적으로 전승되어 오던 조선의 '고유 민속' 사상(事象), 그 '순박한' 문화
요소들이 '자동차 바람'·'치도(治道) "다이나마이트" 소리'와 함께 '하
나둘씩 인멸하여 가(는)', '위기' 상황에서, 송석하는 비록 '늦었다 할지
라도', '이제부터는 꼭꼭 자료 채집은 해둘 생각'이라고 굳게 다짐을 한
다. 주지하다시피 조선민속학회는 '민속학에 관한 자료의 탐채(探採)와
수집'을 학회 설립의 제1의 목표로 삼거니와,14) 이 역시 사라져 가는
'고유 민속자료'를 어떻게든 '채집'해두려는 송석하의 다짐이 반영된
것이라 생각된다.

그러면 손진태와 송석하는 왜, 당시 조선인이 실제 생활에서 겪고
있던 물심 양면의 '급격한 변동'과 그에 따른 문화변용, 나아가 그것들
에 대응한 조선인의 주체적인 삶의 변화를 문제 삼지 않고, 그 변동과
변용 이전의 '고유 민속'만을 추구하려 든 것일까? 이 물음에 대해 상
투적인 일반론을 가지고 답하는 것은 그다지 의미가 없겠지만, '자동
차'와 '다이나마이트'로 상징되는 외부의 '새로운 문명의 침입'으로 말

---

13) 손진태, 앞의 책, 1~2쪽.
14) 조선민속학회 회칙 제2조를 보면, "本會는民俗學에關한資料의探採及蒐集을하며民俗
   學知識의普及及硏究者의親睦交詢을主하고並하여外國學會와의聯絡及紹介를함."(『조
   선민속』 창간호 표지 뒤쪽)이라고 보인다.

미암아, 조선의 '고유 민속'이 소멸되어 간다는 위기감을 양자가 함께 가지고 있었음은 부정할 수 없는 사실이다. 그리고 그 근대 '문명의 침입'이 일본제국의 조선 지배와 등치될 수 있다면,15) 양자가 추구한 샐비지 민속학에 대해, 우리는 상실의 저항 담론이라는 유의미한 평가를 일단 내릴 수도 있을 것이다. 다음과 같은 가와무라(川村溱)의 주장처럼 말이다.

　　야나기타(柳田國男)의 (일본)민속학은 바로 '눈앞에서 펼쳐지고 있는 일들', 그 '현재의 사실'인 민속현상을 수집하는 것으로부터 출발했지만, 조선민속학은 '부질없이 사라져 가는 그 모습을 응시하는' 것에서 출발했다. 그리고 그것을 소멸시킨 것은, 구체적으로는 무속이나 점복, 풍수 따위를 미신이나 풍속 문란의 단속 대상으로 삼은 식민지 경찰조직, 아울러 민간종교와 제의, 신화를 민족주의, 독립운동의 온상으로서 猜疑의 눈을 부라린 이민족에 의한 식민지 지배 그 자체였던 것이다.
　　이윽고 그것(일제의 조선 지배)은 민족주의적인 정신이나 감정은 말할 것도 없고, 민족언어나 민속현상 그 자체의 말살과 같은 방향으로 나아갔다. 그렇기 때문에 송석하나 손진태의 조선민속학은 조사라는 명분으로 민족문화를 압살한 '식민지민속학'에 대한 자그마하고 소극적인 저항에 다름 아니었다. 즉 송석하나 손진태의 경우에도 그들이 지닌 민속학에 대한 포부의 밑바탕에는 역시 그들의 민족주의 = 반일정신이 굴절된 표현이긴 하지만 면면히 흐르고 있었다고 볼 수 있을 것이다.16)[이하, 인

---

15) 손진태가 말하는 '새로운 문명의 침입'이란 일제의 조선 지배가 아닌 이른바 서세동점을 가리키는 것으로, 1928년에 쓴 「최근 조선사회상의 변천(最近朝鮮社會相の變遷)」(『東洋』 31~37, 동양협회)에서는 그 서구 문명의 '침입'에 따른 사회변동을 다음과 같이 말하고 있다. "……종래의 전통적 사회상이 새로운 闖入者에 대해서 거의 그림자를 감추고 있는 것만은 사실이다. 특히 한국과 같이 그 근거가 비교적 박약하였던 사회는 강한 틈입자에 대해서 거기에 대항할 만한 힘이 거의 결여하고 있었기 때문이다. 따라서 한국사회는 그 변동의 정도에 있어서 중국이나 일본의 그것보다도 심히 急速한 것이 있을 수밖에 없었다. 또 그것이 너무 급속하였기 때문에 어쩌면 그 變遷相은 피상적인 것에 그치고 실질적 內在力을 수반하지 않았다."(『손진태선생전집』 6, 태학사, 1981, 667쪽).
16) 川村溱, 「朝鮮民俗學の成立」, 『'大東亞民俗學'の虛實』, 講談社選書メチエ, 1996, 57~58쪽.

용문 안의 ( )는 나의 주[

위의 주장은 손진태와 송석하의 민속학에 관한 기왕의 학사적(學史的) 언급들, 요컨대 문화민족주의에 기초한 저항의 민속 담론이란 자리매김과 크게 다르지 않다. 이러한 성격 규정에 대해 나는 전면적으로 동의할 생각은 없다. 물론, 식민지 당국이 '미신타파'와 '풍속교정'을 명분으로 무속이나 점복, 풍수와 같은 조선의 민간신앙을 단속하고 압박한 사실, 그리고 단군 내셔널리즘을 지향한 대종교 활동을 탄압하고 단군신화의 말살을 획책한 사실 등을 부정하지 않는다. 또 단군 유토피아를 추구한 최남선의 경우와 같이, 손진태와 송석하의 '민속학에 대한 포부의 밑바탕에'도 '민족주의 = 반일정신'이 흐르고 있었으리란 추론 역시 부정하고 싶지 않다.

하지만 일제 식민지 상황에서 조선인이 조선의 '고유 민속'을 조사·연구했다 하여, 그것이 곧바로 '반일' 내셔널리즘의 사회적 의미를 산출하는 것은 아니다. 바꾸어 말하면, 그 조사·연구 실천의 결과가 반드시 '식민지민속학'에 대한 '저항'이나 그 배후에 있는 식민지정책에 대한 비판으로 귀결되는 것은 아니다.

비근한 보기를 몇 가지 들면, 우선 최남선이 추구한 단군 유토피아가 조선신궁(朝鮮神宮)의 제신(祭神) 논쟁, 이른바 단군 합사론(合祀論)을 둘러싼 1920년대의 논쟁과 연동하고,[17] 아울러 1930년대 이후엔 '내선일체'와 '내선만일여(內鮮滿一如)', '대동아공영'을 위한 동화주의 지배 이데올로기로 점차 굴절되어 간 사실[18]이 그것을 잘 증명하고 있다. 또 문화민족주의에 기초한 송석하의 향토오락론과 그 부흥운동이, 결과적으로 '총후(銃後) 조선'의 생산력 증강을 위한 일제의 농촌진흥운동과

---

17) 青野正明,「朝鮮總督府の神社政策―1930年代を中心に―」,『朝鮮學報』160, 朝鮮學會, 1996, 92~98쪽.

18) 최석영,『일제하 무속론과 식민지권력』, 서경문화사, 1999 ; 이영화,『최남선의 역사학』, 경인문화사, 2003 참조.

후생운동(厚生運動)에 부응하고 있다는 사실19) 역시 그것을 보강해주고 있다.

뿐만 아니라 조선의 산간벽지에 남아 있는 원시 잔존문화로서의 '토속 = 민속', 그 개별 문화요소들의 기원과 계통, 변천 과정을 추구한 손진태의 '조선민속학' 역시 '반일'의 저항 담론과는 상당한 거리가 있다. 아니, 기왕의 연구에서 우상화된 '신민족주의' 사관의 성립과 관련하여, 손진태는 "내가 신민족주의 조선사의 저술을 기도한 것은 소위 태평양전쟁이 발발하던 때부터이었다"20)고 해방 후 주장하거니와, 바로 그 '태평양전쟁'이 발발하기 직전, 그는 당시의 '비상시국'에 영합하는 농촌오락론을 펼치고 있다. 즉, 농촌의 전통오락을 '진흥'시켜, 조선 재래의 "구구체제(舊舊體制)를 총력체제화(總力體制化)하는 것도 신체제(新體制)의 한 요소가 된다"고 주장하고 있다. 현재학으로서의 민속학에 대해 그다지 "깊은 생각을 해본 적이 없었다"21)는 손진태, 그가 모처럼 선보인 현재적 관심이 이른바 '생업보국', '건강보국'을 강제하기 위한 일제의 후생운동에 복무하고 있는 것이다.22)

그런데 일제 식민지 상황에서 조선의 '고유한' 문화를 대상화한 민속학적 담론과 실천, 그 '조선민속학'의 연구주체엔 위에서 본 조선인 연구자만 있었던 게 아니다. 이마무라(今村鞆)와 무라야마(村山智順), 아키바(秋葉隆) 등과 같은 일본인에 의한 '조선민속학'도 있었다. 이 양자의 사상적 구도와 역학관계에 대해선 앞으로 보다 심도 있는 논의가 필요하다. 기왕의 연구에서 도식화된 소박한 이항대립의 구도23)에 만족할

---

19) 남근우, 「'조선민속학'과 식민주의 : 송석하의 문화민족주의를 중심으로」, 『한국문화인류학』 35, 한국문화인류학회, 2002.

20) 손진태, 「조선민족사개론(상)」, 『손진태선생전집』 1, 태학사, 1981, 282쪽.

21) 손진태, 「農村娛樂の振興問題について」, 『綠旗』 6-6, 綠旗聯盟, 1941, 151쪽.

22) 자세한 내용은 남근우의 「'土民'의 '土俗' 발견과 '新民族主義'」, 『남창 손진태의 역사민속학 연구』, 민속원, 2003과 「'신민족주의' 사관 재고 : 손진태와 식민주의」, 『정신문화연구』 29-4, 한국학중앙연구원, 2006 참조.

23) 일본인의 '조선민속학'은 식민주의에 복무한 동화주의 담론이며, 이에 반해 조선인의 '조선민속학'은 민족주의에 기초한 土着主義 담론이라는 듀얼리즘을 말한다. 이

것이 아니라, 조선의 '고유 민속'에 관한 연구주체들의 관심과 발화를 그것들이 표출된 시·공간으로 되돌려, 그 연구실천의 의미를 당대의 정치·사회적인 문맥에서 꼼꼼히 재검토해 볼 필요가 있다. 조선인의 '조선민속학'은 일본인의 '조선민속학'에 대한 반발, 즉 가와무라가 말하는 '식민지민속학'에 대한 '저항'에서 모두 출발한 게 아니기 때문이다. 게다가 앞서 보았듯이 그 연구실천의 결과 역시 토착주의(土着主義)의 저항 담론으로 귀결되는 것만도 아니기 때문이다.

덧붙여 지적하면, '식민지민속학'이 '조사라는 명분으로 민족문화를 압살'했다는 소박한 통설24) 역시 재고의 여지가 적지 않다. 여기서 말하는 '민족문화'란 조선의 '고유 민속'에 다름 아니며, 일본인 연구자들 역시 그 사라져 가는 '조선민속'을 이른바 제국주의적 향수와 오리엔탈리즘적인 시선과 논리로 아쉬워하며, 그것을 대상화한 조선의 '순수한

러한 종래의 통설에 따르면, 결국 지배와 저항이라는 정반대의 벡터(vector)를 지닌 두 연구주체가 '조선민속학회'라는 울타리 안에서 '위험한 동거'를 하고 있었던 셈이다. 하지만 조선민속학회에 관한 언설과 정황들을 통해 그 '동거'의 실제를 유추해보면, 사상적으로나 인간관계로 보나 그다지 '위험'한 사이는 아니었다고 생각된다. 이 문제를 포함한 '조선민속학회'의 성립 과정과 활동 내용 등에 대해서는 남근우의 「조선민속학회 재고」, 『정신문화연구』27-3, 한국정신문화연구원, 2004 참조.

24) 이러한 통설에 대해선 임석재가 반론을 제기한 바 있다. 즉 "해방 이후의 우리나라 사람의 무속연구 학도들은 미국 선교사들의 업적보다는 일본인 학자들의 업적에 더 관심을 기울이고 이를 모범 또는 模型 같이 삼는 경향까지 보이게 되었습니다. 그런데 한편 이들 일본인 학자들을 일제의 식민지정책을 돕는 어용학자시하려는 사람도 일부에서 일고 있습니다. 그런데 남을 헐뜯는 듯한 느낌을 주는 망념은 삼가야 할 것입니다. 그들은 학자로서 진지하게 사실 구명에 전념하였지 어용적 표현이나 견해를 표시한 것이 없습니다. 村山(智順) 씨는 총독부 관리로서 관비로 무속 구명작업을 하였지만 이를 얕잡아 본다든가 일본문화와 同(源)的이라든가 일본문화 下에 예속되는 것이라든가 하는 견해나 이론을 표시하지는 않았습니다. … 그의 연구 결과 日政의 행정에 도움이 되어 우리나라 사람들에게 불리한 시책이 강구되었다면 그것은 행정책임자의 죄과이지 이들 일본인 학자의 죄과나 책임은 아닌 것입니다(임석재, 「한국무속연구의 회고」, 『인간임석재』, 비교민속학회, 1993, 22~23쪽). 이러한 임석재의 반론과 그 연장선상에 있는 최길성의 아키바 평가에 대한 비판은 남근우의 「조선의 무속전통론과 식민주의」, 『제국 일본이 그린 조선민속』, 한국학중앙연구원, 2006 참조

전통문화' 담론들을 양산하고 있기 때문이다.

이를테면 한국문화의 '원형적 전통'으로서의 무속, 한국의 많은 민속학자들이 아직도 합창하고 있는 이 무속전통의 지배 이데올로기[25]를 창출해낸 이가 무라야마와 아키바이며, 조선인의 '심전(心田)' 개발과 단결력 제고를 위해 '부락제(部落祭)'를 조선사회의 '아름다운 전통문화'로 자리매김하고, 그 활성화를 적극적으로 주장한 이가 무라야마다.[26] 바로 그 '식민지민속학'자들에 의해 봉산탈을 비롯한 '전통적인' 향토오락의 의미와 가치 또한 '발견'되어, 조선 민중의 정조 함양과 협동심 조장을 위한 건전 오락으로 크게 진흥되었다.[27] 앞서 언급한 송석하의 향토오락론과 손진태의 농촌오락론은, 중일전쟁 이후의 총력전 체제하에서 황국신민의 견인지구(堅忍持久) 정신을 앙양키 위한, 이 건전 오락 진흥운동과 무관하지 않다.

다소 당돌한 중간 마무리가 될지 모르겠지만, 일제 식민지 상황에서 조선의 '고유 민속'은 훼손과 말살의 대상만은 아니었다. 그것은 때때로 게다가 적극적으로 '조장'과 '진흥'의 대상이기도 했다. 그 훼손·말살과 '조장·진흥'의 배경과 과정에 대한 면밀한 고찰을 통해 일제 식민지 문화정책의 동태(動態)를 포착하고, 아울러 그 배후에 도사리고 있는 지배 담론의 작동원리와 전략 등을 금후 실증적으로 고찰할 필요가 있다. 이와 함께 '고유 민속'의 훼손·말살과 '조장·진흥'에 일본인 연구자들은 물론이고 조선인 연구자들이 어떻게 관여하고 또 동원되었는지, 즉 그들의 '조선민속학'이 조선총독부의 식민지정책과 어떤 관계를 가지게 되는지, 그 무관계의 관계를 포함한 공범성(共犯性)의 문제가

---

25) 김성례, 「무속전통의 담론 분석 : 해체와 전망」, 『한국문화인류학』 22, 한국문화인류학회, 1990, 213쪽.
26) 이러한 지배 담론의 구체적인 창출 과정과 전략에 대해서는 남근우의 「식민지주의 민속학의 일고찰」, 『정신문화연구』 21-3, 한국정신문화연구원, 1998 참조.
27) 남근우, 「옛 신문을 펼치다 : "초야의 봉산탈춤, 이천 관중을 현혹"」, 『흙으로 빚은 이야기』 9, 열림원, 2003.

천착되어야 한다.

이러한 '조선민속학'의 정치성에 관한 기초연구의 바탕 위에서, 우리는 무엇보다도 일제 식민지 상황을 살아간 민중들의 삶 자체를 응시하지 않으면 안 된다. 자신들의 일상을 규율하고 교화·훈육하려 드는 다양한 지배 담론들과 실천들을 교묘하게 브리콜라주(bricolage)하며, 이종혼효(異種混淆, hybridity)의 피식민지 근대를 내면화한 주체들의 삶을 주목해야만 한다. 그 실존을 위한 삶의 변화와 그에 필요한 새로운 '민속'의 창출과 유용(流用, appropriation), 그리고 그것들이 우리의 오늘의 삶을 어떻게 규정하고 있는지를 도외시한 채, 그저 문화 본질주의에 사로잡혀 '고유 민속'의 소멸 이야기만을 되풀이하는 샐비지 민속학은 학문의 도락 그 이상도 이하도 아닐 것이기 때문이다.

3. '과거학'에서 '현재학'으로

한국 민속학사에서 1970년대 초반은 주목할 만한 시기다. "한국민속학의 (새로운) 방향 설정을 위한 원론적 모색"[28]이 비교적 활발하게 이루어졌기 때문이다. 이를 주도한 이가 김태곤과 이상일로, 여기서는 전자의 주장을 중심으로 당시 일련의 학술 회의에서[29] 제기된 한국민속학의 "원론적인 문제점"[30]들을 다시 한번 짚어보겠다. 그로부터 30년 이상의 짧지 않은 세월이 지났음에도, 우리는 그 '문제점'들을 제대로 극복하지 못한 채 오늘의 학술대회를 맞이하고 있기 때문이다. 게다가 그것들은 한국민속학의 대상과 목적, 그리고 그 대상을 바라보는 시선

---

28) 김태곤 편, 『한국민속학원론』, 시인사, 1984, 44쪽.
29) 원광대 민속학연구소가 1971년부터 1973년 사이에 주최한 네 번의 학술회의로, '민속학의 현대적 방향', '민속학의 전환적 과제', '민속학의 대상', '민속학의 방법'을 각각의 주제로 삼고 있다. 자세한 내용은 위의 책 참조.
30) 김태곤 편, 위의 책, 44쪽.

이나 그 목적 추구를 위한 대상에의 접근 태도와 같은, 그야말로 민속학의 존립 기반과 관련된 핵심적인 사항들이기 때문이다.

김태곤에 따르면, 종래의 한국민속학은 현대의 시대적 상황에 대처하려는 방법적 모색을 등한시한 채, "오직 전승문화에 대한 회고적이고 복고적인 입장"31)만을 고수해 왔다. 해방 후 4반세기가 지났음에도 불구하고 "아직도 벽촌의 원시적 잔존문화만을 민속으로 규정하여",32) 그 속에서 "민족문화의 원형적 요소"33)나 "민족의 정신성"34)을 찾으려 들었다. 바꿔 말하면 "민족문화의 원류, 민족의 사상을 찾고, 민족문화의 본질을 구명한다는 것에 (연구의 목적이나 목표를) 고착시켜 그 대상을 주로 농촌이나 벽지의 산촌 속에서 찾으려고 노력해 왔다."

문제는, 그러한 '과거학'으로서의 한국민속학이 "바로 일제가 한국의 식민지 정책에서 이용한 방법이었다"는 점이다. 즉, 조선의 "민속 속에서 (조선)민족의 정신성을 찾아 정책 수립상에 이용하려는" '식민지민속학'의 방법과 오십보백보라는 사실이다. 결과적으로 해방 이전부터 1970년대 초에 이르기까지, 한국의 민속학은 이렇다 할 "방법적 반성이 없이 식민지민속학 방법을 그대로 밟아온" 셈이다. 달라진 면이 있다면 "자국 민족의 원형문화를 찾는다는, 대상에 대한 위치에 변동은 있었지만 학문 방법상으로 볼 때는 별다른 차이가 없다"35)고 김태곤은 비판한다.

또 하나 보다 심각한 문제는, 민속학이 지금까지 대상화한 과거 잔존문화로서의 민속은 머지않아 인멸되고, 그 전승모체인 '벽촌'마저도 언젠가는 소멸되고 말 것이라는 점이다. 1970년대 초반 '조국 근대화'를 앞세운 새마을운동의 추진 과정에서, "앞으로 산촌이 없어지고 벽촌이

---

31) 김태곤 편, 앞의 책, 44쪽.
32) 김태곤 편, 위의 책, 43쪽.
33) 김태곤 편, 위의 책, 95쪽.
34) 김태곤 편, 위의 책, 38쪽.
35) 김태곤 편, 위의 책, 56쪽.

없어지고 농촌이 현대화되어 버린다고 할 때, 우리(는) 민속학의 대상을 어디서 찾을 것인가?” 종래와 같은 연구대상만을 계속해서 고집할 경우, “민속학은 스스로 문을 닫아야”36) 하는 폐문의 위기를 맞이할 수밖에 없지 않은가? 김태곤이 한국민속학의 ‘원론적인 문제점’을 제기하게 된 배경에는 이러한 심각한 상황인식이 존재한다.

그렇다면 ‘식민지민속학’의 유산을 청산하고, 동시에 민속학의 대상 상실이라는 ‘위기’ 상황을 타개하려면 어떠한 ‘원론적 모색’이 강구되어야 하는가? 김태곤은 먼저 ‘민속 = 잔존문화’ 개념부터 재고한다. 그것은 “민속을 과거적인 문화의 한 부분적 정체현상으로 보았던 착오”였기 때문이다. 민속이란 그러한 “과거적이고 정체적(停滯的)인 잔존물이 아니”다. 그것은 “민간인의 현실적인 생활 속에서 그들의 생활과 함께 무한히 생동해 가고 있는 생활의 전체적 현상이다.” 김태곤은 이렇게 개념 규정을 새로이 하고 나서, 그 ‘민속’ 주체인 ‘민간인’의 범주를 다음과 같이 확장한다. 즉, “현대문명과는 동떨어진 벽지의 순수한 토속적 야생의 자연인을 지칭하는 개념의 민간은 물론, 벽지가 아닌 도시나 현대문명 속에 살고 있는 사회 속에서의 대다수 층인 민간까지 포괄하여 ‘민간’이라 칭”한다. 이어, 그러한 도농(都農)을 불문한 모든 “민간층의 생활 일체를 지칭하는”37) ‘민속’과 그 주체들을 바라보는 민속학의 새로운 시선과 성격을 다음과 같이 규정한다.

이와 같이 민속을 민간층의 문화라는 각도에서 보아 나갈 때, 민속학은 민간문화에 대한 과학으로서의 민간의 생활 곧 인간을 연구하는 학문이 된다. 그리하여 종래의 민속학이 어떤 목적의식을 전제로 하여 민속 속에서 민족적인 정신성을 찾으려 했던 외계적인 객체적 입장을 떠나 현대의 민속학은 민속 자체의 내적이고 주체적인 입장에 서서 민속을 순수한 문화현상으로 보아 나가는 방법이 요구된다. 이에 따라 종래의 민속

---

36) 김태곤 편, 앞의 책, 187쪽.
37) 김태곤 편, 위의 책, 57쪽.

학이 민속을 보유한 민간인을 객체적 입장에서 동물원의 동물을 보듯 하
여 민간인을 학술상의 이용가치로서만 보았던 관점을 떠나 현대의 민속
학은 실제로 민간인의 입장에 서서 민간인의 생활을 연구하는 민간의 학
문이 되어야 한다. '민간의 학문'이란 의미에는 민간의 과거와 현재를 연
구하여 보다 나은 미래의 발전적 지표를 제시해주어야 한다는 사회적 의
미가 내포된다.[38]

인용문에 보이듯이 김태곤은 '민간의 학문'으로서의 현대민속학을
지향한다. 종래와 같이 '민속 = 잔존문화'를 외부의 '객체적인 입장'에
서 '어떤 목적의식'을 가지고 대상화하려는 게 아니다. 어디까지나 '민
속'의 주체인 '민간인' '자체의 내적이고 주체적인 입장에 서서', '민간
의 과거와 현재를 연구'한다. 나아가 민속학이 "민간층의 현실적 실제
생활 문제에 참여"[39]하여, 그들에게 '보다 나은 미래의 발전적 지표를
제시해 주어야 한다.' 이처럼 김태곤은 현대민속학의 '사회적 의미'를
강조한다. 이른바 경세제민을 위한 '현재학'으로서의 민속학을, 그 폐문
의 '위기' 극복을 위한 "현실적인 기반"[40]으로 되풀이 제시한 것이다.

하지만 김태곤이 위처럼 '현재학'으로서의 민속학을 강조했다 하여,
종래와 같은 '과거학'으로서의 민속학의 존재의의를 부정하는 것은 아
니다. 그의 말을 인용하면, "전승문화에 대한 '과거학'적 성격의 작업이
전연 무가치해서 … 폐기시키자는 것이 아니"[41]다. "잔존문화 속에서의
민족적인 그 정신적인 원소, 이런 것을 찾는다는 것은 매우 중요한 일"
이며, 따라서 "그것은 그대로 계승을 해야"[42] 된다. 또는 '과거학'으로
서의 민속학은 "현재도 기여하고 앞으로도 … 계속적인 작업으로서 주
력 분야로 계속시킨다는 것입니다. … (다만) 현재적인 기반에 초점을

---

38) 김태곤 편, 앞의 책, 58쪽.
39) 김태곤 편, 위의 책, 59쪽.
40) 김태곤 편, 위의 책, 187쪽.
41) 김태곤 편, 위의 책, 45쪽.
42) 김태곤 편, 위의 책, 187쪽.

두어야 되기 때문에, 민간이라는 주체적 입장, … 실제로 생동하는 민간인의 문제로 눈을 하나 더 돌리자는 이야기입니다. 그러니까 과거에는 한 쪽만 보던 것을 앞으로는 두 쪽 다 살펴 양쪽을 보자는 것"43)이다. 요컨대, "순수한 민간인의 전승문화를 전담"하는 종래의 민속학과 앞으로 '민간층의 현실적 실제 생활'을 전담해야 할 새로운 '사회민속학', 이 '양쪽'을 모두 추구하여 "사회과학으로서의 입체성"44)을 꾀하자는 것이다.

이상, 1970년대 초반에 김태곤이 제기한 한국민속학의 '원론적인 문제점'들과 그것들을 해결하기 위한 새로운 방향 모색에 대해 살펴보았다. 그 '원론적 모색'의 결과를 당시의 문맥으로 되돌려 평가하면, 우선 그의 '위기' 인식이 돋보인다. 당시의 문맥이란, 새마을사업의 추진 과정에서 이른바 '미신타파'를 앞세운 "민속문화재 파괴행위"가 일상적으로 일어나던 1970년대 초반, 급기야 내무부장관의 지시로 "전국에 민속문화재 보호령"45)까지 떨어진, 그야말로 민속이 절멸하기 직전의 상황을 말한다. 이러한 대상 상실의 '위기' 상황에서 열린 일련의 민속학 토론회 석상에서, 김태곤과 이상일을 제외한 대부분의 참가자들은 '민속 = 잔존문화' 연구를 고집한다. 가령, "민속학의 근본 문제는 잔존문화를 연구하는 것이지요. 전승된 잔존문화를 연구하는 것이 민속학이라면 우리가 앵글을 맞출 곳은 움직이는 민중이 아니라 오히려 재래의 것을 지니고 있는 서민층이어야 하지 않느냐? 하는 것입니다"46)와 같은 발언을 들 수 있다.

이러한 '재래의 것을 지니고 있는 서민층'을 통한 잔존문화의 연구, 김태곤의 말로 바꾸면 '과거학'으로서의 민속학이 득세하고 있던 당시

---

43) 김태곤 편, 앞의 책, 118~119쪽.
44) 김태곤 편, 위의 책, 59쪽.
45) 『조선일보』, 1972. 4. 29, 7쪽.
46) 김태곤 편, 위의 책, 199쪽.

의 상황에서, 그는 '서민층'에 잔존하는 민속뿐만 아니라 현재를 살아 '움직이는 민중', 즉 도농(都農)의 '민간인'47)의 삶을 주목한다. 그리고 그들의 현실적인 삶 속에서 '무한히 생동해 가고 있는 생활의 전체적 현상'을 새로운 '민속' 개념으로 포섭하여, 민속학의 영역을 도시나 현대문명으로까지 확대하려고 한다. 새마을사업과 함께 민속이 절멸해 가는 '위기' 상황에서 잔존문화만을 추구할 경우, 이윽고 연구대상을 상실한 '민속학은 스스로 문을 닫'지 않으면 안 되기 때문이다. 이러한 대상 상실의 위기감에 기초한 영역 확대론은 지난해 한국구비문학회가 마련한 '현대사회와 구비문학' 특집에서도 산견(散見)된다.48) 이미 30년 전 김태곤이 제기한 '과거학'에서 '현재학'으로의 방향 전환, 그 한국민속학의 연명을 위한 '원론적 모색'이 '민속학'에서 '구비문학'으로 제목만 바뀐 채 되풀이된 것이다. 그의 '위기' 인식의 예민함을 평가하지 않을 수 없는 까닭은 여기에 있다.

김태곤이 가진 문제의식의 선견성은 여기에서 그치는 게 아니다. 앞서 보았듯이 그는 한국민속학의 가산적(加算的)인 연구 영역으로서 민속 변용과 도시의 민속 문제를 제기하고 있거니와, 이 양자는 1970년대 후반부터 1980년대 말에 이르는 10수년 사이 일본민속학의 중심적인 연구과제가 된다. 이른바 도시화와 과소화(過疎化)에 따른 민속의 변용 문제와 전통도시, 신흥도시의 '도시민속'을 추구한 '도시민속학'49)이 그것

---

47) 일찍이 임재해는 「민속의 문화적 위상과 관심의 층위」, 『민속문화론』(문학과 지성사, 1986)에서 민속의 전승주체를 문제삼아 '서민'과 '민간인'이란 용어의 부당함을 지적하고, '민중'이란 말의 정당성을 강조한 바 있다. 나 역시 70년대 초반의 일련의 학술회의에서 임동권 등이 옹호했던 '서민'이나 김태곤이 즐겨 쓴 '민간인'보다는, 이상일이 주로 사용한 '민중'이란 말이 좋다고 생각한다. 하지만 '민간인'이란 "새삼스런 용어"(임재해, 위의 글, 23쪽)를 썼다 하여, 김태곤의 문제제기 자체가 퇴색하는 것은 아니다. 이상일, 임재해의 '민중'과 김태곤의 '민간인'은 그 지시 내용에 커다란 차이가 없으며, 실제로 김태곤은 '민간인'이나 '서민'이란 말 대신에 '민중'이란 용어를 써도 좋다고 말하고 있기(김태곤 편, 앞의 책, 187, 199쪽 참조) 때문이다.

48) 이를테면 동 특집의 기조연설과 권두논문을 장식한 김대행의 「현대사회와 구비문학 연구」, 『구비문학연구』 15(한국구비문학회, 2002)가 그 좋은 보기다.

으로, 한국민속학계에서는 최근에 이르러 이에 관한 논의가 활성화되고 있다.50) 비록 김태곤이 구상한 '사회민속학'이 구체적인 연구 성과로 제시되지는 못했을지라도, 한국민속학의 '위기'를 타개하기 위한 '현실적인 기반'으로서 위의 두 가지 과제를 일찍이 등록한 점은 평가할 만하다.

또 하나, 종래의 한국민속학이 '식민지민속학'의 방법을 그대로 답습해 왔다는 비판 역시 시대를 앞서간 문제제기였다고 생각된다. 왜냐하면 '역사민속학'을 지향하는 일군의 연구자들에 의해 '민속 = 잔존문화'론이 비판되기 시작한 게 1989년 이후51)이기 때문이다. 게다가 그 식민주의 민속학의 유산을 청산하자는 주장은 지금도 계속되고 있기 때문이다. 가령, 이필영에 따르면 "민속의 본질을 '고유문화', '기층문화', '잔존문화'로서 규정"하는 식민주의 민속학에서는 "민속의 정체성 停滯性이 크게 강조"된다. 해방 후 "오랜 시간이 경과했지만 한국의 일부 민속학계는 여전히 그 영향에서 벗어나지 못하고 있었다. … 부끄러운 현실이지만 아직도 한국의 민속학계는 일제하 식민주의 민속학의 청산과 극복을 정면으로 문제 삼아 보지 못했다. 이러한 문제의식조차 없어 보였다. 이미 1960년대에 국사학계가 식민지사학의 비판·청산·극복을 외쳤던 사실과 크게 대비되는 상황"52)이라고 한다.

이필영의 비판처럼, 한국의 민속학자 중에는 '여전히' 식민주의 민속

---

49) 이에 대해서는 남근우, 「도시민속론의 행방 : 일본민속학의 경우를 중심으로」, 『도시개발과 전통』(경희대 민속학연구소 2003년 추계학술대회 프로시딩, 2003) 참조.

50) 임재해가 「민속학과 도시민속학」, 『한국민속학의 새로운 인식과 과제』(집문당, 1996)과 그것을 보완한 「민속학의 새 대상과 방법으로서 도시민속학의 인식」, (『한국민속학과 현실인식』, 집문당, 1997)에서 논한 바 있으며, 최근에는 경희대학교 민속학연구소가 2002년 가을부터 3회 연속으로 도시의 민속과 관련된 기회주제('도시와 민속의 현장과 연구방법론', '도시와 민속생활', '도시개발과 전통')를 내걸고 학술대회를 개최했다. 또 한국민속학회에서도 2005년에 「도시공간 위의 민속문화 양상」을 주제로 두 차례 학술대회를 가졌으며, 실천민속학회 역시 2006년에 「도시 속의 민속」을 주제로 두 차례 학술대회를 가졌다.

51) 주강현, 『한국민속학연구방법론비판』, 민속원, 1999, 5쪽.

52) 이필영, 「한국민속학 교육의 당면 문제 : 그 낙후성 극복을 위한 제언」, 『역사민속학』 15, 한국역사민속학회, 2002, 297~298쪽.

학의 인식론을 탈각하지 못한 채, 과거의 '정체적인 잔존물'로서의 민속 개념을 가지고 '고유문화'나 '기층문화'를 찾아 헤매는 이들이 아직도 적지 않은 게 사실이다. 하지만 그러한 '식민주의 민속학의 청산과 극복을 정면으로 문제 삼'은 이가 전혀 없었던 것은 아니다. '국사학계'의 식민주의사학 비판과 그 안티테제로서 손진태의 '신민족주의'가 우상화[53]되기 시작하는 1960년대보다는 다소 늦게, 하지만 '역사민속학'자들의 식민주의 민속학 비판보다는 훨씬 앞서, 이미 1970년대 초에 '식민지민속학'으로부터의 방법적인 탈각과 방향 전환을 모색한 이가 다름 아닌 김태곤이기 때문이다.

4. 탈근대의 민속학을 위한 몇 가지 제언

위와 같이 김태곤의 '원론적 모색'을 그것이 발화된 당대의 문맥을 고려하면서 한국민속학사에 자리매김 해보면, 그 문제의식과 입론 감각 면에서 시대를 앞서간 선견성을 발견할 수 있을 것이다. 하지만 21세기의 탈근대적 상황을 맞이하고 있는 오늘의 시점에서 보게 되면, 그의 입론에는 많은 문제가 있는 것도 사실이다. 이하, 그 문제점들을 몇 가지 거론하며 21세기 한국의 민속학이 추구해야 할 새로운 인식의 지평과 과제에 대한 약간의 전망을 곁들이는 것으로 이 글의 마무리를 갈음하겠다.

우선 김태곤이 주장하는 '현재학'으로서의 민속학의 특징은 민속연구를 통해 현실사회의 과제 해결에 이바지하려는 실천적인 자세에 있다고 해도 과언이 아니다. 이를테면, "민속학이 실제로 민간인의 생활 속에 뛰어 들어가서 그들의 현실적인 당면한 실제 생활 문제를 다루고

---

53) 자세한 내용은 주 22)의 남근우 논문 참조.

322　제3부

또 민간인의 생활에 앞으로 어떠한 발전적인 영향을 줄 수 있느냐 하
는 문제까지 생각해야"54) 된다거나, 또는 "민속의 응용－활용의 문제
와 민간생활의 민속적 강화 또는 개선 향상의 문제가 기능적 입장에서
검토되어 민속학이 학문으로서의 현실성과 효용성을 수반하게 되어야
한다"55)와 같은 발언을 들 수 있다.

　이러한 김태곤의 실천적인 자세와 '실학' 지향의 사상성을 우리는
높게 평가할 수 있을 것이다. 더욱이 "단순히 민속을 캐기 위해서 민속
에 관심을 가(졌던)"56) 기왕의 곤충채집과도 같은 민속조사, 그리고 그
'민속을 보유한 민간인'을 "마치 동물원 안에 갇혀 있는 원숭이나 곰을
구경하는 위치에서 들여다보아 온"57) 종래의 민속학적 시선의 존재를
감안한다면 더할 나위도 없다.

　하지만 여기서 민속학이 '민간인의 생활에 앞으로 어떠한 발전적인
영향을 줄 수 있느냐 하는 문제', 즉 그들에게 '보다 나은 미래의 발전
적 지표를 제시해주어야 한다는 (민속학의) 사회적 의미'에 대해서는
신중한 접근이 필요하다고 생각된다. 그러한 사회공리적 입장의 민속
담론 속에 내재된 계몽과 교화의 시선은, '민간생활의 민속적 강화 또
는 개선 향상의 문제'를 매개항으로, 지배 권력의 규율・훈육의 논리와
얼마든지 연동하거나 결탁할 수 있는 위험성이 있기 때문이다.

　실제로 우리는 그러한 위험성이 현재화(顯在化)된 사례를 일제 식민지
기의 '조선민속학'에서 찾아볼 수 있었다. 앞서 언급했듯이 일본인들의
'조선민속학'이 그 결탁의 전형적인 보기이며, 조선인의 '조선민속학'
이 그 연동의 좋은 보기다. 특히 '민속에서 풍속으로'의 전환58)을 추구

---

54) 김태곤, 앞의 책, 72쪽.
55) 김태곤, 앞의 책, 60쪽.
56) 김태곤, 위의 책, 72쪽.
57) 김태곤, 위의 책, 72쪽.
58) 송석하, 「民俗에서 風俗으로 : 湮滅하는 民俗에서 새 呼吸을」, 『동아일보』, 1938. 6.
　　10~14.

한 송석하의 실천적인 '조선민속학', 즉 문화민족주의에 기초한 경세제
민의 향토오락론과 그 부흥운동이 결과적으로 일제의 농촌진흥운동과
후생운동에 부응한 사실을 우리는 결코 잊어서는 안 될 것이다.

　이러한 민속학과 지배 권력의 유착 혹은 공범 관계는 비단 일제 식
민지기의 '조선민속학'만을 대상으로 천착되어야 할 사항이 물론 아니
다. 매우 늦었지만, 그것은 해방 이후부터 오늘에 이르는 민속학사와
민속학사상사에서도 금후 긴요한 과제의 하나로 추구되어야 할 사항이
다. 이를테면 민속예술경연대회와 중요무형문화재 지정을 통한 민속의
문화재화와 브랜드화, 새마을운동과 '민속문화재' 보호령, 국풍 81의
'민속제', 최근의 지역 활성화를 위한 향토축제 붐과 민속의 관광자원
화, 그린 투어리즘 등에 민속학과 그 관계자들이 어떻게 관여했고 또
개입하고 있는지? '나' 자신을 비롯한 우리들의 민속과 그 주체들을 바
라보는 시선과 담론을 주제화하는 작업이 반드시 필요하다. 다시 말하
면 우리 스스로를 객체화하여 역사적, 정치적인 문맥 속에 자리매김함
으로써, 지금까지 쏟아낸 자신들의 민속학적 담론과 실천의 의미를 심
각하게 물어야 한다. 21세기의 새로운 민속학이란, 이러한 자기 반성적
성찰을 바탕으로 비로소 모색될 수 있을 것이기 때문이다.

　다음, 민속과 그 주체들을 바라보는 우리의 시선과 관련하여 또 하
나 짚고 넘어가야 할 사항은 김태곤이 강조한 '주체적 입장'이다. 앞서
언급했듯이 그것은, '민속을 보유한 민간인을 객체적 입장에서 동물원
의 동물을 보듯 하여 민간인을 학술상의 이용가치로만 보았던 (종래의)
관점'에 대한 안티테제로 제시된 것이다. 그러한 '객체적 입장'을 지양
하여, "현대의 민속학은 민속 자체의 내적이고 주체적인 입장[59]에 서
서", 즉 '실제로 민간인의 입장에 서서 민간인의 생활을 연구하는 민간
의 학문이 되어야 한다.'고 주장한다. 동물원의 비유를 다시 한 번 인용

---

59) 김태곤 편, 앞의 책, 58쪽.

하면, "원숭이나 곰을 구경하는 위치에서 들여다 보(지 말고) … 원숭이
나 곰 그 자체의 위치에 서서 연구"[60]하자는 것이다.

여기서 거론하고 싶은 것은, '원숭이나 곰 자체의 위치에 서서' 운운
과 같은 자신의 연구대상을 비하하는 듯한 수사상의 문제가 물론 아니
다. 본디 '민속을 보유한 민간인'이 아닌 국외(局外)의 민속학자나 민속
지가가 과연 그들의 '내적이고 주체적인 입장에' 설 수가 있는 것인가?
아니, 민속의 주체들을 갈음하여 그들의 생활을 표상하고 대변할 권리
가 과연 민속학자나 민속지가에게 있는 것인가? 타자(他者)인 그들을 표
상하는 우리의 행위에는 어떤 정치적인 의미가 함의되어 있는가? 이른
바 표상의 권리와 정치성, 그리고 그 배후에 있는 발화를 둘러싼 파워
문제, 즉 사이드가 설파한 오리엔탈리즘의 정치성이 문제가 되는 것이다.

주지하다시피 오리엔탈리즘의 정치성이란, 스스로를 표상할 수 없는
오리엔트 사람들을 갈음하여, 오리엔탈리스트가 오리엔트에 관해 대신
이야기하겠다는 대변 행위의 정치성을 말한다. 그것은, 오리엔트 사람
들이 스스로에 대해 이야기하는 권리나 자주성을 부인하는 힘의 행사
다. 바로 그러한 힘의 행사를 전제로 오리엔트에 대한 연구가 가능한
것이다. 이야기할 힘을 가지고 있는 오리엔탈리스트와, 이야기할 수 없
고 다만 그의 이야기를 위해 소재만을 제공해야 하는 오리엔트 사람들
의 관계는, 근본적으로는 힘의 문제 그 이상도 이하도 아니다.[61]

이러한 '이야기하는' 오리엔탈리스트와 '이야기되는' 오리엔트 사람
들의 관계는 김태곤이 말한 민속학자와 '민속을 보유한 민간인'의 관계
로 치환해도 무방할 것이다. 그리고 그 관계성을 성립시키는 힘의 불균
형은 동물원의 관람객과 그 관람 대상이 되는 '원숭이나 곰'의 위상의
차이만큼이나 큰 것이다. 물론 김태곤은 우리 밖의 관람객의 위치가 아

---

60) 김태곤 편, 위의 책, 72쪽.
61) エドワード・Ｗ・サイード, 今澤 譯, 『オリエンタリズム』, 平凡社, 1986, 21쪽과
   313쪽.

닌, 우리 안의 '원숭이나 곰 그 자체의 위치에 서서', 즉 '민간인의 내
적이고 주체적인 입장에 서서' 그들의 생활을 연구하는 '민간의 학문'
을 추구하자고 제안했다. 하지만 그러한 제안은, 어디까지나 '민속을
보유한 민간인'을 '원숭이나 곰'과 같이 스스로를 표상 = 대변할 수 없
는 존재로 치부할 때 비로소 성립 가능한 것이다. '민간인의 입장에 서
서'라는 김태곤의 슬로건은, 결국 '민간인'이 자기 스스로에 대해 이야
기하는 권리나 자주성을 부인하는 힘의 행사에 다름 아니다.

　이러한 발화를 둘러싼 힘의 문제가 사이드에 의해 제기되고, 그로
인한 이른바 '표상의 위기'가 기왕의 인류학적 인식론과 방법론을 해체
하기 시작한 지도 이미 오래 되었다.62) 그런 상황에서, 스스로를 표상
하고 대변할 수 없는 '민간인'을 위해, 내가 그들의 '내적이고 주체적인
입장에 서서' 대신 이야기해주겠다는 민속학자가 아직도 있다면, 그러
한 대변에의 의지나 욕망이야말로 시대착오적인 것으로 큰 문제가 아
닐 수 없다. 민속의 주체들은 이제 더 이상 '민속을 보유한 민간인'으
로서 존재하지 않기 때문이다. 민속을 이야기하는 민속학자나 민속지
가를 위해 그저 소재만을 제공해야 하는 이른바 '소리 없는 객체'가 아
니기 때문이다. 그들은 민속학자나 민속지가와 동시대를 살아가고 있
는 생활자로서, '민속'을 객체화(客體化, objectification)하고 유용(流用)63)하

---

62) 이에 대한 자세한 내용은 James Clifford와 George Marcus가 함께 엮은 『文化を書く』
　　(紀伊國屋書店, 1996)와 太田好信의 『民族誌的近代への介入』(人文書院, 2001), 古谷
　　嘉章의 『異種混淆の近代と人類學』(人文書院, 2001) 참조.
63) 최근 일본이라는 인류학의 '변방'의 위치에서 인류학의 해체 작업을 왕성하게 펼치
　　고 고 있는 오타(太田好信)는, 종래 인류학의 연구대상으로서 일방적으로 이야기되
　　는 쪽에 자리매김되었던 사람들이, 스스로의 문화적 실천을 조작 가능한 대상으로
　　재인식하는 과정을 '문화의 객체화'론으로 대상화하고 있다. 그리고 이 경우, 지배적
　　인 담론이 공급하는 이미지를 자신의 목적과 목표에 부합시켜 활용하는 과정을 '문
　　화의 유용'으로 개념화한다. 이러한 문화의 '객체화'와 '유용'의 현장을 천착함으로
　　써, '문화를 이야기한다'는 행위가 존립하는 정치·권력적인 구도, 바로 거기에 비
　　판적으로 개입하는 '문화의 정치학'으로서의 새로운 인류학을 모색하고 있다. 자세
　　한 것은 앞의 『トランスポジションの思想 : 文化人類學の再想像』 제1장과 2장 참조.

는 주체다.

이 부정할 수 없는 사실을 도외시하고, 종래와 같이 그들의 순수하고 진정한 고유문화만을 탐구하는 샐비지 민속학은 필연적으로 현재를 과거의 퇴폐로 간주하는 '소멸의 이야기'를 생산할 수밖에 없다. 게다가 그러한 내러티브는 외부와의 상호작용이나 이종(異種)의 혼효(混淆)에 의해 성립한 문화요소를 불순하고 외래적인 '가짜 민속(fakelore)'이나 의사민속(擬似民俗)으로 배제하게 됨으로써, 이른바 '민속지적 현재'[64]라는 픽션 속에 순화된 문화만을 동결하게 된다.

결과적으로 그 '민속을 보유한 민간인'의 '지금 여기'를 살아가기 위한 실존적 창조 행위, 즉 문화 창조력에 기초한 '생성의 이야기'는 사상(捨象)되게 마련이다.[65] 그러니까 민속지라는 연구실천은 동시대를 살고 있는 생활자들을 과거에 존재했던 '아름다운 전통문화'를 계승하는 수동적인 존재로만 표상함으로써 그들의 주체성을 부정하는 결과를 낳게 된다. 민속과 그 주체들을 바라보는 우리의 오리엔탈리즘적 시선이란 바로 이런 것이며, 민속학이 자성적으로 추구해야 될 중요한 민속지적 과제는 여기에 있다고 생각된다.

자기 완결성을 지닌 '닫힌' 공동체에서 무의식적으로 전승되는 유기적인 의미체계로서의 민속 개념, 그리고 그 민속문화가 어떤 토지, 언어, 민족과 태고로부터 결합되어 있다는 본질주의는 하루가 다르게 격변하는 현대사회에서 어디까지 그 유효성을 발휘할 수 있는 것일까? 현재 우리 눈앞에서 생기·생성되고 있는 민속문화의 창조 과정을 포착하기 위해선, 순수하고 진정한 고유문화가 존재한다는 인식과 그 원형을 과거에서 찾으려는 종래의 관점은 유효하지 않다.

---

64) 종래의 민속학과 민족학은 화자의 기억이나 구전을 중심자료로 삼아 한 시대 전의 생활문화에 대해 고찰하는 경우가 일반적이었다. 따라서 그러한 자료에 의해 복원되는 민속지(민족지)의 時制는 엄밀한 의미에서 현재가 아닌 까닭에 '민속(족)지적 현재'라 부른다.

65) 太田好信, 앞의 책, 1998, 41쪽.

오타가 잘 지적하고 있듯이,[66] 그러한 관점에 기초한 연구실천은 오히려 타자에 대한 고정적인 이미지를 공급하고 그 주체성을 부정함으로써, 자신의 의지와는 상관없이 지배 담론의 일익을 담당하기 십상이다. 그 결과, 민속학자나 민속지가의 연구실천에는 사이드가 오리엔탈리즘의 특징으로 논파한 지식과 권력의 유착이 남게 된다. 타자를 표상하려고 하는 지적 행위에 내재된 이러한 인식론적, 권력론적인 위험성을 우리는 경계하지 않으면 안 된다.

(『한국민속학』 제38집, 한국민속학회, 2003)

---

66) 太田好信, 위의 책, 32쪽.

'만주체험'과 '만주서사'의 상관성 연구*
―안수길의 『북간도』를 중심으로―

이 선 미**

1. 만주체험과 만주서사의 관계에서 『북간도』가 지닌 의미

최근 문학사 연구에서 만주는 논쟁적인 역사의 장(場)으로 인식된다. 여러 가지 이유가 있겠지만, 만주국을 둘러싼 친일문학 논의가 직접적 계기인 듯하다. 지배권력의 지배방식이 유달리 군사적 억압체제를 띠어왔던 한국근현대사에서 식민지배 방식이나 식민지 주체의 성격과 관련하여 만주에 대한 관심이 촉발된 것이라 생각된다.[1]

* 이 글은 『상허학보』 제15집(상허학회, 2005)에 실렸던 논문을 일부 수정·보완한 것임.
** 동국대학교 문화학술원 연구교수

1) 만주 이주민을 다룬 이태준의 「농군」 해석을 둘러싼 논쟁은 최근 만주담론의 대표적인 예가 될 것이다. 김재용이 「농군」을 집단적 주체가 등장한다는 점을 들어 민족문학으로 평가하고, 김철은 「농군」을 민족문학으로 평가한 기존 연구가 오독의 결과라고 보면서 식민지배 정책으로서의 만주정책을 반영한 국책문학이라고 비판한 바 있다. 이에 대해 다시 한수영은 이태준의 신체제론과 동양주의가 일본식민 정책에 포섭되면서도 독립의 가능성을 탐색하는 징후라는 점을 들어 이태준 소설의 다층적 의미를 구분할 필요가 있음을 역설한다. 즉 일본의 식민지배가 전면화된 상황에서 민족을 고민할 가능성을 포기하지 않았다는 점을 주목하자는 것이다. 필자는 한수영의 논지에 동의하는 바이지만, 누구에 동의하는가를 떠나서 이 각각의 논지는 만주라는 역사적 공간을 매개로 각 논자들의 문학관을 구체화한다는 점에서 근대문학 연구에 시사하는 바가 크다고 생각한다. 즉 이 각 논자들 역시 과거 만주를 각자의 방식으로 소환하여 자기를 구성하고 있기 때문이다. 안수길의 『북간도』도 안수길의 해방전 만주 소설들과 더불어 이런 논쟁의 장에서 논의될 만하다. 안수길 역시 1950~1960년대의

특히 만주체험은 일본의 '괴뢰국'이라 할 수 있는 만주국 하의 조선계 일본인으로서의 체험과 만주지역 항일독립운동, 또 일본 식민지 조선에서 밀려난 유이민들이 어렵게 농사를 지으며 떠돌던 체험 등 여러 가지 조선인의 체험이 공존했던 지역이기에 더 논란이 된다. 만주에 일본이 진출하면서 조선인들이 집단적으로 이주하게 되고 만주는 한국역사에 편입되지만, 이 지역 조선인은 일본과 중국 사이에서 이중국적을 지니며 복잡한 정체성 속에 살아가기 때문에 평가를 둘러싸고 논란거리를 남긴다. 일단, 만주지역의 역사적 의미는 이 다양한 삶의 양상을 전제함으로써 해명될 것이다.

그런데, 해방 후 만주에서 조선인들이 국내로 귀환하거나 중국에 귀속되면서 만주는 실제공간이라기보다 역사적 해석의 공간으로 변한다. 여러 가지 다양한 만주체험을 지닌 만주출신들은 남한과 북한으로 귀환하거나 중국에 남는다. 또 이들 중 안수길처럼 만주에서 고향인 북한으로 귀환했다가, 다시 월남한 경우도 있다. 해방 후에도 만주체험은 해방후 한반도 현실 속에서 다양하게 맥락화되는 것이다. 이 다양한 과정 속에서 만주체험은 당사회의 지배담론이나 개인적 이해관계에 맞추어 재해석된다. 예를 들어 남한에서 만주는 "일송정 푸른 솔"로 상징되는 선구자적 이미지로 해석된 반면,[2] 북한에서 만주는 항일유격대의

자기를 구성하고 확인하는 방식으로서 과거를 소환한다는 점에서 이태준 연구자들의 만주담론과 상통하는 점이 있다. 이렇듯, 만주와 관련된 담론은 한국 근현대사에서 시기를 달리하면서 지속적으로 논쟁거리를 제공하는 시금석과 같은 공간인 셈이다. 이 글 역시 만주서사를 해석함으로써 자기를 구성하고 확인하는 담론적 속성 속에 있음을 고백할 수밖에 없다. 김재용, 「친일문학의 성격 규명을 위한 시론」, 『실천문학』, 2002 봄 ; 김철, 「몰락하는 신생 : '만주'의 꿈과 「농군」의 오독」, 『상허학보』, 2002 ; 한수영, 「이태준과 신체제」, 『이태준 문학의 재인식』, 소명출판, 2004 참조.

2) 남한에서 "일송정 푸른솔"의 선구자적 이미지는 만주를 대표하는 이미지이다. 중국의 개방정책으로 연변 관광 길이 열리면서 일송정은 주요 관광코스가 되었으며, 관광객이 증가하면서 없던 선구자비가 세워지기도 한다. 그러나 선구자가 국내에는 이미 오래 전부터 만주 독립운동의 상징처럼 인식된 것과 달리, 만주지역에서는 조작된 것으로 알려져 있기도 하다. 사실 여부를 불문하고, 이런 이율배반성은 만주가 이후 역사에서 다양하게 해석되는 지역임을 알 수 있게 한다. 류연산, 『일송정 푸른솔에 선구자

빨치산 활동으로 해석된다. 특히 남북한이 정권의 장기화를 위해 일인 독재 체제로 변모해가는 1970년대 남북한에서 이 만주 이미지는 여러 가지 역사적 서사물로 표상된다.[3]

이렇듯 만주는, 만주로 이주해간 많은 조선인들이 다양한 경험을 지니게 된 실제 공간이라는 점 못지않게 다양한 역사적 관점에서, 또는 다양한 개인적 이해관계에 따라 다르게 해석되는 공간이기도 하다. 만주체험은 만주 이야기, 즉 만주서사로 전환되는 과정에서 실제체험과 다른 체험으로 둔갑하기도 하고, 다양한 경험적 사실이 일원화되기도 하며, 확대되거나 축소되기도 한다. 만주체험과 만주서사와의 상관성은 만주체험이 만주서사로 전환되는 과정에서 생겨나는 변화의 양상과, 어떤 사회역사적 계기에 의해 변화한 것인가를 문제삼기 위한 것이다.

그 중에서도 1959년에 발표되기 시작되어 1967년에 완간된 『북간도』는 이 관계를 가장 극명하게 보여준 대표작이라 할 것이다. 『북간도』는 1870년대부터 1920년대까지[4]의 만주를 다룬다. 만주국이 건립되기 전까지를 다루고 있는 것이다. 그런데 안수길이 만주에서 활동한 기간은 1931년부터 1945년 6월까지다. 즉, 『북간도』는 1930~1940년대의 만주체험을 1950~1960년대에 기억한 것이라 할 수 있는데, 이렇게 해서 서사화된 시기는 주로 1870~1920년대 만주다. 이렇게 볼 때, 안수길이 1950~1960년대에 한국에서 재구성한 만주의 기억과 서사는 만주체험을 바탕으로 하고 있지만, 실제 자신의 체험을 비켜가고 있는 셈이다.

는 없었다』, 아이필드, 2004 참조.

3) 남한의 호국영웅 이야기에 만주 독립투사의 이야기가 포함된 것이나, 1969년 북한에서 『피바다』가 영화화되면서 일련의 『피바다』문학(가극, 소설 등)이 북한문학의 원형으로 자리잡는 과정을 통해 이를 확인할 수 있다. 홍석률, 「1960년대 한국 민족주의의 두 흐름」, 한국사회사학회 편, 『사회와역사』 62권, 문학과지성사, 2002 참조.

4) 정확히 말하면, 1945년 해방까지에 해당된다. 일제말기에 이정수가 동료들과 계몽적인 독립활동을 잠깐하는데 일경에 체포되어 감옥생활을 하다가 해방이 되고 감옥에서 나오는 장면으로 끝나기 때문이다. 그러나 만주국이 건국되고서 해방되기까지는 맨 마지막 장 10여 쪽 분량에서 약술하고 있기 때문에 이 시기 만주를 다룬다고 보기는 어렵다. 이 글에서는 필요에 따라 1920년대까지라고 설명하기도 할 것이다.

그렇다면, 왜 실제체험을 소재로 삼으면서도 약간 비켜간 자리에서만 만주를 이야기하는가? 이 글은 이런 불일치가 북간도의 특성이면서, 북간도의 문학사적 의미라는 점을 밝히려 한다. 즉, 결론부터 미리 말하면, 『북간도』는 분열적이고 단절적인 서사적 특성을 지니는데, 이것은 안수길이 실제 만주에서의 체험을 소재로 삼으면서도 바로 그 시기를 다루지 않고 좀 비켜간 시기를 다루기 때문이며, 또 이것은 만주체험을 기억하는 1950~1960년대 한국사회의 특수성 때문에 빚어진 서사적 특성임을 해명할 것이다. 『북간도』는 1930년대 만주체험이 1950~1960년대에 만주서사(이야기)로 전환되는 '복잡한 과정'을 작품 속에 고스란히 담아냄으로써 서사는 단절적이고 분열적인 양상을 띠지만, 이로써 분열적인 한국적 근대를 표상한다는 점에서 문학사적 의의를 지닌 작품으로 평가될 수 있다는 결론에 이르고자 한다.

2. 『북간도』 연구의 스펙트럼

안수길의 『북간도』는 작가의 만주체험을 다룬 대표작이다. 안수길은 함경북도 함흥에서 할머니와 살다가 14세에 만주로 이주한다. 먼저 간 부모를 따라 이주한 것이다. 그 후 함흥과 서울, 동경에서 학창시절을 보내고 1931년이 되어서야 다시 용정으로 돌아가서, 해방된 해까지 중년기를 만주에서 보낸다. 안수길의 만주체험은 학창시절을 국내나 일본에서 보냈기 때문에 15년 정도에 해당한다. 어린 시절을 함흥에서 보내고 장년기를 대부분 남한에서 보냈지만, 부모가 터를 잡고 있었고, 결혼을 하고 생계를 꾸리던 곳이라는 개인적 경험 탓에 안수길은 이 시기를 원체험으로 설정하면서 만주를 제2의 고향으로 여긴다. 안수길 문학이 만주의 체험과 밀접히 연관된 것은 이 제2의 고향이라는 의식 때문이다.

『북간도』는 해방 후 서울에서 활동하면서 다시 만주체험을 소재로 쓴 장편소설이다. 1959년 4월 사상계에 1부가 게재되고, 1961년 1월에 2부가, 1963년 1월에 3부가 게재된다. 그리고, 4년이라는 시간이 흐른 1967년 4부와 5부가 첨가되어 장편소설로 발간된다. 『북간도』는 만주체험을 소재로 한 점에서 안수길의 만주체험과 직접 연관된다. 더불어 1950~1960년대에 걸쳐 장기간에 창작된 점에서 이 시기 안수길의 남한 경험에 매개된 만주체험이기도 하다.

『북간도』에 대한 평가는 안수길 문학 전체에 대한 평가만큼이나 논쟁적이고 다원화되어 있다. 처음 『북간도』 1부가 발표되었을 때 문단에 일으킨 파장은 컸다. 1959년 4월 『북간도』 1부가 연재되고서, 곧바로 사상계 5월호에 중견 평론가 4인의 작품평이 특집처럼 실리는데, 한결같이 『북간도』를 극찬하면서 안수길의 문학을 새롭게 발견하게 되었다고 토로한다.5) 당대 신진작가를 대표했던 선우휘는 "결국 오랜 동안 문학하는 경력을 쌓았다는 것은 그저 그렇게 지나보낸 것은 아니란 것을 느꼈다"고 말하고, 젊은 작가로서 느끼는 위기감을 "당분간 신진들은 「타도 안수길」을 슬로간으로 내걸어야 할"6)것이라고까지 표현함으로써 『북간도』의 성과를 극찬한다.

이후 『북간도』가 완간된 1967년, 또 안수길이 생을 마감한 1977년 등, 몇 번에 걸쳐서 특집 형식으로 안수길 문학에 대한 평가가 이루어진다.7) 대부분 『북간도』를 중심으로 안수길 문학을 특징화하며, 만주

---

5) 북간도의 1부가 1959년 4월 『사상계』에 게재되고서, 곧바로 1959년 5월호에 중견평론가 4인이 북간도에 대한 감상 소감을 싣는다. 이 글들을 통해 북간도가 문단에 끼친 영향력을 짐작할 수 있다. 곽종원, 「다시 기교 면의 요령」, ; 선우휘, 「이것은 명편이다」, ; 최일수, 「기념비적인 노작」, ; 백철, 「또 하나의 리얼리즘」, 「북간도를 읽고」, 『사상계』, 1959. 5 참조.

6) 선우휘, 위의 글, 328쪽.

7) 안수길의 추천으로 등단한 최인훈은 가까운 사제지간으로서 여러 번 안수길 문학에 대해 호평한 바 있으며, 당대 여러 작가들도 호평했다. 최인훈, 「대범한 군자, 안수길 ─인물데쌍」, 『현대문학』, 1967. 1, 백낙청, 「작단시감 『북간도』─스케일이 큰 민족사의 기록 외2편」, 『동아일보』, 1967. 10. 28, 최인훈, 「소설 1년─『북간도』 평」, 『대한일보』, 1967. 12. 27 ; 김우창, 「<서평> 안수길 저 『북간도─사대에 걸친 주체성

를 민족사적 공간으로 형상화한 점을 높이 평가한다. 『북간도』를 민족
사의 복원이라는 맥락에서 인식하는 경향은 1부 발표 이후 문단에서의
반향이 워낙 컸기 때문에 『북간도』가 완간된 후에도 지속적으로 영향
을 끼친다.

그러나 안수길 문학에 대한 문학사적 평가가 본격화되고, 안수길의
해방 전 만주문학이 조명되면서 안수길 문학에 대한 평가는 상반된 견
해들로 나뉜다. 만주국 국책문학으로 비판되는가 하면,[8] 식민지 시기
한글문학의 부재를 들어 안수길의 문학이 담아내고 있는 만주유이민의
이주사와 수난사를 민족문학의 전통으로 평가하기도 한다.[9] 그러나 많
은 논자들은 조선어 문학 자체가 소멸되어 가던 일제 말기에 만주 유
이민의 형상화를 통해 한국문학의 명맥을 이은 점을 긍정적으로 평가
하는 가운데 부분적으로 친일적인 요소를 비판한다.[10] 안수길 문학의
친일성 여부가 논란거리로 떠오르면서, 『북간도』 역시 긍정, 부정의 평
가를 받게 된다.

1990년대 이후, 당시 탈냉전에 따른 지식인 담론의 변화에 즈음하여
『북간도』에 대한 평가가 달라진다. "민족 서사시"라는 평가와 더불어
대작임을 의심하지 않았던 기존 연구와 달리, 『북간도』의 서사구성에

쟁취의 증언」, 『신동아』, 1968. 3 ; 백철, 「「여수」와 『북간도』와 『초가삼간』」, 『현대문
학』, 1977. 6 ; 최인훈, 「<특집> 안수길의 인간과 문학─우리는 이제 특권을 잃었습
니다」, 『한국문학』, 1977. 6 ; 홍기삼, 「<특집> 안수길의 문학과 인간─대상화와 역
사의식」, 『한국문학』, 1977. 6 ; 최인훈, 「<특집> 그 사람 그 업적─사호의 역사 담
은 완성적 작품세계─안수길론」, 『세대』, 1977. 7 ; 윤재근, 「안수길론」, 『현대문학』,
1977. 9~10 등 참고.
8) 이상경, 「간도체험의 정신사」, 『작가연구』, 1996.
9) 김윤식과 오양호의 견해이다. 김윤식의 견해는 친일문학으로 평가한다는 점에서 북간
   도의 민족사적 의미를 강조하는 기존의 연구와 상반된 평가이며, 이후 친일문학 논의
   의 계기가 된다. 김윤식, 『안수길 연구』, 정음사, 1986 ; 오양호, 『일제 강점기 만주
   조선인 문학 연구』, 문예출판사, 1996.
10) 김윤식을 비롯하여 조정래, 채훈 등은 민족문학의 역할을 했다는 점에서 긍정하면서
    부분적으로 친일적인 요소를 비판하는 대표적 논자에 해당하며, 이후 연구들은 대부
    분 이런 절충적 관점에 서있다.

서 드러나는 단절성과 분열성을 비판적으로 분석해내며, 만주 유이민의 삶을 선택적으로 보여준다는 점에서 역사적 사실성 여부를 문제 삼는다.11) 이로써 "대작"으로 평가한 발표 당시의 평가를 전면적으로 비판하는 경향이 생겨난다.12)

또한 『북간도』가 1950~1960년대 지배이데올로기로서의 '민족주의' 담론 속에서 새롭게 구성된 만주체험이라고 봄으로써13) 1960년대 만주인식의 편향성을 비판하기도 한다. 이 연구들은 대부분 1960년대 민족주의 담론의 지배이데올로기적 성격을 강조하고 그 내면화의 한 양상으로서 『북간도』를 예로 든다. 이런 관점은 일면 수긍할 만한 점이다. 그러나 어찌되었건 복잡한 삶의 양상을 펼쳐보이는 텍스트를 정치적 외압의 직접적 반영물로만 평가하는 것은 텍스트를 단순한 논리 안에 가둔다는 점에서 경계할 필요가 있다.

『북간도』는 장기간의 창작과정을 계기로 서사적 단절과 균열을 안고서 단행본으로 출간되었다는 점이 확연한 작품이다. 이 점에 대해서는 기존 연구가 모두 인정하는 점이다. 이는 『북간도』를 연구하는 데 가장 중요하게 염두에 두어야 할 점이라 판단된다. 이 글은 이런 서사적 단절과 균열을 문제삼으며, 서사의 어떤 점들로 인해 단절과 균열을 논할 수 있는가를 증명하고자 한다. 따라서 이 글은 1990년대 이후 서사구성의 문제를 본격적으로 제기한 연구들의 연장선에 있다. 그러나 이 서사적 단절과 분열성을 통해 『북간도』를 <만주의 민족수난사>로 평가하는 견해를 부정하고 『북간도』의 작품적 성과를 부정하고자 하는 것은 아니다.14) 더구나 이 서사적 분열성이 1950~1960년대 지배담론으

---

11) 한기형, 「역사의 소설화와 리얼리즘」, 『한국전후문학 연구』, 성균관대학교출판부, 1993 참조.
12) 『작가연구』 특집에 실린 논문들은 대부분 이런 관점에 가깝다. 이상갑, 「체험문학과 이상주의의 실제」 ; 강진호, 「추상적 민족주의와 간도문학」 ; 이주형 「『북간도』와 북간도 민족사의 인식」, 『작가연구』 2호, 1993 참조.
13) 김종욱, 「역사의 망각과 민족의 상상」, 『국제어문』 30호, 국제어문학회, 2004 참조.

로서의 민족주의가 외압으로 역할한 흔적임을 밝히고자 하는 것도 아
니다.15) 『북간도』가 이러이러한 이유로 서사적 단절과 균열을 보여준
다로 결론을 맺으려는 게 아니라는 말이다. 『북간도』를 보니 서사적 단
절과 균열이 심각하더라는 견해에서 출발하여 왜 그러한가를 밝히려는
것이다. 그리고 이런 점들로 인해 1960년대 한국의 근대적 주체구성
과 관련하여 중요하게 평가될 작품임을 밝혀보고자 한다.

그런 점에서 『북간도』의 서사적 균열을 안수길의 만주체험과 '민족
주의'의 불협화로 인한 결과물로 보는 최근의 연구는 주목을 요한다.16)
『북간도』의 서사적 단절과 분열성은 그것 자체로 미학적 결함으로 평
가될 것이 아니라, 만주체험을 서사화하려는 작가의 실존적, 역사적 관
계가 가장 적나라하게 투영된 반영물로 본다는 점에서 그러하다.

『북간도』는 1930년대의 만주지역 생활인들의 다양한 만주체험이 19
50~1960년대 남한으로 귀환한 만주출신들에 의해 기억되는 가운데 여
러 가지 사회역사적 인식망에 걸려져 재구성된 서사적 결과물이다. 그
런데, 그 서사는 단절적이고 분열적인 양상으로 드러난다. 서사적 단절
과 분열은 그 자체로서 미학적 결함으로 평가될 수도 있겠지만, 『북간
도』가 처한 사회역사적 맥락에서 이는 달리 조명될 필요가 있다. 조선
인이면서도 일본국적으로 사는 것이 자연스러웠던 만주국 경험도 포함
된 1930년대 만주체험과, 1930년대 만주체험이 친일과 항일이라는 이
중의 인식망 속에서 도덕적으로 평가되는 1950~1960년대 만주기억의
'정치성'을 견뎌내려는 한 지식인의 분열성을 가장 솔직하고 리얼하게
재현한 점을 간과할 수 없기 때문이다.17)

---

14) 한기형은 작품을 꼼꼼히 분석하여 작품이 서사구성에서 심한 단절을 드러낸다는 점
   을 밝힘으로써 『북간도』가 받는 기존의 평가가 부적절하다고 지적한 바 있다. 한기
   형, 앞의 글 참조.
15) 김종욱, 앞의 글 참조.
16) 한수영, 「만주의 문학사적 표상과 <북간도>에 나타난 '이산'의 문제」, 『상허학보』
   11, 상허학회, 2003 참조.

3. 『북간도』의 전사(前史) :
'이주민'의 주류의식과 '전재민'의 주변인 의식

일본이 직접 통치했던 식민지 조선과 달리, 만주에서 일본은 만주국이라는 다민족 국가를 내세워 식민지배를 간접화한다. 다민족 국가인 만큼 다양한 민족, 다양한 조건의 사람들이 모여들었으며, 또 같은 민족이라 하더라도 다양한 삶의 양상을 띤다.[18]

그중 조선인은 만주로 경작지를 찾아 이주한 농민에서부터 돈을 벌기 위해 만주지역 도시를 떠도는 일용직 노동자, 만주국의 조선인 관료로 차출된 조선 지식인에 이르기까지 다양한 이유와 상황 속에서 만주국의 일원으로 살아간다. 특히 조선인은 만주국을 구성하는 하나의 민족이면서 일본인으로 행세할 수 있는 이중성을 지님으로써 국적이나 민족적을 둘러싼 복잡한 삶의 맥락을 지니게 된다.[19]

해방 전 만주를 배경으로 한 소설들에는 이런 만주의 경험이 다양한 양상으로 드러나 있다.[20] 게다가 만주국의 관료가 되어 만주로 이주해

---

17) 대부분 기억은 완결된 서사적 구조로 재현되지 않는다. 기억하지 못하는, 혹은 단편적이고 파편적인 기억과 달리 서사로 완성된 과거는 오히려 사실을 은폐할 수도 있게 되는 것이다. 예컨대, 전쟁 서사가 전쟁을 담론화하는 방식은 기억과 서사의 이런 차이를 알 수 있는 예이다. 오카 마리, 김병구 역, 『기억과 서사』, 소명출판, 2004 참조.

18) 오족협화를 내걸었던 만큼, 각 민족의 위계는 있었지만, 다양한 민족이 공존했다. 도시에서 이런 경향은 더 두드러졌으며, 하얼빈은 백계러시아인까지 합세하여 이국적 풍경을 띠기도 했다. 김경일 외, 『동아시아의 민족이산과 도시』, 역사비평사, 2003 참조.

19) 염상섭의 『해방의 아들』은 만주에서 한국으로 귀환하는 서사인데, 일본인 행세를 했던 만주국 하 조선인이 등장한다. 주인공은 만주에 거주했던 조선인인데, 이 귀환 과정에서 일본인인 줄만 알았던 사람이 일본인으로 행세한 조선인이었다는 것을 알게되고, 친일로 몰려서 죽게될까봐 두려워 꼼짝 못하고 집에 갇혀 있는 것을 도와 서울로 데려오는 이야기이다. 아무런 생각없이 일본인으로 사는 게 유리하니까 일본인으로 살았던 조선인의 실상이 잘 드러나 있다. 염상섭, 「해방의 아들」, 『해방의 아들』, 금룡도서주식회사, 1949.

20) 최서해, 강경애, 안수길, 김창걸, 현경준, 박영준, 이태준, 이기영, 한설야 등은 해방

간 여러 작가들은 만주국의 국책문학을 창작하기도 하고,[21] 만주시찰단의 일원으로 만주를 방문한 국내 작가들은 만주를 참관하고서 만주에 관한 소설을 쓰기도 한다.[22] 식민지 조선의 만주이민정책에 따른 국책문학인 셈이다. 따라서 이 작품들은 만주를 배경으로 한 친일문학의 대표작들로 평가된다.

안수길이 만주를 대표하는 작가로 평가된 것은 이주 농민의 수난을 잘 드러냈기 때문이다.[23] 비록 '중국영토'에서지만, 땅에 애착을 갖는 '조선농민'의 형상으로 인해 민족문학으로 호평받았던 것이다. 특히 조선인 이주민은 중국에 정착하기 위해 땅을 소유하려고 중국 국적을 원하기도 하지만, 반면에 변발흑복을 마다함으로써 조선인의 정체성을 고집하기도 한다. 실제로 만주지역에서 조선인은 복합적 정체성을 지니고 살았으며, 저마다 다양한 선택을 하고 살았다. 이주 농민의 형상을 중심으로 창작활동을 한다는 것은 이런 복합적 정체성을 지닌다는 것을 의미한다. 안수길 스스로도 이런 이중정체성에 관해 토로한 바 있다.

아버지께서 나를 고향의 할머니에게 맡겨놓고 북간도로 어머니와 동생을 데리고 가신 것은 1920년의 일이었다. / 4년 후, 나도 부모님 옆으로 가게 됐다. 14세 때의 일이었다. / 그때부터 해방 직전까지, 용정을 제2의 고향으로 청소년시절을 만주에서 살았었다. / 중략 / 이것이 내가 본격적으로 소설을 쓰게 되었을 때 처녀작에서부터 만주에서의 우리 사람들의 생

전 만주를 소재로 작품을 창작한 작가들이다.

21) 만주국책문학은 금연정책이나 오족협화 정신을 주제로 한 박영준의 『밀림의 여인』과 현경준의 『마음의 금선』을 들 수 있다. 이선옥, 「'협화미담'과 '금연문예'에 나타난 내적 갈등과 친일의 길」, 김재용 외, 『재일본 및 재만주 친일문학의 논리』, 역락, 2004 참조.

22) 이태준의 「농군」, 이기영의 『대지의 아들』이 대표적이다. 조진기, 「만주개척민 문학 연구」, 『우리말글』, 2002. 12 참조.

23) 염상섭은 만주문인들이 엮어낸 『싹트는 대지』 서문과 안수길의 첫 창작집인 『북원』 서문에서 안수길 문학을 만주를 대표하는 문학으로 평가하며, 중국문단에서 안수길 소설에 관심을 갖지 않는 것에 불만을 토로했을 정도였다. 김윤식, 앞의 책 참조.

활을 주제와 소재로 다루게 된 원동력이 아니었던가 생각된다. / 어떻든
만주시절의 나의 문학적 노력은 현지의 우리 사람들의 생활을 발굴해, 그
것을 작품화하는 데 일관하노라고 했었지마는 원체 생활이 풍성한데, 해방
전의 시대상 속에서는 생활 표현 자유가 억압당하지 않을 수 없었다.[24]

인용문에서 안수길에게 만주체험이 갖는 두 개의 의미를 해석해낼
수 있다.

안수길은 만주를 제2의 고향으로 여긴다는 사실이다. 안수길의 고향
은 함흥이다. 고향에서 생활하다가 부모를 따라 이주해간 지역이 만주
이다. 국경을 넘는다는 생각을 하고 이주해간 지역이 아닌 것이다. 게
다가 만주에서 생활하다가 몸이 아파 고향인 함흥에 가서 요양을 하면
서, 만주와 함흥을 넘나들기도 한다. 해방이 되던 해에도 요양 차 고향
인 함흥에 있었기 때문에, 일본의 식민지배에서 해방된 만주 상황에 대
한 상상력은 상대적으로 빈약하다. 즉, 안수길은 만주를 일본의 식민지
배 정책에 의해 개척된 지역이기보다는 조선이농민들이 개척한 정착지
로 인식한다는 것이다. 함흥도 만주도 다 고향으로 여긴다거나, 고향에
서 밀려났다는 이농민의 소외의식이 없는 점은 콤플렉스없이 만주에서
적응하게 하는 요인이 된다. 이 '제2의 고향' 의식은 해방 전 안수길
소설들에 만주에서 귀향하는 서사가 없는 대신에 정착민 서사가 주를
이루는 것으로 드러난다.[25]

그런데 만주를 제2의 고향으로 여기는 것은 만주에서보다도 '고국'
에 돌아와서 더 강하게 자각된 정체성이다. 안수길이 과거의 만주를 회
상하면서 만주를 정착지, 나아가 고향으로 여기는 것은 동전의 양면처
럼 고국에 정착하지 못하고 소외되었다고 느끼는 것을 표현하는 한 방

---

24) 안수길, 『북간도』 후기, 삼중당, 1967, 318~319쪽.
25) 이는 만주에서의 '귀향서사'에 해당하는 한설야의 「과도기」(1929)와 대비해 볼 수 있
   다. 「과도기」는 고향에서 떠밀려 만주로 간 이농민이 다시 고향으로 돌아와서 또다
   시 아무 데도 정착하지 못하는 '유이민서사'라는 점에서 안수길의 소설과 대조된다.

법이기 때문이다. 넓게 펼쳐진 들판만 보고도 "아지아 호를 타고 달리
던 만주벌"을 떠올리는 '만주 노스탤지어'26)는 남한사회로 귀환한 만
주출신이 느낀 소외감의 다른 표현인 것이다.

해방 전부터 그리던 서울이었다. / 일본이 패망한 뒤 서울에 모여서 일
을 해보자, 문화적인 일을 해보자ー몇 명 안되는 동지였지마는, 만주에서
우리 문화를 이룩해 보려고 열의에 불탔던 철의 친구들은 모여 앉으면
이런 푸념을 입버릇으로 뇌였었다. / 그러나 그리도 갈망하던 해방을, 철
은 병구(병구)를 이끌고 기어나온 고향 하늘 밑에서 사선을 방황하는 병
석 위에 맞이했다. / 목숨을 걸고 하는 수술도 받았다.(중략) / 안정의자에
누워 가는 비에 하늘이는 복숭아꽃을 내다 보면서도 서울을 생각했고,
들국화 청초하게 핀 언덕을 거닐면서도 문화적인 사업에 활약하고 있을
친구들의 모습이 눈 앞에 그려졌다. / 그러한 서울이기에, 그러한 친구이
기에, 철은 의상의 말림도 듣지 않고 하루 아침에 남행차를 탔었고, 三八
의 험한 길을 건강한 사람 못지 않게 돌파할 수도 있었다. / (중략) / 그리
고 그러한 친구들의 후의와 주선으로 룸펜의 고초를 뼈아프게 느낄 겨를
도 없이 철은 손쉽게 직업을, 그것도 문화에 관련된 직업을 가질 수 있었
다. / 인제는 숙원이 풀렸다고 생각했다. / 그러나 철은 한 달이 못가는 사
이에 처음에 가졌던 기대가 어그러지는 것을 느끼지 않을 수 없었다. / 그
리고 철은 후참자였다. / 뜻 맞는 친구들이 있다해도 그들은 벌써 멀리 앞
을 서서 달음질친 뒤였다. 삼 년의 거리란, 더욱이 눈부신 해방 후의 삼
년의 거리란, 깨어진 몸을 가누어 가지고 좇아 가기엔 너무도 벽한 거리
였다. 요양에만 충실했던 그였기에 더욱 그랬다. / 하루라도 서울의 압력
속에서 벗어나고 싶었다.27)

안수길은 해방이 되고 고국에서 활동하게 되면서 자신의 만주체험이
만주를 안정된 정착지로 여기는 '이주ー정착민'의 정체성이었음을 알

---

26) 한수영, 「만주, 혹은 '체험'과 '기억'의 균열」, 『현대문학의 연구』 25, 한국문학연구
학회, 2005, 468쪽 참조.
27) 안수길, 旅愁, 『第三人間型』, 을유문화사, 1954, 12~15쪽.

게되는데, 이것은 실제로 만주에서 그렇게 살았기 때문이기도 하지만, 고국에서 정착할 수 없었기 때문에 형성된 것이기도 하다. 이 이중적 상황이 인용문에 잘 드러나 있다.

주인공 철은 만주에서 비에 젖은 복숭아꽃만 보고도 서울을 그리워했다. "문화적인 사업에 활약하고 있을 친구들의 모습이" 그리웠기 때문이다. 다시 말해, 철이 복숭아꽃을 보며 서울을 그리워한 것은, 친구가 보고싶어서라기보다는 서울에서 친구들과 같이 문화적인 사업을 하고 싶은 욕망 때문이었다. 이것은 만주라는 주변에서 조선문단이라는 중심을 향한 욕망이기도 하다.

그런데 서울에 와서도 철은 중심에 진입했다고 여기지 못한다. 철은 후참자였고, 그동안 건강이 안좋아서 요양에만 신경을 쓰고 있었기 때문에 그 "삼년의 거리란 깨어진 몸을 가누어 가지고 좇아 가기엔 너무도 벅찬 거리"임을 자각할 뿐이다.

중심에 진입하지 못하고 여전히 주변에 머물 바에야 그래도 중심에서 활동하던 만주가 낫다고 생각하게 되고, 그래서 만주를 그리워하게 된다. '만주 노스탤지어'는 남한사회에 적응하지 못하고 주변인으로 전락해가는 만주출신의 '전재민'28) 의식의 다른 표현인 셈이다.

일본이 전쟁에서 패하고 철수하면서 한반도는 미국과 소련이 분할 통치한다. 미군정에 의해 통치된 남한은 만주나 일본 또는 동남아 등지에서 귀환하는 동포들과 38선 이북에서 월남하는 동포를 구호대상자로 분

---

28) 전재민은 해방 후 한국사회로 귀환하는 해외동포를 통칭했던 말이다. 그런데, 전재민이 세계대전으로 인한 피해자들을 지칭하는 의미로 쓰인다는 점을 생각할 때, 일본의 식민지배로 인해 발생한 이주자들을 전재민으로 통칭하는 것은 정확한 표현은 아니다. 따라서 필자가 보기에도 식민지배에 따라 이주했고 다시 고국으로 돌아온 자들을 '귀환동포'로 지칭하는 것이 이 시기 귀환자들을 설명하기에 더 적절할 듯하다. 그러나 이시기에 전재민으로 통칭되었고, 안수길도 이런 사회적인 통념에 따라 전재민으로 표현하고 있는 점을 존중하여 전재민으로 지칭한다. 이연식, 「해방직후 조선인 귀환연구에 대한 회고와 전망」, 『한일민족문제연구』, 한일민족문제 연구회, 2004 참조.

류한다. '전재민'은 이들을 지칭한다. 만주출신인 안수길의 1950년대 소설들에는 만주에서 귀환한 전재민들을 만나서 나누는 감회가 자주 등장한다. 이들은 대부분 구호대상자인 전재민으로 분류되어 고국에 적응하지 못하고 난민처럼 살고 있다. 꿈에 그리던 고국은 주권이 없는 상태로 미군에 의해 통치되고 있었고, 미국의 전재민 구호정책은 이렇다할 계획 없이 임시방편 격인 졸속행정으로 처리되고 있었기 때문에,29) 정작 국가적 보호를 기다리는 수많은 귀환동포는 적응하지 못하고 다시 돌아가는 경우까지 생겨날 정도였다.30) 안수길 소설에 등장하는 만주출신 전재민들 역시 구호대상자로 분류되어 사회적으로 구호된다기보다는 배제되는 주변인들에 해당한다. 문단의 중심에 진입하지 못하고 주변에 머문다고 여기던 안수길은 하층계급으로 전락해가는 이들과 자신을 동일시한다.

게다가 만주출신 전재민은 만주국의 일원이라는 점 때문에 남한사회에 적응하기가 더 어려웠다. 만주국 시절에는 안정된 생활을 누리다가 전재민이 되어 주변인으로 배제되는 신세라는 점 못지않게 만주국 출신에게 부여되는 친일이라는 도덕적 평가 역시 만주출신 전재민들과 안수길이 자꾸 주변인으로 밀려나는 실제적 이유가 된다. 안수길이 해방 후 처음 발간한 창작집인 『제삼인간형』에는 이런 만주출신 전재민들의 서울 정착기가 주를 이룬다. 특히 만주에서 독립운동 하던 사람들보다는 만주국 협화회의 일원으로 부와 권력을 누리다가 일본이 망하면서 전락한 사람들의 생존기가 주를 이룬다.31) 협화회 간부였던 아버지가 처형되고 겨우 남한으로 빠져나와 빈대떡을 팔면서 생활인으로

---

29) 황병주, 「미군정기 전재민 구호(救護) 운동과 '민족담론'」, 『역사와 현실』, 2000. 3 참조.
30) 황병주, 위의 글 참조.
31) 이 점은 안수길 해방 전 소설에서 만주체험이 유이민이기보다 정착민 체험에 가깝다는 점과 연관되어 설명될 필요가 있다. 즉 안수길의 만주체험은 만주국에 정착한 사라들의 삶에 가깝고, 따라서 1950년대 소설에 등장하는 만주출신들도 주로 만주국 하에서 정착민으로 살던 사람들이 귀환해서 하층민으로 전락한 경우에 해당한다. 만주체험의 서사는 해방전과 1950년대가 긴밀히 연관된 하에서 이루어진다고 할 것이며, 안수길 만주체험이 만주체험 일반으로 환원될 수 없는 지점이기도 하다.

거듭난 「여수」의 숙, 만주국 시기에 촌장으로 살면서 풍족한 생활을 하다가 부산에서 뜨내기 생선장수로 겨우 살아가는 김득수 등 만주국의 일원으로 생활하던 사람들의 남한 정착기 안에서 '만주'는 그리움의 대상으로 기억된다.

만주에서 안수길은 주로 만주로 이주해서 정착하는 이주민들의 정착기를 다루었다. 반면, 남한으로 귀환한 후에는 고국에 돌아와서 정착하지 못하고 전재민으로 떠도는 사람들을 형상화한다. 즉, 안수길은 만주로 이주해서 정착한 사람들의 제2의 고향의식(북향)을 통해 만주에서 정착하는 과정을 보여준 반면, 만주출신 전재민의 정착하지 못하는 난민생활을 통해 국민의 권리도 지켜주지 못하는 국가와 전재민을 배제하는 통합정책의 문제점을 비판하게 된다. '만주 노스탤지어'는 고국에서 보호받지 못하고 배제되는 만주출신의 자의식과 직접 연관된 만주지향의 정서인 것이다. 따라서 남한문단에 적응하지 못하던 안수길은 '만주 노스탤지어'로 만주를 그리워하면서 만주인들의 주변성을 간접적으로 드러내는 한편, 당시 지배담론으로서 '민족주의'32)와 만주의 민족 주체성을 회복하려는 '민족서사'33)에 관심을 갖는다. 『북간도』는 이런 '만주 노스탤지어' 이면의 주변인 의식 속에서 배태된 것이다.

4. 『북간도』의 서사적 분열성과 근대성

1950년대 안수길의 전재민 의식은 '만주 노스탤지어'로 표상되는데, 이 노스탤지어는 남한사회에서 만주출신이 처한 주변인이라는 정체성의 다른 표현임을 살펴보았다. 안수길은 '이주―귀환―정착' 이라는 이

---

32) 황병주, 앞의 글 참조.
33) 김정훈, 「분단체제와 민족주의―남북한 지배담론의 민족주의의 역사적 전개와 동질이형성」, 『동향과 전망』, 2000 봄 참조.

주경험 속에서 만주시절을 1950년대 남한보다는 더 좋았던 시절로 기억한다. 그렇지만, '만주 노스탤지어'로 주변인으로 정체화된 만주출신의 처지를 만회할 수 있는 것은 아니다. 빈대떡 장수로 돌변한 '숙'이나 생활인으로 생존하기에 힘쓰는 많은 '만주출신들의 생존기'는 만주 노스탤지어로는 아무 것도 할 수 없다는 안수길의 자각을 반영하고 있다. 자기 생활의 터전에서 악착같이 살아내는 '숙'은 안수길의 만주노스탤지어를 방향전환하게 하는 중요한 동력인 셈이다. 1950년대 만주 노스탤지어를 겪고 쓴 『북간도』는 바로 안수길이 자기 삶의 터전에서 뿌리내리기를 시도한 것으로 볼 수 있다. 이로써 안수길은 남한사회에서 스스로 뿌리내리기 위해서 전재민으로 분류되는 만주출신들의 민족적 주체성을 서사화하는 일을 자처한 셈이 되었다. 그러나 만주체험을 서사화하면서 민족적 주체성을 부여하는 일은 만주국의 일원이었던 안수길에게는 곤혹스러운 일이기도 하다. 안수길은 이런 난관을 서사적으로 해결하기 위해 자기체험에서 벗어나 1870년대 만주로 거슬러 올라간다.

1) '월경농사'와 민족 주체성 만들기 : 1부의 의미

『북간도』의 4대에 걸친 이민사는 1870년에 시작된다. 이것은 조선인의 만주이주 초기에 해당한다. 사실, 이 시기 만주는 뚜렷한 국경의식 없이 청인들과 조선인들이 국경 부근을 중심으로 흩어져 살았다. 그러나 법적으로는 봉금령 때문에 국경을 넘으면 월경죄로 처벌되었다. 1881년 봉금령이 해제되고 만주에 진출한 조선농민들을 통해 만주를 개척하려는 중국의 정책에 따라 조선인의 거주가 합법화된다. 그러나 청나라에 입적하고 변발흑복을 받아들여야 허락되었다. 반면, 이런 조건부 합법화는 곧바로 조선정부의 반대에 부딪힌다. 그리고 이로 인해 국경을 중심으로 흩어져 있는 조선 이주민들에 대한 관리문제가 국가간 외교문제의 현안으로 떠오른다. 이주민들의 일상생활을 통제하는 비현실적인 법적 조항에 불과하지만, 국가간 외교적 문제이기 때문에 절차상 쉽게 마무리되지 않는다. 국가 간 논의가 진행되는 동안 두만강 건너 만주지역은 조선인들에게 새로운 개척지로 인식되어 집단적으로 이주한 농민들이 늘어나게 된다.[34]

이런 정치적 배경 속에서 이민 1세대인 이한복은 만주로 이주한다. 이한복은 월경죄라는 죄의식보다는 '생존'이 더 중요했기에, 생존이라는 명분 앞에서 '월경농사'를 단행한다. 어떤 가치보다도 생존[35]이 우선시된 것이다. 그리고, 이 생존의 논리는 『북간도』 전편을 통해 가장 중요한 서사적 원리가 된다.

이 생존의 논리로 인해 이한복은 도둑농사가 발각되어도 당당하게 강건너 땅이 조선 땅이라고 주장하며, 자신이 어릴 때 본적이 있는 백두산 정계비를 말한다. 그리고 종성부사의 인정을 받아서 이한복의 국경개념이 받아들여지고, 합법적으로 이주해서 농사를 짓고 살게 된다. 이곳이 바로 이한복 일가의 터전이 되는 비봉촌이며, 이로써 만주이주민 역사가 시작된다. 『북간도』는 만주이주의 출발점에서부터 식민지

---

34) 김춘선, 「1880~1890년대 청조의 '移民實邊' 정책과 한인 이주민 실태 연구」, 『한국 근현대연구』, 1998 참조.

35) 이 생존의 논리는 안수길 문학을 가로지는 중심 주제이다. 한수영이 안수길 만주문학을 해명하는 도구적 개념으로 설정한 '이주자-내부-농민'의 시선은 이 생존의 논리를 개념화한 것이다. 한수영은 이런 시선으로 인해 안수길 문학이 이주민의 정체성을 잘 형상화하게 된다고 설명한다. 귀환의 욕망이 없고 보존의 욕망이 우위를 점하는 서사적 특성도 이와 연결된 것으로 설명한다. 그러나 필자는 이 '보존의 욕망'을 이주민 정체성으로 보는 견해에 다소 의문을 제기하고 싶다. 이주민이란 정착민과는 다른 의미를 지녀야 한다. 그런 점에서 이중 정체성을 형성한다. 그리고 분열적인 정체성으로 드러나기도 한다. 보존의 욕망으로 단일화되는 것은 정착민의 정체성이지, 이주민의 정체성이라 할 수는 없다. 오히려 정착하고 싶으면서도 정착민이 아니기 때문에 배제되는 과정에서 겪는 소외감으로 인해 귀환의 욕망에도 끊임없이 시달리는 복합적인 정체성의 흔적을 통해 이주민 정체성이 설명되어야 한다고 본다. 서울에서 주변인으로 느낌으로써 만주노스탤지어에 젖는 1950년대 전재민 의식이 이주민 정체성에 가깝다고 판단된다. 이에 대해서는 보다 정교한 개념정의가 필요하리라 생각한다. 한수영, 「만주, 혹은 '체험'과 '기억'의 균열」, 앞의 글 참조.

시기에 '만주특수'로도 불리던 만주이주와는 사뭇 다른 맥락에서 만주
를 서사화하는 것이다.36)

식민지 시기 이농민의 만주이주를 형상화한 대표적인 작품으로는 이
태준의 「농군」을 들 수 있다. 이태준은 이주하는 정경을 정서적으로 장
면화하여 묘사함으로써 이주민의 설움과 비애를 잘 보여준 작가이다.
이 소설에서도 만주로 이주해가는 이민자 행렬을 비애의 정서로 묘사
함으로써 이농민들이 고향에서 소외되어 밀려나는 유랑민임을 적나라
하게 보여준다. 가난하고 비루한 농민들의 만주이주행렬은 만주에서도
쉽게 정착하지 못한다.37) 유이민인 셈이다. 이와 비교할 때, 『북간도』
는 고향에서조차 쫓겨나는 최악의 상황에 처한 조선 농민들의 애환이
없다는 점에서 사뭇 다른 만주체험이 될 수밖에 없다. 특히, 30년대 중
반 이후 남쪽 지역의 자연재해를 해결할 방침으로 정책적으로 권장된
만주이주 행렬과는 다른 맥락의 만주체험인 것이다.

또한 「농군」은 만주로 가는 기차를 타고 낯선 체험을 하는 농민들의
정서를 통해 만주이주민의 절박한 심정을 대변하기도 한다. 이런 정경
묘사로 인해 「농군」의 서사가 더 논란거리가 되기도 한다.38) 어찌되었

---

36) 만주국이 세워지면서 만주개척은 미국의 서부개척 같은 기회로 인식된다. 이것은 그
    대로 조선인들에게도 전이되지만, 조선인들은 자본의 주체가 아니기 때문에 거의 이
    기회를 차지하지 못했다. 그렇지만, 만주에서 일확천금을 꿈꾸는 한탕주의는 이 시
    기 조선인에게도 예외가 되지 않는다. 채만식의 「정거장 근처」는 이 한탕주의가 조
    선인의 계급적 몰락을 낳고, 만주는 이런 노동력을 흡수한 배출구로 역할한다는 것을
    잘 보여준 작품이다. 한석정, 「지역체계의 허실」, 『한국사회학』 37집, 2003 참조.

37) 김경일 외, 앞의 책 참조.

38) 만주로 떠나가는 창권일가의 낯설음과 두려움은 기차간에서 선잠을 자다가 일어나
    서 고향에 두고온 강아지 걱정을 하는 장면에서 극대화되어 있다. 이처럼 소설의 전
    반부는 이주농민의 비참한 현실과 정서상태를 장면화하는 묘사로 이주민의 애환에
    공감하게 한다. 그렇지만, 이런 창권이의 면모는 후반부의 중국인과 대결하는 창권
    이의 형상과 대비된다. 만주에서 창권이의 생존이 필연적이라는 주제를 강화한다는
    점에서는 만주국 건국을 정당화하는 친일문학이라 비판받을 만하다.(전반부와 후반
    부의 대비가 만주국의 정책을 옹호하도록 유도하는 서사적 특성이 된다고 지적하여,
    식민지인의 무의식을 내면화하는 피식민지 지식인의 무의식으로 설명한 김철의 논
    지는 설득력이 있다. 김철, 앞의 글 참조) 그러나 이는 이 작품이 지닌 '서사적 분열

건, 「농군」 초반부의 장면묘사는 어떤 소설보다도 만주이민 행렬의 사회학적 의미를 잘 드러내주고 있다는 것만은 사실이다. 이런 만주이민의 절박함과 참담함도 『북간도』에서는 찾아볼 수 없다.

> 오늘은 장치덕이네 가족이 강을 건너는 날이었다. / 이한복이 가족은 남겨 놓고 단신으로 먼저 처가와 함께 월강하는 날이기도 했다. / 그동안 한복이는 뒷방예로 하여금 한씨를 모시고 고향이 남아 있도록 설복시키는데 무진 애를 쓰지 않을 수 없었다. 그렇게 하는 게 어머니의 뜻도 받들고 강을 건너 가서의 경영을 건실하게 하는 방편도 되기 때문이었다. / 어머니도 아들의 타협책엔 굳이 반대를 하지 않았고 뒷방예도 어차피 건너갈 바에야 남편이 먼저 가서 닦아 놓은 터전에서 살고 싶은 생각이 없지 않았다. / 해소장이 시어머니를 혼자 모신다는 건 성가신 일이기는 했으나, 앞날을 생각하면 그것쯤은 참아 낼 수 있겠다 싶었다. / 이른 봄날이었다. 북변의 이른 봄날이라 아직 땅 속의 얼음이 채 녹지 않은 때였으나, 볕은 제법 보드라왔다. 보드라운 햇볕을 받으며 일행은 두만강을 향해 동구를 벗어져 나갔다. / 솥, 항아리, 독, 뜨개 그릇 까지도 모조리 갖고 가는 이삿짐이었다. 말 한 필을 내어 실었으나 나머지는 꾸려서 이고 지고 했다. 두남이는 제 아비가 업었다. 오줌 얼룩이 간 요에 싸 아버지의 등에 업힌 두남이는 볼부리난 아이모양, 수건으로 턱에서 두 귀를 올려 싸맸다. 어머니가 인 보퉁이에 매달아 놓은 바가지가 달랑달랑하는 걸 보다가는, 놀란 토끼 같은 눈으로 따라 나온 장손이와 삼봉이를 보기도 했다. / (중략) / 그러나 떠나는 한복이나 장치적의 가슴은 감격으로 벅차지 않을 수 없었다. / 희망의 땅, 사잇 섬으로…… / 이제는 금단의 흐름, 두만강 속에 있는 모래섬 이름이 아니었다. 두만강 건너의 비옥한 농토 전반을 일컬으는 이름이 되었다.[39]

성'이라는 점에서 재고의 여지가 있다. 즉, 국책문학을 수행하면서도 조선농민의 처지에 관심을 기울이는 이태준의 복잡한 심사가 반영된 서사적 분열성으로 볼 수 있다는 것이다. 이태준의 「농군」은 그 작품을 전후로 창작된 소설들, 특히 「밤길」과 같이 읽음으로써, 이태준이 친일문학에 포섭되는 중에도 만들어내는 '틈새'를 읽어 낼 수 있는 작품이다. 이선미, 「1930년대 후반 이태준 소설의 변화와 그 의미」, 『상허학보』 4, 상허학회, 1998, 한수영 ; 「이태준과 신체제」, 앞의 글 참조.

39) 안수길, 『북간도』 상, 삼중당, 1979, 56~57쪽.

만주로 이주하는 정경이다. 이주지역이 그저 강건너이기 때문에 먼 길도 아니거니와, 산소 때문에 떠나지 못하는 어머니와 가족들을 두고 먼저 가는 길이어서 이별장면이 애달프지 않다. 정들어 못내 아쉬워하는 사람들도 있지만, 이미 자리를 마련해두고 가는 길이기 때문에 정작 떠나는 당사자인 이한복과 장치덕은 희망에 부풀어있다. 「농군」의 주인공인 창권이가 새로운 곳에 대한 낯섦과 미래를 예측할 수 없는 두려움 때문에 주눅들어 하는 모습과는 대조적이다. 이것은 바로 국가의 보호아래 정당하게 단행된 만주이민이기 때문이고, 자기가 농사를 짓던 지역에서 당당하게 농사지으러 가는 길이기 때문이다. 이 '월경농사'는 『북간도』가 만주이민사를 통해 민족 주체성을 회복하려는 1950~1960년대 만주담론과 직접 연관된 것임을 새삼 확인할 수 있는 대목이다.

이미 국권이 상실된 상태에서 찾아간 만주의 체험으로 만주출신들의 민족 주체성을 확인하기는 어렵다. 안수길의 만주이주가 실제로 「농군」의 창권이와는 달랐듯이, 안수길은 자연스럽게 자기 땅을 회복한다는 인식 하에서 만주이주의 역사를 시작함으로써 민족 주체성 확인의 서사로서 만주체험을 재구성하는 것이다. 그리고 상당한 리얼리티를 확보한다. 이한복이 취한 생존의 논리에 의해 안받침되고 있기 때문이다. 1부가 발표된 당시에 주목을 받은 것은 '월경농사'라는 소재가 지닌 민족 주체성의 주제의식과 그에 상응하는 리얼리티 때문이었을 것이다.

이 점은 만주 이주민들의 생활사실을 바탕으로 한다는 1부와 2, 3부의 서사적 차이를 통해서 확연해진다. 1959년에 발표된 1부는 이한복 영감을 중심으로 한 서사이다. 민족 정체성을 지키는 만주개척사이다. 1부는 러시아가 만주에 진출하기 시작하는 1900년 경을 배경으로 마무리된다. 러시아 병력에 밀려 청인들이 비봉촌에서 물러나는 과정은 러시아 병력과 연계된 사포대의 창설과 연결되어 있다. 사포대는 창윤이가 만들었다. 만주에 진출한 러시아군의 도움으로 만들어진 자위대이다. 조선농민들은 국가의 보호없이 만주에서 살아남기 위해 스스로 자

위대를 만든 것이다. 『사상계』 연재본은 사포대가 자발적으로 만들어
진 군대임을 강조하면서 창윤이의 농민으로서의 정체성을 확인하는 것
으로 끝난다. 연재본으로 보면, 이주농민 스스로 만주를 개척하고 만주
를 차지한 게 됨으로써, 이주농민은 '민족적 주체'로 드러난다. 1부
연재본에서 만주의 민족적 주체는 바로 이주농민들인 셈이다. 따라서
『북간도』가 발표된 직후, 평론가들의 극찬은 바로 1부의 서사적 일관
성과 민족 주체로 드러난 만주 조선농민의 현실적 형상에 대한 평가로
볼 수 있다.40) 1959년에 1부가 연재될 당시 한국의 만주인식에서 '민

---

40) 필자는 『북간도』가 8년에 걸쳐서 나누어 발표되었기에, 1967년 단행본이 완간될 때,
1, 2, 3부를 고쳤을지도 모른다는 생각을 갖고 『사상계』 연재본과 1959년 춘조사에
서 1부만으로 간행된 단행본과 1967년 삼중당에서 간행된 단행본을 대조한 바 있다.
그러나 대부분 크게 차이가 나지 않았다. 연재본에 없는 각장의 제목을 붙이고, 몇
몇 이름을 사실성을 고려하여 바꾼 정도이다. 단지, 유일하게 1부 마지막의 3쪽 분
량이 다른 부분이 있었다. 창윤이가 사포대를 결성하고서 용정으로 가려다가 아버지
가 돌아가셔서 결국 비봉촌에 남게되는 부분인데, 연재본에는 청일전쟁에서 일본이
승리함으로써 청인들이 조선인 마을에서 물러가고 만주에 러시아 군대가 진출하여
만주가 처음으로 안정된 시기가 되었다고 창윤이가 설명하는 부분이다. 연재본에 의
하면, 이 부분은 창윤이를 중심으로 만주의 삶을 서사화한다는 인상을 강하게 남긴
다. 이 마지막의 서술은 창윤이가 사포대를 조직하고서 만주에도 안정이 찾아왔다고
읊조리는 부분인데, 창윤이를 사포대 결성의 주체로 설정함으로써 이농민인 창윤이
를 만주의 민족적 주체로 보기 때문이다. 그런데, 개작에는 사포대의 주체를 창윤이
로 설정하지 않는다. 창윤이가 사포대를 조직하고 만주에도 안정된 시기가 왔다고
읊조리는 대신, 훈장인 조선생이 사포대 창단식에서 장황하게 연설하는데, 이 연설
은 만주 독립운동단체와 사포대가 연관된 듯한 인상을 심어주기 때문이다. 즉 조선
생의 연설을 통해 이농민인 창윤이를 주체로 설정하는 민주인식을 부정하고 독립운
동 세력을 주체로 설정하는 만주인식으로 변화했다고 볼 수 있다. 그러나 이를 민족
주체성과 관련된 의식적인 개작으로 평가하기는 어렵다. 곧바로 발간되는 1959년
12월 춘조사판 단행본에서 이미 개작되기 때문이다. 그러나 필자가 보기에 이 개작
부분은 작품 전체의 의미, 즉 만주의 민족적 주체와 관련하여 중요하다고 판단된다.
연재본에 따를 때 작품의 의미상 창윤이의 주체성이 강조되고 있으며, 1부는 확연히
4, 5부의 만주인식과는 다른 민족서사로 평가할 수 있기 때문이다. 또한, 1부가 나왔
을때 평론가들의 극찬은 이런 결말부분과 직접적으로 연관되었을 것이라 생각된다.
이렇게 본다면, 1959년의 안수길의 만주인식은 1967년의 만주인식과 달랐다고 전제
할 수 있다. 또 당대의 만주인식 역시 달랐다고 할 수 있다. 즉, 1959년까지는 굳이
만주지역을 공산주의 독립운동을 제외한 독립투사들을 내세워 민족사의 한 부분으
로 신성시하는 만주인식이 담론화되지 않았던 때임을 알 수 있다는 것이다. 따라서

족'은 홍범도나 김좌진 장군을 중심으로 한 항일독립투사의 표상이 전일적으로 작용하지 않았던 듯하다. 이들 독립운동의 주체인 장군들 만큼이나 만주 이주농민도 민족적 주체로 인식될 가능성이 컸음을 짐작할 수 있다. 이런 다원적 만주인식과 '민족'에 대한 상상 속에서『북간도』1부의 사포대를 조직한 이주농민 창윤이 만주의 주체, '민족'의 주체로 표상될 수 있었던 듯하다.

그러나 1부의 마지막 부분인 사포대의 창립과정은 곧바로 나온 단행본에서 창윤이보다는 훈장인 조선생의 역할을 강조하는 것으로 개작된다. 연재본과 단행본의 시차가 채 일년이 안되는 짧은 기간이라는 점을 감안할 때, 이것은 1959년 이후의 정치적 상황으로 설명할 것은 아닌 듯하다. 안수길이 그 짧은 기간동안 마지막 부분을 놓고 고심한 것이라 볼 수 있으며, 만주의 민족적 주체를 이주농민보다는 독립운동 세력으로 파악함으로써 안수길의 만주인식이 변화했다고 볼 수 있다.『북간도』는 작가 스스로에 의해 서서히 독립운동과 연결되는 방향으로 주제를 전환한 셈이다. 즉 1부의 연재본과 단행본의 관계에서 만주의 민족적 주체는 누구여야 하는가에 대한 안수길의 고민을 짐작해 볼 수 있다. 연재본과 달리 마지막 부분이 단행본에서 개작된 것은 이 고민이 얼마나 큰 것인가를 단적으로 나타내주고 있다. 그렇지만, 만주를 민족서사가 실현되는 곳으로 형상화하는 데에서는 갈등하지 않는다. 그러나 2, 3부는 만주에서 민족적 주체가 가능한가를 놓고 고심한다. 생존

『북간도』의 창작동기는 순전히 안수길의 '만주 노스탤지어'와 전재민이라는 소외감을 극복하려는 내적 동기로서 설명될 수 있다는 추론이 가능해진다. 1960년대 들어서, 만주에서의 민족 주체성 회복을 시도하는 정치적 맥락(김정훈, 앞의 글 참조)에서 만주 독립투사의 영웅화가 시도되자,『북간도』의 후반부로 가면서 독립운동세력을 주체로 내세우는 경향을 받아들이게 된다고 할 것이다. 이에 따라, 서사는 단절적이고 분열적인 양상을 띠게 되는데,『북간도』에 대한 평가는 1부 연재본을 읽고 중견 평론가들이 민족 대서사시로 평가한 견해가 이후에 절대적으로 영향을 끼치고 있어 1990년대까지 그대로 이어지는 게 아닌가 생각된다. 이런 것을 고려한다면, 연재본 1부의 개작 문제는 중요하게 논의될 만한 것일 수 있다.

의 논리와 민족의 논리가 경합하게 되는 것이다.

이민 1세대 이후 만주에서 조선인 사회가 정착되면서, 만주는 동북아를 둘러싼 제국주의적 욕망 속에서 주권 논쟁에 휘말린다. 이 과정은 이한복 일가와 더불어 비봉촌으로 이주한 조선농민들의 땅에 대한 권리에 직접적으로 영향을 미친다. 땅을 지키는 생존의 논리와 조선민족의 정체성을 지키는 논리가 일치할 수 없는 상황에 처한 것이다. 생존의 논리를 중심으로 만주를 회복할 수 있다고 기대했던 만주서사의 출발점은 이런 국제정세 속에서 민족 주체성을 지켜나가기 위해 다양한 서사적 분열을 일으킨다. 생존의 논리에 따라 만주에서 조선농민이 터를 잡고, 만주가 조선인의 정착지가 됨으로써 만주를 민족의 영토로 의미부여한 것이 1부의 민족서사적 면모라면, 정착민이 됨으로써 중국국적으로 전환하느니 차라리 농토를 잃더라도 민족을 지켜야 한다는 민족보존의 논리가 2, 3부의 민족서사의 면모에 해당한다. 그러나 이 논리는 생존을 위협하는 것이기에 당연히 설득력이 떨어진다. 이한복이 만주를 찾게된 생존의 논리는 만주에 정착하기 위한 생존의 논리와는 다른 것으로 맥락화된다.

1930년대 만주이주민의 현실이 이렇더라도, 1950~1960년대 만주출신 한국인들에게 필요한 만주의 서사는 민족의 서사일 수밖에 없다. 만주에 정착하기 위해서 중국인이 되는 것으로는 만주의 민족서사의 주체가 될 수 없다. 만주 정착의 현실논리와 만주서사를 필요로하는 1950~1960년대 현실논리는 서로 어긋나기 시작한다. 이 어긋남은 바로 서사적 단절로 드러난다.

2) '이주-유민'의 표면서사와 '이주-정착민'의 이면서사 :
2, 3부의 의미

만주가 조선 땅이라는 것을 나라에서 확인해준 상태에서 민족 정체
성을 갖고 만주에 이주한 이한복과 생존의 논리만을 따라서 만주로 이
주한 장치덕은 중국의 간섭이 심해지면서 각자 다른 선택을 한다. 장치
덕은 일찌감치 변발요구에 시달리지 않기 위해 머리를 밀어버린다. 반
면에, 이한복은 생존의 논리보다는 민족문화 지키기에 더 집착한다.

한복영감은 머리를 빡빡 깎은 장치덕을 못마땅해하며, 이런 때일수
록 "가지고 내려오던 것"을 "고집스럽게"41) 지켜야한다고 주장한다. 이
'문화 지키기'는 단순히 머리를 자르는 문제를 넘어선다. 결국 입적을
해야 땅의 소유권을 인정해준다는 생존의 문제와 연결되어 조선농민들
을 분열시킨다. 단순히 문화 지키기가 아니라 생존의 문제이기 때문에
장치덕 영감은 머리를 밀어버린 것이고, 많은 조선농민들은 땅을 지키
려는 생존의 논리를 따라 장치덕과 뜻을 같이 한다. 반면, 우리 것을
지켜야 한다는 이한복 영감의 주장은 생존의 논리를 받아들일 수 없는
추상적 명분론에 그치기 때문에 조선인들을 잘 설득하지 못한다. 결국
이한복 영감은 변발흑복을 하고 나타난 손자 창윤이의 머리를 자르다
가 충격에 쓰러져, 같이 이주한 장치덕이나 최칠성은 여전히 건재한 가
운데 홀로 생을 마감한다. 이 갈등으로만 보면, '민족 지키기'의 논리와
생존의 논리와의 갈등에서 생존의 논리가 이긴 셈이 된다.

그러나 『북간도』 전체서사에서는 이겼다고 할 수 없다. 『북간도』를
이어가는 중심축인 이한복의 자손들은 생존의 논리와 민족 지키기의
논리 사이에서 이한복 영감의 선택을 이어가기 때문이다. 이렇게 갈등
의 축을 형성하면서, 이한복 일가가 패배 속에서도 대를 이어 민족 정

---

41) 안수길, 앞의 책, 73쪽.

체성 지키기의 논리를 이어가는 것은 『북간도』를 민족문학으로 평가하는 가장 중요한 요인이다.

사실, 『북간도』 전편을 이끄는 서사는 두 축이라 할 수 있다. 표면적 서사는 이한복 일가의 조선 민족의 주체성 지키기인 듯하지만, 이면에는 결국 장치덕 일가의 생존의 논리가 대다수 만주 조선농민의 삶이었다는 점을 드러내는 이중서사인 것이다. 이 서사의 두 축은 논리적 대결을 이루면서 갈등적 양상을 띠기도 한다. 게다가 2, 3부의 중심인물인 창윤이의 '부유성'은 이 서사적 분열성을 더 극명하게 한다.

창윤이 중년기로 접어들면서 전개되는 2부와 3부에서는 러일전쟁의 패배로 청인들이 다시 비봉촌으로 돌아옴으로써 창윤이는 보다 복합적인 관계 속에서 부유하게 된다. 그리고 결국 창윤은 한복영감이 만주를 조선땅이라 여기며 이주했던 것과 달리 스스로를 "이미그란트"로 생각함으로써 한복영감과는 다른 정체성을 형성한다.

이제 2, 3부에서 창윤이는 한복영감처럼 민족 정체성을 고집하지 않는다. 그렇다고 쉽사리 생존의 논리만을 따라서 일본 영사관 편에 서지도 못한다. 서서히 장치덕의 아들이며 일찌감치 장사를 해서 일본 영사관의 보호 하에 성공한 현도의 생존의 논리로 흡수되어 간다. 그는 한복영감과 달리, 만주가 고향이기 때문에 이 과정은 더 자연스럽다. 자신의 고향에서 뿌리박고자 하는 원초적인 욕망의 실현이기 때문이다. 게다가 창윤은 할아버지의 고향인 고국을 방문하면서 비로소 만주가 자신의 고향임을 확신한다. 창윤은 할아버지가 고집하던 막연한 '민족'과 현도가 지키려고 하는 생존의 논리 사이에서 갈등하지만 생존의 논리를 선택해 가는 것이다. 이때, 생존의 논리는 비봉촌을 지키는 것이고, 지금 가지고 있는 것을 지키는 것이다. 즉 '보존의 욕망'이다. 김서방의 죽음을 탄원하기 위해 일본 영사관의 보호를 원하는 일이나, 비봉촌을 떠나 용정으로 나와 국수집을 하며 만주인으로 살아남는 것이다. 창윤은 민족적이나 국적보다 당장의 만주인의 생활을 더 우선시한다.

그러나 창윤이는 현도처럼 생존의 논리에 따라 정착한 이주민이 되지는 못한다. 창윤은 현도처럼 일찌감치 '민족'을 부차화시키고 외면하지 않았기 때문에 쉽사리 만주의 정착민이 되지도 못한다. 이주민이면서도 정착하지 못하고 떠도는 난민으로 살아남는다.

그런데 난민을 만주의 주체라고 하기는 어렵다. 뿌리박지 못한 자들이기 때문이다. 이 점에서 만주서사인『북간도』의 실제 중심은 이창윤에서 장현도로 이동한다고 말할 수 있다. 만주의 민족적 주체를 구성하고자 하는 서사인 만큼, '이주자-난민'인 창윤이보다는 '이주자-정착민'인 현도가 만주의 주체로서 유리한 자리에 있다. 실제로 2, 3부에서부터『북간도』의 만주서사는 장현도를 중심으로 이루어진다고 할 수 있다.

이 2, 3부의 서사로만 보면, 만주는 민족 주체성 회복의 서사에서 만주를 제2의 고향으로 삼는 생활인들의 서사로 변모해간다고 할 수 있다. 2, 3부의 표면 서사는 이한복 중심의 민족 지키기 서사인 듯 드러나지만, 결국 장현도의 만주 정착의 서사와 충돌하는 가운데 장현도의 생존 논리를 정당화하는 서사가 된다. 독립운동의 중요성을 강조하는 서술자의 설명에 비해, 구체적 일상생활에서 점차 조선인 사회의 중심인물로 부각되는 장현도의 삶은 서술자의 서술과 겉도는 가운데 신뢰를 쌓아가기 때문이다.

그러나 이렇게 만주서사를 마무리할 수 없다는 게 1950~1960년대 안수길의 만주인식이다. 앞서 살펴보았듯이, 만주출신의 '주변성'을 만회하려는 '생존의 논리'는 어느덧 만주에서 조선이농민들이 민족성을 포기하더라도 만주의 정착민으로 살아남아야 한다는 논리로 비약했기 때문이며, 이런 결말로는 만주출신들의 민족 주체성을 서사화하지 못하기 때문이다. 1부와 2, 3부가 서로 다른 서사적 원리로 전개되면서 조선 이주농민의 정체성을 다르게 구성했다면, 그리하여 2, 3부에서 조선 농민은 조선인으로서 보기 어려운 만주인이 되었다면, 4, 5부는 1950~1960년대 안수길이 이상화한 만주인식을 따름으로써 안수길의 만주체험을 벗어나 상상적으로 구성되는 '만주기억'이 중심서사로 역할한다. 이로써, 다시 조선민족은 만주의 주체로 재구성된다. 이는 1950~1960년대 한국사회가 개입되어 만들어진 '상상된 기억'이며 안수길의 만주체험과 1950~1960년대가 만나서 만들어진 '서사적 잉여공간'이라 할 수 있다.

3) 민족서사의 허약성과 충돌하는 안수길의 만주체험

4, 5부는 창윤의 아들 정수를 중심으로 전개된다. 여러 논자가 언급했듯이, 1, 2, 3부와 4, 5부의 서사적 논리는 어긋나 있다. 정수를 중심으로 한 4, 5부의 서사는 만주의 일상이 거세된 채 독립운동의 영웅들을 중심으로 이야기가 전개된다.[42] 4부 초반부의 창윤의 부인인 쌍가매가 중국여인의 발을 밟은 사소한 사건이 중국인과 조선인(일본인)의 싸움으로 번지는 것이나 조선인들의 권익을 위해 일본인들과 관계를 맺는 과정에서 보여주는 현도의 우유부단한 태도 등이 그나마 2, 3부의 서사논리를 따르는 부분이다. 따라서 전체적으로 4, 5부의 서사는 정수와 창윤의 동생인 창덕이 가담한 '우파 민족주의자'들의 독립운동에 직접 연결된 만주체험으로 집중된다. 이 점은 전반부와 후반부를 이질적으로 만듦으로써, 『북간도』의 서사적 단절과 분열성을 극대화 한다.

그러나 이 4부 안에서도 서사적 인과관계를 지닌다고 보기 어렵다. 정수와 창덕이 독립운동을 하는 계기가 잘 드러나지 않기 때문이다. 또 역사적 사건을 연대기적으로 기술하는 서술자의 목소리가 인물의 행동

---

42) 발표 당시에 이런 서사적 문제를 지적한 평자는 별로 없다. 반면, 1990년대 이후 『북간도』 연구는 대부분 이 점을 지적하면서 서사적 특성을 논한다. 『북간도』 연구에서 이 서사적 문제는 1950~1960년대 민족주의의 내면화로 합의된 듯하다. 발표 당시 이런 지적이 별로 없었던 것은 1부가 발표될 당시의 파장이 워낙 컸기 때문인 듯하며, 김우창에 의해 지적된 점은 주목할 만하다. 김우창, 「4대에 걸친 주체성 쟁취의 발언」, 『신동아』, 1968. 3 참조.

까지도 설명하고 있어, 1, 2, 3부에서와 같은 일상생활에 기반한 인물 형상이 거의 없다.

또한 소설적 형상성을 떨어뜨리는 이질적 요소인 정수와 창덕의 독립운동이 전체 서사를 독립운동사로 이끌어내지도 못한다. 여러 이질적 요소들을 개입시켜 1910~1920년대의 만주체험을 '우파 민족주의' 독립운동으로 서사화하려는 시도에도 불구하고, 작품은 전체적으로 만주 한인 사회에서 경제적 기반을 다지고 성공한 현도의 논리 속에 모든 이들의 삶을 용해시키고 있기 때문이다. 1950~1960년대 안수길이 '내면화한 민족주의'의 이념적 허약성으로 인해 서사적 의도와 성과가 어긋난 셈이다.

『북간도』의 이한복은 고토회복의 이상이나 '우파 민족주의' 독립운동의 복원이라는 민족담론에 근거하여 만주의 민족 주체성을 확인하는 인물이다. 만주 조선농민의 민족 주체성을 확인하기 위해 안수길의 실제 만주체험을 벗어나 1870년대 만주 이민 1세대에서 이야기가 시작된 것이다. 또 만주에 정착해서 살아보려는 창윤이의 '북향'의식에도 불구하고, 이한복의 성격화 원리였던 '민족주의'는 정수가 독립운동에 가담하도록 이끈다.

그러나 이 '민족주의'는 계급분해 과정에서 파생된 만주이농 현상이나 공산주의자들의 항일독립운동을 민족서사로 포괄해내지 않는 민족주의다. 『북간도』 전편에 걸쳐 식민지배로 인해 하는 수없이 만주로 이주한 이농민의 사정은 4부 초반부에 창윤이의 어릴 적 친구 진식이가 부르는 노래에 한 번 등장한다. 진식이 역시 식민지배 체제 하에서 이주한 농민은 아니다. 창윤이와 같이 이주했지만, 만주에서 정착하지 못하고 여기저기 떠돌면서 결국 만주에서도 유민이 된 경우다. 이처럼 대다수 만주 유이민의 실상은 만주에서도 떠도는 진식이의 노래에서나 언급되고 지나가는 것이다.

나아가, 이렇듯 식민지 시기 만주 이농민이 등장하지 않는 민족 수난사에서는 공산주의자의 독립운동도 배제될 수밖에 없다. 홍범도 장군과 김좌진 장군의 독립운동사는 남한의 독립운동사에서 신화에 해당한다. 전반부와 후반부가 서사적으로 단절되는 것을 무릅쓰면서도 4, 5부에서 이들이 서사의 중심으로 진입한다. 그런데, 이 민족주의자들의 독립운동 이후에 전개되는 공산주의자의 독립운동을 민족서사에서 배제함으로써 갑자기 만주독립운동은 전멸상태로 돌변한다. 민족서사라는 점에서 볼 때, 이 역시 서사적 단절로 볼 수 있다. 또한 이런 서사적 단절과 분열성은 별다른 이유없이 홍범도의 부하가 되었듯이, 별다른 이유없이 전향하는 정수의 성격에서도 동일한 방식으로 드러난다.

그러나 이 모든 서사적 단절과 분열성을 봉합하면서 『북간도』를 이끌어나가는 서사적 중심은 작품 결말에 이를수록 현도라는 점이 뚜렷해진다. 이한복―이창윤―이정수로 이어지는 민족 주체성의 서사는 1950~1960년대 안수길의 만주인식이 개입된 것이다. 한편, 장치덕―장현도로 계승되는 만주 정착의 생존 논리는 안수길의 만주체험이 개입된 서사의 다른 축이다. 『북간도』는 여러 가지 서사적 단절을 무릅쓰면서도 1950~1960년대 지배담론으로서의 '민족주의'를 내면화한 민족서사로서 시도되었지만, 결국 작품을 구성하는 모든 서사는 장현도의 생존 논리로 수렴된다. 안수길의 만주체험이 일상적 생활의 형상화에 끊임없이 개입됨으로써 민족 서사의 논리가 관철되지 못하는 것이다

그러나 이는 안수길의 욕망과 체험의 대결관계로만 설명할 수 있는 것은 아니다. 안수길의 만주체험을 재구성하는데 작용하는 '내면화된 민족주의'에는 이미 인식적 단절이 내재되어 있었기 때문이다. 농민계급의 몰락에 따른 만주유이민과 공산주의자들의 만주 독립운동을 배제한 민족주의는 이미 내부적으로 장현도의 '보존의 욕망'을 서사의 중심 이념으로 삼을 수밖에 없도록 추동하고 있었던 것이다.

결국 『북간도』의 서사적 단절성과 분열성은 안수길의 만주체험이 서사화되는 데 작용한 여러 요소(국제정치, 일본의 식민지배, 해방 후 민족이데올로기, 안수길이 내면화한 민족주의 등)의 미적 결과물인 셈이다. 그리고 이

것은 각 계기에 의해 서로 다른 서사가 얽혀들어 복합적 의미공간을 만들어낸다는 점에서 '서사적 잉여공간'[43]으로 볼 수 있다. 이 복합적 의미공간에서 형성되는 분열성은 서사적 결함이기 전에, 1920~1930년대와 1950~1960년대가 동시적으로 공존하는 서사적 공간으로서 한국 근대의 분열적 주체가 구성되는 공간이기도 하다.

5. 결론

안수길은 만주문학을 대표하는 작가로 알려져 있다. 14세에 만주로 이주한 작가로서 만주에서 처음 소설을 쓰기 시작했으며, 국내로 귀환한 후에도 만주체험을 소재로 소설을 썼기 때문이다. 그렇지만 안수길이 만주문학을 대표하는 작가로 평가받는 데 가장 큰 역할은 한 것은 아무래도 8년여에 걸쳐 창작한 『북간도』일 것이다. 『북간도』는 대작에 목말라있던 1950~1960년대 문단에 큰 물줄기가 되었으며, 남한문단에 적응하지 못하던 안수길이 비로소 중견작가로서 자리를 잡는 계기가 된 작품이다. 1967년 완간된 후, 『북간도』는 줄곧 민족문학을 대표하는 작품으로 평가되면서, 안수길의 대표작이 되었다.

최근 문학사 연구에서 만주가 주요 논쟁거리로 부상하면서, 『북간도』도 여러 관점에서 재해석된다. 만주를 독립운동의 요람뿐만 아니라, 만주국 하 조선인들의 삶 역시 공존하던 지역이라는 점에 주목하여 만주지역 조선인에 대한 연구를 한국의 근대성 문제와 직접 연관된 것으로 보는 것이다. 특히, 안수길은 이농민의 수난사를 형상화했으며, 만주국 시절에 만주국의 일원으로서 활동한 작가이기에 이런 문제의식과 관련

---

43) 상상된 기억과 달리, 상상된 기억과 그에 반하는 체험적 사실들이 한 작품의 의미형성과정에서 얽혀들면서 만들어지는 의미형성의 공간이다. 따라서 이것은 작품의 의미가 수용되는 가상의 공간인 셈이다.

하여 새롭게 조명될 필요가 있다.

그런데, 『북간도』는 1950~1960년대에 창작된 만주서사라는 점에서 만주국 시기 문제 만이 아니라, 1950~1960년대 만주인식까지 포괄하고 있어서 더 복잡한 논쟁점을 지닌다. 이 글은 새롭게 논의되는 안수길 문학의 의미를 전제하면서 안수길의 만주체험이 1950~1960년대 창작된 『북간도』의 만주서사로 어떻게 재현되는가를 중심으로 만주체험과 만주서사의 상관성을 살펴보았다.

『북간도』는 1부, 2, 3부, 4, 5부가 서로 다른 서사원리 속에서 전개된다고 해도 과언이 아니다. 1부는 고토회복이라는 이념을 바탕으로 월경농사를 단행한 변경지역 농민의 만주진출로 만주지역의 민족 주체성 회복을 서사화한다. 특히, 마지막 부분에 창윤이가 사포대 조직의 주체로 그려진 연재본에 근거할 때, 이주 농민을 민족 주체로 인식하는 만주인식을 볼 수 있다. 2, 3부 역시 이주농민이 만주의 주체로 그려진 점에서는 변함이 없지만, 만주 공간의 주체로서 이주민이 민족적 주체성을 유지하지는 못한다. 만주의 이주민은 생활인, 만주 정착민으로 살아남기 위해 농토를 지키는 것을 가장 중요시하기 때문이다. 농토를 지키기 위해서는 조선인이든, 중국인이든 중요하지 않다는 생존의 논리가 민족의 논리를 압도하는 서사이다. 생존의 논리와 민족의 논리가 갈등하는 가운데 생존을 중심으로 만주를 민족의 영향권에서 벗어나게 만드는 2, 3부의 서사적 특성은, 이미 월경농사를 중심으로 만주공간의 민족성을 강조하는 1부의 서사와는 전혀 다른 서사구성을 취한다 할 것이다. 반면, 4, 5부는 홍범도 장군과 김좌진 장군의 청산리 전투를 중심으로 만주를 인식하는 만주서사이다. 만주지역의 민족적 주체를 항일독립운동 세력으로 보는 것이다. 1부와 4, 5부는 만주의 민족적 주체를 다르게 설정함으로써(이주농민과 항일독립투사) 이질적인 서사원리를 지니게 된다. 또 2, 3부는 표면서사와 달리 이면서사가 서사를 이끌어나감으로써 민족의 논리가 부차화된다. 작품은 전체적으로 만주서사를 통해 민족적 주체성을 회복하려는 의도가 강하지만, 민족적 주체를 여러 관점에서 변주한 나머지 서사적 단절과 분열을 드러내는 것이다. 특히 4, 5부는 만주의 생활사실에 바탕하지 않고 자료에 근거하여 독립운동사를 기록하는 방식으로 이야기가 전개되어 만주 이주민들의 구체적인 생활사실을 재현함으로써 일상적 차원의 역사물로 서사화된 1, 2, 3부와 단절된 서사구조를 띠게 된다.

이것은 1930년대 만주국 하에서 만주의 정착민으로 살았던 안수길의 만주체험과 남한에 돌아온 후 주변인으로 밀려난 안수길의 소외감이『북간도』를 창작하게 된 계기로서 길항관계를 형성하기 때문이다. 게다가 안수길이 작품 창작의 계기로서 내면화한 '민족주의' 역시 서사의 분열을 초래할 여지를 갖고 있다. 1930년대 계급분해 과정에서 파생된 만주 유이민이나 공산주의자들의 항일독립운동을 배제하는 '민족' 의식이기 때문이다. 따라서 여러 가지 서사적 단절과 분열 속에서도 결국 만주국 하 일본 영사관의 보호 속에서 성공한 장현도의 생존의 논리가 중심서사가 되는 결말은『북간도』의 민족서사로 볼 때 처음부터 예견된 것이라는 추론도 가능하다.

그런데, 이 글은 이런 서사적 단절과 분열성을 지적하고, 그 이유를 설명하기 위한 것은 아니다. 안수길의 만주체험이 지닌 특성과 한국근현대사에서 그 체험이 놓여지는 자리로 인해 1950~1960년대 안수길의 만주서사가 만들어진 점을 해명하고서, 서사적 특성으로 드러난 이 복잡한 관계망이 바로 한국의 근대적 주체가 구성되는 한 방식임을 살펴본 것이다.『북간도』는 그 서사의 분열성과 단절성 속에 근대적 주체가 구성되는 과정을 담고 있다는 점에서 문학사적 의의를 논할 수 있을 것이다.

(『상허학보』 제15집, 상허학회, 2005)

'전후'와 '센고(戰後)'
－식민지 역사에 관한 기억 / 망각－

박 광 현*

1. 들어가면서

　과거는 언제나 현재의 우리에게 짐 지어져 있는 부하(負荷)와 같은 존재이다. 개인적으로든 사회적으로든 그 같은 과거를 역사 혹은 기억으로서 재구하는 이유는 결국 '지금－여기'의 우리를 규정하기 위한 것이다. 사회적인 측면에서 보면, 최근 역사 논쟁과 관련해 크게 이슈가 되고 있는 친일과 식민지 역사 청산, 그리고 고구려 역사를 둘러싼 논쟁이 그러하다.

　역사란 결국 시간의 문제이다. 즉, 이미 흘러간 자연적인 시간을 '지금－여기'에 맞춰 어떻게 역사로 만들어내고 규정할 것인가의 문제이다. 본고에서는 한일 두 나라의 '전후'를 대상으로, 과거 식민지 역사가 어떻게 기억 혹은 망각되어 왔는가를 살피고자 한다. 기본적으로 두 나라는 '전후'의 의미를 다르게 사용한다. 양국은 매년 8월 15일을 각각 '광복' ＝ 독립과 '종전' ＝ 패전이란 말로 다르게 재현하여 기념하고 있다. 일본은 패전 이후를 '센고(戰後, 이하 전후로 표기)'라고 부르지만, 한국은 한국전쟁 이후를 가리킨다. 그 차이는 양국의 구성원 각자(문학자나 역사가 등)나 제도가 과거 식민지 역사를 기억(혹은 망각)하는 방식에 있어서도 다르게 나타나는 중요한 원인 중 하나이다. 그러한 전제 위에, 본고에서는 케이스 스터디로서 우선 유아사 가쓰에(湯淺克衛)와 백철이 식민지시대의 기억을 어떻게 공적(公的)으로 재현하고 있는가를 다룰 것이다. 그리고 식민지의 기억으로써 '국문학'이라는 제도의 문제를 다룰 것이다. 그것을 통해, 두 나라의 '전후'가 어떻게 재현되었고, 또 그것이 '전후' 인식으로 자리하게 되었는가를 고찰할 것이다.

2. 콜론 작가의 식민지 기억과 일본의 '전후'

소설 「간난이(カンナニ)」로 한국과 재일한국인 사회에 잘 알려진 유아사 가쓰에는 조선을 소재로 한 많은 작품을 남긴 대표적인 콜론 2세 작가이다. 그는 전전(戰前)의 조선(인) 소재의 작품을 '전후'에 복원하거나 삭제하는 방식을 통해 개인 차원의 식민지 기억을 재구성했다.

우선 그의 대표작인 「간난이」부터가 그렇다. 「간난이」는 『문학평론(文學評論)』의 1935년 4월호에 발표된 작품이다. 당시 『문학평론』에는 '성질상' '무참한 모습'으로 편집된 채 게재되어 있다. 실제 후반부 46매(전체 11장 중 제6장 이하)가 삭제된 것 이외에도, 5장 중간에 12행이 삭제되고 전체 20군데나 복자(伏字)로 처리되는 검열을 받았다. 이 작품을 『문학평론』에 추천했던 도쿠나가 스나오(德永直)는 작품의 뒤에 '부기'를 달고, 삭제된 후반부의 '만세사건'(3·1독립운동—필자 주)을 "다른 구도로 개작할 것이라니 차후 언젠가 다른 모습으로 독자 앞에 찾아갈 것을 기대한다"고 밝혔다. 그의 진술로 삭제된 소설의 후반부 내용을 짐작할 수 있다.

패전 직후(1946년) 고단사(講談社)에서 발행된 그의 전후 첫 창작집인

『간난이』에는『문학평론(文學評論)』에 실릴 당시에 삭제된 후반부 46매
를 복원(?)하여 3·1독립운동 당시의 수원교회 방화사건과 주인공 간난
이가 일본인의 군도(軍刀)에 살해되는 내용까지가 그려져 있다. 조선에
서 패전을 맞이한 그는 일본으로 인양되는 도정에서 '조선민족'이 독립
을 환호하는 '경성'의 풍경을 보았다. 그리고 10년 전「간난이」를 상기
하였다. 작가에게 검열은 '상처'이다. "일본문학자의 양심의 등불"1)이
라고까지 평가되는「간난이」의 '상처'는 자신이 식민지주의로부터 피
해를 입은 작가임을 내세우기에 충분한 서사이다. 덧붙여 그는 창작집
『간난이』의 '후기'를 통해 당시 '무의식중에 저지른 일'을 반성하고 있
다. 과거 식민지주의로부터의 정치적 피해자로서 자신을 언급하기에
너무도 적절한 개인사적 소재인「간난이」의 '상처'를 통해, 그는 정치
적 책임을 면죄받으려는 의도를 감추지 않았다. 다시 말해 그는「간난이」
의 복원(?)을 통해 과거 식민지주의에 대한 피해의식과 반성이 동시에
존재하는 '자기'의 이력을 서사하고 있는 것이다. 그것이야말로 식민지
주의에 대한 '전후'적인 기억 / 망각 방식의 전형적인 한 예라고 할 수
있다.

반면, 유아사는 1942년에 발표한「푸른 하늘 어디까지(靑空何處まで)」를
'전후'(1947)에 복간한다. 복간본에서는 작품의 일부를 스스로 삭제한다.
소설은 거국일치의 임전체제를 목적으로 '국가총동원법'(1938)이 실시되
는 상황 아래서 '총후(銃後)'의 임무를 수행하는 등장인물들의 일상을
그리고 있다. 그 소설의 후반부 세 장에서는 마쓰다 히코지로(松田彦次
郎)로 창씨개명한 조선인 소년 '이만세(李萬世)'가 전면에 등장한다. 이만
세는 지원병이 되고자 했지만, 연령 제한에 걸려 단념한다. 그러나 그

---

1) 黑田しのぶ가 '정복자의 비대해진 심장에 비수를 꽂은 작품'(「カンナニ」『私の文學鑑
   賞』, 峰書房, 1955), 中村新太郎가 '많은 문학사는 침묵하고 있지만, 일본문학자의 양
   심의 등불로서 기억될만한 작품'(「日本のなかの朝鮮像」,『日本と朝鮮』, 1975년 9월
   호)이라고 높이 평가하였다.

가 일하던 농장 주인의 딸(일본인)의 조언으로, 그는 '나라를 위해 헌신하는' 다른 방도로서 '만몽개척 청소년의용군'에 지원하고자 결심한다. 그러나 그는 주위의 만류와 설득으로 '직역봉공(職域奉公)'의 길, 즉 "지원병이 되는 것이나 만주개척의 의용군이 되는 것, 그리고 동아공영권의 의의" 모두가 동일한 의의를 갖는 것이기 때문에 자신의 '위치'에서 '봉공'하는 길에 매진할 것을 결정한다. 그러한 내용을 담고 있는 삭제된 후반부 세 장의 소제목은 각각 「이만세」, 「의용군」, 「아름다운 정열」이다.

국가에의 봉공을 위해 불타는 정열을 보이는 조선인, 그리고 오히려 그것을 억제하는 일본인. 그런 일본인들에게 유아사는 이만세의 입을 통해 국가에의 '봉공' 의식과 정열이 과부족함을 꾸짖기도 한다.

어느 날 한 통의 편지를 받고 이만세는 상기된 얼굴로 농장에 나타났다. 그 편지는 전장으로 징병되어 나간 그의 형, 태준에게서 온 것이었다. 그 내용은 태준이 전방에서 말라리아와 이질에 걸려 야전병원으로 "불명예스럽게" 이송되었다는 것이었다.

"이 불명예에 대해 부끄럽게 생각합니다.……그렇지 않아. 뭐가 불명예라는 거야. 너는 훌륭히 싸웠다. 그리고 병에 걸린 것이 아닌가. 다리 하나를 잃는 거나 병에 걸리거나 매 한 가지 명예로운 상이군인이다. 너는 우리 농장의 자랑이다."

"불명예가 아닙니까."

만세가 얼굴을 들었다. 아직 반신반의하는 기색이다.

"불명예라니 무슨 말을 하는 거냐. 태준이 불명예라고. 또 한번 말해 봐라. 그 혀를 뿌리 채 뽑아 버릴테니."

만세는 머리를 긁으며 이제야 겨우 얼굴이 온화해 졌다.

"그렇다면 다행입니다. 저도 안심했습니다."

(……)

"태준 군은 절대 알리지 말아달라고 버텼으나, 조금도 불명예스러운 일도 아니라며, 너는, 훌륭한 상이군인이라 권하여……"

아버지는 편지를 넘기면서 말을 잇는다.

"그것 봐라. 중대장님도 분명히 말씀하시지 않냐. 친절한 중대장님이구
나. 태준이는 행복한 놈이지 않느냐. 태준이도 마음가짐이 훌륭하다.
　만세는 이번에는 얼굴이 빨개져 눈물을 흘렸다.
"어, 또 만세가 울고 있어, 이번에는 기쁨의 눈물이네."2)

　유아사에 의해 삭제된 「아름다운 정열」 중 한 대목이다. 그는 무엇
을 감추고 싶었기에, '전후'에 이 부분들을 삭제하였을까. 아니, '전후'
는 그에게 왜 그 부분들을 삭제토록 만들었을까. 우선, 중대장과 태준,
농장의 주인 가족과 만세의 관계로 작품에서 표상되는 일본인과 조선
인의 관계 때문일 것이다. 소설은 농장 가족의 일상을 줄곧 서사하다
가, 「이만세」 이후 「의용군」, 「아름다운 정열」에서는 그들의 시선을 이
만세에 대한 관찰자 시점으로 전환시키고 있다. 그러면서 징병의 자발
성 등 국가에의 '멸사봉공'하는 열혈 조선인의 삶과 그것을 지켜주는
일본인의 도덕적 윤리를 그리고 있다. 앞서 언급했듯, 유아사가 「간난
이」 이후 조선(인) 소재 소설을 많이 써온 작가로 잘 알려져 있지만, 실
제 그 작품들의 하나하나를 들여다보면 그 안의 조선인은 대개 기생,
총각, 선동(鮮童) 등으로 불리는 후경화된 존재로만 그려져 있다. 그런
점에서 후반부 3장을 통해 조선인 이만세를 전경화하고 있는 「푸른 하
늘 어디까지」는 다른 작품들에서는 볼 수 없는 예외적인 작품이다. 그
예외성은 그가 '전후' 새롭게 국민문학을 고려한 위에 과거의 작품들을
재출판할 때 두드러질 수밖에 없었다. 그래서 자신의 과거 행적에 윤리
적으로 문제가 될 가능성이 있는 '전후' 국민문학에서 예외적인 부분,
즉 스스로 '멸사봉공'하는 타자(조선인)에 대해 억압한 과거의 일체를
삭제시킨 것이라 할 수 있다.
　유아사는 '전후'라는 패러다임 안에서 앞의 두 작품을 각각 복원과
삭제라는 극단적인 방법을 통해 자기의 과거 / 타자의 과거를 감추려

---

2) 池田浩士 편, 『カンナニ湯淺克衛植民地小說集』, インパクト出版會, 1994, 420쪽.

했듯, 때로는 '기억과 망각'의 교묘한 재배치를 통한 자기정당화를 위해 그 과거를 '선택적'으로 재현하였다. 이 문제가 중요한 것은 유아사 개인의 문제가 아닌, 일본의 '전후'가 '제국'의 기억을 어떻게 재구해 왔는가라는 문제와 결코 무관하지 않다는 점이다.

'전후' 일본은 과거 '제국'의 역사를 영위한 가해자로서 '국민'의 역사를 기술하는데 있어 커다란 부담을 느꼈던 듯하다. 그 때문에 일본 사회는 '포스트 전후'로의 전환을 서둘러 왔다. 가와무라 미나토(川村湊)의 말을 빌자면, 일본의 '전후'(문학)는 '귀환(歸ること)하는 것'[3]으로부터 시작했다. 그것은 '신체적' 의미의 귀환뿐만이 아닌 '전후' 내셔널리즘에의 '정신적' 귀환을 의미하는 것이다. 거기서 '왜 귀환했는가'라는 역사를 부연하지 않는다면, 물론 '전후' 일본의 국민이 '제국'의 역사로부터 열도(列島)의 '국민국가'의 역사로 귀환한 결과만을 가리키고 만다. 실제 가와무라의 지적처럼, '전후' 일본 사회는 과거 '제국'의 역사를 말하는 것 자체를 '소아병적'이라고 할 만큼 금기시해 왔다.

1956년에 이미 한 평론가는 '이미 전후가 아니다'라고 주장했다. 그는 '전후'라는 말을 '편리한 것' 혹은 '만능열쇠'라고 비유하여 부정적으로 파악했다. 그리고, 그것을 극복하기 위한 '포스트 전후'의 사상을 제안했다.[4] 80년대에 들어서는 민족(혹은 국가)을 방어하기 위해 불의의 전쟁을 가상하는 것마저 주저하지 않는 호전성을 드러낸 '포스트 전후'론이 정치가나 평론가들에 의해 주장되었다. 이른 바 '보통국가론'이라 불리는 정치언어의 정체가 그 한 예일 것이다. 또 그 '보통국가론'의 주장은 과거 전쟁의 기억을 망각하고, 전쟁을 영구히 포기한다는 헌법 9조를 폐기하고, 전쟁수행능력을 갖춘 국가를 구축하는 내용으로 수렴되고 있다.

가와무라 미나토는 '전후(문학)는 끝났다'는 전제 위에 재일조선인문

---

3) 川村湊, 『戰後文學を問う』, 岩波新書, 1995, 1쪽.
4) 中野好夫, 「もはや'戰後'ではない」, 『文藝春秋』, 1956년 2월호.

학을 다뤘다. 그는 재일조선인문학이 '재일성(在日性)'과 '민족성 = 조선성' 사이의 '현실에서 저어(齟齬)하고 모순된 욕망'이 낳은 것이라고 말한다. 그리고 재일문학이 국민국가라는 이념 아래서 '과도기적, 예외적인 존재'라고 단언하지만, 조급한 견해인 것처럼 보인다. 재일조선인문학의 존재는 '전후' 일본 사회에 왜 재일조선인이 존재하고 있는지 / 존재하지 않으면 안 되었는지 하는 역사와 관련하는 문제이다. 자연적인 시간의 흐름에 맡겨져 식민지의 역사를, 또 그 역사의 유제(遺制)를 역사책의 페이지 넘기듯 과거의 극복을 말하거나 '역사화'하려는 것은 폭력이나 다름없다. 일본에는 '전후'는 물론 오늘도 제국주의의 유제가 잔존해 있다. 그렇기 때문에 재일조선인문학은 씌어지지 않으면 안 되었던 것이다. 즉, 오히려 식민지주의를 '역사화'하려는 폭력적인 '전후'가 존속하는 한, '식민지주의의 유제(遺制)'로서 재일조선인이 존재하듯 재일조선인문학은 일본 사회에서 계속 존재할 것이기 때문이다.

특히, 1990년대는 일본 사회의 전반에 있어서 '소아병적'이라고 할 만큼 금기시해 왔던 식민지 역사를 노골적으로 표면화하기 시작한 시기라고 할 수 있다. 그 분위기는 식민지 역사를 서사하는 것을 독점해 온 좌파나 전후 민주주의 지식인에게도 "철저한 자기반성이 필요"한(와다 하루키(和田春樹)) 시대임을 깨닫게 하였다. 그런 사회적 배경 속에서 헌법과 전사자 문제 등을 둘러싼 '전후'상과 전쟁 책임에 관한 문제제기로서, 학계에 '역사주체' 논쟁의 단초를 제공한 것이 가토 노리히로(加藤典洋)의 『패전후론敗戰後論』(講談社, 1997)이었다. 한국에서도 『사죄와 망언의 사이에서』(창작과 비평사, 1998)라는 타이틀로 번역된 이 책은 '내향적 내셔널리즘'과 '건전한 내셔널리즘'이라는 상반된 비판과 평가를 받아 왔다. 특히 다카하시 데쓰야(高橋哲哉)는, "일본의 3백만 죽은 자를 애도하는" 문제를 부각시킨 가토의 주장은 '전후' 일본이 거의 대응하지 않으려 했던 '오욕의 기억'을 오히려 망각케 했다고 보았다. 그리고, 죽은 자의 목소리에 응답할 가능성을 가로막고 만 것이라고 비판하였다. 이른 바 '애도공동체'라는 새로운 '우리들' = 공동체를 창안하여 내셔널리즘의 재흥을 꾀하고 있다고 지적하였다. 적어도 식민지 역사는 자/타의 구획을 초월해 존재함에도 불구하고, 가토의 발상엔 이미 그 역사를 자/타로 구획된 범주에 가두려는 의도가 전제되어 있다. 그러하기에 자/타의 구획을 위한 그런 '기억과 망각'의 교묘한 혼재는 바로 역사의 수정을 동반함을 지적하지 않을 수 없다.

몇 해 전 '새로운 역사교과서 만드는 모임'의 역사교과서(후소샤, 扶桑社)는 개인의 차원을 초월한 국민 혹은 민족 단위의 '제국'의 기억에 대한 '선택적' 재현의 전형적인 방식을 취한 것이다. 그것은 주변국의 비판에 특유의 '집단적 침묵'으로 일관했던 예전의 역사교과서 논쟁과는 전혀 다른 성격의 것이었다. 우선, 그 차이는 주변국에 대한 식민지 지배의 역사를 서사하는 데 있어 적극적이라는 점이다. 그리고, 그 대응 논리에서도 타자를 배제한 자기완결적인 구조를 지닌 '국민의 역사'를 적극적으로 옹호하는 데서 출발하고 있다. 그 안에서는 '우리'와 타자를 구분하여 끝없이 후자가 그 역사 안으로 들어오는 것을 억압하는, 즉 배타적 '우리' = 국민을 규정하고자 한다. 그런 역사는 '우리'와 국가를 동일시할 뿐만 아니라, 국가를 위하여 싸워야 한다는 국민을 동원하기 위한 집단적 기억으로서 '국민의 역사'를 제창하고 있다.

3. '전후'라는 패러다임에 의한 식민지 문학자의 기억 방식

백철은 1975년에 "인생 60년, 문학 40년을 살아오는 데에 있어서 나와 그 문학을 지탱시켜온 모랄리티가 무엇이었던가"[5]를 스스로에게 묻는다. 그리고 자신의 60년의 생애가 "실로 파란과 곡절이 심한 계절들

---

5) 백철, 『眞理와 現實』, 博英社, 1975, 5쪽(이하 본문 인용은 한자로 표기된 것을 한글로 바꾸고, 쪽수만 기재).

이었으며", 그것은 "풍설(風雪)의 계절이요 내게는 수난의 생애"였다는 전제 위에 "반성적인 인생기록"으로서 자신의 '이력'을 세상에 내놓았다.(7쪽) 이 장에서는 그 '이력' 가운데 민족의 '해방'을 전후(前後)로 한 10년간의 기술방식을 살피고, '전후(戰後)적인' 기억에 관해 논하고자 한다.

1940년대 전반은 그 시기에 이미 중견 문학인의 위치에 있던 사람이라면 굳이 회고하기를 꺼려온 시기였다. 대개의 문학사는 그 시기를 '암흑기'라 규정한다. '암흑기'란 표현의 기원은 제국주의에 부역한 이데올로그들의 자기 합리화나 '전후' 한국 현대사를 지배한 반민족적 역사에 대한 망각의 패러다임과 결부되어 있다. 그 사실에서 보면, 백철 등이 '암흑기'로 표현한 의도에는 문학사 안에서 자신들의 죄상을 배제하고 싶은 시기라는 의미가 내포된 것은 아닐까.6) 물론 그들 개개인에게나 민족에게 1940년대 전반기는 깊은 '상처'의 시기였다. 그러나 '암흑기'라는 말로 그 상처를 봉합할 수 없다. 백철도 자서전의 '후편' 가운데 280쪽이나 되는 분량을 할애하고 있다.

백철이 자신의 '이력', 즉 자서전을 "진리와 현실"이라는 타이틀로 상징하려 했던 이유는 주로 그 1940년대에 관한 기억 때문일 것이다. 그는 60평생을 "어떤 신념적인 모랄리티"(5쪽)를 가지고 살았노라고 한다. 그렇다면 1940년대 전반기의 그 "신념적인 모랄리티"는 무엇이었으며, 그것이 어떻게 그의 삶을 지배했을까. 그는 1940년대의 자신의

---

6) 백철은 『眞理와 現實』에 앞서 독립 직후 저술한 『朝鮮新文學思潮史』(白楊堂, 1949)에서 이미 1940년대 전반기를 '암흑기'로 규정한 바 있다. "一九四一年末부터 一九四五年까지의 約五年間은 朝鮮新文學史上에 있어서 羞恥에 찬 暗黑期요 文學史的으로는 白紙로 돌려야 할 부랑크의 시대였던 것이다."(399쪽) 문학사를 통해 그 시기를 '암흑기'라는 용어를 처음 쓴 것은 바로 백철인 것이다. 그런 점에서 백철이 표현한 대로 "백지로 돌려야 할 부랑크의 시대"로 망각되길 바라는 그의 '전후'의 의도가 이후 다른 문학사에서도 지배적으로 원용되어 왔다고 할 수 있다. 그러면서 그것은 식민지시기에 관한 대표적인 '전후' 기억 방식의 담론으로 위치하였다. 따라서, 당시 문학자들의 문학 활동과 의식에 관한 면밀한 분석과 시대상의 종합을 통해, 그들로부터 시작된 '암흑기'라는 담론을 해체적으로 규명해 볼 필요가 있음을 밝혀둔다.

행적을 '처세'라는 말로 일갈하고 있다. 다시 말해, 그는 자신의 삶에 '진리와 현실'의 괴리는 '처세'에 의한 것이며, 그러기에 적어도 '반성적'이라는 수식이 필요한 '인생기록'으로서 자서전을 쓴다는 자세를 취하고 있는 것이다.

임종국의 저서 『친일문학론』(평화출판사, 1966)의 '백철론'은 백철이 『한국의 인간상』(5권, 1965)에서 이광수에 관해 말한 글을 인용하면서 시작된다.

> 그는 일제의 주구단체(走狗團體)인 조선문인협회의 회장이 됐고, '가야마 미쓰로오(香山光郎)'로 개명하였으며, 태평양 전쟁이 일어난 뒤에는 김기진과 더불어 남경으로 '대동아 문학자협회'에 참석하는가 하면, 학병(學兵)을 권유하기 위하여 각지를 순회하며 친일연설을 하는 등, 실로 무섭고 실로 가증한 짓을 감행하였다.

그리고 임종국은 백철의 글과 생각을 전유하여 백철을 이렇게 말한다.

> 그는 일제의 주구단체(走狗團體)인 조선문인협회의 간사가 됐고, '시라야 세이데쓰(白矢世哲)'로 개명하였으며, 태평양 전쟁이 일어날 무렵에는 '총독부의 기관지 매일신보'의 학예부장으로 재직하는가 하면, 친일사상을 고취하기 위하여 각종 친일좌담회를 개최하는 등, 실로 무섭고 실로 가증한 짓을 감행하였다.[7]

백철의 자서전에서는 이광수가 '일본의 세계 제패의 날'이 올 것이라고 말했다는 그의 근시안적인 현실 판단을 일화로 소개하면서, 그런 시국관은 "한 걸음 앞질러서 우리 민족의 생존을 위하여"[8] 가져 볼 수 있는 '신념'일지 모른다고 적고 있다. 앞서 『한국의 인간상』에서 그토

---

7) 임종국, 『親日文學論』(증보판), 민족문제연구소, 2003, 256쪽.
8) 백철, 『眞理와 現實 文學自敍傳』(後篇), 博英社, 1975, 20쪽(이하, 쪽수만 기재).

록 통렬했던 이광수에 대한 비판이 해방 후 반민족 행위에 대한 처벌을 위한 법정에서의 이광수의 '민족을 위하여'라는 최후 변론대로 그 후 10년 만에 인정되고만 것은 임종국이 자신의 이광수에 대한 비판을 그대로 원용했던, '반성적인' 성찰이 필요한 과거가 있기 때문일 것이다.

그러나 자서전에서의 문제는 첫째 주인공인 자기 = 백철이라는 인물의 1940년대 전반기의 과거 행위가 자발적이지 않고 철저히 피동화되어 그려져 있다는 사실이다. 그가 노골적으로 제국주의에 부역하게 되는 것은 총독부 기관지인 '국민신보'('국문' = 일문 주관지)와 '매일신보'(조선문 일간지)에서 취직한 후부터였다. 그 일자리도 그가 임화에게 자문을 구했을 때 임화가 동물의 '보호색'을 비유하여 권해서 선택했다고 기억한다. 또 조선문인협회의 주최로 지방순회 시국강연대에 참가했을 때는 녹기연맹의 부인부장인 쓰다 세쓰코(津田節子), 유진오, 최재서와 한 조가 되었는데, 그 가운데 자신의 강연이 "성적 같은 것을 평가하면 내 성적은 가장 하위에 속하는 것"(102쪽)이라고 기억한다. 그가 자서전에서 유일하게 오점이라고 회고한 것은 『삼천리』에 「삼립전함진수식장관기(三笠戰艦進水式壯觀記)」를 발표한 것이라고 했다. 하지만 그 또한 "기자라는 직업인으로서 하는 기계적인 일"의 하나라는 생각으로 행한 일이라고 애써 기억하고 있다. 이렇게 그의 자서전 가운데 1940년 전반기의 백철은 시국강연대의 일화와 같이 '전체' 속에서 상대적으로 윤리성을 지킨 '나'와 '보호색'을 띤 '나'의 피동화된 모습으로 재구되어 있다. 문제는 논픽션의 자서전이라는 장르적 성격상 그 기억들이 사실의 그물로 걸러진 것이리라 독자들에게 받아들여질 수 있다는 점이다.

다음은 1장의 타이틀이 '정산동(亭山洞) 지주 아들'인 것처럼 자서전의 주인공이 엄연히 '백철'인데도 불구하고, 그러나 1940년대에 들어서서는 자기 = '백철'을 철저히 주변화시켜가며 기술하는 방식을 채택하고 있는 점을 지적할 수 있다. 오히려 '흡사 일본 중' 같았다는 이광수부터, 유독 일본말을 많이 썼다는 김문집, '문단 정치'가였다는 최재서,

'북지나(北支那)'에 종군을 나가는 김동인과 박영희, 그 외에도 임학수, 정비석, 계용묵, 이태준 등, 자기와 교류하던 주변의 작가들의 삶이 전경화되어 그려진다. 물론 재혼과 상처, 그리고 다시 결혼, 그 후 북경 특파원으로 나가는 등의 기억들도 그 사이사이에 배치되어 있다. 다시 말해, 그는 당시 기억들을 그렇게 교묘히 재배치함으로써, "나 자신 당시의 처세법을 어디다가 해당시키겠느냐"는 자문에 "도피파(逃避派) 제2형"(148쪽)에 해당하는 '나' = '백철'을 구축하려 했던 것이다. (그는 도피파를 둘로 나눠 제1형은 이태준의 「해방전후」의 현(玄)과 같은 처사(處士)적 도피형이며, 자신이 속하는 제2형은 처세술로서 '요령껏' 지내자는 중간적인 자리와 행동을 했던 형태라고 했다.)

그 점은 최재서와 『국민문학』을 기억하는 방식에서 분명히 드러난다.

> 다만, 『인문평론』을 위하여 유감된 것이 있다면 그것은 41년 4월에 폐간을 당한 뒤에 『문장』과 같이 깨끗이 그만두어 버리지 않고 그 후신으로서 최재서가 『국민문학』이라고 개제(改題)하여 일문 잡지를 속간했던 일이다. 이것은 결국 주간이던 최재서의 지울 수 없는 허물의 증거로 남은 것이다. 내가 최재서와 사귀어 본 인상으로 해선 그가 『국민문학』 등을 내가지고 적극적으로 말기의 일정(日政)과 타협을 한 일은 잘 이해하기가 어렵다. … 중략 … 나는 다시 최재서의 그런 처세성(處世性)을 생각해 본다.(32쪽)

최재서는 분명 "조선어가 조선인에게는 문화의 유산이라기보다 고뇌의 씨앗"(『국민문학』, 1942, 5 · 6, 편집후기)이라고 했을 정도로 국민주의(문학)에 몰입했고, 당시 국민문학의 문단을 주도한 이데올로그였다. 그러나 백철도 『국민문학』의 이데올로그로서 일익을 담당했던 인물이라는 사실에는 변명의 여지가 없다. 그는 「옛 것과 새 것(旧きと新しき)」(『국민문학』, 1942, 1)에서 『국민문학』의 창간을 가리켜 "전시하의 우리 문단이 하나의 형태로써 정돈된 것"이라고 평가하였다. 그리고 "불통일한 것

을 극복 청산"해야 한다고 덧붙였다. 이렇게까지 적극적으로『국민문학』을 옹호하고, 「조선문학의 재출발을 말하는 좌담회」(『국민문학』, 1941, 11)와 「국민문학의 일년을 말하는 좌담회」(『국민문학』, 1942, 11) 등 각종 좌담회에『매일신보』의 학예부장이라는 직함에 걸 맞는 이데올로그로서 참여하였던 그였다. 그랬던 그가『국민문학』을 단지 최재서만의 죄상으로 뒤집어씌우는 것은 어불성설이 아닐 수 없다. 이광수나 최재서 등의 인물들에 대해 그토록 강하게 비판한 이유는 자신을 그들(혹은 그 집단)에 대한 관찰자의 위치에 세우기 위함이다. 다시 말해 그들과 자신의 친일행위가 윤리적인 측면에서 정도차가 있음을 드러내는 것을 통해 자신을 변명하기 위한 '도피파'라는 말에 설득력을 부여하기 위함인 것이다.

자서전에서 그는 '성전(聖戰)', 즉 태평양전쟁 4주년을 맞아 '총후국민(銃後國民)'의 열성을 보일 것을 주장하는 문인협회의 기념사를 인용하면서, "당시 이 시국 문화단체들의 주도자 노릇을 한 사람들의 행위를 매도하기 위해서 그 내용을 폭로하는 것"(101쪽)이 아니라고 하였다. 그러면서 이렇게 덧붙이고 있다.

> 그 당시의 시국과 타협하게 된 구체적 현실적 사정 이야기는 일차 변명할 여지가 있다 치더라도 한번 우리가 눈을 돌려서 더 객관적이고 일반적인 입장에서 문화예술의 자율성을 놓고 볼 때는 여기에 엄연한 문화예술이 서야 할 윤리성의 문제가 있지 않은가 하는 교훈의 뜻에서이다.(101쪽, 강조점 필자)

대개의 작가들처럼 '전후'의 최재서는 그의 과거에 대해 침묵으로 일관했다. 결국 "구체적 현실적 사정"을 '변명'하지 못했다. 뒤에서 얘기하겠지만, 그렇게 침묵을 허락한 것도 '전후' 한국 사회를 지배한 망각의 패러다임이었다. 그에 비해 백철은 '전후'의 패러다임으로 최소한의 '반성적인' 과거의 기억으로 최대한의 "구체적 현실적 사정"을 '변명'하려 했다. 그것을 위해 그는 당시(1940년대)의 문학계와 그 주변 인물들에 관한 관찰자로서의 자신을 설정하였다. 그런 서술태도(기억방식)는 그가 의도한 바든 그렇지 않든 '전후' 한국 사회의 과거에 관한 고백 방식의 하나로 정형화되었다. 그러나 그것 또한 또 다른 망각 / 기억의 표현 방법 외에 다름 아니라는 것이다.

그 다음으로 그의 자서전이 8 · 15를 전후로 1940년대 전반과 후반의 자아의 모습을 단절적으로 형상화하고 있다는 점이다. 독립 직후 많은 작가들은 "민족을 위하여"라는 말로 과거 행적을 미화하거나 망각하고, 민족주의로 제어된 자아를 구축하려 하였다. 그때 민족주의는 독립 후 한국 사회를 지배한 권력이자, '제국'의 부역자(혹은 그들의 논리)마저도 흡입하는 블랙홀과 같은 강력한 인력을 지닌 것이었다. 특히 이승만 정권의 반공정책으로 그 안에는 좌파 지식인은 물론 미군정기 이후 '월북'한 지식인들의 과거(혹은 그들의 정신세계)가 철저히 배제되었다. 그렇게 '전후(한국전쟁 이후)' 민족주의는 반공이라는 필터로 여과된 '선택적'인 역사를 강요한 망각 / 기억의 패러다임으로 유지되었다. 백철의 자서전에서 그 두 가지 점, 즉 그가 1940년대 전반과 후반의 자아를 단절적으로 형상화한 것과 반공을 필터로 '선택적'으로 기억을 재구한 것에 관해 살펴보자.

백철은 "오늘의 소감은 나와 같은 특수한 개인의 입장에서 이야기할 것이 아니고 조선민족 전체의 차원에서 감격할 일입니다. 내가 개인의 처지가 금후 어떻게 될 것인가 하는 것은 극히 적은 일인 줄 생각합니다."(290쪽)라는 당시 『매일신보』의 부사장이었던 이상협의 생각을 전언하듯, 그의 자서전에서 1945년 8월 15일의 의미를 적고 있다. 그리고 "해방직후의 큰 난맥상의 하나는 어제까지의 허물은 감쪽같이 숨기고 너 나할 것 없이 하루아침에 애국자들로 변신"(302쪽)하는 정세 속에 조선문학건설준비위원회(이하 '문건')의 서기장 자리를 제안 받았으나, 당시 자기반성의 신상발언을 하고 고사한 일을 기억하고 있다. 그렇게 자기반성을 하고 직책을 사퇴한 일은 자기의 경우밖에 없다고 명예스럽게 말한다. 그런 식으로 백철은 해방 직후 좌우의 대립 속에서 자신은 당시를 "반성의 기간"으로 삼고 "주도적인 무대에서 비켜서"(322쪽) '처세'의 자세로 일관했다고 고백한다. 그러면서도 해방 이전의 주변인으로서의 회고와는 다르게 "그 동안 필자 자신은 무엇을 하고 있었는가"(같은 쪽)라는 스스로를 주인공으로 내세워 회고하고 있다.

'그 무엇을 하였는가'가 주로 '문건'과의 관계에 맞춰져 회고되고 있다. 즉, '문건'은 이미 공산당과 선이 닿고 있었고, '그들'의 문학운동은 "한낱 정치적인 캠페인"(325쪽)에 불과했기에 비판적으로 거리를 두었다는 점을 강조한다. '문건'의 기관지『문화전선(文化戰線)』의 편집 책임자였던 그였지만, '문건'의 사람들은 백철에게는 자서전 속의 자기와는 다른 부류의 '그들'이었다. 거기다가 일본인의 눈에 '불령(不逞)한 사람'(당시 민족운동을 하던 사람들을 일제는 '불령선인(不逞鮮人)'이라 하였다)으로 낙인 찍혔다고 자기를 미화하기 위해 끄집어냈던 카프 시절의 기억을, 이번에는 "일시적인 것이요 또 사무적인 편집일 같은 것"(328쪽) 뿐이었던 '문건'과의 관계를 설명하기 위해 1930년대 그로부터 전향한 이유까지 연결시켜 반공의 입장에서 '문건'과는 줄곧 비판적인 거리를 두었다고 설명한다. 이렇듯 그는 동일한 과거를 반공 민족주의를 통로로 하여 다르게 해석하고 있는 것이다. 그러면서 자신은 우파인 문필가협회와도 거기를 두고 "모호하고 불투명"(329쪽)한 정치적 입장을 취했다는 것이다.

> 그래서 해방 뒤 '문건'과 나와의 관계라면 이상의 이야기가 그 전부요 그 이상 연결된 것이 없는 셈인데 지금 생각하면 그때 내가 무대에 나서서 날뛰면서 서투른 문학운동의 앞장을 섰던 것보다 자기반성의 기간을 두고 집에 있었던 것이 잘한 일이었다고 느껴지기도 한다.(327쪽)

특히 "대한민국 정부수립이라는 민족적인 큰 경사를 목전에 두고"(361쪽) 북행(北行)한 '그들'이 한국전쟁 당시 인민군과 함께 다시 서울로 돌아온 뒤에 "마치 나는 무슨 큰 죄나 짓고 있는 대죄인(待罪人)"(387쪽)으로서 겪었던 경험들을 회고하며 당시 피해자로서의 '백철'을 재구하고 있다. 백철의 자서전 속의 '백철'은 분명 '전후'의 망각／기억의 패러다임을 통해 새롭게 만들어진 것이다. 즉, 서울여대, 동국대, 서울대, 중앙대 등에서 교수를 역임하고, 국제펜클럽의 한국본부 위원장을 지내는 등의 이력을 내세울 수 있을 만큼 성공한 문학인으로서 백철은 반공 민족주의 국가의 패러다임을 통해 1940년대라는 과거를 재구하여 자서전 속의 '백철'을 창조해 낸 것이다. 물론 그것은 백철이라는 개인이 과거를 기억과 망각을 교묘하게 혼재시켜 재구성하는 능력만으로 가능했던 것은 아니다. 다시 말하지만, '전후' 한국 사회가 그의 그런 탁월한(?) 능력을 발휘할 수 있도록 하였던 것이다.9)

---

9) 지금까지의 논의를 더 넓은 지평에서 살펴보기 위한 한 가지 예로써 1988년의 '7·19해금조치(120명의 월북문인에 대한)' 이후의 이태준을 들 수 있을 것이다. 그 이후에야 그는 '월북' 작가에서 '지사(志士)'로 분단의 한국문학사의 전면에 재등장한다. 이태준은 독립 직후 발표한 소설 「해방전후」를 통해 독자가 받아들여주길 원하는 식민지 시기의 '진정한 자기'의 상을 재구한다. 이 소설에서 주인공 '현'은 "시국물이나 일문에의 전향이라면 차라리 붓을 꺾어버리려는" 인물로 그려져 있다. 앞서 본문에서도 언급했으나, 백철도 자서전에서 도피파의 제1형으로서 "가령 상허의 「해방전후」의 스토리에 나오는 주인공처럼 시골로 내려가서 낚시질이라도 하면서 시국을 넘긴 예"(147쪽)를 든 바 있다. 그러나 백철은 이태준과 「해방전후」의 '현'을 동일화시키고 있지 않다. 실제 이태준이 『대동아전기(大東亞戰記)』(1943), 「목포조선현지기행(木浦造船現地奇行)」(『新時代』, 1944. 6), 「제일호선의 삽화(第一號船の挿話)」(『國民總力』, 1944. 9) 등을 썼던 사실로 보아, 이태준이 소설에서 그리고 있는 자기상과 '현'은 그리 가까운 곳에 존재하지 않다. 그럼에도 불구하고 사소설적 고백의 형식을 띤 「해방전후」를 통한 그의 기억의 재구성은 한국사회에서 그대로 연구자들에 의해 수용되어 왔다. 그리고 '7·19해금조치' 이후 문학사에서 그 소설은 그의 '지사'상을 창조하는 데 중요한 근거가 되어 왔다. 그렇게 볼 때, 한국 사회가 반공 민족주의 국가라는 패러다임 안에서 재구성된 문학사를 극복하는 과정에서도 식민지 역사는 그것에 오히려 구애되어 읽혀왔음을 지적할 수 있다.(정종현, 「제국／민족 담론의 경계와 식민지적 주체-1940년대 이태준 '문학'에 나타난 혼종성」, 『상허학보』 13집, 2004 참조.)

4. 식민지 기억으로서 '국문학'을 넘어서

얼마 전, 일본의 두 문학연구자가 일어일문학 관련 학회의 초청으로 각각 방한했다. 그들의 방한은 시기와 장소는 달랐지만, 강연 내용은 일본 '국문학(사)'의 탄생 = 창조와 그것이 지니는 정치적 의미를 비판적으로 지적한 비슷한 주제였다. 혹자는 일본의 '전후'는 오히려 메이지(明治) 시대의 '국민' 사상의 복원을 꾀하는 데서 출발해 왔다고 지적한다. 그 같은 관점에서 보면, 메이지 시대(1890년대 도쿄제국대학 국문학과 교수가 주도하고 그 출신자들이 계승한)의 '국문학' 탄생 = 성립이 지니고 있는 정치성을 탈구축하려는 노력은 일본의 '전후' 비판이라는 성격을 동시에 지닌다고 할 수 있다. 강연자 중 한 사람은 메이지 시기의 '국문학'의 성립 과정이 '전후'에는 어떻게 재현되는지를 중점적으로 논하였다. 또 다른 한 사람은 자신의 강연 내용은 이미 '오래 전'에 출판하려던 기획이었다는 전제 위에 강연하였다. '오래 전'에 기획한 바 있는 내용이라는 그의 말처럼, 일본에서 '국문학' 탄생 = 성립에 관한 연구 성과는 1990년 이후 이미 많은 연구물을 통해 축적되어 왔다. 그 두 연구자의 강연은 그런 성과를 한국의 '일본학' 학계에 전달하려는 의도를 전제한 것이었다.

그러나 강연회장의 반응은 두 강연 모두 두 나라의 '국문학'이라는 용어, 아니 사상에 대한 이해의 차이를 그대로 담고 있듯 냉담했다. 그들 중 한 사람에게 필자가 들은 후일담인데, 간담회의 토론자리에서 한국의 일본학 연구자들이 오히려 일본의 연구자들보다 더 '일본적인 것 = 국문학적인 것'에 구애받고 있는 듯한 인상을 받았다고 했다. 외국문학 전공자는 연구 대상의 외국문학과 자국문학 사이의 공통분모보다는 '차이'에 민감하게 반응하기 일쑤이다. 그것이 외국문학자의 '숙명'과 같은 것이기도 하지만, 한편 그것이 자국 내에서는 어떤 '특권'과 같은 것처럼 구가되기도 한다. 한국의 일본문학 전공자의 그런 '숙명'과 '특권' 의식이 그에게 더 '일본적인' 인상을 주었는지 모른다.

한편, 필자는 그와는 반대 상황을 연출한 학회 풍경을 일본에서 경험한 바 있다. 이번에는 한국인 발표자가 일본의 '국어'나 '국문학'이라는 용어와 사상에 대해 비판적으로 논하자, 그 자리에서 한국의 사정을 질문하던 한 일본인 연구자는 이렇게 의문을 제기한다. "그런데 당신은 왜 한국에서는 '국어'나 '국문학'이라는 사상에 대해 문제제기(비판)하지 않느냐?"고.

앞에서 소개한 학회장의 두 풍경은 한일 양국 사이의 '국문학'의 문제를 둘러싼 차이가 '전후' 어떻게 배태되어, 또 오늘에 이르러 어떠한 양상으로 나타나고 있는가를 여지없이 보여주고 있다. 1차적인 의사소통에 문제를 야기시키는 그런 차이를 극복하기 위해서는 '국문학'과 같은 민족주의 표상체계가 안고 있는 양국의 컨텍스트적 지식의 상호전달이 우선 필요할 것이다. 또 그를 위해서는 자/타를 가로지르는 대안적인 역사인식에 바탕을 둔 트랜스내셔널(transnational)한 실천의 장의 마련이 긴요하다. 식민지시대의 기억과 제도에 관해서는 물론 그것이 포스트 콜로니얼 시대에 어떻게 재생되었는가가 그러한 실천의 장을 통해 논쟁되어야 할 것이다. 물론, 구제국주의 측은 식민지의 타자를 포섭해 온 역사를 갖고 있기 때문에, 국민=국가를 초월한 담론 생산의 가능성을 잠재적으로 갖기 쉽다. 반면, 구식민지측은 제국주의의 트랜스내셔널한 역학에 의해서 침투되어 온 역사를 갖고 있기 때문에 그것에 저항하기 위한 민족주의가 필요했다. 그렇기 때문에 양자의 사이에는 그 민족주의의 틀을 넘어서기 위한 어려움이란 물론 서로 질적으로 다른 점이 있다. 지금도 우리는 그 기억과 제도 등의 사실들로부터 결코 자유롭지 못하기 때문에 우리는 과거 트랜스내셔널한 사실들, 즉 식민지 역사에 집착해야 하는지 모른다.

다음은 일본에서의 '국문학' 비판처럼 한국의 '국문학' 비판이 과거 식민지 역사 비판의 차원에서 가능한지의 논거를 제시하고자 한다. 한국의 식민지 제도의 극복 과정이 보여주는 아이러니, 즉 독립 후 식민지주의의 재현 방식의 문제를 살피게 될 것이다.

스테판 딜세는 그의 저서를 통해 대학의 역사는 "사상사와 제도사(制度史) 사이의 공통의 영역"에 있음을 강조하였다.10) 식민지 조선의 최고학부이자 유일의 대학이었던 경성제국대학(이하, 경성제대)은 우리 사상사와 제도사의 측면에서 식민지시대를 읽는데 중요한 텍스트가 아닐 수 없다. 그 경성제대 사학과에는 '국사학', '동양사학', '조선사학'이 전공으로 개설되어 있었다. 그 가운데 '국사학' = 일본사학을 전공으로 선택한 조선인은 한 명도 없었다. 그러나 '국문학' = 일본문학, 조선문학, 지나문학, 영문학이 개설된 문학과에서 '국문학'을 선택한 조선인은 서두수(2회)와 최성희(8회)가 있었다. 그런 점에서 식민지 대학의 조선인은 언어보다 역사를 더 본질적인 것으로 여겼다고 판단할 수 있다.

'국사학'과 '국문학'과 같은 '국가학'에 대한 조선인의 전반적인 경원 현상과 잠재적 '국가학'의 성격을 띤 조선사학이나 조선문학에 조선인이 몰렸던 것은 조국이 식민지에 놓여 있는 상황에서 자기 민족에 대한 주체적 인식에 따른 결과라고 할 만하다. 그 가운데 '국가학'과의 관계에서 상대적으로 자유로운 '동양사학'의 성격과 존재는 흥미롭다. 학문에 대한 주체적 인식이 아직 완전하지 않은 상태(근대 '조선사학'의 성립 단계)에서 타자 특히 식민지배자의 역사에 대한 탐구는 불가능하지는 않더라도 힘든 일이었다. 그런 차원에서 조선사학을 선택한 숫자만큼 조선인이 전공으로 선택했던 동양사학은 '국가학'으로서의 '국사학' = 일본사학과 잠재적 '국사학'으로서의 조선사학 사이의 중간적 지점에 있었다.11) 다시 말해, 앞서 언급했던 바에 따르면 트랜스내셔널한 실천의 장으로서 동양사학이 존재했다고 할 수 있다.

그러나 이미 1970년대에 동양사 전공자는 한국의 동양사가 "조선 및

---

10) ステファン・ディルセー, 『大学史-上-』, 池端次郎訳, 東洋館出版社, 1988, 3쪽.
11) 박광현, 「경성제국대학 안의 '동양사학' - 학문제도·문화사적 측면에서」, 『한국사상과 문화』 제31집, 2005. 12 참조.

인접 지역을 대상으로 했던 이른바 조선학의 연구전통"12)과 "국사의 외연이나 관계사의 일환"13)으로 연구되어 왔던 카테고리에서 벗어나야 한다고 자기비판을 제기한 바 있다. 그것은 결국 동양사학자의 자기정체성과 직접적으로 관련을 지닌 자기비판이라고 볼 수 있다. 정재각(9회)은 "동양사의 성립을 먼저 긍정하여 놓고 그것을 뒷받침한 구체적인 내용을 찾아서 우왕좌왕하고 있는 것이 오늘날의 우리나라 동양사학의 선후도착(先後倒錯)의 실정"이라고 하였다. 또한 그 원인은 "일본동양사학의 그러한 실정에서 유래한" 때문이라고 덧붙였다.14) 그렇게 해서 '국사학'을 넘어선 트랜스내셔널한 실천으로써의 동양사학의 가능성은 상실되었다. 하지만 그런 사정들이 단지 경성제대 동양사학의 출신자들 개인의 문제만은 아닐 것이다. 중요한 것은 그것이 유일한 대학의 사학과의 전공편성과 관련한 정치성의 자장에서 유래한 것이라는 점이다.

독립 후 한국의 사학계는 일본 특유의 국사, 동양사, 서양사라는 3체제를 그대로 답습하면서도, 동양사학 안에서도 일본사를 도외시하였다. 그것은 분명 식민지시대 '국사학'으로서의 기억 때문이었다. 그와 같이 '우리'=국민국가라는 제도를 새롭게 창안해 내기 위해 오히려 그것을 상대화해야 할 대상임에도 불구하고 일본사를 배제해 왔다. 과거 '국문학'=일본문학의 기억에 미치는 정치적 자장 때문에, 물론 '전후' 일본(어)문학도 1963년까지 대학의 학과 차원에서 개설되지 않고 배제되었다.

이희승의 『조선어학논고』(을유문화사, 1945)는 대개 독립 이전의 『한글』에 실린 논문들을 재수록한 저서이다. 그 저서 본문의 '조선어'는 '국어'로 일괄적으로 변경되었다. 그럼에도 불구하고 책의 표제만은 '조선어'를 '국어'로 바꾸지 않았다. 그 점에 대해 야스다 도시아키(安田敏朗)는 '국어'라고 표제를 달면 아직 '일본어'로 오해될 소지가 있기 때문

---

12) 윤남한, 「동양사연구의 회고와 과제」, 『역사학보』 68호, 1975, 107쪽.
13) 윤남한, 「회고와 전망」, 『역사학보』 49호, 1971, 115쪽.
14) 정재각, 「동양사 서술의 문제」, 『역사학보』 31호, 1967.

이라고 추측하고 있다.15) 다시 말해 그때의 '조선어'는 식민지기의 '조선어'와 독립 후 복권된 '국어'라는 양자 사이의 존재로서 사용되었다는 것이다. 같은 의미에서 김사엽의 『조선문학사』(정음사, 1948)가 『개고 (改稿)국문학사』(정음사, 1954)로 개칭되는 '국문학'으로의 복권 과정도 마찬가지의 경로를 거친다. 이러한 사실들로, 경성제대 안에서 학문을 수련한 그들에게 이미 내면화된 과거의 '국어' = 일본어가 얼마나 강력한 정치적 자장이었는가를 읽을 수 있다. 또한, 더 넓게는 독립 후 '국사', '국문학사' 등 '국민사'를 구축하는 과정에서 한국의 학계는 과거의 '국민사 = 일본사 = 제국사'의 자장으로부터 자유롭지 못했으며, 오히려 이념적인 면에서는 과거의 그것을 재현하는 방법으로 '국민사'를 구축해 갔음을 알 수 있다. 따라서 한일 양국에 존재하는 민족주의를 넘어서, 식민지시대의 '국문학'이 포스트 콜로니얼 시대의 '국문학'으로 어떻게 재현되고 또 극복되었는가를 살피는 것은 트랜스내셔널한 역사 실천의 하나가 될 수 있는 것이다.

앞서 소개한 학회장의 두 풍경에서처럼 1차적인 의사소통에 문제를 야기하고 있는 것은 아직 한일 양국 관계에서 '국문학'과 같은 민족주의 표상체계가 안고 있는 컨텍스트의 상호 이해가 부족했기 때문이라고 할 수 있다. 하지만 그와 같은 장의 계속적인 실천은 식민지 기억을 결코 역사화하지 않고, 앞으로 더욱더 자/타를 가로지르는 대안적인 역사인식을 하나, 둘 쌓아가는 계기가 될 것으로 믿는다.

5. 나오면서

어떠한 민족주의도 배타적인 타자를 상정하지 않고는 성립하거나 유

---

15) 安田敏朗, 『「言語」の構築』, 三元社, 1999, 315쪽.

지될 수 없다. 특히, 한일 양국에서는 식민지 역사를 기억하는데도 그런 민족주의가 중요한 이념으로 이용되어 왔다. 하지만, 제국 혹은 식민지 시대는 어느 시대보다 타자와의 긴밀한 관계 속에서 형성된 것이 역사의 실상이다. 즉, 민족이라는 단위에 기초한 인식, 즉 민족과 타자(혹은 반/비민족)라는 이분법을 초월해 오히려 트랜스내셔널하게 진행되어 왔다. 그런 과거의 기억/역사가 재현된 '전후'의 문학과 제도 안에는 '민족적인 것' 혹은 민족주의를 통해 타자와 관계를 기억/망각하는 방법으로 재구된 것이 적지 않다. 앞에서 살펴온 바와 같이 '전후'라는 망각/기억의 필터를 통해 재구된 식민지 기억을 우리는 읽고 있는 것이다.

최근 한국 사회의 일각에서는 '친일청산'의 요구를 민족(혹은 국민)의 '분열'을 조장하는 것이라 비난하고 있다. 그러나 그런 인식은 피해자로서 민족(집단)의 기억과 '전후'의 반공주의로 재생된 국민(집단)의 기억을 결합시킨 데서 출발한 것이다. 또한 그것이 실패했던 경험은 이미 독립 직후 '반민특위'의 와해를 통해 경험했고, 그 경험이 얼마나 오랫동안 우리를 식민지 역사로부터 자유롭지 못하게 했는가는 역사의 '반복'을 통해 경험했다.

빌 애쉬크로프트는 포스트 콜로니얼이 "식민주의 시기로부터 현재에 이르기까지 제국주의적 영향으로부터 자유로울 수 없었던 모든 문화를 포괄하는 통칭적 개념"[16]이라고 했다. 그렇게 볼 때, 과거 식민지 역사에 대한 비판과 반성은 자/타의 구획이 필요치 않은 인류 보편의 과제이며, 또한 현재적 진행형의 과제이다. 식민지 역사를 기억(회고)하고 논하는 데서 자/타를 구획하는 패러다임이야말로 오히려 우리를 얽매고 있는 식민지 역사의 유제(遺制)라고 할 수 있다.

(『국제언어문학』 제10호, 국제언어문학회, 2004)

---

16) 빌 애쉬크로프트 외, 이석호 역, 『포스트 콜로니얼 문학이론』, 민음사, 1996, 12쪽.

한국문학연구신서 제16권

도전과 갱신의 한국문학사

인 쇄	2008년 2월 11일
발 행	2008년 2월 18일

엮은이	동국대학교 문화학술원 한국문학연구소
발행인	이 대 현
편 집	김 지 향

발행처	도서출판 역락
	서울 서초구 반포4동 577-25 문창빌딩 2층(우137-807)
등 록	1999년 4월 19일 제303-2002-000014호
전 화	02-3409-2058, 2060 / 팩스 02-3409-2059
이메일	youkrack@hanmail.net

ISBN 978-89-5556-606-2 93810

값 18,000원